El papel utilizado para la impresión de este libro ha sido fabricado a partir de madera procedente de bosques y plantaciones gestionadas con los más altos estándares ambientales, garantizando una explotación de los recursos sostenible con el medio ambiente y beneficiosa para las personas.

Advertencia: este libro incluye contenido sensible relacionado con relaciones de maltrato, así como contenido sexual explícito.

Penguin Random House Grupo Editorial

No te enamores de Nika

Primera edición en España: junio de 2023
Primera edición en México: junio de 2023

penguinlibros.com

ISBN: 978-607-383-243-4

Impreso en México – *Printed in Mexico*

Meera Kean

NO TE ENAMORES DE NIKA

wattpad
by Montena

Iba a morir.

Me tapé la boca con la mano para no hacer ruido. Pegué la espalda a la pared con el deseo de fundirme con ella. Quería desaparecer, esfumarme, no haber entrado en la vida de los Bakker o que ellos no hubiesen aparecido nunca en la mía.

Debí haberme ido a casa cuando tuve la oportunidad, no buscarlo, acatar su advertencia, cada una de las que escuché los últimos meses.

Los ojos me escocieron en aquella espiral de nervios y desolación.

Me sentía incapaz, no sabía qué hacer, solo podía correr y esconderme, aunque estaba claro: salir de allí era imposible por muy bien que conociera la mansión. Las puertas estaban selladas. Podría escabullirme por más tiempo, pero la historia tendría el mismo final.

No me di cuenta de lo que sucedía, de lo que tan bien ocultaban, hasta que ya estaba con el agua hasta el cuello, luchando por oxígeno. Cerré los ojos y las lágrimas me resbalaron por las mejillas.

Había golpeado a la señora Bakker con el busto de mármol. Su cuerpo no se movió al caer al suelo.

Dos lágrimas gruesas tomaron el lugar de las anteriores.

«¿Cómo no lo vi antes si tuve tantas señales?».

A lo lejos, crujió uno de los peldaños de la escalera y el frío me caló el pecho. Paré de temblar y me quedé sin aire, con un nudo en la garganta, paralizada.

Mi cerebro buscó opciones para sobrevivir. Solo había dos puertas: la que daba al pasillo y la del baño clausurado. No escaparía de la habitación sin que me viera.

Era el final.

Dejé que mis piernas fueran todo lo débiles que gritaban por ser. Deslicé la espalda por la pared hasta quedar en el suelo, abrazándome las rodillas.

Lo sentía en el pasillo.

Cerré los ojos con fuerza. Necesitaba creer que aquello no estaba pasando, que era una pesadilla y que despertaría en casa, con la única preocupación de qué carrera universitaria escoger para salir de aquel pueblo tan aburrido.

Mis problemas no eran nada antes de la llegada de los Bakker y, aunque una parte de mí quería volver atrás en el tiempo, otra me impedía desearlo, la que estaba perdidamente enamorada de él.

—Llegó la hora, pequeña Amaia —dijo una voz áspera y conocida, haciendo que un escalofrío me recorriera la columna—. Me aburrí de jugar al escondite.

Capítulo 1

Diez meses antes.

«¿Cómo una pequeña decisión podía cambiar el futuro?».

El inocente formulario que había sobre el escritorio lograba que mi respiración se agitara. Le temía a una hoja, con sus líneas vacías y opciones para marcar.

La oficina, bien iluminada, tenía las ventanas abiertas para que circulara la brisa del verano, que llegaba a su fin, y de igual forma yo sentía que me quemaba en el infierno. Una gota de sudor se deslizó por mi nuca y me recorrió la espalda. No hiperventilar se convertía en todo un reto.

—Mia, ¿todo bien?

La señorita Morel, mi profesora y consejera escolar, se veía preocupada. No pude responder y me las arreglé para coger el bolígrafo y escribir sin que la mano me temblara o el sudor dañara el papel.

Al entregar el formulario, la mujer lo leyó varias veces para estar convencida de lo que tenía delante.

—¿Contabilidad y Finanzas? —preguntó, asegurándose de que no leía mal—. No era lo que pensabas estudiar.

—¿Es un problema? —Fingí inocencia—. ¿Mi media está por debajo de lo requerido?

—Tu media es suficiente para lo que escojas —aclaró—, pero estabas interesada en…

—Cambié de idea —intervine, cogiendo la mochila y colgándomela en el hombro—. Ya sabe, adolescentes. Todos los días tenemos una opinión distinta.

Caminé de espaldas hasta que choqué con la puerta, desesperada por escapar.

—Espero que tenga un buen día —me despedí.

Casi tropecé con el chico que seguía en la fila para la entrevista cuando salí al pasillo.

—¿Por qué has tardado tanto? —preguntó Sophie, apoyada en la pared opuesta.

Tenía un paquete de patatas fritas bajo el brazo e intentaba comer con la misma mano. En la otra tenía el teléfono e iba intercambiando mensajes con su novio, lo mismo que estaba haciendo cuando la dejé minutos antes.

—La señorita Morel me ha contado un par de historias sobre su vida —mentí, uniéndome a ella y robándole una patata para calmar los nervios.

—Eso pensé —dijo sin apartar la vista de la pantalla o dejar de masticar.

—Julien te mandará a tomar viento si no le das espacio.

—¡Fue él quien empezó!

Hizo un puchero y guardó el teléfono mientras nos alejábamos de la oficina.

—¿Qué dice de Prakt?

—Que la ciudad de noche es increíble y la facultad es hermosa. —Con razón era la capital del continente—. Mañana empieza su vida como estudiante universitario.

Caminamos en dirección al pasillo principal, concurrido y bullicioso. Los más pequeños estaban animados por el salto de nivel escolar y los de último año, como yo, aburridos de las paredes blancas y las taquillas rojas.

Intenté ignorar las miradas. Unos lo hacían con disimulo, otros carecían de tacto y cuchicheaban en el oído del compañero más cercano. Un par me dedicó una sonrisa que debía reconfortarme.

—Odio Soleil —murmuré—. No veo la hora de salir huyendo y no volver.

—Te miran por el crimen que has cometido con tu pelo —dijo Sophie como si no estuviera pasando nada.

—Muy graciosa.

—Tendré que arreglarlo. —Inspeccionó el corte como había hecho en el autobús escolar—. Con esa estatura y esa cara todo te queda bien, pero parece que un carnicero te ha cortado la parte de atrás.

No podía opinar, no me veía la nuca cuando usé la tijera frente al espejo del baño. Mi pelo negro, que dos días antes me llegaba por la cintura, había sufrido un atentado a media madrugada. Me lo corté por la barbilla y añadí un flequillo por encima de las cejas. No me arrepentía.

—Cuando esté divino, nadie pondrá caras raras. Lo prometo.

La inocente y dulce Sophie. Con su expresión deslumbrante y su maquillaje en tonos pastel, el pelo en suaves ondas hasta la cintura y un peculiar gusto para vestir. Siempre intentando ayudarme.

—Me miran porque soy la cornuda del pueblo.

Su sonrisa desapareció.

—Claro que no. Es agua pasada.

—Es Soleil, nadie olvida un buen chisme. —Se mordió el labio y miró al frente. Algo ocultaba—. Suéltalo.

—¿El qué?

—No te hagas la tonta.

Se acomodó el vestido para ganar tiempo.

—Llevas dos meses sin mirar las redes sociales, por eso no sabes nada.

—Ni quiero verlas.

—La semana pasada fue la última fiesta del verano y las historias de Menteurgram eran… explícitas. —Le sostuve la mirada, esperando a que se diera por vencida y soltara el chisme completo—. Victoria y Charles están juntos.

Una punzada me perforó el estómago cuando mencionó a mi exnovio.

—Han esperado más de lo que pensé para salir en público.

—Mia…

—No quiero hablar del tema una vez más, me revuelve la vida.

—Pero…

—Soph, mi novio me puso los cuernos con su amiga de la infancia —le recordé—. Está superado y no quiero seguir revolcándome en lo mismo.

Hizo un gesto que simulaba sellar sus labios con una cremallera y cambió de tema cuando salimos a por algo de comer. No lo había superado, pero tenía problemas más importantes con los que lidiar.

• • •

Por la noche, papá preparó una cena especial. Emma, mi hermana pequeña, estaba emocionada porque era su último año antes de entrar al instituto. No había parado de hablar.

La conversación y las risas se extendieron hasta que dejaron los platos vacíos, pero yo seguía jugueteando con los guisantes.

—Mia —llamó mamá, y me sobresalté—. ¿Cuántos días llevas sin dormir bien?

Los tres esperaban una respuesta. No sabía si habían estado hablando de mí sin que me diera cuenta o si la pregunta era aleatoria. El moderno y bien decorado comedor se hizo pequeño, asfixiante.

—Solo ayer. —Traté de mantenerme impasible—. Los nervios del primer día.

—Pareces un mapache —dijo Emma con su acostumbrada sinceridad.

—Estoy bien —mentí—. Es normal desvelarse de vez en cuando.

—Podemos valorar que tomes algo para dormir —sugirió mamá.

—Odio las pastillas.

—A veces son necesarias.

—Mamá, no quiero ser tu paciente.

—Dormir es importante —aclaró—. Si estás nerviosa, te pueden ayudar, ya las has tomado antes. Lo que no quiero es que enfermes.

—No quiero pastillas.

Apretó los labios. Era psiquiatra y vivía preocupándose sin necesidad.

—Dormiré. Lo prometo.

Papá se puso de pie y me abrazó por los hombros. Un suave beso en mi sien hizo que sonriera.

—Tranquila, Mary —dijo con dulzura, recogiendo la mesa—. Nuestra Mia está inquieta porque es su último año antes de la universidad. Tiene miedo de irse a estudiar Historia del Arte a la gran ciudad y no encontrar los ingredientes de sus arepas en el supermercado.

Me controlé para que mi expresivo rostro no me delatara. Por suerte, el tema quedó en el olvido y Emma volvió a contarnos su día.

Mientras simulaba que la atendía, me encontré con los ojos azules de mamá, idénticos a los míos, con su extraña capacidad de analizarme con rayos X. En dos segundos, sentí que desmontaba mis miedos, así que rehuí su mirada.

Vacié mi plato a rápidos bocados para mantener la boca llena. La comida estaba helada y, cuando me atraganté, pude escapar a la cocina para beber agua y subir a mi habitación.

Estuve encerrada hasta que la casa quedó en silencio.

Prometer que dormiría era igual de imposible que viajar al pasado y cambiar la historia. Ni corriendo de cara hacia una pared y desmayándome lograría vencer al insomnio.

De puntillas, llegué al salón del segundo piso. Quedaba junto a la escalera, y tenía un cómodo sofá frente al ventanal. Era mi lugar para leer y meditar por una razón: la privilegiada vista a la mansión Bakker.

Soleil era un pequeño pueblo en medio del continente y mis padres decidieron construir la casa de sus sueños a varios kilómetros del centro en busca de tranquilidad. Lo lograron, no había nadie en ninguna dirección, solo la mansión.

La noche, iluminada por la luna llena, dejaba ver la majestuosa construcción. Tres pisos y una torre principal que se elevaba por encima de la azotea. La hiedra se apoderaba del exterior, trepaba por las paredes y bordeaba ventanas y puertas.

Amaba su torre de punta, los detalles *art nouveau* de la madera en las ventanas, con curvas sinuosas y cristales coloridos, ecléctica y señorial entre los árboles descuidados… Era una joya, una muestra de la genialidad del ser humano, y ahí estaba, abandonada…, silenciosa.

La familia Bakker, que se había asentado en medio del continente siglos atrás, levantó la mansión y fundó el pueblo. Su idea era crear una ciudad próspera, sin embargo, el tiempo no pasaba en vano y todos no pensaban de la misma manera. Nadie quería quedarse en Soleil, al menos nadie con ambición. Así que acabaron abandonando y olvidando la casa. Se desconocía a qué miembro de la adinerada familia pertenecía, pero estaba claro que no tenía mucho interés en ella.

De pequeña, me vestía con mis mejores disfraces de telas vaporosas y joyas de fantasía para colarme en la deteriorada mansión y pasar horas jugando. Me enamoré del lugar y crecí obsesionada con cuentos de hadas, castillos y antigüedades. Desde los doce años había dicho que estudiaría Historia del Arte, y una de las baldas de mi estantería estaba repleta de gruesos tomos de arte que había releído hasta el cansancio.

No había podido dormir bien durante las vacaciones y pasé varias madrugadas mirando por la ventana del salón. No tenía claro si lo hacía para convencerme de mi cambio de planes o para memorizar cada cornisa y columna de la casa.

Siempre había sabido lo que deseaba estudiar, pero también lo lejos que quería estar de Soleil. La infidelidad de Charles al final del curso anterior fue la gota que colmó el vaso. No viviría en aquel pueblo y volvería solo cuando fuera necesario, incluso si me alejaba de mis padres. Me aterrorizaba saber cómo se lo tomarían, imaginar lo que podía lastimarlos si les decía las razones que había detrás de esa decisión.

Me repetía que hacía mucho que no quería ser la princesa que se ve en problemas con el villano en la torre más alta del castillo y a la que el valiente príncipe rescata en el último momento para besarla antes del «vivieron felices para siempre».

A diferencia del edificio, yo había evolucionado. Escoger una carrera que garantizara estabilidad económica y un buen empleo era más importante que seguir el tonto sueño de aquella niña. Durante dos meses, valoré mis opciones y estaba segura de mi elección…, o eso quería creer.

Me acomodé entre los mullidos almohadones, apoyé el talón sobre el marco de la ventana y crucé las piernas. La fría corriente de aire nocturno me acarició el rostro. Esperaba que el cansancio físico y mental me pasaran factura y pudiera dormir un par de horas. Sin embargo, una extraña sombra en la mansión me puso alerta.

Al borde de la barandilla de la azotea y con los pies colgando al vacío, había algo…, alguien.

«No es posible. Las alarmas habrían sonado».

Saqué la mitad del cuerpo por la ventana y agucé la mirada. La considerable distancia que me separaba de la casa, la miopía y los días sin dormir podían jugar en mi contra, pero hubiera jurado que era una persona.

Corrí a mi habitación a quitarme las lentillas y tomar mis gafas recién graduadas. Sin embargo, al regresar, no había nadie en la azotea de la mansión Bakker.

Capítulo 2

—¿Irás a la fiesta de Charles? —preguntó Dax.

Levanté la vista. No podía ignorarlo como había hecho durante la última media hora con los murmullos de la atestada cafetería.

Mi amigo acababa de salir del entrenamiento. Tenía el uniforme del equipo de fútbol manchado de tierra y una capa de sudor hacía que le brillara la piel morena.

—¿Por qué no te has duchado?

—Quería saber si irías.

Me dedicó una sonrisa encantadora.

—Si sabes que no, ¿para qué preguntas?

Volví la vista al libro que tenía entre las manos.

—¿Por qué no?

—Charles es mi ex —dije, enumerando con los dedos—, no quiero verle la cara y me puso los cuernos con quien ahora es su novia, la adorable Victoria.

Agité la mano con que había listado las tres fuertes razones.

—Es dentro de un mes.

—Entonces… ¿por qué me preguntas ahora? —Desvió la mirada y no me costó entender el sutil juego. Dejé caer el libro sobre la mesa y se estremeció con el sonido—. ¡Quieres que convenza a Sophie!

—No es eso. —El cambio en su tono de voz lo delataba—. La idea es que vayamos juntos. Nunca quieren salir conmigo, parece que no somos amigos.

—¡No me lo puedo creer! —Lo señalé con un dedo acusador—. ¡Te sigue gustando Sophie!

—¡No! ¡Claro que no!

Con un paquete de patatas fritas y su ternura, Sophie tenía en él a un admirador fiel. La veneraba desde el primer día, desde que se había creído un don nadie. Luego entró en el equipo de fútbol, comenzaron a salirle músculos en los lugares adecuados y alcanzó el atractivo metro ochenta que volvía loco a medio Soleil.

A Dax le hizo falta la confianza que le proporcionaron sus favorecedores cambios adolescentes para contarme lo que sentía. Necesitó semanas y varias conversaciones para entender que debía ser sincero con ella. Su error fue tardar en hacerlo.

Para cuando quiso expresar sus sentimientos, nuestra amiga ya salía con su actual novio. Julien, un año mayor que nosotros y más valiente, sí se había lanzado a por lo que quería. Sophie lo conoció, salieron unos meses y se enamoró de él.

—Puedes irte con las mentiras a otro lado, no te creo nada —dije; no tenía ganas de ser compasiva—. Como Julien se ha ido a Prakt y solo vendrá en fechas importantes, piensas que tienes una oportunidad con Sophie.

—No. No es eso. —Miró a todos lados sin saber cómo continuar—. No me gusta y no es…

Se acomodó en el asiento y jugueteó con mi botella de agua.

—Sophie jamás le sería infiel a alguien y está mal que esperes a que su novio desaparezca para intentar algo.

—No lo haré —murmuró.

Era consciente de lo egoísta que sería hacerlo.

—Al margen de Sophie, me gustaría que saliéramos. Ni siquiera nos hemos visto en vacaciones y cuando acabe el curso iremos a universidades muy distintas.

—No seas dramático. Estaremos en la misma ciudad.

—Prakt es gigante. Ustedes estarán a ocho paradas de metro y dudo que se vean con frecuencia. Imagina cuánto me verán a mí si estaré a veinte.

—Encontraremos una forma de vernos —insistí.

Evité decir que, al tomar otra carrera universitaria, mi localización sería distinta. Más paradas, más distancia.

—¡Aprovechemos el último curso!

—Muy conveniente, ¿no?

Ignoró mi sarcasmo.

—No veo nada de malo en que salgamos como antes de que yo estuviera en el equipo de fútbol y Sophie tuviera novio.

Se me escapó una carcajada.

—¡Qué vida tan triste la mía! Soy la única que sigue igual cinco años después.

—No es cierto —dijo, curvando los labios—. Has crecido unos tres centímetros desde que te conozco.

—Muy gracioso, don «las hormonas fueron generosas conmigo».

—¿Con quién? —intervino Sophie al llegar por sorpresa y sentarse a mi lado.

—¿Con quién crees?

Sophie se inclinó para pellizcar el cachete del moreno, como le habría hecho a un niño pequeño.

—Es cierto. Mira lo guapo que es y todas las chicas que conquista cada fin de semana. Nadie diría que antes era el flacucho que me robaba comida en los recreos.

—Basta —se quejó Dax, apartando su mano con delicadeza.

«¿Cómo es posible que mi amiga no vea lo distinto que actúa él a su alrededor? ¿Cómo no capta el brillo en sus ojos?».

Desde fuera y conociendo la verdad, la situación era vergonzosa.

—¿De qué estaban hablando?

—Mia ha dicho que se animará a ir a la fiesta de Charles —mintió Dax, y tuve ganas de ahorcarlo por no dejar el tema a un lado.

—¿De verdad? —se sorprendió ella—. Pensaba que planeabas quemarlo vivo en una hoguera mientras danzabas a su alrededor.

—¿Por qué crees que voy a ir a su casa? He conseguido madera y combustible. Será una hoguera enorme. —Miré a Dax con expresión amenazante—. Quizás me anime a lanzar a alguien más.

Sophie pasó los ojos de uno a otro sin entender nuestro intercambio.

—Me parece una buena idea —dijo ella.

—¿Quiere decir que vendrás? —Dax destilaba inocencia al hablar.

—Si Mia cambia la cara de tomate apachurrado, me animo. —Sophie apoyó la barbilla en la mano y me miró—. Es nuestro último curso, deberíamos aprovechar y salir como antes.

No quería ver a mi ex, y menos en su casa, pero tampoco quería privarme de disfrutar el último año de diversión con mis amigos solo por él.

—Ustedes ganan. No estaría mal ir a la fiesta de Charles.

—¡Perfecto! —Dax dio una palmada al ponerse de pie—. Me voy a duchar. Cómprenme algo de comer.

Nos guiñó un ojo y se alejó.

—¡Notición! —chilló Sophie, zarandeándome cuando nos quedamos solas.

—¿Se ha incendiado tu clase de Arte? —me burlé.

—No, mejor. Hay un chico nuevo.

—¿Cómo es eso mejor?

Lo más novedoso en Soleil durante la última década había sido la construcción del centro comercial y la vez que se inundó la juguetería. Ni el circo ambulante pasaba. Era normal la reacción, pero me gustaba molestarla.

—Se ha presentado en clase de Arte y es muy guapo.

—¿Desde cuándo te llaman la atención los chicos guapos?

—Que tenga novio no significa que me haya quedado sin ojos.

—Me doy cuenta.

Mastiqué un pedazo de lechuga por ocupar mi tiempo.

—Se llama Aksel, es un amor, dibuja genial, pero eso no es lo mejor —parloteó—. ¿Sabes cuál es su apellido?

—¿Es hijo de un miembro olvidado de la realeza?

Me pellizcó por no tomarla en serio y protesté.

—¡Bakker! —exclamó—. Su apellido es Bakker y ¡es tu vecino!

Una sensación desagradable me recorrió el cuerpo.

—No puede ser.

—Vivirá en la mansión, con su madre y su hermano.

—¿Se han mudado? —me alarmé—. ¿Hace cuánto?

—Aksel dijo que ayer. No quería perderse la primera clase de Arte del semestre y por eso su madre…

«Si llegaron ayer, ¿a quién vi en la azotea?».

Alguien viviría en la mansión. Creía que estaba destinada al abandono y, en mis sueños más disparatados, había planeado ahorrar dinero suficiente para comprarla y restaurarla. Esa era otra señal que respaldaba mi decisión. Había llegado el momento de crecer y olvidar el castillo.

—¿Se mantienen nuestros planes para hoy por la tarde? —quiso saber Sophie.

Por distraída, me había perdido la información sobre los nuevos vecinos.

—¿Planes?

—Prometiste hacerme fotos al atardecer —me recordó—. ¿Prefieres que sea en mi casa?

Yo era la segunda que tomaba el autobús escolar cada mañana; Sophie era la primera. Si mi casa estaba en medio de la nada, la de ella era el fin del mundo.

—Mejor en el patio de la mía.

• • •

El viaje en autobús logró que, por primera vez en días, tuviera ganas de ver una cama. No obstante, reuní fuerzas cuando llegamos a casa, que estaba vacía como todas las tardes, y preparé algo de comer antes de salir.

El patio trasero no tenía vallas que limitaran nuestro terreno. La mansión seguía igual de silenciosa, con la hierba crecida a su alrededor. En una parte, papá mantenía en perfecto estado su pequeño jardín, pero el resto del espacio solo estaba podado y el agua de la lluvia del día anterior se había acumulado en la irregular superficie.

Yo iba lista para convertirme en fotógrafa profesional, con zapatos cómodos, pantalón de algodón y camiseta. Sophie tenía varios vestidos de flores en la mochila y los usó todos hasta que su galería de fotos estuvo llena y se aburrió de posar antes de que cayera el sol.

Me entretuve eliminando fotos repetidas, sentada en una piedra. Ella se entretenía rodeando un charco de barro donde se acumulaba el agua de lluvia del día anterior.

Los pensamientos iban y venían dentro de mi cabeza. En los últimos meses, había sido incapaz de apagar el debate interno. Las palabras de Dax sobre la vida después de la graduación se empeñaban en volver a mí.

—¿Crees que nunca nos veremos en la universidad? —pregunté.

—Por supuesto que nos veremos —dijo como si fuera una pregunta sin sentido.

—Estaremos lejos.

—Ocho paradas se hacen en una hora —aseguró con la vista fija en las piedras que sobresalían del agua.

Conociéndola, trataría de cruzar el charco saltando de roca en roca. El agua se agitó y algunas gotitas de barro mancharon sus zapatos cuando dio el primer paso.

—¿Y si fueran más de ocho? —insistí.

—¿Qué quieres decir con más?

Alzó la vista e hizo maniobras para mantener el equilibrio.

No sabía cómo decirle lo de mi cambio de planes y, cuando iba a hablar, Sophie estornudó. Con un extraño movimiento, quiso recuperar la posición anterior, pero la roca en la que estaba parada se hundió y la hizo caer de espaldas. El barro salió disparado en distintas direcciones.

—¡Qué asco!

Traté de limpiarme agitando los brazos y puse su teléfono a salvo. Ella no paraba de carcajearse con aquel sonido de cerdito que dejaba salir cuando estaba en confianza. El agua fangosa le llegaba a la cintura y no mostraba ningún interés en levantarse.

—No seas tan delicada. Recuerda que jugábamos a hacer pasteles de barro.

—Y el barro no ha cambiado mucho desde entonces y siguen sin gustarme los pasteles —dije, controlando las ganas de vomitar.

Me acerqué y le ofrecí la mano. En vez de ponerse en pie, usó toda su fuerza para hacerme caer. Mi cara se hundió en el asqueroso fango. Me quedé pegada, sin poder moverme ni respirar. Su risa me taladraba los tímpanos cuando me incorporé sobre los codos. Cada célula de mi cuerpo gritaba venganza.

Fue así como comenzó la más épica batalla de barro que habíamos vivido jamás. Ya no éramos niñas, teníamos mejor puntería. Resultaba gracioso cuando una de las dos se resbalaba. Corrimos y nos reímos, intentando evitar los misiles de la otra. Me sentí de vuelta a la infancia, feliz, aunque tuviera barro metido hasta en las fosas nasales.

Nos detuvimos cuando la alarma que marcaba las seis de la tarde sonó y supe que mis padres llegarían en cualquier momento.

—¡Qué mal perder tienes! —Intentó salpicarme cuando alcancé la manguera instalada en la parte trasera de la casa—. Tu madre no nos va a regañar.

—Iba ganando, pero ya me he cansado de tragar barro. —Escupí varias veces antes de dispararle agua limpia y hacerla gritar—. Es tu culpa si me muero de una infección.

Me limpié con el chorro de agua directo a la cara, temblando de frío. Agité la cabeza y di un par de saltos en el sitio para deshacerme de la suciedad. Cuando abrí los ojos, estuve a punto de caer hacia atrás.

Había un chico a unos tres metros. Iba vestido de negro y llevaba una sudadera. Tenía una mano metida en el bolsillo del ajustado pantalón y con la otra, a la altura del pecho, jugueteaba con una manzana verde. Me pareció inquietante la manera en que me miraba.

—Tú debes de ser Nikolai. —No pude despegar los ojos del recién llegado a pesar de la declaración de Sophie—. Tu hermano me habló de ti, vamos a clase juntos.

Nikolai le dio una ojeada a mi amiga; estaba unos metros por detrás de mí, cubierta de barro. Ni siquiera hizo el intento de saludar. Cuando volví a tener su atención, las palabras salieron de mi boca sin que pudiera medirlas:

—¿Qué miras?

Me recorrió el cuerpo de arriba abajo. Mostró una deslumbrante media sonrisa y sus ojos brillaron, cargados de diversión.

—Admiro la vista —dijo, señalándome con la manzana antes de darle un mordisco y girar sobre sus pies.

No pude dejar de mirar su alta figura mientras se alejaba.

—Qué tipo tan raro —dijo Sophie, a mi lado, inspeccionándome de la misma manera—. ¡Oh! Ya veo a lo que se refería —agregó, con los ojos clavados en mi torso.

La fina camiseta blanca se me pegaba al cuerpo como una segunda piel. No llevaba sujetador y era lo mismo que estar desnuda. La bilis me quemó la garganta cuando miré al lugar por donde había desaparecido mi nuevo vecino.

«¡Maldito idiota!».

Capítulo 3

Los Bakker habían regresado a Soleil.

Una sobrina nieta del dueño había heredado la propiedad. Ella, a diferencia del resto de su familia, había decidido mudarse a la emblemática casa.

«¿Quién deja Prakt para vivir en un agujero en medio del continente?».

Mamá se moría por presentarse con su famoso pastel de chocolate. La pequeña Emma daba saltos por la sala de estar. Papá era el único racional, porque yo no podía serlo cuando ya odiaba a uno de los hermanos, y las convenció de lo inapropiado que era irrumpir de aquella manera. Los vecinos llevaban días en el pueblo y la casa no estaba en condiciones.

No tenía claro cómo la ocuparían. Recordaba los escombros, las goteras y barandillas rotas. Además, antes de tener alarmas, en noches de fiestas clandestinas, algunos grupos de vándalos se habían metido a pintar las paredes y romper lo que encontraran.

Debían de tener mucho dinero si pensaban restaurarla, y no me sorprendía. El apellido Bakker era sinónimo de millones. Habría dado lo que fuera por nacer con ese apellido, los envidiaba. Al menos a algunos miembros de la familia.

«Admiro la vista».

La frase del supuesto Nikolai no me dejaba en paz. No saludó ni se presentó. Era un maleducado al que solo le interesó decir que se me veían las tetas.

Me pasé el fin de semana observando por la ventana del segundo piso cada vez que subía o bajaba la escalera. Ni una vez había captado movimiento en la casa. Nada de luces encendidas, nadie en la azotea ni el idiota misterioso husmeando por los alrededores.

El lunes, al entrar al instituto, el apellido Bakker estaba hasta en las papeleras de reciclaje. Había historias de todo tipo y cada una era más irreal que la anterior. Lo único seguro era que los hermanos estaban en el último curso, que uno compartía clase de Arte con Sophie y que vivían en la mansión.

Durante el cambio de clase, yo estaba en el pasillo central, rodeada de las mismas habladurías, sacando los libros de Filosofía de la taquilla. Al cerrarla, me encontré a la persona que menos quería ver.

—Hola —dijo Charles.

El pelo negro, más largo que el día en que habíamos roto, le caía por la frente. Sus ojos verdes esperaban una reacción. Le vi un chupetón en el cuello, que intentaba ocultar con la chaqueta del equipo de fútbol.

—No me has saludado desde el principio de curso —añadió ante mi silencio.

Aguanté para no reírme en su cara.

—¿Por qué debería saludarte?

Me apoyé sobre la taquilla. No pensaba caminar con él. Ya era bastante que la gente nos observara sin disimulo al pasar por nuestro lado.

—Salimos seis meses. Es normal que nos saludemos después de las vacaciones.

—Salimos —recalqué—. Tiempo pasado.

—¿Significa que no podemos ser amigos?

—¿Desde cuándo te importa tener amigas? —Levanté el índice antes de que pudiera contestar—. Perdón, lo había olvidado. Te interesa desde que salías conmigo y eras amiguito de Victoria, ¿no es cierto?

—¿Sigues molesta por esa tontería?

—¿Tontería? —No podía creerme su desfachatez—. Los vieron en las gradas y confié en ti cuando me juraste que no había pasado nada entre ustedes.

—Sabes que en este pueblucho todos mienten —se defendió—. Solo estábamos hablando.

—Claro, ese día no pasó nada.

Apartó la vista.

—Lo que sucedió después es otra cosa.

—Otra cosa… —repetí—. Me parece que deberías buscar a tu otra cosa antes de meterte en problemas por hablar con tu ex en medio del pasillo.

Lo dejé atrás con un desagradable cosquilleo en la boca del estómago. No se dio por vencido y me siguió.

—Sí, tengo algo con Victoria, pero es reciente.

—No necesito que me lo cuentes, ya lo sabía —Me dirigí a la derecha para subir la escalera—. Lo sé yo y todo Soleil.

—Eso no quiere decir que tengamos que odiarnos. Cuando terminamos, dijiste que podíamos ser amigos.

Frené en el segundo piso y aguanté la respiración.

—Tú y yo no terminamos —especifiqué—. Yo terminé contigo y en ningún momento quedamos en ser amigos. Para empezar, no lo éramos antes de ser novios.

—Está bien. Tú terminaste conmigo —dijo, pisándome los talones cuando reanudé la marcha—. Queda claro que no sentías nada. Ni siquiera ahora quieres tener la fiesta en paz porque nunca te importó nuestra relación.

Me detuve muy cerca del aula de Filosofía y lo encaré.

—Eso es chantaje emocional.

—Es la verdad. ¿Duele que la digan?

—No te dejé por eso.

—Lo hiciste porque no te importaba.

Contuve el temblor del labio para no demostrar que me dolía escuchar lo que decía.

—Terminamos porque según tú, si no me acostaba contigo, significaba que no sentía nada por ti.

—¡¿Qué querías que pensara?! —exclamó, mirando a los lados porque en su cabeza el argumento tenía validez—. Llevábamos seis meses juntos y te pasabas la mitad del tiempo estudiando, leyendo o con Sophie. Nunca me prestabas atención.

—¡Y tú solo me hablabas para pedirme que nos acostáramos! —espeté—. ¿Tienes idea de cómo me hacía sentir eso?

—Me tratabas como si fuera tu amigo y no teníamos nada de acción.

—Disculpa, Charles. Que te besuquees con tus amigas no significa que el resto lo haga —aclaré, reuniendo valor y enderezando la espalda—. Eras mi novio y, si no me acostaba contigo, era…

—Porque no te gustaba y quién sabe qué hacías por ahí.

Quise escupirle lo que se merecía, descargar lo que había acumulado durante dos meses, pero vi que la señorita Morel se acercaba por el pasillo y no iba a montar un escándalo mayor.

—Esta conversación está de más. —Reuní paciencia y fingí relajarme—. Yo quería no andar con un imbécil y tú querías follar. Los dos obtuvimos lo que deseábamos.

Me dejé arrastrar por el último impulso y le pellizqué el chupetón que llevaba en el cuello. Charles pegó un grito y pude darle la espalda para dirigirme al aula.

Debería haber fingido que podíamos ser amigos y no dejarme llevar por las emociones. Como siempre, las buenas ideas llegaban después de la tormenta.

Me sentía traicionada y estúpida. El recuerdo del día en que se había molestado cuando no quise llegar hasta el final todavía me atormentaba. Por su culpa me sentí menos, un fenómeno que no era capaz de tener vida sexual como el resto de los adolescentes. Por su culpa solo tuve más miedo a esa primera vez.

La señorita Morel entró al aula, los pupitres sonaron mientras nos acomodábamos. Respiré para alejar a Charles de mi cabeza y saqué un cuaderno para tomar notas. Se me resbaló de la mano y terminó en el suelo cuando noté que la profesora no venía sola.

El chico que la acompañaba vestía una sudadera que reconocí. Iba de negro, tenía el pelo color cobre, despeinado y casual, con algunos mechones rebeldes. El maleducado misterioso, uno de los Bakker.

La profesora le indicó que se colocara frente a la clase. Era alto, le sacaba un buen tramo a la señorita Morel. Nuestras miradas jamás se encontraron y parecía cómodo al ser el centro de atención.

—Buen día, chicos —saludó la señorita Morel—. Les presento a su nuevo compañero: Nikolai Bakker. Lo han transferido de Prakt y espero que le den una calurosa acogida.

«Y se la darán», pensé.

A escasos metros, en un espacio bien iluminado y sin barro cubriéndome los ojos, capté lo que había pasado por alto el día que nos conocimos.

Tomó asiento al otro extremo del aula y tuve una privilegiada vista de su perfil. Tenía las cejas pobladas. Su nariz era fina y perfecta, en balance armonioso con su mentón y la línea cortante de su mandíbula. Si no hubiera llevado una sudadera ancha, podría haber pasado sin ningún problema por una divina escultura renacentista.

«Admiro la vista».

Recogí mi cuaderno e intenté concentrarme, no mirarlo y no recordar nuestro encuentro. Fue imposible. Al principio, lo hice con cuidado por si me pescaba, pero él no miraba a otro lugar que no fuera la profesora. Cuando levantó la mano, caí en la cuenta de que yo no tenía ni la menor idea del tema del que trataba la clase.

—Compártenos tu opinión, Nikolai —dijo la señorita Morel, satisfecha por la participación.

—Nika —corrigió con voz grave—. Me gusta que me llamen Nika.

El sonido de un lápiz al caer al suelo fue lo único que se escuchó.

—Dime tu opinión, Nika.

—No estoy de acuerdo con lo último que ha dicho. No creo que los hombres y las mujeres sean iguales.

—Dinos por qué —lo invitó la señorita Morel, que siempre nos alentaba a expresarnos con libertad.

Se incorporó en el asiento y apoyó los codos sobre la mesa.

—¿Se ha dado cuenta de la necesidad que tiene el ser humano por resaltar, por encontrar su identidad o crearla para sobresalir en la manada? Vivimos queriendo ser únicos por nuestro color de pelo, la ropa que escogemos, un tatuaje o nuestro gusto musical. —Se encogió de hombros—. Al mismo tiempo, vamos predicando ser iguales. Una extraña contradicción, ¿no le parece?

Hasta los del fondo del aula prestaban atención.

—Estamos batallando con nosotros mismos en todo momento. Como individuos, somos muy diferentes, pero entre hombres y mujeres el abismo se hace notar más. —Torció los labios—. Parece que hemos nacido en planetas distintos.

No fui la única que puso mala cara.

—Es una opinión —dijo la profesora con diplomacia—. ¿Nos darías un ejemplo que avale tu teoría?

Sonrió y me dio la impresión de que estaba esperando esa pregunta.

—El viernes pasado, estaba en mi nueva casa. —Tragué saliva ante lo que mi cuerpo identificó como una señal de peligro—. Desde el último piso, vi una lucha de barro entre dos chicas.

La mayoría de mis compañeros me miraron de reojo y sentí el calor subir a mi cara. No había una persona en Soleil que no supiera quién vivía junto a la mansión Bakker.

—Bajé por curiosidad y me encontré a la del pelo negro limpiándose el barro. Iba mojada de la cabeza a los pies y llevaba una camiseta blanca sin sujetador. Está claro que vi de ella todo lo que se podía ver de cintura para arriba.

Unas risas bajas llenaron el aula y creí que las orejas iban a estallarme. Las manos me sudaban y Nika mantenía aquel gesto impasible que divertía a mis compañeros.

—No lo considero un ejemplo —zanjó la profesora.

—Prometo que esto va a alguna parte —refutó con amabilidad—. A raíz de ese suceso, la chica de la que hablo —añadió, señalándome—, no me ha quitado los ojos de encima en toda la clase. —Se me fue el alma del cuerpo con otra ola de risas—. Para ella, puede que significara algo. No ha parado de pensar en ese momento, estará maquinando desde cómo llegué a Soleil hasta por qué estaba en su patio o si la espiaba. Somos muy distintos. Para ella fue relevante, para mí no. —Alzó las cejas y bajó la comisura de los labios—. Ni siquiera recuerdo cómo eran.

No podía moverme ni mirar a alguien que no fuera él.

—Razonamos distinto —continuó Nika—. Uno da más importancia a ciertos sucesos que el otro. Nuestros cerebros no funcionan de la misma manera. Biológicamente, no somos iguales y…

—Es un ejemplo poco ortodoxo y muy fuera de lugar —lo interrumpió la profesora, y el aula se sumió en el silencio—. Puede ahorrárselo la próxima vez, Nikolai, y…

—¿En eso te basas para decir que no somos iguales? —Me importó poco que me vieran roja y avergonzada—. ¿Será porque las mujeres le damos demasiada importancia a lo que nos sucede o porque los hombres tienen la capacidad innata de que no les importe nada mientras estén bien? —Destilé el veneno que cargaba por culpa de Charles y logré que Nika me mirara—. ¿Pensar menos te hace superior?

Se pasó la lengua por el labio.

—Eso no es lo que he dicho. —Las miradas pasaban de uno a otro, como en un partido de tenis—. No somos iguales, pero nunca he dicho que un hombre sea superior. No se me ha permitido decir que opino lo contrario.

Mis palabras desaparecieron antes de poder articularlas.

—Ustedes viven presas de emociones y luchas que un hombre desconoce. Saben cómo enfrentarse a sus demonios y convivir con ellos sin permitir que tomen el control porque son más capaces. Es la verdadera fortaleza lo que nos hace tan distintos.

»Pocos podrían vivir con lo que el mundo les ha hecho lidiar a las mujeres, empezando por el peso que la sociedad pone sobre sus hombros. Ustedes son más fuertes y lo son de la manera correcta —dijo sin parpadear—. Entonces, creo en la igualdad, pero no en que seamos iguales. Ni con siglos de evolución un hombre podrá llegar a la mitad de lo que es capaz una mujer.

Los suspiros de la clase me pillaron por sorpresa. Las chicas lo miraban embelesadas. Incluso la señorita Morel le dedicó una sonrisa indulgente antes de continuar.

Cerré la boca, que había dejado abierta sin darme cuenta. Todos habíamos caído en la trampa. Yo, en sus provocaciones; el resto, en su orquestado discurso para llamar la atención.

Miró al frente, fingiendo que atendía, que no notaba mi mirada, pero sus labios mostraron una curva maliciosa. No solo me avergonzó y quedó como un héroe, sino que después de eso, todas babearían por el perfecto Nika Bakker.

Capítulo 4

—¿Es cierto que lo hiciste con tu vecino después de un baño de barro?

Levanté la vista y encontré la divertida expresión de Dax. No había que ser un genio para saber que en el instituto no paraban de comentar sobre el enfrentamiento que había tenido con el idiota de Nika.

—¿Es lo más ingenioso que se han inventado?

—Creo que hay una teoría que incluye un trío con Sophie.

Ocupó una de las sillas al otro lado de la mesa de la cafetería. El tiempo nos había hecho inmunes a los chismes. No nos creíamos nada hasta que uno de los tres lo confirmaba y era más divertido reírse de ellos que batallarlos.

—Parece que he recuperado mi… virginidad.

—¿La habías perdido?

Contuve la risa ante su exagerada expresión de horror.

—Cuando el director me vio con Charles en los vestuarios, propagaron el rumor de que estaba embarazada.

Asintió repetidas veces.

—Mamá casi muere del infarto cuando un paciente se lo contó, ¿recuerdas? La pobre, ya se veía siendo abuela.

—Pero es la segunda vez que la recuperas para perderla —señaló Dax—. A los dos meses de entrar al instituto, te caíste encima de Claude, el de último curso. Llevabas unos zapatos demasiado grandes. Después de eso, dijeron que la habías perdido.

—Cierto. —La primera mentira en la que me vi envuelta con trece años—. He tenido una vida salvaje.

—Tu situación actual es desvirgada —apuntó con tono experto.

—Hasta que la recupere y vuelva a perderla —dije, alzando las cejas para darle un toque teatral—. Me quedan meses, puedo caerme encima de cualquiera por los pasillos.

—Estoy convencido —corroboró, brindándome la mano para chocar palmas.

Aproveché el buen humor para darle un mordisco a mi hamburguesa. Tras el primer bocado, apareció Sophie acompañada de un chico y mi apetito desapareció: el otro miembro de la familia Bakker.

Se parecía al impostor de Nika. Tuvo que acercarse lo suficiente para notar las diferencias. La miopía estaba avanzando y debía conseguir lentillas nuevas.

Era casi tan alto como su hermano, tenía el pelo más oscuro y compartía los mismos rasgos proporcionados que me dejaron sin habla. Sus padres debían de haber llevado a cabo un ritual satánico durante su concepción.

Sophie estampó un beso en la mejilla de Dax.

—Saluden a Aksel Bakker —anunció.

El chico sonrió y mostró unos bonitos hoyuelos.

—Tú debes de ser mi nueva vecina —dijo con voz dulce.

—Eso parece —atiné a decir tras estrecharle la mano.

—Sophie me ha hablado mucho de ti.

—Mmm… No lo dudo.

Mi amiga no se mostró arrepentida por hablar a mis espaldas cuando la regañé con la mirada.

—Dice Soph que te gusta dibujar —comentó Dax para hacerlo sentir cómodo y parte del grupo.

—Y tiene mucho talento. Además, es bueno en Matemáticas —agregó ella, guiñándome un ojo al ocupar la silla que estaba a mi lado—. Podrá ayudarnos con los exámenes.

—¿Juegas al fútbol? —quiso saber Dax, inspeccionándolo como a una ficha coleccionable.

El pelinegro negó y frunció el ceño.

—Los deportes de contacto no son lo mío.

—Lástima. —Mi amigo entrecerró los ojos—. Nos falta un delantero en el equipo.

—No soy la persona indicada —aseguró.

Había algo hechizante en su manera de hablar, por trivial que fuera el intercambio con Dax, que seguía haciendo preguntas para crear conversación. Respondía con las palabras justas, cohibido, y de vez en cuando me miraba, como si me reconociera de algún lugar. Yo podía jurar que nunca nos habíamos visto.

—¿Comes con nosotros? —preguntó Sophie, y aproveché para quitarle los ojos de encima a mi nuevo vecino.

—Tengo que encontrar a mi hermano —se disculpó.

La mención me revolvió el estómago.

—Deberían unirse a nosotros —ofreció ella, y le di un pisotón por debajo de la mesa que la hizo protestar.

Los chicos la miraron y mi amiga alegó que había sido un calambre al ver la amenaza en mi rostro.

—A Nika no le gusta comer rodeado de personas —comentó Aksel—. Quizás otro día.

Se despidió y me dedicó una sonrisa que le marcó los hoyuelos.

Cuando desapareció, entre las protestas de Sophie por haberle ensuciado la zapatilla, conté lo que había sucedido y los dos tuvieron armas suficientes para burlarse de mí por el resto de la hora.

Nika era un niño rico, y al parecer aburrido, que disfrutaba poniendo a otros en ridículo. Traté de no darle vueltas al asunto. Tal y como había dicho, dediqué mucho tiempo a analizar el incidente con mi camiseta mojada. Resultaba irritante que lo dedujera sin conocerme.

A media tarde, la señorita Morel me localizó para que no me fuera del instituto sin verla. No me iba a escapar de una reprimenda después del espectáculo que había dado en su clase. Mi esperanza era que hiciera lo mismo con el idiota y que no decidiera juntarnos para firmar un tratado de paz.

Llamé dos veces a la puerta antes de escuchar que me invitaba pasar. La oficina estaba impecable y olía a las flores que descansaban sobre el escritorio. Una vez frente a ella, no supe cómo pedir disculpas.

—No estás aquí por lo que ha pasado —aclaró al ver que me retorcía las manos sobre el regazo.

Me tendió el formulario de solicitud para la universidad.

—El día que la llenaste estabas tan nerviosa que no pusiste todos tus datos. Además, quería que conversáramos porque esta semana me he encontrado con tu madre y…

—¡Dígame que no le ha contado lo de Contabilidad y Finanzas! —exclamé, exponiéndome sin necesidad de preguntas.

Su rostro se descompuso.

—¿Por qué no se lo has dicho? —preguntó—. Conozco a tus padres, Mia. No te obligan a estudiar Historia del Arte, no veo razón para no contarles que has cambiado de planes respecto a la universidad.

—No… No es eso.

La profesora no me dejaría ir sin explicarle lo que sucedía y me di por vencida.

—Quiero estudiar Finanzas porque así tendré un empleo seguro en Prakt —confesé, librándome del peso que llevaba encima—. No planeo regresar a Soleil y todavía no les he dicho nada.

—Mia, siempre has estado muy segura de tu vocación —se lamentó—. Eres de las pocas en tu curso que no me ha dado problemas.

—Pero no me servirá de nada estudiarlo.

—Porque dejar Soleil es tu prioridad, no estudiar lo que te gusta.

Sonaba estúpido cuando se decía de tal forma, pero no lo era.

—Si le preocupa que mis padres no lo sepan, se lo diré esta semana —aseguré, llenándome de valor, aunque no tenía idea de cómo hacerlo—. Completo el formulario y fingimos que no ha pasado nada.

Impidió que alcanzara la hoja.

—Este es un momento decisivo y eres una chica inteligente —dijo con tono maternal—. Estás pensando en el futuro y lo celebro. Sin embargo, la vida nunca llega a ser como imaginamos.

Sondeé la habitación con la mirada.

—¿Usted no planeó trabajar aquí? ¿No quería ser profesora?

—No voy a decir lo que planeé a tu edad, no sería ético. —Me sonrió—. Necesito que entiendas lo que vale mirar atrás y saber que hemos sido felices en el camino. Tomarás tus decisiones y cometerás errores, pero considéralo, hazlo con calma. Puedes solicitar el ingreso en ambas universidades —dijo, mostrándome un formulario en blanco—. Si durante el curso cambias de opinión, podrías lamentar la decisión que tomes ahora.

Entrelacé los dedos de las manos por debajo de la mesa y las apreté tan fuerte que me dolieron.

—Agradezco su ayuda, señorita Morel —dije con toda la calma que pude reunir—, pero ya tomé una decisión.

Mis dedos estaban a punto de tocar la hoja a medio llenar cuando un par de toques contra la puerta me sobresaltaron. La profesora se levantó para atender a la persona que estuviera al otro lado y le pidió que esperara unos minutos.

El tiempo que le tomó volver a su lugar fue suficiente para que mis ojos pasaran demasiadas veces de una hoja a otra. Las dudas volvieron y me rendí. Rellené el formulario en blanco, solicité plaza en las dos universidades bajo la orgullosa mirada de mi consejera escolar.

Tenía diez meses más para pensarlo.

• • •

La señorita Morel prometió no contarle a nadie sobre mi doble solicitud universitaria o mis ganas de salir huyendo de Soleil. Compartir lo que me había hecho sentir culpable durante meses alivió la tensión. Me centré en aprovechar el tiempo libre antes de que llegaran los programas de estudio para los exámenes de ingreso y tuviera que centrarme en obtener la máxima nota en unas asignaturas tan distintas.

En el instituto, hubo rumores sobre mí durante unos días, pero todo giraba en torno a los Bakker y no sentí las consecuencias. Antes de que me diera cuenta, era viernes y estaba en mi sala de estar con Sophie, comiendo patatas fritas y viendo dibujos animados. Emma se entretenía dibujando, con el suelo lleno de hojas y lápices de colores.

—Dame tus pies —pidió mi amiga, decidiendo que ya era hora de pintarme las uñas.

Me acosté para que se entretuviera y Emma alzó la vista.

—¿Quieres ver mi dibujo? —preguntó, siempre hambrienta de halagos.

Me acomodé para que pudiera sentarse en el borde del sofá. Era muy delgada a sus doce años y, como yo, no había heredado la estatura de papá, no de momento. Su cara era perfecta y ovalada, el pelo color miel le hacía juego con los ojos.

Me puso el dibujo delante de la cara y tuve que alejarlo para entender que había pintado el paisaje que se veía desde la ventana principal de nuestro salón. La técnica con lápices de color era buena para su edad.

—He tenido que hacerlo de nuevo —confesó—. La profesora ha dicho que el de clase era horrendo. —Recogió un dibujo del suelo—. También es la vista de nuestra ventana.

El que venía de su clase de Arte era un espectáculo colorido, con flores flotantes, el horizonte torcido y el sol en medio del cielo, que seguía movimientos antinaturales con matices azules y líneas que me recordaron a las obras de Van Gogh.

—¿Qué ha dicho la maestra?

—Que esto no era dibujar —contestó, moviendo el dibujo alocado—, que viera el paisaje y usara los colores reales.

Le frustraba hacer algo mal.

Miré los dibujos. Encontré libertad y ganas en uno, técnica y monotonía en otro. La escuela y sus métodos cuadrados de enseñanza nunca dejarían de sorprenderme.

—¿Sabes que hace mucho se medía a los artistas por lo reales que se vieran sus obras? —Arrugó la nariz sin entender a dónde me dirigía—. Mientras mejor copiaran los colores y las formas, más aclamados eran, pero se aburrieron de hacer siempre lo mismo. Necesitaban más, querían comunicar algo con su obra, poner palabras detrás de los colores. La manera de hacerlo era rebelarse contra las medidas perfectas, las proporciones y la realidad.

—Pero eso está mal.

—¿Quién decide lo que está bien o mal a la hora de crear? —Emma seguía siendo fácil de conmover—. Monet, Matisse, Picasso, Braque y Kandinsky le dijeron adiós a la academia y dejaron atrás lo que les enseñaron.

—Pero ¿no los miraron mal?

—Los llamaron locos…, salvajes, *les fauves* —sentencié, haciéndole cosquillas—, pero hoy todos conocen sus nombres y sus obras valen más que el pueblo de Soleil entero. Los recuerdan como vanguardistas.

Emma tomó los dibujos de mis manos.

—¿Significa que debo hacer lo que quiera, aunque la maestra de Arte diga lo contrario?

—En cualquier escuela, te enseñarán a calcar la realidad. No es malo aprender la técnica y tampoco lo es dejar salir la creatividad —aseguré—.

¿Sabes qué les pasó a los locos de antes? Cuando quisieron abandonar la creación de obras realistas, se encontraron con una pared que la academia construyó, que impedía acceder a esa parte infantil y sin límites con la que nacemos. Si en clase debes hacer cielos azules, aprende a hacer cielos azules. Cuando llegues a casa, no mires por la ventana tratando de reproducir lo que ves. A fin de cuentas, ¿quién dice que lo que tú ves es lo mismo que veo yo? —Le resultó divertido—. Interpreta tu realidad, haz lo que salga de aquí. —Le toqué el pecho—. No importa si el cielo ondea, si es naranja o verde. Si quieres dibujar vacas color rosa nadando en mantequilla violeta, hazlo. No dejes que le pongan barreras a tu creatividad.

Sonrió de oreja a oreja y se puso de pie para lanzarse a una cartulina vacía, seguro que para experimentar con vacas psicodélicas. Sophie me miraba con ojos de cordero, sosteniendo mi pie y el esmalte de uñas.

—Eres tan linda… —Hizo un puchero—. Serías una excelente profesora de Arte.

Se me revolvió el estómago al imaginarlo. Era un atractivo futuro en el que tenía poca o ninguna confianza. Estaba a punto de sumergirme en el mismo hoyo existencial cuando escuché el coche de mamá acercándose. Un minuto después, entró por la puerta y acaparó toda la atención.

—¡Tengo al mejor esposo del mundo! —exclamó a modo de saludo, y papá apareció para recibirla.

Se dieron más besos de los que habría deseado contar.

—Sabía que te haría feliz —dijo papá a mi espalda—. Recuérdame que te recuerde que me debes una —bromeó por lo bajo.

La cara de incomodidad de Sophie fue el reflejo de la mía.

—¡Por Júpiter, córtense un poco! —Un escalofrío me recorrió la espalda—. Hay menores en la habitación, es ilegal.

Rieron antes de separarse.

—Mis problemas están resueltos —dijo mamá.

—¿Has conseguido asistente?

Había pensado que sería imposible y me tocaría ayudarla a media jornada.

Nos besó a las tres en la frente y tomó asiento en el sillón a mi derecha.

—Todo gracias a mí —añadió papá, y ella lo miró de la misma manera en que Dax miraba a Sophie.

—No entiendo nada —dijo mi amiga.

—Mi asistente está embarazada. En unas semanas, estará de baja durante un año.

—Y esta mañana ha llegado alguien a la tienda para ocupar el puesto que tengo vacante allí —intervino papá—. Una mujer joven y con estudios de pedagogía. Me pareció raro que solicitara un empleo por debajo de sus habilidades.

—Pero es perfecta para mí —interrumpió mamá—. Es tan amable y tiene la experiencia que necesito para tratar con mis pacientes.

—De nada, cariño —dijo papá, y volvió a la cocina para seguir con la cena.

—¿Quién es la señora? —preguntó Sophie.

—Otra buena noticia —respondió, entusiasmada—. Es nuestra vecina, Anette Bakker.

La sonrisa abandonó mis labios.

—Esa familia es rica. ¿Para qué necesita un trabajo?

Mamá me dedicó otra de sus miradas, esas que me atravesaban de la peor manera.

—Estoy cansada de decirte que no vayas por la vida armándote una imagen de las personas sin conocerlas —reprendió—. Es de mala educación.

Intenté no resoplar.

—Lo siento, pero creía que no necesitaría un trabajo. Se mudaron a una casa que costará muchísimo dinero arreglar y llevan un apellido poderoso. ¿Tan mal están mis suposiciones?

—No se hacen —repitió—. Anette Bakker será mi empleada y en la entrevista no le pregunté cuánto dinero tiene en su cuenta bancaria o qué negocios lleva su familia. Eso no la define como trabajadora o como persona. El dinero no es la única razón para tener un trabajo. El ser humano tiene más necesidades que llenar, lo económico es solo una parte.

Miré a Sophie de reojo. Fingía pintarme las uñas para darnos privacidad, al igual que Emma: concentrada en sus dibujos.

—Te dejo de tarea que lo reflexiones con la almohada durante el fin de semana —añadió para suavizar la situación y regalarme una sonrisa—. Tengo mejores noticias.

Era evidente que había estado conteniendo la información.

—Anette nos ha invitado a comer. Mañana cenamos en la mansión.

Capítulo 5

Mis padres conversaban y Emma saltaba de piedra en piedra mientras nos dirigíamos a la mansión. Con cada paso tenía más ganas de inventar una excusa y regresar a casa.

Llevaba procesándolo todo el día. Mi problema con la cena no eran Aksel o su madre, sino el farsante de Nika, que me había ignorado desde el lunes. Lo único que debía preocuparme era que la casa decidiera colapsar con nosotros dentro, lo demás era irrelevante.

El camino entre la maleza conducía a una escalerilla de cinco peldaños que terminaba en una hermosa puerta doble. Seguía despintada y carcomida de óxido en algunos lugares. Combinaba hierro con grueso cristal, roto por el vandalismo. La hiedra que consumía el exterior de la construcción había sido cortada para que las puertas abrieran, y una luz cálida iluminaba el recibidor.

Tuvimos suerte o la señora Bakker estaba con la oreja puesta. La silueta de una mujer se apresuró hacia la entrada con dos figuras a su espalda. Tras el sonido de las antiguas bisagras, apareció la tercera sorpresa de la familia, flanqueada por Aksel y Nika.

Anette Bakker era más baja que sus hijos. Llevaba el pelo negro largo hasta los codos, en suaves ondas y con un flequillo voluminoso que le rozaba las cejas. Era hermosa y joven, no debía de pasar de los cuarenta años.

Nos sonrió, tan feliz como mamá cuando recibíamos visita. Le salieron unos bonitos hoyuelos y supe de dónde los había heredado Aksel.

—Bienvenidos. —Su manera de hablar era casi angelical. Nos dio paso al recibidor—. Oficialmente presentados —añadió, abrazando a los chicos por la cintura—. Estos son mis hijos: Aksel y Nika.

El pelinegro sonrió y Nika, para mi sorpresa, les dio un cordial saludo a mis padres. Sus ojos no pasaron por mí y fueron directos a Emma, que se cohibió y apartó la mirada.

—A nosotros nos tocaron… Diría princesas y sería una mentira —bromeó mamá—. Esta es Mia, se llama Amaia, pero odia su nombre.

La madre de los Bakker me abrazó por sorpresa. Olía a flores y, al separarse, me acunó la cara de la misma forma en que mamá lo hacía cuando pasaba mucho tiempo sin verme.

—¿Y usted, señorita? —dijo con voz temblorosa, girándose hacia mi hermana.

—Ella es Emma —respondió mamá.

—Emma —repitió nuestra anfitriona, y nos dedicó otra sonrisa nerviosa antes de volver a mirar a la enana—. Es… Es un nombre precioso.

—Gracias —respondió ella con la vista en sus zapatos.

Nika, sin gota de tacto, dio la espalda y se retiró. Aksel ofreció una sonrisa de disculpa, aunque mis padres no se percataron de la descortesía. Seguían conversando con la señora Bakker y tuve tiempo de inspeccionar el recibidor con disimulo.

Las paredes estaban desconchadas, con el ladrillo desnudo en varios lugares. Desde ese punto, se veía la escalera de madera. Le faltaba un trozo de barandilla y había un par de hojas de ventana descansando contra una pared.

Emma me pellizcó el costado y señaló hacia arriba. Una lámpara de araña con algunas bombillas de luz amarilla colgaba del techo de puntal alto. Entendía su sorpresa, la mansión por dentro era como entrar a un pequeño castillo.

La madre de los Bakker se disculpó más de lo necesario por el estado de la casa. Al menos esa planta estaba libre de escombros, sin telarañas y el suelo limpio, me pareció un logro.

Nos invitaron a pasar y atravesamos el segundo recibidor, alargado y rectangular. Dos espejos enormes se oponían, empotrados en la pared. Mi hermana se quedó sin palabras ante la ilusión que creaban los reflejos. Quería verse a cuerpo completo y no lo logró de puntillas ni alejándose porque los espejos no llegaban al suelo.

Me dedicó una mirada lastimera para que la alzara y el deber de hermana me llevó a intentarlo. Era pequeña y delgada, pero yo no tenía fuerza para sostenerla el tiempo suficiente.

—¿Puedo ayudar? —preguntó Aksel a mi lado.

Emma asintió y agradecí que diera su consentimiento. Habría terminado con la espalda hecha pedazos si no me hubiera ayudado a compartir el peso de la enana.

—Es hermoso, ¿cierto? —dijo él.

—¿Qué es eso? —Emma señaló el decorado de la consola y el marco.

—Mosaicos —contesté.

Entrecerró los ojos.

—¿Los pintaron?

—No. Son cuadrados pequeños que pegaron uno junto a otro para formar los patrones.

Un trabajo exquisito y de líneas sinuosas en amarillo y azul.

—Son muchos.

—Nadie dijo que fuera sencillo —me burlé.

—¿No habías visto la casa? —preguntó Aksel, y ella negó, mirándolo a los ojos por primera vez.

Sus mejillas tomaron un bonito color rosa. Estaba hipnotizada con la dulce sonrisa del chico y los hoyuelos que aparecían en su rostro.

—La cerraron definitivamente cuando era muy pequeña —expliqué porque Emma no iba a poder hablar, evidentemente tenía un flechazo por el menor de los Bakker.

—Si te gustan esos, deberías ver los que hay en el techo del porche —dijo él sin dejar de mirarla, ignorante de lo nerviosa que estaba mi hermana al tener su atención—. De día se ven impresionantes.

Emma me miró para saber si era posible aceptar.

—Nos está invitando, enana. Por supuesto que vendremos… a ver a Aksel.

Traté de no reírme para que la broma surgiera efecto. Emma se puso tan roja que podía haberle estallado la cara.

—Quiero bajar —balbuceó.

La ayudamos y, una vez sobre sus pies, no supo a dónde ir.

—A la derecha —susurró él, y mi hermana desapareció con paso apresurado en dirección al comedor.

—Te has ganado una admiradora —bromeé—. Te acosará por la eternidad, ¿lo sabes?

—No creo. Seguro lo olvida mañana.

—Los *crushes* de la infancia son los peores —aseguré, caminando a su lado.

—¿Lo dices por experiencia?

—Yo tuve suerte —reflexioné—. Mi primer *crush* fue el dependiente de la heladería. En aquel entonces él tenía dieciocho años y yo unos doce.

—¿Sigues enamorada? —se mofó.

—Veo que no has ido a la heladería. —Ladeé la cabeza—. Prefiere usar los libros para calzar muebles y se ha dejado bigote. Lo superé hace mucho.

Aksel estalló en carcajadas cuando llegábamos al comedor.

La mesa de dieciséis comensales se mantenía en el mismo lugar. El juego de sillas no estaba completo, pero las supervivientes parecían nuevas, era indudable el mantenimiento que les habían dado.

Reconocí el busto de mármol blanco que servía de centro de mesa. El rostro del Bakker que había construido la casa, fijo a la hermosa caoba, era igual de horroroso y perturbador. Nunca entendería a dónde podía llegar la adoración de una persona por su imagen, hasta el punto de perpetuarla para que generaciones futuras vieran su cara al comer.

Mi teléfono vibró. Entraron dos mensajes con segundos de diferencia y me sorprendió el remitente: Charles.

—Mia —llamó mamá—, nada de teléfonos.

Llegué a mi sitio, entre Emma y ella. Los Bakker se sentaban al lado opuesto de la mesa y dejaron libre la cabecera. Nika quedó frente a mí.

—Espero que les guste la cena —dijo la señora Bakker destapando la sopera y haciendo que el delicioso olor a caldo de pollo me acariciara la nariz—. Encontramos vajilla en la única habitación sellada de la casa. Está bien conservada, valía la pena usarla.

Me fijé en los platos, tenían hermosos detalles en oro. No quería ensuciarlos con comida, pero papá me quitó uno para comenzar a servir.

—Anette, todo está perfecto —dijo mamá, tras recibir otra ronda de disculpas por parte de la mujer—. Acaban de mudarse.

—Ayer los chicos abrieron la habitación clausurada. Había tantas reliquias que es increíble que se preservaran durante años.

Aguanté las ganas de preguntar qué habían encontrado en el único lugar que no conocía de la mansión.

—Y ¿cuándo llegaron? —quiso saber papá.

—Bueno, Aksel y yo a finales de la semana pasada, pero Nika llegó antes, ¿no, cariño?

—Llegué en la madrugada del martes.

Nuestras miradas se encontraron. La sombra que sus cejas proyectaban sobre los ojos resultaba inquietante.

No fue la miopía o la falta de sueño, sino Nika al borde de la barandilla, estaba casi segura. Quizás también me había visto esa noche y sabía quién era desde antes de conocernos.

Comprobé mi teléfono para cortar el incómodo contacto visual y me arrepentí al instante.

Charles: Siento lo del otro día.

Charles: Necesitamos hablar.

—Mia —llamó Emma a mi izquierda.

Tenía la cuchara sopera en la mano.

—¿Tengo que darte de comer? —me burlé para no pensar en mi ex o en lo que acababa de leer.

—¿Son tentáculos? —comentó para que me fijara en el cubierto.

El decorado en plata mostraba una misma persona con dos rostros, cada uno mirando en dirección contraria. De la cabeza le salían tentáculos que abrazaban el mango. Era un tanto demoníaco para ponerlo en un juego de cubiertos.

Asentí en respuesta.

—Es porque el artista se aburrió de las cabezas comunes —supuso.

Reí por lo bajo para no molestar al resto.

—Más o menos. Digamos que quien lo hizo no tenía una profesora que le hiciera mirar un modelo para dejarse llevar.

Emma pareció satisfecha al identificar la lección del día anterior y se concentró en la comida. Quise hacer lo mismo, pero la atención de Nika pesaba y, si ya me ponía ansiosa comer delante de desconocidos, era peor sabiendo que alguien no me quitaba los ojos de encima.

—Por cierto, Mia —llamó la señora Bakker—. Tu madre mencionó que te gusta la casa.

—¡Oh, sí! Está obsesionada.

—¡Mamá!

—De niña venía a corretear, hasta que empezó a meterse gente extraña —explicó sin prestar atención a mi protesta.

—Fue una pena que destruyeran el lugar, pero tuvo solución —añadió papá.

«No lo digas, mamá, no lo digas».

—Gracias a Mia, declararon la casa patrimonio de Soleil —dijo, dando inicio al que conocía como «el discurso más vergonzoso de la historia»—. A los trece años, recogió firmas y solicitó audiencia en el ayuntamiento para que instalaran alarmas y un sistema de seguridad, aunque los propietarios no colaboraran. No descansó hasta conseguirlo.

La señora Bakker quedó impresionada.

—Tuvo ayuda de un amigo abogado —especificó papá—. Mia es una activista apasionada.

Sentía el cuello caliente, debía de tenerlo rojo. Mis padres no paraban de hablar sobre lo mismo y traté de no escuchar. No quería mirar a Aksel y mucho menos a Nika.

—Y de ahí viene la obsesión con estudiar Historia del Arte —concluyó mamá con broche de oro.

Mi vida expuesta delante del busto de mármol del viejo Bakker, junto a los filetes, el puré de patatas, la ensalada y la vajilla ancestral de la familia. Me dieron ganas de salir corriendo.

—La facultad de Historia es hermosa —dijo la anfitriona—. Trabajé allí cinco años y es de los edificios más bellos de todo Prakt. A Nika y Aksel les encantaba acompañarme.

—¿Historia del Arte? —intervino Nika, llamando la atención de la mesa—. Jamás pensé que una chica como tú estaría interesada en esa carrera.

—¿Una chica como yo? —pregunté.

—No te lo tomes mal, pero en las pocas clases que tenemos juntos, te imaginé estudiando algo distinto. —Se rascó la barbilla para simular que reflexionaba—. Quizás Contabilidad y Finanzas.

Hubiese preferido que me lanzara sopa hirviendo. Mamá comenzó a hablar de lo mala que era en Matemáticas y el intercambio se fue en otra dirección.

Su mirada maliciosa lo decía todo. No era una coincidencia. Sabía más de lo que debía y era un problema si usaba esa información en mi contra.

Mi teléfono vibró con otro mensaje.

Charles: Siento mucho lo que pasó y jamás me disculpé.
Llámame, por favor.

Releí los mensajes más de lo necesario, incapaz de procesar lo que veía después de recibir tanta información en pocos minutos.

Mia: Estoy en una cena familiar.

No podía lidiar con él en ese momento. Al volver a la conversación, los platos estaban vacíos y me encontré la expresión descarada de Nika. No me dejé intimidar, ya se había burlado de mí una vez, no habría una segunda. Le divirtió que alzara una ceja para desafiarlo.

—¿Por qué miras así a mi hermana? —espetó Emma, tomándome desprevenida.

Era lo primero que decía en voz alta y clara; todos la miraron. Nika le sonrió con un gesto deslumbrante y sincero.

—Estaba recordando un debate que tuvimos en clase de Filosofía.

Mis músculos se tensaron.

—¿Qué debate? —preguntó Emma, pasando la mirada de uno a otro.

—A ella no le gustó un ejemplo que puse.

—¿Qué ejemplo?

—Mejor que ella lo cuente, ¿no? —invitó al señalarme con la mano, logrando que los presentes quedaran a la espera.

«¡Maldito manipulador!».

Tuve ganas de clavarle un tenedor en el ojo.

—Hora del postre —intervino Aksel, y se puso de pie, lo cual no me pareció una coincidencia, sino una manera de salvarme del aprieto.

La señora Bakker fue en busca del pastel y ofrecí mi ayuda para salir huyendo con el corazón en la boca.

En la cocina, mientras la mujer hablaba de Prakt y la universidad, yo pasaba el mal trago de una vergüenza tras otra. Lo más preocupante era cuánto sabía el idiota sobre mi solicitud universitaria y cómo lo había averiguado.

Al regresar, tomé asiento sin ganas de probar el pastel, algo que solo hacía por compromiso, incluso si no tenía un nudo en el estómago.

—Tienes un mensaje —dijo Nika, señalando mi teléfono, que descansaba sobre la mesa.

Charles: Te extraño.

Pestañeé varias veces sin entender qué demonios sucedía esa noche, que todos se empeñaban en jugar conmigo. No permitiría que Charles arruinara mi paz y Nika... Nika dejó de ser un problema porque volvió a ignorarme y, a la primera oportunidad, desapareció.

Cuando Emma tuvo sueño, papá la llevó a casa y mamá se quedó en la cocina con la señora Bakker. Aksel y yo salimos al porche lateral. La noche era clara y había luna llena, todavía hacía una temperatura agradable gracias a que estábamos a finales de verano.

—Entonces —dije, apoyándome en la barandilla de piedra—, ¿qué tal el cambio de la movida Prakt por el tranquilo Soleil?

Se sentó al otro extremo. Me miró de reojo con una sonrisa de labios cerrados.

—Es una mejora.

—¿Qué puede tener un pueblo olvidado en medio del continente frente a la gran ciudad?

—No podría explicarlo. —Detecté cierta amargura en su voz y que se detenía a escoger las palabras adecuadas—. Soleil es mejor, el aire es distinto. Se siente una libertad que no había experimentado.

—Cuando pasen dos meses, no vas a pensar igual —ironicé—. Aquí no hay nada.

—Depende de lo que busques.

Una interesante declaración.

—Y tú, ¿qué buscas?

Se quedó pensativo y me fijé en su perfil, iluminado por la luz del interior de la casa. Los Bakker tenían que haber sido bautizados con polvo de duende, no era normal verse tan bien. Se mordió el fino labio inferior antes de contestar:

—Digamos que paz. No solo para concentrarme en mis proyectos, sino para mi madre y Nika. La vida en Prakt nos asfixiaba.

No entendí a qué se refería. Sonaba agotado, como si el tema doliera o fuera lo último de lo que deseara hablar.

—Paz en Soleil hay. El problema es que se han metido en una casa que hay que rehacer. Tranquilidad no habrá con los constructores rondando.

Soltó una risa baja.

—No habrá nadie por aquí.

Quizás les quedaba polvo de duende y pensaban esparcirlo para que la casa se arreglara sola.

—¿Cómo harán para que no se les caiga encima? —quise saber—. No es algo que puedan ignorar. Algunas zonas de la mansión pueden considerarse peligrosas.

—Para empezar, estamos terminando de solucionar las goteras.

—¿Estamos?

—Nika y yo.

—¿Han arreglado las goteras?

—Él lo hizo la primera semana, yo ayudé con las más complejas.

No imaginaba a dos chicos de la renombrada familia Bakker haciendo trabajos de ese tipo en vez de pagarle a un profesional.

—Aquí hay más que goteras —señalé.

—Nada eléctrico funciona bien. Para reemplazar el cableado, Nika debe terminar los planos de la casa y…

—¿Nika?

—Sí. Se le da bien.

—¿Planos eléctricos?

—Te sorprendería lo que puede hacer.

Resoplé.

—Prefiero no saberlo.

Captó mi desagrado.

—Perdónalo —dijo, haciéndose cargo de lo que no le correspondía—. No se le da bien relacionarse con desconocidos, no de la manera convencional.

Quise decir que su hermano era un estúpido, un cínico y un manipulador, pero me controlé.

—Al menos, la mala educación no viene de familia —concluí con diplomacia.

El olor a mentol flotó en el porche y Nika apareció. No dudaba que hubiese estado esperando el momento indicado para hacer una entrada triunfal. Tenía un cigarrillo en los labios y no se detuvo hasta quedar frente a nosotros. El humo me dio ganas de vomitar.

—Me voy a casa —dije—. Gracias por la compañía y la cena, Aksel.

—Hablando de mala educación y se va cuando llega alguien —dijo Nika, y me detuve antes de bajar la escalerilla—. No vale presumir de modales si no das ejemplo, pequeña Amaia.

Sentí la bilis hervir en mi estómago y reuní fuerza para seguir mi camino. Ni siquiera le di la satisfacción de responder.

Capítulo 6

Por primera vez, añoré la monótona vida de Soleil.

El instituto estaba revolucionado con los hermanos Bakker. Aksel era el chico dulce y educado que mostraba poco interés a quien se le acercara. La excepción: Sophie, Dax y yo. No parecía a gusto con tanta atención. Nika iba por el camino contrario. Siempre estaba rodeado de personas que se reían como tontas, hipnotizadas.

Las historias de sus aventuras en las gradas, el lavabo del tercer piso y el laboratorio de Química en la planta baja eran la comidilla del hambriento alumnado. En cada pasillo, te topabas con los cuchicheos de cómo, dónde y cuándo había follado con alguien nuevo.

Fuera de la mirada de los adolescentes chismosos, los Bakker pasaban las tardes en los tejados de la mansión, la terraza o los balcones. Un par de veces, creí peligroso que estuvieran reparando el lugar sin ayuda de adultos o arneses de protección. La vida de Aksel me preocupaba. Se sentaba con nosotros en la cafetería y lo empezaba a considerar un amigo. Nika podría caerse de la torre más alta y no pasaría nada. De esa forma, haría algo útil y serviría de abono.

A mis amigos no les gustó la broma. Sophie se asustó y Dax me miró de mala manera. Era increíble que fuera la única que viera su verdadera cara. Soleil estaba cegado por la belleza o el talento innato para la manipulación.

Por otro lado, después de los extraños mensajes que me había enviado Charles la noche de la cena con los Bakker, decidí ignorarlo para conservar mi paz mental. Me observaba en la distancia y yo no estaba de ánimo para lidiar con lo que fuera que estuviera cocinando su cabeza. Victoria y él iban como pegados con goma, eran la pareja feliz que prefería no ver.

Por desgracia, se acercaba el viernes y la fiesta. No me entusiasmaba ir, pero lo había prometido. Quería hacer algo más que preocuparme y pasar tiempo con mis amigos era la mejor distracción.

—¿Tienes tus documentos? —preguntó mamá cuando Dax tocó el claxon para hacerme saber que estaba esperando en la carretera.

—Dudo que me pidan identificación en una casa donde todos se conocen.

—Da igual —dijo papá desde el sofá—. Es ilegal salir sin identificación.

—Y debería ser ilegal que salieras sin abrigo —agregó mamá.

—Hace calor —protesté.

—Vas a regresar de madrugada. —El claxon volvió a sonar—. Usa el mío. —Lo sacó del closet de la entrada y dudé—. Llévalo o no sales —advirtió ella, y el tercer llamado de Dax hizo que aceptara para salir corriendo.

—¿Por qué has tardado tanto? —reprochó el moreno, que aceleró en cuanto estuve en el asiento del copiloto.

—Te importa poco llegar más tarde —me burlé.

La teoría del momento perfecto. Según Dax, a una fiesta no se podía llegar temprano. La medianoche era ideal, pero tampoco podías presentarte demasiado tarde o todos estarían borrachos y sería imposible integrarse.

Recogimos a Sophie e hicimos el viaje de vuelta al pueblo. Recordé lo emocionante que era empezar una noche de fiesta con ellos. Como antes, entre bromas y risas, peleándonos por cambiar la música sin que ninguna canción llegara al final.

El camino a casa de Charles, que quedaba en la misma carretera una vez atravesado el centro del pueblo, se hizo corto. Sus padres viajaban mucho, lo dejaban solo y él hacía fiestas. El lugar grande, alejado y sin vecinos a los que molestar, era ideal para el desenfreno adolescente.

Varios coches estaban aparcados en fila junto a la cuneta. La música se escuchaba desde afuera y las luces de color salían por las ventanas. En el jardín, un grupo jugaba al fútbol con una pelota de baloncesto que casi le pega a Sophie.

Las paredes parecían danzar en rosa y azul cuando cruzamos la entrada.

Como recibimiento, vi a Sarah, de mi clase de Literatura. Descendía por la escalera, dos escalones por debajo de un despeinado Nika Bakker, que parecía recién salido de una pelea. Por la manera en que ella se acomodó la falda y le sonrió por encima del hombro, supe que pelear no era lo que habían estado haciendo.

Puse los ojos en blanco cuando la pareja se unió a nosotros y Dax saludó a Nika con un abrazo, como si fueran amigos de toda la vida. Agarré a Sophie de la muñeca para irnos antes de verme obligada a intercambiar una palabra con él.

La sala de estar era la pista de baile, había incluso una bola de espejos en el techo. El comedor era el área de juegos para los que terminarían la noche inconscientes y la cocina estaba ocupada por los que querían escuchar música y beber, pero intentaban socializar al mismo tiempo.

En el patio trasero y bordeando la piscina, estaban los que se limitaban a conversar con una bebida en la mano, donde me habría gustado ir si Sophie no lo hubiese impedido al prepararme un vodka con naranja.

—¿Tienes idea de por qué ahora Dax es el mejor amigo del idiota? —pregunté.

—¿De quién?

—De Nika. —Me senté en la isla de la cocina dando un pequeño salto.

—Lo quiere convencer para que se una al equipo de fútbol —explicó.

—¿Por qué le insisten? Su ego está bastante inflado como para necesitar más atención.

—Te imaginas la mitad de las cosas.

—¿Tú qué sabes?

—Ayer estuvieron en la tienda de papá. —Se encogió de hombros—. Buscaban madera para restaurar la carpintería de la mansión. Hablamos y fue amable.

La palabra amable no encajaba con Nika. Si lo había sido con Sophie, debía de ser por interés. A lo mejor le gustaba y la había marcado como próxima conquista.

En busca de Dax, inspeccioné la cocina y lo que se veía del comedor. Localicé a Aksel en el arco que dividía los dos salones. En vez de una camisa a cuadros, vestía una camiseta de color blanco y pantalón ajustado.

No podía culpar a las dos chicas que estaban desesperadas por su atención. Era apuesto, pero él tenía esa expresión que ya conocía. No era la primera vez que nos tocaba llamarlo en público para darle una excusa que le permitiera alejarse de sus admiradores.

—Gracias —murmuró al atravesar la cocina y llegar hasta nosotras.

—Para eso estamos. —Sophie chocó su hombro con el de Aksel.

—No sabía que vendrían —dijo, sentándose a mi lado sobre la isla.

—Me obligaron —confesé.

—Como yo a Nika. Odia las fiestas.

Me sorprendió escucharlo.

—¿Cómo han venido? —interrogó mi amiga—. No conocían el lugar, ¿o sí?

—Hemos pedido un taxi.

Caí en la cuenta de que no había visto un coche en la mansión, sin embargo, los chicos no usaban el autobús escolar.

—Si quieren, pueden regresar con nosotros —ofreció Sophie—. Dax tiene que dejarnos en casa de Mia y…

—Chicos —interrumpió una voz femenina.

Al girar, nos encontramos a Victoria con expresión cordial. La novia de mi ex. Llevaba el pelo en una bonita trenza a modo de diadema y los ojos grises destacaban sobre la tez pálida.

—¿Podrían bajarse de la isla, por favor?

Obedecimos y se fue al salón tras dedicarnos una sonrisa. La perfecta Victoria cuidando la casa de Charles. No tenía nada en su contra, pero saber que estábamos bajo el mismo techo y en un espacio reducido me molestaba.

No llevábamos ni dos minutos conversando cuando me entró un mensaje.

Charles: ¿Estás aquí?

Pretendí que no lo había leído y me fijé en el mensaje que tenía de Dax. Nos pedía que lleváramos algo de beber al salón.

Atravesar el espacio fue complicado. La pista de baile estaba a punto de reventar. Encontramos a Dax con algunos chicos del equipo y, para mi desgracia, Nika.

Necesité dos copas y alcanzar el pico de las dos de la madrugada para bailar al ritmo de Sophie que, sin beber, era como una muñeca de cuerda. La velocidad de las canciones subía y, con ella, el descontrol de tantos adolescentes con el alcohol corriendo por las venas.

Disfruté como años atrás, cuando solo éramos Dax, Sophie y yo. Esa vez se unía Aksel, a quien le costó bailar o seguir nuestras coreografías ridículas que no iban con el ritmo de la música y ocupaban más espacio del debido.

Cerca de las tres, estaba empapada en sudor. Sophie me arrastró a la cocina en busca de bebidas. Encontramos a los desaparecidos Dax y Aksel en el centro de un grupo de chicas que se reían de las anécdotas del moreno. A su alrededor, el pelinegro parecía a gusto.

Me moría de sed y revisé en busca de agua. Lo único que vi fue una botella de vodka sin abrir.

Antes de que pudiera alcanzarla, una mano apareció de la nada y ahí estaba él. Llevaba una camisa ancha de color negro, el pelo húmedo y despeinado le caía por la frente.

—Las niñas pequeñas no deberían beber tanto —dijo Nika, alzando una ceja.

Abrió el vodka bajo mi atónita mirada y bebió. Extendí la mano a la espera de que me devolviera lo robado, y no sucedió.

—¿Piensas bebértela entera?

—No.

—¿Me la puedes dar?

—¿Por qué haría eso?

Me miró de arriba abajo y elevó la comisura de los labios.

—¿Se puede saber de qué te ríes?

—Es entretenido ver enojada a alguien tan pequeña.

Mi estatura era algo con lo que no debía jugar.

—Si crees que este es el circo, te has equivocado de lugar. No soy un payaso, y dame la botella. —Intenté tomarla y la cambió de mano.

—Ya te lo he dicho, las niñas no deberían beber.

Su tono de suficiencia me ponía de los nervios.

—¡¿Cuál es tu puto problema?! —estallé, y di dos pasos hacia él para que no creyera que podía hacer lo que le diera la gana.

—¿Besas a mami con esa boca? —se burló.

—¡Vete a la mierda!

—De acuerdo, pero me voy con la botella.

Dio media vuelta e intentó marcharse. Lo tomé del brazo y me interpuse en su camino.

—Dámela.

—¿Qué quieres que te dé? —ronroneó.

Se lamió los labios y el gesto me enfureció.

—La botella, idiota.

Señaló con el índice a nuestro alrededor.

—Hay más por ahí. Esta es mía.

—Me la has quitado de la mano.

Entornó los ojos y un destello similar al del día en que nos conocimos me puso la piel de gallina. Me sentí calculada, expuesta, en peligro…, pero no iba a demostrarlo.

—La tomé antes que tú —explicó con tranquilidad—. Por lógica, es mía.

—No dice tu nombre y lo hiciste a propósito —mascullé.

—¿Qué cosa?

—Quitármela.

—¿Quién lo dijo?

—¡Yo, que lo vi! —espeté, dando un manotazo sobre la encimera que había a nuestro lado—. No entiendo por qué siempre apareces para molestar.

Estalló en carcajadas.

—Para ser tan pequeña, crees que demasiadas cosas giran a tu alrededor.

—¡Ah! Entonces ¿no has venido hasta aquí para quitarme la botella, tampoco quisiste dejarme en ridículo en la cena o pusiste ejemplos fuera de lugar en Filosofía para que se rieran de mí?

—Espera. —Frunció el ceño—. ¿Esto es porque te vi las tetas?

—¡Sabes que no es por eso!

—Entonces, ¿no te avergüenza que te las viera?

—¡Claro que no, descerebrado! ¡Deja de hacerte el interesante! ¡Me da igual lo que vieras! —grité—. Me gustan mis tetas y estoy orgullosa de ellas. No me importaría enseñárselas a cualquiera. —Sus ojos recorrieron el lugar.

—Me alegra que lo dejes claro —dijo con la diversión anclada a su voz.

Había gritado. Discutíamos en una esquina y teníamos público. Dax, Sophie, Aksel y las chicas que los rodeaban. Más personas se habían unido.

Apreté la mandíbula con todas mis fuerzas. Nika me regaló una amplia sonrisa. Siempre lograba que cayera en sus juegos.

—Dame la botella —demandé, con la mirada hacia arriba por el considerable tramo que me sacaba.

Se acercó más de lo necesario, nuestros pechos casi se rozaban.

—Los premios hay que ganarlos con esfuerzo —murmuró a unos centímetros de mi rostro.

Con agilidad, dio un salto y se puso de pie sobre la encimera. Colocó la botella sobre el armario más alto, poniéndose de puntillas. En un abrir y cerrar de ojos, estuvo de nuevo en el suelo.

Se acercó a mi oreja y sus labios me rozaron la piel cuando susurró:

—Ve a buscarla, Pulgarcita.

Retrocedió, desafiante, a la espera de mi reacción, al igual que el público que había en la cocina. Un par de personas me animaron y otras lo hicieron mientras grababan con sus teléfonos.

«Si quiere vodka, tendrá vodka».

Trepé a la encimera entre silbidos. Me ayudé de las divisiones de los estantes para ascender, sintiendo el cosquilleo en el estómago, el miedo a caer. Estaba alto y, cuando mis dedos rozaron la botella, casi me resbalo, pero conseguí atraparla y que la cocina rompiera en vítores.

Nika sonrió y se alejó rumbo al comedor. Era muy inocente si creía que aquel era el final.

Bajar fue más difícil. Las cámaras, grabando por si mi incursión resultaba en la caída épica y viral, no ayudaban. Tuve suerte y, aunque Dax estaba abajo para recibirme, no acepté ayuda. Era un reto entre el idiota y yo.

—¿Cómo te dejas provocar así? —se quejó Sophie.

La ignoré y conseguí dos vasos de plástico repletos de hielo.

—¿Qué haces?

Le sorprendió verme vaciar la botella en mis nuevas armas vengadoras.

—Darle de beber a un idiota.

Capítulo 7

Me había bebido tres copas en total. Era imposible emborracharse con tan poco, pero era suficiente para conseguir el valor de hacer que Nika me las pagara.

Fue un reto no derramar el vodka mientras avanzaba debido a los fiesteros. Lo ubiqué entre el comedor y la pista de baile. Estaba de espaldas y hablaba al oído de Chloe, una morena de pelo rizado.

Deliberadamente, choqué con él y le aplasté uno de los vasos contra la espalda. La gente a nuestro alrededor se apartó, chillando, cuando la bebida les salpicó. Lo peor se lo llevó Nika. Se despegó la camisa empapada del cuerpo y me encontró con una falsa expresión de arrepentimiento.

—Lo siento mucho —grité por encima de la música—. No te he visto.

—No me has visto —ironizó.

—No, pero de todos modos te estaba buscando. —Di un paso al frente, acercándome como él lo había hecho antes: demasiado—. Te has olvidado la botella en la cocina, he venido a traértela.

Sostuve el cuello de su camisa y vertí el segundo vaso sobre su pecho. Más chillidos nos hicieron espacio por el líquido derramado.

Le lancé el vaso a la cara y salí corriendo en dirección opuesta. La ventaja era mía. Conocía la casa y encontré la salida lateral sin mucho trabajo. Me apresuré por el borde de la piscina hasta esconderme en la caseta de las barbacoas. Caí en el suelo, agitada, y fuera de la vista de los demás.

Recuperé el aliento, y mi corazón, que iba a toda velocidad, se calmó hasta que me sentí segura. No me había seguido, fuera por la razón que fuera.

Mi teléfono vibró.

Soph: Aparece. Dax está bebiendo de más.

Esa no era una buena noticia. Las borracheras de Dax eran terribles.

Mia: Cambia el vodka por agua.

Soph: A ti te hace caso. ¿Dónde estás?

Mia: Escondida.

Mia: He bañado al idiota con vodka.

Soph: ¿A Nika?

Estaba respondiendo que solo había una persona a la que le llamaba idiota cuando me entró una llamada de Charles. No dudé en rechazarla y tres mensajes aparecieron, uno detrás del otro.

Charles: ¿Por qué no respondes?

Charles: ¿Qué ha pasado en la cocina?

Charles: Por favor, responde.

Mia: Déjame en paz.

El aire fresco me hizo temblar, mi fina blusa de tirantes estaba mojada y olía a vodka. Necesitaba limpiarme y valoré la seguridad de la zona para regresar sobre mis pasos.

Sabía las deplorables condiciones en las que se encontraría el servicio de la planta baja a esa hora, tras varias rondas de vómito. Subí la escalera hasta la primera planta en busca del baño que estaba al final del pasillo. Al tocar, alguien respondió que estaba ocupado.

Aproveché para mirar por la ventana y hacer tiempo, hasta que otra llamada de Charles volvió a interrumpirme. Iba a bloquearlo cuando por el pasillo apareció mi ex con el teléfono al oído.

—¿Puedes dejar de acosarme? —pregunté.

—¿Qué?

—De llamarme y mandarme mensajes —expliqué, mostrando mi historial de llamadas.

Primero abrió y cerró la boca sin poder conjurar palabra, después cruzó las manos por detrás de la cabeza y caminó de un lado al otro del pasillo.

—Quiero disculparme, ¡pero no me dejas! —soltó, deteniéndose, nervioso—. ¿Sabes la impotencia que me provoca saber lo que hice y no poder solucionarlo?

No quise pensar en mis deseos de borrar el tiempo que habíamos salido juntos. Tragué con dificultad cuando se acercó. Aunque respetaba mi espacio, tal distancia significaba mucho tras meses separados.

—Perdóname por lo que pasó antes de terminar —dijo con suavidad—. Por decir lo que dije. Fui un egoísta y un estúpido al presionarte.

—Es el pasado. Si no lo mencionaras, te lo agradecería.

Aquella conversación no me hacía bien.

—Tampoco debería haberte reclamado nada el otro día en el pasillo

—continuó—. Estaba desesperado… Estoy desesperado. No quiero que estés enojada conmigo. No puedo estar tranquilo sabiendo que me odias.

—No te odio —confesé.

—Entonces, ¿por qué no me perdonas?

Estaba molesta, resentida, pero no lo odiaba. La mayoría de las veces me enojaba conmigo misma por haber sido tan inocente, haber llorado, haberme sentido menos por no acostarme con mi novio cuando era lo que todos hacían, lo normal. Me enojaba no haber entendido nunca lo que sentía por él o por qué me afectó la ruptura, si por la pérdida de alguien a quien quería o…

Odiaba nunca tener claros mis sentimientos

—Perdonado. —No tenía ganas de atormentarme—. ¿Contento?

—Estás mintiendo. ¿En qué momento…?

—Quieres disculparte —lo interrumpí, no podía mantener la boca cerrada—, pero hay algo por lo que no pides perdón… ¿No sientes haber estado con Victoria mientras salíamos?

Frunció el ceño y sus aletas nasales se dilataron.

—No me puedo disculpar por algo que no pasó.

—Imaginemos que es verdad. —No tenía manera de comprobarlo—. Ahora, ¿qué pasa con ella?

—¿Querías que me sentara a esperarte?

Se me escapó una risa floja.

—Para nada, pero si no tenían más que una amistad, como tantas veces me juraste, podrías no haber empezado una relación precisamente con ella.

Cerró los ojos y se masajeó las sienes.

—Tienes razón, me equivoqué, pero no te fui infiel. No sé cómo puedes pensarlo si todos sabían que llevaba milenios detrás de ti.

Una sensación extraña se adueñó de mí. Capté dolor en su expresión cuando se encontró a dos palmos de mi cuerpo.

—No puedes dudar de lo que siento, lo demostré cada hora que estuvimos juntos. —El corazón se me encogió por la suavidad de sus palabras—. Puedo meter la pata mil veces, pero no así y al final del día sabes que siempre estaré pensando en ti.

Me tocó la mejilla y un montón de recuerdos volvieron.

«¿Y si no me había engañado con Victoria? ¿Y si era una habladuría más?».

Sus ojos estaban fijos en mis labios. Se inclinó, iba a besarme y no quería detenerlo. Estaba lista para responder cuando la voz de una chica me hizo despertar del trance.

Una pelota se me atascó en la garganta al ver a Victoria. No se movía. Rosie, su mejor amiga, se mostró igual de atónita al encontrarnos a solas en un pasillo vacío y demasiado cerca. Charles fue el último en saber que nos habían sorprendido y me esperé lo peor. Sin embargo, la rubia se dio la vuelta y desapareció a toda velocidad.

—¡Son unos cretinos! —gritó Rosie antes de seguirla.

Charles maldijo por lo bajo y me miró.

—Ve tras ella —dije, no entendía que estuviera valorándolo—. Es tu novia. Le debes una explicación.

Volvió a maldecir y se dirigió a la escalera. Fue mi turno de sobarme las sienes para pretender que nada había pasado, imaginar que podía volver el tiempo atrás y haber evitado ese momento.

—Y yo pensaba que Soleil sería aburrido —dijo una voz grave y conocida—. Cuánto drama en una noche.

Me giré despacio. No podía creer que tuviera tan mala suerte. Nika estaba apoyado en el marco de la puerta del baño con un cigarrillo en la mano y la camisa al hombro.

Mis ojos quedaron fijos en la tinta que tenía en su brazo derecho. Un montón de dibujos de color negro se enredaban sin dejar rastro de piel descubierta y no se detenían hasta que no invadían parte del pecho.

Lo que escondía bajo la ropa ancha me dejó sin palabras. Tenía otro tatuaje que empezaba a la altura del ombligo y bajaba por el abdomen hasta desaparecer dentro del pantalón.

«¿Qué haces con los ojos ahí, Mia?».

Alzó una ceja antes de darle una calada al cigarrillo.

—¿Entretenida con algo, enana?

«Maldito polvo de duende con el que lo marcaron al nacer».

—¿Me persigues o me lo imagino? —dije para fingir que mis ojos no querían volver a su cuerpo.

—No tengo tiempo para eso.

—Entonces, ¿por qué apareces a donde quiera que vaya?

—Estaba quitándome el vodka con que me has bañado. —Dio dos toquecitos en la camisa mojada que tenía sobre el hombro—. En cualquier caso, tú me persigues.

Me tensé al notar que estábamos solos y podía vengarse. Salir corriendo se volvió una idea atractiva.

—No pienso tenerte en cuenta lo que has hecho —dijo, llamando mi atención—. Estamos empatados.

—¿Empatados?

—Te debía una por Filosofía.

Le dio la última calada a su cigarrillo y lo lanzó por la ventana.

—Creo que me debes más de una —le recordé cuando me rozó el hombro al pasar.

—Puede ser, pero te ofrezco paz. Deberías aceptarla —dijo mientras se alejaba.

Tenía otro tatuaje sobre la columna vertebral, más pequeño, fino y alargado. Me regañé por perderme en los hoyuelos en la parte baja de su espalda.

• • •

Estaba agotada cuando regresé a la fiesta y no encontré a mis amigos. Tuve que preguntar hasta localizarlos en los bancos del jardín. El panorama no era bonito.

Aksel ayudaba a un inconsciente Dax a mantenerse sentado con el vómito rodeando sus pies. Sophie caminaba de un lado a otro.

—¡Te he dicho que le dieras agua! —recriminé.

—Se la he dado, pero ha vaciado la botella y la ha rellenado con vodka. ¡Juro que parecía agua! —se justificó, mordiéndose las uñas.

—Tienes que probar lo que bebe. ¿No lo conoces?

Una arcada recorrió el cuerpo de Dax y más vómito cayó al césped, salpicándole los zapatos.

—Es mejor que descanse, no va a mejorar —dijo Aksel, sosteniendo la frente de Dax para que no se cayera de cara en el vómito.

—Podemos pedirle a Charles que…

—No es momento para pedirle favores a Charles. —Miré de reojo a una confundida Sophie—. Después te cuento.

—¿Entonces? ¿Lo llevamos a su casa? ¿Pedimos un taxi? —propuso Aksel.

—Su padre lo mata y le quita el coche hasta que se vaya a la universidad.

—Puede quedarse en mi casa —sugerí.

—¿Y el coche? —preguntó mi amiga.

—¿No podemos dejarlo aquí? —preguntó Aksel, y las dos negamos con la cabeza.

El padre de Dax era el jefe de policía y conocía muy bien a su hijo. Si no llegaba, investigaría hasta dar con la razón, hasta el taxista podría contárselo. Descubrir que había pasado la noche en mi casa no sería un problema y otra borrachera quedaría en secreto gracias a nosotras.

—¿Sabes conducir? —interrogué.

—Motos —respondió Aksel.

A Sophie se le escapó un resoplido de desesperación.

—Estamos en problemas, porque yo no sé y Mia…

—Espera —interrumpió Aksel—. Ahí está Nika.

Intentó que Dax se mantuviera en el lugar y llamó a su hermano, que seguía sin camisa e iba con el brazo por encima de los hombros de una risueña Chloe. Se acercó y me lanzó una mirada fugaz antes de poner los ojos sobre Dax.

—¿Cuánto ha bebido?

—La pregunta no es cuánto, sino qué —explicó el pelinegro—. Necesitamos que nos lleves en su coche.

—Tengo asuntos que atender —dijo, señalando a Chloe con la vista, ni sopesó la respuesta a pesar de que teníamos problemas.

Aksel se puso de pie, nos dejó a Sophie y a mí sosteniendo a Dax y arrastró a su hermano hasta tener privacidad. Por el lenguaje corporal de la conversación, Nika no estaba interesado en ayudar y el pelinegro regresó, frustrado. Chloe desapareció con el idiota.

—¿Y ahora? —preguntó Sophie.

El silencio mostró la única opción.

—Yo conduciré —dije, controlando el temblor de mis manos—. Ayúdenme a encontrar la llave en los bolsillos.

Fue un desafío. Dax tenía vómito en todas partes.

—Lo llevaremos entre Sophie y yo —dijo el chico—. Acércate lo máximo posible.

Se me revolvió el estómago al pensar cómo podía terminar el coche en mis manos. Mi carné fue un acto de caridad por parte del examinador, que a la sexta vez me dio el aprobado sabiendo que jamás me atrevería a conducir.

Me sudaban las manos y estaba a punto de confesar que no podía hacerlo cuando Nika apareció de la nada.

—Quítate —ordenó.

Traía una toalla y dos botellas de agua. No perdió tiempo y le dio indicaciones a su hermano. Se deshicieron de los zapatos y de la camiseta de Dax, lo movieron a un banco limpio y lo bañaron para que se despertara.

—Se morirá de frío —se lamentó Sophie.

—Sobrevivirá —aseguró el castaño—. Mejor empapar el coche que llenarlo de vómito.

Dax, que empezó a toser cuando el agua le tocó el rostro, soltó un par de palabrotas. Nika lo secó antes de agacharse para cargarlo como si fuera un saco de patatas. Me arrebató la llave y se mostró divertido por mi expresión de sorpresa al ver la facilidad con la que manejó la situación. Yo había estado a segundos de colapsar imaginando que tocaría un volante.

Cinco minutos después, Chloe subió a la parte trasera junto al borracho, Aksel y Sophie. Me tocó el asiento del copiloto.

—Tenemos que llevar a Chloe —advirtió Nika al encender el motor.

La chica vivía a la salida del pueblo y a solo dos calles de la avenida. Fue cuestión de minutos aparcar delante de su casa, una sencilla construcción de color azul y dos pisos con ventanas de madera.

—Suerte, chicos —dijo antes de bajarse—. Gracias por todo.

Era bonita y tenía una figura envidiable. Yo no podría lucir bien un *short* como los que llevaba ni naciendo tres veces.

Nika me pilló observándola. Mostraba una sonrisa ladina, como si supiera lo que pensaba al mirar a Chloe. Se apoyó en la ventanilla y le silbó a la morena antes de que esta entrara en casa. Le prometió que se verían pronto, ella sonrió y nos despidió con la mano.

Lo insulté para mis adentros. Odiaba aquella actitud de *playboy*.

Nika encendió un cigarrillo y se acomodó en el asiento, con la mano derecha sobre el volante. Traté de mirar sus tatuajes con disimulo y entender lo que eran, pero no podía concentrarme con el humo, que me mareaba a pesar de las ventanillas bajadas.

—¿Cómo es que tres personas de diecisiete años no tienen carné de conducir? —preguntó Nika.

—Tú tampoco tienes —le riñó su hermano.

—No busques justificaciones, Aksel, ya es hora de que aprendas.

—Tú cumpliste veinte años hace tres meses y sigues conduciendo de forma ilegal. Todavía no sé cómo nuestra madre te deja usar la moto.

«¿Ha dicho veinte?».

—Poder de convicción, hermanito —se regodeó.

Miró a Sophie y luego a mí.

—Y ustedes, ¿qué les impide tener carné? —preguntó con suficiencia, impidiéndome procesar la mención de su edad, que no encajaba con cursar el último curso de instituto.

—A mí no me gustan los coches —respondió Sophie con sinceridad—. No pienso conducir jamás.

—¿Cómo te moverás por la vida?

—Como le dé la gana —intervine de mal humor.

No iba a dejar que el tema se alargara.

—¿Y tú? ¿Cuál es tu historia? —Se refería a mí—. ¿Prefieres tener chófer?

—No sé y punto.

Reconocer que era una pésima conductora hubiera sido mostrar una debilidad.

Por suerte, la conversación murió y Nika aumentó la velocidad una vez salimos a la carretera. Los minutos pasaron y los parloteos sin sentido de Dax eran lo único que se escuchaba en el coche. Encendí el reproductor y sonó una versión de «Wicked Game». Subí el volumen, pero Nika lo apagó.

—¿Qué haces? —reproché.

—Me molesta la música.

—Y yo quiero escucharla.

Me tomó de la muñeca para que no volviera a encender el aparato.

—Estoy conduciendo y me molesta la música —repitió, entre dientes.

—Nika —le regañó su hermano desde el asiento trasero.

—Yo conduzco porque ustedes no saben y no se pone música —zanjó antes de soltarme el brazo—. Son las reglas.

—Pues si no hay música, tampoco deberías fumar —espeté—. Me molesta.

—Me gusta fumar.

—Y a mí, escuchar música.

—Pues te aguantas.

Temblé de impotencia.

—¡Te has fumado tres en el camino! ¿No puedes parar? —gruñí—. ¡Me tienes mareada!

—¿Puedes tú parar de respirar?

—¿Tengo que responder a esa tontería?

—Tú respiras y yo fumo —recalcó, endureciendo sus rasgos y apartando la vista de la carretera.

Por la manera en que me miró, supe que podría haberme aplastado si hubiera querido.

—¡Nika, basta de…!

—¡Paren de gritar! —vociferó Dax, lo que nos asustó y dejó a Aksel con la palabra en la boca.

El miedo de que volviera a vomitar calmó los ánimos. No hubo música y Nika no encendió otro cigarrillo cuando terminó el que tenía. Intercambiaba miradas asesinas con su hermano a través del espejo retrovisor.

—¿A dónde vamos? —preguntó Dax con la cabeza hacia atrás en el asiento.

—A casa de Mia —explicó Sophie, y le sostuvo la frente.

—Eres… tan… buena… amiga…, Sophie.

—Tú también eres muy buen amigo —dijo ella, con cariño, para seguirle la corriente.

—Te quiero tanto…

Me congelé al ver el rumbo que tomaba la conversación.

—Yo también te quiero, Daxi.

—Pero no así… —protestó él.

La situación se tornaba peligrosa y me desabroché el cinturón de seguridad para hacerme cargo de una posible catástrofe.

—Cambiemos de asiento —propuse a la desesperada—. Eres pésima dando ánimos.

Sophie se mostró ofendida.

—Es que no es así —protestó Dax—. Yo la quiero…

—¡Cállate, borracho! —dije.

—Desde el primer día…

Me di la vuelta en el asiento con tal de evitar que confesara su amor. Siguió balbuceando y cuando estaba a punto de soltarlo, el coche se sacudió y las llantas chirriaron.

Me golpeé la cabeza con el costado del asiento. Para evitar otro porrazo, me agarré a Nika y me quedé en una pose extraña entre los asientos delanteros. Cuando todo volvió a la normalidad, tenía una mano en su abdomen y la otra en su hombro.

—Si querías tocar, solo tenías que decirlo —dijo con actitud juguetona.

—Se suponía que sabías conducir —reproché al alejarme.

—Estaba evitando un bache.

—No hay ningún bache en esta carretera.

—No sé cómo lo sabes si no conduces.

De nuevo sonreía, cuando diez minutos antes había sido odioso.

—Silencio —pidió Aksel—. Dejen dormir a Dax.

Contuve una respuesta y Nika obedeció a su hermano.

No pasó mucho hasta que llegamos a casa y salí del coche. El frío de la madrugada me hizo estremecer y lamenté no haber traído el abrigo de mamá.

«Mierda, el abrigo».

—¿Qué pasa? —preguntó Sophie al ver que me revisaba los bolsillos sin encontrar nada.

—Las llaves están en el abrigo. —Se me revolvió el estómago—. Lo he olvidado en casa de Charles.

—Puedo llevarlas a casa de Sophie —propuso Nika.

—No hay nadie —dijo ella—. Papá y su esposa se han ido a Prakt. Tampoco tengo las llaves.

Nika bufó y cargó a Dax sobre su hombro por segunda vez, encaminándose a la mansión.

—¿Qué haces? —reclamé, y se detuvo.

—Son casi las cinco de la mañana, Dax está dormido, ella no tiene llaves y tú tampoco. —Frunció los labios—. ¿Vas a despertar a mami y papi?

Me irritaba, pero tenía razón.

—Aksel dormirá conmigo. Ustedes pueden quedarse en su habitación.

Capítulo 8

Mamá trabajaba de lunes a viernes. Se levantaba a las seis de la mañana para preparar el desayuno y papá descansaba menos. El único día de la semana que dormían en paz era el domingo. Podría haber llamado para que abrieran la puerta, pero… no quería ser una desconsiderada.

Encontré a Nika saliendo de la mansión cuando estaba atravesando el camino más corto que conectaba nuestras casas.

—¿Y Dax? —pregunté, ignorando la desnudez de su torso a pesar del frío.

—Durmiendo como un bebé. —Se acopló a mi paso—. ¿Por qué te has quedado fuera?

—Le he pasado una nota a mi madre por debajo de la puerta para que supiera dónde estábamos.

—Una nota, no un mensaje de texto —se burló—. ¿Con qué papel?

—Un mensaje la habría despertado y… ¿Por qué tantas preguntas? ¿Eres policía?

—No, pero este es un lugar peligroso, hay que tener cuidado.

—¿Peligroso? —Me detuve—. Aquí solo estamos nosotros. Lo más peligroso que encontrarás será un mapache o una ardilla gorda.

No entendí qué le hizo gracia y seguí caminando.

—En la oscuridad suceden muchas cosas —me provocó.

—En la de tu cabeza hueca quizás.

—¿Por qué eres tan arisca? —Bloqueó la puerta antes de que yo pudiera abrirla—. Recuerdo haberte ofrecido una tregua.

Tenía que estar mal de la cabeza con tales cambios de humor.

—No recuerdo que la respetaras en el coche. —Temblé cuando la brisa me acarició la piel—. ¿Podemos entrar? Me estoy muriendo de frío.

—Se nota —dijo, bajando la vista.

No llevaba sujetador y crucé los brazos sobre mis pechos erizados para que no mirara lo que no debía.

—Idiota —murmuré al pasar por su lado y entrar a la mansión.

—Me gritas, me insultas y además no me agradeces por haberles salvado el culo.

Me siguió por el recibidor y me giré para enfrentarlo.

—Has hablado de lo que no te importa en el coche.

—Trataba de entablar conversación porque las princesitas no saben conducir.

—No te metas con Sophie —advertí.

—Solo quería saber cómo pensaba trasladarse de un lugar a otro si no conducía.

—No lo quiere hacer porque su madre murió en un accidente —solté, apuntando con el índice sobre su pecho—. Se salió de la carretera cuando Sophie tenía siete años. Le aterra conducir. —La sonrisa de Nika desapareció—. Espero que no vayas por ahí contándoselo a quien te encuentres. —Lo miré de arriba abajo—. Deberías pensar dos veces antes de bromear si no sabes por lo que están pasando las personas que te rodean.

—Lo siento… Yo… No sabía.

Mantuvimos el silencio en el oscuro recibidor. Se había quedado sin palabras y eso demostraba que era consciente de su metedura de pata. Algo de crédito podía darle si entendía que era un idiota, aunque no lo aceptara abiertamente. Cuando habló, fue para evadir el tema:

—Te daré algo de vestir para que duerman cómodas.

No quería nada de él, pero mi única opción fue seguirlo por la escalera de madera.

—Ten cuidado donde pisas, hay escalones con problemas.

Me ahorré decir que conocía la escalera mejor de lo que se imaginaba, incluso si era de noche y apenas entraba la luz de la luna por las ventanas rotas.

No dije nada, pero me extrañó que subiéramos hasta el último piso, al nivel de la azotea, donde solo había una habitación bajo la torre más alta. Cruzamos la puerta que tan bien conocía y se me puso de punta el vello de la nuca al encontrar mi lugar preferido.

Mi torre, la que usaba como refugio principal cuando jugaba. Tenía un techo hexagonal que terminaba en punta y una estructura con vigas de madera que se cruzaban. Había olvidado lo hermosa que era, más con las ventanas de distintos tamaños que adornaban las paredes.

Nika estaba delante de una improvisada percha. No se veían más que unas cajas junto a la puerta y un colchón grueso en el suelo. Ignorando el deterioro y un par de pintadas en la pared, estaba pulcro y ordenado.

—Creo que servirá —dijo, tendiéndome dos sudaderas negras como las que siempre vestía.

—¿Dónde vamos a dormir?

—Abajo, al final del pasillo a la derecha.

—¿Junto a la escalera de caracol?

Me recorrió el rostro con evidente curiosidad.

—De verdad conoces la casa.

No extendería la conversación si tenía la información necesaria. Decirle «buenas noches» habría sido una muestra de hipocresía, así que le di la espalda.

—Te acompaño —añadió, alcanzándome en el pasillo—. Está oscuro, no tienes que ir sola.

—No me hace falta protección. —Me volteé para mirarlo cara a cara—. Mientras tú vivías en la gran ciudad y aprendías a conducir, yo jugaba en esta casa y créeme, no hay monstruos escondidos. No ha muerto nadie por cruzar un pasillo oscuro o bajar una escalera.

Su mirada se tornó sombría.

—Como quieras —espetó antes de volver a su habitación y dar un portazo.

Me quedé con las palabras en la boca. Había pensado que volveríamos a discutir, no que se enfadaría y me dejaría sola. Era extraño que alguien se comportara de maneras tan distintas en una misma noche. Aunque mi respuesta hubiese sido grosera, no iba a sentirme mal por darle una cucharada de su propia medicina.

En a la habitación designada, Dax dormía en una esquina de la cama. Aksel nos deseó buenas noches y se fue con su hermano. La sudadera me quedaba gigante, era mullida y mantenía el calor de mi cuerpo. Me entró sueño en cuanto toqué el colchón.

—Los Bakker son raros —susurró Sophie cuando estuvimos acostadas, mirando al techo y compartiendo la almohada.

Hice un sonido para que supiera que coincidía. Al menos no era la única que lo notaba.

—¿Has visto lo de la música? —señalé.

Respondió con un sonido idéntico al mío y quedamos en silencio. Los ojos me pesaban.

—Hoy Julien me ha dicho que me llamaría por la tarde y no lo hizo —murmuró, haciendo que volviera a la realidad.

Parpadeé varias veces para procesar la información.

—¿Tiene exámenes al principio del semestre?

—Sí.

—Debe de estar ocupado. Llamará mañana.

—Jamás había dicho que haría algo y no lo ha hecho.

El volumen bajó con cada una de sus palabras hasta desaparecer.

—No le des vueltas. —La abracé—. Julien te quiere, y es solo un año separados.

Sus hombros se relajaron.

—Tienes razón.

—Siempre la tengo.

• • •

Mi sueño era ligero y tenía el teléfono demasiado cerca para ignorar que vibró con un mensaje.

Mamá: La próxima vez, despiértame, así no molestan a los Bakker. Trae a Dax, quiero hablar con él.

No era capaz de dormir más de tres horas en una cama ajena. Me puse de pie sin despertar a mis amigos y salí de la habitación en calcetines para no hacer ruido.

El pasillo de la mansión me daba ganas de llorar. Faltaban las molduras de algunas puertas y en muchos lugares la humedad había deteriorado el empapelado hasta hacerlo desaparecer. En una de las habitaciones por las que pasé no quedaban ventanas.

Unas voces llamaron mi atención al bajar la escalera. Los sonidos se distorsionaban. Cuando alcancé el recibidor, estuve segura de que un hombre conversaba con la señora Bakker y la charla no era pacífica. Al poner un pie en el comedor, capté una frase:

—Es lo mismo y dijiste que no lo sería.

Me paralicé ante la aspereza de aquella voz.

—Nika, por favor, no…

—¡¿Por favor qué, madre?! —vociferó, y escuché un golpe seco contra la madera. Estaban en la cocina—. ¡¿No te das cuenta?! ¿No ves lo que está pasando?

—No le digas…

—¿A Aksel? ¿Qué crees que dirá Aksel si se entera?

Ella contestó tan bajo que no lo entendí.

—Dirá lo mismo que yo.

—No le cuentes…

La voz de la señora Bakker se quebró y quise intervenir en la discusión con su hijo. Me controlé. Sería peor si se enteraban de que estaba escuchando.

—Da igual si se lo digo o no —continuó él—. Este es otro puto problema y es de todos. Dijiste que…

—Sé lo que dije, entiende…

—¿Qué quieres que entienda? ¡Nos mentiste! Podríamos haber ido a otro lugar, pero dijiste que aquí sería distinto. ¡Es lo mismo!

Hubo un corto silencio seguido por dos golpes fuertes contra una superficie maciza. Me cubrí la boca para no hacer ruido.

—Nika, cálmate —suplicó la mujer—. No puedes ponerte así, menos en tu estado. Por favor, perdóname, sabes que…

—¡Basta! —la interrumpió, y el sonido de más pasos, esa vez en mi dirección, hicieron que retrocediera—. A veces creo que habría sido mejor si…

No pude escuchar el final de la frase. Me lancé a correr por el recibidor y subí los escalones de dos en dos para esconderme en el segundo piso. No me dio tiempo y fingí que bajaba. Nika se paralizó al verme a mitad de la escalera.

—Hola. —Controlé mi respiración.

Salió por la puerta sin contestar y escuché un motor. Por las ventanas vi su figura alejarse en una moto con rumbo al pueblo.

«¿Qué demonios pasa aquí?».

Lo más lógico habría sido despertar a mis amigos y salir sin que nadie se enterara. Sin embargo, los pies me llevaron a la cocina, donde encontré a la señora Bakker cerca de la ventana, mirando a la nada. Iba en pijama y tenía un cigarrillo en la mano, llorosa y con marcadas ojeras.

Me aclaré la garganta y sus hombros se tensaron.

—Querida, estás despierta —dijo, acercándose a darme un abrazo, fingiendo que no sucedía nada. Olía a algo dulce, empalagoso—. Nika me ha contado lo que pasó en la fiesta. Si quieres, puedes seguir durmiendo o preparo el desayuno.

Me dio la espalda y fue hasta la nevera. Sacó huevos y los dejó en la encimera.

—Tu madre me dijo que te encantan las arepas a ti y a… Emma y… —Un plato resbaló de sus manos y se hizo añicos al tocar el suelo—. Qué torpe, yo…

No permití que se agachara a recogerlo. Sus manos temblaban, heladas, cuando las sostuve entre las mías.

—Siéntese. —La guie a la mesa central.

—No pasa nada, querida —se justificó al tomar asiento con una falsa sonrisa—. Solo estoy nerviosa.

Nunca había visto lo que mamá llamaba «pedir ayuda sin decirlo» y en ese momento lo reconocí. En el brillo de sus ojos se leía el grito desesperado.

—No pasa nada, señora Bakker. Está cansada, es normal —improvisé—. Asumir una nueva casa y encontrarla en estas condiciones no debe de ser fácil. Además, lidiar con dos hijos no ayuda. Mi madre dice que por eso siempre quiso chicas.

Se le escapó una risa nerviosa. No la vi tan joven como el primer día. Su piel estaba opaca y el pelo despeinado, débil y quebrado.

—Supongo que las chicas, a veces, pueden ser más fáciles de sobrellevar, pero no cambiaría a mis chicos por nada del mundo. Ellos… Aksel es el mejor hijo que se puede pedir y Nika… Él ha visto tanto… —Pausó para modular su voz y continuar—: No sé qué haría sin ellos.

El dolor que destilaban sus palabras fue como un puñal en el pecho, un golpe de realidad.

Desde que mis vecinos habían aparecido, hice lo mismo que el resto de Soleil: suponer. No me detuve a pensar en por qué no tenían un coche si vivían tan lejos del pueblo. Vestían con ropa sencilla y muchas de sus prendas parecían desgastadas. No gozaban de privilegios familiares y quizás estaban en aquella casa porque no les quedaba otra opción.

Los hermanos se encargaban de los arreglos, no podían pagar a quien lo hiciera. Su situación económica no era la que su apellido me había hecho creer. Ni siquiera había pensado en el padre. Quizás no lo conocían o estaba muerto. No tuve en cuenta sus problemas, y eran varios. Lo único que se me pasó por la mente fue lo joven que era la señora Bakker, lo amable que resultaba Aksel y lo que detestaba a su hermano.

Le había dado a Nika un discurso para que no hablara sin saber y yo había cometido un error similar. No agradecí su ayuda con Dax y fui agresiva cuando se ofreció a acompañarme antes de dormir.

No conocía las batallas de la señora Bakker o Aksel, no conocía las de Nika.

—Quiero esas arepas —dije tras unos minutos de silencio para animar la situación, cuando las manos de la mujer dejaron de temblar—. Las haré yo y así prueba la receta no tan secreta de mi madre.

La mujer sonrió y quiso limpiar el plato roto, pero se lo impedí. Me ocupé de la cocina y de despertar a mis amigos. No le conté a nadie lo que había escuchado y traté de olvidarlo, pero el resto del día estuve mirando por la ventana de mi casa, esperando el regreso de Nika.

Era evidente que algo pasaba con los Bakker y necesitaba saber qué.

Capítulo 9

Los lunes eran como bajar al averno. Había dormido menos de cinco horas y, ligado a la noche del sábado, no era algo para repetir. Tuve pesadillas en las que descendía por una infinita escalera y sobreviví a las clases de la mañana sin quedarme dormida por arte de magia.

Abrí mi taquilla y, mientras vaciaba la mochila, vi a Nika haciendo lo mismo a pocos metros. A su lado, Aksel hablaba por lo bajo a toda velocidad.

El castaño tenía vendada la mano derecha a la altura de los nudillos. Recordé la discusión con su madre y los golpes, seguro que los había dado contra una pared.

No podía escuchar, pero estaba claro que el pelinegro protestaba. Nika se mantenía impasible. Aksel se hartó y leí en sus labios la frase: «¡Cómo quieras!».

Se fue y Nika no lo impidió. Cerró los ojos y se mordió el labio. Alzó la vista al techo antes de acomodarse la mochila en el hombro y sacar unos libros para seguir con su rutina.

«¿Aksel habrá descubierto lo que quería esconderle su madre? ¿Nika se lo ha contado?».

—Contigo quería hablar.

Volteé, creyendo que había sido descubierta en una misión espía. Fue un alivio encontrarme a Rosie, la mejor amiga de Victoria: alta, castaña y de ojos marrones. Por su mirada, supuse que nada bueno se acercaba.

—¿Hablar de…?

—Sabes muy bien para qué te busco.

Me observaba como si fuera el insecto más asqueroso de Soleil.

—La verdad es que no… La última vez que nos vimos, apenas nos dirigíamos la palabra —dije, manteniendo la conversación entre nosotras.

—¿Se puede saber desde cuándo eres tan puta que vas besando a chicos comprometidos?

—¡¿Qué?!

Los que estaban a nuestro alrededor se enteraron.

—Siempre fuiste rara —continuó—, pero de ahí a meterte con el novio de…

—Disculpa —interrumpí, acercándome a ella—, ¿desde cuándo hablas por los demás? ¿Victoria te ha mandado?

—Victoria es demasiado educada para decirte la verdad.

—Está claro que tú no.

Cerré con fuerza la taquilla sin preocuparme por llamar la atención. Medio pasillo nos miraba.

—Eres muy arrastrada si Charles te dejó y sigues persiguiéndolo.

Un calor sofocante me abrasó.

—Investiga antes de hablar, listilla. Si quieres saber quién persigue a quién…

—¿Qué haces, Rosie? —intervino Victoria, empujando a los que se agrupaban a nuestro alrededor.

—Aclarando un par de temas con la loca.

—¿Loca? ¿Tú has venido a insultarme y yo soy la loca?

Victoria se colocó entre nosotras e hizo de barrera para que Rosie no avanzara hacia mí.

—¡Eres una descarada! —gritó la castaña por encima del hombro de su amiga—. Deberías ir al loquero a ver si te arreglas la autoestima y lo de ser tan golfa.

—¡Rosie, cállate!

La rubia la empujó y me miró, avergonzada.

—Cierto, lo había olvidado —añadió Rosie con sarcasmo—. Mia tiene a la loquera en casa. Dile a mami que te dé unas pastillas a ver si aprendes a no besar a novios ajenos.

Fue más de lo que pude soportar. Solté la mochila, pero unas manos me tomaron de la cintura antes de que pudiera llegar a Rosie, a quien Victoria se empeñaba en alejar.

Me revolví para liberarme de los brazos que me apresaban y encontré a Nika como carcelero. Estaba inmovilizada contra su pecho y mis pies no tocaban el suelo.

—¿Se puede saber qué pasa aquí?

El profesor Lyon se abrió paso entre la multitud y todos hicieron silencio. Evaluó la situación. De un lado, Rosie, tras la espalda de Victoria, y del otro yo, batallando por librarme de Nika.

—Explíquese, señorita Favreau —solicitó con la mirada sobre mí.

Nika me soltó, supuse que para aliviar la situación y no dejarme ver como un animal salvaje.

—Mia no sabe reconocer sus errores —se me adelantó Rosie, haciéndose la mártir.

Victoria le pegó un discreto codazo para que callara.

El profesor me miró, esperando una respuesta, pero yo temblaba de la cabeza a los pies. Si hablaba, iba a gritar, o peor, me tiraría encima de la estúpida de Rosie.

—Quien calla otorga —dispuso el profesor—. Cuando termine el turno de clase, vaya a mi oficina, Favreau, así aprenderá a no agredir a sus compañeras.

La castaña sonrió con suficiencia.

—Disculpe, profesor —dijo Nika, parándose a mi lado—. Amaia no ha atacado de la nada, estaban provocándola.

El hombre lo miró de arriba abajo.

—¿Usted estudia aquí?

—Por supuesto.

—¿Apellido?

—Bakker y lo que…

—¿Nikolai o Aksel?

—Nika.

—Escuche bien, Nikolai. —Ignoró la corrección de su nombre—. No hay justificación para la agresión física.

—Ella no la ha tocado —recalcó él.

—Porque usted la detuvo.

—Estaba ofendiéndola, todos lo han escuchado. —Señaló a Victoria con la mano—. Si su amiga no lo hubiese impedido, ella también la habría agredido.

—Y tú ¿eres su abogado? —espetó Rosie, y el impulso volvió a dominarme.

Nika fue más rápido y fuerte. Con tomarme del brazo impidió que me echara encima de ella.

—¡Basta! —sentenció el profesor—. Favreau, a mi oficina después de clase.

—¿Esta es la puta mierda que promueve este instituto? ¿Castigar a uno y no evaluar lo que ha pasado? —preguntó Nika.

—¡Aquí la única puta es Mia! —agregó Rosie.

—¡Cállate! —reprendió Victoria.

Nika me pegó al costado de su cuerpo para que no me abalanzara sobre la castaña.

—¡Son unos insolentes!

El profesor Lyon, que no se caracterizaba por su paciencia, tenía una vena en la sien que empezaba a latir de manera alarmante.

—Bakker y Favreau, nos vemos después de clase en el laboratorio de Química. Ustedes dos —agregó, refiriéndose a Victoria y Rosie—, lo mismo. El resto, a clase si no quieren un reporte.

El castaño maldijo en voz alta y se encaminó a la salida. Rosie me dedicó un gesto envenenado y Victoria la empujó en dirección contraria. El pasillo se despejó bajo la mirada inquisitiva del profesor.

Recogí mi mochila con ganas de golpear lo que encontrara y, aunque quise escapar, me negué a tener una falta cuando el semestre apenas acababa de empezar. Entré a Filosofía y fingí que atendía.

Daba igual lo agotada que estuviera, en ese instante habría sido capaz de correr un campo de fútbol. Temblaba por dentro de la impotencia al recordar las acusaciones de Rosie y saber que no le había dado su merecido.

Perdí la noción de lo que estaba bien o mal. Nunca me había sentido así, tampoco me habían llamado puta a la cara. Aceptar las mentiras que se propagaran no era lo mismo que dejarme insultar.

Cuando sonó el timbre al final de clase y salí al pasillo, la casi pelea era de dominio público. Me tocó, una vez más, contarles a mis amigos la versión real de los hechos. Me observaron con cara de lástima cuando llegué a la parte del castigo.

El profesor Lyon aprovechaba a los estudiantes castigados para arreglar lo que estaba mal en el instituto: limpiar los baños, organizar la biblioteca o pulir los asientos del anfiteatro. Nunca se habían juntado más de dos personas a la vez y en esa ocasión éramos cuatro; los planetas se alineaban para el abandonado laboratorio de Química, el peor de los castigos.

Al terminar la jornada, tenía la mente en frío y había analizado mi reacción ante Rosie. Entendí la gravedad, las consecuencias de no haberla ignorado. Estaba castigada y obligada a quedarme hasta tarde. Lo peor: tendría que contárselo a mamá y no estaría contenta con mi episodio violento.

Cuando llegué al laboratorio, el profesor Lyon estaba en el pasillo con Victoria y Rosie. Dos minutos después, apareció Nika con el rostro tan tenso que me dio miedo.

—Al menos llegan a la hora indicada —dijo el hombre, mirando el reloj antes de forcejear para abrir la puerta.

Me tapé la nariz y la boca para que mi perfume cubriera el olor a humedad. Lyon encendió la luz y nos hizo pasar a un aula grande con ventanas selladas y mesas de laboratorio apiladas contra la pared.

Había cajas, sillas, estantes, montones de instrumental y nada de espacio para moverse. Las telarañas se acomodaban en más telarañas. Se me escapó un estornudo.

—Es obvio cuál será la tarea —dijo muy serio el profesor.

—¿Prenderle fuego a esto? —propuso Nika.

—No, Nikolai. —El castaño arrugó la nariz al escuchar su nombre completo—. No se puede desechar nada.

—Tiene que ser una broma —dijo Victoria, mirando a su alrededor.

—Estarán aquí hasta las seis —continuó Lyon.

—Terminaremos en menos tiempo si nos quedamos hasta más tarde —sugirió el chico.

—La idea no es que terminen antes, sino que pierdan una hora y media cada día.

—Una tortura lenta, ¿no?

Nika acababa de robarme las palabras.

—Como quieran llamarle. Es la manera de transmitir el mensaje.

—Podía haberle dado las quejas a nuestros padres como todos los profesores —le reprochó Rosie.

—¿Y seguir tratándolos como niños? —Lyon cruzó los brazos a su espalda y se dirigió a la puerta—. Los adultos se hacen responsables de sus actos. No esperen un trato distinto por mi parte.

—¿Durante cuántos días? —quise saber.

—Durante los que sean necesarios.

—Aquí no solo hay que limpiar y ordenar —observó Nika.

—Todo es parte del trabajo. —Mis ojos se fueron a las paredes necesitadas de pintura—. La hora no es negociable —agregó—. A las seis cierro el laboratorio. Aprovechen cada minuto.

Conté unas diez mesas que también demandaban mantenimiento cuando el profesor desapareció. La capa de polvo era tan gruesa que debía de haberse asentado durante más años de los que yo llevaba en el instituto.

Victoria exhaló un largo suspiro antes de hablar:

—¿Cómo empezamos?

—Supongo que lo mejor es encontrar lo que se pueda romper y ponerlo a salvo en otro lugar —propuse.

—Tú no sabes nada de buscar buenos lugares —dijo Rosie con desprecio—. Teniendo en cuenta que no podías encontrar una habitación para follarte a Charles.

—Basta, Rosie —la regañó Victoria.

—¿Cuál es tu problema? —me defendí—. Parece que Charles es tu novio y no el de ella.

—¡Es mi amiga y por tu culpa está sufriendo!

No estaba ciega de cólera como por la mañana. Si alguien le hubiera hecho daño a Sophie, yo habría querido decirle unas cuantas verdades a la cara.

—Por tu espectáculo, todos saben algo que nadie tenía que saber. Si querías ayudar, lograste lo contrario.

Su rostro se crispó de rabia al comprender que yo llevaba la razón.

—Si te importaba que el instituto lo supiera, no haberlo hecho.

—¡Basta! —pidió Victoria.

—No lo besé.

—¡Te vimos! —exclamó Rosie.

—Pues vieron mal —insistí.

—Nadie te va a creer si…

—¡Cállense de una puta vez! —gritó Nika.

Las tres nos sobresaltamos. Había olvidado que estaba ahí.

—Deberíamos ponernos a trabajar —murmuró Victoria sin mirarme—. Esto no tiene sentido.

—Para las voces de mando, rubita —cortó él—. Vamos a estar aquí mucho tiempo y, a diferencia de ustedes, tengo incontables asuntos que atender fuera del instituto. —Me sentí regañada—. Arreglen sus conflictos porque no pienso aguantarlos cada tarde.

Victoria miraba al suelo. Rosie seguía igual de enojada y observaba a Nika con tal intensidad que no me habría sorprendido si lo hubiera golpeado.

—Nika tiene razón —acepté.

—Si están esperando que nos demos un apretón de manos, yo paso —dijo Rosie al mostrarme el dedo corazón con desagrado.

—Contigo no tengo nada que hablar —aseguré, centrándome en Victoria.

Nika se alejó para darnos espacio y se apoyó en la puerta con las manos en los bolsillos.

—No tengo nada que decir —dijo la rubia, dándonos la espalda para organizar los instrumentos de una mesa.

—Victoria, no pasó nada.

—Mientes mal, amiga.

—No nos besamos —repetí, ignorando a Rosie—. Estábamos hablando y…

—Si no hubiésemos llegado —dijo Victoria—, ¿se habrían besado?

No tenía sentido mentir.

—Es posible. —Rosie bufó—. No estoy segura, y lo importante es que no pasó.

—Para ti. —Se dio la vuelta con los ojos vidriosos—. Para mí significa que mi novio ha estado a punto de besarse con su ex.

—Entre Charles y yo no está pasando nada.

—Pero él está loco por ti.

Dolió el pesar en su voz.

—Sabes que jugó conmigo a finales del curso pasado y me puso los cuernos contigo.

Victoria se mordió el labio y Rosie la miró de reojo. No tenía sentido que fingiera inocencia. No quería reprocharle nada, pero ella no estaba libre de culpa.

—¿Quieres decir que él no ha intentado nada contigo? —dudó.

Saqué mi teléfono del bolsillo y le mostré los mensajes que tenía.

—A principio de curso, Charles quería que fuéramos amigos. Discutimos por otros… temas. —No tenía que explicar los conflictos sexuales con mi ex—. Discutimos y después vinieron esos mensajes. En la fiesta… —No supe cómo continuar. Victoria lloraba en silencio con la vista en la pantalla—. Dijo que al final del día, siempre pensaba en mí.

—Cretino. —Rosie le pasó un brazo por encima de los hombros a su amiga.

Victoria se tomó unos segundos para releer los mensajes y me devolvió el teléfono.

—Nos ha usado a las dos —dije para consolarla.

Le mostré una sonrisa que ella intentó corresponder secándose las lágrimas, mientras su amiga insultaba a Charles por lo bajo. Tenía un amplio repertorio de maldiciones y palabrotas.

—Supongo que eso es todo —dijo Nika como si nadie estuviera llorando—. Espero no oír un drama más, me dan dolor de cabeza. Localicen lo que pueda romperse y sáquenlo de aquí.

Rosie y Victoria obedecieron y él se fue a separar unas cajas vacías.

Estaba en problemas por mí. El director expulsaba durante semanas a quienes se metían en una pelea. También había ayudado y atendido a Dax, nos había llevado a salvo a casa cuando teníamos las manos atadas. La lista de agradecimientos se extendía, por muy idiota que fuera mi vecino.

Tomé valor y me paré delante de él, tenía la mesa repleta de trastos que iba clasificando en cajas.

—Hola.

No respondió.

—Nika —insistí.

Por primera vez, vi el color de sus ojos, azules, no como los míos, sino azul celeste.

—¿Algo que decir?

—Yo…

—Mia —interrumpió Victoria, y le presté atención. Parecía incómoda al otro lado del laboratorio—. Cuando has dicho que Charles nos ha usado…

—Dejémoslo ahí.

Negó, mirando al suelo.

—Lamento haber tenido algo con él mientras estaba contigo. —Sonaba sincera—. Sé que ustedes rompieron porque nos vieron en las gradas, pero llevábamos semanas siendo más que amigos.

De no ser porque el día de la fiesta había estado a punto de besarlo, no me habría sentido tan estúpida al escuchar la confirmación de su infidelidad. Me mintió y encima había tratado de hacerme sentir mal por no pasar tiempo con él, por pedirle que esperara, por no estar lista para tener algo más que caricias.

—Gracias por contármelo.

No fui capaz de agradecérselo con más palabras. Los ojos me escocían al sentirme traicionada de nuevo y culpable por haber tenido unos segundos de debilidad ante sus palabras bonitas.

—Él siempre te quiso —confesó Victoria con pesar—. Yo sabía en lo que me estaba metiendo. Siento haberte lastimado.

Ella era su amiga, estaba enamorada de Charles desde la infancia, todos lo sabían. Me habría gustado animarla, repetir que había jugado con las dos y que el imbécil era él, pero tampoco pude. En el fondo, y durante meses, había guardado la esperanza de que fuera un chisme, aunque hubiésemos terminado, para no aceptar que le había brindado confianza a alguien que no la valoró.

Encontré la neutra mirada de Nika cuando me volteé. Había olvidado que estaba a punto de tener una conversación con él y, en ese momento, no podía hablar sin que las lágrimas contenidas se me escaparan.

—Organiza o no terminaremos ni en Navidad —dijo de mala gana, empujando una cesta llena de instrumental.

Sin más, salió al pasillo y no me permitió que recuperara el habla para darle las gracias.

Capítulo 10

Mamá no me castigó, pero le tuve que contar todo, desde mi ruptura con Charles y su infidelidad hasta lo que me llevó a querer agredir a Rosie. Durante la conversación, me costó unir los detalles; sin embargo, con cada palabra llegaba el alivio.

El pesar que me agobiaba venía de sus mentiras de la traición con Victoria, y lo único que deseaba era dejarlo atrás. No tenía claro qué sentí por Charles en el tiempo que estuvimos juntos, si había sido algo más que atracción, pero no quería averiguarlo. Era el pasado y por ninguna razón volvería ahí.

Al día siguiente, lo único que me interesaba era hablar con Nika. Le di vueltas a qué decir al llegar nuestra hora de castigo. Cuando Victoria y Rosie se fueron al almacén, aproveché para acercarme.

—Nika, yo…

—De nada —cortó.

—¿Cómo sabes que…?

—Vas a darme las gracias. De nada. —Sin mirarme, bajó una caja de los estantes más altos—. Sigue trabajando.

—¿Así aceptas las disculpas? —Intenté que su actitud no me afectara—. Ni siquiera sabes lo que voy a decir.

Se movió hasta el centro de la habitación y lo seguí. Regresó y volvió a subirse a la escalerilla para bajar una funda con instrumental metálico dentro. Cuando se cansó de que lo observara esperando una respuesta, soltó una caja en el suelo con más fuerza de la necesaria.

—Vas a darme las gracias por impedir que te lanzaras sobre esa descerebrada.

—Sí, pero…

—¿Por defenderte? —Una pregunta retórica—. Ella vino a insultarte, tú ibas a responder con golpes. Aunque tuvieras la razón, te ibas a meter en problemas y traté de impedirlo. Fin de la historia.

—Me ayudaste y quiero agradecértelo, ¿por qué no lo aceptas?

—Tienes un problema, Amaia. —Se tocó la frente con dos dedos y eso me hizo sentir estúpida—. Crees que te mereces todo y haces que los conflictos sean sobre ti.

La frialdad de sus palabras carecía de sentido en aquella situación, yo no le había hecho nada para que se comportara de esa manera.

—No tengo que recibir tu agradecimiento con una ceremonia solemne y he dicho que no fue nada importante.

Quise decirle que era un idiota por tratarme así, pero le vi los nudillos cuando se ajustó las mangas. Había sangre manchando la venda que los cubría.

—No lo hice por ti —prosiguió—. Tampoco porque fueras mi vecina, la amiga de mi hermano o porque tu madre le diera trabajo a la mía. No te sientas especial, lo habría hecho por cualquiera. Si en casa te han enseñado que el mundo gira a tu alrededor, bienvenida a la realidad.

No sé si fue la información que tenía en ese momento sobre la discusión familiar, sus nudillos lastimados o las marcadas ojeras, pero no fui capaz de insultarlo ni defenderme por la crudeza con que me habló.

—Te aconsejo que trabajes en vez de charlar —agregó—. No quiero que esto se extienda demasiado. A diferencia de ti, no tengo el privilegio de sentarme a leer cuando llego a casa.

Recogió la caja y me dejó sola en el cutre laboratorio. Quise enfadarme y no pude. Me sentía culpable por cómo lo había juzgado, a él y su familia. No me di por vencida, le debía, al menos, el limar asperezas.

Durante los siguientes días, intenté hablar con él y fue en vano. Cada vez que me acercaba, cambiaba de actividad o desaparecía. El viernes, a la salida, le propuse acercarlo en el coche de mamá y me ignoró. Para Nika Bakker, yo era como un camaleón sobre las paredes del instituto.

Me convencí de que, una vez terminara el castigo, volveríamos a ser extraños que apenas se cruzaban. No podía arreglar los problemas ajenos y los propios. Seguía ocultándole a mis padres que optaría por dos carreras universitarias y tenía que estudiar. Matemáticas era la asignatura que peor se me daba. Si no empezaba con tiempo, suspendería.

El miércoles por la mañana, me refugié en la biblioteca para buscar bibliografía sobre exámenes de cursos anteriores y no me ayudó en nada. Quedé en shock al encontrar una de las pruebas que habían puesto tres años atrás. No sabía solucionar ni un solo ejercicio.

—¿Algún problema?

Alcé la vista y me encontré a Aksel en el asiento frente a mí.

—Intentando ver lo mal que me irá en los exámenes para la universidad —confesé.

Cerré la carpeta que tenía delante con ganas de hacerla desaparecer.

—¿Cálculo Avanzado? —preguntó con el ceño fruncido y la vista en mis libros—. Creí que estudiarías Historia del Arte.

Tosí, con lo que perturbé el silencio y me gané una mala mirada de la bibliotecaria.

—No se lo digas a nadie —le supliqué, no tenía ganas de inventar una excusa—, no lo sabe ni Sophie. —Expresarlo era una tortura—. Voy a hacer el examen de Contabilidad.

—¿Por qué?

—Necesito tener opciones —dije, evitando la versión larga y compleja.

—Y tienes que estudiar Matemáticas.

—Intentarlo. Soy un desastre.

Me veía sin dormir durante meses para sacar una puntuación alta.

—¿Quieres un tutor? Le prometí a Sophie que la ayudaría.

Una chispa de esperanza se prendió en mi pecho.

—¿Podrías? —La felicidad se fue a la velocidad con que había llegado—. Es contenido avanzado.

—Puedo enseñarte lo que darás en los primeros años de la carrera.

—¡Cuánta modestia! —ironicé.

La mesa de al lado nos mandó callar y la bibliotecaria alzó la vista para localizar la fuente del ruido.

—Puedo ayudarte —añadió—, he hecho muchos cursos de verano.

—¿De Matemáticas?

—De todo —explicó, y su sonrisa fue escueta—. Mi madre tenía que trabajar y no le gustaba dejarnos solos. Buscaba organizaciones sin ánimo de lucro que acogían adolescentes e impartían cursos de verano.

La sonrisa desapareció de mis labios. Era el tipo de lugar donde llevaban a los niños cuando los padres no podían tomarse vacaciones. En Prakt se estilaba para familias de bajos recursos.

—Nuestra madre nos obligó y fue útil. Si tienes todo el conocimiento antes de iniciar el curso, te queda tiempo libre.

—¿Quiere decir que no tienes que estudiar Matemáticas este curso?

—No he estudiado nada desde los nueve años. —Me quedé sin palabras—. Pasábamos las vacaciones en cursos intensivos.

—¿Nika también?

—Pensé que lo habrías notado, comparten un par de clases.

Resoplé.

—Digamos que no soy su persona favorita en el mundo.

—Te dije que Nika es complicado, pero eso no quiere decir que…

—Tranquilo, no tienes que justificarlo. No le agrado y ya está.

El pelinegro estaba a punto de decir algo cuando la llegada de Sophie y Dax nos interrumpió.

—¿Están disfrutando de la biblioteca? —dijo el moreno, mirando a su alrededor al tomar asiento junto a Aksel.

—La biblioteca es para estudiar, no para divertirse —aclaré.

—Gracias por recordarme por qué no vengo nunca —bromeó, y la mesa de al lado nos mandó callar otra vez.

—¿Ha pasado algo? —quise saber.

—Estamos planeando una excursión a La Laguna —explicó Sophie a mi lado—. La semana antes de Halloween. Salimos el viernes y regresamos el domingo. ¿Qué les parece?

—¡Fiesta! —celebró Dax en voz baja y ridícula

—Me apunto.

Miramos a Aksel, que bajó la vista y ocultó las manos bajo la mesa.

—No podré.

—Iremos en el coche de Dax —dijo Sophie—. Mi padre tiene una cabaña no muy lejos del campamento turístico…

—No es eso —musitó—. Ese viernes es mi cumpleaños. No puedo decirle a mi madre que me voy el fin de semana.

—¡Pero eso es aún mejor! —dijo Dax—. Tienes que venir, lo celebraremos a lo grande y…

—Basta —interrumpí antes de que volvieran a silenciarnos, al recordar la tristeza de la señora Bakker unos días antes—. Te entiendo, Aksel. Podemos dejarlo para más adelante. Quiero estar presente el día de tu cumpleaños.

—Pienso lo mismo —apoyó Sophie.

—No tienen que cambiar sus planes. —Negó repetidas veces con la cabeza, incómodo porque los tres esperábamos su respuesta—. No es nada del otro mundo.

—La mayoría de edad no es nada relevante, por supuesto —ironizó Dax con el volumen que habría utilizado en la bulliciosa cafetería.

La bibliotecaria se levantó, nos miró como si quisiera aplastarnos con una de las gruesas enciclopedias que descansaban sobre su escritorio y nos marchamos antes de que nos expulsara.

—No volveré a entrar contigo a la biblioteca —le riñó Sophie, roja hasta la raíz del pelo.

—Recuérdame no entrar jamás a la biblioteca —rebatió Dax, adelantándose para acoplar su paso al de ella una vez que salimos al pasillo repleto de estudiantes.

—Gracias por la ayuda —susurró Aksel a mi espalda.

—Imagino que tu madre quiera tenerte ese día. —Sonreí—. Además, necesito ganar puntos con mi tutor, ¿o no?

—Cuenta con eso, vecina.

—Bien, ahora solo…

Olvidé todo lo que iba a decirle al localizar a Nika a mitad del pasillo. Tenía una mano sobre la pared, al lado de la cara de una risueña Chloe, mientras le decía algo al oído. Aguanté la respiración y me costó quitar la vista para disimular.

—Tenemos que acordar cómo puedo pagarte por tu tiempo.

—No tienes que...

—Tranquilo, no iba a pagarte con dinero —me burlé—. Mis ahorros no son suficientes para costear clases particulares. Estaba pensando en intercambio de servicios. Si quieres, te limpio la habitación cada semana.

—Mejor no. Puedes echarme una mano con las tareas en la mansión, tenemos mucho que hacer.

—Es un trato.

—También podemos estudiar en mi casa —propuso—. Así adelanto trabajo, te ayudo y tus padres no se enterarán de lo que estudias.

Asentí al tiempo que nos cruzábamos con Nika. Tenía la mano por encima del hombro de Chloe y la vista al frente. No me lanzó ni una mirada de reojo, ni siquiera porque iba con su hermano.

Una extraña sensación me recorrió el pecho. Ser un fantasma jamás se había sentido tan mal.

• • •

Correr no era mi actividad física preferida, ningún deporte lo era.

—Ha estado genial —dijo Sophie, caminando rumbo a los vestuarios tras haber dado dos vueltas al campo de fútbol.

—Habla por ti...

Yo seguía agitada a pesar de la caminata posterior a la carrera y un dolor punzante me atravesaba la sien. Me estremecí por el aire fresco de octubre sobre mi piel sudada. Necesitaba una ducha.

—Correr es uno de los ejercicios más completos.

—¿Sabes qué es muy completo? Un buen combo de hamburguesa, con patatas fritas y un refresco cargado de azúcar.

Sophie me miró, escéptica.

—Quien te escuche creerá que eres adicta a la comida basura.

—Lo sé. —Me sonaron las tripas—. Es que tengo hambre.

—¿Nos fugamos y comemos en el centro comercial?

—Lo necesito. Hoy me toca castigo de nuevo y termino tarde. Ayer casi muerdo a Emma cuando mamá pasó a recogerme.

Se rio como cerdita, tapándose la boca para ahogar el sonido, pero algo la hizo detenerse abruptamente. Al seguir su mirada, encontré la razón: Charles caminaba hacia nosotras.

Sophie lo miró con mala cara cuando le hice un gesto con la cabeza para que nos dejara a solas. Después de su fiesta y la conversación que nos habían interrumpido, por desgracia, quedaba algo pendiente entre nosotros.

—¿Podemos hacer esto lo más rápido posible? —pregunté antes de que pudiera decir nada.

Le sorprendió lo directa que fui.

—¿Así tratas a las personas que forman parte de tu vida?

Era tan difícil mantener la calma con él.

—Tu empleo de los tiempos verbales sigue sorprendiéndome. Forman no, formaban. No eres parte de mi vida. —Respiré buscando paciencia porque no tenía ganas ni fuerzas para pelear—. Sé que debemos hablar, pero es viernes, estoy agotada, tengo hambre, clase por la tarde y, además, el castigo por pelearme en medio del pasillo con la amiga de tu ex.

—Podemos almorzar juntos.

A veces, la manera en que funcionaba su cerebro carecía de sentido.

—Lo que tenemos que hablar no es digno de una salida.

—Será media hora.

—No voy a ir contigo a ningún lugar —declaré.

Me parecía absurdo que pensara lo contrario.

—¿Dónde planeas que hablemos? —preguntó, ofendido—. ¿En las gradas? O mejor, ¿hablamos en el pasillo principal?

—Cualquier lugar me parece bien mientras sea público y nadie se invente más historias.

—No me importa lo que inventen. Ya no estoy con Victoria y más daño no puedo hacerle.

—Sí, puedes. Estar aquí conmigo la hará sufrir y es tu amiga desde que son niños. No entiendo cómo te importa tan poco.

Vi la vergüenza en su mirada. Me había mentido y manipulado, había jugado con Victoria. Sin embargo, sabía que debajo de eso Charles no era más que un niño que pasaba por la fase del cretino y esperaba que algún día la dejara atrás.

—No quiero que hablemos aquí —murmuró.

Mi vista se perdió a su espalda, donde Nika caminaba con Dax hacia los vestuarios. Por unos segundos, me distraje y Charles agitó la mano delante de mi cara para recordarme que estábamos hablando.

—¿Qué te parece el lunes a esta hora? —Miré a mi alrededor, valorando el espacio—. Puede ser en las gradas, como has dicho.

—No voy a hablar en cualquier lugar como si fuéramos a decir adiós y ya.

—Pues yo solo tengo intención de darle un cierre a este drama.

Miró a todos lados y se pasó las manos por el pelo varias veces.

—¿Así resumes los seis meses que estuvimos juntos? —preguntó.

—Fueron seis meses, pero hace casi cuatro que nos separamos y mira las consecuencias —dije, señalando a todos lados para que entendiera la magnitud de la situación.

—Eso no es lo único de lo que…

—Es de lo que yo tengo pensado hablar —zanjé—. También agradecería que me trajeras el abrigo de mi madre. Lo olvidé en tu casa el día de la fiesta.

—No te lo traeré. —Me sorprendió su determinación—. Tampoco hablaremos en las gradas. Si quieres el abrigo, ve a mi casa a buscarlo.

Me dejó sola al borde del campo con una evidente declaración: usaría la ropa de mi madre como rehén.

Capítulo 11

Llegué la primera al laboratorio de Química y me puse los auriculares. Era más fácil soportar el castigo si me alejaba del mundo. Se volvía necesario cuando Victoria saludaba con una sonrisa tímida y Rosie no me miraba. Hablaban entre ellas y a veces le pedían ayuda a Nika. Él nos ignoraba a las tres.

Empecé por clasificar una montaña de libros en dos cajas. Las chicas llegaron cinco minutos después y fueron directas a los archiveros. Lo positivo: sin conversar avanzábamos más. Nika fue el último en aparecer y se unió a mi labor.

Me dejé llevar por la música hasta que empezó una canción que no había escuchado antes. Tarareaba el pegadizo estribillo cuando alguien me quitó uno de los auriculares.

—Si te pones los dos, no escuchas cuando te hablan —dijo Nika.

Miré a mi alrededor. No había nadie más en el laboratorio.

—Estás haciéndolo mal. —Señaló la caja a mis pies—. Se supone que estamos organizando.

Había un libro de Física y Química en el lugar equivocado. Lo puse en la caja a mi izquierda al instante.

—Escuchar música tan alta es peligroso —agregó antes de que me volviera a colocar el auricular.

Lo miré de reojo. Llevaba un jersey fino remangado hasta los codos, exponiendo la tinta de su antebrazo derecho.

—No está alta —dije sin mirarlo a la cara.

—La oigo desde aquí. Te vas a quedar sorda, si es que no lo estás ya.

—Es para que se escuche mejor.

—Por estar más alta no se oye mejor. Además, tus auriculares son malísimos.

—Yo los escucho genial.

Chasqueó la lengua.

—Ecualizan el sonido para moldear tu experiencia. Están hechos para que se escuche bonito y esa marca… no es buena en eso.

Detuve lo que estaba haciendo.

—No tengo ni la menor idea de qué hablas.

Contuvo una sonrisa y se acercó. Tiró del cable de los auriculares y mi teléfono se deslizó fuera de mi bolsillo, tan rápido que no pude protestar.

—Interesante elección musical —se burló.

—Está en aleatorio —refunfuñé.

Me dedicó una mirada fugaz antes de pasar la canción. Devolvió el teléfono y tuve que rectificar el volumen al usar ambos auriculares.

—No escucho nada.

Se rio de la manera más natural que le había visto, tan adolescente y relajado que podía haber sido otra persona.

—Es cuestión de costumbre —aseguró, volviendo a los libros—. Inténtalo y verás que se escucha mejor. Confía en mí.

Me mordí el labio para no sonreír. Quise preguntar a qué se debía el cambio de actitud, pero las chicas regresaron y no volvimos a hablar.

• • •

A las seis, el profesor Lyon nos echó del laboratorio y fui la última en salir al pasillo. Un carraspeo llamó mi atención y me encontré a Nika apoyado en la pared. Comprobé que era para abordarme a mí y no a alguien más.

—¿Necesitas algo?

Caminó a mi lado.

—El otro día dijiste que podía irme contigo. ¿La oferta sigue en pie?

Entendí la razón por la que me había devuelto la palabra: necesitaba de mí.

—Por supuesto, somos vecinos.

Fingí que no me sentía usada y, al salir, mamá nos esperaba frente al edificio. Mi hermana brillaba por su ausencia y había una funda en el asiento delantero, por lo que nos tocó ir detrás.

Nika me abrió la puerta, esperó a que subiera para cerrarla y le dio la vuelta al coche. Me sentí en un universo paralelo con tanta gentileza, no comprendí lo que sucedía hasta que saludó a mi madre.

—Buenas tardes, señora Favreau. ¿Cómo está?

Intentaba quedar bien delante de ella. Mamá sonrió de oreja a oreja, engañada por el seductor chico que iba a mi lado.

—Yo muy bien, gracias, pero no se puede decir lo mismo de ti. —Miró por encima del hombro—. Te has buscado problemas por evitar que cierta señorita se metiera en una pelea.

Nika no escondió la sonrisa y, antes de que el tema tomara fuerza, decidí cortar por lo sano.

—¿Y Emma?

—Se ha ido con tu padre.

Sentía la mirada socarrona de Bakker sobre mí. Por suerte, mamá captó que no quería hablar de la disputa con Rosie y nos quedamos en silencio. Una vez salimos de la ciudad, solo quedó el sonido del coche por la carretera. No podía mantener las manos quietas y rebusqué en la mochila hasta encontrar los auriculares. Nika me tomó de la muñeca antes de que pudiera ponérmelos.

—Es de mala educación —me reprochó.

—Gracias —intervino mamá—. Estoy cansada de decírselo.

—Nadie está hablando —me defendí.

—Por cierto, Nika, ¿qué edad tienes? —preguntó mamá, ignorando mi justificación.

—Diecinueve.

—Deberías haberte graduado ya —se sorprendió.

Aksel había dicho que Nika tenía veinte. No sabía si había sido producto de mi imaginación o de los eventos de aquella noche después de la fiesta. Me concentré en el intercambio para encontrar respuestas. La conversación se había vuelto interesante.

—Perdí un año —explicó—. Estuve enfermo y me atrasé.

Recordé las palabras de su madre en la discusión. Dijo que Nika no debía alterarse en «su estado».

—¿Algo grave? —preguntó mamá.

—Nada de lo que preocuparse. Defensas bajas… Varias enfermedades.

Desde que lo había conocido, sus pocas respuestas parecían mentiras maquilladas y aquella no fue la excepción.

—Lo importante es terminar —continuó ella—. Además, estás con tu hermano y se hacen compañía.

—Esa es la ventaja —aceptó, cortés.

—Son muy unidos. Los he visto trabajar sin descanso desde que llegaron.

—Mi madre nos educó así. A ella le debemos todo lo bueno.

—Se nota —estuvo de acuerdo—. Tu madre es una gran persona.

—Es la mujer más valiente que conozco.

El orgullo en su voz era palpable. Me di cuenta de que tenía una sonrisa estúpida. Era su manera de hablar, el amor desmesurado con que se refería a quien le había dado la vida. Mamá llevaba la misma expresión, aunque su vista estaba en la carretera.

Nika tenía un don para conquistar. No era su apariencia, aunque ayudaba; era el carisma sutil, natural. Sacudí la cabeza para recordar lo idiota que podía llegar a ser y no caer en su red.

—Por cierto —dijo mamá—. Anette comentó que van a reemplazar los cristales de la entrada de la mansión.

—Esperamos el aviso de la cristalería, ellos harán el pedido a Prakt.

—Mi esposo necesita cambiar los de su tienda. ¿Crees que es una vía segura?

Nika se vio satisfecho al escuchar la declaración.

—Aksel y yo podemos ayudar con el pedido.

—¿De verdad? Sería de gran ayuda. Pagaríamos por la gestión y…

—No hay problema —interrumpió—. Somos vecinos y mi madre nos mataría si le cobramos.

Mamá sonrió ante tal gentileza.

—Pueden avisarnos y mi esposo pasará a recogerlos para que tomen las medidas.

—Sería más fácil si Mia nos llevara —propuso Nika.

Ella me miró a través del espejo retrovisor.

—¿Se ponen de acuerdo y avisan a tu padre?

Asentí y el chico a mi lado frunció los labios.

—Tú y yo a veces no nos vemos, mejor habla con mi hermano —concluyó, pero al instante chasqueó la lengua, un sonido que repetía bastante—. Lo había olvidado. Aksel tiene clases para la universidad a partir del mes siguiente. —Rebuscó en el bolsillo del pantalón y puso su teléfono en mis manos—. Dame tu número y te aviso cuando pueda ir.

Me costó procesar cómo habíamos llegado a esa situación. Apunté mi número para no darle vueltas al tema. No me añadió a sus contactos antes de guardarlo, siguió conversando con mamá y yo volví a ser invisible.

• • •

—¿Te ha escrito? —preguntó mamá, asustándome en el preciso instante en que describían las fotos de un cadáver mutilado en el libro que estaba leyendo.

—¿De qué hablas?

—Nika, el vecino que pidió tu número —dijo con una media sonrisa.

Me acomodé en el sofá del salón del primer piso. Me miraba desde el final de la escalera con una taza de té en la mano, lista para irse a dormir.

—Me lo pidió para ayudar con los cristales de papá. ¿Por qué iba a escribirme hoy?

—Qué tonta… He debido de confundirme. —Olí su ironía—. No duermas tarde.

Regresé a mi pose antinatural para concentrarme en la lectura. Los asesinatos iban descubriéndose en el libro que me había prestado Sophie y estaba enganchada, era incapaz de apartar los ojos de él. Cuando llegué al final del capítulo, me prometí que solo leería uno más.

El teléfono me asustó al vibrar.

Número desconocido: Leer así debe de ser perjudicial para la salud.

Estaba casi de cabeza. Me levanté de una vez al entender quién era y me caí. El libro se me resbaló, perdí la página por la que iba y el teléfono terminó debajo del sofá. El golpe me dejó viendo puntos negros.

Otro mensaje entró antes de que pudiera incorporarme.

Número desconocido: ¿Estás bien?

Miré por la ventana y en la azotea de la mansión vi la silueta de Nika contra el cielo estrellado. Me puse de pie y llegué hasta el interruptor para apagar la luz. El corazón me latía demasiado rápido.

Esperé sin tener claro qué hacer. El teléfono seguía sobre el sofá con dos mensajes que necesitaba releer para comprobar que no eran producto de mi imaginación. Si lo hacía, me vería por la ventana.

«Idiota, por eso apagaste la luz».

Me acerqué de puntillas. Su figura seguía en el mismo lugar de la azotea y yo tenía un tercer mensaje.

Número desconocido: Conseguir tu número fue más sencillo de lo que pensé, Pulgarcita.

Capítulo 12

Sophie guardó el teléfono tras una corta conversación con su novio y chilló. Me abrazó, apretándome los brazos contra las costillas.

—¡Odio a Julien! —grité, luchando por oxígeno—. Cada vez que te da una buena noticia me juego la vida.

—¡La semana siguiente! ¡Llegará el jueves y estará en Soleil hasta el lunes!

Me obligó a saltar con ella en el sitio. Amaba verla feliz, más cuando me soltó y pude respirar.

—Tendrán tiempo para ponerse al día —bromeé.

Se puso roja desde el pecho hasta la raíz del cabello.

—¡No es por eso por lo que estoy emocionada! —se quejó—. Extraño abrazarlo, que conversemos hasta tarde y…

—¿Y? —presioné.

—¡Bien! Por el sexo también —añadió—. Dos meses se sienten.

Reí con miedo a soltar un pulmón.

—Búrlate, pero ya verás. —Hizo un puchero—. Una vez empiezas, se vuelve necesario.

Era Sophie, la que antes hablaba de la virginidad como algo divino y de valor incalculable debido a su educación religiosa.

—Falta otra semana para que tu novio venga de visita. —Evité que me empujara un chico que pasó corriendo por el pasillo en dirección contraria—. Recuerda que este viernes es el cumpleaños de Aksel.

—Todavía no sé qué podemos regalarle.

—Resuélvelo con Dax, yo sigo castigada.

—Es eterno —se lamentó—. Por cierto, no me has dicho si pasó algo más con Nika.

Dirigí la vista al frente para avanzar entre los estudiantes.

—Nada relevante. —Mostrarle los mensajes había sido una terrible idea.

—No te resistas, «Pulgarcita» —dijo con voz melosa.

La empujé para que me dejara en paz.

—Sabes todo lo que se puede contar.

—Pero ayer ya tuvieron castigo. —Enseñó su perfecta dentadura en una pícara sonrisa—. ¿Qué hablaron?

—De cómo empapelar el aula.

No mentí, lo debatimos, pero también me preguntó sobre Soleil y se burló de las diferencias con la inmensa Prakt. Fue agradable que no discutiéramos.

—Solo hablaron de trabajo. —Entrecerró los ojos—. Apuesto a que se fueron juntos cuando tu madre pasó a buscarte.

—Su moto está averiada.

—Qué coincidencia —dijo abriendo demasiado los ojos—. Nika es listo.

—Basta ya. —Resoplé—. No es nada.

Sophie estalló en carcajadas.

—¡Está claro que le gustas!

—No sé de dónde te sacas eso. —Apresuré el paso.

—No deja de molestarte, te pidió el número y te envía mensajes a medianoche —enumeró—. Además, te espía. —Torció los labios—. Un punto debatible y preocupante, pero demuestra interés.

—No significa que…

—¡Oh, por Dios! —Me señaló con un dedo acusador—. ¡También te gusta!

Me eché encima de ella para cubrirle la boca.

—Sigue mencionando a Dios y terminarás en el infierno.

—Muy graciosa —se quejó, apartándome—. No tengo diez años para que me asustes con castigos divinos.

—Lo parece si chillas así.

—Lo siento —susurró.

—No necesito más rumores.

Puse los ojos en blanco cuando una chica le dijo algo al oído a su amiga.

—No me lo puedo creer —continuó Sophie con una deslumbrante sonrisa mientras subíamos la escalera.

—No me gusta —repetí.

—Entonces ¿por qué estás tan nerviosa con sus mensajes?

La empujé con el hombro y me adelanté para llegar al primer piso.

—A partir de ahora no te diré nada.

—No tienes con quien hablar —se burló y me alcanzó.

—Hablaré con Dax —dije con suficiencia.

—Pues vamos a contárselo.

La sostuve del brazo.

—¡Se lo dices y te mato! —Una sonrisa triunfal se extendió en sus labios—. Y que no quiera contarlo no significa que me gusta.

—¡Te gusta! —Dio saltos de emoción—. No puedo creer que te hayas enamorado del chico malo.

Me detuve en seco cuando estaba a punto de reiniciar la marcha hacia el aula.

—¿El chico malo? ¿Esto es una novela adolescente?

—No, pero siempre aposté a que Amaia Favreau terminaba con el chico popular del equipo de fútbol —dijo con naturalidad—. Ibas por ese camino hasta hace unos meses.

Miré a los lados en busca de la cámara oculta.

—Necesitas leer menos ficción. Empiezo a preocuparme.

—La ficción tiene una base real —explicó—. Eres la chica normal y guapa que deslumbra al capitán del equipo. Por eso estaba segura de que tendrías tu final feliz con Charles, pero la historia ha dado un giro inesperado y, tras un buen drama, el chico malo hace su entrada triunfal para poner tu vida patas arriba.

Me quedé con la boca abierta. En algún lugar, al fondo de mi cabeza, escuché las risas clásicas de una serie de humor.

—Necesitas a Julien. —Le palmeé la mejilla y reanudé la marcha—. Estás en crisis.

—Es un cliché, pero tiene sentido —se justificó, enganchándoseme al brazo para caminar conmigo.

—Para nada.

—¡¿Cómo que no?! Nika es todo un chico malo.

—Un idiota, quizás. Recuerda lo que hizo en Filosofía y en la fiesta.

—Al principio, el chico malo toma un camino cuestionable y la protagonista no lo soporta.

—¿Ahora soy la protagonista? —me burlé.

—Y Nika el chico que se mete en peleas para llamar la atención de la chica —añadió, dando palmaditas como una foca—. ¡Es tan emocionante!

—No lo he visto meterse en una pelea que no sea la que tuve con Rosie.

—¿No lo sabes? —Arrugó las cejas—. Le pegó a uno del equipo la semana pasada.

—¿Del equipo?

—¿Dax no te lo contó? Nika es el nuevo delantero. Golpeó a Adrien. —Sus ojos se volvieron dos líneas y esbozó una forzada sonrisa de boca cerrada—. Un mal comienzo, si me preguntas.

La cara del amigo de Charles se dibujó en mi mente. Alto, fornido, un año menor y con tendencia a soltar demasiadas palabras por minuto.

—¿Por qué?

—Dax no supo decirme y Adrien todavía tiene un ojo negro.

—¿Los llevaron con el director?

—Lo arreglaron como hacen en el equipo, entre ellos. Nadie quería que los expulsaran dos semanas y arruinaran los entrenamientos. Seguro que fue un malentendido.

Golpear a alguien no era un malentendido.

—Es raro —dije más para mí misma.

—¿Preocupada por tu *bad boy*? —me provocó.

—Hasta tú has dicho que los Bakker son raros —le reproché cuando doblamos a la derecha, a pocos metros de nuestra siguiente clase.

—Es cierto. —Se mordisqueó la uña del pulgar—. Incluso Aksel se comporta de forma extraña. Cada vez que le pregunto algo personal, cambia de tema.

No era la única que lo notaba.

Por suerte, el inicio de sesión ocupó nuestra tarde. Al final del día, mi amiga estaba más interesada en el regalo de Aksel que en molestarme hablando de Nika.

Nos despedimos a la salida y busqué mi teléfono mientras me dirigía al laboratorio de Química. Por la mañana, le había enviado un largo mensaje de conciliación a Charles para recuperar el abrigo de mi madre. Su respuesta demostraba que seguía empecinado en que fuera a su casa, algo que yo no quería hacer.

Saqué los auriculares para despejarme.

—Además de leer de cabeza y escuchar música, ¿haces algo más?

Di un salto cuando Nika apareció delante de mí.

—Avisa la próxima que llegues de la nada —protesté—, y sí, hago más que eso. ¿Tú haces algo más que espiarme con prismáticos?

—Mucho. —Me guiñó un ojo—. Si quieres, te lo cuento.

—No, gracias.

Me siguió cuando lo rodeé para continuar con mi camino.

—Por cierto, no te espío y menos con prismáticos.

—Entonces ¿cómo ves desde tu azotea mi salón?

—Está cerca, Amaia, cualquiera vería a esa distancia.

—Yo no.

—¿Eres débil visual? —se burló.

—Soy miope. Sin lentillas o gafas no veo a un palmo más allá de mi nariz.

—¿De verdad?

Con delicadeza, me tomó de la barbilla, algo inesperado, haciendo que nos detuviéramos a la entrada del laboratorio. Escrutó mis ojos. Su tacto era más cálido de lo que habría imaginado y contuve la respiración.

Su piel parecía suave y una cicatriz le partía la ceja izquierda. Los ojos eran de un azul claro impresionante, incluso en ese momento, con las pupilas demasiado dilatadas.

—No había notado que llevas lentillas. —Se alejó con naturalidad para abrir la puerta y dejarme pasar primero.

Que escupiera el estómago por los nervios era una posibilidad.

—No se ven —refuté para ganar segundos y que no fuera evidente que había perdido la movilidad del cuerpo.

—Si te fijas, se notan.

—El maestro del detalle —murmuré, soltando la mochila junto a la puerta. Reuní fuerzas para que las piernas me respondieran y poner distancia.

—¿Te estás burlando?

—Para nada, señor «ustedes no saben barnizar».

—Lo hacían fatal. Era la capa de barniz menos homogénea que he visto en mi vida.

—Era pasar una brocha por la madera —me burlé.

Ignoré el resto de sus protestas y fui a las ventanas, dispuesta a colocar papel protector en los marcos. El momento de pintar y dar por terminado el castigo se acercaba.

—Tranquila, Amaia —añadió, uniéndose a mi labor—. No todo el mundo puede tener habilidades con las manos.

Volvía a usar el tono de sabelotodo y aquella tarde no pintaba como la pacífica experiencia del día anterior.

—No sé quién te ha dicho que no tengo habilidades manuales.

—Llevo casi un mes viendo cómo te mueves. Sé lo que eres capaz de hacer bien.

—Eres un poco presuntuoso, ¿no?

—Y tú siempre estás a la defensiva.

—¡No es cierto!

Alzó las cejas y señaló mi postura: los brazos cruzados sobre el pecho.

—No estoy a la defensiva —repetí—. Me desespera que quieras molestarme todo el tiempo.

—Estoy bromeando. El problema es que reaccionas como si todo fuera una posible amenaza. Pareces un gato.

—Tú me pones de los nervios.

Me analizó con curiosidad.

—Ah, ¿sí?

Aparté la mirada.

—Me estresa tu apatía y no empezamos con el pie derecho.

—¿Lo dices por lo de tus tetas? Pensé que lo habíamos superado.

Odiaba que tratara el tema como si no fuera nada.

—Lo digo por lo de Filosofía y por la fiesta —puntualicé—. Parece que solo recuerdas lo que te conviene. Deberías ver a un médico.

—Me acuerdo de lo importante. Fueron simples bromas, no es algo para llevar hasta el fin de los días.

Su respuesta me irritó más de lo que debería.

—Yo tampoco lo recuerdo —mentí, pegando el adhesivo con demasiada fuerza.

Quedó torcido y refunfuñé antes de despegarlo para poner uno nuevo.

—Quizás estoy equivocado —continuó.

—¿No soy como un gato?

—Eres como la sal.

—¿Sal? —Mis manos cayeron a los lados de mi cuerpo y me giré para mirarlo.

—No sé cómo no me he dado cuenta antes. —Abrió los ojos e inspeccionó mi rostro—. Eres idéntica a la sal.

—Si tratas de molestarme, esta vez no funciona. No entiendo tu creativa referencia.

Continué con el siguiente marco y no dudó en seguirme.

—Sabes que la comida sin sal es lo más triste del mundo —insistió.

—Sigue siendo comida.

—Pero sabe fatal.

Lo escruté con la mirada, calculando sus intenciones.

—Eso suena bien, pero dudo que quieras hacerme un cumplido.

La malicia en la comisura de sus labios demostraba que había dado en el clavo. Quise lanzarle el rollo que tenía en la mano con la esperanza de acertarle en un ojo.

—Que la comida con sal sea mejor te hace creer que es buena. —Me tensé al ver por dónde iba—. Ese momento en que los cristales quedan por el plato, tan brillantes y pequeños que sientes ganas de cazarlos con el dedo. —Se lamió el labio—. La primera impresión es fuerte, pero satisfactoria… El problema viene después. Te arrepientes de haberlo puesto en tu lengua y entiendes que, aunque haga magia con la comida, por sí sola es incomible.

Me costó mantener la calma para no decirle que me importaba poco lo que él opinara de comer sal. Sonrió antes de proseguir:

—Eres pequeñita y angelical, con pelo de muñeca. Cualquiera pensaría que eres pura ternura, pero una vez cerca, entiendes que no todo es lo que parece.

Me mordí el labio superior para controlarme, se sintió hinchado cuando lo solté. Nika estaba satisfecho con su discurso. Quería empujarlo contra la ventana para ver si el golpe le quitaba lo idiota, pero Victoria y Rosie llegaron para frenar mis instintos.

Acababa de insultarme, sin embargo, volvió a su trabajo con naturalidad. Quise hacer lo mismo para pretender que no me importaba y una de las chicas lo impidió al aclararse la garganta para llamar nuestra atención. Seguían en medio del aula sin decir nada. La rubia le dio un codazo a su amiga.

—Casi estamos terminando —declaró Rosie con voz mecánica—. Hemos hecho un buen trabajo y como hoy no empezaremos a pintar, pensé que podíamos compartir algo de comer.

Sonó falso, un discurso memorizado en el pasillo dos minutos antes.

—Y también querías decirle algo a Mia —la presionó Victoria.

Nika tomó una escalerilla y se ocupó de la parte superior de las ventanas. Pretendió que éramos fantasmas, su especialidad.

—Yo... —Rosie bajó la vista a la caja que llevaba entre las manos—. Quería disculparme. Me precipité y nos metí en problemas por culpa de un cretino.

—¡Rosie!

—Es un cretino, Vicky.

—Pero dijimos que...

—Es un cretino —interrumpí—. Las cosas por su nombre, ¿no?

—¡Ves! —exclamó Rosie, y no fue capaz de mirarme a los ojos, aunque lo intentó—. Lo siento..., por llamarte puta.

—Y loca —añadí.

—Y por mencionar a tu madre.

Tuvo valor para alzar la vista.

—Lamento haber querido golpearte —acoté.

—No hubieses podido.

Escuché la risa baja de Nika.

—Vuelve a llamarme puta y veremos —la desafié.

Las semanas de castigo habían borrado la mala experiencia y Charles no valía una pelea con nadie.

—En cualquier caso —dijo Victoria, sonriente—, hemos traído mini *brownies*.

—De los buenos —aclaró su amiga al abrir la caja.

Reconocí mis preferidos, los de la tienda que había a dos calles del instituto, con la cubierta de dulce de leche. Me zampé el primero de un bocado.

—¿Saben? —dijo Nika sin bajarse de la escalerilla—. Ahora que han dejado el drama y fingimos ser amigos, debería decirles que el viernes es el cumpleaños de mi hermano y haremos algo en casa.

—¿Quiénes? —interrogó Rosie.

—Pensé en Amaia y Sophie, Dax también nos agrada. Ustedes parecen... aceptables. Puede que algún otro del equipo de fútbol.

Intercambiamos miradas de preocupación.

—Tranquilas, el semental de la discordia no está invitado.

Rosie se rio del apodo.

—Me animo —dijo Victoria—. ¿Llevamos alcohol?

—Tendremos, no hace falta, pero mi madre no puede vernos beber, ¿está claro?

—Acepto —añadió la castaña, y tomó otro *brownie*.

—Te aconsejó bajar si quieres comer —advirtió la rubia al ver la velocidad a la que desaparecían los dulces.

Nika negó.

—Coman ustedes, son las del tratado de paz. Además, no me gustan los dulces —dijo con una media sonrisa, y sus ojos se cruzaron con los míos—, soy más de salado.

Capítulo 13

El viernes terminamos el castigo y el profesor Lyon estaba tan satisfecho con el trabajo que nos dejó irnos antes. Me dirigí a la salida trasera del instituto y tomé asiento en el último peldaño de la escalera que daba al desierto aparcamiento. Miré los mensajes que había enviado por la mañana.

Mia: Iré con mi madre a buscar el abrigo.

Charles: No hay problema. Ella entenderá que necesitamos hablar.

Mi intento de asustarlo había fallado. La presencia de mamá era solo un problema para mí, que había esperado hasta el último momento para contarle lo que sucedía con mi ex y el secuestrado abrigo.

La idea de tomar un taxi e ir sola me tentaba, pero gastaría todo mi dinero, un lujo que no podía darme. Además, tendría que mentirle a mamá sobre mi paradero, lo cual no me gustaba: más mentiras.

Un par de voces a mi espalda hicieron que alzara la vista. Nika iba acompañado por el entrenador del equipo.

—Todo en orden con el resto de los exámenes médicos —dijo el hombre antes de que se estrecharan las manos—. Me alegra que seas parte del equipo.

El entrenador se despidió al pasar y Nika se detuvo a mi lado.

—¿Qué haces aquí?

Lo miré y me dolió el cuello. Era alto por naturaleza y, si agregábamos que yo estaba casi al nivel del suelo, me volvía una pulga.

—Espero a mi madre.

Revisó su teléfono.

—Falta casi una hora para que pase a recogerte.

—No me queda otra, no quiero gastar dinero en un taxi —dije, evitando explicaciones.

—Yo te llevo. —Debió de leer la confusión en mi rostro—. He arreglado la moto, Amaia.

Señaló el otro lado del parque y localicé una bonita moto negra.

—No hace falta, pero gracias.

—¿Te da miedo?

—No —mentí.

Alzó una ceja y mostró la clásica sonrisa.

—No puedo creer que le tengas miedo a las motos. ¿Mami y papi te han prohibido subir a una?

Suspiré y me concentré en el suelo.

—No tengo ganas de entretenerte.

Para mi sorpresa, tomó asiento. Parecía extraño, con sus largas extremidades flexionadas para acomodarse en el bajo escalón. Me inspeccionó un buen rato.

—Te pasa algo, ¿no es cierto?

Me clavé los dientes en el labio y me dolió.

—¿Se nota?

—Nunca te había visto tan nerviosa y digamos que has estado bastante alterada a mi alrededor —bromeó, apuntando a mi mano derecha.

Sin darme cuenta, le estaba dando vueltas al teléfono a toda velocidad entre los dedos.

—Se me olvidó el abrigo de mamá en casa de Charles el día de la fiesta.

—Fue hace un mes.

—Quiere que hablemos, que sea en privado y…

—Te ha dicho que vayas a su casa si querías recuperarlo —concluyó.

Maldije a mi ex por lo bajo, a él y a los hijos de sus hijos.

—Tendré que pedirle a mamá que me lleve y la meteré en un drama estúpido.

Sophie era la única que lo sabía y se sintió bien contárselo a alguien más.

—¿No quieres que tu madre lo sepa?

—No tengo nada que ocultar, pero no quiero llenarle la cabeza de tonterías. —Suspiré—. Mamá se pasa el día escuchando los problemas de otros. Siento que es darle más trabajo.

—Tiene sentido.

Descansé la mejilla sobre las rodillas y lo miré. Jamás había confesado por qué odiaba molestar a mamá.

—¿No suena tonto? —pregunté.

Sus ojos recorrieron mi rostro y la comisura de sus labios se elevó.

—Para nada. Suena muy considerado.

Devolví la atención al tranquilo parqueo.

—Quiero recuperar el abrigo sin involucrar a más personas.

—No lo hagas. Yo te llevo.

Me enderecé para mirarlo, con tanta rapidez que sentí un tirón en el cuello.

—¿Tú? —pregunté, creía que no había escuchado bien.

—¿Algún problema?

Alzó las cejas a la espera de una respuesta. Junté los labios y evalué su actitud. No estaba jugando conmigo.

—He dicho que no quería involucrar a mi madre, no que necesitara ayuda para lidiar con Charles.

—Y yo he dicho que te llevaría. No voy como guardaespaldas —aclaró—. Te sabes defender sola, lo he comprobado.

Valoré la opción y era la mejor de todas por mucho.

—¿Tienes un casco para mí?

Soltó un resoplido.

—¿Vienes o no, Amaia? —preguntó, ofreciéndome la mano.

Miré de él a la moto, luego a su mano y al instituto.

Acepté su ayuda para ponerme de pie y avisé a mamá de que Nika me llevaría a casa. Una mentira a medias que no se sintió tan mal.

Me enseñó a ponerme el casco y a montar en el vehículo. Agradecí llevar pantalón, la pose era incómoda. Lo peor fue cuando arrancó y me di cuenta de que debía agarrarme a algo y él era ese único algo.

El viaje resultó tortuoso. Me asustaba cada vez que adelantábamos un coche o Nika doblaba. Iba agarrada a su sudadera e intentaba no tocarlo, sentía que en cualquier momento terminaría en el suelo.

Cuando llegamos a casa de Charles, estaba arrepentida de haber aceptado ayuda sobre dos ruedas. Las piernas me temblaban.

—¿Tardarán mucho? —quiso saber.

—Planeo no pasar de la puerta.

—¿De verdad no quieres hablar con él?

Me sorprendió la pregunta.

—¿Lo dudabas?

No supe si valoraba mi respuesta o si sopesaba la suya.

—Con los ex nunca se sabe.

No entendí a qué se refería, pero me enojaba tanto tener que estar allí que prefería no perder tiempo averiguándolo.

—Será rápido —añadí, concentrada en dominar los músculos de mis piernas, que parecían gelatina después del viaje.

—Dile que tienes un compromiso.

—¿Qué?

Se había bajado de la moto y estaba sacando una caja de cigarrillos. Caminé de espaldas para entender lo que decía a pesar de la distancia.

—Es el cumpleaños de Aksel, ¿recuerdas? —dijo, colocándose uno entre los labios—. Dile que tenemos que llegar a tiempo.

Asentí antes de seguir por el camino de piedra. Toqué el timbre y Charles abrió la puerta. Llevaba el uniforme del equipo y sonrió al verme, lo hizo hasta que su mirada se desvió a la carretera.

—Aquí estoy —dije sin rodeos—. Di lo que quieras y devuélveme lo que me pertenece.

Sus ojos alternaron entre Nika, a unos metros, y yo.

—Te pedí tiempo para conversar —murmuró.

—Dije que podíamos hablar a solas en el instituto y me obligaste a venir.

—¿Y ahora estamos solos?

—Dudo que Nika nos escuche.

Parecía confundido, no encontraba qué palabras usar.

—¿Son amigos?

—Es mi vecino y se ofreció a traerme. No es tu problema si somos amigos.

—Mia, ¿qué te pasa? Pareces otra persona… Si es por Victoria, ya hemos terminado. No hay nada entre nosotros y fue una estupidez. Te juro que…

Alcé una mano para que se detuviera.

—Antes de seguir poniendo en evidencia lo poco que te importan los sentimientos de Victoria, tu amiga —enfaticé las dos últimas palabras—, mejor cállate.

Tensó la mandíbula al mirar a la carretera. Nika estaba apoyado en la moto, fumando y con la vista clavada en nosotros.

—¿Ahora están juntos?

Me reí por lo bajo para no llamarlo cretino. Una diminuta Rosie lo gritaba dentro de mi cabeza.

—Dime lo que tengas que decir, dame el abrigo y terminemos de una vez —repetí.

—¿Tienes idea de quién es ese tipo?

—Nikolai Bakker, mi vecino y tu compañero de equipo.

—¿Sabes quién es en verdad? —Bajó la voz—. ¿Sabes lo que pasó en los vestuarios la semana pasada?

—Peleó con Adrien.

—Hay una diferencia entre pelear y lo que hizo. —Acortó la distancia—. Se le lanzó encima como un animal. No fue una pelea, lo agredió de la nada.

—Seguro que algo pasó y…

—Pregúntaselo a Dax. —Se mostró preocupado—. Le dijo a Adrien que tuviera cuidado, que estuvo un año suspendido de su anterior instituto en Prakt y no fue por nada bueno. ¿Por qué crees que se han mudado a un lugar tan alejado?

Mi corazón se aceleró y un par de cabos sueltos hicieron conexión, como el año que había perdido por una supuesta enfermedad o su edad, la cual seguía sin tener en clara.

—Es peligroso, Mia. Amenazó a Adrien y él no quiere dar detalles, dijo que nos mantuviéramos alejados. Le tiene miedo. Está claro que…

Sus palabras se apagaron cuando Nika pisó la entrada. Extendió la mano al detenerse a mi lado y Charles respondió al saludo. Mi vecino era más alto y, por primera vez, noté lo imponente que parecía a pesar de ser delgado.

—Estábamos terminando de hablar —mentí al ver una oportunidad para salir de allí lo antes posible.

No necesitaba guardaespaldas, pero no rechazaría la ayuda.

—Sé que tienen asuntos pendientes, pero es el cumpleaños de mi hermano —dijo con amabilidad.

—Y no queremos llegar más tarde de lo que ya vamos —añadí.

—¿Tienes el abrigo de tu madre? —preguntó, mirando mis manos vacías y presionando a Charles con sutileza.

El pelinegro no tuvo opción. Entró en la casa y Nika me dedicó una sonrisa fugaz antes de que mi ex regresara con la prenda.

—Gracias por entenderlo. —El Bakker interceptó el abrigo antes de que pudiera pasar a mis manos—. ¿Nos vamos, Amaia?

No me tomé la molestia de despedirme, aunque escuché que ellos lo hacían a mi espalda. Nika se unió a mi paso.

—No estaba yendo mal —dije para que solo él lo escuchara, consciente de que Charles nos observaba desde la puerta.

—Lo sé, pero no quería que fuera eterno. Me aburría.

Sonreí. Charles había jugado sucio y se sintió bien ver su cara al presentarme con Nika. Me ayudó a que me pusiera el abrigo y, en unos segundos, estuvimos en dirección al pueblo. La incomodidad volvió a torturarme. Las motos debían de ser divertidas, pero iba con los pies casi en el aire, las rodillas hacia fuera, la espalda tan recta que me dolía, el casco pesaba y hacía malabares para agarrarme a su sudadera, no tocarlo y no caerme.

Cuando atravesamos el centro de Soleil y faltaba poco para salir a la carretera que nos llevaría a casa, Nika aparcó y apagó el motor. Me miró por encima del hombro.

—Es la primera vez que montas en moto, ¿cierto?

—Pensé que era obvio.

Chasqueó la lengua al tiempo que negaba repetidas veces.

—Tienes que aguantarte o, aunque lleves casco, terminarás golpeándote cuando te caigas.

Puse las manos en su cintura cuando me imaginé rodando por el pavimento. Me sorprendió el sonido de su risa.

—¿Qué?

—Eres muy graciosa, Pulgarcita.

Un extraño cosquilleo me revolvió el estómago.

Me agarró las piernas por debajo de las rodillas y pegó mi cuerpo a su espalda, sin dejar espacio de respeto. Entrelazó sus dedos con los míos para que abrazara su cintura.

—Vamos a ir más rápido. Sostente o tu madre me matará.

El corazón me dio un vuelco cuando el motor rugió. No mentía, aceleró y salimos disparados.

Olvidé lo cerca que estábamos y apreté las piernas a sus costados. No era como un coche. Se sentía la velocidad a la que nos movíamos y el silbido del aire habría hecho imposible conversar. Me refugié detrás de él, agradeciendo tener el abrigo de mamá.

Tras unos minutos, la posición se volvió cómoda. Mis músculos se relajaron y pude apreciar lo que había a mi alrededor, algo que nunca hacía cuando iba en autobús o en coche. El paisaje era hermoso. Los colores, entre rojo y ocre, se mezclaban y se reflejaban en el pasto verde que iba secándose con la llegada del otoño. Era el atardecer más impactante que había visto en Soleil.

Descansé sobre su espalda para disfrutar de la vista y aprovechar el calor de su cuerpo, que se filtraba a través de la sudadera. Su olor era mentolado y dulce, una combinación que me embriagó hasta que perdí la noción del tiempo.

No supe cuándo desapareció el sol y cayó la noche. Al abrir los ojos, estábamos en el improvisado garaje que había al lado de la mansión Bakker. Lo abrazaba con más confianza que antes y no tenía ganas de soltarlo.

—¿Te vas a quedar ahí? —preguntó, divertido.

Me sentía fuera de lugar. Extrañaba el silbido del aire y estaba tan relajada que no podía moverme.

—Creo que me ha entrado sueño —confesé.

Intenté tocar el suelo con la punta de los pies, pero con mi estatura y las piernas tan débiles, me fue imposible. Él se bajó primero, me tomó de la cintura, me alzó por encima del vehículo con extrema facilidad y me dejó frente a él.

—Gracias —musité.

Me dedicó una media sonrisa. Analizó mi rostro y la posición de mi cuerpo a tres palmos del suyo. Se me cortó la respiración. Algo bullía en mi interior al sostenerle la mirada.

«¿Qué le pasa a mi estómago que se retuerce cada vez que me mira así?».

—Creo que deberíamos entrar —dijo, cortando el momento y logrando que me pusiera más nerviosa.

Bordeamos la casa para acceder a la entrada principal. Me fijé en su figura alta y delgada, en el pelo despeinado. Me regañé por valorar lo guapo que era. Necesitaba escapar, darme una ducha fría para ahuyentar aquellos pensamientos y comer. La sensación en el estómago tenía que ser hambre.

—Iré a casa —dije cuando sostuvo la puerta de la mansión para que yo pasara primero—. Tengo que decirle a mamá dónde estoy.

—Mándale un mensaje.

—Es mejor si la veo.

Me obligó a entrar y me quitó la mochila para dejarla en la mesa del recibidor.

—¿Tienes tu teléfono? —Asentí, comprobando el bolsillo—. Con un mensaje basta. Tu madre no es de las que hace inspección en la puerta y Aksel está esperándonos.

Me tomó de los hombros e hizo que caminara delante de él. El contacto aceleró el ritmo de mi corazón.

—Necesito cambiarme. Todos van a estar presentables.

—Yo también acabo de llegar —puntualizó, sin permitir que me inventara más excusas.

—Pero estás en tu casa.

—Al lado de la tuya, es lo mismo —añadió mientras entrábamos al comedor.

Fuimos los últimos en llegar y el resto lo celebró.

—¡Ves! Todos están decentes. Necesito cambiarme.

Se acercó a mi oído y su aliento me rozó el pelo.

—Tú siempre estás perfecta —susurró, logrando que mi piel se erizara.

Me guiñó un ojo y se alejó. Respondió al saludo de su hermano y lo levantó en brazos como si no fueran casi de la misma estatura.

La señora Bakker me abrazó como a una hija. Sophie me miró con los ojos llenos de preguntas por haber llegado con Nika, pero la celebración comenzó y no pudo hacerlas.

Cantamos delante del pastel y llenamos la cara de Aksel con merengue. La comida estuvo deliciosa y engullí todo lo que pude para aplacar la sensación que sentía en el estómago. Bebimos refrescos hasta que la señora Bakker nos dejó solos y apareció el alcohol.

Bromeamos y contamos historias pasadas para entretener a los Bakker con la trivial vida de Soleil y me regañé por mirar a Nika cuando él no me prestaba atención.

Un par de horas después, nos dispersamos. Victoria y Rosie conversaban en el comedor con Paul y Arthur, dos chicos del equipo. Dax se alejó para hablar por teléfono y Sophie y Aksel debatían en la cocina sobre el proyecto comunitario para la feria de Halloween.

Tomé una cerveza y busqué el aire fresco del porche, pero el lugar no estaba vacío. Nika se encontraba de espaldas con un vaso de alguna bebida a la mitad. Su silueta se recortaba contra el paisaje nocturno, el humo se dispersaba a su alrededor.

Me apoyé en la barandilla de piedra, manteniendo una distancia prudencial. Me miró de reojo.

—Creí que te molestaba el olor a cigarrillo.

—En un coche. Nunca dije que me molestara en un espacio abierto.

—La única manera de comunicarse no es con palabras —dijo en voz baja y grave—. Una suerte para las personas como yo.

Portaba una media sonrisa y parecía reflexionar consigo mismo.

—Has acertado —confesé—, me molesta todo el tiempo.

Apoyó su costado a la barandilla, imitando mi posición, y nos quedamos frente a frente. Siguió fumando e intenté beber cerveza de la botella sin que la mano me temblara.

—¿Cómo fue el encuentro con el ex tóxico? —preguntó sin quitarme los ojos de encima.

—¿Por qué dices que es tóxico?

—Sé calcular a las personas con mirarlas —aseguró, encogiéndose de hombros.

—Parece que te has dejado llevar por las habladurías de instituto —murmuré.

—Créeme… Si fuera así, estaría diciendo algo muy distinto.

Imaginé lo que podría suponer de mi vida si se creyera los chismes. Para empezar, el tema de mi virginidad perdida múltiples veces.

—Entonces —insistió—, ¿todo aclarado con Charles?

—Si puedes leer a las personas con mirarlas, deberías estar al tanto de que entre él y yo no hay nada que aclarar. Somos historia desde el curso pasado.

—Pero ahora es distinto. No está con la rubia.

—No me van las reconciliaciones —aclaré, consciente de lo que insinuaba.

Unas finas arrugas se formaron alrededor de sus ojos.

—Me gusta oír eso, va muy bien con tu personalidad. —Bebió un trago y aprovechó para dar un paso, acortando la distancia entre nosotros.

—¿Mi personalidad?

—Como un gato. Como la sal, ¿recuerdas?

—Ya sé que no es un cumplido —refunfuñé.

—Depende. Puede serlo.

Entorné los ojos.

—Prefiero pretender que no lo he escuchado a romperme la cabeza intentando entenderlo. Contigo nunca se sabe.

El silencio nos envolvió por unos minutos en los que miramos al cielo y bebimos.

—Lo de no perdonar a tu ex —retomó la conversación—, ¿quiere decir que eres rencorosa?

—Nunca he dicho que no lo haya perdonado. Me refería a que no creo en reconciliaciones después de lo que hizo. —La botella me helaba los dedos y la dejé sobre la barandilla—. Una vez que la cagan, la han cagado para siempre.

Hizo un puchero y me sorprendió. Parecía infantil y accesible.

—Quiere decir que estarás enojada conmigo toda la vida. ¿Por eso siempre estás a la defensiva?

—No estoy enojada contigo.

—Supuse que sí, por lo de Filosofía y la fiesta. —Se mordió el labio—. He estado pensando cómo enmendar mis errores para ganarme tu perdón.

Su mirada quemaba. Mi respiración tembló y tuve la necesidad de cambiar de tema:

—Por cierto..., gracias. —Lo tomé por sorpresa—. Por lo de hoy —especifiqué—. Gracias.

—¿Por ayudarte con el tóxico?

Bufé.

—Odio esa palabra, las personas la usan a la ligera.

Llevó una mano a su pecho e hizo una reverencia a modo de disculpa.

—Te agradezco que hayas notado que me pasaba algo —expliqué, ignorando su teatro—. Por preguntar..., por llevarme a su casa.

Me recorrió el rostro con la mirada.

—Eso suena bien. —Desapareció el espacio que había entre nosotros y alcé la mirada para no cortar la conexión—. Había olvidado qué se siente cuando te dan las gracias.

Respiré despacio, fingiendo que la distancia no era inquietante para una simple conversación.

—Será porque no haces mucho por lo que...

—Es porque prefiero que me den las gracias con acciones —interrumpió.

El calor que venía de su cuerpo me abrasó.

—No... No tengo idea de... de cómo pagar el favor —balbuceé. No sabía cuándo mi vista había quedado fija en sus labios.

—Se me están ocurriendo un par de formas.

Su aliento me acarició el rostro y su mano rozó la mía, que descansaba al costado de mi cuerpo. Se acercó más y...

—¡Mia! ¡Tu teléfono estaba sonando! —gritó Aksel desde el interior de la mansión, y me separé de Nika antes de que su hermano apareciera.

—No... No es el mío. —Le enseñé que lo llevaba en el bolsillo.

—Creíamos que era tuyo. —Examinó el que tenía en la mano con el ceño fruncido.

Aksel no se dio cuenta, pero habíamos estado a nada de besarnos, de que nos pillara. Recordé la comida que me había zampado y tuve miedo a vomitar.

—Voy a por una cerveza —dije, usando la primera excusa que pude conjurar.

—Tu cerveza está casi entera —comentó Nika, controlando una sonrisa.

Miré de la botella a los hermanos sin saber qué decir. Quise que el suelo antiguo y manchado de la mansión Bakker me tragara.

—Está caliente, iré a por otra.

Escapé con mi cerveza helada y entré a la casa como un vendaval. La sensación del estómago no se iba. Definitivamente, lo que estaba sintiendo no era hambre.

Capítulo 14

La última vez que me había disfrazado para Halloween tenía doce años. Me pinté de blanco, pelo incluido, me puse una toga de una sola manga que mamá cosió con una sábana y fui la escultura que más se movió en toda la noche.

Sophie gritó desde la planta baja para que me apresurara.

Me arreglé el flequillo delante del espejo, me calcé las cómodas botas y terminé con una camiseta blanca de diminutas flores. Cuando bajé, mis padres conversaban en el sofá, absortos el uno en el otro, entre risas.

—Ayúdame a pegarlas —me llamó mi amiga desde el comedor.

La mesa rebosaba papeles de colores y flores de distintos tipos que habíamos confeccionado por la tarde para satisfacer el peculiar gusto de mi alienígena hermana. Una semana antes, había decidido que quería disfrazarse de florero. Nadie lo entendió e intentamos convencerla de que era una terrible idea. Nos ignoró.

Frente a Sophie y con una enorme sonrisa, Emma vestía una falda hecha con un chubasquero transparente. Mi amiga le pegaba flores por el torso. Era abstracto, extraño y… se veía bien.

—Estas han quedado horribles —se quejó Sophie, mirando mis flores.

—Si sabes cómo soy con las manualidades, ¿para qué me pides ayuda? —me defendí.

—Porque eres mi hermana y es tu trabajo —dijo Emma, poniéndose de parte de Sophie, como siempre.

—Gracias, Emma… —Sophie le sonrió.

—Podrías haber empezado antes a hacer las flores y así no se quejarían de las mías —le reclamé a mi amiga.

—Terminé ayer por la noche la decoración de la feria, no me daba tiempo —protestó—. Por suerte, Julien no pudo llegar.

—¿Lo pasas a buscar hoy?

—Después de la una. Tomará el último autobús.

Incluso cansada no perdía el buen espíritu. Sophie llevaba una semana regresando a casa a las diez de la noche porque estaba con su clase de Arte en el proyecto que se organizaba cada año para Halloween.

El festejo en Soleil era distinto. No se pedían dulces de la manera tradicional, no era práctico. Muchos vivían alejados del centro y las casas estaban tan apartadas que sería tortuoso para los niños ir tocando puertas. Se pasarían la noche recorriendo la ciudad en coche y por eso existía la feria de Halloween.

Emma corrió a lucir su extravagante disfraz frente a mis padres. Sophie me colocó una diadema de flores de las que había hecho para regalar y cargó una caja repleta que pensaba guardar en el coche de mi madre.

—¿Podemos irnos? —preguntó mamá.

—Estamos listas —dije, sosteniendo a Emma de las trenzas para pegarle una flor que estaba a punto de caerse.

—Perfecto. Avisaré a Anette.

Me atraganté.

—¿La señora Bakker?

—Recuerda que no tienen coche. Le dije que podían venir con nosotros.

Tenía un nudo en la garganta que no me bajó ni cuando salimos por la puerta y nos encontramos con los vecinos. Había pasado una semana desde el cumpleaños de Aksel y lo que había sucedido en el porche de la mansión. No quería ver a Nika y, si evitarlo en los pasillos del instituto era un desafío, entre tan pocas personas fuera de mi casa sería imposible.

Intenté adivinar qué coche escogería para ir hacia el otro; sin embargo, mis padres conversaban con la señora Bakker sin intención de partir. Sophie estaba con Emma, que se entretenía en mostrar su disfraz a un atento Aksel.

Fue inevitable que mis ojos no cayeran sobre Nika. Llevaba un pantalón ceñido, unas botas y una camisa negra de su talla, que me recordó al aspecto que tenía sin ella y al tatuaje de su abdomen bajo. No tuve a dónde huir cuando se acercó.

—¿De qué vas disfrazada? —preguntó al pararse a mi lado.

—¿Qué te hace pensar que voy disfrazada?

Si fingía que todo era normal entre nosotros, terminaría creyéndomelo.

—No sé, puede que sí.

—No es obligatorio el disfraz —añadí para evitar el silencio—. Ustedes no llevan.

—¿Quién ha dicho eso?

—Te veo igual que siempre.

—¿Me has visto bien?

—Muy bien.

—¿Tan bien como todos los días que llevas ignorándome?

El estómago me dio un vuelco.

—No te estoy ignorando.

—¿Y por qué sigues sin mirarme?

Mi respiración tembló al contener una risa nerviosa. Traté de parecer aburrida al observarlo y descubrir que no mentía. Si decía que su pelo acababa de salir de las manos de un estilista, lo creería.

—Es raro mirar a la gente directamente a los ojos cuando hablas. —Fingí que no me perturbaba tenerlo tan cerca, nuestros brazos casi se tocaban—. Hay personas a las que les incomoda y estás igual que siempre.

Se rio por lo bajo.

—Te equivocas, voy disfrazado.

—¿De qué?

—De chico bueno. —Me inspeccionó de la cabeza a los pies—. Tenía pensado portarme muy bien esta noche.

Sus palabras no cuadraban con el brillo perspicaz de su mirada.

—Me alegra, supongo que así no te meterás en problemas.

—Depende de quién esté cerca —murmuró, inclinándose hacia mí para hablar más bajo—. Dime, pequeña Amaia, ¿quieres portarte bien esta noche?

Mi corazón se alborotó como un pájaro enjaulado y, si hubiese tenido dominio de las piernas, habría corrido.

—¡Vamos, chicos! —nos llamó mamá.

El coche de mi padre no estaba cuando volví a la realidad. La señora Bakker iba en el lugar del copiloto con mamá y mi única opción fue compartir espacio con Nika. Quise sentarme lo más alejada posible, pero la caja de diademas de Sophie ocupaba la mitad del asiento y nos quedamos hombro con hombro.

Fingí concentrarme en la conversación de nuestras madres y me limité a mirar al frente.

Sentía cada parte de él. Su peso en el asiento, su temperatura corporal y su familiar aroma, que se mezclaba con un perfume suave y seco. El corazón me latía de manera irregular, la sensación del estómago y la incapacidad de moverme o hacer algo que no fuera pestañear o respirar era frustrante y a la vez… ¿excitante?

Me encontré disfrutando de la cercanía. Habría dado un par de mis preciados libros para que el viaje se extendiera el mayor tiempo posible. Fue la hora más larga y a la vez más corta de mi existencia.

No moví la mano de mi rodilla y la suya estaba en la misma posición, como un espejo. Nuestros antebrazos se tocaban. Solo tenía que alzar el meñique si quería rozar el suyo…, y quería.

Luché contra mis impulsos hasta que disminuimos la velocidad y, al mirar por la ventanilla, supe que estábamos aparcando cerca del recinto ferial. Me asusté por lo que había estado a punto de hacer.

Nika me ofreció ayuda para salir del coche, pero agarré la caja de diademas y escapé por la otra puerta. Me cubrí la cara para no hablar con nadie y alejarme de él.

Mis piernas pesaban como si fueran de plomo mientras avanzaba con Sophie por los caminos que formaban las casetas. Quise distraerme, prestar atención al decorado de luces naranjas a juego con las telarañas y las calabazas que resaltaban en cada esquina; en los clásicos entretenimientos de feria había gente de distintas edades con disfraces de todo tipo.

Aquí y allá, estaban las casetas más grandes, las que había decorado la clase de Arte de Sophie. Los frentes imitaban a pequeñas casas con jardines y una puerta que los niños disfrutaban de tocar al pasar de una a otra para recibir dulces. Era temprano cuando llegamos a la nuestra y comenzamos a organizar los chocolates y los caramelos.

Intenté concentrarme hasta que sucumbí. Necesitaba ayuda o me explotaría la cabeza.

—Soph. —Hizo un sonido para dejarme saber que estaba escuchando—. ¿Cómo supiste que te gustaba Julien?

Se mostró confundida por mi pregunta.

—No sé.

—Pero supiste que te gustaba en algún momento, ¿no?

Sus ojos se abrieron de forma alarmante y se le cayó lo que tenía en las manos.

—¡Te gusta alguien! —exclamó, y estuvo a nada de saltar en el lugar—. ¡Te gusta Nika! ¿Vas a aceptarlo?

—¿Puedes responder primero?

Se mostró complacida al no recibir una negativa inmediata.

—Nunca lo había pensado. —Miró al techo para aclarar las ideas—. No me había fijado en él antes de que me invitara a salir. Era mayor y jugador del equipo de fútbol.

—Eso lo sé. Estaba ahí, ¿recuerdas?

—Quiero decir que no era la persona que me gustaba en ese momento. Fue distinto a lo que he leído.

—Vida real, Sophie —le supliqué—. No estoy pidiendo una historia de amor.

—Sé cómo me enamoré de él —dijo, sentándose encima de la mesa—. Pero lo de atraerme debió de ser después de la primera vez que salimos. ¿Recuerdas que fuimos a la bolera? Resultó cómodo a pesar de que no nos conocíamos. Me pareció gracioso e inteligente. —Se mordió el labio—. En el cine, fue lo más raro que he experimentado. Estábamos a oscuras, muy cerca, y casi no pude prestarle atención a la película.

Recordé la situación del coche.

—¿Ahí lo supiste?

—No. Creía que eran los nervios de mi primera cita. Después comimos y él no paraba de hacerme preguntas y yo no podía comer.

—¿Tú? ¿Miedo a comer? —Mi mejor amiga devoraba lo que tuviera delante sin compasión—. Nunca me lo habías contado.

—Era vergonzoso —confesó.

—Sigue siéndolo. —Esquivé la piruleta de menta que me lanzó—. ¿Lo supiste por los nervios?

—No. Fue al final de la noche. —Sonrió—. Me dejó en casa, dijo que se lo había pasado bien y que esperaba repetir la salida.

—Y no se besaron.

El recuerdo de una frustrada Sophie al día siguiente se dibujó en mi memoria.

—Cuando la cita terminó, quería que lo hiciera. No quieres besar a alguien si no te atrae de alguna forma.

Era obvio que me atraía Nika. Saberlo no arregló mis problemas, logró que el cosquilleo del estómago, que iba y venía, se instalara de forma permanente. Estaba a punto de darle más detalles a mi amiga cuando se escuchó el primer grupo de niños que llamó a nuestra puerta y tuve que ponerlo todo a un lado porque la noche dio inicio.

Los asustábamos, alabábamos sus disfraces y repartíamos dulces antes de verlos partir. Algunos pasaban varias veces y fingíamos no percatarnos para repetir el ritual.

Ser voluntaria en Halloween era de las pocas actividades que disfrutaba en Soleil. A las once de la noche nos tumbamos sobre la mesa, agotadas de caminar en el pequeño espacio.

—¡Truco o trato, bebés! —exclamó un triunfal Dax, que irrumpió con los brazos abiertos y una botella de vodka en cada mano.

—Si la madre de Mia te ve con eso, estás muerto —señaló Sophie.

—No es todo para mí —se defendió.

Victoria y Rosie aparecieron con una sonrisa cómplice.

—No son suyas. —La castaña le quitó una—. Es lo que he podido conseguir con la ciudad cerrada.

—Con ustedes arrasaron —dijo Victoria, viendo lo vacía que estaba nuestra caseta.

—Teníamos diademas de regalo —presumió Sophie, y apuntó a las que nos habían sobrado.

Rosie fue rápida y se colocó una de flores rosas y naranjas antes de coronar a Victoria con una azul. Desde el cumpleaños de Aksel, se habían unido a nuestro grupo y algo bonito nacía entre nosotras. Al final tendríamos que darle las gracias al cretino de Charles.

—Deberían cerrar como han hecho estas dos —dijo Dax, escogiendo una diadema de flores blancas que contrastaba con su piel morena.

—No podemos hasta…

El teléfono de Sophie la interrumpió con el sonido de un mensaje y se alejó para hacer una llamada.

—No falta nada para medianoche —insistió él, abriendo una botella—. Vamos a estar bajo la noria con los chicos del equipo.

—¿Con eso piensas tentarme? —dije, pensando en Charles y mirando a Victoria, que se rio.

—Con el grupo del cretino, no —aclaró Rosie, sirviendo una pequeña cantidad de bebida en unos diminutos vasos desechables que se sacó del bolso—. Ahora el equipo se divide en dos.

Dax puso mala cara.

—Vamos con el grupo agradable —dijo la rubia.

—El grupo de Nika —especificó su amiga.

—Nika se ha pasado la feria con su madre y su hermano —comentó Dax—. No sabes si estará ahí.

—Prometió que sí —insistió Rosie.

—¿Qué van a hacer con ese grupo? —Era incapaz de controlar mi curiosidad con el nombre de Nika moviéndose de un lado a otro.

—Disfrutar de los fuegos artificiales y beber hasta olvidarnos de nuestro nombre —explicó Rosie.

—¿Se apuntan? —propuso Dax.

Quería decir que sí y la razón era él: Nika.

—Después de medianoche —acepté, obviando que Sophie iría a buscar a Julien.

—Entonces, brindemos. —Dax alzó su vaso para que lo imitáramos.

—No me gusta el vodka en chupitos —protesté.

—Es solo un trago. —Victoria hizo un puchero y me ofreció uno.

—Mejor que sean dos —intervino Sophie.

Un leve rubor le cubría las mejillas cuando se acercó. Se había enterado de algo con el mensaje y la llamada, pero no me pareció correcto preguntar qué pasaba con los otros delante.

—¡Feliz Halloween, bebés! —anunció Dax.

Brindamos y el trago me calentó el pecho, fue un golpe de energía. Hicimos una segunda ronda y el sonido de los primeros petardos anunció que faltaba poco para el espectáculo de medianoche.

Dax y las chicas se fueron y quedé en reunirme con ellos debajo de la noria.

No tuve oportunidad de preguntarle a Sophie si estaba bien cuando nos quedamos a solas. Dijo que debía hablar con Julien y salió de la caseta en sentido contrario al gentío. Me quedé en la puerta, viendo cómo se alejaba con paso rápido y el teléfono al oído.

De puntillas, tratando de seguirla con la vista y saber si doblaría a la derecha o la izquierda, localicé a los Bakker. El estómago me dio un vuelco por segunda vez aquella noche, empezaba a preocuparme. Cada hermano iba del brazo de su madre, que sonrió al verme y se acercó.

—¿Han visto a mis padres? —pregunté, mirando a Aksel y la mujer para evitar la mirada de Nika.

—Están con Emma en la noria —dijo ella.

—Hemos quedado en vernos allá. ¿Vienes? —me invitó Aksel.

—Tengo que esperar a Sophie para cerrar.

—Se ha cruzado con nosotros, pero no nos ha visto —dijo, señalando a su espalda.

La señora Bakker lo tomó del brazo para que continuaran su camino.

—Espero a que regrese y nos vemos allá. —Los despedí con la mano—. La buscaré si hace falta.

—Vamos, Nika —lo llamó su hermano.

El castaño seguía de pie frente a mí.

—No tardo —contestó sin mirarlo.

Aksel le dirigió una mirada de pocos amigos. Sin embargo, no dijo más y se alejó con su madre, perdiéndose entre los disfraces de la multitud que se alejaba hacia la noria.

Tragué saliva, todavía con el sabor a vodka en la garganta. Su pelo seguía impecable y tenía una piruleta en la boca. La hacía rodar con la lengua y recorrer sus dientes sin sostenerla. Habría pensado que parecía un niño pequeño si no hubiera sido por su expresión provocativa.

—¿Se te ha perdido algo? —le pregunté, y me costó no sonreír.

Me escaneó con una mirada fugaz.

—Ya entiendo de qué vas disfrazada.

—¿Sí?

—He estado toda la noche dándole vueltas.

—¿Has estado toda la noche pensando en mí?

El alcohol me proporcionaba una extraña valentía.

—Sí —aceptó, guardándose las manos en los bolsillos y disimulando el acercamiento, solo un paso—. ¿Te gusta saberlo?

—Me preocupa.

Ignoré a las personas que pasaban y tuve ganas de seguirle el juego. Le robé la piruleta y me la puse en la boca. Su sonrisa desapareció.

—¿Te preocupa que piense en ti? —preguntó con la vista fija en mis labios, que jugueteaban con el dulce de fresa.

—Creía que eran las mujeres quienes pensaban demasiado —lo provoqué.

No pude evitarlo y mordí el caramelo, solo una esquina. El sabor estalló en mi boca.

—Como si tú no hubieses pensado en mí —se burló.

Me acerqué a su rostro y alcé la barbilla para mantener el contacto visual.

—Te equivocas —susurré.

—¿No has pensado en mí en toda la semana? —Hizo un falso puchero—. Qué decepcionante.

Recuperó su piruleta y observó lo que quedaba de ella.

—La has mordido —me reprochó.

—No se puede estar eternamente con un dulce.

Una sonrisa marcó sus bonitos rasgos.

—Tendrás que aprender a ser paciente, pero eso se gana con práctica. —Estábamos tan cerca que el olor a fresa se arremolinó entre nosotros—. De momento, me preocupa que pagues tus deudas. Ahora tenemos que añadir algo más.

Movió la piruleta delante de mis ojos.

—Si quieres otra, te la puedo reemplazar.

El espacio personal se había perdido.

—No, Amaia. Lo que quiero no es una piruleta —ronroneó.

Su cálido aliento me rozó el rostro antes de que su boca se posara sobre la mía. Sus labios me acariciaron, despacio, con tanta suavidad que envió un cosquilleo por todo mi cuerpo y se me escapó un suspiro; me relajé entre sus brazos.

Sus manos ascendieron por mi espalda y aprovechó el momento para guiar el beso. Cuando sus dedos se enredaron en mi pelo, me atrapó el labio inferior y lo saboreó. Contesté, siguiendo un ritmo que no esperaba, porque nunca creí besar a Nika, y menos que fuera tan delicado al hacerlo.

Deseé que el instante se extendiera y me aferré al cuello de su camisa para profundizar el beso. En vez de seguirme, me lamió el labio y la aspereza de su lengua detonó una deliciosa corriente eléctrica que me llegó hasta la punta de los dedos. Mis manos bajaron sobre su pecho y se detuvieron ahí, su corazón latía más rápido que el mío, era un golpeteó caótico e irregular.

Me sorprendió tanto que bajé la vista y el beso se detuvo. Su rostro parecía tranquilo, pero lo que ocurría en su interior apuntaba a lo contrario. Su pulso no se detenía, su respiración era pesada. Sus ojos también parecían distintos, brillaban con varios colores, con las pupilas dilatadas y una mirada hambrienta que apareció de la nada.

Me sostuvo de la nuca, cosa que me sorprendió, y estampó sus labios contra los míos. Fue directo a saborear mi boca, a que nuestras lenguas danzaran la una con la otra. Me costó responder, salir del letargo en que me habían hundido él y su delicadeza, él y su descontrolado corazón. No era suave aquel beso, era ansioso y despertó un calor arrasador en mi pecho.

Entrelacé los dedos en su pelo cuando me abrazó por la cintura. Mis pies abandonaron el suelo por un momento y, al volver a tocarlo, su cuerpo se amoldaba al mío, mientras luchábamos por oxígeno entre un beso y otro, porque ninguno estaba dispuesto a abandonar. Con cada roce de su lengua experta, más deseos de él aparecían y yo no creía que pudiera saciarlos ni en tres vidas.

—¡Truco o trato! —gritaron a coro unas voces infantiles y rompieron nuestra burbuja.

Nika dio un paso atrás. Nos miramos con la misma expresión de desconcierto, sin control de nuestra respiración. Sus labios estaban húmedos e igual de apetecibles.

De alguna forma, habíamos llegado a la caseta, yo estaba apoyada contra la mesa y su cuerpo había estado sobre el mío, acoplándose a la perfección. El interior cambiaba de color, igual que sus ojos cuando nos detuvimos antes de que todo se descontrolara. Eran los fuegos artificiales, explotando uno detrás de otro, y con ellos llegaron los chillidos y la euforia proveniente del público que se reunía bajo la noria.

Mi cerebro se había desconectado durante el tiempo que estuve entre sus brazos, y podían haber sido horas o minutos, días o segundos.

—¡Truco o trato!

Nika retrocedió más con el segundo llamado de los niños. Esos dos pasos se volvieron un abismo después de haber conocido la calidez de su cuerpo.

Recorrió el interior de la caseta con la mirada, como si no reconociera dónde estaba. Observó sus manos temblorosas y negó con la cabeza repetidas veces. Quise acercarme para preguntarle qué sucedía, pero se dio la vuelta y desapareció antes de que yo pudiera reaccionar.

Capítulo 15

La noche de Halloween terminó mal. Atendí a los niños que nos interrumpieron y estaba a punto de seguir a Nika a dondequiera que hubiese ido cuando Sophie volvió llorando. No entendí lo que intentó explicarme, pero la de ausencia de Julien y la llamada telefónica que había hecho al salir corriendo me dieron una idea.

Regresé con mi madre más temprano de lo que me habría gustado. La señora Bakker iba en el asiento del copiloto; Sophie estaba apoyada en mi hombro entre lágrimas silenciosas; Emma, dormida en mis piernas, y yo en el medio, mirando la oscura carretera.

Por primera vez, tuve ganas de estar bajo la noria entre petardos robados y adolescentes borrachos, todo por verlo a él, pero mi amiga estaba mal y dejarla sola no era una opción.

Mamá no hizo preguntas y nos dejó subir a mi habitación. Ayudé a Sophie a cambiarse entre sollozos y, cuando estuvo lista, se acurrucó en silencio. La abracé y esperé a que se calmara hasta que se quedó dormida.

No pude hacer lo mismo. Mi cerebro no dejaba de repetir aquel beso y mantenía el oído atento, en busca de alguna señal que me alertara de la llegada de los hermanos Bakker a la mansión. No cambiaría nada, pero saber que estaba más cerca se sentiría bien y, en mi imaginación, me arriesgaba a salir y llamarlo para conversar, preguntarle qué había significado aquello, si estaba bien.

Al amanecer, decidí dormir un par de horas, sabiendo que Nika no había vuelto a casa.

• • •

Una vez que Sophie se bebió el café de la mañana y tuvo la mente clara, pudo hablar. Su novio había perdido el autobús. Era un viaje planeado y que ella esperaba con ansias, así que la noticia la decepcionó. Mientras conversaban por teléfono, la situación se les fue de las manos y terminaron discutiendo.

Eran víctimas de la distancia. Sophie lo extrañaba y él estaba adaptándose a una nueva vida e intentando mantener la antigua. Era complejo si sumabas el estrés de los exámenes y que Julien malinterpretó la frustración de ella al no poder verlo.

Su ánimo estaba por los suelos y no quiso moverse de mi habitación. Pasamos el sábado bajo la colcha, encuevadas, viendo películas y comiendo lo que mamá nos subía.

El domingo amaneció con fiebre, producto de un resfriado. Su padre la recogió y supimos que no iría a clase al día siguiente, por lo que me quedé en casa.

No podía dejar de pensar en Nika. Lo vi desde la ventana, trabajando con Aksel en la azotea, sin importarles la fina llovizna. No me contactó de ninguna manera y yo tampoco lo hice.

Esperé al lunes, decidida a que habláramos cara a cara. Estaba llena de valor hasta que salí de casa y los vi. Nika y Aksel, no muy lejos, conversaban al borde de la carretera.

Caminé hacia ellos con los nervios a flor de piel. Capté el tono de la conversación, no las palabras: discutían. El menor de los Bakker hablaba a toda velocidad sin notar mi presencia. Llevaba un paraguas negro y Nika se cubría con la capucha de la sudadera, ajeno a las protestas de su hermano.

—¿Esperan el autobús?

Mi llegada lo tomó por sorpresa. Aksel compuso su expresión y forzó una sonrisa.

—Nuestra madre no nos deja usar la moto si está lloviendo.

La tensión entre ellos era evidente. Miré a su hermano, que mantenía la vista al frente y se había llevado un cigarrillo a los labios.

—Hola, Nika —saludé y mi voz, por pura suerte, no tembló.

Bajó la cabeza para encender el cigarrillo y se alejó. Lo observé fumar, indiferente, pretendiendo que yo no acababa de hablarle.

—Se perdieron la fiesta —dijo Aksel.

Me costó recuperar la compostura tras ser ignorada por el chico que me había besado dos días antes.

—Estábamos cansadas —mentí—. La próxima vez.

—¿En Navidad?

—Para nada, faltan celebraciones. —Me concentré en el pelinegro—. Sophie, Dax y Charles cumplen años a principios de diciembre y organizarán una fiesta.

—¿Tú tampoco has cumplido dieciocho? —preguntó.

—A finales de mes.

—¡Genial! Podemos hacer algo ese día.

Me dio lástima decir que odiaba las fiestas de cumpleaños. A Aksel le gustaba tener amigos, vida social. Me daba la impresión de que lo necesitaba para no sentirse solo. Cualquiera pensaría que su hermano era un apoyo, nada más lejos de la verdad. Por mucho que pintaran la imagen de la familia unida frente a las adversidades, tenían conflictos.

El frenazo del autobús me sobresaltó y no perdimos tiempo en subir. Aksel ocupó el asiento de Sophie cuando le conté que estaba resfriada y seguimos conversando.

Los que subían al autobús en el camino saludaban a los Bakker. Se sentían especiales al recibir una respuesta de los hermanos y un par de chicas les sonrieron de manera coqueta. Cuando entramos a la ciudad, apareció Chloe, la hermosa morena de la fiesta de Charles. Nos guiñó un ojo antes de sentarse junto a Nika que, al parecer, le reservaba el asiento.

Traté de no especular y respirar con calma. Fue difícil cuando los escuché hablar después de que no tuviera la cortesía de responder mi saludo.

Busqué mi mejor versión, la que no dejaría el asunto de lado por rabia. Me pasé la mitad de la mañana decidiendo si enfrentarlo o no. La otra, teniendo una conversación ficticia e imaginando qué diría para tener las respuestas preparadas.

Esperé a la clase que compartíamos, justo antes de la hora de la comida. Se suponía que teníamos una tregua y que nos llevábamos bien, aunque no nos consideráramos amigos. Me debía una conversación tras aquel beso.

Sin embargo, salió el primero al terminar la clase y por la tarde me ignoró. Hizo lo mismo al día siguiente. Me pudo evitar hasta el miércoles, después de la clase de Literatura, cuando no lo dejé escapar. Corrí con mi cuaderno en la mano y la mochila colgada del brazo para darle alcance en el pasillo repleto de estudiantes.

—¿Puedes parar? —pedí, agarrándolo del codo—. Necesito hablar contigo.

Me dedicó una mirada glaciar y apartó el brazo.

—¿Sobre qué?

Su cambio de actitud me descolocó y no pude recordar las palabras que había practicado tantas veces para comenzar la conversación.

—Sobre el otro día.

—No sé de qué hablas.

Miré a los lados para comprobar si su respuesta se debía a que podían escucharnos.

—Lo que pasó en Halloween. —Me acerqué para hablar más bajo y no reaccionó—. Nos besamos el viernes.

—No sé de qué hablas —repitió, y la familiar sensación de sentirme usada me revolvió el pecho.

—¿Harás como que no pasó?

—¿Es necesario tener una conversación por algo tan irrelevante?

—Puede que tú beses a alguien distinto cada noche, no me parece mal, pero yo solo lo hago si la otra persona me gusta.

Las últimas palabras salieron sin que pudiera controlarlas, cada vez más bajas.

—Quiero aclarar… aclararlo —musité.

Bufó y bajó la vista.

—En mala hora dejé que esto se me fuera de las manos —murmuró para sí.

—¿A qué te refieres?

Se masajeó el puente de la nariz.

—Al juego —respondió, señalándonos—. Era diversión, un coqueteo, no tenía que pasar de ahí.

—¿Me estás diciendo que llevarnos bien era un juego? —Se mantuvo impasible—. ¿Estás diciendo que esos días fueron…? —No sabía cómo describirlo.

—¿Esperabas algo más?

Mi respiración tembló.

—No te estoy pidiendo que te cases conmigo. Quiero saber si me besaste porque te gusto o solo por… por… ¿diversión?

—Se me descontroló. —Guardó las manos en los bolsillos y sentí que me observaba con lástima—. Estaba aburrido, este lugar es aburrido, y tú eras lo que más cerca tenía. Y no, la respuesta es que no me gustas, ni siquiera para un beso.

Un escalofrío me recorrió el cuerpo. La piel se me puso de gallina y ajusté mi expresión para no demostrar lo que dolían sus palabras.

—Al menos…

—Amaia, no tengo tiempo para tonterías de niña.

Presioné los labios para no llamarlo idiota en medio del pasillo. Me dio la espalda y desapareció entre los estudiantes que caminaban en dirección contraria.

«¿En qué momento imaginé que la conversación tendría un resultado distinto?».

Me sudaban las manos.

Desde el principio estuvo claro quién era Nika y qué le gustaba hacer. Una chica detrás de la otra, y yo fui menos porque no le atraía. Me sentí como una estúpida por no haberlo visto cuando estaba delante de mis narices.

Estaba sufriendo lo que podría llamarse el primer rechazo, la indiferencia de alguien que me atraía. Habría cerrado capítulo y aceptado la situación de no ser por ese beso, por lo que experimenté y vi en sus ojos. El chico que me había besado el viernes era muy distinto al que me rechazó. Uno era delicado y pasional; el otro, insensible y frío.

Nada tenía sentido por muchas vueltas que le diera, y me sumergí en mí misma los días siguientes para alejar el recuerdo. Me volvía a ignorar y yo no podía hacer más que imitarlo.

El viernes, Sophie viajó a Prakt con su padre. Vería a Julien y podrían solucionar su conflicto. Me venía como anillo al dedo para no mentirle a mi mejor amiga. Era la primera semana que iba a estudiar Matemáticas con Aksel como tutor.

—¿Cuándo piensas contar la verdad? —preguntó al bajarnos del autobús.

—No lo sé. —Suspiré, caminando de piedra en piedra por el camino que guiaba a la mansión—. A Sophie, pronto. A mis padres, cuando no quedé más remedio. Seguro que alguien se lo dice antes.

—Si sabes que pueden descubrirlo, ¿no es mejor que lo digas de una vez?

—No es mi estilo. —Sonreí con pesar—. Soy de las que deja todo para última hora.

No era algo de lo que sentirse orgullosa, pero era la verdad.

Encontramos la casa desolada y oscura cuando nos detuvimos en el recibidor.

—¿Y tu madre?

—Está en la semana de adaptación en el consultorio, empieza el próximo lunes.

—¿Le gustará el trabajo? —quise saber mientras seguía sus pasos escalera arriba.

—Por supuesto. Le hace mal estar encerrada y pensando en… de más.

Había estado a punto de decir algo que no debía. La mitad de sus sonrisas eran como la que me dio en ese momento por encima del hombro: forzada…, falsa.

—Le gusta trabajar —añadió— y tu madre le agrada.

Los Bakker escondían algo, ya fuera de su pasado, «el estado de Nika», su edad, el año de suspensión bajo desconocidas circunstancias, o lo que ocultaban de Aksel, según había escuchado en la discusión.

Quería saber, pero preguntándole de la manera convencional no hallaría una respuesta, por lo que guardé mi curiosidad y me concentré en la habitación a la que me invitó a entrar cuando estuvimos en el primer piso. La habían adaptado como taller de restauración. El lugar estaba limpio y organizado. Había hojas de ventana apiladas en una esquina, junto a la puerta que daba a un baño clausurado y una mesa de trabajo para carpintería.

Me llamó la atención una montaña de vinilos y un antiguo tocadiscos.

—Es un regalo del tío Ibsen —explicó Aksel al ver dónde estaban mis ojos—, el mismo que nos dejó en herencia la mansión.

Era la primera vez que mencionaba algo personal, familiar, del pasado.

Tomó un vinilo y, con extremo cuidado, lo colocó en el aparato.

—¿Funciona?

—Nika lo reparó.

La música inundó el espacio y, aunque no conocía la melodía, me gustó. Era suave y se escuchaba un marcado piano de fondo.

Aksel hizo aparecer unos cuadernos viejos, me dejó espacio en un escritorio al otro lado de la habitación y me indicó que hiciera algunos ejercicios. Según él, era la mejor manera de comenzar.

Resultó relajante estudiar con la música baja haciendo eco, entre conversaciones esporádicas y el sonido de la lija sobre la madera.

Después de dos rondas de ejercicios en las que conseguí un aprobado, los peldaños de la escalera crujieron. Tras diez pasos, Nika entró, directo al tocadiscos, a apagarlo. La ausencia de música llamó la atención de Aksel, que era ajeno a su llegada.

El mayor de los Bakker se deshizo de la sudadera, quedándose en una camiseta negra. Puse atención al cuaderno para que no me pillara mirándolo y me limité a escuchar.

—¿A qué hora llega mi madre?

—Hola, Nika —dijo Aksel por la inexistente cortesía de su hermano.

—¿Crees que debo ir a recogerla? No quiero que venga sola en taxi.

—Viene con la señora Favreau.

—Tampoco me gusta que venga con esa gente. No quiero que les deba más favores.

No había notado que estaba en la habitación y por eso usaba aquel desprecio para referirse a mi familia. Seguía de espaldas y organizaba los vinilos sin mirarnos. Aksel me ojeó antes de seguir hablando:

—Creí que llegarías temprano.

—Me he retrasado.

—Pensé que sería rápido.

—¿Rápido? —Soltó una risa baja—. Te dije que tenía que pasar por casa de Chloe.

Una punzada atravesó la parte alta de mi estómago.

—Sigo sin entender a qué —murmuró el pelinegro.

—¿Creíste que la dejaría sola después del sábado?

—Gracias a ella no dormimos en la calle —continuó Aksel, y tuve ganas de salir corriendo y no escuchar aquello.

—Tranquilo, hermanito, le di las gracias por habernos dejado dormir en su casa. Lo hice por los dos, puedes estar seguro de que quedó muy satisfecha —respondió con sorna antes de voltearse.

Sus ojos chocaron con los míos y vi la sorpresa en ellos al encontrarme detrás del escritorio.

—¿Puedo ir al baño? —pregunté, poniéndome de pie.

Ignoré las indicaciones de Aksel y salí sin mirar atrás. Necesitaba alejarme para que no vieran la decepción en mi rostro. Caminé hasta encontrar la puerta del conocido baño al final del pasillo y cerrarla para pegar la espalda a ella.

Presioné las manos contra mi rostro hasta que me dolió.

Nika me había besado antes de ir a encontrarse con Chloe y dormir en su casa. Reconocía la sensación que me oprimía el pecho, la de ser traicionada…

usada, en aquel caso. No era como Charles, con quien había tenido una relación, pero se sentía igual.

Me utilizó para entretenerse cuando ni siquiera le gustaba y yo estaba encerrada en un baño lamentándome. El golpeteo de mi corazón contra las costillas iba calmándose, pero la pelota que tenía en la garganta, donde se me habían atascado las ganas de insultarlo, era más difícil de manejar.

Reuní fuerza para calmarme y no seguir escondida. Volví, determinada a fingir que no sucedía nada, que no me afectaba, pero Nika había desaparecido y su hermano estaba ordenado los vinilos que se habían caído al suelo.

Una vez detrás del escritorio, me centré en los ejercicios y el pelinegro acercó una silla para tomar asiento delante de mí.

—Mia —dijo cuando me pasé varios minutos fingiendo que no sentía el peso de su mirada.

—¿Estoy haciendo algo mal? —pregunté.

—No es sobre los ejercicios. —Era obvio, pero sopesó lo que iba a decir—. No quiero hacerte sentir incómoda, pero…

—Di lo que quieras.

Suspiró y se revolvió en el lugar.

—Eres una buena chica, no necesito conocerte más para saberlo.

Y tampoco necesitaba ser un experto para notar que algo había pasado. Estaba claro de qué iría la conversación, y sucedería en algún momento si seguíamos siendo amigos. La prefería al modo depilación: rápido y sin miedo.

—No sé qué ha pasado entre mi hermano y tú.

El nudo de mi estómago se hizo más pesado.

—Nada que valga la pena contar.

No me creyó.

—Nika es mi hermano y una persona maravillosa. A su extraña, oscura y compleja manera, pero lo es. De pequeños, solo nos teníamos el uno al otro. Siempre ha estado cuando lo he necesitado y me protege incluso más de lo que sé. Sin embargo, las virtudes no cubren sus defectos. Sé cómo es y has tenido un vistazo de cómo lleva su vida.

—Algo he visto —siseé.

—No es una mala persona.

—Es tu hermano, ¿dirías lo contrario?

—Jamás —aceptó—. Nika es un día de una forma y otro, de otra. Un día quiere algo y al siguiente lo olvida, está en su naturaleza. No puede evitarlo y tampoco pretende hacerlo. Lo positivo es que no lo esconde, pero ser sincero no es lo único importante.

—Quieres decir que las chicas con las que se involucra, ¿saben lo que él busca?

—Nika es de los que no oculta que le importa poco tener algo serio con alguien.

—Entonces, no hay ningún problema. —Me encogí de hombros recordando lo que había dicho: *«Estaba aburrido, este lugar es aburrido, y tú eras lo que más cerca tenía»*.

—Lo he visto pasar varias veces —dijo—. No importa lo sincero que sea, eso no cambia a las personas que lo rodean, lo que otros pueden sentir. Eres una chica genial y quiero ahorrarte complicaciones.

—¿Por estar cerca de Nika?

Asintió.

—No es maldad, él… es distinto. Las personas resultan lastimadas a su alrededor.

Sonreí para tranquilizarlo. No necesitaba más explicaciones para entender lo que quería decir: «No te enamores de Nika».

Capítulo 16

—Contabilidad y Finanzas —repitió Sophie por enésima vez.

—Llevamos una hora aquí —me quejé.

Asistimos al entrenamiento a petición de Dax y desde las gradas prestábamos poca atención. Mi amiga no podía creer el cambio de mis planes universitarios.

—Bueno, Dax estará contento de tenerte cerca. Se verán muy seguido.

La angustia que había en su voz me derrumbó.

—Nos veremos los tres —la consolé, pasándole un brazo por los hombros—. Además, todavía no he decidido nada, primero tengo que aprobar los exámenes.

—No nos veremos —se lamentó—. Mira a Julien, no tiene tiempo de nada.

Por suerte, en su visita del fin de semana a Prakt, arreglaron el malentendido. Sophie empezaba a entender que la vida universitaria era muy distinta.

—No se lo cuentes a Dax —supliqué.

—¿Por qué?

—Quiero decírselo a papá y mamá. No está bien que medio Soleil sepa lo que haré con mi vida y ellos no.

—Lo sabe Aksel y puede que Nika. —Hice un gesto de asco al escuchar su nombre—. Dijiste que lo insinuó el día que cenaron juntos.

—Nadie dirá nada…, o eso espero. —Intenté no pensar en lo que sabía el idiota—. A Dax se lo explicaré después. Mis padres deberían saber primero y quiero encontrar la mejor manera de… la mejor manera.

—¿Qué dirás cuando estés cada viernes en la mansión Bakker?

—Que estamos estudiando.

—¿Estamos?

—Sí, te incluyo.

—¿Para estudiar Cálculo Avanzado? ¡¿Estás loca?! —protestó—. Voy a estudiar Diseño porque no quiero volver a ver un número en mi vida y ¿quieres que estudie contigo?

—Tonta. —Golpeé su frente y protestó—. Es solo para que mamá no haga preguntas. Puedes hacer lo que quieras en ese tiempo.

Victoria y Rosie aparecieron por el borde del campo. Las llamé agitando una mano por encima de la cabeza y no tardaron en alcanzarnos.

—Díganme que van a la fiesta de Paul el sábado —pidió la rubia, sentándose un escalón más abajo.

—¿Quién es Paul?

—Estaba en la fiesta de cumpleaños de Aksel —explicó Rosie—. Alto, pelo rizado, de nuestro año y miembro del equipo de fútbol. ¿En qué mundo vives, Mia?

Para vivir en una ciudad pequeña con un instituto que no sobrepasaba los mil estudiantes, siempre estaba perdida.

—Hará una fiesta en la casa de veraneo de sus padres —explicó Victoria—. Exclusiva para amigos cercanos.

—Salimos el sábado por la mañana.

Sophie y yo nos miramos.

—Charles no va —aclaró la rubia.

—Ni él ni sus amiguitos. —Rosie nos guiñó un ojo.

—¿No se supone que es para los amigos de Paul? —pregunté—. Todos en el equipo irán, ¿o no?

—Ahora hay un grupo *cool* y otro de imbéciles —declaró la castaña—. El de Charles es el de los imbéciles, está claro.

No me llamaba la atención pasar un fin de semana sin dormir en un lugar alejado, menos con Nika cerca. Buscaba una excusa válida cuando Dax nos interrumpió lanzando su mochila a las gradas. Cuando Rosie le comentó lo de la fiesta, su respuesta no fue amigable:

—No iré a esa mierda.

—¡Frena el mal humor, vaquero! —protestó ella antes de añadir con gesto burlón—: No me digas que te has pasado al equipo de Charles.

—¿Ustedes también están en eso? —recriminó, viéndonos a Sophie y a mí.

—¿Alguien puede explicar qué pasa? —pregunté.

—Hormonas —espetó él—. Ahora tienes que escoger un bando, quieras o no.

—Siempre hay que escoger uno —dijo Rosie—. Es el instituto de Soleil, en todos los grupos hay bandos.

—¿Quién te paga por decir frases de película adolescente? —Dax sonaba irritado.

—¡Basta! —los regañé para evitar la discusión—. Aquí no hay bandos, así que calmen los ánimos.

—Éramos un equipo —se lamentó él—. Teníamos diferencias, pero seguíamos unidos y, de un día a otro, empieza esta rivalidad.

—¿Crees que es por la pelea? —preguntó Sophie, poniendo la mano sobre el hombro de Dax para hacerlo sentir mejor.

—No lo sé y en teoría estamos bien. —Bufó—. Ahora Paul hará una fiesta, pero Charles dijo que no puede ir cuando sé que es mentira y los que están en «su bando» tampoco irán.

—Son simples fiestas. ¿Por qué te disgusta? —quise saber, aunque la verdadera pregunta que tenía era sobre la pelea y lo que Charles había insinuado sobre la agresividad de Nika.

—No quiero escoger —confesó—. Charles siempre ha sido mi amigo, Adrien también. Nika, Paul y el resto me agradan de la misma forma. Nadie puede obligarme a elegir y lo peor es que estamos jugando mal. En unos meses, viene el equipo de Regen a competir. Si seguimos así, perderemos y adiós a la final en Prakt.

—Pues mala suerte, bebé. —Rosie hizo un puchero—. Te aconsejo que vengas con nosotros a la fiesta y te olvides del campeonato de fútbol.

Dax la miró con mala cara.

—Para ser una chica bonita del montón eres bastante molesta.

—Tú también eres lindo, cariño —respondió, guiñándole un ojo.

Victoria golpeó a su amiga en el hombro para que no siguiera picándolo.

—Dax, tiene solución —lo reconfortó Sophie.

—Pues sí, pero de momento no pienso ir a ninguna fiesta. Ni a la de Paul ni a la que, sin duda, hará Charles.

Recogió sus pertenencias e ignoró las provocaciones de Rosie, que se reía a carcajadas.

—No importa, iremos nosotras —asumió la rubia.

—Si Dax no va, mamá no me dejará ir —dije.

—Y yo me voy a Prakt para ver a Julien —dijo Sophie.

Mentimos con tal espontaneidad que funcionó. Se quejaron de que no sería tan divertido sin nosotras, pero terminaron por aceptarlo y salimos del instituto a comer.

• • •

El autobús se retrasó a la hora de salida. Me entretuve leyendo en mi teléfono mientras Sophie intercambiaba mensajes con su novio.

Nos interrumpió Adrien, uno de los defensas del equipo y el origen de los conflictos tras la pelea con Nika. Su nariz era pequeña y respingada, tenía unas cejas pobladas y unas pecas claras que le decoraban el rostro. Lo impresionante era su estatura y lo corpulento que parecía frente a una enana como yo y un fleco ambulante como Sophie.

Nos dedicó una sonrisa y su diminuta nariz se contrajo.

—No sé si saben, pero haré una fiesta.

Al decir que no estábamos enteradas, se dedicó a explicar cuánta bebida pensaban conseguir y el buen equipo de audio que tenía.

Escuché poco y me perdí en su rostro, en el que había cero evidencias de la pelea. No entendía cómo Nika lo había golpeado. No necesitaba que se quitara la chaqueta azul del equipo para tener claro que era más alto y musculoso.

—¿Se animan a ir? —concluyó.

—No sé si podremos —dijo Sophie.

Me dio un toque con el codo en las costillas para que la ayudara.

—Puedo ir a recogerlas si no tienen cómo llegar.

Mi vista se fue al grupo de chicos que había a su espalda. Charles estaba entre ellos y no dejaba de mirarnos.

Fingí una sonrisa.

—Quizás vayamos. —Sophie no pudo disimular la expresión de terror—. Tenemos que pedir permiso. Cuando Dax no va, nuestros padres se ponen territoriales.

—Entonces…, quizás las veo el sábado —dijo Adrien, y me miró de arriba abajo—. Por cierto, Mia, lindo conjunto.

Regresó con sus amigos y miré mi ropa. Pantalón ancho de mezclilla en azul claro y camiseta negra de manga corta, nada que mereciera un cumplido.

—No pienso ir a esa fiesta —murmuró Sophie.

—Era mejor no inventar excusas para que siguiera insistiendo. Es un pesado. —Le di la espalda al grupo de chicos para que solo ella me viera la cara—. Charles lo mandó a que nos lo dijera.

—¿No crees que lo ha hecho por decisión propia? —susurró.

—Claro que no, fue el cretino. No acepta que se ha quedado sin Victoria y sin mí por… —No se me ocurrió un mejor insulto—. Por cretino.

—Pues Adrien también te tiene el ojo encima.

—¿Qué?

—Siempre te ha mirado de más.

Negué, sonaba imposible.

—Era la novia de su mejor amigo, claro que no.

Torció los labios.

—¿Te parece que haya escrúpulos entre ellos?

Miré de reojo y Adrien estaba mirándome. Deseé, más que nunca, que Sophie estuviera equivocada.

—¿Listas para las clases? —preguntó Aksel, sorprendiéndonos.

—¿Vienes con nosotras? —Miré a todos lados en busca de su hermano y de la moto.

—Nika tiene asuntos que atender y necesito que me ayuden.

En el viaje nos contó que debía organizar la habitación que habían encontrado sellada al llegar. Cuando bajamos del autobús, dejamos las mochilas en la entrada y nos pusimos manos a la obra.

El lugar seguía repleto de trastos cubiertos de polvo. Había un desgastado piano de cola en la esquina, también una mesa hasta arriba de papeles y carpetas agrupadas en pilas.

Nosotras nos encargamos de recoger y él de subir las cajas al piso superior, ya que su madre no sabía qué hacer con lo que quedaba. Lo único que nos impidió tocar fueron los papeles.

Una hora después estábamos terminando. No pude aguantar la curiosidad y me acerqué al piano. Recordaba los dos años de clases que tomé gracias a una amiga de mamá. No era buena, pero las canciones infantiles resonaban en mi memoria.

Levanté la tapa y me encontré las teclas hundidas y un manto de polvo tan grueso que asustaba.

—Mi madre no quiere deshacerse de él —dijo Aksel cuando me atrapó mirándolo.

—¿Ella toca?

—Tocaba. Supongo que tiene la esperanza de… —Le tembló el labio con la indecisión—. Espera que Nika lo repare. Quizás vuelva a tocar.

La duda, las palabras cortadas… La mirada y el grito silencioso de ayuda. Eso fue lo que vi en sus ojos y una vez más no entendía la razón. La expresión era idéntica a la de su madre esa mañana después de haberla escuchado discutir con Nika.

—¿Qué harán con esto? —preguntó Sophie.

Se refería a una caja que seguía en la mesa junto a la puerta.

—Es un juego de té. —Mis ojos fueron a la bonita taza que mi amiga sostenía—. Vamos a venderlo.

—¿Venderlo? —Casi me atraganto al acercarme.

—Tuvimos que vender mucho de lo que encontramos. La casa es demasiado grande y para arreglarla hace falta dinero. —Intercambié una mirada de incomodidad con Sophie—. Mamá contactó con un par de anticuarios y nos dieron un buen precio por todo —añadió, cargando la última caja—. Solo queda eso, más les vale no romperlo.

Reímos con su falso regaño al tiempo que desaparecía.

—Qué triste —dijo Sophie cuando estuvimos solas.

El juego de té era de patrones dorados por fuera con hermosas flores en rosa, azul y rojo en el interior. Debía de tener más de un siglo.

Jamás había pensado en la falta de dinero, en las necesidades económicas. No tenía lujos, pero mi familia siempre estuvo en una posición privilegiada. Estaba claro que los Bakker no.

—¿Qué habrá pasado con el padre? —pregunté, intentando unir las piezas que no tenía.

—Aksel dijo que murió cuando eran niños.

Estaban solos desde hacía mucho.

—¿Cuánto crees que cuesta arreglar este lugar? —preguntó Sophie, apreciando los pequeños platos.

—Depende de hasta qué punto quieran arreglar —supuse, observando el empapelado de las paredes que había sobrevivido al moho.

—Para que no se caiga a pedazos.

—Mucho dinero —aseguré.

La madera era cara, Sophie lo sabía.

—Si no tienen donde vivir, tendrán que hacerlo aquí de todas formas.

Estaba preocupada.

—El juego de té es bueno —dije, encogiéndome de hombros—. La vajilla en la que comimos el día de la cena era mejor.

—No les alcanzará con un sueldo de asistente. Si Aksel y Nika son los que reparan y estudian, no tendrán tiempo para un trabajo extra.

Se me contrajo el corazón, era cierto.

—Quizás podemos ayudar en algo —murmuró.

Sonreí ante su bondad.

—No tenemos dinero.

—Lo que hemos hecho hoy cuenta como ayudar.

Sophie era la persona más dulce de la tierra.

—Podemos decirle a Aksel que cuente con nosotras siempre que lo necesite —propuse.

Yo también quería ayudarlos, aunque Nika fuera parte del paquete. Mi amiga se mostró satisfecha y examinó una tetera.

—Es hermosa. ¿Has visto los detalles pintados a mano?

—Me encantan. —Me perdí en las pequeñas rosas de una azucarera—. Mataría por algo así.

—Para no usarlo —se burló.

—Para tenerlo en una vitrina en mi habitación, así lo miraría antes de dormir y al despertarme. —Suspiré, recordando mi sueño frustrado de vivir en un museo.

—Tienes problemas serios —se burló.

Solo paré de reírme cuando escuché los pasos de Aksel.

—Bien, has llegado antes —dijo desde el pasillo—. Te toca limpiar.

Nika estaba con él cuando salimos a su encuentro para averiguar con quién hablaba. Saludó a mi amiga y pasé por su lado sin decir nada. Ignorarnos era costumbre y no lo volví a ver cuando subimos al taller, donde estudié durante dos horas mientras Sophie y Aksel se entretuvieron viendo antiguos cuadernos de dibujo.

Mi amiga se fue a las ocho con su padre y no pasó demasiado hasta que entendí que no podía aprenderlo todo en un mismo día. Me despedí y bajé a recoger mi mochila. Estaba llegando a la salida cuando la inconfundible voz de Nika me llamó.

Quise hacerme la sorda, pero dudé con el picaporte en la mano y perdí mi oportunidad.

—¿Crees que podemos hablar?

Miré la puerta negra de cristales rotos que había delante de mí y valoré cuál sería la mejor respuesta.

—Prometo que serán unos minutos —añadió

Giré sobre mis pies y lo encontré con una expresión expectante. Actué por impulso y le mostré el dedo corazón en un gesto obsceno.

—No tengo nada que hablar contigo.

Cerré de un tirón y me fui a casa con el dulce sabor de la victoria.

Capítulo 17

Una mitad del instituto estaba en la fiesta de Adrien, y la otra, en la casa de veraneo de la familia de Paul. Yo, como cada sábado, aprovechaba el silencio de medianoche desparramada en mi sofá favorito en el salón del primer piso.

Mi teléfono vibró y quedé inmóvil cuando leí el remitente. Habría regresado a la lectura si no hubiera sido porque, al posar los ojos en el siguiente capítulo, entraron dos mensajes y la curiosidad me ganó.

Idiota Bakker: ¿Qué lees, Pulgarcita?

Idiota Bakker: Te arruinarás la columna si sigues en esa posición.

Idiota Bakker: ¿Vas a ignorarme?

Miré hacia la mansión a través del ventanal. Estaba todo apagado, no se veía nada en la oscuridad. La luz se encendió en la torre y una silueta borrosa se hizo visible en una de las ventanas.

Idiota Bakker: Ahora nos vemos los dos.

Apagué las luces del salón y regresé a la ventana para mirarlo sin que supiera que seguía ahí. Era raro que no estuviera en la fiesta y su hermano sí. Victoria no había parado de mandarme fotos desde que habían llegado.

Un escalofrío me recorrió la espalda. Era perturbador saber que alguien te estaba viendo cuando creías estar sola. Su figura se movió y mi teléfono volvió a iluminarse.

Idiota Bakker: Si querías hacer como que te habías ido, deberías haber apagado el teléfono.

«Mierda, la luz de la pantalla».

Decidí que era hora de dormir. Entre él y la tensión en mi libro de misterio, terminaría enfermando.

Caminaba en silencio por el pasillo cuando entró otro mensaje. Iba a leerlo, pero al pasar delante de la habitación de mis padres, las palabras de mamá se escurrieron por la puerta:

—Que tampoco lo sepa Mia.

Mis pies se pegaron al suelo alfombrado.

—Es normal, los chicos comparten curso en el instituto —comentó papá.

—Quiero ayudar, pero no sé ocultarle secretos a mi familia.

Me acerqué para escuchar mejor.

—Mary, no estarías ocultando nada. No hablas conmigo o con Mia de tus pacientes. No es ético.

—Ella los conoce, tú también. Se suponía que no podía contártelo.

—Y fingiré que no lo has hecho.

—Louis, es difícil. Siento que…

—Pacientes, cariño —la cortó papá—. Son pacientes y te necesitan, ¿o no?

Guardaron silencio.

—La familia entera necesita tratarlo —dijo mamá cuando estaba a punto de irme—. El problema es de uno, pero los otros deben enfrentarlo. Ya los ha marcado suficiente si han dejado su vida atrás por las consecuencias.

—Entonces, esta conversación no ha sucedido.

Mamá soltó un largo suspiro.

—Los atenderé los viernes después del horario laboral —aceptó—. ¿Qué le diré a Mia?

—Que tienes trabajo hasta tarde, como otras veces. —Hubo una pausa—. No estás haciendo nada incorrecto. Mia jamás vería mal que hagas bien tu trabajo.

—Es cierto, y Anette es una gran mujer. Su familia necesita mi ayuda.

Me cubrí la boca para no hacer ruido.

«¿Anette? ¿La señora Bakker?».

Mis padres siguieron hablando, pero había entendido lo suficiente.

Me apresuré por el pasillo y pegué la espalda a la puerta de mi habitación una vez la cerré.

Mi madre era psiquiatra y psicóloga, la única en Soleil, y los Bakker serían sus futuros pacientes. Pensé en Nika y recordé que tenía un mensaje suyo. Mi teléfono estaba sudado de apretarlo con tanta fuerza.

Idiota Bakker: De verdad que necesito hablar contigo.

Lo leí varias veces.

La señora Bakker había comentado el estado de Nika en aquella discusión y siempre creí que se refería a una condición física. A veces olvidaba que no todas las afecciones eran palpables. Las cargas del alma solían ser más duras de sobrellevar.

• • •

—Di que haremos algo por tu cumpleaños —exigió Dax cuando salimos de la cafetería el lunes.

—Cenar con mis padres.

—Podríamos aprovechar el fin de semana para ir a La Laguna —se quejó, mirando de reojo a Sophie en busca de apoyo.

—Solo si Mia quiere.

—Y no quiero.

—Son muy aburridas —protestó, cruzándose de brazos como un niño pequeño.

—No tengo ganas de congelarme en La Laguna.

—No hace frío.

—Que midas metro ochenta y tu cuerpo guarde mejor el calor no significa que no haga frío —aclaré.

—¡Hace buen tiempo! —Señaló a la ventana del pasillo.

Sophie y yo nos detuvimos para que él mismo viera el cielo encapotado. Soleil se despedía del otoño más corto que recordaba y era momento de tener un abrigo a mano.

—Hace un día espectacular para un chapuzón en La Laguna —ironicé.

—¡Oh, vamos! Es un cielo nublado y nada más. En Regen llueve todo el tiempo y nadie detiene su vida.

—Y por eso vivimos en Soleil y no en Regen —puntualizó Sophie—. Si quieres mudarte, seguro que se alegran de que te unas a su equipo de fútbol.

Se me escapó una carcajada y Dax adoptó una expresión de funeral. El futuro partido contra la ciudad que se encontraba en el otro extremo del continente era tan delicado que incluso a Sophie le ponía aquella cara si intentaba bromear al respecto.

Mi risa desapareció cuando Aksel se unió a nosotros. Nika estaba con él.

—Como quieran —dijo Dax dándose por vencido—. Cenaremos y nos aburriremos como siempre. —Miró a Nika—. Voy a ver al entrenador, ¿vienes?

—Tengo clase —respondió de buen humor.

Mi amigo desapareció, Sophie y Aksel abrieron debate sobre la clase de Arte mientras caminaban por el pasillo y me quedé junto al idiota. Me sostuvo de la muñeca cuando quise marcharme. Mis ojos se fueron a su agarré. Notó la incomodidad y me soltó.

—¿Qué quieres?

Me dio una inspección fugaz antes de volver a hablar:

—¿Recuerdas que le prometí a tu madre que ayudaría con los cristales de la tienda de tu padre?

«¡Au!».

Creí que la insistencia para hablar se trataba del beso, la desagradable conversación que le había seguido o cómo me había ignorado. Supe que mis mejillas estaban rojas, me ardía la cara.

—¿De eso querías hablar? —pregunté, entre dientes.

—¿De qué más?

La manera en que encogió los hombros hizo que me hirviera la sangre.

—Te mandaré la ubicación de la tienda.

—Se supone que me ibas a llevar.

—Para eso es el GPS, te guía hasta los lugares. Aunque en una ciudad tan pequeña llegarías preguntando. No necesitas mi ayuda.

Le di la espalda y busqué mi aula. Al sentarme, le envié la ubicación, esperando que fuera el final de nuestros encuentros. Sin embargo, Nika tenía otros planes y me esperaba en el pasillo cuando salí de mi última clase.

—¿No has visto mi mensaje? —pregunté de mala gana, sin detenerme al pasar por su lado.

—Sigo sin saber cómo llegar —dijo al acoplarse a mi paso.

Extendí la palma frente a su rostro.

—Dame el teléfono y te explico.

—No.

—¿Perdón?

Me detuve ante la evidente diversión de su voz. Estábamos en la puerta del instituto.

—Necesito que me lleves, no sé llegar —insistió.

—No.

—¿Dejarás a tu padre sin renovar los cristales por un berrinche?

—Sabes llegar —rezongué—. ¿Qué buscas?

—Nada. —Se acomodó la mochila—. Solo tienes que guiarme, no te estoy pidiendo algo extraordinario.

—Perderé el autobús. —Señalé la fila de chicos que se subía en ese momento.

—Puedo llevarte a casa.

Se me escapó la risa por lo absurda que resultaba su propuesta.

—No pienso ir contigo a ningún lugar.

—¿Tanto miedo les tienes a las motos o es a mí? El último viaje te gustó.

—Eres… —Retuve las palabras para no caer en su juego, no de nuevo—. Deja de molestarme.

Me encaminé al autobús.

—Una lástima para tu padre —se lamentó, pisándome los talones—. No habrá otra oportunidad en quién sabe cuánto tiempo.

Lo encaré.

—¿Por qué haces esto?

—¡Mia! —me llamó Sophie desde la puerta del autobús.

—Tengo que irme. Ve a la tienda de mi padre y ayúdalo —recalqué.

Se cruzó de brazos.

—No lo haré si no me llevas, es el pago que exijo.

El chófer tocó el claxon. Los chicos, apresurados por llegar a casa, se asomaban por las ventanillas pidiéndome que me diera prisa y no tuve opción. Dejé ir el transporte escolar bajo la curiosa mirada de Sophie y el resto de los chismosos.

—No voy en tu moto —dije, entre dientes—. Iremos a pie.

—Lo que prefieras.

Caminé sin decir nada. Quise ir deprisa, pero no tenía mucho sentido con mis cortas piernas. Ser pequeña era un fastidio.

—¿Qué leías el sábado? Me quedé con la duda —dijo cuando llegamos a la avenida principal.

—No pienso conversar contigo.

—¿Por?

—Me estás obligando a venir y no te voy a dar el gusto.

—Estás conversando ahora —se burló.

—No lo estoy haciendo.

—Estás hablando.

Me mordí la lengua y avanzamos dos calles.

—¿Harás voto de silencio?

Me concentré en caminar por la zona de pequeños establecimientos, mirando el interior para ignorarlo. Soleil había crecido y poco a poco más personas se animaban a abrir negocios. Llenaban la calle de color y creaban un ambiente agradable que te hacía olvidar, por momentos, que estabas en un pequeño pueblo sin nada interesante que ver.

Cuando llegamos, la tienda estaba llena.

Nika se concentró en medir las lunas de la parte delantera y aproveché para alejarme. Le dije a la cajera que atendiera a los clientes como el resto de los empleados y asumí su puesto. Media hora después, papá se acercó a reemplazarme.

—Me alegra que hayas acompañado al chico. Esta mañana me ha dicho que te invitaría a venir con él.

—¿Por la mañana?

—Pasó a la hora de la comida.

Miré a través de la tienda y me encontré a Nika con una sonrisa. Me guiñó un ojo antes de volver a su trabajo. No podía creer que lo hubiese planeado todo para hacerme acompañarlo. Tenía que estar muy aburrido para usar tiempo y esfuerzo con tal de molestarme.

Al terminar, papá lo saludó con un abrazo, confirmando que no solo mi madre había caído en los encantos del Bakker.

Era increíble que se ganara a todos con tanta facilidad y es que parecía… normal. No había rastro alguno del chico desagradable del pasillo cuando conversaba con mi padre sobre facturas y pagos. No era una actuación… Quizás él era así, como había dicho Aksel, distinto cada día.

—Deberían irse —dijo papá, mirándonos primero a uno y luego a otro.

—No, yo me voy contigo —decidí.

—Cariño, sabes que en estas fechas salgo después de las ocho.

Caí en la cuenta de que estábamos en noviembre.

—Llamaré a mamá.

—Hoy ha cerrado temprano —dijo antes de que pudiera sacar mi teléfono del bolsillo—. Emma tenía fiebre.

—No importa, te esperaré —insistí, pegando mi trasero a la silla.

—Nika aseguró que podía llevarte.

—Creo que a Mia le dan miedo las motos —intervino el idiota manipulador y estuve segura de que aquello también era obra suya.

—¿De verdad?

—No les tengo miedo. —Forcé una sonrisa dulce para papá—. Te espero porque quiero hacerte compañía.

—¿A mí? Qué tontería, cariño —se burló—. Ve con Nika y ayuda a tu madre. Debe de estar al borde de la locura en la cocina, más si Emma tiene fiebre. Sabes lo aprensiva que se vuelve cuando alguien tiene un simple dolor de cabeza.

—Pero…

—Nada de peros.

Saludó de lejos a los clientes que acababan de entrar. La tienda volvía a llenarse.

—Vayan con cuidado y usen protección.

Nika contuvo la sonrisa y estrechó la mano de mi padre.

—Siempre con protección, señor Favreau, no tenga dudas.

Hubo algo en su sonrisa maliciosa que no me gustó. Papá me besó la frente, ignoró mis balbuceos y volvió al trabajo.

El maestro de la manipulación hizo un movimiento anticuado con la mano, digno de alagar a una dama para cederle el paso. Intenté transmitirle con una mirada lo que me hastiaba bailar a su ritmo y regresé al aparcamiento del instituto a toda velocidad, dispuesta a respirar lo justo a su alrededor.

—Podías no haber corrido —dijo, fresco como lechuga mientras yo estaba agitada cuando llegamos a la moto.

Puso las llaves en el contacto antes de quitarse la sudadera y ofrecérmela, debajo tenía una camiseta. Entorné los ojos.

—¿Qué plan retorcido tienes? —pregunté—. ¿Sufrir de hipotermia para que te lleve al hospital?

Me repasó con una ceja alzada.

—Es para que no pases frío.

—No la necesito.

—En la carretera lo agradecerás —insistió, poniendo la prenda sobre mi pecho y obligándome a sostenerla para que no se cayera al suelo.

—¿Morirás de frío por mí? —pregunté, haciendo uso de mi mejor sarcasmo—. Qué caballeroso.

—Nací en Prakt. Esto es una simple brisa.

—Por mí, bien. —Me puse la sudadera—. Si te pones enfermo, no te veré la cara durante unos días.

No respondió, pero sonrió antes de subirse y arrancar.

«Idiota».

Mantuve la distancia, aunque me agarré a su cintura.

Salimos de la ciudad en unos minutos. El viento soplaba distinto sobre el vehículo, la temperatura descendía y el aire gélido me quemaba la cara desprotegida. Íbamos a mitad de camino y redujo la velocidad.

—¿Pasa algo? —pregunté cuando se detuvo y apagó el motor.

—¿Puedes bajarte?

Me imitó y se guardó las llaves en el bolsillo.

—No pasa nada —dijo muy serio—. Solo quiero que hablemos.

Me atraganté.

Estaba en medio de la nada, a cinco kilómetros de mi casa y unos diez de Soleil. En todas direcciones había campo, hierba alta, árboles y la desolada carretera. Había jugado sus cartas muy bien.

—Tengo que reconocerlo, eres retorcido.

Me quité el casco y lo colgué del manillar. No dejaría que se saliera con la suya.

—Amaia, es hablar —suplicó.

—Lo mismo que quería Charles: bajo sus términos.

—No es lo mismo.

—Me hizo ir a su casa. Tú me traes a un lugar donde tengo que hacer lo que quieres. No veo diferencia.

—A Charles le diste la oportunidad, a mí ni eso.

—¡Será porque no quiero!

—Antes querías y yo…

—¡Me importa poco! —grité, me deshice de la sudadera y se la lancé a la cara—. No me da la gana hablar contigo y no lo haré.

Salí andando en dirección a mi casa.

—¿Vas a caminar?

—¿No me ves? —dije sin mirar atrás ni detenerme.

—Son casi cuarenta kilómetros.

—Vivo en Soleil, idiota, sé que son cuarenta kilómetros. —Maldije entre dientes por haber creído que eran menos.

Pensaba ir a pie, aunque hiciera frío y cayera la noche antes de llegar a casa. Valoré la opción de pedir un taxi, pero no tenía dinero. Lo había gastado en la pastelería comprando *brownies* con Sophie.

—Lo siento —dijo Nika al acoplarse a mi paso.

—No me interesa.

—¿Por qué no?

Me detuve.

—Para empezar, por tu culpa tengo que caminar hasta mi casa.

—Solo quiero disculparme —insistió, tan amable que me irritó más.

—¡No me importa! —grité a todo pulmón—. ¡No quiero! ¡¿No te enseñaron que no es no?! —Mi agresividad le fue indiferente—. Hace dos semanas, cuando dijiste que el juego se te había ido de las manos y no tenías nada que hablar, respeté tu decisión.

Me crucé de brazos. Sentía la cara hirviendo y el corazón palpitarme en los oídos.

—También lo siento por eso.

Me fastidió que sonara sincero.

—¿Qué sientes?

—Obligarte a que me llevaras a la tienda de tu padre y detenerme aquí para que me escucharas. Lo que pasó en Halloween…

—En Halloween no pasó nada.

—¿Vas a evadirlo?

—Tú lo hiciste, ¿no? —Fui incapaz de controlar el reclamo—. Aunque, ahora que lo pienso, fue peor. Primero jugaste conmigo porque estabas aburrido y después dejaste de hablarme.

Cierta frase se repitió en mi mente: *«No me gustas, ni siquiera para un beso»*. No podía echarle en cara lo que no sentía. Si no le gustaba, tenía que aceptarlo.

Me bloqueó el camino cuando intenté continuar.

—Fue una estupidez. —Se pasó las manos por el pelo y miró a todos lados menos a mí—. No estuve bien esos días… Fueron… complicados. No supe cómo enfrentar… No supe tener una conversación sobre el tema y quise evadirla.

Le costaba respirar. La información que tenía en mi poder tras escuchar la discusión con su madre y la conversación de mis padres me confundió. Un segundo de duda y caí en el hechizo de sus ojos azules.

—Cuando tienes días complicados, ¿evitas a las personas que quieren hablar contigo?

—Lo siento —repitió—. No era una tontería que habláramos sobre…

—Ese día no pasó nada —zanjé, no tenía ganas de que me volviera a rechazar, aunque lo hiciera con delicadeza—. Fue un beso. Las personas se besan todos los días y no por eso hay que debatirlo. Lo entendí muy bien, no te preocupes.

Sopesó sus palabras antes de continuar, vi la duda en su mirada.

—Está bien…, olvidémoslo. De todos modos, quiero disculparme por lo idiota que fui, no ese día, desde antes de Halloween.

—¿Estás pidiendo perdón por ser tú?

—¿Me estás llamando idiota?

—Ya lo he hecho antes, ¿te sorprende?

Sonrió de medio lado.

—¿Me perdonas?

Presioné los labios porque de alguna manera siempre lograba desesperarme.

—¿Me dejas ir a casa si te perdono? —Tanteé para mentir de manera adecuada.

—Te llevo a casa si me perdonas.

—¿Me estás chantajeando?

Se contuvo para no reír.

—Te llevaré de todos modos, pero evitarías que te rogara en medio de la carretera.

—No quiero que ruegues.

Volvió a interponerse en mi camino cuando intenté rodearlo.

—No es tan difícil, ¿sabes? La gente se equivoca.

—Quítate —protesté y comenzamos una danza ridícula hasta que no pude más—. ¡Tú ganas! Perdonado.

—Estás mintiendo.

—¿Cómo lo sabes?

—Cada vez que mientes o escuchas algo que no te gusta, te muerdes el labio superior —sentenció con aires de superioridad, y me di cuenta de que lo estaba haciendo.

—No es cierto.

—Estás mintiendo y eso me fuerza a usar la última carta.

—¿Qué…?

Exhaló con resignación.

—Suplicar de verdad.

Sin decir más se puso de rodillas y me tapé la cara para no verlo.

—¡Por favor, Nika, ponte de pie! —le pedí, no me creía tal ridiculez. No, aquello no podía estar pasando—. ¡No se puede ser tan infantil!

—¿Es tan difícil perdonar a alguien? —insistió, divertido.

Espié entre mis dedos. Tenía una media sonrisa y ojos de gatito abandonado.

—Ponte de pie, por lo que más quieras —supliqué, volviendo a cubrirme el rostro.

—Un perdón para un idiota, Mia.

Disfrutaba de ponerme nerviosa.

Abrí los ojos solo un poco y aparté las manos. Me brindaba una flor, de las pequeñas y amarillas que estaban en el borde del camino. No supe cuándo la había tomado. Pestañeé para aclararme la visión y su sonrisa se hizo más amplia, tenía una segunda flor.

—¿De dónde las sacas? —dije, acercándome y mirando a su espalda.

Tenía una tercera en el bolsillo trasero del pantalón. La unió a sus compañeras y las movió delante de mi rostro.

—¿Un perdón? —repitió, y contuve la sonrisa.

No podía reírme cuando se suponía que estaba molesta. Dudaba que volviera a estar mirando hacia abajo para verle los ojos. Incluso de rodillas me llegaba al pecho.

—Has manipulado a medio Soleil para esto —me quejé—. ¿Cómo lo has hecho?

—¿De verdad quieres saberlo?

—Dime que mi hermana no está enferma por tu culpa y me quedo tranquila.

Se rio con ganas.

—Claro que no, solo me aproveché de las circunstancias.

La curiosidad me ganó y acepté las flores.

—Te perdono si me explicas por qué te comportaste así.

Se levantó y desvió la mirada para sacar una caja de cigarrillos. Le arrebaté el que estaba a punto de encender.

—¿Haremos esto? —preguntó cuando repitió la acción y volví a despojarlo del cigarrillo.

—Estás pidiendo que te perdone, yo te estoy pidiendo que respondas.

Se mojó los labios para ganar tiempo.

—Mi vida no es sencilla —murmuró—. A veces hago lo que no debo e involucro a quienes no se lo merecen. Después me arrepiento y no sé cómo arreglarlo. No espero que lo entiendas, pero es lo único que puedo decir.

Me fijé en la vena palpitante de su cuello, la tensión de la mandíbula y sus hombros.

—No es tan difícil de entender —mentí al devolverle los cigarrillos, y me crucé de brazos para no temblar.

Nuestras miradas quedaron conectadas por unos segundos. No tenía ni idea de cómo averiguar la verdad detrás de su comportamiento.

—Vámonos antes de que te congeles —dijo tras unos segundos.

La moto se veía pequeña, no me percaté de lo mucho que nos habíamos alejado. Sus largas piernas seguían el ritmo de mis cortos pasos. Miraba al suelo entre una calada y otra.

—No deberías fumar —dije, llenando el silencio.

—Ahora que eres mi amiga, ¿me darás charlas para que cuide mi salud?

—¿Quién ha dicho que somos amigos?

Me miró de reojo.

—¿Somos algo más que eso?

Resoplé.

—En tus sueños.

—Eso duele —se burló.

—Es la verdad.

No se tomaba nada en serio y volvía a jugar de la misma manera que antes, la que me había hecho creer que estaba interesado en mí.

—Entonces —insistió—, ¿qué somos?

—Vecinos y compañeros de instituto. Eres el hermano de Aksel.

—Y mi hermano, ¿es tu amigo?

—Sí.

—¿Se lo ha ganado?

—No es algo que se gane, solo sucede. No es una competición.

—¿Significa que tengo oportunidad de ser tu amigo?

Me detuve en seco.

—¿Qué demonios te pasa? —Inspeccioné su rostro inexpresivo—. Hace una semana ni me devolvías los buenos días y ahora me persigues, te disculpas y ¿quieres ser mi amigo? ¿Estás aburrido de nuevo?

—No le des tantas vueltas… —Encogió un poco los hombros—. Soy un imbécil.

—Pues bien. —Retomé nuestro camino—. Si quieres que seamos amigos, trata de no usarme cuando te aburras, es de mala educación.

Nos costó un par de minutos llegar a la moto y, cuando volvió a hablar, me tomó desprevenida.

—Lo prometo. —Mis manos se congelaron al tomar el casco—. No volveré a lastimarte… de ninguna manera.

Me debilitó la dulzura que adornó su voz e hice un esfuerzo para que no se me clavara en el pecho y no sembrara ilusiones que jamás se harían realidad.

—Las promesas no son lo mío, ahórratelas.

—Para mí son importantes.

Valoré la sinceridad de sus palabras y no supe qué pensar.

—Ya veremos.

Capítulo 18

Terminamos la clase de Química antes de tiempo. Dax seguía frustrado por pasar mi cumpleaños en una cena familiar en vez de festejarlo a su manera.

—A modo de protesta, no pienso darte mi regalo —declaró mientras recorríamos el desolado pasillo del primer piso.

—No te regalaré nada por el tuyo.

—Me da igual.

—Pues a mí no. Quiero mi regalo y tu presencia —aclaré.

—¿Seremos solo nosotros?

—Mamá quiere invitar a los Bakker.

—Eso suena mejor. —Sonrió—. Podemos hacer algo animado.

—No vamos a salir de fiesta —advertí.

—¿Qué tienes contra las fiestas? ¿Te han hecho algo? ¿Atentaron contra tu vida en una?

—Si quieres fiesta, será en tu cumpleaños.

Hasta ese momento, manteníamos una de nuestras falsas discusiones, pero su rostro se contrajo y el ambiente se tornó pesado.

—No sé si esta vez vamos a hacer algo.

Desde que Dax había conocido a Charles, organizaban una fiesta juntos la primera semana de diciembre. Sophie se integraba en ella porque cumplía años en los mismos días. Era una tradición de los cumpleañeros.

—Somos un equipo de hipócritas desde la pelea —rezongó.

Vi mi momento de sacar información.

—¿Qué pasó entre Nika y Adrien?

Nos acomodamos en el banco fuera de la cafetería y extendió las piernas. Por suerte, mi amigo era transparente, no daba vueltas a la hora de contestar una pregunta.

—Estábamos en los vestuarios tras el entrenamiento. Adrien y Raphael salieron de las duchas, pasaron delante de mí, fueron a sus taquillas y Nika salió un momento después. —Negó repetidas veces—. No escuché lo que hablaron, pero lo golpeó en la cara y Adrien se cayó al suelo. Raphael logró empujarlo para que no se le echara encima y…

Dax hizo crujir los dedos. Contrajo el rostro y pensó dos veces antes de hablar:

—¿Hay algo más que… una amistad entre Nika y tú?

—¿Qué?

—No tienes que contármelo, pero Charles habló conmigo… —Alzó las cejas—. Varias veces.

—¿Sobre mí?

—Desde que lo dejaron, es de lo único que quiere conversar.

—¿Qué dijo?

—Me llamó el día del cumpleaños de Aksel. Dijo que fuiste a su casa con Nika. Quería saber si estaban juntos.

—Y dijiste que no.

—Es lo que sé —puntualizó.

—Y es la realidad.

Apoyó los codos en las rodillas y se inclinó hacia delante.

—Estaba preocupado. Insistió mucho en que te contara lo de la pelea. Según él, tú no sabes quién es Nika.

—Y no lo hiciste. ¿Por qué?

—No tengo que hacer lo que dice Charles, aunque… —Se acomodó en el asiento—. Nika me agrada, pero ese día… Lo golpeó fuerte. Adrien perdió el conocimiento durante unos segundos y Nika… —Tragó, buscando las palabras—. Estaba fuera de sí y no sé qué habría pasado si no lo hubiéramos detenido. Jamás vi a alguien de esa forma y, después de la pelea, parecía tan… tranquilo, incluso sonrió.

Sus incontables cambios de actitud, los conocía. Con violencia de por medio se tornaba delicado. No dudaba que ese fuera el porqué de la terapia con mi madre.

«¿Cómo puede afectar la agresividad de Nika al resto de su familia? ¿Sería la razón por la que dejaron Prakt? ¿Habría lastimado a alguien?».

—Nadie golpea sin razón.

—Pues la verdad solo la saben Nika, Adrien y Raphael.

—¿Raphael?

—Nika lo amenazó cuando Adrien estaba en el suelo e intentábamos controlarlo.

—¿Qué dijo?

—Que si los escuchaba hablando de lo mismo, le haría olvidar hasta su fecha de nacimiento.

Me estremecí.

—Debió de oír algo en las duchas.

—Puede que fuera sobre Aksel o su madre —conjeturó.

—Los chismes no eran tan terribles como para terminar a golpes.

Se encogió de hombros.

—Quizás que Aksel es gay o que su madre visitaba mucho el consultorio de la tuya.

—Aksel, ¿gay?

—Lo dicen porque no se ha revolcado con ninguna chica.

—Si lo es, no es un problema. Nika no tendría que ponerse así.

—Son chismes, Mia. Su madre visitaba el consultorio de la tuya porque iba a trabajar con ella, no porque fuera su paciente.

—Tampoco pasa nada porque vaya a terapia —aclaré.

—Claro que no, pero conoces Soleil.

Maleducado, idiota, irrespetuoso, desconsiderado… Nika había mostrado muchos de sus defectos, pero seguía sin verlo como a alguien violento. Quizás me equivocaba. El día que lo escuché discutir con su madre, había golpeado una pared.

—Tiene que haber sido algo más serio —murmuré, mirando a la nada.

—¿Por qué tanto interés en Nika?

Supe lo que insinuaba.

—Soy de Soleil, lo cotilla viene de serie. Además, si averiguo algo y te ayudo a solucionar el conflicto de bandos, tendrás que darme las gracias.

—No creo que eso suceda.

Yo tampoco, pero necesitaba saber más. Todo lo que rodeaba a los Bakker se alzaba con intrigas que, por más que intentaba evadir, seguían apareciendo en el camino.

Me despedí de Dax, convencida de que tenía que aprovechar la próxima vez que viera a Nika para sacarle información de la pelea, por qué necesitaba terapia o qué había sucedido en su anterior instituto para que lo expulsaran un año.

Llegué al aula de Historia del Arte antes de que empezara la clase. Cuando el profesor entró, sentí que los planetas se alineaban para cumplir mis deseos. Nika venía con él.

—Buenos días —comenzó Boucher con el típico acento de Regen—. Les presento a Nika Bakker —continuó sin rodeos, una costumbre suya—, y partir de hoy formará parte de esta clase.

El único lugar libre era detrás de mí, que ocupaba la primera fila. El profesor le indicó que se sentara y, cuando pasó por mi lado, sonrió. Me mantuve impasible y concentrada en clase. A la vez, mi cerebro no paraba de maquinar escenarios para entablar una conversación donde obtuviera las respuestas que necesitaba.

Él no contestaría, se escudaría en palabras genéricas que solo añadirían más preguntas a mi lista. No era la mejor haciendo planes de un interrogatorio maquillado de conversación y era la primera vez que montaba uno de ese tipo. Cuando el timbre sonó, Nika fue más rápido y acercó su pupitre al mío.

—Pensé que te molestaría que me cambiaran a esta clase.

—¿Por? —Terminé de guardar mis libros para que no me viera demasiado interesada en la conversación—. Hasta hace unos días me ignorabas y no me afectó. Me da igual lo que pase con tu vida.

—Si fuera así, no te encargarías de recordármelo. —La confianza con que lo dijo me irritó—. ¿Te disgustó perder mi atención?

—Si vas a hablar estupideces, me voy.

Olvidé mis planes porque no tenía cuerpo para aguantarlo. Me tomó de la muñeca con suavidad. No me habría costado ponerme de pie y seguir mi camino.

—Era una broma —añadió—. No te la tomes tan a pecho.

Mi corazón palpitaba más rápido de lo normal. Se suponía que tendría que estar sacándole información, no fijándome en lo húmedos que se veían sus labios o cómo la luz caía sobre su pelo desvelando reflejos color cobre.

«No le gusto. Tengo que recordar que no le gusto».

Intentaba ser amable, nada más. Era mejor centrarse en descubrir lo que ocultaba y no en mirarlo con otros ojos, algo que solo me conduciría a que me rechazara por segunda vez.

—Deberías escoger mejor tus bromas —dije, mientras alejaba mi mano de la suya.

—Si me conocieras bien, no te enfadarías.

—No me he enfadado.

—Mentir no es una de tus habilidades, queda claro. —Entrelazó las manos en su nuca y apoyó el torso en el respaldo de la silla.

—Tú no sabes nada de mí. ¿Podrías dejar de actuar como si lo supieras todo?

Chasqueó la lengua.

—No te sientas atacada, solo estamos conversando. Los amigos conversan, ¿no?

—No creo que podamos ser amigos —declaré, señalándonos—. Lo único que haces es molestarme y evitar mis preguntas.

—Puedes preguntar lo que quieras. —Cruzó los brazos sobre el pecho—. Soy todo oídos.

Mi plan iba por buen camino si accedía a contestar.

—¿Por qué dejaste de hablarme?

—Eso ya lo respondí.

—¿Por qué te han cambiado a esta clase?

Algo fácil con lo que desviar su atención.

—Tengo obligaciones por la tarde, esta es una de mis asignaturas optativas y es el turno que me han asignado.

—¿Y da la casualidad de que es el mío?

—Las casualidades no existen, pequeña Amaia.

—¿Has pedido estar en mi clase?

Sonrió.

—Es tierno ver que asumes que todo se mueve a tu alrededor. —Mi cara hirvió—. La única clase de la mañana es esta. Tranquila, no te estoy acosando.

Ignoré el ridículo que acababa de hacer y lo caliente que estaban mis orejas. Mi cara debía de estar roja por la vergüenza, pero no iba a perder el terreno que había ganado:

—Y… ¿qué harás por las tardes?

—Tengo asuntos que atender después del horario escolar.

—¿Asuntos?

—Cosas de chico, Amaia.

Hice un esfuerzo sobrenatural para no poner los ojos en blanco.

—¿Por qué estás tan interesada en lo que hago? —preguntó.

—Quería pedirte un favor. —Frunció el ceño. Lo acababa de tomar por sorpresa—. La semana que viene tenemos que recoger los programas de estudio.

—Lo sé, en la oficina que está al norte.

—Solo Sophie, Aksel y tú saben lo de mi solicitud a la universidad.

—¿Qué solicitud?

—No te hagas el inocente. Sabes que he solicitado Contabilidad y Finanzas o no lo habrías mencionado en aquella cena.

Torció los labios.

—Culpable.

Era demasiado irritante. Empezaba a cuestionarme las razones por las me resultaba atractivo.

—¿Cómo lo supiste?

—¿Siempre eres tan preguntona?

—Responde —insistí.

—Tenía que ver a la señorita Morel el día que estabas rellenando el formulario —confesó.

—¿Te gusta escuchar detrás de las puertas?

—¿Me estás llamando cotilla?

Si me dejaba arrastrar por sus provocaciones, no averiguaría nada.

—Quería pedirte que me llevaras a recoger mis programas. —Fui directa para llegar a donde quería—. Dax no lo sabe y no es momento de contárselo —mentí—. Está demasiado lejos, gastaría mucho en un taxi y no le puedo pedir a mamá que me lleve.

—Sería una buena solución a tu problema real.

—¿Mi problema real?

—No necesitas que te lleven a ningún lugar, necesitas contarles la verdad a tus padres. Los conflictos se cortan de raíz; si no, siguen creando conflictos.

Por primera vez, vi a Nika mayor de lo que era. Estaba acostumbrada a que se comportara como un niño. No fue bueno encontrar una razón para que me gustara más, prefería detestarlo.

—Es cierto —continué—, pero ahora no voy a solucionarlo y quería saber si podías llevarme.

Se mordió el labio con gesto pensativo.

—Según tú, no somos amigos. ¿Les pides favores a personas que no conoces bien?

—¿Puedes o no? —presioné.

—¿Qué día?

—De hecho —murmuré con delicadeza—, necesitaría ir el último día para que no haya nadie. No quiero arriesgarme con los chismosos de Soleil.

—¿El viernes?

Asentí y encontré lo que esperaba: su semblante se descompuso por unos segundos y, aunque volvió a colocarse la máscara de indiferencia, le costó responder:

—Ese día no puedo.

—¿Alguna cita?

Negó.

—Tengo algo que hacer… con mi madre. —Desvió la mirada hacia la ventana—. Es importante para ella.

Él era el motivo de la terapia familiar.

«Quizás ha aceptado acudir porque su madre se lo ha pedido».

No quise crear historias de las que no tenía ni idea y no podía hacer más preguntas o quedaría expuesta.

—Buscaré otra solución —concluí, satisfecha con el avance, por insignificante que fuera—. Me voy, Sophie debe de estar esperándome.

Volvió a tomarme de la muñeca, impidiendo que me fuera cuando estuve de pie.

—Puedo llevarte el jueves.

Contuve la respiración.

—Dijiste que estarías ocupado en las tardes.

Forzó una sonrisa.

—Puedo acomodar mi horario.

No necesitaba que lo hiciera. Tenía planeado decirle la verdad a Dax para que me llevara. Había armado una mentira que me dejó entre la espada y la pared. Iba a negarme, pero las palabras que salieron de mi boca fueron otras:

—Te lo agradecería mucho.

Sonrió hasta con la mirada, un brillo recorrió sus ojos.

—Mañana puedo confirmarte la hora.

«¿Qué acabo de hacer?».

Correspondí a su sonrisa y nos quedamos en el más tonto de los silencios. Ya no me sostenía la muñeca, sino la mano, y nuestros dedos se rozaban. No sabía cómo romper el contacto y mi cuerpo actuó por voluntad propia. Me incliné y dejé un beso en su mejilla.

—Gracias —dije antes de darle la espalda y salir al pasillo con paso apresurado.

Mi objetivo era averiguar lo que escondía, nada más. Tendría otra oportunidad de indagar. Sin embargo, sabía que me estaba adentrando en terreno peligroso.

Capítulo 19

—Feliz cumpleaños.

Abracé la almohada y me acurruqué.

—El único día que quieres dormir hasta tarde es hoy.

Estaba todo a oscuras, pero no fue difícil ver a Sophie al borde de la cama.

—Felicidades, dormilona —dijo con una sonrisa gigante.

Me tapé con la colcha.

—No quiero despertarme —refunfuñé.

—¿Eso significa que no quieres tu regalo?

Asomé la mitad de la cara y fingí poco interés.

—¿Qué es?

—Si lo quieres, lucha por él.

Lo llevaba a la espalda y traté de quitárselo en un ataque sorpresa. Fui directa al paquete cuadrado, que quedó a la vista cuando se alejó. Tiré de su mano libre y cayó sobre la cama, pero me inmovilizó con facilidad.

—Es mío, ¡dámelo! —protesté y me retorcí cuando agitó el regalo delante de mi rostro.

—El objetivo era que salieras de la cama y casi lo has hecho.

Me liberó y pude incorporarme. Imitó mi pose, quitándose los zapatos y cruzando las piernas sobre la cama.

Bajo su atenta mirada, rasgué el envoltorio y la tela se deslizó por mis manos.

—No puede ser.

—Lo compré cuando fui a Prakt.

Salí disparada al espejo. Era un vestido amarillo claro, de tela de gasa y estampado de flores, con escote cuadrado y manga globo, lazos para ajustarlo al frente como un corsé y de un largo por encima de la rodilla. Era de mi tienda favorita en Prakt, un local pequeño con ropa *vintage*.

—¡Te amo tanto! —Salté en el sitio.

—Feliz mayoría de edad. —Me abrazó por la espalda y brincamos de emoción.

—Necesito ducharme para ponérmelo.

Corrí al baño y en unos minutos ya estaba otra vez delante del espejo. No me importó que la temperatura fuera fresca para un vestido de verano.

—Es el mejor regalo de todos —declaré, dando vueltas para mirarme desde cada ángulo posible.

—No creo, el listón está alto. —Hizo un puchero y la curiosidad me ganó.

—¿Qué van a regalarme?

Me sacó la lengua.

—En vez de preguntar tanto, deberías contarme cómo te fue con Nika.

Percibí la malicia en ella.

—No hay nada que contar.

—Ayer me evitaste.

—Deberíamos bajar, quiero ver mis regalos.

Sophie fue más rápida y me cerró el paso.

—Cuenta.

—No pasó nada —repetí—. Me llevó a recoger los programas de estudio, intenté sacarle información por lo de la pelea con Adrien y me salió mal. Se dio cuenta y quedé en ridículo. Fin.

—¿Y no hablaron de nada más? Llegaron tarde.

—El camino es largo y tomamos el desvío para no pasar por delante de mi casa. Se suponía que estaba en la tuya, ¿recuerdas?

—De todos modos, llegaron muy tarde.

—Fuimos despacio.

Otra mentira, nos detuvimos a conversar durante más de una hora.

—¡Oh, Mia! Puedes decir lo que quieras, pero apostaría a que es el primer chico que te atrae de verdad.

Sentí la conocida sensación en el estómago.

—No me desagrada, eso es todo.

Aceptar que me gustaba Nika en voz alta vendría acompañado de recordar que él no sentía lo mismo. Era un error.

—¿Te felicitó? —quiso saber.

—No, supongo que lo hará cuando venga a cenar.

—¿Vendrá?

—Los Bakker están invitados. —Me acomodé el bajo del vestido—. ¿Por qué preguntas?

La miré a través del espejo y compuso una sonrisa.

—Por nada.

Me tomó del brazo para salir de la habitación y el olor a pavo se mezcló con el dulce aroma de alguno de los postres que mamá siempre preparaba para mi cumpleaños; nunca hacía un pastel, conocía mis preferencias.

La primera en lanzarse a mis brazos cuando bajé fue Emma, que iba con su regalo. Mi nueva adquisición consistía en uno de sus dibujos enmarcados. Tenía como protagonista a una curiosa vaca verde en un mar de pintura multicolor al estilo Jackson Pollock. Sin saberlo, exploraba el expresionismo abstracto a su extraña manera.

Tuve que recibir el abrazo de mis padres sin que Emma me soltara. No me dejaban llegar a la mesa para disfrutar de las arepas de mamá. Al sentarme, papá se acercó con las manos a la espalda. Sonreí cuando dejó una diminuta caja en la palma de mi mano.

De la argolla plateada que había dentro, colgaba una bonita letra M. Mi familia me observaba expectante. No entendí la broma de regalarme un llavero.

—¿Gracias?

—Te dije que no lo entendería —se burló mamá.

—Es para tus nuevas llaves —dijo papá.

—¿Van a cambiar las cerraduras? —Rieron a la vez.

—Es para las nuevas llaves de tu coche, tonta —explicó Emma, que aprovechaba para robarme el desayuno.

No podía creer lo que escuchaba. Miré de mis padres a Sophie.

—Te dije que el listón estaba alto este año —repitió ella—, y solo estamos empezando.

—No sé conducir —me lamenté.

—Aprenderás —aseguró mamá.

—Tomarás clases extra y te ayudaremos. —Papá me besó la frente—. En unos meses, te irás a Prakt y necesitas un coche.

Balbuceé hasta que me mandaron callar. Tendría un coche nuevo y sabía que lo iba a destrozar antes de mudarme.

• • •

El resto del día transcurrió entre fotos de cumpleaños, una larga llamada con los abuelos y golosinas. Estaba feliz, pero mi vista se iba a la mansión.

Aquella tarde con Nika había sido lo mejor de mi semana. Conversar con él era tan natural que no podía evitar sentirme en paz a su alrededor. Daba igual que me hubiese dicho que no le gustaba y lo idiota que hubiese sido en tantas ocasiones, todo desaparecía cuando lo tenía cerca. Me intrigaba y atraía a partes iguales.

Dax hizo acto de presencia con tres libros de regalo, al tiempo que mamá nos pidió poner la mesa. No había terminado de chillar por los nuevos habitantes de mi estantería y de poner los platos cuando sonó el timbre de la entrada.

Emma salió disparada hacia la puerta y evité imitarla, aunque lo deseara. No quería ser la niña de doce años que vivía hablando de su vecino y se moría de nervios por saber que lo vería.

Me fui a la sala cuando escuché a papá recibiendo a los Bakker. El corazón me latía a mil por hora, pero se me contrajo al encontrar la decepción en forma de dos personas. Nika no estaba con ellos a pesar de que el jueves me había asegurado que vendría.

La señora Bakker llevaba el pelo recogido en una coleta y un vestido color crema. Aksel iba con una de sus camisas de cuadros y tenía una caja entre las manos, envuelta en papel rojo vino y con un lazo plateado.

—Hemos traído un regalo —anunció ella después de un cálido abrazo, al que respondí de la misma manera.

En otro momento, me habría desesperado por saber lo que guardaba la caja que Aksel había colocado sobre la mesa, pero seguía sin procesar la ausencia de Nika. Preguntar sería un error y una muestra de descortesía cuando todos me miraban a la espera de que abriera el presente.

Aksel mantenía el brazo por encima de los hombros de su madre, ambos parecían nerviosos. Deshice el lazo, quité la tapa y me encontré con un papel cebolla que cubría el plástico de burbujas. Mis dedos se congelaron cuando vi el primer destello dorado y reconocí el juego de té.

—No. No pueden darme esto.

—¡Mia! —me regañó mamá por lo maleducada que soné.

—No lo entiendes —dije pasando la mirada de ella a los Bakker.

—Tranquila. —Aksel sonrió para restarle importancia—. Es lo que queríamos darte por cumplir la mayoría de edad.

—No puedo, esto es…

La señora Bakker interrumpió al tomar mi mano con una de sus sonrisas maternales.

—Sé lo que estás pensado, me advirtieron de que reaccionarías así. —Miró de reojo a su hijo—. Si te lo regalamos es porque podemos hacerlo.

—Pero…

—Acéptalo —pidió el pelinegro—. Sabemos que lo apreciarás más que nadie.

No quería exponer la situación económica de los Bakker o hacerles un desaire delante de mi familia y mis amigos. El juego de té era hermoso y ni en mis mejores sueños habría imaginado poseer algo similar.

—Gracias —fue lo único que pude decir.

La cara de Sophie expresaba un claro «te lo dije». Estaba al tanto de los regalos. Le apasionaba calcular cada detalle en mi cumpleaños y lo orquestaba para que fuera perfecto. Siempre lo sabía… todo.

Las piezas encajaron cuando los presentes se pusieron en movimiento para la cena. Me llevé a Sophie escalera arriba y cerré la puerta de mi habitación.

—Sabías que Nika no iba a venir.

—¡¿Qué?! No, claro que no.

—Dudaste por la mañana cuando dije que vendría con su familia.

Había forzado una sonrisa para mí. No pudo mirarme a los ojos y eso confirmó mis sospechas.

—¿Por qué no me lo has dicho?

Abrió y cerró la boca varias veces.

—Quizás yo estaba equivocada y podía llegar.

—¡Sigues mintiendo! —protesté.

—No es nada, Mia. Solo sabía que estaba ocupado.

—Si está con alguna chica, Chloe o la que sea, no es ningún problema. Te dije que no me gusta, pero no mientas.

—¡No estoy mintiendo!

—¡Eres mi amiga! ¡No entiendo por qué lo proteges!

—Detente ahí, Amaia. —Su rostro se transformó, apareció una dureza en sus rasgos tan desconocida como mi voz al gritarle—. No te desquites conmigo si creías que Nika vendría y no lo ha hecho.

—Eres mi amiga —repetí, consciente de que tenía razón, pero incapaz de entender que me ocultara algo tan simple—. ¿Por qué no me lo has dicho?

—No puedo contarte algo que no es mío.

Volvía a tener razón. Yo tampoco le contaba todo. Algunos detalles porque no me pertenecían, como la discusión de los Bakker o que iban a terapia con mi madre. Otros porque me daban miedo, como aquel beso o lo que sentía por Nika.

—Si estás enojada, lo entiendo —continuó—, pero no te pelees conmigo por una tontería.

Las ganas de llorar y la frustración me oprimieron el pecho.

—Me molesta que no viniera —acepté—. Me molesta que ahora mismo esté con Chloe o cualquier otra que no sea yo cuando dijo que estaría aquí.

—No es lo que estás imaginando.

No me interesaba el consuelo, quería desahogarme.

—Más que eso, me molesta que me moleste lo que ese idiota haga o deje de hacer —continué—. Me molesta que me afecte porque me gusta. Me molesta ser una estúpida. La que se siente atraída por un chico que no lo merece y que jamás me corresponderá. Un mujeriego que desde el primer momento dio un millón de razones para que no me fijara en él y de todas maneras caí. —No iba a dejar que las lágrimas se escaparan, pero me quemaban los ojos—. Me gusta y no sé cómo evitarlo.

—Nadie escoge quién le atrae, no funciona así.

Descansó las manos sobre mis hombros y, aunque su cercanía fue un alivio, no fue capaz de apagar mis pensamientos más profundos.

—Tampoco se puede vivir con la novela tatuada en el corazón, diciendo que es él quien escoge. —Necesitaba soltarlo—. No puedo justificar la ridiculez de fijarme en quien se liga a medio instituto y no piensa más que en él, porque eso es lo que es Nika, un egoísta que juega con lo que tiene a su alcance.

—No hables de lo que no sabes —insistió Sophie.

Recordé el beso, que me ignoró y que después había creído en sus disculpas. Recordé lo que me había ilusionado en los últimos días a pesar de saber que no sentía nada por mí.

—Aksel me lo advirtió. Dijo que las personas que se acercaban a Nika terminaban lastimadas.

—¿Aksel dijo qué? —preguntó Sophie sin dar crédito a mis palabras.

—No le hice caso —murmuré.

—Y dime, ¿Aksel no te dijo dónde había estado Nika en las últimas semanas? —Se le crispó la cara—. ¿Dijo por qué ha tenido que pedir permisos en el instituto para cambiar sus clases y salir más temprano?

—No… Él no…

—Prometí no decir nada —intervino sin dejarme explicar que la advertencia había sido mucho antes—, pero te estás creando la imagen equivocada de Nika.

—No… No entiendo.

—Yo no sé lo que tendrá Nika con Chloe o con quien sea. Tampoco sé ni me importa lo que hace con medio Soleil. Lo que te puedo decir es que hoy está trabajando.

—¿Qué?

—Él propuso regalarte el juego de té. —Me pareció que Sophie me tiraba un cubo de agua helada en la cara—. Decidieron conseguir el dinero que necesitaban de otra forma y fueron a la carpintería de mi padre a buscar trabajo, pero no había nada.

—¿Cómo lo sabes?

—Estaba ahí y me contó lo que querían hacer. Hablé con el padre de Julien y conseguí algo entre semana para ellos cargando alimentos en los camiones que envía al sur.

—Pero Aksel… Él no está trabajando.

—Nika me pidió que mintiera, que le dijera a Aksel que solo había un puesto. No quería que su hermano perdiera tiempo de estudio para la universidad si el regalo fue idea suya. —No daba crédito a lo que escuchaba—. Lo ayudé y prometí no decir nada.

—Dijiste que el trabajo era entre semana —tartamudeé—. Hoy es sábado.

Juntó los labios hasta que se volvieron una línea.

—Nika pidió permiso para salir temprano el jueves y así llevarte a recoger los programas de estudio. El padre de Julien le dijo que, a cambio, trabajara hoy.

Cerré los ojos con fuerza y quise que el mundo se apagara por unos minutos.

—Chicas —llamó mi madre desde la puerta—, ya está la cena.

—Enseguida vamos —dijo Sophie, y me impulsó a caminar.

La emoción que sentía por mi cumpleaños había desaparecido. No quería cenar ni festejar, quería ver a Nika.

Capítulo 20

Caminé de un lado a otro. Iba en línea recta de la ventana al sofá, de allí a la cocina y de nuevo a la ventana. Aunque fuera medianoche y todos estuvieran durmiendo, yo no podía dar por terminado el día.

Cené, conversé y fingí que estaba bien, aunque tenía la mente a kilómetros de distancia.

Una luz alumbró el salón y por el sonido supe que era él. Venía a toda velocidad y no tuve tiempo de ponerme un abrigo antes de salir a la carretera. Corrí el último tramo para interceptarlo a la entrada del camino que llevaba al garaje de la mansión.

Apagó el motor y no se bajó de la moto. Me miró de arriba abajo cuando estuve a su lado.

—Estás descalza.

Mis ojos siguieron su mirada. Tenía razón y el asfalto estaba helado.

—No me ha dado tiempo a ponerme zapatos —me justifiqué.

—¿Por?

—Necesitaba hablar contigo.

Frunció el ceño y alzó la vista, esperando mis palabras. Abrí la boca y no salió nada. Mi cerebro estaba en blanco y lo único en lo que era capaz de pensar era en lo que Sophie había dicho y no podía aceptar que sabía.

—No has venido a mi cena de cumpleaños —dije para no alargar el silencio.

Nika se mordió el labio. La escasa luz de la carretera me permitió evaluar su rostro, tenía marcadas las ojeras y el pelo despeinado.

—Felicidades —dijo con una sutil sonrisa—. Lo siento, no he podido avisar de que…

—No te preocupes.

Me fijé en su espalda encorvada y las manchas en su sudadera. Estaba agotado y no imaginaba cuánto había hecho en tantas horas de trabajo.

—Me ha gustado mucho el regalo —murmuré.

—Me alegro. —Se rascó la barbilla y apartó la mirada—. Fue idea de Aksel y mi madre, sabían que te gustaría.

«¿Por qué oculta algo de lo que podría presumir?».

—Me habría gustado que estuvieras —confesé, ignorando la mentira. La comisura de sus labios se elevó—. Supongo que has estado muy ocupado.

—Bastante.

—¿Trabajando?

—No. Atendiendo unos… asuntos.

—¿Con Chloe? —se me ocurrió preguntar para saber hasta dónde llegaría.

Lo pensó antes de responder:

—Varias cosas.

Cerré las manos en un puño a los lados de mi cuerpo. Quería ser paciente, pero la facilidad con que mantenía aquella expresión impasible a la vez que daba respuestas genéricas me ponía de los nervios.

—¿Por qué mientes?

Se enderezó y puso distancia.

—¿A qué te refieres?

—¿Por qué me dices que estabas con Chloe cuando no es verdad?

—Yo no he dicho que estuviera con ella.

—Tampoco lo has negado —ironicé, exponiendo las palmas para reforzar mi argumento.

—Ni lo he afirmado.

—De todos modos, mientes —dije, exasperada—. No estabas resolviendo «asuntos». ¿Qué te cuesta decir la verdad?

Su expresión se relajó y no le costó unir los cabos sueltos.

—Sophie se ha ido de la lengua.

—No.

Resopló y se pasó las manos por el pelo para apartárselo de la cara.

—No puedo creer que confiara en ella.

—No la tomes con Sophie.

Señaló a la mansión con la mano y ladeó la cabeza.

—¿Le ha dicho también a Aksel lo del puesto de trabajo que ocultamos?

—Solo me lo ha dicho a mí —aclaré, dando un paso hacia él.

—Y no ha debido hacerlo.

—¿Te molesta tanto aceptar lo que has hecho? —pregunté, analizando su rostro, porque su boca jamás me daría las respuestas.

—Me molesta que no haya cumplido su palabra —puntualizó—. No es mi amiga, pero le pedí que no te lo contara.

—Fue mi culpa.

—¿Qué?

Me mordí el labio. Me iba a meter en un callejón sin salida si respondía la verdad, pero no podía permitir que su molestia recayera en mi amiga.

—Yo he dicho que tú… Estaba enfadada. —Puse todo mi esfuerzo en no seguir balbuceando—. Me lo ha contado para defenderte.

Nika se quedó peor que antes y no me extrañaba; ni yo me había entendido. Mantenía las cejas juntas y tardó unos segundos en preguntar:

—¿Qué has dicho de mí?

—Varias… cosas.

—¿Por?

—Estaba enojada porque no has venido, me ha parecido… —No supe continuar—. Me ha parecido maleducado por tu parte.

Alzó una ceja.

—¿Y?

—He hablado mal de ti.

Estaba entrando en arenas movedizas y lo notaba en la comisura de sus labios, que amenazaban con formar una sonrisa.

—¿Por qué estabas enfadada?

—Ya he dicho que…

—No. —interrumpió—. ¿Por qué te ha molestado que no haya venido?

Escondí las manos en mi espalda para que no viera que me limpiaba el sudor en mi vestido nuevo.

—Dijiste que vendrías —musité.

—¿Por qué te molesta tanto que no lo hiciera?

Sabía la respuesta. Era demasiado inteligente como para no leer mi nerviosismo. Quería que lo dijera, una confesión que no estaba lista para dar, no de nuevo, no si esa vez me escuchaba.

«¿Y si corro?».

Me encontraba a un paso de Nika, que estaba sentado sobre la moto. Podía huir hasta encerrarme en casa, pero mis piernas no respondían e hice lo único que se me ocurrió: evadirlo con otra pregunta.

—¿Por qué mentiste?

Nika contuvo la sonrisa.

—¿Por qué te interesa tanto?

Tomar ese camino era peor.

—¿Por qué quisiste regalarme el juego de té?

—¿Vamos a hacer esto?

—¿El qué?

—Una guerra de preguntas.

—No es mi culpa que no quieras responder —repliqué.

—Yo he preguntado primero.

No pude rebatir nada cuando apoyó los brazos en el manillar y nuestras miradas quedaron a la misma altura.

—Es hora de responder, Pulgarcita —insistió en voz baja y grave—, no de hacer más preguntas.

Mis ojos se posaron en sus labios: curvos y carnosos.

—Dices que no soy tu amigo —ronroneó—, pero le das demasiada importancia a alguien que no aprecias. —Sonaba satisfecho—. ¿Por qué te ha molestado que no viniera?

Mi respiración tembló. Correr quedaba descartado, hablar era imposible.

—Sigo esperando, pequeña Amaia.

No podía concentrarme con él a dos palmos, y menos cuando se mojó el labio inferior con la vista clavada en los míos. Hice lo único que mi cuerpo me permitió: dar un corto paso, tomar su rostro entre mis manos y besarlo.

Se encogió, sorprendido. No nos movimos y el infantil beso se alargó hasta convertirse en una terrible pesadilla. Fuimos presas del encuentro de labios más estúpido del universo.

Al alejarme, Nika me observaba con el rostro descompuesto. El peor beso de la historia.

La experiencia de Halloween fue distinta. Quizás lo había idealizado y acababa de cometer un error. Estaba a punto de lanzarme a correr cuando Nika soltó una risa floja que me desconcentró.

—Me gusta esa respuesta —fue lo único que dijo antes de tomarme del brazo, pegarme a su costado y besarme.

Mi cuerpo se relajó al sentir su sabor y las caricias de su lengua. Enredó una mano en mi pelo. Responderle se sentía como un ritual que habíamos hecho toda la vida, natural.

Olvidé el frío de la noche y dónde estábamos. Lo único que existía era su piel bajo mis palmas, la mano que aferraba mi cintura y sus labios, que me invitaban a fundirme con él.

Con facilidad, me tomó de las piernas y me alzó hasta que caí a horcajadas sobre la moto; quedamos frente a frente. Rozó mi mejilla con la nariz. Apretó mis caderas para pegarme a su cuerpo y se me escapó un jadeo.

—Me gusta tenerte así, Amaia.

El tono bajo y gutural en que pronunció mi nombre hizo que un cosquilleo me recorriera. Se inclinó sobre mis labios al tiempo que un relámpago alumbró la noche y un segundo después, el trueno retumbó anunciando la tormenta.

El cielo estaba rojizo y el ambiente cargado, el olor era inconfundible. Finas gotas comenzaron a caer y me erizaron la piel.

—Tenemos que movernos —dijo Nika, y el motor vibró entre mis piernas. Negué con la cabeza repetidas veces, aterrorizada, estaba de espalda al manillar—. Sostente, Pulgarcita.

Escuché su risa. No me importó la burla y obedecí mientras lo abrazaba, ocultando el rostro en su cuello. Empezaba a llover con fuerza. El agua me golpeaba la espalda y la sensación de movimiento estando al revés me revolvía el estómago.

Aparcó en el garaje techado y me ayudó a bajar. Se quitó la sudadera para cubrirme y corrimos hasta el porche lateral de la mansión. La prenda terminó empapada en el corto tramo y me la quité al estar bajo techo. Sería peor tener algo empapado encima; era suficiente con el vestido, que se me pegaba al cuerpo, y los pies descalzos.

Nika se deshizo de las botas y de la camiseta, que pudo escurrir. Sacudió la cabeza, salpicando agua en todas direcciones.

—Deberías cambiarte, te vas a resfriar.

Sus palabras fueron un catalizador. Me estremecí, volví a sentir la temperatura de la noche. Se acercó y movió las manos sobre mis brazos para brindarme calor.

—Puedo darte ropa seca, vamos —insistió con suavidad.

Su habitación, su ropa y lo que estuviéramos haciendo.

—Creo que iré a casa.

Miró a nuestro alrededor.

—¿Con esta lluvia?

No era lo más inteligente.

—No está lejos y ya estoy mojada —me justifiqué.

Contuvo la sonrisa.

—¿Qué?

No capté la broma. Negó con la cabeza, ocultó el gesto y se recompuso.

—No te dejaré ir bajo una tormenta.

Señaló el cielo al tiempo que un trueno sacudía la noche. El mundo parecía a punto de acabarse. Mi casa, a metros de la mansión, apenas se veía a través de la tupida cortina de agua.

Al darme la vuelta, me lo encontré más cerca de lo que había pensado. Su torso desnudo estaba adornado con pequeñas gotas de agua. Mis ojos se perdieron en sus pectorales y otro relámpago destacó los dibujos que llevaba tatuados y pasaban del hombro a su pecho.

Tragué saliva con dificultad.

—Correré hasta mi casa —dije, juntando fuerzas—. No es problema.

Mis hormonas adolescentes no me permitirían manejar la situación con un Nika empapado.

Se acercó hasta quedar a unos centímetros de mi rostro y tomó un mechón que llevaba pegado a la mejilla para colocármelo detrás de la oreja.

—¿Tantas ganas tienes de irte? —Su pregunta se perdió con el sonido de la lluvia.

Acarició el contorno de mi rostro, una caricia que deshizo mi determinación.

—No —susurré—. No tengo ganas de irme.

Dibujó una sonrisa de medio lado y entrelazó sus brazos en mi cintura. Mis pies abandonaron el suelo y me sostuve en sus hombros. Nuestro beso se convirtió en una danza de suaves roces.

Me llevó hasta la barandilla de mármol, donde me sentó. Bajó las manos a mis caderas, me llevó al borde y se colocó entre mis piernas. Los dedos me picaban, ansiosos por recorrer su cuerpo.

Le mordí los labios, disfruté de que me tomara del pelo y dejara suaves besos por la mandíbula hasta llegar al cuello. Gemí cuando sus dientes estuvieron justo debajo de la oreja.

—Me encanta ese sonido —dijo, volviendo a mi boca con ímpetu, deslizando el vestido por las piernas. Sus manos ascendieron por mis muslos.

—¡Espera!

Su pecho subía y bajaba al ritmo del mío, el calor de su aliento me embriagaba. Dejó un suave beso en la comisura de mis labios y luego se alejó para darme espacio.

—Si no estás cómoda, podemos subir a mi habitación.

—Yo… Yo, no…

Las palabras no salían. Nika me observó durante unos segundos antes de cerrar los ojos y pegar su frente a la mía. Subió las manos, que estaban por debajo de mi vestido, para sostener mi rostro y quedarse muy quieto, mientras su respiración se calmaba.

—¿Quieres que te acompañe a casa? —pronunció, tras un par de minutos en silencio.

—Puedo ir sola.

Dejó un beso en mi mejilla.

—Espera aquí.

Me quedé inmóvil, mirando su espalda desnuda al adentrarse en la mansión, y me sentí la persona más tonta del continente. No entendía por qué perdía el control con él.

Bajé de la barandilla para abrazarme en busca de calor y caminé de un lado a otro para controlar los nervios.

La tormenta había amainado, las lluvias fuertes y fugaces eran típicas de Soleil. Mi casa era algo más que un contorno gris, veía las ventanas oscuras. Llegaría sin problemas a la velocidad que me dieran los pies y así me despejaría la cabeza. Mi corazón, todavía agitado, me tentaba, gritaba para que no me fuera.

Me sorprendió que, al regresar al porche, Nika llevara un paraguas en la mano. Mis manos temblaron al sostenerlo.

—Puedo acompañarte y…

—No es necesario —repetí, retrocediendo como la cobarde que era.

Me detuve en lo alto de la escalerilla, dispuesta a caminar lo más rápido posible.

Me volteé al escuchar su carraspeo. Estaba sentado en el mismo lugar donde había estado yo unos minutos antes.

—El lunes quiero de vuelta el paraguas.

Era imposible actuar normal si me miraba de esa manera, como si quisiera devorarme. Era excitante y me hacía dudar más.

—Y… Amaia… —me llamó por última vez. Lo observé por encima del hombro con un pie fuera del porche—. Esta vez no seré tan idiota como para ignorarte.

Capítulo 21

—Mia, ¿qué haces?

Di un respingo y golpeé con el codo la lámpara que había a mi lado. Hice malabares para que no se cayera al suelo y mi frente chocó con el borde de la mesa junto al sofá.

—¡Au! —Sobé el golpe y devolví la lámpara a su lugar antes de mirar al pie de la escalera—. Nada, mamá.

Analizó mi posición cerca de la ventana y la mochila en mi hombro.

—Miraba el cielo —mentí—. No quiero arruinar mi vestido si llueve.

—¿Y aprovechas para espiar a los Bakker?

Contuve la tos producto de los nervios.

—Quería saber si llevaban paraguas.

—¿El mismo que ayer le pediste a Emma que devolviera?

Cerré los ojos y maldije a mi hermana por tener la lengua tan larga.

Mamá se acercó y corrió la cortina. Pegué la espalda a la pared para esconderme.

—No llevan paraguas.

—Estaba asegurándome —murmuré.

—Claro. —Era consciente de mi ridícula mentira—. Puedes estar tranquila, con esas botas es suficiente. No importa que lleves vestido, hoy no lloverá.

Llamó a mi hermana para desayunar y volví a espiar entre las cortinas.

—Y… Mia. —Atrapada por segunda vez—. Si estás vigilando a los Bakker para no coincidir, deberías tener el abrigo puesto o perderás el autobús.

No disimuló la risa al entrar a la cocina.

Tomé el consejo a regañadientes por su obsesión con los abrigos y seguí en vigilancia.

Los Bakker conversaban al borde de la carretera. Nika fumaba y su hermano se reía de alguna broma. Me sentía patética al observarlo por una rendija.

Dirigieron la vista a mi casa y me lancé al suelo como en un ejercicio militar. Sin embargo, localicé a Emma en la ventana lateral, agitando la mano. Era a ella a quien saludaban y respiré aliviada.

El característico sonido del autobús al frenar me puso alerta. Salí corriendo sin despedirme y me alegré de que los Bakker no estuvieran en la carretera cuando subí y saludé al conductor. Mantuve la vista pegada al suelo hasta llegar a mi lugar junto a Sophie. Los hermanos estaban en el asiento detrás del nuestro y no tuve valor para dedicarles una palabra.

—¿Se te ha hecho tarde? —preguntó mi amiga.

—Estaba ayudando a Emma a escoger qué ponerse.

Saqué mi teléfono para hundirme en la música aleatoria y que nadie me hablara.

El camino se me hizo eterno y, al llegar al instituto, tuve la oportunidad escabullirme.

Salí airosa en mi plan por evitar a Nika durante la mañana y falté a Filosofía para no coincidir con él.

La biblioteca se convirtió en mi refugio, donde intenté estudiar. Resultó imposible, daba igual el silencio o la paz. Las últimas palabras de Nika en el porche volvían a mi mente: «*Esta vez no seré tan idiota como para ignorarte*».

No tenía claro si mis ganas de evitarlo se debían a la vergüenza o a la parte de mí que estaba aterrada. Temía que la historia se repitiera y hubiese sido un juego para él. De pensarlo, una desagradable presión me sellaba la garganta.

Al sonar el timbre que anunciaba la hora de la comida, no había resuelto ni un ejercicio. Me moría de hambre y un leve dolor de cabeza me martilleaba la sien. Localicé a mis amigos en la mesa de siempre al entrar a la cafetería y el alma se me cayó a los pies. No solo estaban Victoria y Rosie con Dax y Sophie…, Aksel y…

Nika jamás comía en la cafetería. Tuve un mal presentimiento mientras me acercaba con la bandeja. Nika no me miró, aunque el resto me saludó desde la distancia en cuanto entré. No obstante, al llegar a la mesa, fue el primero en ponerse de pie y brindarme su asiento.

Desapareció para regresar con una silla y sentarse al otro lado de la mesa. Sus ojos azules y profundos me taladraban. Una extraña energía se movía entre nosotros aunque estuviéramos rodeados de personas.

Tenía que ser mi imaginación. Las extrañas energías eran un invento de los libros. El calor me subió por el cuello y tuve miedo de tener la cara roja. Era incapaz de controlarlo, de quitarle la mirada o de no pensar en el sábado. No habría apostado nada, pero me parecía que él hacía lo mismo.

Me guiñó un ojo con disimulo y terminó por desviar la mirada.

—¿Verdad, Mia? —escuché decir a Rosie, y el conocido murmullo de la cafetería apareció.

—¿Qué?

—Te he dicho que cuando pone esa cara es que no está prestando atención —se burló Sophie.

—Lo siento, vengo atontada de estudiar —me justifiqué, abriendo la botella de agua para poner las manos en movimiento.

—¿No tenías Filosofía? —preguntó Dax, y me atraganté con la bebida.

Encontré la mirada divertida de Nika y respiré con dificultad a la vez que tosía. Aksel me dio unas palmaditas en la espalda para ayudarme.

—Habrá fiesta de cumpleaños para los chicos de diciembre —continuó Rosie cuando me recuperé—, pero no será en casa de Charles. Es una buena noticia, ¿cierto?

No entendía nada, por lo que bebí agua para no responder una tontería.

—Charles irá la fiesta —aclaró Dax.

—Pero no será en su terreno y es un avance —rebatió la castaña.

—Se supone que es una fiesta de cumpleaños para los tres —puntualizó Sophie—. No hay por qué meterse en problemas.

—Y por eso la fiesta será en casa de Adrien —concluyó Dax.

—Sigo sin estar de acuerdo. —Rosie torció los labios—. El tonto de Adrien es del bando del Principito Valiente.

Nika controló una carcajada ante el título que usó la castaña para referirse a Charles.

—¿Desde cuándo opinas tanto? —rebatió Dax—. ¿No sabía que también cumplías años?

—Basta de tonterías —se quejó mi mejor amiga para que no se convirtiera en una pelea. Dax y Rosie discutían a menudo—. Es nuestro cumpleaños, no tengo ánimo para problemas. Será en casa de Adrien.

Rosie aceptó el final del argumento, no sin soltar un par de maldiciones por lo bajo.

—Todos iremos, ¿estamos de acuerdo? —preguntó Sophie.

Victoria apartó la vista del teléfono para asentir con una media sonrisa que calmó a su amiga.

—Lo importante es celebrarlo —intervino Aksel.

—Y que todos vayan —insistió Dax, mirando a Nika.

—He dicho que iría —aseguró, mostrando las palmas de las manos en son de paz—. No me perdería esa fiesta por nada del mundo.

Volvió a mirarme, de la misma manera que el porche, como si yo fuera lo que deseaba, lo que más quería tener. Casi podía escuchar sus palabras en mi oído, la temperatura de su aliento al rozarme la piel.

Puse atención a la comida por miedo a que alguien notara nuestro intercambio silencioso, que comenzaba a alargarse. Las conversaciones en la mesa se separaron y me concentré en ignorar a Nika. Cuando Sophie se levantó, vi mi oportunidad de huir.

—Creí que te quedarías. —Apuntó a mi bandeja casi intacta cuando la dejé a la salida de la cafetería.

—Estoy llena y no quería hablar delante del resto —mentí—. ¿Cómo han resuelto lo de la fiesta?

—Decidimos hacerla en casa de Charles, pero sus padres estarán ese fin de semana y Adrien se ofreció.

Observé su perfil mientras avanzábamos por el pasillo. Sophie era como una niña pequeña para las celebraciones y estaba demasiado seria. La tomé del brazo.

—¿Ha pasado algo con Julien?

—No.

—¿No vendrá por tu cumpleaños?

—Sí.

Ni una pizca de emoción.

—Cuéntame qué ha pasado —exigí.

—Nada. —Forzó una sonrisa—. Julien llegará el sábado por la mañana, disfrutaremos el día de mi cumpleaños e irá con nosotros a la fiesta para regresar el lunes a Prakt.

—Tienes miedo de que no venga.

La conocía demasiado bien para no entender lo que le pasaba.

—Prometió que vendría.

—Pero tienes miedo a que suceda algo y no pueda llegar.

Sus ojos lo gritaban.

—Vamos al baño y conversamos —dije para no estar expuestas a oídos chismosos.

—No —respondió sin moverse—. No quiero hablar de eso.

Tenía que contármelo o no podría ayudarla, pero faltaban unos minutos para que empezara el primer turno de la tarde y yo necesitaba ir al baño. La dejé ir con la promesa de que nos veríamos al final del día.

Julien había fallado dos veces desde que vivía en Prakt. Primero con la llamada y luego en Halloween. Lo conocía bien, no era un mal chico y adoraba a Sophie. Antes habría creído que era incapaz de hacer algo que pudiera lastimarla y, aunque lo que había sucedido se escapaba de su control, yo no dejaba de pensar cuánto podía cambiar una relación cuando se agregaba la distancia.

Me lavé las manos con la vista fija en el agua. Para mí, Sophie y Julien eran inseparables, pero los sucesos comenzaban a romper esa bonita ilusión. No quería ver sufrir a mi amiga y el mismo pensamiento me hizo negar toda posibilidad de un final… Se amaban y, si algo como el amor era real, ellos resistirían.

Salí del baño a la vez que sonaba el timbre para el inicio de turno. Di un simple paso hacia mi aula y alguien me tomó del brazo.

—Eres muy escurridiza, Pulgarcita —dijo Nika.

Me puso las manos sobre los hombros y me hizo caminar en dirección opuesta.

—¿Qué haces? —Asustada, miré a los lados para asegurarme de que nadie nos veía—. Tengo clase.

—Será un segundo.

Se detuvo delante del laboratorio de Química, en el que habíamos pasado semanas cumpliendo el castigo.

—Llego tarde —me quejé.

—Un poco más no hará daño. —Se sacó algo del bolsillo y me colocó de tal modo que le cubriera—. Vigila que no venga nadie.

No había un alma cerca y me aventuré a mirar por encima del hombro.

—¡¿De dónde has sacado esa llave?!

Abrió la puerta y me hizo entrar para que no siguiera protestando. El laboratorio estaba tan ordenado como lo habíamos dejado. La escasa luz se colaba por las ventanas cerradas.

—¿Sabes que cuando haces algo indebido debes guardar silencio? —Echó el cerrojo.

—¿Estás loco? ¿Cuándo has robado esa llave?

—No la he robado. —Torció los labios en una extraña mueca—. Es la copia de una copia que me prestaron hace tiempo.

—Deberías deshacerte de ella si no quieres que te expulsen.

—Hay cosas peores.

—¿Eres idiota? ¿En qué mundo vives que te pones en riesgo por tener la llave de un lugar restringido?

Se acercó a mi oreja y me ericé cuando susurró:

—Hay personas por las que vale la pena arriesgarse.

No me dio tiempo a mover ni un músculo. Me tomó del cuello con suavidad y me besó.

Al principio, no supe cómo reaccionar cuando sus labios se movieron sobre los míos, pero al deshacerse de muestras mochilas y dejarlas caer al suelo, quedó claro.

Correspondí con necesidad y ganas de fundirme con él. Me tomó de la cintura y, cuando nuestros cuerpos se juntaron, sentí cada centímetro de él. Bajó las manos a mi trasero y me sentó sobre la mesa más cercana.

Chupé sus labios, mordí y saboreé, igual que él hacía conmigo. Nika besaba distinto y sus manos explorando mi cuerpo convertían la experiencia en lo más excitante que había vivido.

Me recorrió las piernas desde las rodillas, elevando mi ropa por encima de la cintura. Se alejó de mis labios y bajó a mi cuello. Sus nada delicados mordiscos despertaron cada uno de mis nervios y un delicioso cosquilleo se extendió hasta mi pelvis.

—Me gusta este vestido —ronroneó en mi oído.

Me aferré a su sudadera hasta llegar al borde de la mesa. Jadeé al notar que entre nosotros solo estaba la ropa interior y su pantalón.

—Definitivamente, me encanta este vestido —repitió antes de volver a besarme.

Gemí en sus labios, me ahogaba. Lo único que podía desconcéntrame más que su boca eran sus manos apretándome el trasero. Jugueteó con el elástico de mis bragas y, estaba a punto de quitármelas, cuando me alejé.

—¿Qué haces?

Mi respiración era un desastre, al igual que la suya.

—Digo… Sé lo que haces. —Sonaba como la persona más estúpida del continente—. Estamos en el instituto, no podemos.

Una sonrisa se extendió por su hermoso rostro.

—¿Es por eso? —Rozó su nariz con la mía.

—No voy a follar aquí.

Mi primera vez no sería sobre una mesa de laboratorio.

Nika parecía divertido. Me acarició la mejilla, haciendo que un agradable calor se agolpara en aquel punto.

—Si lo que te preocupa es la protección, tengo condones.

Me ardió la cara. Si se alejaba de mi rostro, me vería más roja que los cielos psicodélicos de Emma.

—No… No es… —tartamudeé mientras él iba dejando besos por la línea de mi mandíbula.

—Entonces, ¿qué?

Su aliento rozando mi piel no era de ayuda.

—Estamos en el instituto —repetí—, nos pueden pillar.

El provocativo sonido de su risa me hizo temblar.

—Dime que no te excita —murmuró—. Dime que no te pondrá a mil saberlo mientras te follo encima de esta misma mesa.

Me mordí el labio para no jadear. Jamás me habían hablado de esa manera. Tampoco conocía aquel calor que se apoderaba de mi vientre y otros lugares que no solían sentirse tan vivos.

Nika me tomó de las caderas y subió hasta mi cintura por debajo del vestido. Mi respiración volvió a alterarse. Sus manos quemaban y los húmedos besos que dejaba en mis labios eran una invitación a continuar.

—No puedo —jadeé, con una entonación que indicaba todo lo contrario.

Me observó por un momento antes de darme espacio.

—¿Tienes miedo? —preguntó, y supe que estaba controlando una sonrisa.

Fue bonito que no quisiera burlarse, pero se refería al miedo a ser descubiertos cuando yo estaba aterrada por lo que sentía. Me avergonzaba mi falta de experiencia. No quería parecer una niña asustada que no sabía llegar hasta el final una vez que empezaba algo.

—No quiero meterme en problemas —mentí con voz temblorosa.

No se molestó. Me brindó su mano para ayudarme a bajar de la mesa.

—No sabía que eras tan responsable, Pulgarcita.

Pasé por su lado para recoger mi mochila. Quité el cerrojo, pero Nika me sostuvo la mano para que no abriera la puerta. La manera en que me observaba no era normal. Temí que leyera la verdad en mi rostro: que era virgen, que me habían hecho de menos por eso y que me aterraba que él también lo hiciera, que perdiera cualquier pizca de interés que tuviera en mí.

—Estabas huyendo.

Era una afirmación, no una pregunta, y se refería a la mitad del día, no a ese momento.

—No quiero presionarte ni estar cerca si eso no es lo que deseas —declaró—. ¿De verdad quieres alejarte de mí?

Sentí que me derretía. Tenía un montón de razones para decir que sí.

—No, no quiero huir de ti.

Sonrió y no pude corresponderle. El problema era ese. Sabía cuánto debía huir de Nika y lo único que deseaba era correr hacia él.

Capítulo 22

Recordar la experiencia en el laboratorio me descontrolaba el ritmo cardiaco, había sido excitante. Pero eso no significaba que en esa ocasión su juego fuera otro. La primera vez dijo que lo nuestro no debía pasar de un simple coqueteo.

«¿Y si esta vez quiere que pase algo más antes de volver a desecharme?».

Me aterraba porque no quería follar, con él o con quien fuera… No estaba preparada. Tendría que decirle que jamás había tenido relaciones para que entendiera mis negativas.

«¿Y si vuelve a alejarse cuando sepa que no puede tener de mí lo que quiere?».

Sabía que lo correcto era no seguir el juego, no hacerme ilusiones con alguien que solo buscaba sexo, pero disfrutaba de tenerlo cerca y quería extender aquello durante más tiempo. Si le decía la verdad, todo volvería atrás y dolería porque me gustaba… Me gustaba demasiado.

Estudié toda la tarde del sábado para que mi mente no se fuera al lugar equivocado. No quería pensar, pero no hubo nada que lo impidiera hasta que, cerca de las cinco, el sonido de un coche llamó mi atención. Hubiese jurado que era el de Dax.

Al bajar, encontré a Sophie recibiendo las felicitaciones de mis padres. La abracé, confundida por la inesperada visita, y traté de no mostrar preocupación. Debería estar con Julien, por eso no había amanecido en su casa para darle mi regalo.

—Dax me ha traído —explicó, y percibí la tristeza en el fondo—. Tuvo que ir a casa de sus tíos al norte y no podrá llevarnos a la fiesta.

—No hay problema —dijo mamá, captando que sucedía algo—. Yo las puedo llevar.

Arrastré a mi amiga por la escalera en busca de privacidad.

La obligué a tomar asiento en el sofá del salón del primer piso.

—Se suponía que Julien iba a estar aquí desde la madrugada.

No llevaba ni gota del maquillaje que habría usado por su cumpleaños y su pelo no estaba tan bien peinado como de costumbre.

—Julien no ha venido. —Bajó la mirada—. No había asientos disponibles.

—Pensé que tenía reservado el billete.

—Yo también —dijo con amargura.

—¿No puede ir a buscarlo su padre o el tuyo?

Se puso muy seria.

—No quiero que venga o que lo tengan que ir a buscar.

—Sophie, no lo veas así.

—Y ¿cómo lo veo? —preguntó, dolida.

No tuve palabras para hacerla sentir mejor. La entendía.

—¿Han hablado?

—Por la mañana, y no quiero tocar el tema.

—Puedo ayudarte, Soph. —Tomé sus manos entre las mías—. Cuéntamelo.

—Ya me desahogué con Dax, me he pasado la mañana en su casa. —Leyó la confusión en mi rostro—. Julien me avisó a las seis de que no iba a llegar y no he querido despertarte tan temprano. —Se concentró en nuestras manos—. Necesitaba aire y llamé a Dax. Ya lloré lo suficiente.

Estaba destruida y no pude evitar pensar en mi amigo que, enamorado de ella, fue su paño de lágrimas.

—Quedémonos aquí. —Entrelacé nuestros dedos y busqué su mirada—. Podemos tener noche de películas.

Negó con la cabeza repetidas veces.

—Esto no puede arruinar mi cumpleaños.

—No tienes que forzarte a salir si no te apetece.

—Le prometí a Dax que tendríamos una fiesta y así será —insistió—. Julien no puede cambiar nuestros planes.

Su actitud era buena, pero también parte de la negación. Intentaba tapar el sol con un dedo.

—No quieres que…

—Quiero fingir que estoy bien y no hablar de nada. Esta noche quiero ir a esa fiesta y disfrutar. Mañana veré qué sucede.

Eso podía hacerlo, quizás no era la mejor opción, pero era su deseo.

—Entonces, ¿quieres tu regalo?

Sorbió por la nariz, asintió con la cabeza y forzó una sonrisa antes de abrazarme con fuerza. Le devolví el gesto con ganas de que fuera mágico y me permitiera recuperar a la Sophie de siempre.

• • •

Nuestro destino estaba en medio de la ciudad, entrando por una calle que se extendía un kilómetro. El jardín delantero era amplio, con una escalerilla que llevaba a la puerta. Una bonita casa de color blanco y techo a dos aguas se alzaba delante de nosotras. Tenía amplios balcones y múltiples ventanas de madera.

Adrien apareció y cualquiera habría pensado que estaba esperándonos. Llevaba la chaqueta del equipo, algo sin sentido. Si quería impresionar a alguien por ser deportista, perdía el tiempo, todos lo conocían.

Era demasiado alto para caminar a mi lado sin que yo me sintiera una hormiga mientras nos daba un recorrido por la casa. Otra tontería, las dos habíamos ido cientos de veces con Julien y Charles.

El decorado interior era digno de admirar: moqueta en el suelo, y gruesas molduras de madera y vigas a juego en el techo. Los adornos habían desaparecido, así como los cuadros, sin duda para sobrevivir a los fiesteros que estaban por llegar.

Habían adecuado la sala de estar y el comedor como pista de baile. El equipo de sonido estaba instalado en medio de las dos habitaciones y reconocí el juego de luces de mi ex.

Lo mejor del lugar era la sala de juegos del primer piso, que tenía una enorme pantalla empotrada en la pared. Los pocos que habían llegado temprano se entretenían en un videojuego de carreras. Otros jugaban al billar en la esquina y localicé a Charles entre ellos.

Adrien nos llevó al pequeño bar y sirvió dos vasos de vodka con naranja. Me preocupó que Sophie aceptara y se lo bebiera de un trago. El molesto anfitrión seguía a mi lado, intentando conversar después de su larga exposición sobre los detalles de la casa.

—Estudiarás Historia del Arte, ¿no?

Le sonreí de medio lado.

—Yo seguro que solicitaré una beca de deporte cuando llegue el momento —siguió hablando aunque no le hubiese preguntado—. Por eso necesito que ganemos el campeonato de fútbol este año o perderé una oportunidad. —Intercambié una mirada con Sophie, que estaba igual de obstinada—. ¿Por qué quieres estudiar eso? —preguntó.

—Porque me gusta —dije sin saber cómo responder.

—Nunca había oído hablar de esa carrera. ¿Qué hacen allí? ¿Qué harás cuando te gradúes?

—No lo sé.

Acababa de poner el dedo en la llaga y empezaba a desesperarme. Bebí de mi vaso y no pude ocultar el asco que me provocó, sabía horrendo.

—¿Quieres bajar? El vino de mi madre es mejor que el vodka —me ofreció, acercándose demasiado para que Sophie no lo escuchara.

—No, gracias.

La pitonisa de mi amiga quizás había acertado y era un fastidio que Adrien estuviera interesado en mí.

—Hola, chicas —dijo Charles, apareciendo como el salvador inesperado.

Adrien balbuceó algo sobre el hielo y desapareció por el pasillo hacia la planta baja. Al menos le preocupaba que su amigo se enterara de que intentaba acercarse a mí.

—Felicidades, Soph.

Mi amiga respondió a su abrazo.

No lo felicité. Su cumpleaños no era hasta el martes y todavía no sabía si le diría algo.

—¿Dax no ha venido con ustedes?

—Tenía un encargo —respondí sin mirarlo a la cara.

Quedamos en un incómodo silencio del que Sophie se habría hecho cargo si no hubiera tenido sus propios problemas y la vista pegada al televisor.

—Voy a jugar —anunció mi amiga, terminándose la segunda copa.

—¿Qué? —me sorprendí.

—Es mi cumpleaños, tienen que dejarme pasar la primera.

Se plantó frente al televisor como si el salón le perteneciera y, sin dudar, uno de los chicos le brindó un mando.

—¿Sophie está bien? —preguntó Charles al pararse a mi lado y mirar en la misma dirección.

—Sí.

—No sabía que le gustaban los videojuegos.

—Le encantan, pero le da vergüenza que la gente lo sepa… Supongo que ya no.

Era sorprendente que estuviera dejando su miedo a un lado.

—¿Julien no viene?

Entendió la falta de respuesta. Estuvimos juntos seis meses, conocía a la pareja y me conocía a mí.

—Por eso tiene esa cara, ¿no?

—No le pasa nada —repetí entre dientes.

—Mia, ¿puedes parar? No tienes que ser mi amiga, pero de ahí a tratarme como al diablo hay distancia.

Aparté la mirada para no insultarlo. Me fijé en el salón, estaba más concurrido que unos minutos antes. Me tensé al reconocer a Aksel, seguido por su hermano. Me puse alerta y miré a Charles. Prefería una conversación con él a que Nika me atrapara mirándolo.

—Lo siento —dije, olvidando el orgullo—. Deberíamos dejar atrás lo ocurrido, tienes razón.

Charles sonrió y bebí para cubrir la expresión de mi rostro con el vaso. El alcohol me provocó una arcada.

—¿Estás bien? —se preocupó, tocándome el hombro, mientras yo trataba de no expulsar lo que había tragado.

—No pasa nada —mentí, respirando hondo—. Es que sabe mal.

—A Adrien se le da fatal preparar copas.

Imité su risa por compromiso cuando se coló detrás de la barra. Encontró una botella y preparó la bebida delante de mis ojos antes de ofrecérmela. Sabía mejor.

—Entonces, ¿Sophie está así por Julien? —dijo, chocando su vaso con el mío para brindar.

—No pasa nada, tranquilo.

—Hablé con él hace unas semanas. Ha estado ocupado entre los estudios, las clases y las fiestas.

—¿Las fiestas?

—En la universidad es normal atrasarte un poco por las celebraciones. —Se encogió de hombros—. Dicen que son salvajes.

—Espero que no se haya perdido el cumpleaños de Sophie por estar de fiesta —dije para mí misma.

—Lo dudo, sabes cómo es Julien con ella.

—Ya no estoy tan segura.

Sophie machacaba a los de nuestro curso. Aksel estaba a su lado, animando, y Nika conversaba con otros chicos del equipo.

Nuestras miradas se encontraron y una bonita sonrisa se dibujó en su rostro. El vodka del asqueroso primer trago me revolvió el estómago y, cuando Charles habló, estuve agradecida por la distracción:

—¿Ya tienes el programa de estudios? —Asentí, concentrándome en su rostro—. Yo quedé con Dax en que estudiaríamos juntos. Por cierto, ¿qué encargo tenía que hacer?

—Su padre le pidió que…

—¡Charles! —llamó Paul desde la puerta—. Necesitamos ayuda con la cerveza.

Se excusó, me dio unas palmaditas en el hombro y me quedé sola.

Era casi medianoche, no sabía nada de Dax y lo llamé con la esperanza de que estuviera llegando. Si quería animar a mi amiga, necesitaba refuerzos. No contestó.

Dax: Tardo un poco. Mi tío me ha obligado a cenar,
llego antes de las dos.

Mia: ¿Tan tarde? Sophie está con los videojuegos.
Te necesito aquí.

Dax: ¿En tu casa?

Mia: Fiesta de Adrien.

Él sabía muy bien que si ella jugaba en público era un código rojo.

Dax: Entretenla, llego pronto.

Lo valoré antes de escribir lo que estaba pensando.

Mia: Odio a Julien.

Dax: Ya somos dos.

—Hola.

Casi se me caen el teléfono y la bebida cuando Nika apareció a mi lado.

—Necesitas empezar a anunciarte.

—No creo —dijo, arrugando la nariz—. Es más divertido verte saltar del susto.

Iba con una camisa fina de color gris oscuro, de las holgadas que no le hacían justicia a su cuerpo.

—Espero que no siempre te quieras burlar de tus amigos.

—Interesante, ahora soy tu amigo —ronroneó.

—En teoría.

—Me gusta saberlo —dijo, acercándose más de lo que se consideraría normal.

El corazón se me disparó.

—¿Buscas alcohol? —pregunté.

—No, he venido a verte. Pensé que era obvio.

Controlé el temblor de mis labios.

—¿Quieres vodka con naranja? —dije, ofreciéndole mi vaso.

—No mezclo bebidas.

—Es lo mismo beber con zumo —me quejé.

—No, Amaia. No estás viendo la cantidad que bebes y tu organismo lo recibe distinto. Terminarás borracha y no lo notarás.

—Yo no me emborracho.

Chasqueó la lengua y apoyó los codos en la barra, imitando mi posición y pegando su brazo al mío.

—Me gusta saberlo.

Miré al frente para fingir que no me afectaba lo sensual que se escuchaban todas las palabras que salían de su boca. El calor de su piel quemaba la mía en el pequeño punto en que teníamos contacto.

—No tienes ni idea de lo que es el espacio personal, ¿cierto? —pregunté sin ganas de alejarme.

—¿Espacio qué? —se burló, ladeando la cabeza, muy cerca de mi rostro.

La piel de la mitad del cuerpo se me puso de gallina y tuve que mirarlo. Su cara estaba tan cerca que unos centímetros habrían permitido que nuestras narices se rozaran.

—¿Qué haces? —Mi voz tembló, pero no me moví.

—Ver hasta dónde me dejas llegar.

—Estamos en público, ¿sabes?

Sonrió de medio lado y se incorporó para mantener una distancia aceptable. Me pasó un brazo por detrás la espalda, lo cual, para cualquiera que mirara, pasaría desapercibido.

—Tranquila, si no quieres que nadie se entere de lo que pasa entre nosotros, puedo guardar el secreto.

—Entre nosotros no está pasando nada —me apresuré a decir antes de beber un corto sorbo de mi vaso.

—Porque tú no has querido que pase.

Me atraganté y casi pego un salto cuando sus dedos juguetearon con el escote trasero de mi blusa de tirantes. Aguanté la respiración para no emitir sonido. Su dedo pulgar trazó pequeños y lentos círculos sobre mi piel.

—Si fuera por mí —dijo casi sin mover los labios—, estaríamos en un lugar privado.

Me perdí en sus ojos azules.

—Dime, Amaia, ¿quieres portarte mal esta noche?

Recordé el laboratorio de Química. El coqueteo en medio de la fiesta y rodeados de personas me excitaba. No me importó que se acercara más. De no haber tenido la vista pegada a sus labios, no habría entendido sus palabras:

—Ni te imaginas lo que me gustaría estar haciendo ahora mismo.

—¿Haciendo o haciéndome? —Retrocedí porque estaba cayendo demasiado rápido en sus encantos y la mejor defensa era enfadarme—. ¿Qué obsesión tienen los chicos con alardear sobre lo que van a hacerte?

Se rio por lo bajo y se alejó.

—No dije haciéndote, dije haciendo. Deberías escuchar mejor cuando te hablan —explicó con suavidad, tocándome la barbilla y dejándome embobada—. No necesito anunciar lo que me gustaría hacerte y, si quieres saberlo, no tengo ningún problema con dejarme hacer.

Me guiñó un ojo y mis piernas se sintieron de mantequilla. Mi mente se perdió en los recuerdos de su torso mojado aquella noche en medio de la tormenta y en lo suave que era su piel.

Me observó de arriba abajo sin detener las agradables caricias secretas que dibujaba en mi espalda. Habría jurado que nuestras respiraciones iban acompasadas y no era la única que intentaba mantenerse impasible con la vista clavada en los labios del otro.

—¡Suéltame!

El alarido femenino nos puso en alerta y rompió la tensión. Se escuchó el correteo por el pasillo. Todos en el salón de juegos se movilizaron para ver qué pasaba y otro grito se alzó por encima del murmullo, uno de alguien que conocía.

Capítulo 23

Dejé atrás a Nika y me abrí paso entre los curiosos.

—¡¿Qué mierda te crees?! —gritó Rosie.

Aparté a dos chicas y llegué al borde del círculo de espectadores que se había formado alrededor de la castaña, a la que Victoria sujetaba. Frente a ellas estaba Raphael, el mejor amigo de Adrien.

—¿Tienes la regla? —preguntó el chico, mirando a su alrededor y buscando aprobación.

Mis dientes rechinaron cuando un par de risas bajas recorrieron el pasillo.

—¡La regla la tiene tu madre! —Rosie se le lanzó encima y Victoria no pudo detenerla.

Iba a intervenir, pero Sophie apareció antes. Me mantuve cerca, dentro del círculo, por si volvían a necesitar ayuda.

—Te gusta el espectáculo —dijo él con desprecio—, está comprobado.

—¡¿Se supone que tengo que aguantar tus babosadas?!

—Fue una pregunta, loca —se quejó, agitando las manos.

—¿Desde cuándo tengo que soportar que insinúes que puedo acostarme contigo?

—¡Estaba bromeando!

—¡Ve a bromear con tu madre, bastardo!

—No te molestes, Rosie. —Resopló con sorna—. Todo el mundo sabe que lo haces con cualquiera.

—¿Qué está pasando? —intervino Adrien tras abrirse paso con un par de codazos entre los que cerraban el corrillo.

Se asustó al ver a cuatro chicas delante de su amigo.

—Dime tú qué está pasando —le reprochó Rosie—. Como le cuentas a tu amiguito que follamos, ahora se cree con derecho a invitarme a hacerlo con él.

Un murmullo revolvió la multitud.

—Eres tan estúpida que ahora lo sabe todo el mundo —se burló Raphael.

Rosie chilló y se revolvió para que la soltaran. Victoria tuvo que ayudar a Sophie para contenerla.

—Y la verdad es que no lo vales —escupió Raphael—. Ni siquiera estás tan buena como para perder el tiempo.

Trató de tocarle la barbilla a Rosie para provocarla. Aparté su mano de un golpe y me interpuse entre él y mis amigas.

—¿Quién te crees para hablarle así? —le reclamé.

—Y tú, ¿eres la enana salvadora? —se burló, dando un paso en mi dirección, y con solo su estatura demostró quién tenía el poder, pero no me moví.

Adrien se adelantó para alejarlo y no supe si pudo hacerlo. La ancha espalda de Nika me cortó la visión.

—Repite eso —dijo el castaño, y tuve que retroceder para no caerme.

Nadie parecía respirar y solo el bajo de la música proveniente del salón perturbaba el silencio.

—Déjalo, Nika —pidió Aksel, que también se unió.

—Repite lo que acabas de decir —exigió con frialdad.

Raphael balbuceó.

—No pasa na…

—¡Cállate! —espetó Nika cuando Adrien intentó mediar—. Quiero que repita lo que ha dicho.

—Basta —pidió Aksel.

—No necesito que nadie me defienda y Rosie tampoco —protesté y quise apartar a Nika, una tarea imposible.

Aksel negó con la cabeza, era una advertencia, y me alejó para que no interviniera. Con suma cautela, puso una mano en el hombro de su hermano, que seguía a unos centímetros de un asustado Raphael.

—Nika —murmuró el pelinegro—, no pasa nada. —La vista de los presentes estaba sobre los Bakker—. Es solo un malentendido.

Su hermano tenía las manos a los lados de su cuerpo y apretaba los puños de tal forma que sus nudillos estaban blancos como la cal. Aksel volvió a impedir que me acercara cuando quise ver su rostro, que tanto intimidaba a Raphael.

—Este y yo tendremos que hablar a solas —concluyó Nika.

Aquel no era el chico que me había susurrado al oído unos momentos antes.

—Ustedes hablan y arreglan el problema —dijo Adrien con voz aguda e impropia—. El resto tiene que bajar si quiere cerveza.

Nadie se movió. Seguía pensando que Nika aplastaría a Raphael como a una cucaracha. La pose de su cuerpo no cambiaba y Aksel tuvo que forzarlo a retroceder.

—¿Estás bien, Ros? —preguntó Victoria.

Recordé el problema inicial y di con las chicas, que estaban a mi espalda. Rosie miraba con odio al final del pasillo, donde Nika estaba con Raphael y Adrien. Sus ojos contenían lágrimas de impotencia.

—Es tu cumpleaños —le dijo a Sophie—, pero no quiero estar en esta maldita casa ni un segundo más.

Cedió a las lágrimas al pasar por mi lado y desapareció escalera abajo.

—Lo siento, chicas —se excusó Victoria antes de seguirla.

—Los hombres son un asco —declaró Sophie.

Aksel se asombró al escucharla, no era el tipo de comentario que ella soltaría a la ligera.

—Lo pasaremos bien —dije. Era una mentira para alejar la tensión porque la noche pintaba a desastre—. Cuando Dax llegue, bajaremos a bailar.

Sophie no le prestó atención a mi propuesta y regresó al salón de juego para adueñarse del primer mando que encontró. Aksel tenía la vista fija en su hermano, estaba preocupado. Un segundo después, los tres chicos desaparecieron hacia la izquierda; sin duda iban a un lugar más tranquilo de la casa.

—Lo arreglarán como hacen en el equipo de fútbol —le aseguré para calmarlo—. Cuida de Sophie, necesito ir al baño —mentí.

Mis ojos se encontraron con los de Adrien, que venía en sentido contrario y me dedicó una sonrisa nerviosa antes de bajar. Nika y Raphael estaban solos.

Me cercioré de que nadie me prestaba atención mientras caminaba en sentido contrario a la fiesta. Había una pequeña sala a la izquierda y varias puertas a ambos lados de otro pasillo. Una estaba entreabierta, pero no escuché nada al acercarme y empujar con cuidado para echar un vistazo.

Las luces estaban apagadas. En la cama podrían dormir cuatro personas sin molestarse. El señorial juego de muebles de caoba oscura contrastaba con el rojo vino de las sábanas, las cortinas y los adornos bien colocados. Una clásica foto de boda sobre la mesilla de noche más cercana confirmó que era la habitación de los padres de Adrien.

Las cortinas se agitaron por la brisa que se coló por el balcón. De puntillas, me acerqué a comprobar si había alguien y... Detuve la mano, que estaba a punto de tocar la cortina, cuando escuché un par de voces.

—Voy a resolver el dichoso problema con tu otro amiguito de una vez —pronunció Nika.

—No conoces nada de Alexandre, no deberías...

Me acerqué a la pared, intentando no mover la gruesa tela y echar un vistazo por el balcón.

—Y ni tú ni él ni Adrien saben quién soy yo.

Su voz era suave como el terciopelo, uno que daría miedo tocar.

—¿Podemos dejar esto de una vez? —Raphael sonaba incómodo—. Ya te dije que lo de Rosie fue un malentendido, y a Mia solo le he hablado así porque estaba alterado.

—Puedo imaginar lo que le dijiste a Rosie. Sé a lo que se dedican Adrien y tú.

—Ese día yo no dije nada.

—Ya sé que es Adrien quien quería follarse a Mia.

Soporté el desagradable retortijón de estómago con una mano sobre la boca para no delatarme.

—Tampoco fue así lo… lo que…

—Lo escuché a la perfección —interrumpió para cortar su tartamudeo—. Tengo buena memoria, Raphael.

—Ya sabes que Adrien no va a acercarse a ellas.

—Pues ahora el trato se extiende para ti —zanjó—. Si quieren ir pregonando a quiénes se follan para después intercambiarlas, les conviene que yo no me entere.

—¿Vas a proteger a todas las chicas que tengas cerca? —Me hastió el tono de Raphael—. Si ellas quieren revolcarse con medio instituto, es su problema.

Esperé la respuesta y no hubo nada. Moví la cortina, solo un poco, y vi el perfil de Nika, se masajeaba el puente de la nariz.

—Lo que ellas quieran hacer no es de mi incumbencia. —Se me puso la piel de gallina—. «Sus cuerpos, su decisión». ¿Te suena familiar la consigna? —Hasta el sarcasmo que empleaba era amenazador—. Lo que no quiero es que vayan contando historias de cómo y cuándo se las follaron. Si quieres una razón, puedo dártela: porque no me da la puta gana.

—Yo no estaba…

—Mantén la boca cerrada y compórtate para que podamos mantener la farsa.

No escuché la respuesta y fue porque Nika le había dado la espalda. Me lancé al suelo a una velocidad de la que no me creía capaz y me arrastré, raspándome los brazos con la dura alfombra. La cama era muy baja y me costó esconderme a tiempo.

—¿Te vas a quedar? —preguntó Nika. Le veía los zapatos—. Tengo que devolver la llave.

Los zapatos de Raphael aparecieron. El corazón se me iba a salir del pecho bajo la tensión de ser atrapada. Atravesaron la habitación y estaban a punto de salir cuando se detuvieron.

—Un último detalle —dijo Nika—. Si esto se repite, te aseguro que la próxima vez no habrá nadie cerca para defenderte.

—¿Me estás amenazando?

—No, estoy diciendo lo que sucederá.

Cuando desaparecieron, descansé la mejilla sobre la alfombra y traté de recuperar el aliento antes de salir de mi escondite.

• • •

Cerca de las dos de la mañana, Dax seguía sin aparecer y la fiesta se convirtió en un infierno.

Me las arreglé para sacar a Sophie de la sala de juegos tras humillar a medio instituto. Aceptó bajo protesta y cambió el mando por un vaso de vodka con naranja, que me encargué de que no rellenara más de lo debido.

Por suerte, Aksel se mantuvo con nosotras y fue más fácil distraer a mi amiga en la pista de baile. Sin alcohol no se estaba quieta; con él, empezaba a preocuparme que no parara de bailar y saltar.

La vigilaba y a la vez buscaba a Nika con la mirada. Cualquiera diría que se había esfumado de la fiesta. Le pregunté a Aksel y negó con la cabeza, dijo que se irían juntos en la moto.

Cuando fui al baño, aproveché para dar un recorrido por la casa. Las personas bebían y bailaban con el potente sonido de la música como acompañamiento. La sala de juegos estaba repleta de borrachos que casi me perforan los tímpanos con sus gritos al pasar delante de la puerta.

Me había dado por vencida y estaba dispuesta a volver con mis amigos cuando casi me choco con Nika, que subía la escalera de dos en dos.

—¿Dónde te has metido?

Lo miré de arriba abajo para comprobar que no hubiese golpeado a nadie.

—¿Me estabas buscando? —bromeó al pararse delante de mí.

—No, claro que no.

Necesitaba aprender a pensar antes de hablar.

—Pues yo a ti sí. —Volvía a ser el mismo que se me había acercado en la barra, ni rastro de la voz amenazadora—. Quiero enseñarte algo.

—¿Qué ha pasado con Raphael?

Aparté la mano cuando intentó tomármela.

—¿De eso quieres hablar?

Se mostró sorprendido.

—¿Te parece normal lo que sucedió?

—Sí, pero si tienes dudas, es mejor no conversar aquí. Dijiste que no querías que te vieran conmigo.

—No dije eso.

—Interesante… —murmuró.

Olía a mentol, al de un caramelo que debía de haber comido unos minutos antes. Se acercó demasiado y me estremecí.

—Me parece muy bien que hablemos aquí —agregó.

Miré alrededor y di un paso atrás.

—¿A dónde quieres ir?

Sonrió y me tomó de la mano. Doblamos por donde los había seguido algunas horas antes y me llevó a la habitación principal.

—¿No le has devuelto la llave a Adrien? —pregunté cuando cerró la puerta a su espalda.

—¿Cómo sabes que la tenía?

El asqueroso vodka de Adrien mataba neuronas.

—¿Para eso me has traído aquí? —Desvié la conversación—. Se supone que sería yo quien haría las preguntas.

—¿Hay algún momento en el que no hagas preguntas? —se burló, cruzando los brazos sobre el pecho y recostándose en la pared.

—¿Puedes explicarme qué pasó antes?

—Nada. No me gusta que las personas se pasen de listas, eso es todo. No me gustó lo que estaba pasando con Rosie, y menos que te hablara de mala manera.

—¿Por qué?

—Porque conozco a las personas como Raphael y Adrien. Si no los detienes a tiempo, le joden la vida a quienes tienen cerca.

Entorné los ojos, calculando sus reacciones.

—¿Por eso lo amenazaste?

—¿Cómo lo sabes?

Las justificaciones se me atascaron en la garganta, todas eran igual de estúpidas. Examiné la conocida habitación en penumbra, buscando una respuesta. No encontré nada, solo la cara de un divertido Nika al entender la única manera en que yo podía saber aquello.

—Nos has escuchado —acertó con tono travieso.

—Una parte —me justifiqué.

—¿Estabas en la habitación?

Asentí y me mordí el labio.

—¿Saliste corriendo? —especuló.

Estaba acorralada.

—Me escondí debajo de la cama.

Nika se inclinó para comprobar que era posible y, al ver el diminuto espacio en el que me había escondido, estalló en carcajadas. Lo golpeé en el hombro a modo de reprimenda y no pareció notarlo.

—¡No seas idiota y responde! —reclamé.

Trató de recuperar la compostura.

—¿Qué querías saber? —Sus ojos brillaban de tanto reírse.

—Por qué amenazas a Raphael y, ya que estamos, me cuentas qué pasó con Adrien en los vestuarios.

Si iba a quedar como chismosa y acosadora, mejor enterarme de todo.

—Sabes de la pelea con Adrien.

—En Soleil se sabe todo. —Imité su pose, de brazos cruzados, para que supiera que no me iría sin respuestas—. ¿Por qué lo golpeaste?

Su expresión se tornó seria.

—¿Para qué quieres saberlo?

—Por lo visto tiene algo que ver conmigo.

Bufó.

—Ese imbécil estaba diciendo que era hora de conquistar a la pequeña Mia, ya que Charles se había aburrido de ti.

—¿Lo golpeaste por eso?

—Lo golpeé por cómo hablaba de ti, de Sophie y de otras personas que conoces. No sé cuánto alardean sus noviecitos frente a sus amigos.

—Charles y Julien no hablarían de…

—No me importa —interrumpió—. Está claro que quienes no sirven son Adrien y Raphael, por eso me encargué de que tuvieran cuidado con quien se metían.

—Creí escuchar que era la decisión de cada cual.

—Ellos saben a lo que me refiero.

—¿A qué?

Soltó una risa baja en la que no había diversión alguna.

—Cosas de hombres, Amaia.

—Eso es lo más estúpido que he escuchado.

Sus aletas nasales se dilataron.

—Si te dijera que Adrien planeaba hacerte creer que le gustabas para follar porque, según él, tienes las mejores tetas del instituto, ¿qué te parecería? —Su actitud pegajosa cobraba sentido, no era que le gustara, quería algo más…, como todos—. Esa fue la misma cara que puse cuando lo escuché.

No había controlado mi expresión de asco. Adrien era peor que las copas que preparaba.

—¿Eso dijo?

—Una pequeña parte. A eso me refiero con «cosas de hombres». Es mi manera de expresar el concepto de lo que considero que nadie debería tener la desgracia de escuchar. Si quieres ponerle otro nombre, adelante.

No tenía interés alguno en que me diese más detalles, pero…

—¿Qué te importa?

Sus pobladas cejas se unieron hasta formar una línea.

—Si ellos hablan de mí o de Sophie —aclaré—, si hacen planes que jamás funcionarían con nosotras.

Se tronó los dedos antes de contestar:

—No me gusta que engañen a las personas que conozco.

Resoplé.

—Que los chicos engañen a las chicas para llevarlas a la cama es tan cliché que todos están acostumbrados.

—Normalizarlo no lo hace aceptable.

—Y tú no lo has hecho —me burlé.

No le hizo gracia. Se acercó y el olor de su perfume se arremolinó a mi alrededor, haciéndome olvidar lo que estábamos hablando.

—No, Amaia —declaró con suavidad—. Jamás le he mentido a alguien sobre mis sentimientos y mucho menos para tener sexo.

—Es difícil de creer después de haberte visto manipular a medio pueblo para obligarme a hablar contigo —dije para conservar la compostura, pero el calor que su cuerpo desprendía me estaba volviendo loca.

—Mentirle a alguien sobre lo que sientes es muy distinto, más si vas a exponer lo que han hecho en la intimidad como si fuera un logro.

—Y tú no cuentas nada de lo que haces…, nada personal, nada de ti.

—Un defecto.

Intenté ignorar lo cerca que estaban sus labios.

—Ni le mientes a las chicas con las que te ves.

—Una virtud.

—¿Por qué?

—¿Por qué mentir sobre lo que tengo ganas de hacer contigo?

—¿Con… conmigo? —tartamudeé sin saber en qué momento la conversación había girado en esa dirección.

La sonrisa arrebatadora que me desarmaba se extendió en sus labios.

—Para qué mentir, si tengo ganas de quitarte la ropa —dijo, al tiempo que me acariciaba el dorso de la mano y subía por el brazo con el más suave de los roces—. Para qué mentir sobre las ganas que tengo de besarte.

Su caricia pasó de mi cuello hasta sostener mi rostro.

—Para qué ocultar… —continuó, deslizando su boca por mi piel hasta llegar a mi oreja— las ganas que tengo de follarte.

Depositó un suave beso en mi mejilla y se me escapó un suspiro.

—Solo con ver esa cama, puedo imaginar todas las maneras en que podríamos usarla ahora mismo.

Me tenía bajo su hechizo, con una mano en mi cintura y la otra sosteniendo mi barbilla.

—Dime, Pulgarcita —susurró sobre mis labios—, ¿quieres divertirte?

Capítulo 24

Busqué el cuello de su camisa y usé mi agarre para besarlo. Sus labios eran tan suaves que me habría perdido en ellos durante toda la eternidad. Me tomó de las caderas para cargarme y enredé las piernas alrededor su cuerpo.

Se sentó al borde de la cama y quedé a horcajadas sobre él. Me tensé al sentirlo entre mis piernas, presionando mis glúteos, pegándome a él para que notara lo duro que estaba. Con una sonrisa traviesa, me mordió el labio.

Besarlo era adictivo. Nuestros movimientos se coordinaban, recordando las veces anteriores, explorando más. Saboreé su piel deslizándome por la barbilla.

—Quiero ir despacio, Amaia —dijo sobre mi piel.

Su voz era lo único que necesitaba para olvidar el mundo. Me besó con más intensidad y sus manos se colaron bajo mi blusa. Las caricias por mi espalda desnuda me hicieron gemir. El calor subía y bajaba por mi cuerpo, me guiaba a mover las caderas contra él.

Sus dedos atraparon la zona más sensible de mis pechos, cosa que me pilló por sorpresa.

—Tranquila —susurró—. Solo tienes que relajarte.

Jamás me habían tocado de esa manera. No sabía que una persona estimulando mis pechos pudiera provocar tan exquisitas sensaciones. Dio un suave pellizco que me hizo gemir. No dolía, al contrario, deseé que siguiera haciéndolo.

Abrí los botones de la camisa y pude tocarlo. Me permití explorar para controlar los deseos de arrancarle la ropa.

—Joder, Mia —gruñó—. He dicho que quería ir despacio, pero otro día será.

Quedó sobre mí y me inmovilizó las manos por encima de la cabeza. Devoró mi boca y su mano bajó por mi abdomen, buscando el cierre de mi pantalón. Me horroricé.

Lo que había sentido y disfrutado desapareció. Entré en pánico, pues sabía lo que pasaría si no me detenía. Sacudí las manos y al instante me soltó. Logré incorporarme y quedar al borde de la cama. Un leve mareo hizo que la habitación diera vueltas debido al brusco movimiento.

—¿Pasa algo? —Se sentó a mi lado.

Respiré, agitada. No entendía en qué momento había perdido el control. Su mano sobre mi hombro hizo que me levantara de un salto.

—No me pasa nada —dije con una voz aguda que no me pertenecía.

—¿Estás bien?

Intentó acercarse, alcanzar mi mano, y di un paso atrás.

—¿Te he hecho daño? —preguntó con genuina preocupación.

No podía controlar mi respiración y no era por la excitación de hacía un minuto, era el miedo.

—¿Tiene que pasar algo para no querer acostarme contigo?

Hasta yo noté el desagrado en mi voz. Su semblante se contrajo.

—No parecías estar a la fuerza hace un momento.

—¿Y por eso tendría que quitarme la ropa y hacer lo que quieras?

—No te estoy forzando —puntualizó, a la defensiva, tras mi evidente sarcasmo—. Pensaba que era lo que queríamos.

—Pues te equivocaste.

Me dedicó una sonrisa amarga, como si hubiese estado esperando mi reacción.

—Esto es por lo que dicen de Charles, ¿cierto?

—¿Qué?

Sus manos se cerraron sobre las rodillas.

—No me hagas decirlo. Odio los chismes de ese tipo.

—Si quieres que entienda de lo que hablas, tendrás que contármelo —mascullé.

Estaba molesta y, aunque no tenía una razón concreta, me daba valor. Era una manera de protegerme.

Ladeó la cabeza y el acostumbrado desinterés marcó sus rasgos.

—Dicen que, como tu primera vez fue con Charles, sigues enganchada a él y que no han vuelto porque lo de Victoria es muy reciente.

La piel se me puso de gallina. Empecé a maquinar lo que hablaban de mí, lo que Nika había oído, lo que todos pensaban. Odiaba Soleil y su gente. Me odiaba por haber puesto mi confianza en un cretino y por estar frente a aquel chico, consciente de lo mucho que me gustaba cuando era un error sentirme así.

Tomé aire varias veces hasta tranquilizarme.

—¿Por eso crees que no quiero follar contigo?

—Si es cierto, no me importa. Es tu puta vida, pero podrías haber sido sincera y no hacerme creer que te interesaba.

La frialdad de sus palabras dolió más que los rumores de los que era protagonista.

—Para más información, ya que te gusta escuchar habladurías —siseé—, no fue Charles quien me dejó, lo dejé yo. Y si quieres detalles, nunca quise follar con él, por eso terminamos. Fue tan cretino que me chantajeó y dijo que no sentía nada por él, que por eso yo no quería hacerlo.

La cara de Nika se transformó.

—Es por eso… —murmuró para sí. Se tapó la cara con una mano, mientras se masajeaba la frente para ayudarse a procesar las palabras—. Mierda, mierda, mierda.

Lo había dicho y no importaba que la verdad lo hiciera desaparecer de mi vida, era lo mejor.

—Por eso no quiero follar, contigo o con quien sea —confesé—. Porque nunca lo he hecho.

Decirlo me desarmó e ignoré su llamada cuando le di la espalda y volví a la fiesta.

El sexo no era algo extraordinario; la primera vez, tampoco. Nunca lo había visto como tal, pero siempre supe que no lo haría a menos que me sintiera preparada. Él solo buscaba eso y cada uno de sus avances lo demostraba. Yo no iba a perder la cabeza por quien me dijo que yo no le gustaba ni para un beso. Su opinión cambiaba con frecuencia.

Quería irme de aquella casa y olvidar que Nika existía.

Bajé la escalera, abriéndome camino a empujones entre los borrachos. Busqué en la pista de baile y no encontré a Sophie ni a Aksel. No estaban por ningún sitio.

Mi teléfono vibró con un mensaje.

Dax: Llegando.

En el jardín, algunos conversaban en pequeños grupos o se balanceaban sobre los pies al ritmo de la música que se escurría de la casa. Me pasmó localizar dos figuras conocidas.

Aksel y Sophie estaban a una distancia nada convencional, en una conversación donde miraban los labios del otro. No supe qué hacer. Mi parte racional decía que interrumpiera, que acortara los pasos que nos separaban y no permitiera que mi amiga metiera la pata, sin embargo, mis piernas, inmóviles, no lo permitieron.

Consideré un golpe de suerte el claxon que hizo que la pareja volviera a la realidad y me sacó de la parálisis. Un coche daba la vuelta al final de la abarrotada calle.

Me acerqué a ellos sin saber qué decir. Fingí que no había visto nada. Sophie se alejó y sus ojos se encontraron con los míos. Se acomodó el pelo y trató de disimular al ver que Dax estaba aparcando.

—Has tardado —dijo Aksel.

No respondí y lo observé hasta que bajó la mirada. Entendió que los había pillado. Tuve ganas de pegarle. Si lo hacía, el pobre pagaría por él y por su hermano.

Dax bajó del coche y la puerta del copiloto también se abrió. Con un abrigo grueso, preparado para el frío de Prakt, pelo rojizo y piel blanca en contraste con los ojos azules, estaba Julien, el novio de Sophie. Valoré mi lucidez, revisando varias veces que fuera él.

Se detuvo a dos pasos con una sonrisa tímida y la mirada en su novia.

—¿Qué mierda haces aquí? —espetó Sophie.

Consiguió que la miráramos sin dar crédito a su reacción. Era la primera vez que la escuchaba decir una palabrota. Hasta Julien se quedó en el lugar sin saber qué contestar.

—He preguntado que qué haces aquí —repitió—. Dije que no quería verte.

Sonaba distinta y me pregunté cuánto había bebido desde que la había dejado a solas con Aksel. Seguro que lo suficiente como para estar a punto de besarlo.

—Por favor, disculpa si…

—¡Tus disculpas no valen nada después de lo que ha pasado! —explotó.

—Las cosas no han estado bien, pero…

—Ni se te ocurra acercarte —le advirtió cuando Julien hizo el intento.

—Soph, es tu cumpleaños —dijo con suavidad—. Te juro que quería estar aquí, pero fue imposible. De no ser por Dax no habría podido llegar.

Sophie frunció el ceño y le costó entender quién lo había traído. Era evidente que estaba borracha.

—¿Tú? —preguntó, incrédula.

—Necesitan hablar —dijo nuestro amigo.

—¡Eres aún más imbécil que este! —Señaló a Julien con una mano temblorosa—. Después de todo lo que te conté. ¿Fuiste a buscarlo después de lo que te dije?

—Por eso lo hice.

Sophie estaba a punto de llorar. Intenté acercarme y negó con la cabeza.

—No quiero escucharlos. —Le tembló el labio—. No quiero seguir aquí. Quiero irme a dormir e imaginar que no acabo de tener el cumpleaños más detestable de la historia.

—Soph…

—¡¿Estás sordo?! —gritó, encarando a su novio cuando estaba a punto de irse en quién sabe qué dirección.

—Tú me tienes que llevar a casa de Mia —le dijo a Dax—. Lo vas a hacer en silencio o… —Miró a todos lados en busca de una opción. Sus ojos se detuvieron a mi espalda—. O Nika me llevará en su moto —concluyó, apuntando al susodicho, cuya presencia no había notado.

—Sophie, podemos…

No dejó que Julien terminara la frase y caminó hacia el coche sin dibujar una línea recta. Al menos no tropezó y su retirada fue digna. El pelirrojo me miró en busca de ayuda y no hice gesto alguno.

—Ya la escucharon —dije, dejando atrás a los recién llegados—. Nos vamos.

En nada estuvimos en el asiento trasero del coche con Dax al volante. Los Bakker nos seguían en la moto y Sophie se limitó a encender el reproductor a todo volumen con una canción de *heavy metal* antes de acomodarse contra la ventanilla.

Nunca la había visto comportarse así. La música me perforaba los tímpanos, pero no me atrevía a bajarla. Intercambié un par de miradas con Dax a través del espejo retrovisor a lo largo del viaje.

No sabía qué conversación habían tenido mis amigos por la mañana, qué habría dicho Sophie o qué llevó a Dax a conducir tantas horas para traer a Julien. Algo no encajaba y, una vez delante de mi puerta, Sophie pidió la llave para salir disparada a la casa.

Encaré a Dax cuando se bajó del vehículo.

—¿Por qué has ido a buscarlo? —pregunté, y me miró a los ojos.

—Tenían que hablar. —Se mantuvo sereno.

—No quiso hablar conmigo, ¿va a querer hacerlo con él?

—Sé lo que te digo.

—¿Creíste que romperían si traías a Julien?

Un profundo surco se marcó entre sus cejas.

—¿Estás loca?

—¿Quieres decir que no le has traído por eso? —pregunté, controlando mis ganas de gritarle.

—¿Qué tipo de persona te parece que soy?

—No sé. ¿La que me pide que salgamos juntos porque sigue con esperanzas de que Sophie rompa con su novio?

—¡Ya entendí que eso era egoísta!

—¿Debo creerte?

Bajó la mirada y resopló.

—Sí, guardaba esperanzas cuando Julien se fue a la universidad. —Nos conocíamos demasiado bien, lo había sabido desde el primer momento—. Sí, soñé con que tendría mi oportunidad.

—Entonces, ¿por qué has buscado a Julien si no ha sido por eso?

—No has visto a Sophie en mi casa. —Se irguió en toda su estatura y supe que lo hacía para controlar su voz.

—¿Cómo lo iba a arreglar Julien? —reclamé—. Fue él quien provocó esto.

—Quizás fue estúpido, pero quería que lo arreglaran.

—Claro, querías que se arreglaran —solté con sarcasmo.

Sus aletas nasales se dilataron al tomar aire y llenar los pulmones.

—Hoy entendí que puedo querer a Sophie de muchas maneras equivocadas, pero antes que nada es mi amiga.

El pecho se me apretó por su sinceridad.

—No la viste llorar. Nunca la había visto así y, si para que eso no pase tengo que ir a Prakt y traer a Julien mil veces, lo haré. Da igual lo que tenga que hacer para que ella sea feliz.

Lo había lastimado con tales acusaciones.

—Sí, en algún momento soñé tener una oportunidad. Pero puedes estar segura de que ahora no. No me interesa tenerla, no así.

Quise detenerlo cogiéndolo del brazo y no me dio tiempo.

—Espera, Dax.

Me ignoró y volvió al coche. Creí ver sus ojos demasiado brillantes al girar para alejarse en dirección a la ciudad.

Me alboroté el pelo. Acusarlo había sido un error. Dax jamás planearía algo que hiciera infeliz a Sophie. La noche, la fiesta y la situación me asfixiaban. La cabeza me iba a explotar y, cuando estaba a punto de entrar a casa, la situación no mejoró.

—Y tú, ¿qué haces aquí? —solté más fuerte de lo debido al encontrar a Nika a pocos pasos. Sentí que imitaba a Sophie cuando apareció su novio.

No respondió, pero se interpuso en mi camino. Tuve que morderme la lengua para no gritar y descargar en él lo que estaba sintiendo. Tampoco quería despertar a mi familia a media madrugada.

—Sophie está arriba, puede que llorando —musité—, y acabo de lastimar a mi mejor amigo. No tengo tiempo para tus juegos. Quítate.

—Sé que ella te necesita. —Impidió que lo rodeara para llegar a la puerta—. Pero no quiero dejar las cosas como se han quedado en casa de Adrien.

Tenía que deshacerme de él, no añadir una conversación pendiente, aunque aquella no tuviera sentido. Me crucé de brazos y esperé a que se decidiera a hablar.

—No lo sabía.

—Pues ya lo sabes.

Era evidente que se refería a mi nula experiencia sexual.

—Me dejé llevar por lo que había escuchado y lo siento.

—Bienvenido a Soleil —dije con voz teatral—. Donde los chismes corren como el viento y nunca sabrás lo que es cierto o no.

—Si hubiese sabido que no habías estado con nadie —continuó, ignorando mi falsa sonrisa—, te habría tratado de otro modo.

—Gracias, muy considerado.

—Mia, por favor.

—¡Deja de montar numeritos, Nika! —Ni me molesté en mantener la calma o en pretender que no me afectaba—. Hace un mes me dijiste que se te había ido el juego de las manos, sé lo que buscas y no quiero caer en lo mismo. Conmigo no puedes tener el tipo de diversión que quieres. Te aconsejo que aplaques el aburrimiento en otro lado, estoy convencida de que no será difícil.

Le golpeé el brazo con el hombro al pasar por su lado y, sin mirar atrás, entré a casa para cerrar la noche de una vez.

Capítulo 25

Diciembre se coronaba como el peor mes del año.

Después de la fiesta, Sophie estaba destrozada y no quería hablar con Julien. Fingía que se estaba tomando un tiempo y se negaba a aceptar el dolor que le causaba estar alejada de él. Le había retirado la palabra a Dax. Recogía sus pertenencias y se iba cuando él aparecía. No podía culpar a mi amigo por su intento de ayudarla o a ella por estar molesta.

Nika se alejó como le pedí y era más fácil no pensar en lo que habíamos hablado en la habitación de los padres de Adrien. No aparecía en la cafetería y llegaba tarde del trabajo. Era una suerte, teniendo en cuenta que un día a la semana iba a estudiar a su casa.

—Faltan seis meses, ¿no? —preguntó Aksel al devolverme el cuaderno en el que me había tenido trabajando la última hora.

Asentí.

—Tranquila, vas bien.

Sonrió, mostrando sus hoyuelos, y devolvió la atención al boceto en el que estaba trabajando.

Una semana más postrada detrás del escritorio en el taller improvisado del segundo piso de la mansión. No perdía el tiempo, estudiaba Matemáticas siempre que podía, resolvía la tarea que Aksel me ponía cada semana y revisaba mis errores para no repetirlos.

—Mia —llamó él, e hice un sonido desde la garganta para dar a entender que escuchaba—. ¿Sophie tiene pruebas de aptitud para Diseño?

No necesitaba ser experta para entender que quería traer a mi amiga a la conversación, aunque estaba concentrado en perfeccionar las sombras de su dibujo.

—Deberías saberlo. La universidad de Arte solo pide exámenes de aptitud y una excelente media.

—Cierto.

Afiló la punta del lápiz. No era muy inteligente para darle la vuelta a la situación y llegar a donde quería, a diferencia de Nika.

Carraspeé para que me mirara.

—No quiero parecer entrometida —dije, consciente de que lo era. Estaba usando una técnica que él había puesto en práctica cuando me advirtió sobre Nika—, pero en la fiesta vi algo… entre tú y Sophie.

Apretó los labios y se volvieron una fina línea.

—Supongo que estábamos pasados de copas ese día.

Me llegó el resentimiento con que lo dijo.

—¿Te gusta Sophie?

Abrió y cerró la boca. Estuvo a punto de contestar en dos ocasiones. La tercera fue la vencida:

—Es una manera de decirlo.

Mi amiga llevaba una buena racha: Julien, Dax y Aksel. No me sorprendía. Era tan dulce y angelical que conquistaba con sonreír y ofrecer un paquete de patatas fritas.

—Iban a besarse —dije, recordando lo obvio.

—Solo estábamos hablando.

—Demasiado cerca.

Nos señalé para evidenciar lo que era una distancia normal.

—No habría permitido que sucediera, estaba borracha.

—Me gustaría creerlo, pero no era lo que parecía.

Se aplastó el pelo con las manos y luego las entrelazó en la nuca. Me recordó a Nika, tenía la misma costumbre. Sus personalidades eran distintas, pero nadie podía negar que eran hermanos.

—Quizás me dejé llevar. Te juro que nunca lo haría, mucho menos con lo de Dax.

Se me revolvió el estómago.

—¿Lo de Dax?

—Casi se le declara cuando volvíamos de la fiesta de Charles.

—¡¿Te diste cuenta?!

—¿Recuerdas el falso agujero en la carretera por el que Nika giró el volante? —Me atraganté—. Pensé que lo habías notado.

Lo había tomado como una actitud temeraria de alguien que adoraba ser el centro de atención, no como una ayuda para evitar un desastre.

Agité la cabeza para volver a la realidad.

—Dax es lo de menos. Lo importante es que Sophie tiene novio. Dejando a un lado los problemas que tengan, no está sola.

—Si ella quisiera…

—Sophie hace lo que quiere —interrumpí—, pero la conoces. ¿Cómo supones que se sentiría si engaña a Julien estando borracha?

—No tienes que preocuparte —añadió, regresando al dibujo—. No volverá a pasar y, de todos modos, ella no lo recuerda. Puedo fingir que no sucedió.

Le gustaba mi amiga y mucho, no estaba pasándolo bien. Me dolió verlo así. En algún momento, iba a explotar por cargar con tantos sentimientos ajenos. Tenía los propios, y quedaban en segundo lugar.

Intenté sin éxito volver a mi labor, pero el ambiente estaba cargado. Cada vez que miraba a Aksel, me daba lástima. No podía soportar el silencio y decidí ir al baño para darle unos minutos a solas.

Estaba a punto de cerrar la puerta cuando Nika apareció. Di un salto en el sitio y retrocedí.

—¿Qué haces?

Nos encerró y apoyó la espalda en la pared.

—Meterme en el baño contigo.

—Se supone que tienes trabajo —reproché.

—Me encanta que conozcas mis horarios —se burló.

—Si los conozco es para no cruzarme contigo. ¿Te haces idea de por qué?

—Sigues molesta.

—No. Simplemente no quiero ver tu cara.

Negó repetidas veces con la cabeza, chasqueando la lengua para enfatizar que dudaba de mis palabras. Me ponía de los nervios que se comportara de aquella manera, fingiendo que no había pasado nada entre nosotros, que todo era uno más de sus juegos.

—Estás molesta y por eso no he querido atormentarte.

Me mordí el interior de la mejilla tan fuerte que me hice daño.

—Quiero irme de aquí.

—Estás enfadada porque crees que lo único que me interesa de ti es el sexo.

Lo soltó antes de que yo pudiera alcanzar el pomo de la puerta y me quedé helada. Sentí que me ardía la cara por la facilidad con que lo había dicho. Bajé la mano y las ganas de irme desparecieron.

—Yo… Yo no estoy…

—Lo estás. —Acortó el paso que nos separaba—. Crees que solo quería follar contigo.

Por alguna razón, la cara de Charles se me cruzó delante de los ojos y traté de apartar los recuerdos, la insistencia en el sexo.

—Y según tú, no es verdad. —Me clavé las uñas en las palmas al cerrar las manos.

—Dije que quería que nos divirtiéramos, Amaia.

El corazón me golpeaba las costillas.

—¿Cuál es la diferencia?

—Que, si no quieres, no tenemos que llegar hasta donde estás imaginando. —Se acercó a mi rostro—. Quiero pasarlo bien contigo. Me gusta tenerte cerca.

Un cosquilleo me recorrió los brazos y las manos se me relajaron, pero me obligué a no bajar la guardia. No podía volver a caer, con unas palabras ya estaba dudando hasta de mi existencia.

—Dijiste que no te gustaba ni para un beso. —Tensó los labios—. Dijiste que estabas aburrido y que se te había ido de las…

—Mentí.

Pude contar cada vez que tomó aire mientras analizaba su rostro.

—¿Cómo sé que ahora no lo estás haciendo?

—Me gustas —confesó sin miedo, logrando que mi cuerpo se estremeciera—. Me gustas desde antes de besarnos en Halloween, pero era mejor que no lo supieras. Era más seguro para ti.

No supe si sentirme bien al saber que la atracción era recíproca o si dudar de sus palabras.

—No soy buena compañía —agregó ante mi confusión.

—¿Ahora lo eres?

—No, pero haré lo imposible para serlo.

—¿Por?

—Porque prometí no volver a lastimarte y ya lo hice sin darme cuenta. No dejaré que se repita.

¿Cómo negarme o decir que se alejara cuando no era lo que quería?

—No voy a follar con nadie —dije para que fuera él quien desistiera.

—No hay problema.

Me tomó de la cintura y me hizo retroceder hasta que mi espalda baja chocó con el lavabo. Su cuerpo se acopló al mío y aguanté la respiración ante la inesperada cercanía.

—Hay muchas maneras de divertirse sin tener lo que tú consideras como sexo.

—Muchas maneras —repetí. Lo olvidé todo cuando se inclinó y su mejilla rozó la mía.

—Demasiadas. —Dejó un beso en la base de mi oreja—. No hace falta llegar hasta ahí para pasarlo bien —continuó, dirigiéndose a mis labios—. No es lo único divertido.

—No… no entiendo —dije en un suspiro.

—No todo es meterla y sacarla —especificó, sin filtros—. Puedo enseñarte.

Su aliento olía a menta. Tenía un extraño poder con su voz. Cuanto más lo dejaba hablar, menos convencida me sentía de lo que había razonado durante los días anteriores.

—No voy a follar contigo —me forcé a decir—. Si estás jugando a conseguirlo, vas por mal camino.

Se inclinó y la idea de que fuera a besarme hizo que cerrara los ojos.

—Juguemos a algo más entretenido, pequeña Amaia —propuso, sin tocar mis labios ni alejarse, y me quedé con las ganas—. Te dije que nunca miento sobre mis intenciones. El sexo no es solo lo que crees o lo que me interesa de ti. —Quería creerlo, entender las maneras en que podía ser posible—. Dime que también me deseas cerca y tendremos un trato

Estaba perdida en su aroma, en la exquisita textura de su pelo entre mis dedos y su mano en mi cintura.

—No puedo tomar tu silencio como un sí —añadió, acariciándome el labio inferior con el pulgar—. Necesito que respondas.

—Mia, ¿todo bien? —llamó Aksel al otro lado de la puerta.

Me tensé entre los brazos de Nika y me robó un fugaz beso.

—¿Sí o no? —murmuró sobre mi boca.

—Sí.

Sonrió al tiempo que Aksel volvía a tocar la puerta.

—Di que no te tardas —susurró al separarse.

—¡Enseguida salgo!

Mi corazón hacía más ruido que los pasos de Aksel alejándose. Intenté escapar, pero Nika lo impidió agarrándome del brazo. Me pegó a él y me robó otro rápido roce de labios.

Hui del baño, sonriendo, asegurándome de que la ropa estaba en su lugar. Lo peor era mi rostro, lo sentía en llamas y tuve que abanicarme con la mano.

Entré al estudio con la cabeza baja y fue directa a mi cuaderno. Se suponía que había ido al baño para escapar de la incomodidad y regresaba de aceptar algún extraño trato que no involucraba nada apto para menores de edad.

No pasaron ni dos minutos hasta que unos pasos anunciaran la presencia de alguien. Nika apareció en el estudio, llevaba una sonrisa triunfal. Iba comiendo una manzana verde, como el día en que nos habíamos conocido.

Sin apartar la vista de mí, le agitó el pelo a su hermano al detenerse a su lado. Aksel protestó.

—Hola, Amaia.

Había algo excitante en la manera en que pronunciaba mi nombre, el que nadie usaba.

—¿Qué haces aquí tan temprano? —preguntó Aksel, lo que me permitió escapar de aquellos hipnóticos ojos azules.

—Hemos terminado antes de tiempo, el fin de año se acerca. Hay más trabajo unos días que otros.

—Si no tienes nada que hacer, podemos empezar a pintar la cocina.

—Cuanto antes mejor. Nuestra madre ha dicho que organizaremos la cena de Navidad. —Miró de uno a otro—. Todos están invitados, los Favreau y la familia de Sophie. Tendrá que estar lista la planta baja para la celebración.

—Es mucho —se quejó Aksel—. Todavía hay una habitación llena de papeles viejos y el comedor no podemos pintarlo en tan poco tiempo.

Nika sonrió. Se tomó su tiempo para morder la manzana y masticar.

—Para eso tenemos amigos, ¿no? —Alzó las cejas y volvió a mirarme—. Supongo que Sophie y tú tendrán que ayudarnos.

El estómago amenazaba con escapar de mi boca y rodar por el escritorio hasta caer al suelo.

Terminó su manzana y palmeó la espalda de su hermano antes de salir por donde había entrado.

Cada vez que me alejaba de Nika, algo me impulsaba hacia él. Sabía que resultaría más sencillo si lo sacaba de mi cabeza, pero ni podía ni quería.

Mi teléfono sonó con un mensaje nuevo y me costó encontrar sentido a las palabras que tenía delante de los ojos. Cuando logré salir de su hechizo, el corazón se me aceleró y un cosquilleo me recorrió la columna vertebral al leer:

Idiota Bakker: Que empiece el juego, Pulgarcita.

• • •

—Mira qué hermoso —dijo Sophie como niña pequeña, mostrando otra foto.

Era una bonita vista de la plaza de la entrada a la Universidad de Historia, en Prakt. Al fondo, destacaba el edificio principal con unas columnas que sostenían un pesado frontón. En el plano medio había tres figuras: la señora Bakker abrazando a dos chicos. Reconocí el pelo negro de Aksel y sus labios finos, así como la expresión encantadora de Nika.

Le sonreí a mi amiga antes de volver a agrupar documentos viejos en cajas que los chicos iban subiendo al primer piso. Sophie se encargaba de las fotos viejas, pero no avanzaba. Estaba más entretenida en preguntar cuándo habían sido tomadas que en ayudar a recoger. Era la primera vez en semanas que la veía alegre y no quise regañarla.

Ayudábamos a los Bakker a preparar la casa para Navidad, incluso la familia de Dax estaba invitada y él también participó en el trabajo más complicado: la pintura. Aquel día, Sophie se había negado a entrar a la mansión. Mis intentos de reconciliarlos habían sido en vano. Ella no hablaba del tema y él aceptaba la situación escondiendo lo que le dolía.

Aksel regresó con su hermano. Nika tomó una caja que no estaba demasiado lejos y nuestras miradas se encontraran. Me guiñó un ojo antes de salir de la habitación y disimulé para que nadie viera mi sonrisa de tonta.

Las miradas en secreto eran una costumbre, como las largas llamadas o los mensajes a extrañas horas de la noche.

—¿Quiénes son estos? —preguntó Sophie, que tenía la atención de Aksel.

—Nuestros antiguos vecinos. Hicieron una fiesta de disfraces por el cumpleaños de su hija.

Me acerqué a ver la foto de la que hablaban. Se apreciaba el patio trasero de una casa donde correteaban varios niños al fondo. Me llamó la atención otra foto que estaba suelta sobre la mesa. Reconocí a los hermanos. Aksel, sentado en el césped, posaba con una mueca graciosa. Nika, a su lado, conversaba con una niña pequeña.

—¿Fue en la misma fiesta?

Aksel negó.

—Esa es con nuestra prima Aina —dijo, recogiendo un par de álbumes.

—Se parece a ustedes —comentó Sophie.

Noté el hermoso perfil angular y proporcionado a pesar de lo pequeñita que era, no debía de pasar de los tres años. Lo único diferente con sus primos era el color de su pelo, casi platino.

—Tendré que supervisarte —le regañó Aksel a mi amiga—. Deja esas fotos aquí. —Guardó las que estaban por la mesa, incluyendo la que seguía en mi mano—. Sube la caja que no pesa, yo llevaré la otra.

Sophie soltó un par de protestas bajas al perder su entretenimiento y se fue con el menor de los Bakker. Nika volvió y se dispuso a cooperar con la organización. Se situó a dos pasos y, como cada vez que estaba cerca, mi cuerpo se puso alerta. Seguía sin entender por qué mi cerebro no lograba conectar nada coherente cuando estábamos solos.

—¿Qué tal los entrenamientos?

Soltó una risa baja.

—¿Por qué tienes la necesidad de llenar los silencios cuando estás nerviosa?

—No lo estoy.

—Entonces, ¿por qué te empeñas en llenarlos?

—Son raros.

—Eso depende. —Apartó una caja y tomó otra vacía—. El silencio puede ser placentero con las personas adecuadas.

Observé su perfil contra la luz dorada del atardecer que se colaba por el ventanal del fondo. No respondí para parecer desinteresada. Odiaba darle la razón.

—¿Puedo preguntar algo? —Me observó de reojo—. Sin que creas que lleno los silencios —aclaré.

—Tú siempre estás haciendo preguntas.

Ignoré su intento de provocarme.

—¿Por qué guardan tantos papeles? Apenas tienen fotos, pero cargan de Prakt un montón de documentos viejos.

—Algunos son archivos que mi madre no quiere desechar y gran parte es del tío Ibsen.

Había escuchado ese nombre antes, con Aksel, cuando me habló del viejo tocadiscos del primer piso. Quedé a la espera de más información y tuvo que ceder.

—Son títulos y certificados de antiguas propiedades de la familia. Desde terrenos vacíos hasta muebles y baratijas que los Bakker se encargaron de comprar durante siglos.

—¿Tu tío tiene tantas cosas?

—No es mi tío de verdad —aclaró—. Es un familiar lejano de mi madre y no todo está a su nombre. La mayoría pertenece a gente fallecida y no han podido reclamarlo. Supongo que, si él no lo puede tener, no quiere que alguien más lo tenga.

—Suena obsesivo.

—Nadie ha dicho que tuviera sentido. Algunas personas se apegan a lo material sin ser objetivos.

Nika acomodó el último montón de carpetas dentro de una caja y una tarjeta cayó al suelo. La recogí. Al darle la vuelta, resultó ser una vieja identificación de una librería en Prakt. No tenía foto, tampoco fecha de caducidad, lo único escrito en tinta azul, casi ilegible, era un nombre y un apellido: Nikolai Holten.

—¿Holten? —dije, mirando a Nika, que enseguida estuvo mi lado.

Me quitó la identificación y la hizo pedazos sin ni siquiera mirarla.

—Es mi viejo carné de biblioteca.

—¿Holten?

—¿Creíste que mi apellido siempre había sido Bakker?

Me quedé en blanco. Hice las conexiones familiares necesarias hasta caer en que tenía razón.

—¿Tu apellido es Holten?

—Ahora es Bakker —especificó—, igual que el de Aksel y mi madre.

—¿Ella tampoco era una Bakker?

—Los apellidos sobreviven si los lleva un hombre. En la familia de mi madre, se perdió hace dos generaciones. Fue la condición del tío Ibsen para dejarnos la casa.

—¿Cambiar de apellido?

Asintió.

—Tiene miedo de que los Bakker desaparezcan. No podía perder la oportunidad de que dos varones jóvenes pudieran perpetuarlo.

Me fastidiaron sus palabras.

—No me mires así, Pulgarcita. —Me tocó la nariz para que relajara la expresión—. No he dicho que tuviera sentido o que apoyara la idea.

—Creía que la identificación era de tu padre.

Al instante me arrepentí. La mirada de Nika se ensombreció y su pose relajada formó parte del pasado.

—Lo siento. —No quitó la vista de las hojas que tenía en sus manos. Jamás habíamos hablado de algo personal—. Sophie dijo que murió cuando eran niños —añadí—. Siento eso también.

Se tomó su tiempo antes de contestar:

—Mi padre no está desde hace muchos años y hablar del tema es difícil.

Me observó con los ojos brillantes y un grito desesperado detrás de la mirada. Puse una mano sobre su hombro para brindarle algo de calma.

—Lo siento —repetí—. No volveré a mencionarlo si te hace sentir mal.

Miró el punto en que nuestros cuerpos hacían contacto y luego levantó la mirada.

—Eso me halaga, dado que eres bastante cotilla.

Tuve que sonreír, estaba aliviada por el cambio de tema.

—No lo soy.

Se acercó a mis labios de imprevisto.

—Me gusta que lo seas si así estás a mi alcance.

Podía sentir el sabor de sus labios a esa distancia. No había notado las ganas que tenía de volver a besarlo. Si avanzaba unos centímetros, sucedería, pero los pasos de Sophie y Aksel se mezclaron con su conversación. Los escuché antes que él y me separé a tiempo de que nos atraparan.

Por desgracia, no quedaba mucho por hacer. El día había terminado en la mansión y nos despedimos como cada tarde. Hubiera deseado tener más trabajo. Daba igual si era para cruzar una mirada con Nika o coexistir entre silencios incómodos.

Mi amiga resopló al guardar su teléfono cuando dejamos la mansión atrás.

—Me muero porque tengas coche para que me lleves a casa. Papá tardará una hora.

Se protegió de la brisa helada acomodándose el abrigo y abrazándose el cuerpo.

—No tendré coche hasta el próximo año y después vendrá lo peor.

—Aprenderás a conducir y serás mi chófer —declaró.

—Me encanta tu optimismo.

Su teléfono volvió a sonar y se detuvo.

—¿Todo bien?

Tardó en reaccionar y lo negó, nerviosa.

—Nada. Papá protestando.

Estaba a punto de insistir para que dijera la verdad cuando mi teléfono vibró.

Idiota Bakker: Mañana me encargo de que no nos interrumpan.

Oculté la sonrisa, no hice preguntas y guardé el teléfono por miedo a que Sophie pudiera leer el mensaje.

Capítulo 26

Mi pelo había crecido desde aquel corte loco y desesperado que me hice a principios de septiembre. Me rozaba la base del cuello, y el flequillo, que me recorté antes de ducharme, enmarcaba mi rostro un dedo por encima de las cejas.

Me hice una coleta baja de la que se escaparon varios mechones. Quedaba mejor con el ceñido jersey de cuello de tortuga, y hacía juego con la falda larga y negra y unas botas de tacón cómodo. Mamá decía que la Navidad no era para vestir de negro, yo decía que el negro se podía vestir todo el año.

Llegamos los primeros a la mansión. Cada familia se había encargado de una parte del menú. Conforme iban apareciendo se unían para preparar el comedor entre risas y con espíritu de festividad.

La casa brillaba con luz propia tras los arreglos que habíamos hecho la última semana. Los salones principales de la planta baja estaban pintados y la puerta de la entrada parecía nueva. La mesa seguía adornada por el horrendo busto del Bakker ancestral, era imposible quitarlo sin dañar la madera. Por suerte, no se notaba con el despliegue de la hermosa vajilla, el mantel y la cantidad de comida que no podríamos devorar ni en tres noches.

Estaban invitados los padres de Dax y su hermano pequeño, que tenía la misma edad que Emma; el padre de Sophie y su esposa; mis dos amigos, y mi familia. Sumados a los Bakker, hacíamos un total de catorce personas.

Lo único negativo de la velada: yo estaba entre Dax y Sophie. Él y yo hablábamos y ella se negaba a dirigirme la palabra para interactuar con el moreno, aunque fuera indirectamente. La situación empezaba a desesperarme.

Hasta las once de la noche, cuando los adultos cambiaron a las anécdotas de otros tiempos donde las referencias resultaban imposibles de captar, Sophie y yo no nos escapamos al porche lateral con el vino que habíamos traído a escondidas. Mamá había prohibido el alcohol por la presencia de menores en la cena.

Quería hablar de Dax, era mi oportunidad, pero ella inició una conversación muy distinta.

—Hablé con Julien. —No supe cómo reaccionar—. Desde la semana pasada hemos conversado varias veces.

—¿Y? —pregunté, entrecerrando los ojos.

—¿No te parece mal?

Tenía la vista pegada al suelo. Le puse una mano sobre el hombro.

—¿Por qué estaría mal?

—Por lo que pasó después de mi cumpleaños —murmuró—. ¿No crees que deberíamos cortar?

—Eres tú la que está en una relación con Julien, tú deberías saberlo.

Jugueteó con la copa que tenía entre las manos.

—Me pidió disculpas —continuó— y hemos conversado sobre nosotros, la distancia… lo que nos afecta.

No hizo falta que dijera más. Entendí la atención que le había dado al teléfono en la última semana y lo inquieta que se ponía cada vez que le preguntaba si todo estaba bien.

—Y ¿te parece que deben cortar? —pregunté.

Se tapó la cara con una mano.

—No lo sé.

—Quieres perdonarlo, pero piensas que eres tonta si lo haces.

—No… Es…

Le palmeé el brazo con suavidad para que me atendiera.

—Julien está estudiando a un nivel distinto y lejos, es normal que le cueste mantener el tipo de relación que tenían.

—Me ha dejado plantada más de cinco veces.

—Y entiendo que explotaras el día de tu cumpleaños.

Tenía derecho a sentirse mal.

—El problema no es que no me llame o que no pueda venir a menudo —explicó—. Eso lo entiendo, la universidad es muy importante. Lo que me irrita es que, en los últimos meses, si trataba de explicarle lo sola que me sentía…, se enfadaba. En vez de tener una conversación donde pudiéramos apoyarnos, decía que era egoísta y empezaba la discusión. Entiendo la presión que vive, lo escucho y lo apoyo, pero me siento sola cuando quiero compartir lo que me pasa y me acusa de estar quejándome. Es como si él fuera el único que necesita un hombro en el que llorar.

Exhaló con fuerza.

—¿No sabes si perdonarlo por eso?

Asintió.

—No tiene nada que ver con las veces que no ha llegado. —Forzó una mueca de desinterés—. Duele, pero no es lo peor. Tengo miedo de que lo arreglemos y todo vuelva a lo mismo. —Bebió lo que le quedaba en la copa—. Mañana hemos quedado en vernos.

Puse los ojos en blanco.

—Vas a perdonarlo, no le des más vueltas.

—¿Está mal si lo hago?

—No voy a juzgarte, nadie puede hacerlo. Haz lo que sientas correcto —concluí—. Y dile a Julien que me debe una disculpa. Sigo molesta por lo de no presentarse en tu cumpleaños. —Rio—. O en el mío... Ni siquiera me felicitó.

Suspiró y se mostró más calmada.

—No está mal si lo intentamos, todos cometemos errores.

Estaba a nada de sacar a flote el tema de Dax cuando el susodicho apareció en el porche. Si lo hubiésemos invocado, no habría llegado tan rápido.

—Hola —dijo el moreno en voz baja con miedo de mirar a mi amiga—. He traído chocolate.

Abrió las manos repletas de bombones, los preferidos de Sophie, que no dudó en ignorarlo y entrar a la mansión sin decir ni una palabra.

Me hirvió la sangre al ver su espalda alejarse.

—Déjala —dijo mi amigo, y me tomó del brazo—. Ya se le...

—Suéltame, Dax.

Le entregué mi copa de vino y me deshice de su agarre. Seguí a Sophie y le di alcance en la puerta del comedor.

—Ven aquí. —La arrastré hasta la vieja habitación oscura donde habíamos organizado los documentos el día antes y la enfrenté—. ¿Qué demonios pasa contigo?

—No quiero estar donde esté ese traidor —dijo, señalando de donde veníamos.

—¿Desde cuándo Dax es un traidor?

—Desde que trajo a Julien de Prakt cuando sabía que yo no quería verlo.

—¡Lo hizo por ti!

—Se metió en lo que no le importa.

—Porque no quería verte sufrir.

—¡No me interesa!

Me mordí la lengua. No estaba siendo imparcial. Sabía demasiado de los sentimientos de mi mejor amigo como para no ponerme de su lado.

—Dax hizo algo que no está bien —aclaré—, pero no quería lastimarte.

—La intención no cambia la acción.

—Me acabas de decir que Julien lleva meses haciéndote sentir sola, se perdió tu cumpleaños y vas a perdonarlo.

—No es lo...

—Es lo mismo —la corté—. Eres mi amiga, pero te estás comportando como una niña.

Fue a decir algo y no pudo.

—¿Dónde quedó el «todos nos equivocamos» de hace un momento? —continué—. Esa es la Sophie que conozco, no la que se va cada vez que su mejor amigo entra en la habitación.

Sus ojos se llenaron de lágrimas. Quise abrazarla y me lo impidió.

—Mejor me voy —dijo antes de darse la vuelta.

Cerré los ojos, preguntándome si había actuado bien al decir la verdad. Me había pasado semanas dándole espacio, pero su comportamiento rozaba el límite de lo comprensible.

—¿Problemas en el paraíso?

Nika estaba apoyado en la puerta. Llevaba una camisa negra, esa vez de su talla, y remangada hasta los codos, dejando expuesta la tinta de su brazo derecho.

—He visto a Sophie salir con una cara poco navideña —explicó.

Suspiré.

—Sigue enojada con Dax.

—¿No funcionaron los bombones?

—¿La idea fue tuya?

—Apoyé la idea —dijo, rascándose la barbilla—, pero sabía que era un desperdicio de tiempo.

Su autosuficiencia era atractiva y desesperante.

—Olvidé que tú lo sabes todo —ironicé.

Ladeó la cabeza.

—Los bombones no iban a funcionar. Seguro que piensas que Dax debería manipular a medio pueblo para obtener lo que quiere —bromeé—. Ese es tu estilo, ¿no?

Entornó los ojos.

—Qué mala opinión tiene la señorita Favreau de mí.

—Lo había olvidado, encerrar a chicas inocentes en un baño es también tu estilo.

Alzó una ceja.

—Por chica inocente… ¿te refieres a ti?

—Sí. —Fingí seriedad—. ¿Algo que objetar?

Me dedicó una de sus hipnóticas sonrisas y se detuvo frente a mí.

—Estás muy bonita, Pulgarcita.

Me gustó escucharlo. En sus labios, el cumplido sonaba distinto.

—Gracias.

—¿Eres friolera?

—¿Qué?

—Que si pasas frío con facilidad —repitió.

No entendí a qué se debía el cambio del ambiente sensual y misterioso a hablar del tiempo.

—No, si estoy abrigada.

Fue respuesta suficiente para que me tomara de la mano. Unas voces venían del recibidor.

—¿A dónde me llevas?

—A la azotea.

—Nos verán.

Cambiamos de rumbo hasta alcanzar la escalera de caracol que había en medio de la casa.

—Casi nunca vengo por aquí —dijo.

Me invitó a subir delante.

—Si viviera aquí, solo usaría esta escalera.

—Parece un baño —se burló.

Fue una patada al estómago, un insulto que guardaría durante toda la eternidad.

La escalera de caracol era lo más hermoso y emblemático del lugar. Eran tres pisos de espiral forrados en mosaicos de color blanco, colocados a mano con delicadeza. Cada escalón poseía un pedestal que se elevaba en el centro, creando una barandilla de distintos niveles.

—¿Dices lo del baño por la cerámica?

—No entiendo la razón para ponerlos en un cilindro dentro de una casa y hacerlo una escalera —se mofó.

—Porque es hermoso —dije, moviendo una mano para señalar lo que había a nuestro alrededor—. Porque es una obra de arte. Porque produce un espectáculo de luces y sombras tanto de día como de noche. Porque la vista desde la planta baja es única en el continente.

Nika rio a pulmón limpio. Sin notarlo, había alzado el volumen de mi voz con cada argumento.

—Te concedo eso —dijo cuando casi habíamos llegado—. Se ve espectacular con la luz del atardecer, pero no tiene nada que ver con el resto de la casa.

Abrió la pesada puerta de metal que daba a la azotea. El aire helado de la noche me envolvió en cuanto puse un pie fuera.

—No era la misma casa al principio. La parte frontal fue lo primero —expliqué—. Veinte años después, construyeron otra, una con esa escalera.

—Ah, ¿sí?

—Agrandaron la segunda y unieron ambas edificaciones. La mansión donde vives eran dos casas. Por eso la escalera que llamas baño no tiene nada que ver con lo demás.

—Increíble —dijo con la misma entonación de los halagos que le regalábamos a Emma cuando era muy pequeña y nos mostraba sus garabatos como si fueran obras de arte.

La vergüenza hizo que me encogiera.

—¿Por qué me dejas hablar si ya lo sabes?

Sacó la lengua y el gesto infantil me sorprendió.

—Me gusta escucharte.

—Lo que te gusta es hacerme quedar como tonta —le corregí.

—No, Pulgarcita. —Colocó las manos sobre mis hombros—. De verdad que me gusta escucharte. Me gusta tu voz.

—¿Mi voz?

Asintió.

—¿Quieres saber qué más me gusta? —Se acercó a mi mejilla y mi ritmo cardiaco se aceleró—. Me gusta que seas una obstinada que siempre está a la defensiva —murmuró.

—Tienes gustos extraños —dije, tan bajo que no reconocí mi voz

Disfruté los suaves besos que fue dejando por mi mandíbula. Un agradable cosquilleo me recorrió la espalda cuando respiró sobre mi piel.

—Me gusta cómo hueles... Me gusta tu boca.

Sus labios estaban húmedos y suaves al rozar los míos. Entrelacé las manos en su nuca y me acerqué. Fue la primera vez que nos habíamos besado de verdad desde nuestro encuentro en casa de Adrien, y fue distinto. La manera en que acopló mi cuerpo al suyo y la suavidad de sus movimientos calmó mis nervios.

Me dejé llevar por las sensaciones que recorrían mis brazos, el calor abrasador en mi pecho y los deseos de saborear cada parte de él. Nika seguía el compás que yo iba marcando, pero una de sus manos bajó por mi espalda y llegó a mi trasero. Me separé dando un pequeño salto.

—Lo siento. —Alzó las manos para demostrar que no iba a tocar más de lo debido.

—No tienes que disculparte —dije, nerviosa—, yo debería hacerlo.

—¿Tú? —Frunció los labios—. ¿Por qué deberías disculparte?

Respiré varias veces. No sabía cómo reaccionar, qué hacer para no quedar en ridículo cada vez que me tocaba.

—Por iniciar algo que no soy capaz de terminar.

Me tomó de la barbilla para que lo mirara. La intensidad con la que lo hizo me alarmó.

—No hay nada que empezar o terminar. Puedes cambiar de idea mil veces. No permitas que alguien te haga pensar lo contrario.

Mi experiencia no lo corroboraba, no con Charles, que siempre se quejaba por lo que me gustaba calentar lo que no pensaba comer.

—No haremos algo que no quieras —agregó, y sus palabras fueron tan dulces que no creí que fuera el mismo Nika—. ¿Por eso te asustas cada vez que te toco?

—No, es solo... —Las palabras estaban claras en mi mente, pero costaba articularlas—. Tengo miedo… Tengo miedo de querer en un momento y arrepentirme.

Era solo una parte de lo que me atormentaba, la más fácil de aceptar.

—Tienes miedo a dejarte llevar.

No era una pregunta, lo había captado.

—No quiero… —La verdad me arañaba la garganta—. No quiero hacerlo porque no estoy preparada.

Alcé la vista con temor a que le molestara. El día que le había dicho lo mismo a Charles no salió bien. Nika analizó mi rostro.

—Cuando dices «hacerlo», te refieres a penetración.

Me atraganté con saliva.

—Yo… eso…

—Tenemos que hablar con claridad para entendernos —dijo. Intenté mantener la compostura—. Si no te sientes cómoda al decirlo, con asentir o negar es suficiente. —Me pareció una mejor idea—. Cuando dices «hacerlo» —repitió—, ¿te refieres a penetración?

Asentí, despacio.

—Lo único que te preocupa es la penetración.

—No me…

—Lo único que no quieres hacer —rectificó.

Volví a asentir.

—Entonces, no sucederá.

—Y si tú… y si yo… si…

—Yo me encargaré de recordarte que no quieres cuando tú lo olvides.

Solté una risa nerviosa.

—¿Tú? ¿Tú me recordarás que no quiero follar contigo?

—¿Suena increíble? —se burló.

—Imposible.

—Nada lo es —dijo, rozando sus labios con los míos—. Es tu decisión y lo sabes. No necesitas que yo lo diga. —Me dio otro beso, esa vez más largo—. No tienes que darme explicaciones sobre lo que no quieras.

—Tenías que saber que no era una chica fácil para llegar a esa conclusión.

Nika, que había estado a punto de besarme, se apartó.

—¿Cuándo he dicho eso?

—Dijiste que si hubieses sabido que era virgen, me habrías tratado de otro modo. Creías que me acostaría contigo a la primera, que era fácil.

—No lo dije por eso —aclaró—. Para empezar, me parece bastante ofensivo catalogar a alguien por cómo o cuándo decide follar.

Me sentí como si me regañara. Las palabras que acababa de pronunciar no se escuchaban igual en mi cabeza. Eran una completa tontería y no podía encontrar el momento en que creí coherente llamar «fácil» a alguien por lo que decidiera hacer con su vida. No tenía ni idea de si lo había escuchado, leído o simplemente nací con una idea tan estúpida implantada en el cerebro.

—Pensé que querías hacer algo que yo también —continuó, despejando el conflicto interno que acababa de desatarse en mi mente—. Nadie es más o menos decente por follar cuando le viene en gana.

Sacudí la cabeza para despejar las ideas y volver a la conversación.

—Entonces, ¿qué hubieses hecho sabiendo que yo...?

Me dedicó una sonrisa para calmar mis nervios. No era capaz de terminar una frase tan sencilla.

—No quiero generalizar, pero me parece poco probable que, sin experiencia y en una fiesta, quisieras llegar hasta donde yo imaginé que llegaríamos en la cama de los padres de Adrien.

—¿Por?

—Porque es normal que quieras tener una primera vez distinta, en confianza, puede que especial. No lo sé, no conozco tus gustos. Fui demasiado rápido al dar por sentada información de tu vida sexual.

—Yo podría habértelo dicho.

Me tuve que ver al borde del precipicio para hacerlo.

—Supongo que tenemos que confiar el uno en el otro.

Puso las manos en mi cintura y pasé los brazos por sus hombros.

—Yo confío en ti y tú confías en mí —propuso—. Si temes querer en el momento y después arrepentirte, me lo dices y yo me encargo de que no pase. —Sonrió de nuevo—. Hace falta confianza para divertirse.

Mi corazón volvió a latir demasiado rápido por su cercanía.

—No quieres llegar hasta la penetración —pronunció, poniéndome el vello de punta. Por alguna razón, me excitaba, aunque la conversación fuera un tema serio—, ¿tampoco te apetece hacer otras cosas?

—¿Como cuáles?

Un sonido grave proveniente de su garganta me hizo temblar.

—¿Quieres probar?

—Sí —dije sin dudar. Fue la luz verde que Nika había estado esperando.

Me besó con menos delicadeza, tomándome del cuello y moviendo sus labios sobre los míos. Cada roce traía una ola de sensaciones. Su otra mano bajó hasta agarrarme la cadera y hundió los dedos ahí, por encima de la tela. Me provocó un cosquilleo que me llegó hasta la entrepierna.

El olor de su perfume me envolvía. Lamió y mordió, subiendo por el arco de mi mandíbula hasta mi oreja.

—Me gusta cómo sabes —murmuró—. Quiero probar cada parte de ti.

Hizo que girara en sus brazos y lo sentí contra mi trasero. Saber que lo excitaba era tan placentero que se me aceleró la respiración. Mi espalda sobre su pecho y la seguridad con que atrapó mi cintura hicieron que mi sexo palpitara. Nuestros besos por encima de mi hombro no se detenían.

Me levantó el suéter y las yemas de sus dedos rozaron la piel de mi abdomen. Quería que me tocara. Deseaba sentirlo en esa parte de mi cuerpo, que gritaba pidiendo alivio. Tenía razón, podíamos probar otras cosas.

Entrelacé su mano con la mía y lo guie dentro de la falda. El calor de su tacto sobre mi vientre me hizo estremecer.

—Enséñame cómo te gusta —susurró sobre mis labios—. Podemos parar cuando quieras.

Necesitaba saber cómo se sentía que él me tocara.

Me temblaron las piernas cuando nuestras manos rozaron el elástico de mis bragas y, bajo mis movimientos, sus dedos llegaron a mi sexo. Contuve un jadeo.

—Enséñame, Amaia —repitió con voz sensual.

Me encargué de mover sus dedos de arriba abajo, suave y a mi manera, como solía hacer cuando estaba a solas. El agradable cosquilleo subía por mi abdomen, su cuerpo quemaba y el movimiento de mis caderas ayudaba a las tortuosas caricias.

Cada uno de sus mordiscos me perdía y dejé que hiciera el trabajo para disfrutar de las sensaciones mientras apoyaba las manos en la barandilla de piedra para sostenerme. Nika no necesitaba que le dijera cómo, sabía muy bien lo que hacía. Aumentó la presión y me mordí los labios para no emitir ningún sonido.

—Aquí nadie te escuchará —dijo con voz ronca y sensual, apresurando el movimiento de sus dedos.

No entendí si fueron sus palabras o la visión del cielo estrellado, al aire libre, expuestos y a la vez a solas, pero sucedió. Mi cuerpo se sintió sobrecargado por un segundo y me erguí, me aferré a sus brazos y clavé las uñas en su piel. Un instante después, las piernas me fallaron y solo pude mantenerme en pie gracias a su agarre.

Me besó y no pude responderle con las mismas ganas. Mi cuerpo acababa de estallar en pedazos.

Descansé la cabeza hacia atrás, en su pecho. Cerré los ojos y suspiré, emitiendo un suave gemido. Quería sentirme así todo el tiempo. La sonrisa de Nika sobre mis labios me trajo a la realidad.

—Sin duda —susurró—, tu voz es el sonido más hermoso que he escuchado.

Capítulo 27

—Prometo que todo se arreglará.

Tomé su mano y entrelacé sus dedos con los míos. La piel morena y brillante de Dax hacía un hermoso contraste con mi palidez.

—Olvídalo, Mia.

—Es una tontería y Sophie lo sabe —repetí por enésima vez.

—Está molesta y tiene razón.

—Y ya ha sido suficiente —recalqué—. Julien y ella lo arreglaron el día después de Navidad y andan felices por todo Soleil. ¿Por qué va a seguir molesta contigo?

Querer a alguien que estaba en una relación, que resultaba ser tu amiga y que te había retirado la palabra no era un buen trago. Odiaba ver a Dax con la vista en el suelo y sin ganas de hacer nada. Estaba sentado en las gradas vacías del campo de fútbol tras un entrenamiento al que apenas le había prestado atención.

—Lo voy a solucionar —insistí.

Negó antes de besarme la mano.

—Quizás es mejor así. De todos modos, nos íbamos a separar cuando fuéramos a la universidad.

—Nadie se va a separar. Lo único que necesito es una oportunidad de sentarlos en el mismo espacio y hacer que lo arreglen. Estoy cansada de…

Me callé al ver que Charles se acercaba.

—¿Hablan de la fiesta? —dijo, ni se dio cuenta de que interrumpía.

Se sentó junto a Dax y le pasó un brazo por encima de los hombros en gesto amistoso. Iba con el uniforme del equipo y el pelo mojado por el sudor.

—¿Qué fiesta? —quise saber.

—La de Paul. Será en fin de año.

—Tengo que cenar en casa—se excusó Dax.

—Todos tenemos que hacerlo, menos Paul, que su familia se va a Regen —señaló Charles—. La fiesta será después y…

No seguí el monólogo que mi ex desplegaba para convencer a alguien de asistir a una fiesta. Me llamó la atención los pocos chicos que quedaban en el campo, entre ellos Nika, que caminaba hacia los vestuarios.

Se quitó la camiseta y me atraganté. La miopía y mis lentillas, que necesitaba renovar, no me permitían ver en detalle el espectáculo, pero no dejaba de serlo.

El pantalón corto del uniforme le quedaba a la altura de la pelvis. Distinguía el tatuaje que empezaba junto al ombligo y bajaba hasta desaparecer; a veces me preguntaba cuán abajo terminaba. Me perdí en su marcado abdomen y en su pecho, en la tinta que cruzaba de su brazo hasta allí. Imaginé cómo sería tocarlo…

Mis ensoñaciones se esfumaron.

Dos chicas entraron al campo. Una de ellas se adelantó, corrió en dirección a Nika y se le lanzó al cuello para abrazarlo. Tenía el pelo rubio y corto, no la conocía. Él se sorprendió, pensé que la alejaría, sin embargo, sonrió y le devolvió el gesto con la vista fija en la otra chica: era Chloe, con uno de sus conjuntos ajustados que la hacían lucir espectacular.

Mis dientes rechinaron, estaba presionando la mandíbula con fuerza y no lo había notado. La envidia me desgarraba las entrañas y la situación empeoró cuando la morena también abrazó a Nika, que la cargó y le hizo dar dos vueltas en el aire antes de dejarla en el suelo.

El pecho se me apretó y tuve ganas de volverme invisible y separarlas de él hasta que no pudieran tocarlo de ninguna manera. Tenía las mejillas hirviendo y el corazón me golpeaba las costillas. Lo que sentía era peor que la envidia, eran celos.

—¿No es cierto, Mia? —preguntó Charles en busca de apoyo.

—¿El qué?

Me había perdido.

—Que la fiesta le vendrá bien al ánimo de Dax.

Abrió demasiado los ojos para que estuviera de acuerdo.

—Sí. —Carraspeé—. Será perfecto para arreglar lo que hemos hablado.

No pude forzar una sonrisa, mi cerebro era incapaz de enviar ese comando si estaba centrado en repetir en bucle lo que acababa de ver. Me desesperaba no saber a qué se debía la cercanía entre ellos, si Chloe y él seguían juntos o si había una relación entre los tres, algo posible. Era enfermiza la manera en que necesitaba respuestas a preguntas que llegaban una detrás de la otra.

«Es el mismo Nika que conocí en septiembre Siempre supe dónde me estaba metiendo».

Me despedí de Charles y de Dax. No me importaba la fiesta, era posible que no sobreviviera hasta fin de año si la cabeza me seguía trabajando a tal velocidad.

Cerré los ojos con fuerza y los volví a abrir mientras caminaba por el pasillo principal del instituto en dirección a la cafetería.

Con Charles jamás había sentido celos. Era inocente y confiada, por eso no presté atención a los rumores sobre Victoria y él. Las miradas y los murmullos me acompañaron a todas partes, pero había aguantado. Al final, descubrí que me había puesto los cuernos. No quería vivir lo mismo, volver a sentirme… traicionada.

«Nika no es mi novio».

No había relación de ningún tipo. Lo único claro era que, según él, yo le gustaba y nos estábamos divirtiendo.

No tenía razón para sentir celos. Lo que habíamos hecho en la azotea fue simple diversión. Nada me daba la potestad para pensar que teníamos algo. No podía reclamarle si con otras personas hacía lo mismo que conmigo, eso no era parte del trato.

Entré a la cafetería hiperventilando. Me detuve en la fila que esperaba para comprar la comida. Estaba metiéndome en un problema serio y no lo había notado. Como siempre, quería hallar soluciones demasiado tarde.

—Buenas tardes, Pulgarcita.

Su aliento me rozó el cuello al pronunciar las palabras. Pegué un brinco tan fuerte que me golpeé la cadera con la mesa que tenía al lado, por donde se deslizaban las bandejas. La chica que estaba delante se sobresaltó y Nika, entre risas, se disculpó por mí.

—Tienes razón. —Se tapó la boca para no burlarse mientras yo me doblaba de dolor—. Tendré que anunciarme, si no te va a dar un infarto.

—Me… mejor sí —tartamudeé, masajeándome el golpe.

—¿Me dejas comer contigo?

Me arregló el flequillo, ignorando que estábamos en público. De solo pensar en los rumores que ese gesto podía crear se me revolvía el estómago. Olvidé el dolor y dije lo primero que me vino a la mente:

—Tú no comes.

Torció los labios.

—¿Por qué no iba a comer?

—Nunca te veo hacerlo.

—Hemos cenado juntos.

—Me refería a la cafetería —balbuceé.

—Que no lo haga aquí, no quiere decir que no lo necesite. Soy humano, no un vampiro.

Se había acercado más, sonriendo. El olor a fresa y mentol de su aliento me atontaba. El corazón se me iba a salir del pecho si seguía hablando con él delante de tanta gente. Me daba terror que descubrieran lo que habíamos hecho el sábado, o peor, lo celosa que me había sentido minutos antes.

—¡Tienes razón! —solté más alto de lo debido, sonando como la chillona de Sophie—. ¡Lo siento! Si quieres puedes tomar mi sitio, ya no tengo hambre.

Se mostró más confundido que yo cuando Aksel intentaba explicarme cómo solucionar un ejercicio complejo.

Hui por la puerta más cercana y doblé en la primera bifurcación del pasillo. El palpitar de mi corazón empeoraba con el paso apresurado. No podía creer que acabara de hacer el ridículo de tal manera.

No me detuve con su llamada, que solo logró ponerme más nerviosa. Estaba a punto de lanzarme a correr cuando me alcanzó.

—¿Estás bien?

Al detenernos, supe que se debatía entre reírse, por si mi absurda actitud era una broma, o preocuparse.

—Sí.

Mentí tan mal que quedé expuesta. Arrugó el entrecejo.

—¿Esto es por lo del otro día?

—¿Qué otro día?

Tenía que controlarme. Mi voz mutaba a la de una ardilla afónica.

—Lo de la azotea en Navidad —titubeó.

Miré a todos lados por miedo a que alguien lo hubiese escuchado. Me tomó del brazo para entrar al aula que había a nuestra derecha.

—Nos pueden…

—Nadie nos verá. —Cerró la puerta a su espalda—. El instituto está vacío a finales de año.

—La cafetería estaba llena.

—Exacto, los pocos que han venido están ahí —se burló—. Deja de contradecir lo que digo para no mirarme a los ojos.

Me tomó de la barbilla. Llevaba el pelo mojado, se había duchado tras el entrenamiento.

—¿Qué te pasa? —insistió—. Es por algo que hice en la azotea. —Analizó mi rostro en busca de respuestas—. Tienes que decirme si…

—¿De qué hablas?

—Pensé que había estado bien, pero no sé si para ti fue igual.

—¿Estado bien?

Nika se mordió el labio, buscando las palabras adecuadas.

—No sé si te gustó, quizás fui demasiado rápido o…

—No —interrumpí al entender de lo que hablaba—. No pasó nada con eso.

—Tienes que decírmelo, Amaia —insistió—. No soy adivino y, si hago algo que te incomoda, tengo que saberlo. No sé qué habías hecho antes o qué prefieres y no quiero presionarte.

Me daba vergüenza, pero bajo ningún concepto iba a mentirle sobre eso. Me mojé los labios y me concentré en su camisa para volver a hablar:

—No tengo mucha experiencia, pero estuvo bien.

—Tú no habías…

—Sí —dije, sabiendo a lo que se refería—, pero no así.

Obvié que, aunque hubiese hecho algunas cosas con Charles, jamás me había sentido como aquella noche. En seis meses con él, no hubo ni una vez en la que mi mente y mi cuerpo volaran de la manera en que lo habían hecho durante aquellos minutos con Nika.

No quería decir lo perfecto que fue, lo cómoda que me hizo sentir y lo bonito que era saber que habíamos compartido algo tan íntimo. Expondría lo atraída que me sentía por él.

—Fue divertido —dije al recordar lo que había maquinado unos minutos antes.

Simple diversión, eso era.

Nika sonrió.

—Para mí también lo fue.

Se inclinó hacia mí y aparté la cara en contra de todo instinto, evitando que me besara.

—Creo que voy a comer algo —murmuré.

—¿Has recuperado el apetito?

«Mierda».

—Parece que sí.

Mi actitud, de nuevo, rayaba lo ridículo y Nika sabía que algo más pasaba, pero tuvo la delicadeza de ignorarlo.

—Me mantendré lejos de la cafetería para que no dejes de comer.

Los celos volvieron al pensar en el lugar al que podría ir, al recordar el abrazo que le había dado Chloe.

—Mejor, así puedes divertirte por ahí —rezongué antes salir.

Sostuvo la puerta y me impidió huir.

—¿Qué has dicho?

Quise desvanecerme. En mi vida había actuado así, jamás había experimentado un sentimiento tan desagradable. Lo único que podía hacer era imaginar escenarios en los que él estaba con alguien más y la ira que eso me provocaba.

Nika esperaba una respuesta y, si no podía controlar mis especulaciones, menos podría hacerlo con mis palabras.

—Por lo visto, te gusta mucho divertirte.

—Sí, bastante.

Puse las manos en puño a los lados de mi cuerpo para mantener la compostura.

—No te quito más tiempo, seguro que están esperándote.

—¿Esperándome?

—Supongo que el tipo de diversión que has tenido conmigo también la tienes con otras. No las hagas esperar.

Nika frunció el ceño un segundo y al siguiente cubrió una carcajada con un falso ataque de tos.

—Me voy —repetí. No tenía ganas de seguir quedando como una estúpida.

No permitió que me moviera. Colocó las manos a los lados de mi cabeza, estaba encerrada en un pequeño espacio con su rostro a unos centímetros del mío.

—Ve a comer —dijo con una sonrisa ladeada—, pero no te vayas sin saber que tú eres la única con la que quiero divertirme.

Sus palabras agitaron mi ya descontrolado corazón. La manera en que me miraba debería considerarse ilegal. Se acercó y dejó un tierno beso en mi mejilla.

Me costó mover las piernas. Cuando salí al desolado pasillo, una sonrisa se extendió por mis labios. Nika tenía un curioso y demoledor efecto en mí.

Capítulo 28

En ocasiones, una semana podía sentirse como un mes. Desde la celebración de Navidad en la mansión hasta la cena de fin de año, habían sucedido tantas cosas que perdí la noción del tiempo.

Julien y Sophie volvían a ser los mismos de antes. Él pasaba las fiestas en Soleil y disfrutaban de cada minuto juntos. Nika y yo, tras mi ridícula escena de celos, regresamos a nuestro juego secreto, cargado de miradas y mensajes subidos de tono.

Acordamos ir a la fiesta de Paul, la que había mencionado Charles, después de medianoche. El escenario era ideal para comenzar el año, pero quedaba un detalle: la reconciliación de mis mejores amigos.

—Soph —llamé por encima del sonido de la música.

Se giró con una sonrisa, quitándole su atención a Julien, que le daba de comer cubitos de gelatina.

—¿Ha pasado algo?

—Te necesito. —Miré de reojo a su novio para que aportara su granito de arena al plan.

—Ve con ella —estuvo de acuerdo el pelirrojo—. Los del equipo no me dejan en paz, así no tienes que aguantar sus idioteces.

Mi amiga sonrió, aliviada de evitar las charlas de fútbol. Atravesamos la sala. En el suelo tenía lugar un extraño juego que incluía vasos de cerveza, naipes y un cronómetro.

Lo que sucedía en casa de Paul no se podía llamar fiesta. En el patio trasero la gente bailaba con música baja, pero la mayoría estaba bebiendo y haciendo historias sin sentido producto del grado de alcohol que cargaban desde la tarde. Empezar el año borracho era tradición para algunos.

—¿Dónde estabas? —preguntó mi amiga cuando subimos al segundo piso.

—Con Aksel —mentí, porque había estado conversando con Nika.

Llegamos a la última habitación al final del pasillo, era la única de la que no se escapaban gemidos.

—¿A dónde me llevas? —preguntó.

No contesté. Fue mejor arrastrarla dentro y cerrar la puerta a mi espalda para que no pudiera escapar. Se quedó inmóvil al ver a Dax y me posicioné entre los dos como mediadora.

Ella se balanceaba sobre los talones, mirando en cualquier dirección. Él no paraba de retorcerse las manos, que mantenía entrelazadas a la espalda.

—No pueden seguir así. —Pasé la vista de uno a otro, esperando un asentimiento que jamás llegó—. Dado que se comportan como niños, lo haremos como en el equipo.

Sophie me miró con mala cara por la encerrona, el reclamo en mi voz o ambas cosas.

—Yo me voy —expliqué, aunque ambos supieran cómo funcionaba— y ustedes conversan sobre lo que necesiten. Una vez que salgan, todo está olvidado.

—Pero…

—¿Queda claro? —repetí con la amenaza implícita.

Asintieron al no tener opción y me alejé.

—No tarden demasiado —sugerí desde la puerta—. Quiero llegar a casa antes del amanecer.

No esperé respuesta y deseé con todas mis fuerzas que lo solucionaran. La idea de ponerlos frente a frente no había sido mía, sino de Nika, y era mi única esperanza.

Estaba a punto de bajar cuando el susodicho apareció de la nada.

—¿Funcionó? —preguntó Nika. Subía los escalones a paso lento.

—No sé, ahora mismo deben de estar mirándose como tontos.

Me apoyé en el pasamanos, en lo alto de la escalera.

—Se arreglará —me tranquilizó.

Incluso un escalón por debajo me sacaba un buen tramo, pero era más fácil mirarlo a los ojos. No había un día en que no me quedara atontada por lo atractivo que era sin esfuerzo alguno. Iba despeinado y con una de sus gigantescas sudaderas informales.

—Por cierto —dijo, ajeno a mis problemas de concentración y que estaba a nada de babear—. Quería proponerte algo.

La picardía en su voz me hizo desconfiar.

—No pienso meterme a un cuarto asqueroso de esta casa —dije, recordando los gemidos que había escuchado por el pasillo.

—Ya sé que te dan asco las habitaciones de cualquier casa donde hagan una fiesta —se burló.

—A menos que esté limpia —puntualicé.

—También sé eso.

Enredó los dedos en el bajo de mi blusa. Comprobé que no hubiese nadie cerca.

—Lo que propongo incluye una habitación, pero no de esta casa.

Me distraje por la manera en que movía la tela entre sus dedos.

—Mi habitación es muy limpia —continuó.

—Tu… tu habitación —repetí, no estaba segura de haber escuchado bien.

—Sí. La misma que está en esa despampanante mansión que tanto te gusta —explicó—. A esa habitación me refiero.

—¿Cómo llegaríamos hasta allí?

Hice magia para que mis palabras no se juntaran y perdieran sentido, si es que lo tenían.

—La fiesta está muriendo. Cuando regresemos, quédate conmigo.

—¿Toda la noche? —Asintió, despacio, devorándome con la mirada—. ¿Estás pidiendo que me quede a dormir contigo?

—No precisamente a dormir.

Me acarició el abdomen con el dedo pulgar y aguanté la respiración.

—No puedo pasar la noche fuera de casa.

—Regresas antes de que amanezca.

—Pero mi madre…

—Antes de que se despierte.

Busqué razones por las que negarme, aunque no quisiera encontrarlas.

—Cuando Dax te lleve —continuó—, en vez de ir a tu casa, vienes a la mía.

—¿Y Aksel?

—Entras cuando no te vea.

Era una locura que tenía ganas de llevar a cabo.

—Prometo que valdrá la pena —dijo al acercarse.

Su perfume me golpeó como una bola de demolición. Era dulce y seco, mezclado con aquel característico olor a mentol. Adoraba su aroma, cada vez se hacía más conocido, perturbador.

—Di que sí —suplicó.

Estaba a punto de besarlo en respuesta cuando escuché unos pasos. Creé una distancia nada sospechosa entre nosotros. Dos chicos subieron tomados de la mano. Pasaron a nuestro lado sin prestar atención y desaparecieron tras el sonido de una puerta al cerrarse.

—¿Cómo es que siempre escuchas todo antes que yo? —se mofó.

—Cuando uno de tus sentidos falla —dije, señalando mis ojos y recordándole la miopía—, los demás se desarrollan. Tengo buen oído.

—Interesante. —Le divirtió mi teoría—. Pulgarcita tiene sentidos superdesarrollados. Puede que te conviertas en la heroína que necesita este aburrido pueblo.

—Idiota.

—La verdad es que con esa ceguera dudo que puedas ayudar a alguien en peligro, da igual lo bien que escuches.

Le di un coscorrón y lo despeiné más.

—Entonces —continuó, el golpe no le había afectado—, ¿jugamos al escondite hasta mi habitación, en la torre más alta de la mansión Bakker?

Me mordí el labio para no demostrar las ganas que tenía de que acabara la fiesta.

—Solo esta vez.

Pasé por su lado con fingida indiferencia y bajé la escalera.

—Eso no te lo crees ni tú, Pulgarcita —dijo, inclinándose sobre el pasamanos y mirándome caminar hacia la sala.

No respondí a su provocación y regresé al patio, donde me encontré a Victoria y a Rosie.

Miré el reloj a cada minuto hasta que Dax y Sophie salieron por la puerta trasera. Intercambiaban palabras y un par de sonrisas; aunque se vieran retraídos, lo habían arreglado.

Busqué a Nika con la mirada y capté su expresión de «te lo dije». Sonreí antes de que Aksel entrara en mi campo de visión. Él también observaba a mis amigos y a Sophie, que buscó a su novio para abrazarlo por la espalda.

La situación era digna de telenovela. Esperaba que la paz durara algo y que los pretendientes entendieran que era mejor olvidar lo que sentían y no guardar esperanzas.

Dax seguía alejado, conversaba con Paul en los columpios, y vigilé hasta que estuvo solo. Me balanceé al tomar asiento a su lado.

—¿Todo bien? —Cuando sonrió, detuve el columpio—. Sophie y tú lo han arreglado, ¿no es cierto?

—Sí. Problema olvidado.

—Pero…

Jugueteó con la botella de cerveza que tenía en la mano y raspó la etiqueta con el pulgar.

—Tiene una fecha de caducidad.

—¿Qué?

—Yo… Sophie… —Apretó los labios—. Todo está bien ahora y volvemos a hablar, pero en algún momento ganará la distancia.

Resoplé.

—Estoy cansada de decir que no nos separaremos por ir a universidades distintas.

—No me refiero a eso. —Esperé a que terminará su cerveza de dos largos tragos—. No puedo vivir enamorado de Sophie no me hace bien. Ella no siente lo mismo y jamás lo hará. Soy su amigo y, cada día que le doy a este sentimiento, más peligro corre nuestra amistad y más daño me hago.

Puse mi mano sobre la suya, que descansaba en su rodilla.

—Tú puedes con esto. —Me destrozaba verlo así—. Si Soph se entera de lo que sientes, no dejará de ser tu amiga.

—Lo sé y he pensado en decírselo, soltarlo para seguir adelante. —Alzó la vista hacia los que conversaban cerca de la piscina. Ella estaba ahí, bajo el brazo de Julien—. No puedo hacerlo, sería muy egoísta.

—Si te ayuda a superarlo, ella no lo verá así.

—Sé que no dejaré de sentirlo, no cambiará. —Apartó su mano de la mía—. Solo hay una manera de que esto termine, pero duele tanto que no quiero ni pensarlo.

No pregunté cuál, imaginaba la respuesta: alejarse de ella. Sin embargo, el dolor que le provocaba se reflejaba en su rostro y decirlo sería peor. Nos quedamos en silencio, balanceándonos, con el chirrido de los columpios como acompañamiento. No supe cuánto tiempo pasó hasta que Dax se aburrió y propuso llevarme a casa.

Le lancé una mirada a Nika mientras me despedía de Sophie y entendió el comunicado silencioso. Hice el camino de regreso en el asiento delantero del coche. Dax iba hundido en sus pensamientos y los Bakker siguiéndonos en la moto. Sentía la mirada de Nika sobre mí cuando miraba por el espejo retrovisor. Un par de veces nos adelantó, provocándome con una sonrisa al pasar por mi lado.

Me comían los nervios cuando llegamos a casa y nos despedimos. Besé a Dax en la frente después de prometerle que todo estaría bien y fingí abrir la puerta hasta que dio la vuelta y el coche se perdió en dirección al pueblo.

Me senté en el escalón de la entrada, miré mi teléfono durante varios minutos sin obtener una señal de Nika. Para entretenerme, intenté seguir la melodía de una canción. Di golpecitos en el suelo con los pies para seguir el ritmo y no pensar en el frío. Estaba helada y a punto de entrar a casa cuando el teléfono vibró.

Idiota Bakker: Todo despejado. Entrada principal, ahora.

Intenté no hacer ruido, aunque nadie me fuera a escuchar. Bordeé la propiedad y atravesé el camino más corto. La puerta estaba entreabierta y una mano la sostenía. Subí la escalerilla y Nika se colocó un dedo sobre los labios.

—Aksel está en la cocina —susurró.

Cerró la puerta con cuidado. El ruido fue notable, pero no más que mis pies sobre los escalones de madera. Era imposible caminar en silencio, hasta el sonido de nuestra respiración me hacía sentir expuesta.

Alcanzamos el primer piso de camino a la seguridad de su habitación, pero alguien se acercaba, sentía sus pasos.

—¿Qué pasa? —preguntó Nika cuando no me moví.

Prestó atención y del oscuro pasillo apareció Aksel.

—¿Mia?

Muy listo no había que ser para sacar una conclusión. No tenía ningún sentido que le contara una excusa.

«Hola, Aksel. He venido a las cuatro de la madrugada a recoger el cuaderno imaginario que me dejé la semana pasada».

—¿Qué hace ella aquí? —preguntó con los ojos sobre su hermano.

Justificaciones imposibles cruzaron por mi cabeza, pero me distraje con un sonido extraño. Le tapé la boca a Nika, que estaba a punto de contestar.

—¿Qué ha sido eso?

Miré a todos lados en busca del ruido.

—¿Qué ha sido qué?

Las palabras de Aksel se mezclaron con el mismo sonido, alguien tosiendo.

—¿Por qué siempre escuchas antes que…?

Silencié a Nika al tiempo que volvía a oírlo. Sus ojos se abrieron en señal de terror.

—Madre.

Fue lo único que salió de sus labios antes de apartar a su hermano y correr por el pasillo. El miedo se apoderó de mí al escuchar cómo la llamaba a gritos. Cuando llegamos a la última habitación, no di crédito a lo que vi.

Capítulo 29

La señora Bakker estaba inconsciente en el suelo, rodeada de vómito.

Nika se arrodilló y la llamó repetidas veces. Su voz se quebraba perturbando la antes silenciosa mansión. La colocó de lado, le levantó la mano y le dobló las rodillas. La mujer emitió unos extraños sonidos que se mezclaban con la tos. Más vómito se esparció por el suelo.

—No respira —dijo Nika.

—Quítate —intervino Aksel—. Sí respira.

—¡No! ¡No lo hace!

Movió a su madre con la facilidad con que se manejaría a una muñeca. Presionó su pecho con las manos juntas mientras contaba.

—Quítate, Nika. Yo me ocupo.

Aksel no existía para el castaño y yo estaba paralizada, con el corazón golpeándome en los oídos.

—¡Ella está respirando! —gritó el pelinegro—. ¡Tienes que quitarte, Nika!

Aksel tomó a su hermano del brazo, que respondió más rápido de lo que mis ojos pudieron seguir. Olvidó a su madre y lo agarró del cuello para alzarlo en el lugar, haciendo que quedara de puntillas para no perder el equilibrio. El rostro de Nika estaba crispado por la furia.

—¡Cállate! Tengo que hacerla respirar. —Lo zarandeó—. ¡Tiene que respirar! —bramó con tal potencia que retrocedí dos pasos hasta chocar con el marco de la puerta.

—Está respirando, Nika —repitió Aksel, le costaba hablar con claridad debido a la falta de aire.

No sonó asustado, a pesar de la desfavorable situación en que se encontraba. Nika no cedió, al contrario, sus manos se cerraron con más fuerza, cortándole la respiración a su hermano. El color de su cara cambió y no supe cómo intervenir. Lo podía matar.

La tos irregular de la señora Bakker nos trajo a la realidad.

Los hombros de Nika se relajaron. Soltó a su hermano y cayó de rodillas para comprobar el pulso de su madre. Exhaló, aliviado, y cerró los ojos, con las manos temblando sobre el pecho de la señora Bakker.

Tras unos segundos, nos miró: a Aksel, que se mantenía impasible; a mí, en la entrada de la habitación. La misma expresión volvió a su rostro, la ira contenida, el miedo. Le tembló el labio. Había olvidado que yo estaba ahí.

—Ve a tu habitación, Nika —dijo Aksel.

Me llamó la atención la manera en que pronunciaba su nombre en cada frase, como si lo llamara a tomar consciencia.

—Vete —repitió—, yo me encargo.

Nika me observaba con los ojos muy abiertos. Con cinco pasos podría darme alcance y tomarme del cuello. Yo era más liviana y frágil que Aksel. La sensación de asfixia fue tan real como las imágenes en mi mente.

El pelinegro puso la mano sobre su hombro y le dirigió una significativa mirada que lo ayudó a reaccionar. Nika salió por la otra puerta en dirección a la escalera que había al fondo del pasillo.

Solté el aire que había contenido y empecé a hiperventilar. Me fijé en la señora Bakker, que dormía, ajena a todo el conflicto, y Aksel batalló para cargarla hasta el baño.

Mis manos estaban heladas y mis pies soldados al suelo. Tenía cada músculo paralizado y solo mis ojos se movían en busca de una explicación a lo que acababa de presenciar.

Dax me había contado de la pelea en los vestuarios y la manera en que Nika reaccionó. No sabía si mi conmoción se debía al miedo por la violencia con que se desenvolvió o al estado de su madre.

Había vómito en el suelo y sobre la almohada. La mujer había estado a punto de ahogarse. Nika debía de haberla bajado de la cama antes de que llegáramos. No entendía nada.

«Muévete. ¡Haz algo! No puedes quedarte aquí parada».

Me forcé a caminar, luchando contra los músculos agarrotados. Empujé la puerta sin hacer ruido y me encontré a Aksel junto a la bañera y a su madre dentro, inconsciente. Intentaba quitarle la ropa para asearla. Sus ojos verdes brillaban bajo la tenue luz que entraba por la única ventana cuando me detuve a su lado.

—No sé hacerlo —confesó con angustia—. Nika es quien lo hace siempre.

Miré a la mujer, más vulnerable que nunca. Me costó un minuto y varias miradas a un roto Aksel para recomponerme. Sorbí por la nariz para ganar valor.

—Limpia la habitación. Yo me ocupo de ella.

—Pero…

—Trae ropa y cambia las sábanas. Hay que acostarla.

Aksel dudó. Tuve que obligarlo a salir para ocuparme de la señora Bakker.

Tenía restos de vómito aquí y allá. Su ropa estaba manchada y quedaría inservible. El olor era muy fuerte y se mezclaba con algo más… Mis manos se detuvieron sobre los botones de su camisón al reconocer el aroma del día en que la había escuchado discutir con su hijo. Cuando me abrazó, olía así, a licor dulce.

La señora Bakker estaba borracha. La angustia en mi interior se aplacó. El exceso de alcohol era manejable.

Logré deshacerme de su ropa y bañarla con agua tibia. Un par de veces capté nombres: Nikolai, su hijo, Mary, mi madre, Emma, mi hermana. Por su confusión, no sabía quién estaba con ella.

La sequé en la misma bañera y entre los dos la mantuvimos en pie para vestirla. Aksel la cargó a la cama y se acostó a su lado. Acarició su pelo mojado y vi el dolor que lo desarmaba.

—Creo que… me voy —murmuré.

Me observó con los ojos llenos de lágrimas, que luchaba por no derramar delante de mí.

—Ve a ver a Nika —suplicó—. Sé que es mucho pedir, pero… por favor.

—Creo… —Mi cuerpo se estremeció—. Es mejor dejarlo solo.

Bajó la vista a su madre.

—Nika tenía trece años la primera vez.

—¿La primera vez?

Aksel apretó los labios con fuerza.

—Es alcohólica, Mia.

Mi vista se nubló por un momento y tuve que apoyarme en la mesilla de noche para no tambalearme. Las fotos que había visto una semana antes aparecieron frente a mí. Imaginé con total claridad a un Nika adolescente presenciando esa situación.

—Nika ha visto a mi madre a punto de morir ahogada en su propio vómito tantas veces que vive con pánico a que algo le pase —continuó—. Ha tenido rachas donde no duerme por cuidar su sueño, incluso si ella no ha bebido. Siempre me lo ocultan.

La discusión cobró sentido, al menos parte de ella. Que fueran a terapia, también. Mi error fue pensar que Nika era el motivo. Recordé las palabras de mi madre:

«El problema es de uno, pero los otros deben enfrentarlo. Ya los ha marcado suficiente si han dejado su vida atrás por las consecuencias».

—Él siempre la trae de vuelta y nunca me deja ayudar —agregó—. Nika pierde la razón cuando la ve así. Intenta controlarlo por cuidarla, pero ahora ha sido peor porque ella estaba bien y hacía mucho que no sucedía.

—¿Cuánto?

—Desde septiembre, desde el día que ustedes durmieron aquí.

Coincidía con la discusión, lo que ocultaban de Aksel, lo que la madre de los Bakker había prometido cambiar.

No sabía nada de alcoholismo o de cómo se trataba. Sin embargo, ser un niño y lidiar con tu madre en riesgo de morir no era a lo que una persona pudiera acostumbrarse.

Me quedé mirando el rostro relajado de la señora Bakker. Tan joven y hermosa, tan llena de problemas para llegar a ese estado. Las razones detrás de su adicción eran las que me presionaban el pecho y me llenaban de preguntas.

—Mia —llamó Aksel—, tengo que quedarme con ella por si vuelve a suceder. Ve a ver a Nika, yo no puedo hacerlo, no sé si está bien.

Mi respiración se descompasó una vez más. Lo estaba suplicando y yo solo podía retroceder para irme, darle la espalda sin acceder a su petición.

—Mia —volvió a llamarme cuando estaba en la puerta, y lo observé por encima del hombro—. Gracias.

No respondí porque, al poner un pie en el pasillo, lo único que quería era correr a mi casa. Me quedé en lo alto de la escalera, apoyada en el pasamanos.

No podía subir. La reacción violenta de Nika y la frialdad de su voz me habían aterrorizado. Tenía miedo de que me hiciera lo mismo si me paraba delante de él, pero no quería abandonarlo.

«Amaia Favreau, siempre indecisa, siempre sin saber lo que quiere».

Me molestaba no poder moverme, no saber qué hacer, no tener claro si subir o bajar, enfrentar la realidad o ignorarla, correr hacia Nika o huir de él.

Cerré los ojos para olvidar el miedo y decidir por instinto. Mis pies se pusieron en marcha a voluntad y busqué la escalera que conducía a los pisos superiores. Dudé con cada paso, pero no me arrepentí.

La puerta que tanto adoraba en la infancia no hizo ruido cuando la empujé.

La habitación de Nika estaba a oscuras, con aquel tono azulado que le daba la luz de la luna al colarse por los cristales tintados de las ventanas.

El suelo estaba mojado y seguí las pisadas que provenían del baño. Estaba sentado en el borde de la cama, que no era más que un colchón en el suelo. Llevaba una camiseta de manga corta color rojo, desteñida y llena de agujeros. Estaba encorvado y con la cara entre las manos, que a la vez escondía entre las rodillas. No se movía. Su figura apenas subía y bajaba con el suave ritmo de la respiración.

Crucé las manos a mi espalda antes de llamarlo. Su pelo goteaba, empapado, y los ojos vidriosos destellaban. Avancé dos pasos sin cortar el contacto visual.

Cuando se puso de pie, lo hizo demasiado rápido. Contuve la respiración, no sabía cómo reaccionar. Olía a gel de baño y a champú.

—Me alegra que no te hayas ido —dijo con voz neutral y desconocida.

No me miraba de la misma manera. Intenté ubicar a qué me recordaba aquel brillo en su mirada… Era oscura e inquietante.

Recordé cuando discutió con su madre y cuando lo detuve en el pasillo y me lastimó con sus palabras al decirme que había jugado conmigo. El estómago se me retorció al reconocer aquel gesto tenso de su mandíbula, no había rastro de la sonrisa de hacía unas horas en la fiesta. No era el Nika que conocía.

—He venido a saber cómo estabas —musité.

—Bien —respondió, colocándome un mechón de pelo detrás la oreja.

Me tensé cuando me tocó los labios. Con la otra mano, apresó mi cintura y me pegó a él.

—Hace un momento no estabas bien —me forcé a decir. Temía su reacción si intentaba alejarme.

—Estoy perfecto, Amaia —respondió con seguridad, haciéndome caminar de espaldas—. No ha pasado nada.

Se deshizo de mis zapatos para que subiéramos a la cama hasta quedar de pie en medio del colchón.

—¿Qué haces, Nika?

—Te dije que nos divertiríamos hoy —susurró en mi oreja y me quitó el abrigo—. Prometí que valdría la pena que te quedaras y cumpliré mi palabra.

Fue dejando besos en mi clavícula, subiendo por el cuello mientras se arrodillaba conmigo para quedar a una altura similar. Intenté impedir que me besara, pero de todos modos lo hizo. Su boca atrapó la mía con desesperación y tuve que empujarlo.

—No.

Reaccionó al ver que mis manos ponían distancia entre nuestros cuerpos, pero el instinto explosivo seguía en él. Quería concentrarse en mí para evadir la realidad.

—Ahora no —repetí.

No me forzaría, ni aquel Nika oscuro se atrevería a tanto, pero no bastaba con frenarlo. Quería borrarlo, deseaba que volviera a ser él a pesar del dolor que debía de estar sintiendo.

Le peiné las cejas con los pulgares para que suavizara la expresión e intenté que los dedos no me temblaran. Le acaricié el rostro hasta que se relajó. Deseé reconfortarlo sin hablar, pero las palabras eran necesarias.

—Tu madre está bien —murmuré—. Aksel la está cuidando.

Negó con la cabeza. Dejó caer los hombros y hundió el pecho, derrotado.

—Yo sabía que pasaría —se lamentó—. Al final siempre pasa.

—¿De qué hablas?

Se sentó sobre los tobillos y su cabeza quedó a la altura de mi pecho.

—Me confié una vez más. Es mi culpa que pasara.

—No. —Acuné su rostro—. Es una recaída. No es culpa de nadie. Mi madre…

—Ni tu madre puede arreglarlo —cortó—. Es mi deber cuidarla y la dejé sola. Es mi culpa. Todo esto lo es.

Las lágrimas se deslizaron por sus mejillas y marcaron las contraídas facciones.

—Es mi culpa —repitió—. Si muere es mi culpa. Por no cuidar de ella, por no estar pendiente. Yo tenía que estar aquí, aunque ella no lo pidiera.

—No es tu culpa —recalqué. Lo abracé y lo acerqué a mí—. No lo es.

Me devolvió el abrazo con tanta fuerza que me dejó sin aire. No importó. Enredé los dedos en su pelo y hundió la cara en mi cuello para ahogar el llanto. No se cansaba de repetir que era su error.

Me negaba a imaginarlo con trece años, intentando que su madre no se ahogara o pasando noches sin dormir para cuidarla.

Lo abracé con ansias de borrar lo sucedido. Quise mantenerlo en una pieza cuando era obvio que hacía mucho que estaba más que fraccionado. Los reclamos y reproches por haber dejado sola a su madre no paraban.

—Todo está bien —dije cuando su respiración se volvió errática—. ¿Me escuchas, Nika? —añadí, sin soltarlo. Me tumbé para que descansara la cabeza en mi pecho—. Escucha mi voz, concéntrate en mi voz —supliqué—. Todo va a estar bien, lo prometo.

Se acurrucó en mi costado, sin dejar de abrazarme y repitiendo las mismas frases que ya habían perdido el significado.

—Necesitas calmarte. —Le aparté el pelo de la frente y lo besé una y otra vez—. Tu madre está bien, todo estará bien.

Sus bajos lamentos continuaron. Por primera vez en mi vida quise creer en algo divino para pedir ayuda.

Mantuve mis labios en su frente sin prestarle atención al descomunal peso de su brazo. Nika era enorme y yo no era más que una enana intentando juntar las fuerzas del universo para hacerlo sentir mejor.

Poco a poco, cedió. Quizás por el cansancio o el shock de lo ocurrido. Las palabras se espaciaron hasta desaparecer, su respiración se calmó y cayó en un profundo sueño.

Me abrazaba como a un objeto que no quería dejar ir. Traté de moverme lo mínimo posible y descansé la mejilla sobre su cabeza. El pelo húmedo contra mi piel se mezcló con la silenciosa lágrima que se me escapó.

La opresión en mi pecho no se iba. Solo podía pensar en una cosa mientras lo acariciaba. Si a mí me destrozaba saber que una situación de ese tipo existía, ¿cuánto le dolería a él haberla vivido durante tantos años?

Capítulo 30

Después de que Nika me libró de su abrazo, la habitación comenzó a iluminarse con el color violáceo del amanecer que pronto se convirtió en rosa.

Era increíble que unas horas antes hubiéramos experimentado tanto y al dormir pareciera… relajado. Jamás imaginé que pudiera romperse como lo había hecho, que detrás de lo que todos veían hubiese alguien que sufriera tanto.

Me acomodé de costado y bajé la vista a sus tatuajes. Su mano descansaba sobre el pecho. Al nivel de la muñeca, se entrelazaban un par de colas. Dos animales, un reptil y un ave, trepaban por su brazo, con sus patas, garras, plumas y escamas. En algunos lugares, eran un mismo cuerpo.

El dibujo se perdía dentro de su camiseta llena de agujeros. A través de uno tan grande que dejaba el hombro y el pecho al descubierto, identifiqué las cabezas de los animales. Un dragón y un fénix se miraban cara a cara, este último mostraba una postura ofensiva. El sombreado marcaba las perfectas escamas y las plumas bien definidas parecían ligeras.

Algunos desniveles en su piel llamaron mi atención. Aquí y allá se veían defectos, la superficie donde descansaban los dibujos era más brillante en ciertos puntos. Eran cicatrices pequeñas y alargadas. La mayoría debían de haber sido profundas, a pesar de que el tatuaje las cubría muy bien. Me hubiese gustado comprobar si en el torso también las tenía.

—Te has quedado.

Su voz ronca me sobresaltó.

—Deberías seguir descansando.

Yo tampoco sonaba como de costumbre.

—Tú también. —Inspeccionó mi rostro—. No has dormido nada, ¿cierto?

Imitó mi posición, acostándose sobre el brazo tatuado para quedar frente a mí. No hicimos más que mirarnos durante varios minutos.

—Siento mucho lo que pasó ayer —murmuró.

Tenía la garganta adolorida y seca. Me sentía mal por el momento en que había dudado entre salir huyendo o ayudarlo.

—Lamento que conocieras algo de mi familia que habría preferido que no supieras nunca.

No fui capaz de contestar. Le siguió otro silencio donde me sentí examinada.

—Sabías que íbamos a terapia.

No tenía sentido mentir y él no estaba preguntando.

—No sabía la razón.

—¿Tu madre te lo contó?

—Escuché lo que no debía.

Quiso sonreír y apenas pudo articular una mueca. Tomó mi mano con delicadeza.

—Es mi culpa.

—No, Nika…

—Mi madre comenzó a beber por mi culpa —interrumpió, entrelazando sus dedos con los míos.

La yema de su pulgar siguió el borde de mi uña, un movimiento impropio del Nika tan seguro de sí mismo que creía conocer.

—Fue después del accidente de mi hermana.

Agradecí no estar de pie. Las piernas me habrían fallado por la falta de sueño.

—Mi hermana murió con dos años —añadió—. Un día Aksel tuvo una fiebre muy alta y mi madre lo llevó al hospital.

Mi cerebro no era capaz de agregar una hermana pequeña a la situación, tampoco de conjurar palabra y lo único que me quedaba era escuchar.

—En ese entonces me importaba más mi música, tanto como para no cumplir las indicaciones de mi madre. —Tomó aire con dificultad—. Tenía que cuidarla. —Se mordió el labio inferior—. No estuve pendiente en el momento adecuado y tampoco escuché lo que pasaba.

—¿Cómo? —pregunté.

—La escalera era muy alta y ella era muy pequeña —no explicó demasiado.

Los ojos se me llenaron de lágrimas. Yo tenía una hermana a la que había visto crecer y mis padres me enseñaron a cuidar de los peligros cotidianos, como la esquina de la mesa de cristal que teníamos en el salón.

—Era pequeña, frágil y hermosa —añadió—. Era la princesa de la casa y yo no pude cuidarla.

Entendí los lamentos de la noche anterior y la pena que cargaba. No solo se culpaba por la muerte de su hermana y la segura depresión que llevó a su madre al alcohol, también por lo que podía suceder si no estaba pendiente.

Lo tomé de la barbilla para que me mirara a los ojos.

—No es tu culpa. —Logré que mi voz no temblara.

—Eso repiten siempre, pero no tienen ni idea de lo que hablan.

—No puedes buscar un culpable a todo.

—Pero los accidentes se pueden evitar.

—¡No! —Lo obligué a mirarme cuando intentó volver la vista a nuestras manos—. No todos se pueden evitar y nada de lo que hagas cambiará el pasado.

—Es fácil disminuir lo que me pasa cuando se ve desde afuera.

—Puedo entender lo que sientes —aclaré, acercándome hasta que hubo un palmo de distancia entre nosotros—. Al menos puedo intentarlo, aunque no lo haya vivido. No tienes que culparte y para eso necesitas ayuda.

—¿De un psiquiatra como tu madre?

Le toqué los labios y disfruté de la calidez de su piel.

—De cualquiera que esté dispuesto a ayudar.

Sus ojos azules quedaron lívidos. Me perdí en ellos, en su dolor, en lo sorprendido que quedó ante mis palabras.

Desde que crucé su puerta unas horas antes, no había vuelta atrás, a pesar de mis miedos. Sabía más de él y, si me dejaba, quería estar a su lado para ayudar. Iba a decirlo cuando mi teléfono comenzó a vibrar en el bolsillo.

—¡Oh, no! —Me senté de golpe al ver que eran las ocho y mi madre me llamaba—. Tengo que irme.

Gateé por la cama hasta alcanzar mis zapatos. No respondí a las preguntas de Nika y salí corriendo con el abrigo en la mano. No sabía si contestar, porque estaba a menos de un minuto de casa. Los nervios no me dejaban pensar. Cuando llegué a la salida, opté por la opción más cobarde: rechazar la llamada.

Jamás había dormido fuera sin avisar, no era una situación que pudiera manejar, por eso me quedé paralizada al poner un pie en el salón. Mamá me esperaba en el sofá de dos plazas que apuntaba a la puerta. No tuvo que hablar, solo miró el sillón que había frente a ella.

—¿Se puede saber, Amaia Favreau —dijo cuando me senté— dónde estabas y por qué no has venido a dormir?

Por unos segundos, temí lo que vendría, pero no tenía muchas opciones. Mientras miraba avergonzada el suelo alfombrado, lo confesé todo. Le conté desde mi intento de escaparme con Nika hasta la situación en que habíamos encontrado a la señora Bakker: borracha y ahogándose.

En ningún momento cambió su expresión. Me escuchó tartamudear en los pedazos más complejos y perder el aliento al hablar tan deprisa, usaba demasiadas palabras para contar un par de sucesos.

Cuando terminé, cruzó las manos sobre el regazo. Llevaba una bata de satén rosa que le cubría el pijama a juego.

—Dices que ibas a pasar un rato con Nika.

—Iba a regresar antes de que despertaras —especifiqué, aunque no brindara un punto a mi favor.

—Mia, no eres una niña. No te voy a gritar por ir a «pasar el rato» con Nika Bakker. Supongo que hay algo entre ustedes si vas a su habitación en medio de la madrugada.

No podía mirarla a los ojos. Esperaba una respuesta que yo era incapaz de dar porque no había querido darle vueltas a qué pasaba entre nosotros.

—Algo —murmuré.

—Espero que estén usando protección.

Me detuvo antes de que empezara a balbucear.

—Es tu intimidad, Mia. Hace mucho que sabes lo necesario para tener una vida sexual responsable.

—Pero…

—Sabes que, si quieres conversar, aquí estoy —me interrumpió.

Con mamá, cada cual tenía su momento para expresarse. Yo hablaba y ella escuchaba. Era su turno y, cuando alzaba la mano, significaba que debía detenerme.

—Siempre estaré para lo que necesites —continuó—, pero si no te sientes cómoda, no tienes que contármelo. Es otra cosa que tampoco te voy a reclamar.

—No lo hemos hecho, mamá —dije, nerviosa—. No tienes que preocuparte por eso.

—No me preocupa —confesó—. Lo que sí me preocupa es que mi hija no duerma en casa y encontrar su habitación vacía cuando me despierto, que no digas dónde estás.

—Pero yo iba a llegar antes…

—Ya sé que la situación se complicó. —Ella no iba a sacar el tema, aunque quedaba claro que yo sabía más de lo que debería sobre la señora Bakker y la terapia—. Lo único que pido es que me avises. Me da igual si asaltas el ayuntamiento con un pasamontañas.

—Lo siento.

Me encogí en el sitio.

—Jamás te hemos dado razones para que ocultes lo que te pasa. Necesito confiar en que vas a contarme lo que haces, solo eso.

Me quedé en silencio, pensando en los meses que llevaba ocultando mis dudas sobre la universidad, mis ganas de abandonar Soleil y no volver. Me sentí peor.

—¿Hay algo de lo que quieras hablar? —No respondí—. ¿Algo sobre Nika o lo que sea que esté pasando entre ustedes?

Era lo que menos me preocupaba en ese instante, pero no podía negar que la duda existía. No tenía claro nada sobre él, su pasado o nosotros, era como estar flotando.

—¿Cómo sabes lo que sucede con alguien? —pregunté. Mi madre parecía confundida—. Me refiero a que, si no salen juntos ni se besan en público, ¿cómo respondes cuando te preguntan lo que está sucediendo entre ustedes?

Alzó las cejas al comprenderlo. Se inclinó y apoyó los codos en las rodillas.

—Se conversa, como tú y yo estamos haciendo ahora. La comunicación es clave para la vida, para las relaciones de cualquier tipo. Tenemos que exponer nuestros pensamientos, sin gritar ni discutir.

—¿Eso no me haría ver patética?

—Lo que acabo de charlar contigo, ¿se vio patético?

Bufé.

—No es lo mismo, eres mi madre.

—Además de tu madre, soy una persona con la que vives. Por mucho que te quiera, no estoy dispuesta a llevarme el susto de mi vida al despertar y ver que no estás.

Me sentí la peor hija del continente. Me destruía con su paz infinita.

—Yo, tu madre —continuó—, tengo que decirte lo que soy capaz de tolerar. Quiero que mi hija me diga cuándo pasará la noche fuera porque es una persona responsable. Es lo único que pido. Te hago saber lo que espero de ti, como también deseo que tú digas lo que esperas de mí. A eso me refiero con comunicación.

—Quiere decir que para saber qué está pasando con Nika, ¿debería preguntarle?

—Conversar, Mia. No vas a pedirle que te lo explique, puede que le suceda lo mismo. —Sonrió—. Si tienes dudas, hablen y lleguen a una conclusión. De eso se trata el compromiso y funciona a distintos niveles, no solo en el plano amoroso.

Entendí a qué se refería, pero había más… Sentimientos guardados que prefería no dejar salir, por ejemplo: el rencor por lo que habíamos vivido desde que nos conocíamos. Me costaba imaginar esa conversación con Nika, pues me aterraba no saber cómo podría reaccionar.

—Y ¿qué pasa si él no es siempre igual? ¿Qué pasa si un momento es tierno y al siguiente me ignora? ¿Qué pasa si puede ser divertido e infantil, pero a la vez perder el control y ser una persona distinta? —Rememoré las últimas horas—. ¿Qué pasa si él es… bipolar? Quizás no sabe lo que quiere y por eso no me habla del tipo de relación que tenemos.

Valoró mis palabras para darme una respuesta.

—Nika no es bipolar —aclaró—. Esa es una definición que se utiliza a la ligera y que no se aplica cuando alguien tiene cambios de humor.

—Sí, pero…

—Una cosa es ser bipolar y otra que tus emociones dominen tu manera de actuar. Ambas son condiciones tratables, pero no tienen nada que ver —explicó—. Nadie se despierta siendo la misma persona todos los días, nadie es feliz al completo, tampoco se es desdichado o apático. Nuestro estado de ánimo varía por muchos factores, externos e internos.

»Cuando los conflictos son internos y están basados en traumas de la infancia, es más difícil evitar que afecten al día a día, a nuestra manera de proyectarnos. Eso es lo que le sucede a Nika, no sabe gestionar sus emociones.

—Todos podemos tener un mal día.

—No —dijo sonriendo—. Todos somos humanos, solo que la lucha interna de unos es más difícil.

Le sonreí. Tenía el don de calmarme. A veces olvidaba lo que ayudaba hablar con ella. Durante toda mi vida, había tenido la confianza para hacerlo. Desde niña le contaba hasta el más pequeño de los problemas y no sabía en qué momento nuestra relación había cambiado.

—¿Hay algo más que quieras decir? —preguntó.

Las manos empezaron a sudarme. Supe que no podría contarle lo de la universidad, aunque fuera el momento ideal. La excusa perfecta apareció cuando papá bajó la escalera con la ropa que usaba para arreglar el jardín. Reparó en que iba vestida como el día anterior, pero no dijo nada y se fue a la cocina.

—Ve a ducharte y come algo antes de dormir —dijo mamá.

Asentí y escapé escalera arriba con la esperanza de, en algún momento, dejar de ser una cobarde.

Capítulo 31

Miré a todos lados en la oscura habitación cuando un sonido me hizo dar un respingo en la silla. Estaba en el escritorio con tres libros de Matemáticas y dos cuadernos que Aksel me había prestado la semana anterior. La única iluminación era la luz de mi lámpara de mesa.

El sonido se repitió. Venía de la ventana, pequeñas piedras golpeaban el cristal. Me levanté y abrí la cortina, me encontré a Nika un piso más abajo. Llevaba el teléfono en la mano y lo agitó sobre la cabeza, indicándome que mirara el mío.

Idiota Bakker: ¿Estás despierta?

Idiota Bakker: ¿Has dormido algo?

Idiota Bakker: ¿Todo bien?

Los dos primeros eran de distintas horas de la tarde. El último de hacía veinte minutos.

Idiota Bakker: ¿Puedes bajar?

Mia: Es tarde. ¿Necesitas algo?

Idiota Bakker: La noche es bonita y mañana no hay clase. Me gustaría verte.

Contuve la sonrisa, la emoción que me daba leer aquellas palabras no era normal.

Mia: No puedo salir de casa a las once de la noche.

Idiota Bakker: Escápate, todos los adolescentes lo hacen.

Mia: No voy a escaparme.

Idiota Bakker: Pídele permiso a tu madre.

Me quedé en silencio, mirando la pantalla sin saber cómo responder.

Idiota Bakker: Tengo ganas de hablar contigo

Me moría por verlo. Había pasado las últimas horas intentando ocupar la mente con números para no darle vueltas a nada que incluyera a los Bakker.

Mia: Espérame abajo.

Nerviosa, salí al pasillo y toqué la puerta de mis padres. Estaban confundidos cuando metí la cabeza por la puerta de su habitación.

—Mamá... Voy a bajar para ver a Nika.

Mi padre arrugó la nariz, dudando de lo que había escuchado. Miró a mamá, que contenía una sonrisa.

—A Nika —repitió, y no supe qué contestar—. ¿Volverás a dormir?

El estómago se me hizo un nudo y mi padre escondió la cara detrás de su libro para no participar en el intercambio.

—Dormiré en casa —aseguré con las orejas ardiendo.

—Gracias por avisar, cariño —añadió ella con una sonrisa.

Escuché su risa baja al cerrar la puerta y a mi padre preguntando qué sucedía. Mi secreto dejaba de ser tan secreto. Esperaba que mamá no se lo contaran a Emma o daría por sentado que Sophie y Dax lo sabrían de su diminuta boca.

Agarré un abrigo largo y grueso, hacía frío y no lo soportaría solo con el pijama. Nika me esperaba al borde de la carretera. Llevaba una de sus sudaderas y un pantalón de tela fina. Sonrió a modo de saludo, aunque el gesto no le llegó a los ojos.

—¿Has dormido? —quiso saber cuando estuve frente a él.

—Sí.

Centró su atención en las llaves que yo movía en las manos. Intentaba distraerse. Nika no sabía qué decir, pero yo no podía evitarlo, tenía que preguntar.

—¿Cómo está tu madre?

—Mal —dijo sin rodeos—. Cada vez que recae pasa lo mismo.

No tuve palabras para reconfortarlo.

—¿Tu madre se ha enfadado?

Negué y no le di importancia a que evadiera el tema.

—Me ha pedido que le avisara, incluso si pensaba asaltar el ayuntamiento.

Eso pareció tranquilizarlo.

—¿Puedes abandonar tu castillo o tienes hora de llegada?

—Dije que regresaría a dormir.

—Perfecto.

Me tomó de la mano y caminamos en silencio hasta la mansión. Entramos por el porche, directos a la escalera de caracol. Fue una dicha no tener que caminar de puntillas por miedo a que crujiera la madera bajo nuestros pies.

La noche era hermosa desde la azotea. Había luna nueva y estaba más oscuro que de costumbre, con el cielo plagado de estrellas.

—Supuse que pasarías frío —dijo, señalando al suelo.

Había un saco de dormir para cuatro personas, preparado para guardar el calor, y unos almohadones.

Me deshice de las pantuflas para arroparme dentro. Quedé boca arriba, cómoda y mirando al cielo. Nika no se metió, se acostó encima. Descansó sobre su espalda y se pasó un brazo por detrás de la cabeza.

Me puse de lado para observarlo. No sabía qué decir, solo me concentré en su perfil.

—Me gusta cómo te quedan las gafas —dijo sin mirarme.

Me llevé la mano a la cara. Solo las usaba en casa para descansar de las lentillas.

—Son horrendas.

Las puse lejos para evitar aplastarlas. Nika rio por lo bajo.

—Supongo que cada cual se ve de manera distinta. —Me miró de reojo con una ceja alzada—. ¿Estarás a salvo sin ellas? ¿Ves algo desde ahí?

—Así no funciona la miopía, idiota.

—¿Y si me alejo? —Agitó una mano delante de mi cara.

—Tienes que alejarte lo suficiente para que vea borroso. —Puse los ojos en blanco—. Lo de no ver a un palmo más allá de mi nariz era una manera de hablar.

Volvimos al silencio, sin agregar nada.

El saco de dormir era tan mullido que no parecía estar sobre el suelo. Pensé en decirle que se abrigara y compartiera el calor conmigo, pero recordé que estaba acostumbrado al invierno de Prakt.

Acumulaba preguntas que no era capaz de formular por temor a no obtener respuesta. Preguntas sobre su vida antes de llegar a Soleil, las cicatrices, su hermana y su pasado.

—¿Tu madre sabe que yo…?

—Sí —intervino—. Hace que se sienta peor. Supone que se lo has contado a tu madre y tendrá que enfrentarse a ella el lunes.

—Lo hice, pero…

—No tienes que justificarte. Si no lo hubieras hecho tú, lo habríamos hecho nosotros.

Me calmó saberlo.

—Mi madre —dije, mirando la costura del hombro de su sudadera— ¿sabía de tu hermana?

—¿No hablaron de lo que pasó?

—Ella jamás me cuenta cosas de sus pacientes.

—Sí. —Exhaló—. Sabe por qué comenzó todo. Se supone que es lo que está tratándole.

De nuevo apareció la opresión en el pecho al entender lo que cargaba. Una hermana y un padre… muertos.

—¿Qué pasó con tu padre? —tuve que preguntarlo para intentar unir las piezas sueltas.

Nika cerró los ojos y se mojó los labios.

—Eso fue antes.

—Pero también influyó, ¿no?

—Digamos que fue el principio y mi hermana el detonante.

Dudé, pero no perdía nada por intentarlo, así que pregunté:

—¿Cómo fue?

Seguí el ritmo de su respiración hasta perder la cuenta. Le estaba dando tiempo para encontrar las palabras o negarse a responder. Podía echarme de su casa por meter las narices donde no debía.

—Mi padre trabajaba para una empresa —explicó de forma mecánica—. Un día, decidieron que no era necesario y se deshicieron de él. No es fácil aceptar un despido para un hombre con tres hijos, una esposa ama de casa, una propiedad recién comprada y deudas.

Se alborotó el pelo que le caía sobre la frente.

—No fue un hombre valiente. —Noté el resentimiento en su voz—. Es más fácil deshacerse de las responsabilidades que enfrentarlas.

—¿Los abandonó?

—Eso habría sido menos cobarde.

Estaba muerto, no tenía sentido a menos que… La respiración de Nika era irregular cuando lo entendí.

—Él… Tu padre…

—Hay muchas maneras de ser cobarde.

Me mordí el labio con fuerza. La piel se me erizó y me escocieron los ojos. El padre de Nika se había suicidado.

Con razón no querían hablar de él. El pasado de los Bakker estaba marcado por el sufrimiento e intentaban cubrirlo. No contándoselo a nadie, pretendían que no existía.

—No creo que debas recordar a tu padre de esa forma. —Me acerqué—. Terminar con tu vida no te hace cobarde.

—Abandonar a tu familia cuando más te necesita, sí.

—Estaba sufriendo y no supo cómo llevarlo.

—Y no le importó el sufrimiento al que nos llevaría cuando decidió dejar de ser lo que era, cuando…

Calló. Puse una mano sobre el lado derecho de su pecho y sentí su corazón golpeando con fuerza. Se mantuvo con la cara hacia el cielo y los ojos cerrados. No supe cuánto tiempo pasó hasta que se calmó.

—Perdón por sacar el tema —murmuré, avergonzada.

Tomó mi mano, que seguía sobre su pecho y la envolvió con la suya.

—No te disculpes sin necesidad, Amaia. —Giró la cabeza para mirarme—. Las disculpas tienen una carga muy fuerte para que las pidas por algo que no está mal.

Se llevó mi mano a los labios y dejó un suave beso en la palma.

—No me molestan tus preguntas. Sé que no las haces con mala intención. —Imitó mi posición, apoyándose en el costado—. Soy yo quien siente que me vieras así, que te hicieras cargo de mi madre en el peor momento.

Me carcomía haber dudado en la escalera. Estuve a punto de dejarlo por miedo.

—No hice nada del otro mundo.

Se acercó y me tomó de la barbilla para que alzara la vista.

—Para mí lo es —dijo sobre mis labios—. Nunca le había contado tanto a alguien.

Las mariposas de mi estómago temblaron ante la idea de que me besara. Cuando lo hizo, mi cuerpo se relajó. El sabor de su boca inundó la mía. Fue un intercambio suave, tierno, que acompañó con caricias en mi pelo. Nuestras respiraciones acompasadas fueron subiendo de nivel, nos quedábamos sin oxígeno entre un beso y otro. El ritmo escalaba, calentando mi cuerpo, despertando mis deseos hasta que no pude controlar las manos.

Me pegué a su cuerpo y protesté por lo bajo cuando encontré el saco de dormir como barrera. Sonrió con los labios sobre los míos.

—Vamos dentro —dijo, besando el arco de mi mandíbula.

—¿Para qué?

—Quiero quitarte la ropa y no te voy a hacer pasar frío —dijo, tan espontáneo como siempre.

Me ardieron las mejillas. Su manera de hablar me asustaba y me desarmaba al mismo tiempo.

Me tomó en brazos, haciendo que enroscara las piernas a sus caderas y cruzara los brazos sobre sus hombros. Volvió a besarme, esa vez con necesidad. En sus manos me sentía ligera, maleable.

El cambio de temperatura y el sonido de una puerta al cerrarse me indicaron que estábamos dentro. Con facilidad, se sentó en el colchón y me dejó sobre su regazo, con las piernas abiertas a los lados de sus caderas.

Se deshizo de mi abrigo al mismo ritmo desesperado con que se encargaba de morderme los labios. Sus manos encontraron mi cintura por debajo de la ropa. Esperaba que estuvieran frías, pero Nika era cálido.

Su tacto despertó mis sentidos, más cuando me levantó el pijama y tuve que separarme para que lo sacara por encima de mi cabeza. Por primera vez estaba semidesnuda delante de él, me sentía expuesta.

Acercó su mano a mi vientre y subió, acariciando la piel con su pulgar desde mi ombligo. Tenía los ojos fijos en su recorrido La lentitud con la que avanzaba hacia mi pecho izquierdo era una tortura. Me preocupó que notara lo fuerte que me latía el corazón.

—¿Qué haces? —pregunté, deteniendo su inspección.

La escasa luz azul se reflejó en sus ojos.

—Admiro la vista —dijo en voz baja y sensual.

Contuve la respiración al recordar el día en que nos habíamos conocido. No sentía vergüenza, quería que me viera y deseaba verlo. Le quité la sudadera y estuvimos empatados. Su abdomen y su pecho eran un terreno llamativo para mis palmas. Quería detallar cada centímetro.

Me tomó por sorpresa que uniera nuestros labios. Quedé con la espalda contra el colchón, atrapada debajo de él. Sostuvo mis brazos por encima de la cabeza y su mano libre contorneó mi cuerpo. Adoraba la seguridad y la firmeza de su tacto, no llegó a ser rudo. Sabía lo que hacía y lo confirmé cuando las caricias se volvieron más sutiles.

Con la yema de los dedos, hizo círculos en uno de mis pechos y me besó el cuello. Mi respiración se agitó cuando llegó hasta el lugar más sensible. No se entretuvo y pasó a hacer lo mismo con el otro. Era un ritual lento y sutil que orquestaba con los roces de su lengua. Cada vez que mi corazón se descontrolaba, él cambiaba de zona, elevando mi excitación, probando mis límites.

Ahogué un gemido tras un pellizco suave. Enredé mis piernas con las suyas, rozando mi sexo contra él, buscando alivio.

—¿Qué quieres, Amaia? —ronroneó.

—Que dejes de jugar conmigo —me lamenté.

—Estamos divirtiéndonos.

—Sabes lo que estás haciendo.

—No sé qué me pides, Pulgarcita —continuó. Me lamió la oreja.

—Sabes lo que quiero.

—Dilo —exigió.

—Estás torturándome —me quejé. Era incapaz de huir por el firme agarre en mis muñecas.

—Estás disfrutándolo.

Por encima de la ropa, su mano subió desde mi rodilla por el interior de mi muslo. Se detuvo antes de llegar a mi entrepierna.

—Dime lo que quieres y lo haré… Haré todo lo que me pidas.

—Eres un idiota —refunfuñé.

Su risa baja y gutural me hizo temblar.

—Eso me excita —murmuró, hundiendo la cara en mi cuello.

—¿Que te diga idiota?

Agarró mi cadera y me pegó más a su cuerpo para que supiera lo duro que estaba. Se me escapó un gemido.

—Que seas tan respondona.

El sonido de placer que soltó me recordó el calor abrasador de mi entrepierna, lo húmeda que estaba bajo la ropa y las ganas que tenía de que me tocara.

—Nika —gemí muy bajo, suplicante.

—Desde aquella discusión en Filosofía, me pone tu actitud —dijo, rozando su erección contra mí. Jugueteó con el elástico de mi pijama y deslizó la mano dentro de mi ropa interior—. Desde ese día, imagino cómo sería verte gemir mi nombre.

Eso fue lo que hice cuando sus dedos llegaron a donde deseaba. Los pasó por mi sexo, estimulando la zona para terminar en el lugar preciso. Mi cuerpo palpitaba bajo su tacto. Me llevaba al borde del orgasmo y retrocedía. Me estaba volviendo loca.

Estaba a su merced y me gustaba. Dominaba mi placer y quise saber cómo se sentiría tener el control del suyo. Logré que me soltara los brazos y bajé la mano por su abdomen.

—¿Qué haces? —dijo, sosteniendo mi muñeca antes de que alcanzara su pantalón—. Quedamos en no pasar de…

—Dijiste que había muchas maneras. —Quería darle placer—. Solo tienes que mostrarme cómo.

Mi torpe cercanía tenía efecto. Tragó saliva, con la vista fija en mis labios. No se movió mientras mi mano se abría paso dentro de su ropa.

Se estremeció cuando lo toqué. Por un momento dudó, pero decidió ayudarme y guiar mi mano para mostrar la presión que le agradaba. Disfrutó al dejarme libre, haciendo el trabajo por mí misma.

Verlo cerrar los ojos y gemir con los labios juntos me encendió más. Me gustó ser responsable de sus reacciones, sus sonidos y su respiración errática. Fue aún mejor después de aumentar el ritmo hasta que gruñó mi nombre. Bajé la velocidad de mis movimientos para convertirlo en un roce lento y tortuoso.

Una risa grave ganó mi atención y encontré aquel brillo perverso en su mirada.

—Aprendes rápido, Pulgarcita —dijo, volviendo a mi sexo.

Jadeé ante el contacto.

—Dos pueden jugar a la vez.

Me besó con ganas y volvió a su anterior tortura. Continué haciendo lo mismo que él, dándonos placer con la mano en el sexo del otro, guiándonos por nuestras reacciones. Mi cuerpo se tensaba cuando más descontrolados y variados se volvían sus movimientos sobre mi centro.

Me atreví a subir el ritmo y a balancear las caderas contra su mano, buscando un final que ansiaba entre húmedos besos. Sabía lo que buscaba, no estaba asustada ni nerviosa. Sus bajos sonidos de placer borraron todo y, por unos segundos, no fui Mia… No fui nada.

Mi cerebro se nubló. Ni siquiera escuché mi voz cuando el cosquilleo bajó a donde me tocaba y todo explotó desde ese punto. Mi cuerpo se arqueó y dejó que las olas de placer viajaran a sus anchas.

Busqué aire. No tenía ni idea de cómo volver a la realidad. Acababa de descubrir que existía una sensación mejor que la de un orgasmo… Uno con él.

Capítulo 32

Apoyé la cabeza en el sofá. Era agradable sentarse en el suelo de mi salón vacío. Sophie me pintaba las uñas de los pies. Iba lanzándome preguntas de un cuaderno. Estudiar Historia del Arte era como comentar la trama de un buen libro con mi mejor amiga.

—¿Julien vendrá por San Valentín? —pregunté para descansar.

No respondió y tuve que dejar mi cómoda posición para observarla.

—¿Por qué esa cara larga? Pensé que todo estaba bien.

—Estamos bien.

Fingió buscar algo en su mochila.

—¿Por qué cada vez que menciono a Julien reaccionas… extraño? Falta muy poco para San Valentín, esperaba que estuvieras saltando de la emoción.

—Supongo que ya no soy tan infantil.

Alcé una ceja.

—Puedes haber crecido lo que tu imaginación quiera desde que cumpliste dieciocho, pero eres Sophie. Es la primera vez que no te veo organizando planes románticos y preparando tarjetas de corazones para medio Soleil.

Bufó y abandonó la búsqueda del objeto imaginario en su mochila.

—Es muy difícil. —Depositó el peso en las palmas de sus manos y se inclinó hacia atrás—. Si estuviera aquí, sería más sencillo recuperar la relación, pero está lejos. Nunca encontramos el tiempo y…

Parecía agotada.

—¿Han discutido de nuevo? —Negó—. ¿Ya no sientes lo mismo?

—No —respondió al instante—. Es pensar en perderlo y siento que no puedo respirar.

—Pero…

Se mordió el labio.

—No lo he perdonado y es que no lo puedo entender. Era mi cumpleaños. Después de prometerme mil veces que vendría, se entretuvo en la facultad y no pudo conseguir un billete. Además, pasó dos meses haciendo que todo girara a su alrededor y llamándome exagerada cada vez que trataba de expresar lo que sentía.

—¿Sigue siendo así?

—Vuelve a ser el Julien de antes —musitó—, pero no es igual.

Escogí las palabras antes de continuar:

—Si decidiste arreglarlo y seguir juntos, ¿no deberías dejar el pasado atrás?

—Me cuesta.

—Siempre has tenido dos opciones, Soph. O rompes con él o lo perdonas. Escogiste la segunda. —La duda estaba escrita en su rostro—. Es mejor terminarlo si no estás segura.

—No es lo que quiero —se lamentó.

—Entonces, intenta dejarlo atrás y disfruta San Valentín con tu novio. Dices que es difícil conectar porque están lejos, pues aprovecha el fin de semana.

Sonrió de medio lado.

—No es mala idea.

La besé en la frente y me puse de pie.

—¿Quieres chocolate caliente?

Asintió, emocionada. Para animarla existían dos opciones: un paquete de patatas fritas o un chocolate hirviendo.

Un teléfono sonó.

—Tienes un mensaje.

—No, el mío está en la mochila —aseguró Sophie.

—Está sobre la alfombra —me burlé al entrar en la cocina, hablando para mí—: Se supone que la miope soy yo.

—Es tu teléfono —aseguró— y tienes un mensaje de Nika. Dice que viene a traerte un libro y…

Me paralicé cuando mis dedos rozaron la puerta de la nevera. Acababa de confundir nuestros teléfonos. Regresé a la sala con miedo y encontré a mi amiga con la vista fija en la pantalla.

—¡No quiero ver esto!

Lanzó mi teléfono al sofá cuando volvió a sonar y se tapó la cara. Corrí a rescatarlo y, al leer los mensajes, se me aflojaron las piernas.

Idiota Bakker: Voy a devolverte el libro. Te salvas porque Sophie está contigo.

Idiota Bakker: Si no fuera por eso, iría a deleitar mis oídos.

Idiota Bakker: Tus gemidos suenan mejor cuando no tengo que taparte la boca.

Miré de Sophie a la pantalla varias veces sin articular palabra. Mi amiga estaba con la boca abierta y expresión aterrada.

—Nika —susurró—. Nika y tú… Tú y Nika… —No había escapatoria. Asentí temerosa—. Ustedes… —repitió, juntando las yemas de los dedos índice con la interrogación en el rostro.

—No —respondí al instante.

—Pero…

Miró el teléfono en mis manos.

—Hemos hecho… cosas —confesé.

Sostuve con fuerza al delator de pecados contra el pecho.

—¡¿Están juntos?! —exclamó.

—¡Habla bajo!

—Aquí no hay nadie —se quejó, agitando las manos a su alrededor—. Si no fuera por mi presencia, Nika vendría a hacerte gemir, ¡Dios sabe a qué volumen!

—¡Cállate! —Le lancé un cojín y empezó a reírse como un cerdito.

Cayó de espaldas a carcajada limpia, hasta le vi las bragas mientras se revolcaba por la alfombra.

—Esto me ha alegrado el día —soltó entre risas, intentando incorporarse.

La empujé con el pie haciendo que volviera a caer. Me hervía la cara y no sabía cómo explicar lo que sucedía con Nika cuando ni yo tenía idea.

Llevábamos más de un mes viéndonos. Hasta ese momento nadie lo sabía, solo mi madre y quizás Aksel, aunque no demostraba estar al tanto. Teníamos mucho cuidado para quedar a escondidas.

Aprovechábamos sus momentos libres del trabajo y antes de que mis padres llegaran a casa. También habíamos pasado un par de noches de sábado en su habitación. Encontrábamos tiempo aquí y allá para coincidir. Cuando no podíamos, nos quedaban las conversaciones por mensaje, junto a las sonrisas y miradas en los pasillos.

Nika era un amigo más con el que hacía cosas que no eran de amigos. No me avergonzaba aceptarlo, pero tener a Sophie burlándose como si fuera una foca en el salón era distinto.

—Ya basta —la regañé y lancé otro cojín que le acertó en la cabeza.

Tomó aire como pudo y se sentó. Tenía el pelo hecho un lío y la cara roja, con una mueca que intentaba mostrar serenidad.

—Ahora sí. —Carraspeó—. Tráeme un vaso de agua y cuéntame lo de los gemidos.

Volvió a estallar en carcajadas, pero un par de golpes sobre la puerta llamaron nuestra atención.

—Ni una palabra —advertí—. Tú no sabes nada.

—¿Es él?

—No, es Papá Noel —ironicé—. Claro que es él, acabas de ver los mensajes.

Sophie se mantuvo tan recta e inmóvil que podría haber tenido un palo en la columna. Nadie se iba a tragar que no pasaba nada con aquella mirada de niña pequeña que acaba de hacer una terrible travesura.

Me arreglé la ropa antes abrir la puerta y encontrarme con él.

Sus tatuajes estaban a la vista gracias a la holgada camiseta, y me sorprendió que se hubiese cortado el pelo. No lo tenía rebelde y despeinado como por la mañana, sino bien rebajado a los lados, aunque la parte de arriba seguía larga y con las puntas en todas direcciones. Me recordó al Nika que había conocido a principios de septiembre.

—¿Te has cortado el pelo? —pregunté como una tonta.

—Estaba demasiado largo.

—No tanto. —Me gustaba cuando parecía desaliñado—. Podías habértelo dejado así.

—¿Por eso no me dejas entrar? —se burló y señaló la puerta—. ¿Porque no te gusta mi pelo?

Me percaté de la falta de cortesía y lo dejé pasar.

—Hola, Nika —saludó Sophie con falsa inocencia.

La miré con mala cara y simuló no verme hasta que el castaño dejó el libro sobre la mesa central y lo reconoció. Era suyo, me lo había llevado de su estantería unos meses antes.

—¿Se lo has prestado?

—Lo he cuidado —aseguró Nika.

Se quedó de pie, detrás del sofá. Me siguió con la vista hasta que tomé asiento a menos de un metro de él. Me ponía nerviosa cuando me observaba de esa manera.

—¿Qué te ha parecido? —quise saber. Ignoré que Sophie no se aguantaba la risa y no se perdía ni uno de nuestros movimientos.

Se encogió de hombros.

—Bastante obvia la trama.

Me ofendió su comentario, a mí me había mantenido enganchada desde el primer capítulo.

—¿Viste venir el final?

—Era evidente que el asesino era el tipo bueno —dijo con una sonrisa de suficiencia.

—No lo era. —Sentí que me llamaba estúpida sin hacerlo—. Yo no lo vi.

Chasqueó la lengua.

—El bueno siempre es el culpable.

—No tenía motivos —refuté—. No era evidente.

—Hay quienes no los necesitan. —Sonrió de medio lado—. Cuanto más dulce y amable te hacen creer que es un personaje, más debes dudar de él. Cualquiera diría que en tu vida has leído un libro de misterio.

Abrí la boca para rebatir, pero Sophie nos mandó callar.

—Nada de spoilers delante de la dueña del libro —advirtió.

—¿No lo has leído? —se sorprendió Nika.

—Mia me lo robó antes de que pudiera hacerlo.

—Y se obsesionó un poco con él. —Odiaba su tono de sabelotodo—. Lo recomendó como la última botella de agua en el desierto.

Lo hacía para provocarme. A lo mejor le había encantado el libro, pero jamás lo aceptaría si llevándome la contraria lograba molestarme.

—Es entretenido y me gustó la protagonista —me defendí.

—Y seguro que te enamoraste del asesino.

—Era el personaje más…

—¡Ey! —volvió a llamarme Sophie—. Si quieren los dejo solos para que hablen del libro —protestó antes de murmurar para sí misma—, pero dudo que hablar sea lo que hagan.

No supe si Nika había escuchado eso. Estuve a nada de darle una patada. Seguía en el suelo, con las piernas cruzadas y a mi alcance. Sin embargo, la puerta de casa anunció la llegada de parte de mi familia y mis instintos asesinos desaparecieron.

Mamá se deshizo de lo que llevaba encima y lo guardó en el armario junto a la entrada. Emma me dio un beso y abrazó a Sophie.

—Hola, pequeña Emma —saludó Nika con una sonrisa, apoyando los codos en el respaldo del sofá al inclinarse.

Mi hermana, que no lo soportaba desde la primera cena, lo ignoró. Me sentí orgullosa de su infantil rencor. A Nika le entretuvo y, sin borrar la sonrisa de los labios, la siguió con la vista mientras ella se iba escalera arriba.

—¿Todo bien, chicos? —preguntó mamá y se dejó caer en el sillón más cercano—. No puedo creer que la semana dure tantos días.

—Tranquila, Mary. —Sophie se levantó y la besó en la frente. Se quedó sentada en el reposabrazos del mueble—. Es jueves, no falta nada.

—Si mi semana terminara el viernes, sí. El problema es que no acaba ni el sábado. —Me miró de reojo—. Me tocan tus clases de conducir.

—Podemos aplazarlas.

—Ni un día más, Mia. Dentro de nada te irás a Prakt y seguirás sin conducir. —No me dejaría escapar otra vez—. Además, ese coche morirá por el desuso en el garaje, lleva un mes sin arrancar.

—Pero…

—El sábado —zanjó—, aunque me quede dormida enseñándote. Tu padre trabajará cada fin de semana hasta mayo y necesitas empezar ya.

—Tu madre tiene razón —añadió Sophie—. Con lo mal que se te da, ni en un año estarás lista.

Le saqué la lengua y mi madre suspiró, agotada. Era consciente de que la tarea le quedaba gigante.

—Yo puedo enseñarle —intervino Nika.

Las tres lo miramos.

—¡Esa sí que es una buena idea! —exclamó Sophie sin disimular la burla—. ¿No es genial, Mary?

—¿Podrías?

Mamá casi estaba aceptando sin saber si Nika conducía bien o si tenía carné, todo para descansar.

—Por supuesto, señora Favreau —contestó él con la gentileza que se reservaba para hechizar a los adultos.

—¿A mí nadie me ha preguntado si quiero que Nika me dé clases? —protesté y al segundo me arrepentí.

Mamá y Sophie me miraron con una ceja alzada, perfectamente coordinadas, y me hundí en el sofá.

—Sería de gran ayuda. —Mamá le sonrió a Nika—. Juro que no soporto un día más de trabajo.

—Un placer ayudar, señora Favreau —dijo él antes de que ella se pusiera de pie y desapareciera en la cocina.

Me prohibí mirarlo por lo vergonzosa que resultaba la situación. Sophie atravesó el salón y se detuvo junto a Nika.

—Me alegra que al final Mia aprenda a conducir. —Le advertí con la mirada que no cruzara los límites, pero no se acobardó—. Tú enséñale todo lo que quieras, ella aprende feliz.

Le dio unas palmaditas al Bakker en el hombro. Me hubiese gustado lanzarle un sillón antes de que persiguiera a mamá para pedirle chocolate caliente.

—Lo sabe.

No era una pregunta, era demasiado evidente

—Leyó tus mensajes.

Nika ahogó una carcajada y no me quedó más remedio que sonreír.

Capítulo 33

—Suficiente —dijo Nika, y se desabrochó el cinturón.

—¿Qué haces?

Rodeó el coche y abrió mi puerta.

—Voy a conducir o jamás llegaremos.

Era nuestra segunda clase de conducción, dos semanas después de que Nika se convirtiera en mi profesor a petición de mamá. Me prometí que sería distinta al desastre de la primera vez, donde apenas me moví en la carretera frente a la mansión Bakker.

Con Nika al volante, aquel sábado nos alejamos para llevarlo a conocer otro de mis lugares favoritos en Soleil. En el camino, pedí mi turno de conducir. No había avanzado ni cien metros y ya no sabía qué pedal era el acelerador.

—Amaia —insistió para que me diera por vencida.

—No entiendo por qué soy tan incapaz —rezongué al cambiar de asiento y ver la facilidad con que él se ponía en marcha—. Mi madre no puede cocinar pechuga de pollo a la plancha sin quemar la cocina y sabe conducir. ¿Por qué no puedo coordinar el embrague y el acelerador? —protesté, apuntando a sus piernas.

—Estás señalando mal.

—¡Ves! —me quejé.

—No entiendo por qué te molesta tanto no saber —añadió con suavidad, aunque mi frustración le divertía.

—Lo dice quien sabe hacer de todo y, además, le sale bien.

—No es cierto. —Mantuvo la vista en la carretera—. Hay demasiado que no sé y mucho que no hago tan bien como parece.

—¿Ahora juegas a ser modesto? El que afina pianos, arregla tocadiscos y repara las goteras.

—No estábamos hablando de mis habilidades, sino de las tuyas. —Era experto en escaparse por la tangente—. Tienes que aprender a conducir y quizás no es conduciendo.

—La primera vez que alguien aprenderá a hacer algo sin hacerlo —me mofé—. Tus habilidades reparando ventanas serán las mejores, pero enseñando a conducir eres un asco.

Se burló de mi mal logrado sarcasmo.

—Puedes empezar sin un coche. —Lo observé, escéptica—. Cuando era pequeño, practicaba sentado en una silla e intentando coordinar los movimientos.

—¿Sin coche ni palancas?

—Con imaginación, Amaia.

—Vaya imaginación —me burlé.

—Mi padre me enseñó. —No lo había mencionado desde aquel día en la azotea—. Cuando me sentó en un coche a los nueve años, pude conducir.

—¡¿Te dejaron conducir a los nueve?!

Pensé en la temperamental Emma. Tenía trece años recién cumplidos y me la imaginé intentando alcanzar el volante sin ver a dónde iba.

—Fue por probar y en un lugar seguro, a escondidas de mi madre.

Añoraba esos tiempos, su sonrisa lo decía. Me consolaba que, al menos, una etapa de su vida no hubiera sido tan gris y que a veces se permitiera recordar sin encontrar dolor.

—Es por aquí.

Tomó el desvío que señalé en el último momento con una maniobra elegante. Lo negaba, pero lo hacía todo bien.

—¿A dónde me has traído? —dijo después del sexto agujero, al internarnos en el bosque—. ¿Planeas asesinarme?

—Ya te lo dije, a un río.

—Piensas deshacerte de mi cadáver. Lo sabía.

—Planeo torturarte antes.

Entornó los ojos y negó repetidas veces.

—No, no podrás. Si planeas matarme y dejarme en el río, tendrías que conducir para regresar y bueno… —Chasqueó la lengua—. No sabes hacerlo.

Fingí reírme y lo miré con mala cara.

—Muy gracioso, idiota.

Me golpeé la cabeza con la ventanilla cuando el pavimento desapareció y el camino se volvió piedra y tierra.

—Mis abuelos me traían cuando era pequeña —expliqué.

—Suena a mucho tiempo —se quejó, deteniéndose frente a una pared de árboles—. Dijiste que no te gustaba el campo.

—No me gusta, pero este lugar es especial.

Al bajar, el sonido del agua moviéndose a toda velocidad me indicó que estábamos en el lugar correcto. El olor a tierra húmeda me inundó los pulmones. Necesitaba liberar el estrés que me provocaba no ser capaz de salir en primera sin que el coche pareciera poseído por el demonio.

—¿Qué hacías cuando venías?

—Bañarme en el río, recoger piedras y comer los sándwiches de atún de la abuela. A veces pescaba con el abuelo.

Se deshizo de la sudadera y mi sonrisa desapareció.

—¿Qué haces?

Miró a todos lados como si mi pregunta careciera de sentido.

—¿Esperas que me bañe con ropa?

—El agua está helada, no deberías meterte.

—Amaia, por favor —dijo con altanería—. Los dos sabemos que me has traído para verme sin ropa.

—Que a ti te guste tu cuerpo no significa que al resto de la gente le suceda lo mismo.

Se carcajeó mientras me seguía por el camino de la derecha.

—Ni tú te crees eso, Pulgarcita —añadió a mi espalda.

Le era fácil sacarme de mis casillas. No podía negar que, la mayoría de las veces, disfrutaba del juego al que me sometía con sus provocaciones. En unas ocasiones, me abstenía de caer y, en otras, le seguía el rollo.

No habíamos caminado ni veinte metros cuando encontramos un claro. Me sorprendió el deterioro del pequeño edificio abandonado junto al río. Solo quedaba la escalera devorada por hiedra.

—Ya entiendo lo que te gusta del lugar.

—¿Qué?

—Te llaman la atención las cosas viejas. —Señaló los vestigios de la torre—. Tienes una obsesión nada sana por lo que está a punto de caerse a pedazos.

—¿Quieres decir que estás cayéndote a pedazos?

Frené en seco al darme cuenta de lo que acababa de decir. Me alcanzó, pegó su pecho a mi espalda y se inclinó hasta que sus labios me rozaron la oreja.

—A punto de colapsar para ti —murmuró antes de pasar por mi lado y guiñarme un ojo por encima del hombro.

Sonreí antes de seguirlo al río.

El agua no pasaba de mis tobillos en aquel tramo. Las piedras adornaban la orilla y los pinos estaban más altos de lo que recordaba.

—¿Cuál es la historia de la muralla?

La pregunta de Nika, que se sentó en una piedra gigante, me tomó por sorpresa.

—Es un torreón de vigilancia.

Dejé las zapatillas a su lado y me subí los bajos del pantalón.

—¿Para controlar a los lagartos?

—No. —Reí para mí—. Hay varias torres por el borde del río, algunas más grandes y preparadas para que los soldados se asentaran en ellas.

—¿Soldados defensores de lagartos?

—Sigue burlándote —amenacé con un dedo acusador—. Puede que los tatarabuelos de tus tatarabuelos mandaran construir esos torreones.

—Mi ancestral familia Bakker se caracteriza por la presencia de imbéciles, no me sorprendería.

Se me escapó una carcajada.

Me adelanté para sentir el agua helada en mis piernas. Ignoré las molestas piedrecitas que se me clavaban en las plantas de los pies y disfruté de la energía natural que transmitía la corriente del río.

Quedé en silencio, perdida en las sensaciones, con los ojos cerrados y la cara hacia el cielo. El sol picaba a pesar de la fresca brisa. Cuando volví a la realidad, Nika esperaba el resto de la historia.

—El río dividía el continente cuando tu familia ancestral se peleaba entre el norte y el sur —bromeé—. Son torres de vigilancia para avisar de posibles ataques. Hay cincuenta en total, desde Regen, al oeste, hasta La Laguna, en el este.

—¿La Laguna?

Llevaban seis meses en Soleil, era normal que no lo supiera.

—Es el único lugar turístico que hay por aquí. Hay un campamento y una laguna. No se pusieron creativos con el nombre. —Chapoteé buscando piedras de colores—. Lo conocerás. Antes de los exámenes de ingreso a la universidad, hacen una fiesta en la fortaleza abandonada. Suele ser divertida.

—¿Se van de fiesta cuando deberían estudiar?

—Es un mes antes —aclaré—. Una última noche, para encerrarse sin remordimientos.

—Y tú tienes que encerrarte a estudiar el doble.

No respondí. Me moría de miedo al pensar en la tensión, las pruebas finales, los dos exámenes y mis padres. En ocasiones, tenía pesadillas en las que suspendía y mi única defensa era fingir que no sucedía nada.

Avanzaba con la ayuda de Aksel y Nika. Con Sophie estudiaba Historia. Cuando las fechas estuvieran cerca, sería el momento de lidiar con la realidad.

—¿Puedo preguntarte algo? —Con una mirada supo que sí—. ¿Por qué Contabilidad?

—Ya lo sabes, no quiero vivir en Soleil.

Ladeó la cabeza y entrecerró los ojos para ver más allá de mi respuesta.

—Nunca me has dicho la razón, solo que quieres encontrar un buen trabajo y vivir en Prakt.

Me mordí la uña del pulgar y caminé en dirección contraria para darle la espalda y poder responder. Nunca lo había dicho en voz alta.

—No quiero terminar viviendo como mis padres.

Me quemaba escucharlo, era peor que tenerlo en mi mente.

—¿Qué tiene de malo la vida de tus padres?

—Es aburrida y común.

Al girar sobre mis pies, todavía en el agua, noté que mi respuesta no era de su agrado.

—Tus padres son felices y tienen dos hijas estupendas. ¿Por qué no querrías una vida así?

—¿Eso es todo? Casarte, tener hijos y vivir en una casa en medio de la nada. Trabajar de lunes a viernes y terminar agotado para ir de vacaciones a ver a los abuelos de vez en cuando.

—¿Te parece tan decadente?

—No es lo que quiero para mí.

Con la declaración me gané otra de sus largas miradas. Sentía que me desnudaba y no el sentido divertido. Me incliné para recoger un par de piedras y guardármelas en el bolsillo solo por ignorar su inspección.

—Si fueras otro tipo de persona, te creería —dijo, tras varios minutos—, pero conociéndote, no le encuentro sentido.

Estuve a punto de rebatir, pero contuve las palabras para dejar que continuara.

—No te gustan las fiestas ni los viajes largos. Prefieres la música a las conversaciones de quienes te rodean —enumeró con facilidad—. Si fuera por ti, vivirías leyendo y no tendrías más amigos que Dax y Sophie. Cada vez que alguien planea algo, pones una excusa. Si aceptas hacer algo, es por compromiso. Si no fueras la clásica chica introvertida, quizás aceptaría que buscas la vida de ciudad y noches de fiesta. Entendería que no quieres una existencia tranquila y de costumbres.

—No busco noches de fiesta, tampoco una vida tranquila y de costumbres. Eso es irse a los extremos.

—Entonces, ¿qué quieres?

Me quedé en blanco.

—No lo sé, pero encerrada en Soleil jamás lo descubriré.

—Y por eso vas a estudiar algo que no te gusta, por descubrir lo que quieres en el camino.

Si lo veía desde esa perspectiva, parecía una tontería.

—Es mejor opción que no descubrirlo nunca.

Su risa me desconcertó.

—Sí sabes lo que quieres.

Me crucé de brazos.

—Parece que lo sabes mejor que yo.

—Amaia, cuando alguien habla como tú de las escaleras viejas y de los edificios a medio caer, es evidente que sabe lo que quiere.

Señaló a su alrededor, a los restos de la torre.

—Son mi entretenimiento. Me gusta el arte, la arquitectura y las cosas antiguas.

—No te has escuchado hablar en clase o cuando te enojas porque alguien insinúa que un mosaico son simples azulejos. —Sonrió. Decirlo le causaba placer—. No ves el amor con que hablas de ello, la pasión que le pones. —Apoyó su barbilla en la rodilla que había elevado contra su pecho—. Sabes lo que quieres y tienes miedo a aceptarlo.

—Sé lo que me gusta y lo poco que podré hacer con esos conocimientos después de graduarme.

—Excusas. Vives en el futuro. Planificas lo que en teoría no podrás hacer dentro de cinco años —explicó—. No tienes miedo a vivir la vida de tus padres. Tienes miedo a no tener control total de la tuya y la verdad es que jamás lo tendrás.

Cuando se lo proponía, lograba poner mis convicciones patas arriba.

—¿Y tú? ¿No has pensado en ser el aprendiz de mi madre? A este paso tendré que pagarte por psicoanalizarme.

Soltó una risa baja.

—Sugirió que podría estudiar Psicología.

—¿En serio?

—En la última consulta.

—Estoy de acuerdo. Sería una carrera genial para ti. ¿No lo has valorado?

—No estudiaré nada. Aksel tiene que ir a la universidad y no voy a dejar a mi madre sola —habló con determinación.

Entonces sucedió lo que más detestaba. Nos veíamos a menudo y al principio no entendía sus cambios de ánimo. Un instante era el Nika divertido e inteligente que me arrinconaba para que desentrañara mis miedos y, al siguiente, se cerraba en sí mismo y guardaba largos silencios. Sus cejas se unían, haciendo sombra sobre los ojos, y su mirada se apagaba.

No había un detonante específico. Podía ser hablar de su madre o de su hermano, un lugar o una comida. Su reacción era la misma ante determinados recuerdos, los que yo desconocía.

Dejaba de observarme como me encantaba que lo hiciera y se concentraba en cualquier punto. Sus manos se mantenían en movimiento, jugueteando con algo pequeño para tenerlas ocupadas. Esa vez era el cordón de su zapatilla.

Al principio me molestaba, pero había aprendido a no sentirme ofendida.

Si le hablaba, respondía con palabras vacías o cortantes. Era como si sus pesares estuvieran todo el tiempo rondando y, de vez en cuando, lograran apoderarse de su mente. Dejaba de ser Nika y se convertía en el cascarón vacío del chico que acostumbraba a robarme suspiros y sonrisas.

• • •

Me entretuve durante más de una hora en recoger piedras de colores como regalo de San Valentín para Sophie y Emma. Llevaba los bolsillos llenos.

—Va a llover —dijo Nika con mejor semblante.

Miré al cielo. Una oscura nube se acercaba.

—No es nada, en esta época no llueve.

Encontré una peculiar piedra color verde jade, brillaba más de lo normal e imaginé cómo sería convertirla en un pendiente.

—Va a llover, Amaia —repitió.

Lo ignoré y fue mi perdición. Dos minutos después, un torrencial aguacero descargó de la inocente nube gris. Tuve que correr para recuperar mis zapatillas y huir hacia el coche.

El agua había empapado el camino de tierra y piedras. No podía ir demasiado rápido o caería, daba igual que Nika me sostuviera la mano. Llegamos al coche y logré abrir la puerta trasera.

—Te dije que iba a llover.

Se sentó un segundo después en el asiento delantero y encendió la calefacción.

—Odio estar mojada —protesté.

Tuve que aplicar más fuerza de la normal para deshacerme del pantalón y las piedras salieron disparadas de los bolsillos y se desparramaron por el suelo del coche. Maldije y quise recuperarlas, pero era una tarea imposible. Eran pequeñas y se habían escondido debajo de los asientos.

Cuando me incorporé, dispuesta a rezongar por mi mala suerte, Nika se había cambiado a la parte trasera. Me miraba con una sonrisa de medio lado. Tenía el torso desnudo y no llevaba pantalón. Me recorrió el cuerpo con la mirada, despacio.

—¿Qué miras? —pregunté.

—Estás mojada —dijo con la vista fija en la fina blusa que se transparentaba.

Sus extraños episodios de silencio venían seguidos de otro cambio drástico. Me tomó por una pierna y de la cintura, yo chillé. En un abrir y cerrar de ojos, estuve a horcajadas sobre su regazo. Hice un esfuerzo por mantenerme seria.

—Pensé que era yo la que te había traído porque esperaba verte sin ropa.

Deslizó sus palmas por mis muslos.

—Yo siempre estoy esperando verte sin ropa, Pulgarcita. —Sus manos ascendieron y rozaron el elástico de mis bragas—. Cuanta menos ropa, mejor.

Me derretía la manera en que hablaba, también los sonidos sensuales y bajos que salían de su garganta cuando me besaba el cuello con tal devoción. Alcé la vista al cuero oscuro del techo. Era demasiado fácil dejarme llevar por mis deseos.

Recorrió el contorno de mi cuerpo hasta que me quitó la blusa. Me acarició la espalda y se aferró a mi cuello para juntar nuestros labios en un beso profundo. Su erección crecía con cada movimiento. Nunca me acostumbraría a tener ese efecto en él.

Bajó los labios, recorriendo mi clavícula, mordiendo y chupando hasta llegar a los pechos. Me arqueé para darle vía libre y mordió uno de los pezones mientras agarraba el otro entre los dedos.

Me moví en círculos, frotándome contra él y haciéndole gruñir. Mi vientre hervía y el cosquilleo en mi sexo no podía aplacarse solo con el roce. Tuve ganas de más, de que sucumbiera a mis caricias. Si algo me llevaba al límite era ver a Nika agitado mientras lo masturbaba.

Bajé la mano entre nuestros cuerpos. Jamás pasábamos de la parte inferior de la ropa, pero en ese momento la suya estorbaba y la hicimos desaparecer.

Ya no sabía si llovía o el río se había desbordado y flotábamos por el bosque. Solo era consciente de lo cerca que estaba de llegar al orgasmo, moviéndome contra él, deslizando la mano por su miembro, arriba y abajo, entre jadeos.

—Despacio, Mia.

Me giró y quedé con la espalda en el asiento de cuero. Nos acomodamos en el pequeño espacio y se incorporó entre mis piernas, con lo que tuve una vista privilegiada de su cuerpo.

Nika parecía fabricado a mano y los tatuajes adornaban zonas muy precisas de su piel. Me encantaba el tatuaje tribal de líneas finas que terminaba a unos centímetros de su…

—¿No era que no te gustaba mi cuerpo, Pulgarcita?

—Idiota.

—Del uno al diez —dijo, deslizando un dedo por mi abdomen—, ¿cuánto te mojas con tan solo mirarme?

Un sonido ahogado se escapó de mis labios cuando su dedo pulgar tocó el lugar correcto por encima de mi ropa interior. Me temblaron las piernas.

—Creo que diez —contestó por mí, divertido—, pero tendré que comprobarlo.

Contuve la respiración al quedarme sin bragas. Era la primera vez que estábamos desnudos al completo. Me apretó los muslos con los ojos fijos en mi sexo. Cuando se relamió los labios, me sentí como una presa… y me gustó.

—Estás muy húmeda —ronroneó al tocarme.

Cerré los ojos. Su dedo dibujaba círculos, presionando mi centro. Me volvía loca.

Quise tocarlo de la misma manera. En un intento desesperado, me incorporé y tiré de su pelo para besarlo, cayó sobre mi cuerpo. Mis caderas se movieron y nuestros sexos se rozaron. Gemimos ante el contacto.

Su piel, empapada por la lluvia, se deslizaba sobre la mía como la seda. Me sentía en llamas y quería más. Mi instinto era el que dominaba y me incitaba a hacer cualquier movimiento que provocara placer.

Alcé las caderas y mi entrada dio con lo que buscaba. Solo pude presionar un poco para sentir su dureza y Nika se alejó como un acto reflejo.

Estábamos sin aliento, respirando en el rostro del otro. El cuerpo me picaba y extrañaba su cercanía. Sus pupilas estaban tan dilatadas que sus ojos me parecieron negros y amenazadores, pero llenos de deseo.

Lo tomé de la nuca para volver a besarlo y él me lo impidió. Atrapó mis muñecas sobre mi pecho y puso más distancia entre nuestros sexos.

—Un día de estos voy a tener que amarrarte —dijo, entre dientes.

Quise protestar y decir que lo deseaba tanto como él, que olvidara aquella estúpida conversación en que aseguré que no quería llegar hasta el final. Lo impidió al deslizarme por el asiento hasta donde fue posible, mi cabeza topó con la puerta.

Bajó, besando mi abdomen, cada roce era impaciente y decidido. Se encorvó, buscando el espacio que nos faltaba, hasta llegar a mi entrepierna. Supe lo que iba a hacer y pidió permiso con una intensa mirada. Asentí, convencida e hipnotizada.

—Dije que quería probar todo de ti —murmuró—. Ni te imaginas cuánto he estado esperando este puto momento.

Su boca tocó mi sexo y me sobresalté. Me agarró de las caderas. Lamió y chupó de todas las maneras posibles para descargar su frustración. Se sentía divino y me pregunté por qué no lo había hecho antes.

Sus movimientos se calmaron poco a poco. Cuando recuperó el control, ya no me daba besos. Esta vez era su lengua quien se encargaba de lo que sus dedos tan bien habían hecho en otras ocasiones. No entendía cómo tenía la misma presión y dominio con esa parte de su cuerpo.

Cuando al mismo tiempo atrapó mis pezones, supe que iba a correrme. Mis músculos se tensaron y la orden llegó desde mi entrepierna como un chasquido. La gravedad desapareció y el calor ascendió por mi pecho.

Le acaricié el pelo, enredando los dedos en él, y bajé la vista.

Su rostro estaba más hermoso que nunca, con las mejillas sonrosadas y los labios húmedos e hinchados. Su respiración era un desastre y los ojos le brillaban, satisfechos por mi evidente placer. Le gustaba contemplar lo que provocaba en mí.

Había gritado, quizás hasta había perdido la voz. No me importaba. Con Nika todo valía la pena.

Capítulo 34

La lluvia fue pasajera y el sol volvió a salir. Limpiamos el coche, pues estaba empapado y lleno de barro. Luego pasamos la tarde conversando, acostados sobre el capó.

Hasta que no se nos secó la ropa no decidimos volver. Estaba en camiseta y bragas y Nika se resistía a devolverme el pantalón cuando mi teléfono sonó.

Me sorprendió que fuera Sophie, era su tarde de San Valentín con Julien. Al descolgar, escuché sollozos y me paralicé. El estómago se me contrajo al pensar lo peor.

—¿Qué pasa?

Nika se detuvo a mi lado al captar el miedo en mis palabras.

—Yo… Lo siento… Yo…

—Sophie, cálmate.

Más balbuceos le siguieron y miré a Nika, no sabía qué hacer.

—Pregúntale dónde está —ordenó.

—Soph, escúchame —dije, intentando calmarla—. Dime dónde estás.

—¿Por… por qué…? Yo… Él…

—No entiendo nada, Soph. Necesito que…

Nika me arrebató el teléfono y me lanzó el pantalón con cara de «métete al coche».

—Sophie, soy Nika —dijo, subiendo al asiento del conductor—. Necesito que me digas dónde estás. No tienes que explicar nada más.

El silencio de la espera se llenó con el ronroneo del motor.

—Intenta respirar. —Avanzamos por el irregular camino de piedra—. No estás molestando a nadie, tú jamás molestas.

—¿Qué dice de…?

Nika evitó que le quitara el teléfono.

—Solo dime dónde estás —repitió con voz serena, pero su actitud no lo acompañaba.

Apretaba tan fuerte el volante que me dio miedo que pudiera romperlo.

—No te muevas de ahí, vamos a buscarte.

Colgó cuando estábamos en la carretera principal. Aceleró con fuerza y las ruedas chirriaron.

—¿Qué ha dicho? —quise saber, ignorando el golpe que me di en el hombro contra la ventanilla cuando hizo un giro brusco.

—Ponte la ropa y abróchate el cinturón.

—¿Qué demonios ha dicho? —exigí, vistiéndome.

—Está a la salida de Soleil.

—¿Y Julien?

—No lo sé. —Me miró de reojo—. Cinturón, Amaia.

Obedecí y pisó a fondo el acelerador. Se saltó el límite de velocidad y no hablamos.

No podía dejar de revivir lo que habíamos conversado en mi salón. Le había aconsejado olvidarse de todo y seguir adelante con su novio si era lo que deseaba. La posibilidad de que ese consejo hubiese sido un error y la tuviera en tal estado era como una puñalada al corazón.

Nos acercábamos al pueblo y me dolía el labio superior de clavarme los dientes para contener los nervios. Nika bajó la velocidad y la vi.

Al borde de la carretera y caminando en dirección contraria, estaba Sophie. Llevaba sus botas de tacón y un hermoso vestido blanco con los hombros al descubierto. Tenía la vista clavada en el suelo y se abrazaba a sí misma.

Nika frenó y me bajé antes de que el coche se detuviera del todo. La abracé con fuerza y escuché sus lamentos cuando hundió el rostro en mi cuello.

—Sophie —llamó Nika, acercándose—. ¿Dime que nadie te ha hecho nada? Solo tienes que asentir o negar.

Me separé de ella para ver su respuesta. No había rastro alguno de maquillaje. Sus ojos estaban hinchados y rojos, pero negó con la cabeza. A la vista tampoco había ningún daño.

—¿Ha pasado algo con Julien? —pregunté.

Le costó asentir.

—¿Te ha hecho algo? —exigió Nika, y me asustó la cólera en su voz—. ¿Te ha tocado?

Eso no era posible, no podía creer algo así. Por suerte, Sophie lo descartó.

La abracé y la pegué a mi costado para ayudarla a caminar.

—Estás helada. —Traté de darle calor con mis manos—. ¿Dónde está tu abrigo?

Volvió a gimotear y Nika me dio la sudadera para que la abrigara. Sus ojos azules me interrogaron a través del espejo retrovisor cuando el coche estuvo en marcha.

—Vamos a mi casa —dije.

—¡No! —exclamó mi amiga—. Tu madre… Yo no…

—Podemos ir a la mía —se ofreció él. Sophie parecía igual de angustiada—. Podemos entrar sin que lo noten.

No quería que la vieran en ese estado, que más personas supieran. No podía imaginar qué había pasado para que estuviera tan mal y no dije nada mientras viajábamos.

Descansó la cabeza en mi hombro sin parar de llorar. Nika comprobaba cómo estábamos de vez en cuando con los labios fruncidos.

Al aparcar en el garaje de los Bakker, accedimos a la casa por la puerta trasera. Subimos por la escalera de caracol hasta la azotea y de ahí fuimos a la habitación de Nika.

Ayudé a Sophie a que se diera un baño y después la guie hasta la cama. Nika nos dejó espacio, pero antes de desaparecer, subió una jarra de agua y la dejó junto a nosotras. Mi amiga accedió a beber y poco a poco se fue calmando. Siguió en silencio, al borde del colchón, con el vaso entre las manos.

—Sophie —susurré cuando llevábamos casi una hora frente a frente, yo estaba en el suelo para poder mirarla a los ojos—. ¿Qué ha pasado?

Tenía la nariz roja y los labios temblorosos.

—Fuimos a ver una película —dijo en un hilo de voz, la había perdido de tanto llorar—. Después a comer… y fue cuando sucedió. Julien se levantó a pedir y dejó su teléfono en la mesa. Había ignorado varias llamadas en el cine. Repetía que no era nada importante. Yo no quise mirar, pero las llamadas eran muy insistentes y entró un mensaje. —No me gustó a donde estaba yendo—. Solo vi la notificación y decía: «No puedo creer que me hayas dejado por esa niña».

Se me puso la piel de gallina.

—No lo pude evitar y leí los mensajes —continuó—. Me ha engañado con una chica de su curso. Lleva meses con ella.

No supe qué responder. No lloraba, mantenía la cabeza baja.

—Desde antes de Halloween —confesó—. No llegué a leerlos todos, pero aquel día se quedó en Prakt por ella. Ni perdió el autobús ni tenía exámenes.

—¿Estás segura?

Me observó con los labios juntos y el ceño fruncido.

—Llevan juntos desde que entró a la universidad. —Una mueca que pretendía ser una sonrisa se extendió por sus labios—. Eran como mensajes de pareja durante diciembre, cuando estuvimos separados. La dejó después de que lo arreglamos en Navidad.

Se me nubló la vista de tanto mirarla.

—¿Y Julien? ¿Qué dijo cuando volvió?

—Me fui.

—¿No lo enfrentaste? ¿No dijiste nada?

Sophie me miró, más seria y determinada que nunca.

—El Julien que yo conocía no habría hecho eso. No tengo nada que hablar con él. Para mí está muerto.

Tras la dulce personalidad de Sophie había una chica que había crecido sin su madre y había aprendido a ver el mundo de manera distinta para sobrevivir. La abracé y respondió con fuerza. Lo necesitaba.

—Lo siento mucho —murmuré.

Esperé a que recuperara la respiración para separarme y peinarla con las manos.

—Y yo siento haber molestado.

—Ya has escuchado a Nika, no seas tonta.

Se estremeció.

—Le he arruinado el día a muchas personas.

El sonido de unos nudillos sobre la puerta llamó mi atención. Nika estaba al otro lado cuando abrí y me ofrecía su teléfono.

—Dice Dax que no respondes sus llamadas. —Me percaté de que había dejado el mío en la mochila—. Julien también la está buscando, pero ese me importa poco. —Me puso el teléfono en la mano—. Habla con él.

«¿Dax? ¿Qué pinta Dax en esto?».

—Gracias —musité.

—Estaré abajo.

Me besó la frente y se fue. Miré el teléfono.

—¿Pasa algo, Dax?

Sophie alzó la vista al escucharme. Su expresión de terror me sorprendió.

—Dime que Sophie está contigo, por favor. Dime que está bien.

—Está conmigo.

Ella negó con la cabeza. Yo estaba perdida, no tenía ni idea de cómo reaccionar. No entendía nada.

—He hecho algo muy malo, Mia —se lamentó—. Lo he jodido todo con ella.

Los ojos de mi amiga se llenaron de lágrimas una vez más. Solo pude escuchar a Dax que siguió hablando al otro lado de la línea:

—Después de lo que pasó con Julien, vino a buscarme. Estaba tan enojada y… —Creí que se cortaba la llamada, pero era él buscando las palabras—. Estaba alterada, no era Sophie. Me besó, me pidió que me acostara con ella.

Mi cuerpo pasó de estar contraído a la completa relajación debido a la incredulidad. Mi amiga se hundió en sí misma y volvió a lloriquear.

—Dijo que yo era su único amigo —continuó—, que tenía que ayudarla a hacer lo mismo que Julien le había hecho a ella. No pude, Mia.

—Claro que no podías —murmuré.

—Ese fue el problema. —Una fuerza invisible me cortó la respiración—. Le dije que estaba enamorado de ella desde que la conozco, que no podía tocarla y… se fue.

Las piezas encajaron. Sophie no lloraba por Julien, sino por Dax, la vergüenza o el shock de la noticia. Tenía dos amigos rotos por distintas razones y yo era una sola para encargarme de ambos a la vez.

—En una hora te llamo, Dax.

No esperé a que respondiera y volví a mi lugar frente a una encorvada Sophie. Escondía la cara entre las rodillas.

—He sido una estúpida —dijo, temblando—. Yo he sido estúpida y él no tenía derecho a decirlo, no ahora.

—Entiendo…

—No. —Se restregó los ojos con las manos para mirarme—. No lo entiendes. Nunca te lo he dicho.

—¿Qué…?

—Sobre Dax. Yo nunca te he contado lo que sentía por él antes de conocer a Julien.

• • •

No entendía cómo era posible que Sophie se hubiera pasado dos años interesada en Dax sin que yo lo notara.

Después de que se durmiera, lo llamé a él y no estaba mucho mejor. Lo único que pude hacer fue escucharlo. Me encontraba en medio y no podía decirle a Dax que Sophie se sentía mal por lo que había sentido antes, y no porque no sabía que él estaba enamorado de ella. Era un embrollo donde ambos se lamentaban por distintas razones. No quería traicionar la confianza de ninguno y eso me obligaba a callar.

Entré a la mansión Bakker al terminar la llamada. Me dolía la cabeza. Sentía que un camión acababa de aplastarme con saña, pero por alguna desconocida razón, mi cuerpo seguía con vida.

—No me han dicho que estabas aquí.

Me sorprendió encontrar a la señora Bakker. Estaba sentada a la mesa central de la cocina con una taza humeante delante de ella. Llevaba el pelo suelto por debajo de los hombros y el flequillo ordenado y dividido por la mitad. Parecía sana, fresca. Su belleza me impactó tanto como el primer día.

—¿Te apetece una taza?

Asentí y tomé asiento al otro lado de la mesa mientras me servía. Agradecí el calor del barro entre mis manos, aunque por primera vez quise beber algo más fuerte, algo con alcohol. Ese pensamiento me recordó la enfermedad de la señora Bakker.

—El té ayuda cuando necesitamos pensar. —Se acomodó frente a mí—. Ayuda cuando estás triste.

Alcé la mirada y me encontré con los profundos ojos verdes que Aksel había heredado.

—¿Cómo…?

—Sé reconocer cuando algo no está del todo bien —dijo despacio, acunando la taza entre sus manos—. Me gustaría decir que es una cualidad de madre, pero es por experiencia personal.

Su esposo se había suicidado en quién sabe qué circunstancias y, no mucho después, había perdido a una hija. Sabía lo que era estar mal.

Nos quedamos en silencio, una de esas situaciones que no se me daba bien manejar. Me sobraban las manos y hasta beber me resultaba complicado. No se me ocurría una excusa para retirarme sin que fuera evidente lo difícil que era estar frente a ella.

—Gracias por la ayuda aquella noche —comentó en voz baja.

—Yo…

—Aksel y Nika me contaron —intervino con amabilidad—. Lamento mucho que me vieras así y haber tardado tanto en darte las gracias.

—No tiene que darlas.

Múltiples arrugas se dibujaron alrededor de sus ojos cuando mostró una sonrisa.

—Lo sé, no soluciona nada. —Suspiró—. Una madre que no ha sido capaz de darle paz a sus hijos no podría enmendar el daño ni volviendo a nacer.

—Eso no es…

—Sé que no era lo que querías decir y que yo no debería pensar así —me interrumpió con amabilidad—. Sé que me lastima, pero hay un conflicto entre lo que deberíamos creer y lo que se lleva en el alma. No hay terapia que lo cambie. Abandoné a mis hijos cuando debería haber sido fuerte por ellos. Soy una carga en vez de su pilar.

—No piensan eso, al contrario.

—Tuve la dicha de tener dos chicos maravillosos. Aman tanto a su madre que jamás me verán como lo que soy.

Tenía una respuesta derrotista para todo y yo no quería hablar de más. Nunca habría imaginado que la señora Bakker se abriría a compartir tales palabras conmigo.

Bebí y mi estómago agradeció el calor del té.

—Fue difícil para todos —retomó, llamando mi atención—. Cuando Nikolai decidió dejarnos fue… difícil.

—¿Nika?

—No, el padre de mis hijos —explicó—. Tienen el mismo nombre, por eso a Nika no le gusta que lo llamen así.

Mi boca se abrió en un gesto de comprensión que intenté disimular. Hasta ahí llegaba su resentimiento.

—Es duro superar una pérdida —murmuré en mi mejor intento por reconfortarla—. No puede culparse por sufrir.

—No imaginas lo que sentí cuando desapareció el único hombre que había amado, quien me hizo feliz durante tantos años. —Le costó continuar—: Un día desperté y no estaba.

Me escocían los ojos. Ni siquiera podía plantearme que mi padre no estuviera con nosotras, era imposible.

—Y después pasó lo de Emma.

Me atraganté con la bebida.

—¿Emma? ¿Emma era el nombre de…?

—No puedo explicar lo mucho que veo a mi pequeña en tu hermana. Habría sido igual de hermosa si no hubiera sido por… —Respiró con fuerza antes de continuar—: Si no hubiera sido por su accidente.

Recordé aquel primer día en la cena, cuando la señora Bakker escuchó el nombre de mi hermana. Su reacción fue extraña y Nika abandonó el recibidor sin dar explicaciones; yo lo había considerado una descortesía. Todo pasó desapercibido al principio.

Otro recuerdo me golpeó. El día de la fiesta de Charles, cuando íbamos en el coche y Nika insistió en quitar la música. Estaba distraído en el momento en que su hermanita se cayó por la escalera.

«La escalera».

Había insistido en acompañarme antes de ir a dormir y, cuando me negué, cambió de actitud. Su mirada se volvió fría y distante, me dio la espalda y cerró la puerta de golpe.

«No ha muerto nadie por cruzar un pasillo oscuro o bajar una escalera».

Mis palabras le recordaron a su hermana.

—¿Por qué me cuenta esto? —pregunté, aunque sonara descortés.

La señora Bakker se enderezó en la silla.

—Por lo mucho que te importan mis hijos. —Sonrió de medio lado—. Uno de ellos en concreto.

Negó para que no intentara justificarme cuando estaba a punto de hacerlo.

—Son sus vidas, vívanlas como quieran, pero háganlo. Tu madre asegura que para desprenderse del dolor hay que aceptarlo y compartirlo, por eso te lo cuento. También te debía una explicación por lo que viste aquella noche. —No quise contradecirla—. Dejé que el sufrimiento me ganara tras dos golpes y no pude ser fuerte por mis otros hijos. Eran niños y los hice adoptar mi papel, mi responsabilidad.

—Lo hizo lo mejor que pudo y ellos lo saben.

Volvió a negar.

—Mi cobardía causó estragos, en uno más que en otro.

—Nika también puede superarlo —dije, convencida de que se refería a él.

—Lo sé. No es débil como yo, pero la situación lo hizo cambiar. Dejó al niño dulce en el pasado y cargó la familia al hombro.

—Para ayudarlos.

—¿A qué precio? —Negó repetidas veces—. Solo veo a mi hijo cuando baja las defensas que construyó. A veces me olvido de cómo era. Nika se creó un personaje, una máscara… Fue su manera de mantenerse en pie y así ha consumido su verdadero ser. Tengo miedo de que se apague, de que algún día no quede nada de él. Temo que las personas no sepan entenderlo y lo alejen.

Los dos Nikas. El que me ignoró, frente al que pidió perdón de rodillas en la carretera. El indeseable que no tuvo tiempo para mis tonterías, contra el que me ayudó con Sophie como si hubiera sido una hermana.

—Por eso te lo cuento —continuó la señora Bakker—. A Nika hay que conocerlo bien. No me gustaría que lo juzgaran por la falsa fachada que mi cobardía le obligó a levantar.

Juzgarlos era lo que había hecho desde el primer día. Quería disculparme, aunque ninguno de ellos lo supiera. Las palabras estaban a punto de salir cuando la expresión de la señora Bakker cambió a una sonrisa radiante al tiempo que Nika entraba a la cocina.

—Te necesitamos para pintar las ventanas —dijo con la vista fija en su madre—. Aksel insiste en no hacerlo.

La mujer se puso de pie e hizo que su hijo se inclinara para besarlo en la frente.

—Nos vemos después, Mia.

No dio muestras de que acabáramos de tener una profunda conversación y nos dejó solos. Nika acercó una silla y tomó asiento a mi lado, muy cerca.

—¿Cómo está Sophie? —preguntó.

—Durmiendo en tu habitación. Espero que no sea un problema.

—Que se quede todo lo que quiera, puedo dormir con Aksel.

—Seguro que querrá ir a casa, falta poco para que anochezca. —El naranja del atardecer adornaba las paredes de la cocina—. Quizás me vaya con ella.

—Puedo llevarlas en tu coche.

—Te lo agradecería —dije con la vista en la taza vacía.

—Sabes que puedes hablar conmigo. —Escrutó mi expresión—. De lo que sea.

—¿Hablar?

—Sí. —Sonrió con ternura—. Si te sientes mal, si necesitas ayuda. Si quieres estar en silencio, también.

Quise contarle lo mala persona que era yo, que me dolía ver a mis amigos así sabiendo que yo podría haberlos ayudado si hubiera prestado más atención. Sin embargo, tras lo que había hablado con la señora Bakker, me sentía culpable por darle importancia a asuntos tan pequeños.

Aparté la vista de la madera que tenía bajo las manos. Me había perdido en aquellos pensamientos y Nika seguía a mi lado, con la barbilla apoyada en la palma de la mano. Me observaba, inmóvil.

—¿Qué haces?

Alargó la mano para colocarme un mechón rebelde detrás de la oreja.

—Admiro la vista —respondió sin dejar de mirarme.

Sus palabras me reconfortaron, aunque no había dicho nada importante.

—Gracias.

Arrugó las cejas.

—¿Por?

—Por ayudarme con Sophie y Dax.

Chasqueó la lengua, aquel sonido tan propio de él.

—Siempre que me necesites, Pulgarcita. —Depositó un suave beso en mis labios—. Siempre, pero ahora tengo que ayudar a mi madre.

Sonrió antes de retirarse con un andar seguro hacia el comedor. Conmigo emergía su parte buena, la que la señora Bakker había mencionado, la que borraba lo malo que pudiera venir con él.

Capítulo 35

Mi teléfono marcaba las once. Estaba sentada en la sala de estar en casa de Paul. Formamos un pequeño círculo, como cuando éramos niños y jugábamos a la botella o a siete minutos en el cielo. Resultaba vergonzoso que, siendo mayores de edad, estuviéramos en medio de otro juego nada decoroso.

—Yo nunca le he mentido a mis padres —dijo Paul, risueño, alzando su vaso.

Bebimos al unísono.

Como era el anfitrión, se había encargado de proponer juegos que nos hicieran beber. Entre Arthur, su mejor amigo y miembro del equipo de fútbol, y él habían logrado que el alcohol me afectara. Por primera vez en la vida, estaba mareada.

Fue el turno de Rosie. Miró de reojo a Victoria, que estaba más borracha que el resto.

—Yo nunca he mentido sobre mis sentimientos.

La rubia bebió con desgana.

—Creía que eran ellos los que nos hacían beber —se quejó Sophie a mi lado, señalando a Paul y Arthur.

—No tengo la culpa de que seamos unos mentirosos —se burló Rosie, logrando que las risas tontas recorrieran el círculo.

Sophie bajó la vista a su botella de cerveza. Desde que había dejado a Julien un mes antes, solo soportaba mi presencia. Evitaba a todos y se cerraba más cuando Dax estaba cerca. Convencerla para que saliera de casa fue una tarea que me llevó días.

Mi amigo se encontraba entre Aksel y Nika, intentando sonreír y mirar a Sophie lo menos posible. La situación era más complicada que la vez anterior, no podía encerrarlos para que lo arreglaran.

—Mi turno —dijo Victoria con la lengua pesada, y volví la atención al juego—. Yo nunca he hecho un trío.

Acto seguido bebió, y Rosie bufó cuando la imitó. Paul vació una cerveza y puso cara rara cuando Dax tomó un sorbo de su vaso. Sophie se tensó e intentó disimular.

Mis ojos se posaron en Nika. Estaba sentado frente a mí, al otro lado del círculo. Pensaba que iba a beber teniendo en cuenta su historial de conquistas, pero no.

—Lo pondré más difícil —dijo Arthur para continuar—. Así no dicen que los quiero hacer beber. —Alzó su vaso—. Yo nunca me he enamorado.

Victoria, Rosie y Sophie bebieron. Mi sorpresa llegó cuando Dax y Aksel también lo hicieron. Aquello era incómodo para quién, como yo, conocía lo que se cocinaban detrás del telón.

Traté de no mirar a Nika, que tampoco se movió. Me tranquilizó que no bebiera. La parte sentimental de su pasado seguía siendo un misterio por el que me daba vergüenza preguntar.

—Tu turno, Sophie —instó Paul.

Mi amiga miró al techo antes de hablar:

—Yo nunca he tenido una relación.

Lo dijo para poder beber y salir del paso.

Una vez más, mi atención se fue hacia Nika. No bebió y Aksel lo miró de reojo. ¿Habría tenido algo serio alguna vez?

—Tu turno, Mia —dijo Paul.

Era tan lamentable que no tuviera el valor de hacerle preguntas… Me sentía como una niña pequeña incapaz de tener una conversación seria.

—Yo nunca he mentido jugando al yo nunca —confesé, esperando la reacción de Nika.

Se me hizo un nudo en el estómago al verlo beber, no solo a él, sino a todos.

—A veces eres demasiado buena —expuso Rosie con cariño.

Nika anunció que iba al baño y salió de la habitación. Mis ojos se quedaron en la puerta por la que desapareció, pensando cuánto habría mentido en aquel juego o si había tenido alguna relación. Si ese era el caso, ¿por qué no quería tenerla conmigo?

No podía culparme por pensar de más, estaba bajo los efectos del alcohol. Quería saber lo que sentía por mí, lo que pasaba entre nosotros. Quería besarlo y que me tocara. Quería tantas cosas que no sabía qué quería primero.

Llevaba días pegada a Sophie. Desde aquel tierno beso en la cocina, apenas habíamos conversado sobre el estado de mi amiga o de Dax, mis estudios, su trabajo o el partido de fútbol contra Regen que tendría lugar el próximo mes.

Le dije a mi mejor amiga que iba al baño cuando los demás se enzarzaron en una discusión sobre a qué jugar a continuación. Todo me dio vueltas y tardó un par de pasos para volver a su sitio. Mi cuerpo se sentía ligero y tuve ganas de bailar al ritmo de la música baja del salón. Anhelé estar en una fiesta de verdad, donde pudiera liberar la energía que contenía. Mi cerebro lo demandaba, aunque mis deseos cambiaran a cada momento y encontrar a Nika me pareció más divertido. El deseo de besarlo era superior. Hacerlo sin ropa…

Sonreí al ver que salía del baño del primer piso. Corrí hacia él, me enganché a su cuello, y estampé mis labios contra los suyos.

—¿Qué haces? —dijo sobre mi boca. Lo había pillado por sorpresa.

—Besarte.

Caminé hasta que mi espalda dio con la puerta más cercana y abrí sin mirar a dónde íbamos.

Nika sonrió en mis labios. Me tomó de la cintura y me pegó a su cuerpo para profundizar nuestros besos. Por suerte, estábamos en una habitación y me llevó hasta la cama. Mis piernas chocaron con el colchón y me caí, llevándome a Nika por delante. Estudié su pecho con las manos y llegué a su ajustado pantalón para soltar el primer botón.

—¿Qué haces, Pulgarcita?

Puso distancia sin quitarse de encima.

—Creía que era obvio y que era yo quien hacía esa pregunta —bromeé.

—Vas a toda velocidad y este no es lugar para eso.

Hice un puchero.

—Se supone que cualquier lugar es bueno para divertirse.

Le hizo gracia.

—No aquí.

—¿Una habitación?

—No hay privacidad —aclaró.

—Pensé que mientras menos curiosos, mejor.

Se acercó y depositó un suave beso en la comisura de mis labios.

—No hay nada como la privacidad de una fiesta llena de personas.

Se sujetaba con los codos a los lados de mi cara para no aplastarme.

Sus labios eran hermosos, y su nariz, y su pelo… Me encantaba todo del él. Cuando abría la boca con alguna de sus reflexiones, bordaba el hechizo. Lo quería para mí y me sentía más valiente que nunca.

—¿Y si te dijera que no es solo para divertirnos? ¿Y si digo que el tipo de diversión de la que hablo sería algo más de lo que normalmente tenemos?

Entrecerró los ojos.

—Si fueras más directa, te entendería mejor.

—Cuando quieres ser lento, lo eres, ¿no?

—Soy listo, Pulgarcita, no adivino.

Jugueteé con el botón de su camisa. Pude decirlo con cierta tranquilidad gracias al alcohol que me recorría las venas:

—¿Y si he cambiado de idea? ¿Y si quiero que lleguemos hasta el final, que no sea solo «lo de antes»?

Alzó las cejas para luego juntarlas hasta que parecieron una línea.

—Y quieres hacerlo en una habitación cualquiera en casa de Paul con seis personas esperándonos en el piso de abajo.

—Creía que lo importante era estar segura. —Me mojé los labios—. Me ha costado mucho saberlo. —El corazón me iba a toda velocidad—. No me preocuparía que fuera aquí si es contigo.

La mirada de Nika se suavizó. Esperé a que volviera a hablar, a que dejara de mirarme como si fuera la primera vez que lo hacía.

—No creo que… —Apretó los labios—. No es el mejor lugar.

—Te parecía bien la habitación de los padres de Adrien hace unos meses.

—No es lo mismo.

—Claro que sí.

—No lo es, Amaia.

—¡Esto parece surrealista! —Me tapó la boca para que hablara más bajo y aparté su mano para continuar—. De todas las situaciones en las que creí capaz de encontrarme contigo, suplicar por sexo no estaba en la lista.

Apoyó la frente en mi hombro para ocultar la diversión.

—No estoy diciendo que no quiera.

—Estás diciendo que ahora no —lo provoqué. Su silencio me hizo pensar algo más—: No tienes condones, ¿es eso?

—¿Qué?

—No llevas condones porque tú y yo… —Nos señalé, incapaz de terminar la frase—. ¿Por eso dices que aquí no?

Se le escapó la risa.

—Tengo condones, no es por eso.

—¿Por qué si nosotros no los usamos? —pregunté.

Rozó su nariz con la mía.

—Porque la esperanza es lo último que se pierde, Pulgarcita.

Fue mi turno de reír con ganas y Nika me volvió a tapar la boca.

—Sigo sin entender por qué no puede ser aquí —dije sobre la palma de su mano.

—Porque estás borracha.

—No lo estoy —mentí, acariciando el definido abdomen que notaba bajo su camisa.

—Estás consciente, pero estás borracha. Si no, no estarías tan envalentonada.

—Solo he bebido un poco.

Delineé el inicio del tatuaje en su abdomen bajo y deslicé la mano siendo muy consciente de a dónde conducía.

—Un poco —accedió—, pero eso te hace perder la cabeza.

—Mi cabeza está donde debe estar.

—¿Por eso tu mano está en mi polla?

—Justo por eso.

Sentí su erección creciendo. Hizo un sonido grave para ahogar un gemido.

—No va a pasar, Amaia —dijo sin moverse ni un centímetro.

—¿No quieres que te toque? —pregunté. Me detuve por miedo a estar haciendo algo que no deseara.

—Siempre quiero que me toques.

Me alegró escucharlo. Había aprendido de él y de sus técnicas, incluso había comprobado la efectividad de cada una. Volví a meter la mano dentro de su ropa interior al tiempo que le rozaba la piel del cuello con los labios.

—Quizás tengo que convencerte, Nika.

No supe si mi voz sonaba tan sensual como yo creía o era el alcohol. Quizás estaba haciendo el ridículo, pero sus reacciones decían lo contrario.

—Amaia… —masculló.

—Me encanta cuando dices mi nombre —murmuré sobre su boca—, dilo de nuevo.

Y no fue él quien lo dijo.

—¡Mia! —llamó alguien desde el pasillo y un segundo después apareció Aksel en la puerta.

Saqué la mano del pantalón de Nika al tiempo que me lo quitaba de encima, aunque no tenía sentido ocultar lo que estaba pasando. La cabeza me dio vueltas por el brusco movimiento que hice al sentarme al borde de la cama y cruzar las manos sobre mi regazo para recrear una pose de blanca paloma.

Nika me imitó, pero el pelo revuelto, la camisa abierta y el pantalón desabotonado no ayudaban. Por suerte, se la había guardado de alguna mágica manera. De todos modos, notaba el bulto en su entrepierna a pesar de tener la vista en su hermano, que seguía sin soltar el pomo de la puerta y portaba cara de «esto no era lo que esperaba encontrar».

El susto me había bajado el calentón y la borrachera.

—Aksel —dije, intentando responder a su llamada porque el tiempo corría y seguíamos sin decir nada—. ¿Está todo bien o…?

—¿Puedo hablar contigo? —interrumpió el pelinegro con la vista en Nika.

Se suponía que me estaba buscando a mí, no entendí a qué se debía el cambio.

—¿Nos das un momento, Amaia? —pidió Nika.

La situación se había tornado seria. Miré de uno a otro sin saber qué decir. Mantenían una conversación poco placentera sin pronunciar palabra. Problemas, olían a eso, a algo que nada tenía que ver conmigo, y era evidente quién sobraba.

Aksel me detuvo antes de que pasara el umbral de la puerta, su mirada estaba cargada de culpa.

—Deberías hablar con Sophie.

—¿Sophie?

—Está abajo. Ella… te necesita.

Mi lado protector se activó y no hice preguntas. Me dejaron de importar los Bakker y sus riñas o que Aksel me hubiera sorprendido con la mano dentro del pantalón de su hermano. Bajé la escalera en busca de mi amiga. Escuché las voces procedentes de la sala de estar y un movimiento fuera de la casa llamó mi atención: un coche alejándose. Reconocí el sonido del motor de Dax.

Sophie caminaba de un lado a otro del jardín cuando salí. Tropezó con una maceta y empezó a maldecir hasta que notó mi presencia. Tenía los ojos brillantes y, al acercarme, me llegó el olor a alcohol.

—¿Cuánto has bebido?

—Más de lo que debía si no comí nada en todo el día —se lamentó con la lengua pesada.

—Pero…

—Bebo cuando no miras y es una idea terrible. —Se sujetó en mí para no tambalearse y se dejó caer en la escalerilla—. La he vuelto a cagar.

Descansó el pecho sobre las rodillas. Me senté a su lado. Era la segunda vez que la dejaba sola durante unos minutos y se emborrachaba.

—Aksel ha dicho que…

—He besado a Aksel —me cortó.

Mi brazo quedó a medio camino de posarse sobre sus hombros.

—¿Cómo? ¿Cuándo?

—Igual que casi nos besamos aquel día en la fiesta de mi cumpleaños —se lamentó.

—Pensé que…

—Fingí que era mi imaginación, pero hoy…

No siguió hablando.

—¿Te gusta Aksel?

—No sé. —Cerró los ojos y se le escaparon un par de lágrimas—. No sé nada y se siente horrible lastimar a más personas. No entiendo lo que me pasa. Por mucho que quiera, no puedo.

—Dudo que lo averigües besándolo —reproché.

Pegó la vista al camino de piedra que conducía de la calle a la entrada de la casa.

—Lo peor no es que nos besáramos. —Respiró con fuerza—. El problema es que Dax nos vio.

Capítulo 36

La vida de Sophie se había convertido en un drama difícil de digerir. No obstante, una noche en la que el alcohol la había hecho terminar en el baño soltando las entrañas no era la ideal para esclarecer sus sentimientos.

Cuando mejoró, pudimos regresar en mi coche con Nika al volante. Aksel y Sophie iban en silencio, cada uno en un extremo del asiento trasero.

No tenía ni idea de lo que habían hablado los Bakker, pero no parecían contentos y el viaje fue como un funeral. Poner música habría sido tortuoso para Nika y era lo único que faltaba, que se pusiera en modo ermitaño, como los fiambres que cargábamos atrás.

Aksel se quedó en la mansión y seguimos nuestro camino hasta casa de Sophie. Me quité el cinturón en cuanto aparcamos, pero mi amiga me impidió bajar.

—Quiero estar sola.

—No voy a dejarte.

—No te he pedido que me acompañes.

Salió del coche y dio un portazo. Traté de seguirla, pero Nika me sostuvo por la muñeca.

—Es lo que quiere. No significa que no te necesite… Déjala sola por hoy.

Sophie intentaba mostrarse fuerte cuando era evidente que la situación la superaba. Tardé un par de minutos en apartar la vista de la puerta y aceptar que no tenía opción. Nika dio la vuelta y regresamos por el mismo camino.

—Piensa que es una mala persona —dije, incapaz de maquinarlo en silencio.

—Todos pensamos mal de nosotros mismos en algún momento.

—Se siente culpable por Dax, por lastimarlo.

—Siempre seremos el villano en la historia de alguien y a Sophie le tocará, ya sea en la de Dax, la de Aksel o la de ambos.

Era consciente de los sentimientos de su hermano. Podíamos hablar sin que se sintiera como una traición a mis amigos.

—Me gusta creer que tenemos dos partes —continuó sin apartar la vista de la carretera—: una mala y otra que lucha por no dejar a esa dominar.

—¿No una buena y una mala?

—Nada o nadie es malo o bueno. —Me miró de reojo—. Eso sucede en las caricaturas y en las malas historias. La parte que lucha contra la mala es buena, pero jamás lo será por completo. Como la mala tampoco es total oscuridad, así funciona el equilibrio universal.

—¿Qué tiene eso que ver?

—Sophie es la persona más dulce que he conocido. Su bondad no es común, pero ella tampoco es inmune.

—¿A qué?

—A los demonios —dijo sin más—. Los que nacen de nuestros miedos y se alimentan de las experiencias más crudas. Está lidiando con los suyos y es normal que se sienta perdida.

—¿Quieres decir que ha actuado mal?

—Creo que su lucha la puede llevar a tomar malas decisiones si no se permite sanar. Los errores que cometa serán nuevas marcas en su alma. Julien y el resto del mundo es secundario —aclaró—. Me refiero a ella, a la batalla interna que está lidiando, la de sus dos partes. Estoy convencido de que la bondad en Sophie ganará, y no todos tienen esa suerte.

Me quedé mirando su perfil. No tenía claro hasta qué punto aquellas palabras estaban relacionadas con su personalidad.

El Nika que se enfrentó a pecho descubierto a la vida y el que vivió detrás, el que en teoría era el real. Quizás él consideraba que su parte buena luchaba para no dejar a la mala vencer. Eran fuegos distintos enzarzados en una pelea constante, enfrentados.

—¿Eso es lo que significa tu tatuaje?

El fénix y el dragón compartían un mismo cuerpo, pero en la batalla.

Las luces de la carretera alumbraron el interior del coche una y otra vez debido al movimiento. Cuando aparcamos junto a mi casa, todavía no tenía una respuesta, pero estaba segura de que había acertado. No la necesitaba y él no me la iba a dar.

Al apagar el motor, alargó la mano para rozar mi mejilla y cerré los ojos.

—¿Te sientes bien?

—Estoy cansada —confesé con el peso de la fiesta encima—. Siento que me están aplastando la cabeza.

—Necesitas hidratarte.

Sus palabras me hicieron notar la sequedad de mi boca.

—Quédate conmigo.

Abrí los ojos de golpe.

—¿En tu casa?

—Aksel ya lo sabe —dijo con un gesto de incomodidad—. Creo que no vale la pena ocultárselo. Mi madre también, es su arte oscuro.

—Entiendo el superpoder —me burlé.

—Tus padres están al tanto, entonces…

Mi corazón se agitó, dejando una extraña sensación en mi pecho. Quise preguntarle qué ocultábamos, porque no hubo una vez, de los tantos días que pasamos juntos, en que saliera el tema de nuestra relación de forma natural.

—Prometo hacer el desayuno —añadió—, pero no aseguro que sea bueno.

—Con eso no me convences —dije, intentando no arruinar el momento por sobreanalizar sus palabras.

—¿Y si digo que te subiré el desayuno de mi madre a la cama?

Me estiré en el lugar y miré al techo del coche para fingir que lo estaba pensando. Eso le dio las armas para obligarme a salir y enfrentarme a la gélida noche de camino a la mansión. Me pasó un brazo por los hombros para ofrecerme calor hasta que estuvimos en su casa.

Bajo su atenta mirada, bebí más agua de la que creí posible ingerir. Ayudó con la pesadez en la cabeza. Me obligó a darme una ducha, que fue un alivio. Cuando me sequé el pelo con una de sus toallas y me puse una gigantesca sudadera a modo de pijama, me sentía como nueva.

Regresé a la habitación y me atraganté con un bostezo al encontrarlo apoyado en los codos y con un libro sobre la almohada. Leía bajo la luz de la lamparita que estaba en el suelo junto al colchón. Su pelo se mantenía húmedo por la ducha que se había dado antes que yo.

Me perdí en el juego de sombras que marcaba su espalda, la tensión de sus brazos y el perfil relajado con la vista clavada en las páginas. Era gracioso verlo mover los labios sin emitir sonido.

Se percató de mi presencia y cerró el libro.

—¿No marcas la página? —quise saber, sentándome muy cerca y escondiendo las piernas dentro de la sudadera.

—Si estás prestando atención, no necesitas hacerlo —respondió antes de apagar la luz y hacerme espacio.

La habitación de Nika nunca quedaba en total oscuridad. Era imposible con el techo tan alto y las pequeñas ventanas de la torre por donde se colaba la luz azulada. Lo veía a la perfección cuando apoyé la cabeza en la almohada y quedamos de lado, el uno frente al otro, a dos palmos de distancia.

—Es la primera vez que vamos a dormir juntos.

—Técnicamente, no —rectificó—. Dormimos aquí una vez.

—Yo no dormí.

El recuerdo de aquella noche era amargo y doloroso.

—Hoy dormirás.

Acomodó mi flequillo y nos mantuvimos en silencio mientras me perdía en la conversación que habíamos mantenido un momento antes.

—Cuando dijiste que Sophie debía lidiar con lo que le sucedía, con su parte mala… —comenté—. ¿A qué te referías?

—No te entiendo.

—Ella no es la culpable. No engañó a Julien ni tiró por la ventana una relación de más de un año. ¿Por qué tendría que sentirse mal?

—Es común que nos culpemos por lo que sucede a nuestro alrededor.

Me tocó la frente con dos dedos para que relajara la tensión de mi rostro.

—Sophie pasará por varias etapas, tras una ruptura funciona así. La difícil es en la que tienes que perdonarte. Es más fácil perdonar que perdonarnos.

—¿Por qué tendría que perdonarse?

—Por haber confiado —explicó—. Así como las culpas que la propia situación le estará haciendo creer que tiene.

—Tienes mucha experiencia en rupturas —bromeé.

—Leo mucho y no tiene que ser la experiencia en rupturas de ese tipo la que me haga entenderlo. El proceso de aceptar las peores situaciones que hemos vivido es complejo. Ni teniendo las herramientas para luchar resulta sencillo.

Él era el ejemplo perfecto. Siempre resultaba más fácil decir que hacer.

—¿Puedo preguntarte algo? —Asintió con una sonrisa y disimulé el miedo antes de continuar—: ¿Con cuántas personas has estado?

—¿Estar? ¿Te refieres a sexo?

Asentí y bajé la vista a su pecho por la vergüenza. El alcohol ya no estaba para darme valor.

—No las he contado.

—¿Tantas son?

—No podría decirte un número porque no ha sido tan relevante como para contarlo.

—¿Quieres decir que no recuerdas a las personas con las que has follado?

Puso los ojos en blanco.

—Mi pequeña princesa feminista… —se burló—. Recuerdo a todas las personas con las que he tenido algo, incluso un beso, pero no tengo una lista. No te tomes mal todo lo que digo. —Estaba muy cerca—. Puedo contarlas, aunque no le veo sentido.

Lo último que quería era que Nika se acordara de sus aventuras. Por la experiencia que tenía al tocar a otra persona, podía hacerme a la idea de que no eran pocas.

—¿Puedes decirme con cuántas ha sido algo serio? —dije, incapaz de contener mi curiosidad tras lo que había sucedido en el juego.

Analizó mi rostro y supuse que contaba.

—Ninguna. Con ninguna ha sido serio.

—¿Nunca has tenido… algo durante mucho tiempo?

Negó antes de acunar mi rostro.

—Nunca he compartido tanto con alguien ni le he hablado de mí. No quiero culpar a las personas de poco atractivas, es que no me interesaban. —Me recorrió los labios con su pulgar y nuestras miradas conectaron—. No me permití cometer el error de observar con esos ojos. —Mi piel hervía bajo su tacto—. Nunca he mirado a nadie como te miro a ti, Pulgarcita.

Me abrazó para unirnos en un dulce y suave beso que me dejó sin aliento. Sus manos no viajaron por mi cuerpo. No fue sexual ni desesperado. Sus dedos se enredaron en mi pelo. Nos acoplamos a la perfección con nuestras piernas entrelazadas y nada más que la escasa ropa impidiendo tocarnos.

Rozó su nariz con la mía.

Era irónico que el idiota de Nika Bakker fuera responsable de que mi pecho estuviera a punto de explotar. No entendía qué me pasaba con él, aquella sensación se movía entre lo aterrador y lo hilarante.

—En casa de Paul —dije—, ¿por qué no quisiste hacerlo?

—Estabas borracha —respondió con una sonrisa torcida—. Prometí que podíamos divertirnos sin llegar ahí. No quiero que hagas algo de lo que te arrepientas.

Me quedé en silencio durante un rato.

—¿Y si sé que no me voy a arrepentir? ¿Y si te digo que no fue el alcohol, que hace semanas estoy segura de que quiero…? Quiero que mi primera vez sea contigo.

Entendí por qué le gustaba verme nerviosa cuando era directo al expresarse. Le costó controlar su respiración y se contrajo.

—¿Y si te digo que quiero que me folles aquí y ahora? —añadí, midiendo sus reacciones.

Era divertido verlo en esa posición. Me acerqué y me aseguré de rozar los labios por la piel de su cuello. Quería provocarlo y experimentar lo que se sentía.

—Sé lo que estás haciendo —ronroneó.

—Al final, no vas a resultar tan idiota.

Le mordí la oreja con suavidad. Subí dejando besos por su rostro hasta notar su erección contra mi muslo.

—No juegues conmigo, Amaia.

—Pensé que te gustaba la diversión.

Disfruté de tener el control y de notar cómo se estremecía cuando mi mano descendió hasta su pijama.

—Parece que la más divertida eres tú —dijo antes de gemir contra mi frente cuando me sumergí en su ropa interior.

—Porque tú no lo estás disfrutando —ironicé. Lo miré a los ojos y me encantó encontrar el deseo en su rostro—. ¿Tengo que suplicarte que lo hagas?

Lo masturbé, suave y constante, para que reaccionara. El sonido que surgió desde su garganta me hizo juntar las piernas y descubrir lo mojada que estaba.

—Ya sé… —dije. Intenté concentrarme para no excitarme de más—. Es mi ropa. —Nika me besaba el cuello y se aferraba a mi cintura sin prestarle atención a mis palabras—. Quizás no te pone que lleve tu sudadera.

Ahogué un chillido cuando me agarró las muñecas, las presionó a los lados de mi cara y quedó sobre mí. No podía moverme.

—Me gustas con mi sudadera, sin ella, en vestido, con la camiseta empapada y llena de barro. —Su aliento era embriagador—. Necesito que jamás lo olvides.

La calidez de sus palabras me hizo sonreír.

—No se me olvidará.

—Y necesito saber si estás segura. Si de verdad estás segura.

—Totalmente —respondí. Volví a besarlo y abracé sus caderas con mis piernas.

Por alguna razón, Nika se resistía, pero la duda no se extendió. Su mano bajó entre nosotros y llegó hasta mi sexo. Confirmé lo excitada que estaba cuando sus dedos se deslizaron por el lugar indicado y el alivio me recorrió el cuerpo. Gemí mientras estimulaba mi entrada a ritmo suave y tortuoso.

Me ayudó a deshacerme de la sudadera y me quedé desnuda con él a mi lado. Bajó mordiendo y besando mis pechos, aumentando la intensidad de las caricias como a mí me gustaba.

Lo único distinto fue lo que hizo con sus dedos. Poco a poco, avanzó hasta penetrarme con uno. Se sintió mejor de lo que creía, mucho más cuando incorporó un segundo. Entraba y salía de mí con delicadeza, llenándome de sensaciones que ponían mi cuerpo en vilo. Mi mente no articulaba nada racional, mis manos apenas pudieron ayudarlo a que se quitara la ropa interior.

Sentí su erección contra mi pierna cuando se colocó sobre mí. Era cálida y perfecta. La deseé en mi boca, en mi interior, en todos los lugares posibles. Me moví al son de sus dedos, que me penetraban con tal facilidad que resultaban poco.

Le aparté la mano y elevé las caderas para que su miembro rozara mi sexo.

—Amaia…

—Basta de juegos —jadeé en sus labios y gruñó por lo bajo.

Pensé que me iba a besar, pero se alejó. Me mantuve inmóvil mientras alcanzaba y abría un condón. Estaba de rodillas entre mis piernas. La luz caía sobre su torso y mis ojos buscaron ese tatuaje. Se me hizo la boca agua y un cosquilleo placentero me recorrió el vientre al verlo tan excitado.

Sus manos se movieron muy despacio para colocarse el condón. De todo lo que habíamos hecho sin tocarnos, nada se había sentido tan sexi como aquello. Se masturbó con sus ojos devorando mi cuerpo, y los míos le prestaban atención a su mano.

Pegó su pecho al mío cuando se inclinó. Movió las caderas, cerré los ojos para deleitarme con el roce de nuestros sexos. No detuvo la tortura, siguió besándome y provocando que el corazón se me desbocara.

Se colocó en mi entrada y jadeé. Me moví contra él, deseaba sentirlo. Estaba tan lista que fue fácil que entrara en mí, solo un poco. Clavé las uñas en su espalda con deseos de más.

—Te juro que esta vez voy a ser delicado, Amaia —murmuró—. La próxima, vas a perder la voz de gemir mi nombre.

Jadeé mientras él entraba un poco más. Mi cuerpo tembló de placer.

Nika se ocupó de pellizcar mis pechos, de morderme y de volverme loca. Estaba tan centrada en las deliciosas sensaciones que, cuando sus caderas se movieron con más fuerzas y estuvo dentro de mí, no lo noté. Aguanté la respiración tras un extraño escozor que desapareció al momento y se detuvo, esperando a que me acostumbrara a él.

Me besó, despacio, con dulzura, atento a los sonidos de placer que se escapaban de mis labios. Supe que debía dar el siguiente paso y alcé las caderas para comprobar cómo se sentía. Un escalofrío me recorrió ante la desconocida sensación de tenerlo en mi interior y Nika gruñó sobre mi boca.

Sosteniéndome la cintura, se movió hacia atrás para volver a entrar. Ahogué un gemido. Repitió el movimiento, tan lento que quise gritar de desesperación. Abrí los ojos y me encontré con su expresión oscura y cargada de lujuria.

Se movió sin apartar la vista. Su cuerpo se topaba contra el mío, estableciendo un ritmo sensual que desataba olas de placer. Era delicioso y distinto a lo que habíamos hecho antes. Un cosquilleo se concentraba en mi sexo y me hacía necesitar más de él.

Quise que fuera más rápido y entre jadeos compartidos me dio la vuelta para que yo estuviera encima, sin romper nuestra conexión. No supe moverme mientras él se entretenía en besarme los pechos.

—Yo no…

Estaba tan agitada que hablar era casi imposible.

—Sí sabes.

Me tomó las caderas y las movió para mostrarme cómo.

Desde esa posición, me gustaba más y tenía razón, sabía hacerlo. Me agarré de sus hombros y me dejé llevar por lo que sucedía en mi interior. Tenía el control, podía ir tan profundo o rápido como quisiera.

—Despacio —se quejó, jadeando, pero yo sabía lo que buscaba y estaba a punto de obtenerlo.

Para detenerme, me obligó a pegar la espalda al colchón y su cuerpo me aprisionó. Se irguió y me recorrió las piernas. Me las abrió y me dejó expuesta para él. Entonces comenzó a embestirme al tiempo que estimulaban mi centro.

Arqueé la espalda y aferré las sábanas. Gemí más alto que antes, me mordí el labio y, tras dos estocadas, mi cuerpo tomó el control. Me perdí en las agradables contracciones de mis músculos, en la insensibilidad temporal de mis extremidades y en el modo en que Nika aceleraba sus movimientos para terminar segundos después.

Apoyó su frente en mi hombro. Ambos estábamos agitados y una capa de sudor nos cubría la piel.

Me acunó en sus brazos y me hizo descansar sobre su pecho. Su respiración se perdía en la mía. Una sonrisa llegó a mis labios antes de que la oscuridad me atrapara y mi cuerpo cediera al cansancio.

Capítulo 37

La molesta luz que entraba en la habitación me despertó. Di la vuelta para ocultar la cara en la almohada y la cama poco familiar hizo que me sentara del susto. Me cubrí el torso con la sábana al ver que estaba desnuda.

Recordé cada segundo de la noche anterior y me dejé caer con los brazos abiertos, mirando el hermoso techo hexagonal con travesaños de madera.

No hubo fuegos artificiales ni corazones ni sentimientos gritados ni pétalos de rosa. Fue perfecto porque había estado segura, lista. Nada ni nadie podría hacerme cambiar de opinión. Nunca me arrepentiría.

Los pasos en la escalera anunciaron que alguien se acercaba. Intenté no parecer una niña emocionada cuando Nika cruzó el umbral con una bandeja plateada en las manos. Llevaba la parte inferior del pijama gris y el torso desnudo. Su pelo era un nido de pájaros.

—Has arruinado la sorpresa.

Se sentó al borde de la cama y me dejó la bandeja sobre las piernas. Había traído un sándwich y un zumo de naranja.

—Me alegra que tu madre haya hecho el desayuno —bromeé, alcanzando una sudadera y poniéndomela para estar cómoda.

—Lo he hecho yo.

—Pensé que la cocina se te daba mal y esto parece… —Me detuve al darle la vuelta al sándwich y ver que estaba algo quemado—. Retiro mis palabras, eres un asco.

—Juro que lo he vigilado —se disculpó.

—Tranquilo, queda el zumo.

Alcancé el vaso con muchísima sed y con el primer trago me arrepentí. Quise fingir que estaba bueno, pero mi arcada me delató.

—¿Tan malo está?

Era evidente que tenía agua y una absurda cantidad de azúcar. El líquido podría haber sido cualquier brebaje menos zumo de naranja.

—Sabe asqueroso.

Se cubrió la cara e hice magia para no burlarme.

—No importa.

Le di un mordisco al sándwich para que no se sintiera mal.

—No tienes que comértelo.

Intentó quitármelo y protegí mi comida.

—Tengo hambre —me defendí, tomando otro bocado—. No le quites comida a una Mia hambrienta.

Sonrió, consciente de lo que hacía y alejó el vaso con el líquido del demonio. Supuso que me lo bebería por compromiso, sin embargo, mi buena voluntad no llegaba tan lejos.

—Me alegra que algo se te dé mal —añadí, saboreando el queso que le había puesto—. Me molesta que seas tan perfecto.

—No lo soy.

—Todo lo haces bien.

—Las habilidades son para cubrir el montón de defectos. —Su sonrisa ladina mostró el pesar que se escondía tras esas palabras—. Intento emplearlas con la esperanza de que, cuando meta la pata, las personas recuerden que no todo está jodido conmigo.

Me perdí en sus ojos azules. La calidez con que me hablaba terminaría matándome. Adoraba que compartiera algo tan íntimo.

No importaban sus demonios ni sus horas de silencio. Era irrelevante que pudiera tener una pantalla que cubriera su verdadero ser. El único que me importaba era ese, el Nika real, y estaba perdida con él.

Me adelanté para juntar nuestros labios en un suave y corto beso. Lo pilló por sorpresa y me acarició la mejilla.

—Creo que hay algo que deberíamos hablar.

—¿Quieres clases de cocina? —Logré que se riera—. Serán mejores que tus lecciones de conducir.

—Ya he asumido que la cocina no es lo mío. —Jugueteó con un mechón de mi pelo—. Es de algo más… —Vaciló antes de continuar—: Ya casi todo el mundo lo sabe.

Supe de qué hablaba. Mi corazón reaccionó por su cuenta, golpeando contra mis costillas.

—Llevamos tres meses jugando al escondite y es divertido, pero…

—Pero… —lo animé, porque los nervios me carcomían.

—¿No sería más fácil si no tuviéramos que escondernos?

—¿Dices que todos sepan de nosotros?

—Sí, que sepan que tú y yo…

—Tú y yo ¿qué?

Ir al grano era una de sus cualidades, y en ese momento no sabía a dónde mirar.

—Joder, Mia. Soy muy malo haciendo esto.

—¿Haciendo qué? —insistí, riéndome con él

—No sé cómo tener esta conversación —confesó, y un ligero rubor subió a sus pómulos.

Estaba guapísimo cuando se sonrojaba.

—¿Qué conversa…?

El sonido bajo de un motor me interrumpió.

—¿Tu madre ha salido en un coche?

Lo que escuchaba no era el coche de mi padre ni mi madre, tampoco el de Dax.

—No, salió en la moto. ¿Por qué preg…?

Lo escuchó. Era un motor potente.

Salimos a la azotea. Un coche clásico de color verde botella atravesaba el terreno que precedía a la mansión. Nadie tenía algo tan costoso en Soleil.

Lo miré de reojo, dispuesta a preguntar quién era, y vi que Nika tenía el rostro contraído.

—¿Qué sucede?

—Vístete y vete a casa. —Me dio la espalda y volvió a su habitación.

—¿Pasa algo? —Busqué mi ropa y me la puse a toda velocidad mientras él hacía lo mismo—. ¿Esperaban visita? Puedo ayudar si…

—No, Amaia —cortó de mala gana, dando la vuelta y quedando frente a mí—. Escúchame muy bien —continuó, con la mandíbula tensa. No había ni rastro del Nika de hacía unos minutos—. Vístete, baja por la escalera de caracol y vete a casa sin que nadie te vea.

—¿Por qué…?

—¡Porque te estoy diciendo que lo hagas! —gritó—. ¡¿Estás sorda?!

Di un paso atrás. No entendía la razón del cambio de actitud.

—No tienes que ser tan desagradable.

Nika abrió y cerró las manos, algo temblorosas.

—Vete a casa —masculló—. Por una puta vez, haz lo que alguien te dice y desaparece.

Nunca me había tratado de aquella manera, ni en los peores momentos.

Rebuscó en el fondo de una caja que había junto a la puerta y sacó algo envuelto en una tela blanca. No vi lo qué era porque él desapareció.

Podía entender los extraños silencios, pero tratarme de la forma en que acababa de hacerlo era distinto. Su mirada cargada de odio al decirme que me fuera hizo que me hirviera la sangre.

Recogí mi abrigo y atravesé la azotea para bajar por la escalera. Mi madre aseguraba que no, pero Nika no estaba bien de la cabeza y no iba a permitir que me perturbara.

Bajé, pisando demasiado fuerte, hasta que los pensamientos de la mañana y la noche anterior me golpearon al llegar al primer piso. Miré del pasillo vacío al tramo de escalones que faltaban.

Respiré varias veces y recordé a su madre, lo que me había dicho aquella tarde en la cocina. Conocía a Nika, su comportamiento debía tener un porqué.

Un extraño dolor me apretó el pecho.

Esa vez no dudé. Mis pies se movieron por el corredor hacia la escalera de madera que daba al recibidor de la planta baja.

Desde la noche que había cruzado la puerta de su habitación, supe que actuaría así una y otra vez. Por alguna razón, tener la duda de que me necesitaba haría que siempre fuera hacia él.

—¡Mucho menos por qué te pones en esa posición!

La exclamación me sorprendió al tocar el pasamanos. Era, sin duda, la voz de un alterado Nika.

—¿Cómo quieres que reaccione, Nikolai? —preguntó, para mi sorpresa, una mujer—. ¡Más de un año que...!

—Habla bajo, Siala —pidió una tercera voz que identifiqué como Aksel—. No hay necesidad de gritar.

¿Siala? No conocía a nadie con ese nombre.

—Tú, cállate —sentenció ella—. No sé si eres peor que este.

Bajé hasta el descansillo para escuchar mejor y ver quién era la visitante desconocida.

—No tienes nada que hacer aquí —dijo Nika.

—Lo estúpido no te lo quita ni el tiempo.

—Parece que a ti tampoco —zanjó él—. Dime, ¿cómo has sabido dónde estábamos?

—Buscando.

Me incliné para echar un vistazo. No capté más que los zapatos de Aksel y bajé otro escalón.

—Sabes que se me da bien investigar —continuó la voz femenina—, pero no era la única que lo hacía. Teniendo en cuenta que...

Era una muchacha no mucho mayor que yo y cortó su discurso al verme en la escalera. La curiosidad me había ganado y quedé expuesta.

Los Bakker se dieron la vuelta y no le vi sentido a quedarme donde estaba.

La chica analizó mis movimientos hasta que llegué al pie de la escalera. Miró a Aksel con expresión calculadora y luego a Nika. Sus labios formaron un gesto de comprensión antes de convertirse en una sonrisa tan falsa que arruinó su armonioso rostro.

—No puedo creerlo —murmuró—. ¿Quién es ella, Nika? —interrogó, cruzando los brazos—. No es la novia de Aksel, no es su tipo.

—No te importa —respondió él sin dejar de mirarme.

Tuve ganas de preguntar quién era ella para exigir explicaciones. No pude, me había quedado sin palabras.

—Bien. —Evitó que el mayor de los Bakker la detuviera al pasar por su lado para llegar a mí—. Si el maleducado de Nikolai no me presenta, lo haré yo—. Extendió la mano—. Me llamo Siala, soy la antigua vecina y novia de Nika. —Mostró una sonrisa por encima de su hombro—. Al menos lo era hasta que él y su familia desaparecieron de Prakt sin decir nada.

Fue como si me hubiese dado una cachetada, pero no. Su mano seguía extendida y respetuosa, esperaba que se la estrechara.

«¿Su novia?».

—Eso no es cierto —intervino Nika.

—Claro que no —añadió Siala sin inmutarse—. En teoría, no era su novia porque jamás hablamos del tema, pero bien que le gustaba colarse en mi casa para follar cuando no tenía nada mejor que hacer.

—Deja de decir estupideces —replicó Nika.

El rostro de Siala tenía forma de corazón y terminaba en una fina barbilla. Su pelo, rubio y lacio, estaba rapado a los lados, con unos mechones largos que le caían hasta las mejillas. Unos ojos color café me observaban, expectantes.

La voz de Nika era un murmullo lejano. Creí estar sorda mientras intentaba asimilar la situación y mi corazón se encogía cada vez más.

Me quiso fuera de allí al saber que su antigua novia había llegado. Mintió la noche anterior sin necesidad y nada, en mi corta vida, me había dolido tanto. Las ilusiones de aquella mañana reventaron. No solo eso, la fantasía que había construido durante los últimos meses se vino abajo.

Estreché la mano de la chica.

—Amaia. —Fijé la vista en el idiota que, de nuevo, había jugado conmigo—. La vecina de Nika.

Eso era, su vecina, su diversión.

—Mia, por favor…

—No me sorprende que buscaras un reemplazo con el que jugar —interrumpió Siala y lo encaró—. Es el estilo Holten, ¿no es cierto?

La mirada de Nika me quemaba.

—Desaparecieron sin decir nada —repitió ella, dándome la espalda—. Pensamos lo peor, buscamos por todos lados, fue…

—¡Cállate, Siala! —bramó Nika.

Se me puso la piel de gallina cuando se paró delante de ella. Parecía un gigante. Si la tocaba, podría matarla.

—¿Me vas a gritar? —espetó la chica sin ceder a la aterradora expresión—. No te tengo miedo, estúpido, y voy a hablar delante de ella. Así entiende al desalmado que tiene al lado. —Le palmeó el pecho a Nika con fuerza—. Todo el mundo debería saber lo que han hecho. —Le golpeó una y otra vez sin que Nika reaccionara—. Eres un monstruo, Nikolai Holten.

—¡Sí, lo soy! —gritó él, y Siala tuvo que retroceder—. ¡Soy un puto monstruo y, si lo sabes, deberías esfumarte!

Sus gritos golpearon mi pecho como un estruendo. Retrocedí hasta que mi espalda golpeó el pasamanos de la escalera. Era el Nika de aquella noche, el que casi había asfixiado a su hermano.

Aksel se interpuso entre ellos.

—No digas estupideces —advirtió.

—Vete de una puta vez —repitió Nika, entre dientes, mirando a Siala.

—¿Por decir la verdad? —Su voz se quebró y me miró por encima del hombro. Sus ojos brillaban, llenos de lágrimas—. No te dejes engañar, no seas como yo. Él siempre te va a mentir, disfrutará manipulándote, viendo que confías en la personalidad que inventa para hacerte caer a sus pies.

—¡Cállate!

—¡Nika! —gritó su hermano.

Las voces de los Bakker estaban a punto de hacerme estallar la cabeza y las piernas me temblaban.

—No sé por qué me he molestado en venir —dijo ella, cediendo a las lágrimas—. No valen un minuto de mi tiempo.

Aksel le cerró el paso.

—Deja que se vaya —escupió Nika.

—No. —El pelinegro lo volvió a impedir—. No se puede ir.

Siala había perdido la fuerza y sollozaba por lo bajo. Los hermanos se comunicaban con miradas amenazadoras como si quisieran llegar a alguna conclusión.

Nika abrió la boca para decir algo y la volvió a cerrar.

—Mia, necesitamos que nos dejes solos —dijo Aksel.

—¿Soy yo la que tiene que irse? —pregunté con una voz desconocida y rasposa. Me forcé a poner un pie delante de otro.

Me aferré al abrigo que llevaba contra el pecho y avancé hasta dejar tres pasos entre nosotros. Era Nika quien tenía que decirlo, si tenía el valor y el descaro para hacerlo sin darme una sola explicación. Necesitaba escucharlo de sus labios. Mientras, sus ojos me taladraban, los mismos que me habían dejado sin aliento unos minutos antes al aparecer con un desayuno terrible para darme los buenos días.

—Vete, Amaia —zanjó Nika.

La presión en mi garganta fue insoportable, asfixiante.

—¿Soy yo la que tiene que irse? —repetí.

—Te lo he dicho antes y no entiendo por qué sigues aquí. Haz lo que te dicen por una vez en tu vida.

La aspereza con que habló me dio fuerzas para salir de la mansión. Deseé desaparecer de Soleil, del continente. Quise dejar de existir para no enfrentarme a las consecuencias que tendría haberme enamorado de Nika.

Capítulo 38

El verano anterior me sentaba en el salón del primer piso con la vista fija en la mansión y el sol contra los cristales. En ese momento, veía las finas gotas de lluvia deslizarse por mi ventana y la construcción vecina estaba borrosa, desolada, gris.

El verano anterior pensaba en qué iba a estudiar y buscaba razones para aferrarme a Historia del Arte. En ese momento, estaba convencida de que Contabilidad era la opción correcta y de que me había pasado meses extendiendo la tortura para cumplir el sueño de una niña.

El verano anterior intentaba ocupar mi mente después de que Charles me fuera infiel, me convencía de que era una mentira y de que nuestra ruptura había sido por otros problemas. En ese momento, sufría por el vecino que tantas razones me había dado para correr en dirección contraria y terminó haciendo lo mismo que mi ex: traicionarme.

Yo había cambiado, las circunstancias también, pero seguía siendo la persona con la que todos decidían jugar.

El verano anterior había soportado las habladurías y las miradas de lástima. En ese momento, nadie sabría que estaba rota, pues Nika y yo éramos un secreto. Me sentía inútil, deshecha e incapaz de seguir. Ni siquiera podía ir con Sophie en busca de consuelo, ya que solo la atormentaría con más problemas de los que cargaba.

Me habría gustado ocultarme en casa y faltar una semana al instituto, pero si lo hacía, mamá querría hablar del tema y yo no podía.

Me tocaba asistir a clase sabiendo que nos cruzaríamos en algún momento. Fue una suerte que no estuvieran en el autobús al día siguiente. Evité Filosofía para no coincidir con él y estuve a punto de comer fuera, pero no me alcanzaba el dinero.

Tomé asiento en la mesa más alejada de la entrada de la cafetería y me concentré en picar algo e ignorar los murmullos y las risas. Estaba masticando pedacitos de tomate cuando alguien se sentó delante de mí: Aksel.

Valoré ponerme de pie y desaparecer. Lo único que me frenó fue recordar que él no me había lastimado. Era mi amigo y la primera persona que me advirtió sobre Nika.

—Por favor, no hablemos de ayer —murmuré, bajando la vista a los restos de mi ensalada—. Finjamos que no ha pasado y almorcemos en paz.

Su silencio me dijo que aceptaba los términos. Me repetí que no era su culpa, pero tenerlo cerca hacía que el nudo en el estómago se apretara más. Iba a despedirme cuando vi su rostro. Tenía el labio partido y unas ojeras marcadas.

—¿Qué te pasó?

Solo pude pensar en Nika y su actitud violenta cuando noté un corte poco profundo encima de su pómulo.

—Una caída tonta —dijo, mirando en dirección contraria.

—¿Él te ha hecho eso?

Frunció el ceño. Estaba a punto de responder cuando lo evité.

—Olvídalo, no quiero saberlo.

—Esto no es nada —dijo, señalándose el rostro.

—Si tiene que ver con…

—Me siento fatal —interrumpió—, pero no tiene nada que ver con lo que pasó ayer.

Ocultó la cara entre las manos y respiró hondo.

—Soy una mierda de persona. No entiendo por qué lo hice y ahora todo está al revés por mi culpa. —Se presionó las sienes. Parecía demacrado—. ¿Sabes lo que sucedió el sábado?

Entendí que se refería a lo de Sophie, el beso y la interrupción de Dax. Habían sucedido tantas cosas en tan pocas horas que solo había pensado en mí. No tenía fuerzas para lidiar con problemas ajenos.

—No tienes que culparte por eso —lo calmé—. Lo que sucedió no se puede cambiar y…

—Yo la besé —interrumpió.

Daba por hecho que había sido Sophie quien lo había hecho por la manera en que me lo contó.

—No digo que fuera la mejor idea del universo —acepté, intentando ser objetiva—, pero los dos se dejaron llevar por el momento y el alcohol, fue una mala combinación.

Aksel negó con la cabeza repetidas veces. Se despeinó igual que hacía Nika cuando estaba desesperado. Dolió reconocer la costumbre.

—No lo entiendes. Yo la besé sabiendo que Dax nos vería.

La ensalada que acababa de comer amenazó con regresar a la bandeja.

—¡¿Qué?!

—Fue una estupidez, lo… lo sé —tartamudeó—. Sé lo mucho que le gusta Sophie, pero estaba borracho.

Sus ojos rehuyeron los míos.

—Están muy unidos y yo siempre seré el nuevo. Fui un…

—Fuiste un completo imbécil —sentencié, no tenía ganas de ser sutil—. Qué bonito hacer sufrir a otros, ¿no?

Frunció el ceño.

—¿Por qué tendría que ser yo el que sufra?

Le costó unos segundos percatarse de lo que acababa de decir. Dejó la fugaz actitud defensiva y se hundió en sí mismo.

—Lo siento mucho, Mia. Si pudiera volver el tiempo atrás…

—No puedes.

—Quería besarla —dijo—. Sabía que Dax nos vería y no me detuve.

—¿En qué mente perturbada cabe hacer eso? —pregunté, evitando gritar para que los más cercanos no lo escucharan.

—Dax está enamorado de ella, pero yo también.

—¡¿Y te suena inteligente lastimarlo para conseguirla?!

—No tenía que haberle hecho eso a Dax.

—¿A Dax? ¡¿Solo a Dax?! ¿No te preocupa Sophie?

—Sé que también la lastimé. —Apoyó la frente en las manos—. La llamo y no responde. Quiero explicárselo, disculparme, y…

—¿Qué demonios les pasa?

Golpeé la mesa con tal fuerza que llamé la atención de una parte de la cafetería y me escoció la palma.

—No te va a responder —siseé—. Dices que la quieres y que eres su amigo, pero cuando su novio la engaña y está en su peor momento, la besas. —Al decirlo en voz alta podría considerarse una broma de mal gusto—. Encima decides hacerlo delante de otro de tus amigos, que lleva años enamorado de ella.

Me controlé para no gritar.

—Dime, Aksel, ¿en qué podrido estado tienes el cerebro para maquinar tal sandez?

Se restregó el rostro con demasiada fuerza y se lastimó el labio partido.

—Actué como un estúpido —dijo, controlando la sangre con una servilleta.

—Lo eres —confirmé—. No entiendo qué va mal contigo y con tu hermano, pero no hay traumas que justifiquen las mentiras o lo indolentes que son con las personas que se abren a ustedes. Me parece una forma muy fea de corresponder a la amistad cuando decides lastimar, no a uno, sino a dos de mis mejores amigos. Todo por un beso que no te llevaría a ningún lugar.

Me dejé caer en el respaldo de mi asiento. Recorrí la cafetería con la vista para calmarme, pero lo único que encontré, además de un montón de adolescentes hablando más alto de lo normal, fue a Dax, junto a la puerta. Me sostuvo la mirada un par de segundos antes de desaparecer.

—¿Pasa algo? —preguntó Aksel al verme recoger mi mochila a toda velocidad.

—Un millón de cosas —dije de mala gana— y todas por culpa de los Bakker… o de los Holten. Ya no sé quiénes son.

Le di la espalda y corrí para alcanzar a mi amigo. El pasillo estaba concurrido. Lo localicé por su estatura y pude detenerlo en la salida principal.

—¿Por qué escapas? —pregunté, agitada, y lo llevé a una esquina para tener privacidad.

—No estoy escapando —mintió—. He venido al entrenamiento. Iba a comer algo, pero se me ha quitado el hambre.

—Cuando me has visto con Aksel.

Se acomodó la mochila en el hombro. Parecía agotado y dudaba de que fuera por el entrenamiento.

—Supongo que sabes lo que sucedió.

Tragué todo lo que tenía por decir.

—Sé más que tú y Sophie.

—Y no quiero enterarme.

—Pero…

Negó varias veces con la cabeza.

—Ya es demasiado. —Se irguió en toda su estatura—. No creo que tenga que estar metido en esto. Cuando vi a Sophie y a Aksel, no reaccioné de la mejor manera.

Puse la mano en su hombro para ofrecerle consuelo.

—Me dijo que te fuiste y no la dejaste explicarse.

—Y la verdad es que no había nada que explicar.

—Para ella sí.

Volvió a negar.

—Me comporté como el amigo enamorado que no puede aguantar ver que ella rehace su vida y no quiero ser ese tipo. No puedo molestarme con Sophie porque decida besar a medio Soleil. Tampoco culparla por lo que me hace sentir. En todo caso, debo enfadarme conmigo por no haber sido capaz de confesar mis sentimientos antes de que Julien apareciera y esto se volviera un desastre.

—No es tan sencillo aceptar lo que sientes. Es normal que le temieras al rechazo.

—Al final lo hice. —Mostró una sonrisa cargada de tristeza—. Le dije lo que sentía en el momento incorrecto y lo rompí todo. Si hubiese sido valiente, lo habría hecho en otras circunstancias y nuestra amistad no estaría destrozada.

No podía aguantar lo que sabía, los sentimientos de Sophie, pero tampoco quería traicionarla. Tuve ganas de llorar al no poder hacer nada por él, por ellos.

—Siempre van a ser amigos, no importa lo que suceda.

—No. Me he cansado de ser un cobarde. —Había dolor en su expresión—. Desde hace mucho sé que para olvidarla tengo que alejarme y ha llegado la hora de hacerlo.

—No… Por favor, no. Sophie te necesita, ahora más que nunca.

—No puedo, Mia.

—Solo tienen que hablar —insistí.

No permitiría que todo se derrumbara a mi alrededor, era incapaz de soportarlo.

—Entre ustedes queda mucho por decir y son amigos desde hace años. No hagas esto, por favor. Yo…

—No puedes arreglar los problemas de todos. —Me acarició el pelo—. A veces debes dejar ir para empezar de cero.

—Te necesita —repetí—. Nos necesita. Tú nos necesitas.

Lo abracé, pasando las manos por su cintura y me devolvió el gesto.

—No te alejes —supliqué con la mejilla sobre su pecho, batallando por no decirle lo que sentía Sophie, algo que podía arreglarlo todo.

—Está bien —murmuró tras unos minutos—. No la voy a dejar sola, no ahora.

Su sonrisa se ensanchó cuando me separé de él y supe que lo hacía para tranquilizarme.

—No te preocupes, no tienes que solucionar esto también. Lo haré yo —dijo pellizcándome la barbilla con cariño—. Dejaré que pasen unos días y hablaremos.

—Pero después te alejarás.

Bajó la mirada.

—Cuando vayamos a la universidad, pasará. Evitaré los encuentros y me centraré en mí. —Significaba que yo tampoco lo vería—. Si no me aparto el tiempo necesario, mis sentimientos jamás se irán.

La vida era una mierda si se resumía en sufrir por amor.

—Iré a su casa hoy —concluí.

—Le hará bien —dijo, caminando hacia atrás.

—¿Te vas?

—Tengo que descansar. Tenemos entrenamiento doble por el partido. Además —señaló algo a mi espalda—, creo que alguien quiere hablar contigo.

Al mirar sobre mi hombro, encontré a la única persona que no quería ver en ese momento.

Después de enterarme de la estupidez de Aksel y de saber que mis amigos estaban sufriendo más de lo que me había imaginado y yo poco podía hacer, la tristeza había desaparecido. Estaba enojada y tener a Nika delante era una patada en el estómago.

Recordaba la cara de esa chica, la manera en que él me había tratado, sus gritos. Había dicho que me fuera, que yo me fuera. Había mentido cuando dijo que no volvería a lastimarme.

Pasé por su lado para escapar a donde me llevaran los pies y me siguió.

—Ayer intenté llamarte y…

—No quiero hablar. Cuando te bloquean, el mensaje queda muy claro. —Subí la escalera a paso seguro.

Sus dedos me rozaron el brazo.

—Ni se te ocurra tocarme —advertí, dándole la cara cuando llegamos al primer piso—. He dicho que no quiero hablar contigo, ¿estás sordo?

—Estás molesta —dijo, manteniendo la distancia—, tienes todo el derecho…

—Tú no decides el derecho que tengo a estar…

—Siala no era mi novia —interrumpió—. No es lo que supones.

—Me importa poco.

—Si no me das la oportunidad de explicártelo, puede que te hagas una idea equivocada y no quiero eso, no contigo.

La opresión en el pecho me impidió contestar y volvió el dolor del día anterior, de aquella mañana.

Miré a ambos lados. El piso estaba vacío a esa hora, pero podían vernos. Había un aula a mi espalda, así que entré con Nika pisándome los talones y lo enfrenté cuando cerré la puerta.

—Te escucho.

Intenté recordar a mi madre y lo que decía sobre comunicarse.

—Siala era mi vecina en Prakt —explicó—. Crecimos juntos y sí, tuvimos algo durante varios años.

—Hace dos noches negaste haber tenido algo duradero con alguien —puntualicé.

—Nunca he tenido algo serio.

—¿Y qué es para ti tener algo por varios años con la misma persona?

Resopló, frustrado.

—Era amiga de Aksel, nuestra amiga —continuó—. Un día las cosas se nos fueron de las manos tras una fiesta y seguimos acostándonos de vez en cuando. No éramos exclusivos.

Me quedé de piedra.

—¿Era tu amiga y la trataste así?

—Sabíamos en lo que nos metíamos. No la obligué ni le mentí en ningún momento.

—Pero sabías que estaba enamorada de ti. —No había que ser un experto para notarlo—. Sabías que ella quería algo más y seguiste a su lado. ¿No te parece una mala manera de tratar a una amiga?

—No siempre hago lo correcto, nadie lo hace, pero jamás le mentí.

—De todos modos, me parece algo que hay que contar cuando te pregunto.

—No fue serio —insistió—. Y no siento nada por ella. No entiendo cómo puede afectarnos. No vi razón para contarlo ni para que te preocuparas.

Estaba malinterpretando mis sentimientos y eso me enojaba más.

—¿Crees que estoy celosa?

—Podía habértelo dicho, lo sé, pero mi pasado no tiene nada que ver contigo.

Para mí, todo de él tenía que ver conmigo hasta el día anterior, pero no iba a decirlo.

—No estoy celosa —aclaré—. Me duele que mintieras, porque mentiste y lo sabes. Me fastidia que una vez hablaste de confianza y no sé cuántas patrañas, pero eso lo olvidaste para responder a una pregunta tan sencilla.

—No fue una mentira, simplemente no lo mencioné.

—Para mí lo es y que digas lo contrario no va a cambiarlo —rebatí—. No confiaste en mí con algo tan pequeño y lo único que me hace pensar es cuánto me habrás ocultado durante este tiempo.

—Nada que pueda herirte.

—¿Yo debo confiar en ti para que todo funcione, pero tú escoges cómo y cuándo confiar en mí? ¿Qué clase de acuerdo es ese?

Me mordí el labio hasta que sentí el sabor de la sangre.

—Me echaste de tu casa sin explicaciones, me hablaste de la peor manera y me dejaste en tu habitación para que saliera a escondidas mientras atendías a esa chica.

—No sabía que era ella.

—Entonces, ¿quién creías que era?

Por el silencio que precedió a mi pregunta, entendí que no iba a responder.

—No es relevante, Amaia.

—Perfecto, tú decides qué contar. —No me esforcé en disimular el sarcasmo.

Nika dio un paso hacia mí, juntando las manos en su pecho como si fuera a rezar una plegaria.

—Necesito que me creas. Esto no es importante.

Alcé la barbilla. Decidí ignorar que para mí lo era y dolía que él fuera incapaz de ponerse en mi lugar.

—Como quieras, pero no es todo —continué—. Cuando hice lo que me dijiste que no hiciera y me encuentro con tu ex.

—Siala no es mi ex.

—Con la amiga que te follabas. —Quemó sacar las palabras—. Resulta que cuando podías explicármelo, me echaste de tu casa. —Nika cerró los ojos—. ¿También tengo que entenderlo?

Sus manos temblaron y las cerró en puño para disimularlo.

—No podíamos dejar que Siala se fuera.

—Tiene sentido, le debían una explicación, pero ¿por qué tuve que irme yo?

Su respiración se hizo pesada y dio dos pasos atrás.

—Teníamos que aclarar un par de asuntos con ella.

—¿Qué asuntos?

—No tiene nada que ver contigo —masculló a la defensiva.

—¿Y así quieres que te crea?

—Que confíe en ti no significa que tenga que contarte todo mi pasado —zanjó, volvía a ser el Nika indiferente y frío.

—No estás obligado, pero si quieres que entienda por qué me maltratas y me echas de tu casa, espero que al menos ahora me cuentes lo necesario para no creer que esto es otra mentira.

Soltó todo el aire que tenía en los pulmones y se alborotó el pelo. Caminó de un lado a otro en el aula como un animal enjaulado. Dejó la mochila sobre una mesa antes de volver a acercarse y recordé la noche en que había tomado a su hermano del cuello. Me empezaron a sudar las manos.

—No puedo contarte mi pasado. —Mantuvo una distancia aceptable—. Cuando nos fuimos de Prakt, pensé que lo dejaríamos todo atrás. Resulta ser que la cabeza hueca de Siala decidió perseguirnos sin saber en los problemas en que se puede meter. No debería haber llegado hasta aquí, no tenía que irrumpir en mi vida ni mezclarse contigo.

—¿Qué esperabas que hiciera? —dije, poniéndome en el lugar de la chica.

—Yo no tenía que darle explicaciones y nosotros teníamos que marcharnos.

—¿Eso es lo que valoras a tu amiga?

—Era lo que tenía que hacer por mi familia y lo haría de nuevo.

—Y volverías a ser un desconsiderado —sentencié—. Te fuiste sin decirle nada y te justificas con que no le debías explicaciones, como a mí, ¿no?

—Contigo es distinto —recalcó.

—No veo por qué.

—Tú no significas lo mismo que ella.

—Si planeas hacerme sentir mejor degradando a tu amiga, lo tienes difícil. Si le hiciste eso a ella, a mí puedes lastimarme del mil maneras peores.

Se llevó las manos a la cabeza y las dejó caer con violencia.

—Me refiero a que con ella jamás me sentí como contigo. No había ningún compromiso.

—Como tú y yo. Nunca hablamos de nada, ¿o me equivoco?

—Lo nuestro es distinto.

—No hay nada que se pueda llamar «lo nuestro» —dije. Sentí la dolorosa herida que causaba ponerlo en palabras.

—Mia, por favor —suplicó, acercándose.

Tenerlo en frente me recordaba lo traicionada que me sentía. Retrocedí antes de que pudiera tocarme.

—Estamos perdiendo el tiempo, no tenemos nada más que hablar —sentencié.

—Siala no es nada para mí, lo juro.

—Sigues sin entender que ese no es el problema.

—Entonces dime cuál es para solucionarlo.

Su voz se quebró y con ella también lo hizo una parte de mí.

—Me mentiste. Dijiste que hablara contigo, que te contara lo que me pasaba para entendernos y yo creí que hacías lo mismo.

—Ya te expliqué que…

—Ya sé que Siala y tú no tienen nada —interrumpí, harta de que se centrara en lo menos importante—. Dime, ¿y si fuera al revés? ¿Qué pasaría si mi amigo con derechos apareciera? ¿Cómo te sentirías si te saco de mi casa para hablar con él y después lo único que digo es que lo olvides, porque no es relevante? Hablas mucho de confiar y cuentas lo que te conviene. Me hace pensar que estás jugando conmigo, que lo estás haciendo de nuevo.

—¡Nunca he jugado contigo!

—Entonces, ¿qué hiciste en Halloween? —pregunté—. Me besaste, desapareciste, te fuiste con Chloe y decidiste ignorarme la semana siguiente. ¿No le llamas a eso jugar con alguien?

—Fue una estupidez por mi parte. No pasó nada más.

—¿Cómo quieres que te crea? —lo interrumpí antes de que pudiera responder algo irrelevante—. No eres capaz de contarme por qué Siala tuvo que rastrearlos hasta Soleil o por qué desaparecieron de Prakt sin decirle nada a nadie. No fuiste sincero con una simple pregunta de tu pasado y, cuando te pido que me expliques, dices que no hace falta entrar en detalles. —Lo solté tal cual me salió del pecho y encontré cierto alivio—. No puedo creer en ti si traicionas mi confianza.

Nika no dejaba de mirarme, estaba tan tenso que temblaba. No iba a decir nada más y yo no tuve fuerzas para seguir. Temía llorar delante de él y busqué la salida para huir. Bloqueó el paso junto a la puerta.

—No quiero dejarlo así. —Me estremecí al entender que yo tampoco—. Por favor, déjame arreglarlo.

Me agarré a la escasa fuerza que conservaba.

—Recuerda, Nika, nunca hubo un nosotros. No hay nada que arreglar.

—No digas eso. —Negó con la cabeza repetidas veces—. Eres lo único puro y sincero que he tenido en años. No puedes decir que no era real.

Sus palabras quemaban, pero no podía caer. Dos veces eran suficientes para aprender la lección. No habría una tercera.

—Olvida lo que ha pasado —murmuré—. Yo pienso hacer lo mismo.

Salí sin darle tiempo a que siguiera probando mis límites, mi debilidad.

Nika podía hacer mi vida pedazos, lo sabía desde hacía mucho. Me había arriesgado a jugar al cuento de hadas. Me había enamorado. Si no me alejaba en ese momento, caería más hondo y le daría todas las armas para destruirme.

Capítulo 39

Sophie mantenía la vista fija en el campo. Yo no podía hacerlo.

Por mucho que me agradara el fútbol, Nika estaba entrenando y se hacía a menudo con el balón. La única razón por la que asistí al entrenamiento fue porque ella lo había sugerido. Para algo que se animaba a hacer, además de estar encerrada, no podía negarme.

Me convencía de que la situación estaba mejor por la reconciliación de mis amigos. Dax hizo lo que habíamos acordado y no hubo un día en que no estuviera presente para ella.

Por otro lado, Aksel les pidió perdón y podía considerarse problema del pasado. Yo seguía molesta con él, pero la razón era su hermano. Decidí ignorarlo para pensar lo mínimo posible en el dolor que me provocaba tenerlo cerca.

—¿No vas a contarle lo que sientes? —le pregunté a Sophie. Se había pasado más de diez minutos en silencio con la vista pegada a Dax mientras corría por el campo.

—¿Para qué? No cambiaría nada.

—¿Porque es obvio que te mueres por decírselo?

—Tengo miedo de que se haga ilusiones.

—De que él se haga ilusiones… —dije, sin apartar la vista de su perfil—, no porque tú te las estás haciendo.

Contrajo los hombros.

—Desde mi cumpleaños, nada está bien —confesó.

Por fin entendía que era hora de hablar del tema.

—Hace más de un año Julien llegó, me enamoré y Dax quedó en el olvido. Como siempre quise verlo: un amigo. Pero ese día, en mi cumpleaños, cuando Julien no apareció, te mentí. —Bajó la vista—. No llamé a Dax porque era muy temprano y no quería despertarte, lo hice porque fue a él a quien necesité.

Sonreí para que supiera que la situación no me afectaba, no había razón para sentirse culpable.

—Hablamos tanto en su casa, lloré hasta no tener lágrimas y él estuvo conmigo —explicó, mirándose las manos—. Sentí que volvía a estar mejor. Julien no existía y mis sentimientos por Dax estaban ahí, no habían desaparecido.

—¿Por qué no se lo dijiste?

—Estuve a punto de hacerlo, pero no pude. —Tomó aire para no llorar—.

Me pareció que estaba dejándome llevar por un impulso, que me sentía sola y buscaba consuelo. Esa noche me emborraché y casi beso a Aksel, pero cuando Dax apareció con Julien en la fiesta, fue peor. Tenía que estar enojada con Julien y estaba más enojada con Dax. —Suspiró—. Pasé semanas escudándome en «su traición» y no tenía sentido, el problema era yo. Me oprimía el corazón saber que fue a buscarlo para verme feliz porque era su amiga, y yo quería que me viera de otra forma. Me sentí la peor persona del mundo. Dax me importaba más que reconciliarme con Julien.

La Sophie que yo conocía jamás hubiese sido tan dura con su mejor amigo y ahí estaba.

—¿Decidiste arreglarlo con Julien para fingir que no pasaba nada con Dax?

—Quería volver atrás, no sentir. Lo intenté con todas mis fuerzas. Funcionó durante unas semanas, hasta que descubrí que Julien me había engañado y todo volvió a descontrolarse. Aunque… —Se abrazó y cerró los ojos—. Me alivió, en el fondo me sentí liberada, como si lo necesitara o lo estuviera esperando para cerrar la relación. Fui una tonta cuando le pedí a Dax que se acostara conmigo. Lo hice porque lo deseaba, aunque también un poco por venganza. Podía haber llamado a cualquiera para… follar.

No era el tipo de palabra que ella solía usar.

—Los cretinos de Adrien y Raphael se echarían a llorar si escucharan tu historia —añadí en un intento de hacerla cambiar de expresión.

Su primera carcajada en semanas compensó la pésima broma. Le pasé un brazo por los hombros.

—Sentí que me moría cuando dijo que estaba enamorado de mí —confesó—. No podía creerlo, me quedé muda. Lo lastimé sin saberlo y no fui capaz de responder.

Entrelazó nuestras manos.

—Ya pasó, Soph —la calmé, pegándola a mi costado—. Su amistad va a sobrevivir y después podrás aclarar lo que sientes.

Me negaba a pensar que dejarían de ser amigos. Aunque dijera que lo entendía, no quería que pasara. Mantenía la esperanza de que algún día ella le contara la verdad y pudieran estar juntos, por muy fantasiosa que fuera la idea.

—Tengo la cabeza hecha un lío —dijo—. Tanto que besé a Aksel.

—¿Por él no sientes nada?

Sophie tomó unos segundos para responder:

—Es mi amigo y lo aprecio, pero no lo sé. No sé nada, no puedo entenderme y es frustrante.

—Pero podrás. —Le besé la mejilla—. Lo importante es que sanes tú. —La conversación con Nika pasó por mi mente—. No es momento de Aksel, Dax o Julien, sino de Sophie.

—Lo veo complicado. Julien viene para el partido.

—¿Cómo lo sabes? —Se encogió bajo mi brazo—. ¡¿No lo has bloqueado?!

—No respondo, pero veo sus mensajes. Sabes la ansiedad que me provoca bloquear a alguien.

—Hay personas que solo lo entienden así. —Puse los ojos en blanco y resoplé—. Algunas ni con eso.

Sabía que me refería a Nika. Había tenido que darle los detalles a mi amiga cuando notó mi necesidad de evitarlo a toda costa.

Nika no intentó acercarse de nuevo y lo agradecía. Yo ponía en práctica el plan de huida al verlo, pero cuando apareció por las gradas con Aksel y Dax, supe que esa vez sería difícil. No podía levantarme y correr si estaban tan cerca.

Lo ignoré cuando se sentaron un nivel por debajo de nosotras. Apenas saludé con la cabeza a su hermano, que no sabía por qué estaba allí. No jugaba en el equipo ni lo había visto interesado en ver fútbol.

—¿Qué les pareció? —preguntó Dax con entusiasmo.

Era el único que actuaba con normalidad, todo por Sophie.

—Han jugado espectacular —dijo ella. Intentaba no parecer nerviosa al forzar una sonrisa—. Están jugando mejor que hace dos meses.

Dax me observó, esperando una opinión. No supe cómo decir que no había visto nada del entrenamiento.

—Aplastarán a Regen —aseguré sin entrar en detalles—. Esos flojos del oeste no tendrán ninguna oportunidad.

—Sería vergonzoso irme del instituto sin ganar ni un solo partido con el equipo.

—Este año se rompe la maldición —aseguró Sophie.

—Pues si Charles sigue jugando igual, tendremos problemas —comentó Nika.

No lo miré y evité rechistar.

—Somos todos —corrigió Dax—. Nuestra debilidad es no apoyarnos. Si jugáramos como equipo, lo haríamos bien.

El moreno sonrió, ignorando que el resto tuviera cara de velatorio. Sophie golpeaba el suelo con un pie involuntariamente. Aksel tenía la vista clavada al otro lado del campo y Nika me miraba de reojo. El ambiente estaba cargado.

—Nos quedan dos semanas para el partido —continuó—, hay tiempo. Quizás podemos… —Frunció el ceño y miró de Aksel a Sophie—. ¿Ustedes no tienen una reunión mañana?

Asintieron. Así que quedó anulada cualquier salida que planeara Dax, y comenzó el debate que alivió la tensión.

La universidad de Artes Visuales exigía una entrevista a todos los estudiantes antes de las pruebas de aptitud. Sin embargo, lo único que se me pasaba por la cabeza mientras hablaban era la mejor manera de excusarme para poner distancia entre Nika y yo. Su cercanía apagaba el odio que me había obligado a levantar.

—He olvidado decírtelo, Mia —dijo Aksel, trayéndome de vuelta a la realidad—. Mañana no podré ayudarte a estudiar.

—Yo puedo hacerlo —intervino Nika, y cometí el error de mirarlo—. Mañana no tengo trabajo y…

—No me hace falta tu ayuda, Bakker —zanjé para que el sonido de su voz no me derrumbara.

Miré a los demás al ser consciente del tono que había empleado. Aksel y Dax pasaban la mirada de Nika a mí; el primero preocupado, el segundo confundido. Sophie contemplaba el cielo.

Sí, había gritado.

—Me voy —dije. No sabía qué añadir. No había manera de justificar mi reacción sin exponer la verdad o parte de ella.

Me puse de pie con la mochila al hombro para ir al túnel que se internaba en las gradas y se comunicaba con el terreno del instituto. No entendía sus ansias de hacerse el chico bueno, aunque analizando lo vivido, era su estrategia. Nika la cagaba y después se esforzaba en cubrirlo siendo amable. Era un ciclo sin fin.

—Espera, Mia —llamó Sophie.

—¿Quieres comer fuera? —pregunté—. Podemos seguir conversando de Dax.

—¿No piensas hablarme de Nika?

Me encogí de hombros, decidida a ignorar lo sucedido.

—Ya te he contado lo necesario.

Se interpuso en mi camino.

—Ni una vez has dicho cómo te sientes y me preocupa.

Tomé aire para llenarme los pulmones.

—Si quiero dejarlo ir, lo mejor es no darle vueltas.

Aquella conversación me recordaba a la que habíamos tenido a final del curso anterior, pero cambiando el nombre de Charles por Nika.

—Quizás necesitas tiempo —agregó—, para pensar con frialdad lo que ha pasado.

—No me interesa. No quiero caer en sus juegos una vez más.

Sophie apretó los labios.

—No creo que esté jugando contigo. Hablé con Nika. Me dio su versión de la historia y…

—¿Te contó a ti lo que no me contó a mí? —pregunté.

—No, pero me dijo lo que pasó y…

—¿Creíste en él? —Era capaz de envolver a cualquiera—. ¿No te das cuenta de que eso es lo que busca? ¿No entiendes que se pasa la vida jugando con todos? —me mofé—. Nika debe de tener alguna extraña obsesión con manipular a las personas que lo rodean.

—Mia, no es así y lo sabes.

—Ah, ¿no? ¿Cómo explicas sus comportamientos extraños, sus mentiras, los cambios de humor, la manera en que se gana a todos con un par de sonrisas y al mismo tiempo puede mandarte a la mierda?

—Le importa lo que está sucediendo —aclaró Sophie—. Hablé con él, lo escuché. Puedo asegurarte que lo que siente por ti es real. Lo vi en sus ojos cuando…

—Basta —pedí—. Eres mi amiga, te preocupas por mí, pero no quiero esto. No quiero escucharlo. No me interesa que intercedas por alguien que me ha hecho daño —dije, señalando con la mano a las gradas—. Al contrario, me duele.

—Piensas que eso es todo, que te hizo daño y por eso estás decidida a alejarte.

—¿Estás preguntándolo?

Me puso una mano en el pecho, con el cariño que la caracterizaba.

—¿No has pensado que quizás estás buscando una excusa?

—¿Excusa?

—Tienes miedo a lo que él te hace sentir —explicó con suavidad—. Te mintió y te diste cuenta de que dolió más, más que con Charles. Eso es porque, cuando sientes algo real y te lastiman, te destroza. No puedes levantarte y seguir con la misma facilidad.

Los ojos se me llenaron de lágrimas.

—Nika puede estar equivocado, tener la culpa o cometer un error por no ser capaz de abrirse a ti. Tú no estás mal por culparlo, detestarlo o no querer verlo, pero está mal que te mientas.

—Yo no…

—Estás aterrada y usas una excusa para huir porque no sabes a dónde te puede llevar lo que sientes.

—Sophie…

Atrapó mi cara con ambas manos.

—Haces lo mismo con tu carrera, con todas tus decisiones. Tienes miedo. Ni siquiera te estás permitiendo sentir por lo que ha pasado, lo ignoras al enfadarte cada día más.

Mi respiración temblaba cuando terminó de hablar. Abrir la puerta para valorar lo que acababa de decir me haría pedazos.

—Tú también lo has hecho y da igual —repetí. Busqué fuerzas y le aparté la mano de mi pecho—. No quiero saber nada de él. Fin del asunto.

Capítulo 40

El día del partido, Soleil era un hervidero de emociones. Para un pueblo donde lo más significativo eran las rebajas en el centro comercial, un encuentro de fútbol contra la ciudad vecina se convertía en el evento del año.

Para los de mi edad, no solo se vivía la emoción de la competencia, sino la de tener chicos nuevos rondando desde la noche del jueves. Las hormonas estaban revolucionadas por los desconocidos de Regen.

A la mayoría de los alumnos les preocupaba más la fiesta que tendría lugar después del partido. Los únicos interesados por el resultado eran los miembros del equipo. Dax estaba nervioso cuando le deseamos suerte antes de entrar a los vestuarios.

—Espero que ningún novato esté ocupando nuestro sitio —dijo Rosie por encima del bullicio, avanzando entre las concurridas gradas a codazo limpio para abrirnos paso.

—No se atreverían —se burló Victoria, que iba detrás.

—Si los has marcado, seguro que no se acercan —dije, guiñándole un ojo a la rubia—. Tienen miedo de que les pegues.

Victoria se rio con ganas y la castaña no se ofendió. Nos miró por encima del hombro, orgullosa de ser tachada de problemática.

—No entiendo cómo te han dejado hacer eso —escuché decir a Sophie a mi espalda. Tenía que gritar para que la escucháramos—. Se supone que está prohibido reservar lugares.

—No para mí —alardeó Rosie.

Al llegar, nuestros asientos seguían vacíos con un cartel de metro y medio. Las gruesas letras rojas marcaban una clara amenaza: «Si te sientas aquí, te las verás con Rosie».

—No necesitas ni usar tu apellido. Solo con poner Rosie, la gente sale corriendo. —Me desternillé de la risa.

—Lo que hay que hacer para ver a un tío bueno… —se lamentó. Miró a Aksel, venía el último en nuestra corta fila—. Lo siento, bonito. Tú también eres lindo, pero tu momento de fama pasó.

Aksel sonrió de medio lado. La dio por un caso perdido y se fue a buscar algo para picar.

—Cámbiate de asiento conmigo —me pidió Sophie.

Accedí, de modo que, una vez regresara Aksel, yo quedaría entre ellos.

—¿Por qué?

—Es extraño. Odio los silencios cuando estamos muy cerca o nos quedamos a solas.

Sophie avanzaba a su ritmo. Quería ayudarla, más ese día que Julien estaba en el pueblo. La fiesta tras el partido me parecía la peor de las ideas a cada minuto que pasaba, pero ella se negaba a escapar de la situación.

—¡No lo puedo creer! —chilló Victoria, con los ojos fijos en el campo—. ¡El equipo de Regen tiene animadoras!

Seguí su mirada entre los silbidos emocionados de la multitud. Un grupo de chicas entraban dando saltos. En mi mente, las animadoras se reservaban para películas adolescentes y las ridículas novelas románticas que tenía Sophie en su estantería.

Vestían camisetas ajustadas de un rojo brillante con decorados en dorado que marcaban el nombre de su ciudad. Las minifaldas eran de una tela tan suave que solo con el aire se les veía el diminuto *short* que llevaban debajo.

—Esto se pone interesante —dijo Rosie con una sonrisa pícara—. Me pido a la capitana.

Me fijé en la que llevaba el brazalete negro e iba al frente dirigiendo una perfecta coreografía de pompones dorados. Su pelo brillaba bajo el sol. Era rojizo con destellos naranjas, lo llevaba peinado en bonitos bucles y atado en dos coletas.

—No sabía que te gustaran las chicas —comentó Sophie, con la vista en el espectáculo.

—Yo tampoco, hasta que estuve con una —dijo Rosie—. Además, no soy la única. A Victoria también le gustan.

—No digas tonterías —replicó sin mirar a su amiga—. Iba borracha. No significa que me gusten las chicas.

Me dio la impresión de que a Rosie no le gustó la respuesta. Quizás se sentía mal por confesar algo personal sin tener el apoyo de su amiga. Sin embargo, lo dejó pasar y se concentró en despotricar contra los chicos que gritaban groserías a las animadoras.

Aksel regresó con palomitas y refrescos para todas. Acepté con una media sonrisa.

—Todavía no te he perdonado —aclaré—, pero si sigues dándome de comer, puede que lo haga antes.

Lo hice reír, algo que no veía desde hacía semanas. Todos estábamos apagados y eso me recordaba a él.

Intenté no pensar en Nika, era mi ejercicio diario. Cada vez que lo recordaba, me centraba en lo que tuviera a mano. Esa vez fueron los jugadores visitantes que entraban uno a uno mientras mencionaban sus nombres por los altavoces.

Los aplausos y vítores de recibimiento no fueron escasos.

—Me pido al delantero centro —proclamó Rosie por encima de los aplausos.

Se refería a un chico delgado y alto de pelo tan negro que desentonaba con la piel blanca.

Anunciaron a nuestro equipo y las gradas se pusieron de pie. Grité y aplaudí hasta que me dolió. Cuando el silbato del árbitro anunció que empezaba el partido, olvidé mis preocupaciones. Perdí la voz de tanto animar y bramar con cada jugada. Me mareé al saltar y abrazar a mis amigos cuando Dax marcó un gol en el primer tiempo y el idiota de Nika en el segundo.

Los chicos de Soleil jugaron bien, aunque los había visto en mejor forma. Por separado eran estrellas; poco faltó para que Charles pudiera marcar un par de veces. Sin embargo, el portero de Regen era un máquina. Debía de estar cerca de los dos metros y lo paraba todo.

Los contrincantes tenían algo a su favor: jugaban muy bien en equipo, lo que les fallaba a los nuestros, que discutían y se insultaban si una jugada salía mal.

Cinco minutos antes de finalizar el segundo tiempo, el marcador iba empatado. En un contragolpe, el chico de pelo negro se escabulló entre los defensas y marcó un golazo por la escuadra. Ningún portero de la liga juvenil hubiese podido pararlo.

Perdimos. El equipo de Soleil fue derrotado un año más.

Sophie y yo seguimos la figura de Dax. Fue el primero en desaparecer sin felicitar al equipo contrario. Nos miramos, preocupadas. Éramos conscientes de lo que aquella derrota significaba para él.

• • •

Según Charles, Dax se había ido a casa antes de que él llegara a los vestuarios. Lo llamamos sin obtener respuesta y valoramos ir a verlo. Victoria nos convenció de que esperáramos al día siguiente. Era la mejor opción, lo sabía, necesitaba su espacio.

Los ánimos del equipo estaban bajos, pero una fiesta lo curaba todo. Al atardecer, ya no se acordaban de la derrota.

Alrededor de una de las porterías, la administración del instituto había montado buena iluminación y un sistema de sonido decente. Los profesores se paseaban de un lado a otro para controlarnos, pero el contrabando de alcohol era inevitable.

Unos estudiantes bailaban y otros conversaban en grupitos. Lo más emocionante era mezclarse con los visitantes de Regen.

Estaba a punto de anochecer y, para sobrevivir, el cuerpo me pidió una bebida más fuerte. Rosie cargaba una botella de vodka y lo mezclé con el zumo de arándanos que quedaba en mi vaso.

—¿Sigue llamando a Dax? —preguntó la castaña junto a mí, refiriéndose a Sophie.

No muy lejos, nuestra amiga se movía al ritmo de la música, balanceándose. Tenía el teléfono pegado a la oreja.

—Sabe que no va a contestar, pero no pierde la esperanza.

—El amor es una mierda —declaró, apurando su vaso.

—Sophie y Dax son amigos.

—Sí, claro... —Resopló—. Di lo que quieras, pero sé de esto y Sophie lleva semanas muy extraña.

—Ha roto con su novio, ¿qué esperas?

—El mismo novio que anda por ahí, ¿sabes? Victoria lo vio.

Por la misma razón me mantenía cerca de Sophie, alerta en caso de que apareciera Julien. En ese momento, Aksel se unió a ella y no sentí la necesidad de apresurarme para volver a su lado.

—¿Tienes idea de dónde está ahora? —Alejarnos lo más posible de Julien era una buena idea.

—Anda con el cretino del Principito Valiente.

Tuve que reírme. El mote se le había quedado a mi exnovio.

—No entiendo por qué sigues odiando a Charles. Es un inmaduro, pero puede ser buen chico.

—Si te dijera mis razones, no me creerías y tampoco pensarías que es buen chico.

Estuve a punto de interrogarla cuando apareció Victoria con las mejillas sonrosadas por el alcohol.

—Tiene novia —se lamentó.

—Parece que todos están comprometidos —dijo Rosie. Parecía decepcionada, aunque juraría que la vi ocultar una media sonrisa.

—¿De qué hablan? —pregunté.

—Los del equipo de Regen —explicó Victoria—. Todos están «casados» o las neuronas no les hacen contacto.

—O no les apetece la fiesta —añadió Rosie.

Tuve que aguzar la vista para divisar lo que señalaba con el dedo. En la mitad del campo, por donde se entraba a los vestuarios, había un chico sentado en lo alto de las gradas. El pelo negro azabache me permitió reconocer al pálido delantero del equipo visitante, el responsable de nuestra derrota.

—Seguro que tiene algún drama con la desagradable de su novia —agregó la castaña.

—¿Cómo lo sabes?

Rosie miró de reojo a Victoria, que bailaba en el lugar sin prestarnos atención.

—¿Recuerdas a la animadora pelirroja? —Asentí—. Me acerqué a hablarle y esa tiene neuronas, pero de las malas.

—¿Qué?

—Intenté sacar conversación y me dijo que la dejara en paz. No se podía creer que en Soleil fueran todas lesbianas. —Me atraganté con la bebida—. Lo único que le dije fue «hola». —Se distrajo cuando Victoria desapareció entre la gente—. Después dejó claro que estaba aquí para arreglar las cosas con su ex. —Mi vista se volvió a perder en el chico de las gradas—. La dejé hablando sola por egocéntrica. La apariencia se vuelve nada si eres un asco de persona.

—No se puede tener todo en la vida —aseguré, pensando en Nika.

—Pues parece que ella tiene un par de cosas. —Volvió a señalar a las gradas—. El ex es mi otro *crush*. —Negó frustrada—. Qué puta suerte tengo para esto.

Sacó la botella y la vació sin compasión. El humor de Rosie vivía en una montaña rusa. A la distancia, vi como la animadora de Regen se sentó junto al chico solitario.

Habría seguido curioseando vidas ajenas para no empezar a bostezar si no hubiese sido porque localicé a Julien. Caminaba entre los fiesteros hacia mi mejor amiga.

—Oh, no —murmuró Rosie cuando Sophie le dio la espalda a su ex para evitarlo.

Me apresuré mientras la rodeaba, pero Aksel intervino antes y Julien lo miró de arriba abajo.

—¿Y tú eres? —preguntó el pelirrojo.

—Un amigo —respondió él con tranquilidad.

—¿Quién es este, Soph?

—Julien, no es momento de dramas —interrumpí, y notó mi presencia—. Conoces a Aksel, es mi vecino, y Sophie no tiene que darte explicaciones.

—Ni ustedes tienen que hacerlo —dijo ella, apartándonos—. Lo agradezco, pero puedo enfrentarme a este sin ayuda de nadie. —La dulce Sophie había desaparecido—. Hace más de un mes dije que no tengo nada que hablar contigo.

—Lo que hice estuvo mal, pero…

—Mal me parece una palabra muy bonita para lo que sucedió.

Julien respiró con fuerza al ver que no tenía ninguna oportunidad.

—Necesito que me perdones, Sophie —suplicó—. Hazlo por el tiempo que pasamos juntos, por favor, escúchame. Si alguna vez me quisiste…

—No te atrevas —le cortó—. No intentes usar lo que tuvimos para chantajearme. No lo pensaste cuando te metiste con otra y no esperes que yo lo haga.

Sophie se dio la vuelta y Julien intentó detenerla. Fui más rápida y lo tomé del codo antes de que la tocara.

—No se te ocurra seguir insistiendo —mascullé para mantener el conflicto entre nosotros.

—Tiene que escucharme —repitió.

—No tiene que hacer nada que no quiera.

Mis palabras no fueron amables y Julien se zafó de mi agarre con demasiada fuerza. Me tambaleé antes de que Aksel interviniera:

—Amigo, creo que es mejor que te vayas —sugirió con amabilidad, pero con fuerza en cada palabra.

Puso una palma sobre el pecho de Julien para poner distancia y el pelirrojo lo apartó de un manotazo.

—No me llames amigo, niñato de ciudad —espetó—. Y no te metas donde no te llaman.

Nos hacíamos notar entre los más cercanos.

—Vete de una vez —advirtió Sophie.

—No quiere hablar contigo —dijo Aksel—. Deberías irte.

—Tú no decides qué tengo hacer. —Julien se acercó a él—. No sé de dónde has salido, pero el que se va eres tú.

Me paré junto a Aksel, que no se asustó con la agresividad de su oponente.

—Estamos llamando la atención —siseé.

—No me voy sin conversar con ella.

—Pues eso no va a pasar —repitió Aksel sin inmutarse.

Julien sonrió. Le temblaban los labios por la ira contenida.

—Quizás tengo que partirte la cara antes —dijo, empujándolo por los hombros.

Aksel tuvo que dar un paso atrás para mantener el equilibrio. Tomé a Sophie de la mano y la hice retroceder para que no recibiera un golpe.

Julien volvió a empujarlo, intentaba hacer que Aksel empezara la pelea. Quien primero golpeara, tendría la culpa. Por suerte, el pelinegro era demasiado inteligente para caer en un juego tan básico.

—Vete a otro lugar, amigo —sugirió Aksel—. No vas a conseguir nada aquí.

—Sí, es evidente que quieres que te partan la cara.

Estaba a punto de volver a empujarlo cuando una mano apareció de la nada y frenó el golpe. La única persona que podía convertir la situación en un problema mayor acababa de aparecer.

Capítulo 41

Nika alejó a Julien de un empujón, que llamó a más curiosos.

La mirada que reconocí en el mayor de los Bakker era pura diversión. Observaba a Julien como si fuera un regalo, algo que llevaba esperando durante mucho tiempo. Quería pelear y tuve miedo de lo que pudiera hacer si lo permitían.

—Me parece que a quien le van a partir la cara es a otro —dijo Nika con una media sonrisa.

—¿Qué pasa contigo, Sophie? —protestó el pelirrojo, pasó la mirada de ella a los Bakker—. ¿Tienes un ejército de defensores? ¿Qué les has dicho que hice para…?

—Muchas palabras, imbécil —zanjó Nika—. Vete o te llevas un ojo morado de regalo.

—¿Quién te crees?

—Como quieras. —Se frotó las manos—. Pensaba dejarte inconsciente de un solo golpe, pero si sigues hablando puede que no sea tan caritativo.

Nika volvió a empujarlo. Las tornas habían cambiado y Julien perdió el coraje.

—¿No querías partirle la cara a mi hermano? —preguntó—. Quiero verte.

—Basta, Nika. —Aksel se paró a su lado—. Julien se va. No hay que llamar más la atención.

—Yo no me voy sin hablar con Sophie.

Nika apartó a Aksel para protegerlo antes de que Julien le cruzara la cara de un puñetazo. Un jadeo de sorpresa recorrió a los que nos rodeaban.

El mayor de los Bakker se pasó el dorso de la mano por la boca para limpiarse la sangre y sonrió. Le había partido el labio y quise acercarme para saber si estaba bien. Fue el turno de Sophie para protegerme e impedir que me interpusiera.

Sucedió tan rápido que me perdí algunos movimientos. La mirada amenazante y divertida de Nika nubló lo que creía conocer de él. Le pegó tres puñetazos a Julien y no le dejó tiempo para reaccionar. Le dio una patada en el pecho y el otro cayó de espaldas.

El círculo se abrió entre gritos. Sophie me arrastró con ella y, cuando volví a mirar, había más personas en medio. Adrien y Charles sostenían a Julien para que no siguiera la pelea. Aksel, Paul y Arthur contenían a Nika, que no dejaba de retorcerse.

Éramos el centro de atención de media fiesta y los profesores no tardarían en aparecer. A Julien se lo llevarían. Si veían a Nika en tal estado, se metería en problemas.

—¡Sáquenlo de aquí! —les grité a quienes lo sostenían, metiéndome entre los chismosos.

Rosie se llevó a Sophie y seguí a Aksel fuera del tumulto.

Nika rabiaba, daba igual lo que sus captores le dijeran. Un par de veces temí que se deshiciera de ellos. Los obligué a alejarse lo máximo posible hacia el otro extremo del campo, donde nadie nos escuchara.

—¡Suéltame! —exigió Nika, mirando a su hermano.

Me alejé, porque Paul, que lo sostenía por un brazo mientras Aksel lo hacía del otro, había recibido un codazo en la nariz. Nika pareció entender que estaba en desventaja y, tras unos minutos, dejó de moverse, aunque temblaba de rabia. Arthur, que lo sostenía por la espalda, se alejó para comprobar si podía confiar en su resignación.

—No voy a salir corriendo —masculló Nika.

Los tres me observaron, yo tenía la última palabra. Nika hizo lo mismo y la ira en su mirada se suavizó. Asentí y lo soltaron.

—Vamos a encargarnos de que esto no llegue a oídos del director —explicó Paul con los ojos clavados en el castaño—. ¿Crees que puedes solo?

Nika se acuclilló y soltó un gruñido de frustración.

—Eso es un sí —dijo Aksel, permitiendo que los otros dos se alejaran, preocupados, mirando por encima del hombro.

La fiesta seguía a lo lejos.

—No tenían que haberme sujetado —protestó Nika, poniéndose de pie y enfrentando a su hermano—, ese imbécil…

—¡Cállate! —escupí, liberando mis nervios. Las manos me sudaban y me faltaba el aire—. No quiero escuchar lo mismo.

—¿Estás bi…?

—Estoy perfectamente —mentí, cortando la frase de Nika para centrarme en su hermano—. Busca a Sophie y quédense con Victoria y Rosie. Dudo que Charles deje solo a Julien. No debe haber más problemas.

Nika rechistó por lo bajo.

—Lo mejor sería irnos —comentó Aksel, mirando a su hermano de reojo.

—En una hora mi padre viene a buscarnos.

Aunque lo más sensato era llevarse a Nika, no me sentía segura al quedarme sola con Sophie, Rosie y Victoria.

—Las esperaremos —aceptó, consciente de que lo necesitaba.

Miró a su hermano. En ese momento caminaba de un lado a otro con la respiración irregular.

—Ve con, Sophie —pedí—. Yo me ocupo.

Verlo marchar detuvo el movimiento de Nika. Me miró, no entendía qué sucedía.

—Te quedarás en los vestuarios hasta que nos vayamos —advertí—. Da igual si tengo que encerrarte.

Para mostrarme segura de lo que acababa de decir, pasé por su lado y me encaminé al borde del campo. Temí que corriera en dirección contraria en busca de pelea y suspiré al escuchar que me seguía. Le quedaba algo de cordura o mi actitud lo había hecho entrar en razón.

—Mia, yo…

—No digas que lo sientes —interrumpí sin dejar de avanzar.

—¿Qué querías que hiciera?

Me detuve cuando entramos al pasillo que se internaba entre las gradas.

—Que te comportes como una persona normal.

—Estaba amenazando a mi hermano y mira lo que le hizo a Sophie.

—No estoy diciendo que Julien sea un santo. Da igual lo que hiciera, ¡la violencia nunca es la respuesta! —exclamé—. No puedes golpear a alguien porque crees que se lo merece. Él se portó mal, pero no es un hijo de puta. Vi su actitud y, por mucho que deteste lo que hizo, lo conozco. Sabe que la ha cagado y, como tú dices, ahora cargará con la gran culpa de haber arruinado lo que tenía con Sophie. Está desesperado y que lo golpees no resolverá nada. Te meterá en problemas a ti, puede que a Aksel y a nosotras, que muy pronto iremos a la universidad.

Bajó la vista, entendía las consecuencias que una riña traería para todos.

—Tienes razón —desistió.

Se pasó las manos por la cabeza y terminó entrelazándolas en la nuca. Apoyó la espalda en la pared y soltó aire para relajarse. Dudé si acercarme. Su actitud durante la pelea me había asustado más que aquella noche en que encontramos a su madre ahogándose, más que el día en la mansión con su amiga.

Se apretó el brazo derecho e hizo una mueca de dolor.

—¿Estás bien?

Puede que hubiera recibido un golpe sin que yo lo viera. Alzó la vista y forzó una media sonrisa. No le pasaba nada grave, además del labio partido. No debía preocuparme.

—Ve a los vestuarios y quédate ahí hasta que te avisemos —le pedí, con la esperanza de que obedeciera, y me dirigí a la salida en dirección al campo. No quería verme obligada a mirarlo durante más tiempo.

—Mia —llamó antes de que diera el segundo paso—. Lo siento.

Suspiré, resignada, y di la vuelta.

—No vuelvas a pelear, ¿vale? Los golpes no arreglan nada.

—Lo dice la que habría molido a Rosie en pleno pasillo.

Me crucé de brazos.

—Que me equivocara de la misma manera significa que sé de lo que hablo. Digamos que aprendí la lección y tuve la suerte de tenerte cerca para no meterme en problemas.

Su mirada me atrapó, no la que me había asustado unos minutos antes, sino la dulce y conocida, la que estaba evitando.

—Gracias —murmuró.

Ignoré el cosquilleo que sentí en el estómago. Con cada segundo que pasaba delante de él, más débil me sentía, y era incapaz de romper la conexión de nuestras miradas. Tenía que salir de aquel pasillo estrecho y asfixiante, poner distancia.

Supe lo que se le pasaba por la cabeza, por qué se mojó los labios y le temblaron cuando no pudo hablar. Imaginar que pronunciaba esas palabras hizo que la opresión en mi pecho apareciera. Yo la alejaba todo el tiempo, la ignoraba, la cubría, pero ahí estaba cuando cedía.

—No lo hagas —supliqué.

—Por favor.

—Nika, no. —Me temblaba todo el cuerpo—. No quiero hablar de esto, no para terminar en el mismo lugar.

Se separó de la pared y se acercó, despacio.

—Te juro que quiero respetar tu decisión y entender que se ha acabado. No quiero ser egoísta y sé que debo alejarme, pero te extraño. —Me quedé sin aliento—. Te extraño demasiado para quedarme callado cuando veo la mínima oportunidad de arreglarlo.

—No hay nada que…

—Extraño todo de ti. —Estaba a dos palmos de mí—. Niégalo, grítalo, pero teníamos algo y lo sabes.

Apreté las manos en puños a los lados de mi cuerpo.

—Extraño tus mensajes —continuó—, nuestras conversaciones, tus preguntas para saber cómo me ha ido en terapia. Extraño verte estudiar con Aksel, ayudarte y que me sonrías cuando hago un chiste malo. —Su voz se quebró en la última frase—. Extraño todo de ti, incluso que me llames idiota o malinterpretes lo que digo.

El corazón me latía tan fuerte contra las costillas que tuve miedo de que explotara. Sus ojos brillaban de manera peculiar bajo la luz tenue del pasillo. Me tenía atrapada con su hechizo cuando avanzó hasta quedar a unos centímetros de mi rostro.

—Te necesito y cada día que pasa es más difícil soportar la distancia... Quizás me estoy engañando, pero quiero pensar que te sucede lo mismo.

La barrera protectora que había levantado para ignorar el dolor desapareció.

—Me muero por besarte —confesó.

Creí que iba a acariciarme el rostro cuando alzó la mano. Luego la escondió detrás de la espalda sin ni siquiera rozarme y añadió:

—Daría lo que fuera para que quisieras lo mismo.

Deseaba besarlo, abrazarlo y volver el tiempo atrás. Estar a su lado era lo más hermoso que había vivido. Veía el arrepentimiento en su rostro, las múltiples disculpas y el dolor, pero...

—¿Cómo sé que no estás mintiendo?

—Pregunta lo que quieras —soltó—. Te he dado mil razones para desconfiar y evito tus preguntas, lo sé, pero puedo intentarlo... Te juro que puedo.

Quería negarme. Si hubiera sido capaz de volver a encerrar lo que sentía, lo habría hecho.

—¿Por qué tuve que irme para que hablaran con tu amiga?

Su expresión se contrajo. Apretó los labios antes de, para mi sorpresa, responder:

—No quería que supieras algunas cosas de mi pasado que teníamos que aclararle a Siala. Las razones por la que nos fuimos de Prakt sin decir nada.

El avance me dio esperanzas.

—Por favor, cuéntamelo. —Suspiré—. Necesito entender porque quiero confiar en ti y lo que sucedió me demuestra que no puedo.

—Quiero que confíes en mí.

Tomó mi rostro entre sus manos. El contacto tan familiar amenazó con borrar mis dudas.

—Respóndeme —dije, cerrando los ojos para encontrar fuerzas para ser racional—, ¿por qué huyeron de Prakt?

Su respiración flaqueó. Se alejó un paso y vi el miedo en sus ojos.

—Porque mi madre era la borracha del vecindario. La mujer que dejó a su hija pequeña en manos de su hermano irresponsable y terminó rompiéndose el cuello por la escalera. La mala madre que no era capaz de hacerse cargo de sus hijos, hasta el punto de que uno intentó suicidarse.

—¿Aksel intentó suicidarse? —me horroricé.

—No. Fue un accidente. —Desvió la mirada—. Yo me caí por la ventana del primer piso y terminé en el jardín con el brazo destrozado.

Las cicatrices que ocultaban sus tatuajes...

—Perdí un año en la recuperación y todos creyeron que había intentado suicidarme por lo que pasó con mi hermana... Lo de mi padre tampoco ayudó.

—¿Por eso se fueron?

—Mi madre lo intentó, pero no podía empezar de nuevo, no se lo permitían. Una y otra vez llegaban los comentarios, los recuerdos y la misma casa que nos asfixiaba. —Juntar las palabras le resultaba una tortura—. Decidimos dejar de existir para todo el que nos conocía. Nos fuimos con el tío Ibsen y él nos dio la oportunidad que buscábamos, venir aquí.

—¿Por eso no se lo contaste a tus amigos?

—No quería arrastrar lo que a mi madre le hacía mal. Quisimos borrar el pasado para que ella tuviera un futuro. —Su mirada estaba vacía—. Teníamos miedo de lo que pudiera hacer. Por muy fuerte que sea, siempre hay un límite.

Me costó procesar la información. Recorrí su brazo tatuado con la vista e imaginé un escenario muy duro.

—¿No querías decirme que te fuiste de Prakt por proteger a tu madre?

Algo no encajaba y su silencio lo confirmó.

—Hay algo más, ¿no es cierto?

—Mia…

—Dime qué es —exigí.

—Es mi pasado, lo único que hay es oscuridad. No quiero que llegue hasta ti, no me lo perdonaría jamás.

Me partió el corazón.

—Pues yo quiero saberlo. Necesito saberlo.

Nika libraba una batalla interna por encontrar la mejor manera de responder.

—No tiene sentido. Te juro que esa es la razón, dejarlo todo atrás.

—¿Qué más querían dejar atrás? ¿Por qué tuvieron que huir? —La tensión de sus labios me indicó que había acertado—. ¿Qué hiciste en Prakt, Nika?

—Nada que cambie algo entre tú y yo.

—Sigues sin decírmelo y ¿esperas que te crea? —reclamé.

—Mia, por favor…

—Contigo son puras verdades a medias. —Esas palabras me dejaron un amargo sabor en la boca—. ¿Cómo crees que alguien puede confiar en ti? —pregunté, dejándome llevar por las emociones—. ¿Cómo esperas que esté tranquila y feliz al saber que me ocultas algo? Tú dijiste que confiáramos el uno en el otro —lo acusé, golpeándole en el centro del pecho con el dedo índice, marcando cada «tú»—. Tú dijiste que no eras adivino. Tú dijiste que si queríamos que lo nuestro funcionara teníamos que compartir lo que nos sucedía. Tú tiraste todo a la basura cuando mentiste esa noche. Lo peor es que sigues haciéndolo.

Me dolía el dedo de tocarlo al ritmo de cada acusación en el mismo punto. La rabia hablaba por mí.

—¡Un día das todo y al siguiente nada! —solté, casi gritando—. ¿Qué demonios está mal contigo?

—Todo —dijo con pesar—. Todo está mal conmigo.

Controlé las lágrimas. Su mano apresó la mía sobre su pecho y me sobresalté.

—Nada aquí dentro funciona bien —dijo sin quitarme los ojos de encima—. No sé actuar sin lastimar a otros o ayudar sin buscar más problemas. No sé proteger a quienes aprecio y ni siquiera sé quererlos de la manera adecuada. Todo lo hago mal. Es como si mi corazón no estuviera en el lugar correcto. —Forzó una sonrisa.

—O simplemente no estuviera —musité.

—Puede que no —dijo, presionando mi palma sobre su pecho—, pero nadie lo ha hecho latir así.

Captaba el calor de su cuerpo y el golpeteo irregular. Me recordó a la feria de Halloween y a nuestro primer beso.

—Puedo ser un desastre, pero nunca me han hecho sentir así —murmuró—. Solo tú, Amaia.

Habría dado lo que fuera por haberlo escuchado decir eso un par de semanas atrás. Sí, Nika me gustaba de todas las equivocadas maneras. Me irritó que la confesión llegara tan tarde.

—Las palabras bonitas no bastan —dije, juntando valor y levantando mis defensas—. Hace mucho que ya no bastan para hacerme caer. Acabas de dejar pasar la última oportunidad para ser sincero. No vuelvas a hablarme ni a mirarme ni a intentar nada. —Aparté mi mano de la suya para eliminar el contacto—. Respétame y déjame en paz de una vez por todas.

Le di la espalda y me alejé. No quería cambiar de opinión. La distancia era lo único que me dejaría olvidar lo que sentía y busqué la soledad de las gradas. Sus palabras se mezclaban con las que Sophie me había dicho una semana antes en el mismo lugar.

«¿Y si estoy muerta de miedo y por eso me aferro a cada excusa que encuentro?», pensé.

Me negaba a aceptarlo. Él daba las razones con sus mentiras; yo solo me mantenía firme para no volver a sufrir. Lo que acabábamos de hablar podía ser un acto, un engaño más para seguir jugando conmigo.

Subí de dos en dos los escalones de las gradas e intenté descargar mi dolor poniendo demasiada fuerza en cada paso. Llegué a lo más alto y se me escapó un chillido, perdí el equilibrio y caí de rodillas.

Había un chico allí sentado.

Capítulo 42

Mis manos tenían un par de rasponazos por haber evitado que me golpeara la cara con el escalón.

—Deberías tener cuidado —dijo él, y me ayudó a ponerme de pie—. Las escaleras son peligrosas.

La frase me recordó a la hermana de Nika.

—Lo siento —dije. Casi me había caído encima de él—. No había visto que estabas aquí.

Era el delantero de Regen.

—No hay problema. —Recuperó la botella que podía haberse hecho añicos por mi culpa—. Puedes sentarte si quieres.

Consideré que era de mala educación decir que no tenía ganas de estar cerca de nadie, pero me molestaría hasta su respiración.

—Tranquila, tampoco he venido buscando compañía.

—De verdad, no quiero hablar —aclaré.

—Bienvenida al club —dijo con naturalidad y bebió un trago.

Al sentarme, me ofreció la botella y acepté. La bebida me quemó de manera distinta y una arcada me hizo estremecer.

—¿Qué es?

—Tequila.

Con razón no me era familiar.

El color de sus ojos llamó mi atención. No estaba segura por la escasa luz en las gradas, pero debían de ser grises, ¿o blancos?

Me mantuve en silencio.

La música y el bullicio de la fiesta no se habían detenido por pelea. Inspeccioné el campo al ver que un grupo de chicos se dirigía al túnel entre las gradas, donde había estado con Nika. Esperaba que se quedara en los vestuarios o en cualquier otra parte para que no se metiese en problemas.

Cerré los ojos con fuerza. No tenía que preocuparme ni vigilarlo ni estar pendiente. No quería pensar en él. Necesitaba olvidar, detestarlo. Enfadarme para que el dolor desapareciera.

—Todo pasa —dijo el chico de Regen, y di un respingo.

—¿Qué?

—Nada es eterno —añadió—. Si duele o te hace feliz, da igual. Todo pasa.

—¿De qué hablas?

—De tu novio.

Las voces de los que entraban al túnel me distrajeron. No gritaban, conversaban con evidente diversión. Pude identificar cinco personas decidiendo dónde comprar alcohol.

—¿Nos has escuchado?

Se encogió de hombros.

—Ustedes se han parado a conversar en el lugar equivocado.

Miré al túnel, al pie de las gradas.

—¿Cómo?

—Acústica que no puedo explicar.

No me prestó atención y volvió a beber con la vista al frente. Estaba claro que tenía problemas de los que ocuparse.

Intenté concentrarme en la oscura noche, disfrutar de la brisa e ignorar los sonidos de la fiesta. Fue imposible. El silencio me ahogaba y todo me hacía pensar en él. Mi respiración se hizo pesada e irregular. No podía mantener las manos quietas.

Me estaba manipulando. Me lo repetí unas diez veces. No podía volver a caer, no lo iba a hacer. Nika no era más que un mentiroso.

—Y tú ¿por qué estás aquí en vez de en la fiesta? —solté con voz aguda e irreconocible. Quería pensar en algo que no fuera lo rápido que me iba el corazón.

Me miró con el ceño fruncido.

—Acordamos estar en silencio.

—Pero yo necesito hablar de lo que sea, por favor.

No era capaz de controlar el temblor de las manos. Empezaba a hiperventilar.

—Entiendo que tu novio y tú…

—No es mi novio —lo corté.

Entonces todo empezó a darme vueltas. Tuve que sostenerme la cabeza con las manos.

El chico puso la botella delante de mi cara y la agarré sin dudar. Los dos tragos que le di me ayudaron a apartar la abrumadora sensación que había estado a punto de cegarme. Me disculpé con una mirada al ver que apenas quedaban unas gotas de tequila.

—No pasa nada. —Sacó otra botella—. He venido preparado para una larga noche.

Su actitud desinteresada me dio curiosidad.

—¿Se puede saber por qué?

—Estás desesperada por ocupar tu mente —se burló.

—¿Tan penosa es tu vida que no quieres hablar de ella?

Alzó una ceja y caí en lo grosera que había sido.

—Creo que necesitas más tequila. —Me ofreció la botella recién abierta, pero me negué.

—No quería ofender… Perdón. He tenido unos días difíciles.

—Por lo que he escuchado, tus problemas tienen solución.

Le miré de mala gana.

—Dudo que entiendas mis problemas por escuchar una conversación.

—Para mí es bastante sencillo —declaró—. Tu novio, que ahora te esfuerzas por decir que no lo es, te fue infiel. Él quiere que lo perdones y tú lo mandas a la mierda porque, admitámoslo, es un degenerado.

—Ni te acercas a la verdad —dije, irritada—. Eres muy bueno jugando al fútbol, pero estás fatal del oído, campeón.

Rio por lo bajo con un sonido casi musical que me desconcertó.

—Gracias por el cumplido, pero mi vida es mucho peor que la tuya.

—Esa es una competencia en la que no me interesa ganar.

Se giró para mirarme.

—Quizás podamos hacer un trato de perdedores.

—Jamás he dicho que fuera una perdedora.

—Pues yo lo soy y te ofrezco uno —dijo sin darme importancia—. Tú me cuentas tu vida de mierda y yo te cuento la mía.

—No me interesa.

—Pues en el próximo ataque de pánico, o lo que sea que estuviera a punto de darte, puede que yo no esté aquí con mi botella —comentó—. Te vendría bien exteriorizar las cosas y a mí también.

—¿De dónde sacas esa conclusión?

—Una buena amiga suele decirlo. Contar tus pesares a un extraño puede ser más reconfortante que hacerlo con un amigo. Según ella, con un desconocido no te sientes juzgado.

El silencio me hizo valorar sus palabras. El problema era que no tenía ganas de hablar de Nika.

—Dime, ¿te han puesto cuernos?

La respuesta era sí, pero no en esa ocasión.

—¿Te hace gracia si ha sido así?

—Para nada. —Ignoró mi mal humor—. A mí me los pusieron. Solo buscaba un punto en común en nuestras desgracias.

Me chocó la tranquilidad con que lo dijo y recordé a la chica que había mencionado Rosie.

—¿Tu novia te fue infiel?

—Si jamás dejó de ver a su ex cuando empezó a salir conmigo, ¿puedo decir que me puso los cuernos a mí o a él?

Abrí tanto los ojos que dolió.

—¿Durante cuánto…?

—Más de un año.

Le quité la botella y le di un trago corto que me devolvió a la realidad.

—¿Has visto a la capitana de las animadoras? —Asentí—. Era mi novia y al mismo tiempo tenía una relación con el portero que ha parado todos los goles que han intentado meternos los de tu instituto.

—¡¿Con un chico del equipo?!

—También se folló a otro durante un tiempo, pero eso fue algo pasajero. Nada de lo que preocuparse.

El sarcasmo dejaba claro lo mucho que le afectaba.

—¿Por qué no te diste cuenta?

—Me gustaría decir que ella es muy lista, pero sería dejar sobre sus hombros toda la culpa —explicó con un deje sarcástico—. Yo también fui muy ingenuo o muy estúpido, según mi hermana.

—No es tu culpa que te engañara.

—No. Es mi culpa saber que era una mala persona cuando la conocí y haber caído en el teatro que montó. Mi ex decidió que su verdadera personalidad no era adecuada para envolverme en sus redes, así que se inventó otra. Me pasé más de un año con alguien que me alejó de mis amigos y de mi familia. Me hizo creer que ellos eran los malos y ella, la mujer perfecta. —Suspiró—. Supongo que es importante aclarar que fue la primera persona que me gustó de verdad —confesó—, aunque eso no justifique mi estupidez.

Lo miré, estupefacta.

—¿Cómo lo descubriste?

—Una historia muy larga que no viene al caso. —Se llevó la botella a los labios y bebió antes de añadir—: Mi gran revelación fue que la chica que creí conocer resultó ser todo lo contrario.

La amargura en sus rasgos me pareció familiar. El peso en el estómago se acentuó y tuve que beber del asqueroso tequila antes de poder hablar:

—Tenemos una desdicha en común.

—No te fue infiel.

—Pero me engañó.

Se mostró interesado en escuchar el resto de mi historia y se la conté. Desde el principio, sin acortar detalles, aunque se hiciera larga, a excepción de los secretos que no me pertenecían. El malestar en mi pecho era asfixiante, pero con cada palabra fue aminorando.

—¿Eso es todo? —preguntó al terminar de escuchar los últimos ocho meses de mi vida.

—¿Te parece poco?

—Me sigue pareciendo sencillo —dijo encogiéndose de hombros.

Me senté de lado para verlo mejor.

—¿Quieres decir que mis problemas son irrelevantes?

—Tu novio no te engañó.

Junté paciencia para contestar sin descargar mi frustración sobre él.

—No era mi novio y me ocultó la verdad. Es una forma de mentir y engañar. Además, sigue ocultando lo que sea que sucediera en Prakt.

—¿Te parece terrible?

Tuve ganas de pararme y no seguir conversando, pero quedarme callada en una discusión no era una de mis virtudes.

—¿Quieres decir que debería perdonarlo?

Ladeé la cabeza con una falsa sonrisa e imitó mi pose para contestar:

—Quizás estás tan metida en el problema que no piensas con claridad.

Bufé al escuchar las palabras de Sophie en otra boca.

—No sé nada de solidaridad masculina para cubrir engaños, pero no voy a caer.

—No lo digo por eso.

Puso la botella a un lado y se cruzó de brazos. Estiró las piernas todo lo que las gradas le permitieron.

—Te parece que yo debo volver a confiar en alguien que me engañó. Entonces, yo debería aconsejarte que le des una oportunidad a tu ex.

—¿Has escuchado mi historia? —preguntó con el ceño fruncido—. La mujer es satanás en cuerpo de animadora.

—Pues si está arrepentida, supongo que le darás otra oportunidad —ironicé, señalando a la fiesta donde seguro que se encontraba la chica.

—Tu caso y el mío no tienen nada que ver.

—A ambos nos engañaron.

Negó con la cabeza.

—Nunca he dicho que mi vida fuera una mierda porque mi ex se pensara que tenía cara de tonto.

Tuve que parpadear varias veces para comprobar que no bromeaba.

—Entonces, ¿por qué?

—El problema soy yo —explicó—. Antes de que descubriera lo que hacía mi ex, conocí a una persona maravillosa que se convirtió en la primera amiga que tuve en años.

Una extraña sonrisa curvó sus rasgos.

—No me di cuenta de cómo había cambiado lo que sentía y quise negarlo una y otra vez, pero ella era imposible de ignorar. —Se giró hacia mí—. ¿Sabes? Era de esas personas que entran a un lugar y brillan con luz propia.

—Te enamoraste, lo entiendo. Lo que no pillo es qué tiene que ver eso con tu ex.

—Me enamoré de mi mejor amiga, alguien que merece todo lo bueno del mundo, y me lancé a tener una relación con ella cuando acababa de descubrir que me engañaron.

Bebió tres tragos y me sorprendió que no escupiera las entrañas.

—¿Esa chica es tu novia?

—Es la estupenda persona a la que le estoy arruinando la vida —confirmó con amargura—. Resulta que los cuernos me han convertido... ¿Cómo decirlo sin que suene a justificación? —Se rascó la barbilla y miró al cielo—. Me han convertido en un auténtico hijo de puta, y perdona la palabra.

—No te sigo.

—Cada vez que veo a alguien cerca de ella, los celos me ahogan.

—Pensé que...

—No me está poniendo los cuernos... Es algo que no puedo explicar —confesó—. Cuando imagino que me engañan, dejo ser yo. He sido desagradable e injusto. Lo peor es que, una vez pasa el momento, me doy cuenta de todo, pero en el calor de la situación lo único que hago es hacerle daño y culparla.

Inseguridad. Me recordó a Dax y a Sophie por distintas razones. Persona perfecta, momento equivocado.

—Te vendría bien ayuda profesional. —Era lo que diría mi madre—. Eso y darte tiempo antes de perder otra relación y una amiga.

Se quedó en silencio, mirando a la nada.

—No quiero seguir jodiéndole la vida, no cuando ella tiene tantos problemas de autoestima —confesó en voz tan baja que dudé si me seguía hablando—. En vez de ayudarla, la estoy hundiendo.

—Necesitas arreglar tu cabeza antes de involucrar a otros.

Dejó la bebida a un lado.

—Tu problema ahora parece sencillo, ¿no crees?

Lo miré de reojo.

—Para nada, me parece lo mismo.

—¿En serio? —Torció los labios—. ¿Te engañó por no contarte algo de su pasado?

—Me mintió sin necesidad —aclaré.

Alzó los brazos y estiró la espalda.

—Todos mentimos.

—Yo no le mentí a él, en nada —me defendí.

—Pero has mentido alguna vez, ¿no es cierto?

Me crucé de brazos.

—No de esa forma.

—¿Jamás has mentido para no dañar los sentimientos de alguien más?

—Yo...

Ocultaba mis sentimientos por Nika, los de Sophie por Dax y viceversa, así como los de Aksel. Todo para que mis amigos no sufrieran o por no traicionar la confianza de ninguno. Llevaba meses ocultándole a mis padres que optaría por una carrera universitaria que odiaba solo por tener la oportunidad de quedarme a vivir en Prakt porque Soleil me resultaba deprimente. Estaba evitando confesarles que no quería una vida como la de ellos. Los lastimaría y era algo con lo que no podría vivir.

El chasquido de los dedos de mi compañero de gradas me sacó del trance.

—Ves —dijo con una sonrisa de satisfacción—. No siempre mentimos con intenciones diabólicas.

—Nika no tenía que hacerlo. —Una bola en la garganta me impedía respirar con normalidad—. No me habría lastimado que me dijera que tuvo algo con su vecina, tampoco que me contara la verdadera razón por la que huyó de Prakt, sea la que sea.

—Eso lo sabes tú, pero él no.

Lo miré. Deseaba que aquel chico extraño tuviera las respuestas a todos mis problemas porque ya no sabía qué hacer con lo que sentía.

—Puede que tenga miedo a que lo rechaces —agregó.

—Pero yo no…

—Él no está en tu cabeza.

Tomé aire hasta que me dolió el pecho.

—Y por eso se supone que debemos confiar en el otro —añadió.

—Sencillo decirlo, difícil hacerlo. Más cuando nuestras inseguridades se interponen.

No pude objetar nada. Sus palabras sonaron similares a las de Nika.

—¿Te ha pagado para que digas esto? —pregunté.

Soltó una carcajada que recorrió las gradas.

—Tu chico es el delantero de pelo castaño, ¿no es cierto?

Asentí, buscando un atisbo de engaño en su expresión.

—Hasta hoy no lo había visto y no hemos intercambiado una palabra, así que no. No me ha pagado.

Refunfuñé.

—Quizás tu chico tiene miedo a que te asustes y lo dejes.

Fue mi turno de mostrarme escéptica.

—¿Nika? ¿Asustado de que lo dejen? —Estuve a punto de reírme—. Tienes razón, no lo conoces de nada.

—Las personas que más seguras parecen suelen ser las más atormentadas.

Recordé la noche que se quedó dormido en mi pecho, llorando.

—De todos modos, me mintió. Y cuando le pido que sea sincero, no lo hace.

Recogió la botella y le dio un corto trago. Apoyó los codos en las rodillas, se inclinó hacia delante y miró a la nada una vez más.

—Nunca lograrás que alguien te confiese algo a la fuerza, cuesta sacarlo... A menos que lo tortures —añadió por lo bajo.

Jugueteé con los pulgares sobre mi regazo.

—Tú me has contado tu problema y me conoces de hace cinco minutos.

—Y tú a mí los tuyos. Sin embargo, estoy seguro de que no se los contarías a un compañero de clase. —Sonrió al saber que había acertado—. Es porque no me volverás a ver en tu vida. Ambos sabemos que al otro solo le interesa desahogarse. No es lo mismo confesárselo a alguien que puede juzgarte, y menos confesar tus temores a quien amas.

—Nika no me ama —aclaré.

—Por lo que he escuchado, diría que sí.

Resoplé y me apoyé en el respaldo de mi incómodo asiento.

—No sabes lo que es capaz de hacer para manipular a las personas.

—¿De verdad que eso es lo que crees?

Me esforcé por no mirarlo a los ojos para que no percibiera mi duda.

—Lo he visto hacerlo.

—Entonces ¿por qué te involucraste con él?

Quise decir que me había engañado de la misma forma y no pude.

El recuerdo de Nika pidiéndome disculpas en la carretera y de las veces que me había sonreído se interpuso. La manera en que cuidaba a su madre y apreciaba a su hermano. Su ayuda el día en que Sophie y Julien rompieron. Siempre supe que podía contar con él.

No hubo una vez en que me sintiera presionada ni incómoda ni pretendiendo ser lo que no era cuando estaba cerca de él. Con Nika fui libre, porque a él le daba igual cómo me comportara yo, incluso si era una niña miedosa.

—Me acerqué a él porque vi que era mucho más que eso —acepté—. Con buenas o malas intenciones, pero lo demostró.

—Exacto —dijo el chico con una sonrisa—. Dudo mucho que alguien sea tan malo. Bueno, a excepción de mi ex, que la criaron con leche del infierno.

Sonreí en contra de mi voluntad.

—¿Cómo confías en alguien que te ha mentido? —pregunté al sentir que volvía el aplastante dolor del pecho.

—No lo sé —admitió, y nos quedamos mirando el cielo—. ¿Cómo te sentirías tú si las personas a las que le mentiste jamás volvieran a confiar en ti?

Capítulo 43

Durante viaje de vuelta estuve con la vista fija en el oscuro paisaje. Papá tarareaba una de sus canciones preferidas. De vez en cuando lo miraba, evaluando su expresión. Mamá y él eran felices y amaban Soleil. No podía decirles que detestaba ese tipo de vida y que no quería estar allí a menos que fuera para verlos. Lastimaría a dos de las tres personas que más amaba.

Tuve una hora para pensar mientras dejamos a Sophie en su casa y regresamos. Cambié de idea tantas veces que me dio dolor de cabeza. No podía seguir mintiendo. Si los lastimaba, pediría perdón.

Mamá descansaba en el sofá, concentrada en una película. Me saludó con la mano y quise postergar la situación para no interrumpirlos, pero era una excusa barata. Mis piernas luchaban por tomar una dirección debido al debate mental. Subir la escalera y no decir nada, porque perdida esa oportunidad la valentía me abandonaría, o enfrentarlos de una vez.

—Voy a hacer el examen de Contabilidad.

Giré sobre mis pies porque lo había soltado de espalda a ellos. Me miraban desde el sofá, sin decir nada, sin entender la inesperada descarga de información.

—Lo estoy valorando desde el verano pasado —continué—, pero no había querido decirlo porque… Cuando me vaya a la universidad, quiero quedarme a vivir en Prakt todo el tiempo que pueda y… quiero un empleo que me permita pagarme los gastos.

Se miraron entre sí y esperaron a que siguiera. La estancia me dio vueltas y el miedo volvió. Hui escalera arriba y no paré hasta encerrarme en mi habitación.

• • •

Las dos semanas siguientes fueron un infierno.

El lunes me preparé para la peor conversación cuando me vestía para clase. Llevaba más de veinticuatro horas sin ver a mis padres.

Bajé la escalera con el tiempo justo para comer algo y no perder el autobús. Los tres desayunaban cuando entré a la cocina. Recibí el saludo de cada mañana y nada más.

Comimos arepas, bebí zumo y un poco de café. Emma habló sobre sus amigas y una salida que harían la próxima semana. Interactuaban como siempre y me sentí marginada. No sabía si estaban enojados y no podía culparlos en caso de que así fuera.

Durante dos semanas me hablaron lo necesario. No hubo ningún cambio y yo no sabía cómo actuar delante de ellos. Los evitaba para no sentirme peor y cada vez pasaba más tiempo sola, ya fuera en casa o en el instituto, donde la situación no era distinta.

Nika me tomó la palabra y no volvió a molestarme. Me evitaba y no comía en la cafetería. Varias veces, cuando yo llegaba al mismo grupo o espacio, se marchaba.

El único lugar donde coincidimos durante una hora fue en las clases de Filosofía y Literatura, pero nos sentábamos lejos. El mal trago sería Historia del Arte, a última hora de la mañana. Su mesa se situaba a menos de un metro por detrás de la mía. La semana anterior él se había ausentado, dudaba que lo hiciera de nuevo.

Faltaba media hora para que sonara el timbre que indicaba el cambio de turno. Yo seguía en la biblioteca, intentando estudiar, aunque lo que en verdad estaba haciendo era buscar pretextos para no asistir a clase.

—¿Todo bien? —preguntó Aksel en voz baja.

Se sentó delante de mí. Llevaba un par de libros y la mochila al hombro.

—Estudiando —murmuré—. Creo que suspenderé los dos exámenes y me quedaré sin ir a la universidad.

—Tus padres pueden pagar la matrícula, no seas tan pesimista.

—Dudo que estén dispuestos. —Frunció el entrecejo—. Les he contado la verdad y no tengo ganas de hablar sobre cómo está resultando.

Fue incapaz de disimular su sorpresa ante la noticia. De todos modos, no preguntó y se concentró en sus asuntos.

El profesor me podía cambiar de sitio si le contaba en privado que no me agradaba Nika, pero me daba vergüenza. Boucher no era el más indicado para compartir dramas de instituto.

Rezongué sin dejar de resolver ejercicios.

—¿Estás así solo por lo de tus padres? —quiso saber mi compañero de mesa.

—Sabes que no es lo único. —Remarqué cada número en la hoja, con tanta fuerza que esta se rompió—. Supongo que tu hermano te lo habrá contado y tampoco es un tema del que quiera hablar.

—Lo entiendo, pero… —Guardó silencio. Levanté la vista por curiosidad. Se miraba las manos, sopesando lo que iba a decir—. Hay algo que deberías saber.

—¿Algo como «besé a tu mejor amiga mientras tu mejor amigo nos veía»? —pregunté.

No quería escuchar otra confesión que me diera ganas de pegarle.

—Ya me disculpé con todos.

—Y yo no sé qué esperar de ti.

Alzó las cejas y exhaló un suspiro.

—Supongo que en mi familia estamos condenados a equivocarnos de la peor forma.

Recordé las palabras del chico de Regen. Estaba siendo muy dura. No me daba cuenta de que yo también cometía errores y no me ponía en el lugar de los demás.

—Lo siento. —Me estiré para despejar el mal humor—. ¿Qué querías decirme?

—Es sobre Siala, la chica que conociste ese día.

Me chocó que ella fuera el tema de conversación, no lo esperaba.

—Fue mi mejor amiga hasta que empezó a frecuentar a chicos mayores —explicó.

—¿Te dejó por los populares? —supuse por el resentimiento que había en sus palabras.

—Seguíamos siendo amigos. El problema vino cuando Nika y ella se liaron—. Sus labios se convirtieron en una fina línea—. Siala se alejó por estar detrás de él. Era frustrante. Mi hermano me estaba robando a mi mejor amiga.

—Nadie roba a nadie.

—Lo sé, pero con catorce años no eres muy racional. Por esa relación yo me quedé sin mi única amiga.

Tamborileé los dedos sobre la mesa.

—Es una triste historia, Aksel, pero no entiendo qué tiene que ver conmigo. —Hablar de ella me ponía los pelos de punta.

—Cuando llegamos a Soleil y te vi de lejos, esperando el autobús, supe que Nika se interesaría en ti. Lo comprobé el día que nos conocimos en la cafetería. Le dije que eras su tipo, pero la verdad es que es algo más de hermanos, intuición. Creía que lo conocía.

El estómago se me revolvió. Él bajó la vista a sus libros.

—Al principio, no me pareció un problema. Siempre se había liado con quien había querido, pero tú y yo nos hicimos amigos. Para mí no es fácil relacionarme o sentirme aceptado. Cuando confirmé que te había echado el ojo, pensé que iba a suceder de nuevo.

Tomó aire antes de continuar:

—Vi sufrir a Siala porque no tenía su cariño. Me miraba como si yo pudiera hacer algo —continuó—. Intenté mediar, pero Nika no quería nada serio. Aunque la evitara o fuera sincero, al final terminaban juntos cada vez que ella lo buscaba.

Me incliné sobre la mesa.

—¿Creíste que Nika iba a jugar conmigo y me perderías como amiga?

Enterró la cara entre las manos.

—No quería verte sufrir.

—Pues adivina... —Logré que me mirara—. Sufrí y no fue porque Nika me ignorara o me engañara. Lo que me separó de ti fueron tus propias acciones —aclaré—. Pero da igual, sigues siendo mi amigo. Uno muy estúpido, pero mi amigo.

Sus hombros se relajaron al escucharme, pero una sombra de culpa borró la calma de su rostro.

—Por eso tengo que contarte algo que pasó hace mucho. —Suspiró—. Si Nika te alejó, fue por mi culpa.

Abrí y cerré la boca. Me costó traducir a palabras lo que mi cerebro procesaba.

—Nika nunca intentó alejarme.

—En Halloween —especificó—. Lo enfrenté el día que nos quedamos a dormir en casa de Chloe. Le recordé a cuántas personas había lastimado, y no iba a permitir que hiciera lo mismo contigo.

—¿Lo hiciste... por mí?

—Le exigí que se alejara.

—Y él accedió —concluí. Por fin entendía aquel suceso tan lejano que jamás había tenido una explicación coherente más allá de «soy un idiota» y «lo siento»—. Y yo sabía que no sería suficiente para que se mantuviera lejos de ti.

—Me hizo quedar como una estúpida cuando lo perseguí por los pasillos. Se nota que le importaba poco si le fue tan fácil desecharme.

—Al contrario, era cuestión de tiempo que volviera a intentarlo. Pensé que solo quería usarte, pero me equivoqué.

—Fue lo que creí durante mucho tiempo. —El estómago me dio un vuelco—. Ahora no sé qué pensar.

—Pues estás igual de equivocada que yo en ese momento.

Aguanté la respiración y guardé las manos bajo la mesa para que no viera que me temblaban.

—¿Por qué lo dices?

Volvió a desviar la mirada.

—Decidí que tú debías saber cómo era para que te apartaras de él e hice algo de lo que no me enorgullezco.

—Algo más.

Ignoró mi sarcasmo.

—El día que estábamos estudiando en mi casa —continuó—, cuando entró a la habitación y no te vio, yo sabía dónde había estado, pero quería que tú lo escucharas. Supe que lo malinterpretarías después de verlo con Chloe en la fiesta de Charles.

El momento estaba más que claro en mi memoria.

—¿Nika no tuvo nada con Chloe? —pregunté y esperé una respuesta hasta que me di cuenta. Lo que acababa de confesar era más importante—. ¿Por qué harías algo así?

—Pensé que te ayudaría y resultó lo contrario. Cuando Nika se dio cuenta de que estabas escuchando, se desesperó. Hasta hace unas semanas no entendí por qué... Ustedes se besaron la noche de Halloween.

—Fue nuestro primer beso. —Recordaba cada roce y caricia fugaz—. Después dijo que yo no le gustaba de ninguna manera y actuó como si yo no existiera.

—Hizo lo que le pedí.

Sobre mi regazo, apreté los puños para contener mi reacción.

—Nika podía fingir que no le importabas, dejar que lo odiaras, pero no que lo vieras como la persona que te besó y se fue a pasar la noche con otra. Te volvió a buscar, me lo contó hace poco. Contigo siempre actúa distinto... No lo reconozco o quizás jamás lo he conocido —aseguró—. Ha sido así desde el principio y no fue hasta el día que los encontré juntos en casa de Paul que entendí la razón.

—Y no me la vas a decir porque la familia Holten vive entre secretos, ¿no es cierto?

—Es él quien debe hacerlo —dijo, sereno—, aunque a estas alturas deberías tenerlo claro.

Con ellos nunca sabía qué pensar.

—¿Por qué me dices esto? —pregunté—. ¿Te pidió Nika que vinieras? ¿Es verdad o es otro engaño?

—Si no viera las consecuencias de esta separación, no te confesaría algo que pasó hace meses.

—¿Por qué ahora?

—Mi hermano se está volviendo una sombra. No me gusta donde eso puede ir a parar. Tú tampoco eres feliz. Si juntos están bien, no entiendo por qué se empeñan en seguir separados.

—Me mintió sin necesidad.

—Yo también y he venido a disculparme por intervenir en algo que no me correspondía.

Otra mentira, otro engaño con aparentes buenas intenciones.

—Olvídalo, Aksel —dije, guardando mis pertenencias—. Estoy agotada de discutir. Sé que eres una buena persona. Pero te aconsejo que, para la próxima, en vez de mover los hilos, vayas directo y hables con quienes consideras tus amigos.

Acomodé la mochila en mi hombro y me levanté.

—Mia —me llamó antes de que me fuera—. Nika también es bueno.

El verde de sus ojos me recordó a su madre.

—No sé si es bueno o malo. No estoy dispuesta a aceptar sus medias verdades.

—Estoy convencido de que, si algún día decide ser sincero, lo será contigo.

—Pero no lo ha sido.

Aksel dudó antes de volver a hablar.

—Lo será cuando esté preparado —aseguró—. Necesita tiempo, pero créeme, él solo quiere protegerte.

—¿De qué?

No respondió y el timbre me devolvió a la realidad.

—Entiendo, no vas a decir nada, ya me he acostumbrado. —La hora de cambiar de tema había llegado, de relajar la situación—. ¿Nos vemos hoy por la tarde en mi casa?

Habíamos cambiado el punto de encuentro para nuestras sesiones de estudio. Nos encerrábamos en mi habitación porque saber que Nika podía aparecer en cualquier momento si estábamos en la mansión me impedía concentrarme.

Compuse una sonrisa.

—Sin falta. —Imitó mi gesto—. Así hablo con tus padres sobre la cena del domingo.

—¿Cena?

—Es el cumpleaños de mi madre y están invitados.

No estaba al tanto porque evitaba a mi familia y sus conversaciones.

Asentí a modo de despedida y salí de la biblioteca. Los pasillos estaban concurridos y el bullicio no ayudaba.

Cenar en la misma mesa que Nika no era algo que fuera a disfrutar. Sin embargo, no era una opción negarse a ir al cumpleaños de la señora Bakker. De momento, me tocaba enfrentarme a la clase de Historia del Arte mientras las palabras de Aksel se repetían en mi mente.

El aula se fue llenando hasta que el profesor empezó la clase y él jamás apareció. No pude evitar preguntarme dónde estaba.

Media hora después, la puerta se abrió. Nika se quedó ahí, de pie, con el pelo húmedo y la vista en el suelo.

—¿Puedo saber por qué se presenta a esta hora, Bakker? —preguntó el profesor.

—Estaba en la enfermería, señor —murmuró.

—Hable alto y míreme a los ojos —exigió Boucher.

Nika levantó la cabeza ante la mirada curiosa de nuestros compañeros. Vi con horror su pómulo rojo e inflamado y un apósito que le cubría una herida sobre la ceja derecha. Lo habían golpeado y no quería imaginar el estado de la otra persona.

Mis ojos se fueron a sus nudillos. Esperaba encontrar vendajes o sangre, pero no fue así. Sus manos estaban intactas.

—Vengo de la enfermería, señor —repitió con voz grave—. Tuve un problema fuera del instituto y el director me dijo que fuera antes de entrar a clase.

—Pues si decide meterse en problemas antes de mi asignatura, espero que sepa recuperar lo perdido —dijo Boucher, y le dejó entrar al aula—. El lunes quiero un informe completo sobre esta clase y la anterior, ya que ha decidido ausentarse sin justificación.

Nika acató la indicación y pasó por mi lado. Nuestras miradas se cruzaron por primera vez en lo que parecía una eternidad. El corazón se me aceleró al ver su ojo inyectado en sangre debido al golpe.

Boucher siguió hablando y me dediqué a tomar notas como había hecho hasta el momento. Las manos me temblaban y no podía parar de mirar el reloj. En mi cabeza se repetían nuestras conversaciones, cada interacción de los últimos meses. Cuanto más recordaba, más dudaba. Tenía ganas de que acabara la clase para preguntarle cómo se sentía y qué le había pasado. Me puse a juguetear con el lápiz hasta que se cayó al suelo. Después de recogerlo, me mantuve inmóvil. No quería hablarle y al mismo tiempo sí quería. No quería preocuparme y ya lo estaba haciendo.

Me miré el reloj: treinta segundos. Necesitaba más tiempo para poner mi cabeza y mi vida en orden. El timbre sonó para indicar la hora de la comida e hice lo único que se me ocurrió: estampé mi cuaderno sobre la mesa de un confundido Nika. Me partió el corazón ver su cara hinchada y el corte en el labio que comenzaba a sangrar.

—Lo necesitas.

Parecía tener miedo de hablar, lo normal teniendo en cuenta que le había retirado la palabra hacía semanas.

—Tú no prestas estos…

—Es para que hagas el informe que te ha pedido Boucher —lo interrumpí.

Nunca prestaba los apuntes de esa asignatura, eran sagrados. Era como dar una parte de mí y él lo sabía.

—Asegúrate de devolvérmelo antes del lunes.

Busqué la puerta entre los rezagados que salían hacia la cafetería. No podía seguir ignorando mis sentimientos. Decidí que tenía hasta el domingo para valorar qué lugar quería que Nika ocupara en mi vida. Con los secretos o las verdades a medias, era el momento de escoger.

Capítulo 44

Respiré frente al espejo para reunir valor. Llevaba una blusa de manga corta, perfecta para la primavera, un pantalón cómodo ajustado y zapatillas. Iba a una cena informal por el cumpleaños de la señora Bakker y, para lo que tenía pensado hacer, necesitaba ropa con la que me sintiera segura.

Salí de la habitación, consciente de que mis padres estaban en la cocina, conversando y bebiendo vino. Era mi momento y, aunque las manos me sudaran, reuní fuerzas para dar un paso al frente y comenzar.

—Necesito que hablemos —dije como había ensayado.

Papá miró a mamá de reojo y ella sonrió.

—Hemos estado esperando este momento —dijo al sentarse a la isla de la cocina, e invitando a que mi padre hiciera lo mismo.

Me quedé sin palabras durante unos segundos, procesando lo que acababa de escuchar.

—¿Estaban esperando a que yo hablara con ustedes?

—Llegaste una noche y dijiste que harías el examen de Contabilidad porque querías vivir en Prakt —recordó ella—. Después te encerraste en tu habitación y no bajaste hasta el lunes. Desayunaste con nosotros un día y nos evitaste el resto del tiempo.

Me dio vergüenza escucharlo.

—Pensé que no querían hablarme —balbuceé—. Me ignoraban siempre que estábamos en la misma habitación.

—Nadie te ignoró, Mia. No nos diste la oportunidad de acercarnos —explicó mamá—. Fuiste tú quien se aisló y no podemos luchar contra eso. Decidimos que ya no iríamos a conversar contigo si eres tú la que tiene algo que decir.

Tomó la mano de papá, él sonrió.

—Esperábamos a que estuvieras lista, cariño.

—¿Eso quiere decir que no están molestos?

Intercambiaron una mirada.

—¿Tendríamos que estarlo? —preguntó mi madre.

No conocían la única razón por la que se molestarían o se sentirían mal. Ese día apenas les había enseñado la punta del iceberg.

—Cariño —dijo mi padre—, nunca vamos a cuestionar lo que escojas. Es tu vida y podemos aconsejarte, pero siempre serás tú quien tome la decisión final.

—Lo que no sabemos es a qué se debe el cambio —dijo mamá—. Pensé que, si algún día tenías dudas, optarías por algo como Arquitectura o te irías con Sophie a estudiar Diseño, pero ¿Contabilidad?

—Odias Matemáticas —coincidió papá—. ¿Cómo te prepararás para los exámenes?

—Aksel me está ayudando —confesé—. Ha sido mi tutor desde hace meses.

Intercambiaron otra mirada.

—De todas formas, ¿por qué esa carrera? —preguntó ella.

—Estuve investigando durante las vacaciones sobre cuáles tenían más demanda en Prakt y mejores ofertas de trabajo. —Supe que mamá había relacionado mis desvelos y el estrés de esos meses—. Además, podría hacer prácticas desde segundo año y me pagarían.

—¿Solo por eso? —Papá estaba confundido—. Puedes vivir en Prakt estudiando la carrera que quieras, eso ibas a hacer.

—Pero una vez termine, tendré que trabajar para mantenerme mientras intento buscar un trabajo donde mi perfil encaje. Eso es difícil cuando no tienes experiencia laboral. ¿Cuántos años voy a depender de ustedes?

—¿Prefieres trabajar en algo que no te gusta?

—Para tener buenos ingresos que me permitan vivir en la ciudad y no ser una carga, sí.

—Puedes hacer eso estudiando lo que te gusta. Nunca serás una carga.

—No tendría opciones de trabajo, estudiaría Historia para terminar de camarera o… para volver a Soleil.

Papá estuvo a punto de objetar y mamá, que se había mantenido en silencio, le tomó de la mano para evitarlo. Aquellos ojos azules me inspeccionaron con esa visión de madre, mágica, capaz de descubrir todos mis secretos. Él ignoraba la razón que yo no había mencionado, pero ella… Habría apostado mis libros favoritos a que ella sí la había captado.

—No importa lo que decidas.

—Quiere estudiar algo que odia, Mary —protestó papá—. ¿Te parece normal?

—Me parece que es su decisión, como bien has dicho al principio, sean cuales sean las razones —respondió antes de lanzarme una mirada que lo dijo todo.

Me salvaba de decirlo en voz alta para no lastimar a mi padre. No tenía ni idea de cuánto la hería a ella porque su expresión se mantuvo ecuánime.

—No puedo entenderlo —dijo él—, pero estoy de acuerdo en que eres tú quien escoge.

Intenté sonreír y no pude.

—Gracias, papá.

—Solo quiero que sepas algo. —Me miró a los ojos—. Yo no estudié por satisfacer a mi padre y aprender el negocio para llevar la tienda. Renuncié a mis sueños por los deseos de alguien más y, hasta el día de hoy, me arrepiento.

—Pero si hubieses ido a Prakt, te habrías quedado allí —dije, no lo entendía—. Jamás habrías vuelto a trabajar en la tienda ni te habrías reencontrado a mamá.

—No sé qué hubiese pasado, pero estoy seguro de que, aquí o en Prakt, habríamos terminado juntos.

—Una decisión en la vida no asegura que todo salga como planeas —agregó mamá—. Yo no quería una boda, pero al graduarme y volver de Prakt por las vacaciones, tu padre fue quien me atendió cuando fui a comprar una batidora. Reencontrarte con tu exnovio en la primera semana de vuelta al pueblo puede ser un mal augurio. Para nosotros, terminó en algo distinto.

Miró a papá con una sonrisa.

—Tampoco planeamos lo de tener hijos —continuó él—. Íbamos a vender la tienda e irnos de viaje, a probar suerte en cualquier lugar.

—Y te quedaste embarazada —concluí.

—Nuestra vida cambió porque decidimos tenerte —dijo ella.

—¿No se arrepienten? Sus planes se vinieron abajo solo por mí.

—Nunca nos arrepentimos de haberte tenido. Ni de lo que tenemos hoy ni de Emma. Las situaciones se dieron y hemos sido felices afrontándolas. Siempre fue nuestra elección, la que tomamos juntos.

—Yo no estudié lo que quería y me arrepiento, pero pude hacerlo años después y no lo hice —dijo papá—. Supongo que el momento pasó y no quiero que te suceda lo mismo.

—Tranquilo, Louis. Nuestra hija ha tomado una decisión y estoy convencida de que no es un berrinche de adolescente —dijo ella con la misma mirada de rayos X de antes—. Hará el examen de Contabilidad y…

—Haré los dos exámenes —aclaré.

La sonrisa de papá no pudo ser más amplia. Mamá no parecía sorprendida. Buscaba que yo confesara que seguía sin decidirme. Ella lo sabía, siempre lo sabía todo.

—Me alegra que no te cierres y tengas dos opciones a la mano —expresó ella con dulzura.

—¿Qué tal estoy? —dijo Emma, llamando la atención al irrumpir en la cocina.

Llevaba un hermoso vestido negro de manga larga con un detalle de cuentas en la cintura. Recordaba que le quedaba gigante el año anterior. Si seguía creciendo, le dejaría de servir en unos meses.

—Estás preciosa —respondí por todos.

La temida conversación era parte del pasado y nos pusimos en movimiento para seguir con nuestros planes: la cena en la mansión por el cumpleaños de la señora Bakker. La carga que llevaba meses arrastrando había desaparecido y en ese momento parecía… ¿una tontería?

—¿A Aksel le gustará? —preguntó mi hermana. Se mostraba interesada en la opinión de nuestro vecino con demasiada frecuencia.

—¿A ti te gusta?

—Me encanta.

—Eso es suficiente.

• • •

—Quiero proponer un brindis —dijo la señora Bakker, poniéndose de pie y levantando su vaso—. Por lo mejor que nos ha pasado: venir a Soleil. Me alegra que esta casa estuviera al lado de los mejores vecinos, a los que hoy puedo llamar amigos.

Reímos, brindamos con zumo, el alcohol estaba prohibido en la mesa por solidaridad, y regresamos a la exquisita comida. La mayoría de los comensales se enzarzaron en otra conversación.

Habían cambiado muchas cosas desde aquella primera cena. La señora Bakker irradiaba una felicidad indescriptible, llevaba cuatro meses sobria. Parecía cómoda y en confianza con mis padres.

Aksel conversaba más que en aquel entonces y Emma no se fijaba en los hermosos cubiertos. Su atención estaba en el pelinegro y no era capaz de borrar la sonrisa de su rostro.

Nika no hablaba y mantuvo la vista en su plato la mayor parte del tiempo. Le habían dado puntos encima de la ceja. Tenía un ojo en varias tonalidades, aunque la inflamación hubiese cedido. Le costaba comer con el labio lastimado.

No hubo ni una vez en que cruzara su mirada conmigo a pesar de que estábamos sentados el uno frente al otro. Solo se movía cuando su madre hablaba y él le dedicaba una leve sonrisa antes de volver a su estado zombi.

—¿Cuándo será la fiesta en La Laguna? —La pregunta de Aksel me sacó de mis cavilaciones.

—Dentro de dos semanas.

—¿Fiesta? —preguntó la señora Bakker. Pasó la vista por la mesa porque no entendía de qué hablábamos.

—Es una tradición de Soleil —explicó mamá, encogiéndose de hombros—. Tiene más años que yo.

—Pero ¿no deberían estar estudiando para los exámenes del próximo mes? —se burló ella.

—Cosas de adolescentes, Anette —se rio papá—. Después, si son responsables, se encierran a estudiar.

—Y hay quienes tendrán que estudiar por dos —dijo mamá con una sonrisa burlona.

Mi madre empezó a contar sobre mis nuevas opciones universitarias. Por primera vez no me importó que me avergonzara. Automáticamente miré a Nika y él a mí. Parecía sorprendido y con mil preguntas que sus labios no pronunciarían. Mi corazón se agitó y no pude moverme, porque creí que estaba a punto de sonreír, pero Aksel se puso de pie y anunció que traería la tarta. La interrupción cortó nuestro fugaz intercambio de miradas.

—¿Puedo ayudar a Aksel? —preguntó Emma, y traté de centrarme en ella.

—¿Se puede saber qué te ha dado con Aksel? —le pregunté.

Acomodó su pelo, que pasaba de los hombros y caía en bonitos bucles.

—Tengo que estar cerca de él si quiero que me note.

—¿Notarte?

—Si soy invisible, jamás querrá casarse conmigo.

Me atraganté con el agua que estaba tomando para aliviar los nervios.

—¿Casarse?

Emma miró a los lados como si mi actitud estuviera fuera de lugar.

Había crecido demasiado en unos pocos meses, y no solo en estatura, también sus gestos, la manera de hablar.

—Quiero casarme con Aksel cuando sea mayor de edad —explicó.

—¿Estás loca?

—Ya lo he calculado todo. Si nos hacemos novios cuando yo cumpla los quince, tres años serían suficiente antes de casarnos y tener hijos.

Me revolví en el asiento y comprobé que mis padres no estuvieran escuchando.

—¿Casarte a los dieciocho? ¿Tener hijos con Aksel? —Modulé mi voz para no hacer pública la conversación—. ¿De qué hablas?

—Es el plan de todas mis amigas. Leila dice que…

—¿Quién es Leila?

—Mi futura dama de honor.

El calor me subió a la cara.

—¿Es ella quien te ha metido en la cabeza esa idea tan loca?

—Es lo que todas las chicas quieren —respondió—. También es lo que los chicos buscan.

—¡Eso es una locura!

Emma necesitaba tratamiento con mi madre, pastillas si hacía falta.

—No creo que eso funcione para conquistar a Aksel —intervino la voz baja y profunda de Nika.

Su cara era un desastre con tantos golpes a medio sanar. Mantenía la barbilla apoyada en el dorso de su mano. Su respuesta había evitado que yo empezara a gritar y el tema se volviera de dominio público.

—¿Tú qué sabes? —preguntó ella, que no lo toleraba.

—Es mi hermano. Lo conozco mejor que nadie.

Era un buen argumento. Captó la atención de mi hermana, que se inclinó sobre la mesa.

—¿Cómo lo podría conquistar?

Lo miré para que ni se le ocurriera dar datos, pero me ignoró.

—Aksel tiene dieciocho años y tú, trece. No es legal que estés con él.

—Pero la edad no importa si…

—Claro que importa —zanjé—. No puedes ir planeando bodas con una persona mayor de edad cuando eres menor. No estamos en el Medioevo.

—Es mi vida, ¿por qué no podría hacer lo que quiera? —me riñó—. Mamá dice que somos responsables de lo que escogemos.

—Eres una niña, tú no escoges nada.

El rostro de Emma se contrajo.

—No me vas a decir a quién puedo amar.

—¡¿Amar?!

Un leve mareo me atontó. Miré a Nika en busca de ayuda.

—¿No es cierto que no puede controlarme? —preguntó mi hermana con la vista en el castaño.

—Claro que no.

No podía creer que se pusiera de su lado.

—La cuestión no es las personas o lo que piensen —continuó Nika, manteniendo nuestra conversación privada—. Me preocupan los fallos de tu plan.

—¿Fallos? —Emma arrugó su naricilla.

—Aksel se va a la universidad en unos meses. Cuando tengas quince, él no estará en Soleil más que para las vacaciones. Además, no se fijará en ti mientras seas menor de edad.

—A los quince seré una adulta.

—Y seguirás siendo igual de inmadura que ahora —la regañé. Solo logré que me dirigiera una mirada cargada de odio.

Busqué apoyo en Nika, que negó sin casi mover la cabeza. Una advertencia para que lo dejara encargarse de mi hermana. Con un gesto de la mano, la invitó a que se cambiara de silla. Emma pasó por debajo de la mesa hasta quedar a su lado, a pesar de mis protestas.

—¿Tendría que esperar a los dieciocho? —preguntó.

—No puedes hacer un movimiento antes o perderás tu oportunidad.

—¿Me rechazará?

El asentimiento de Nika no le hizo gracia.

—Aksel jamás te verá como una adulta si no lo eres ante la ley.

—Pero yo creía que la edad no te hacía adulta.

—Y es cierto. Muchas veces llegas a la mayoría de edad y sigues siendo igual de infantil.

—Eso no era lo que quería decir —se quejó.

—Haz el cálculo. Cuando tú tengas dieciocho, él tendrá veintitrés y es posible que siga en Prakt, estudiando o trabajando. ¿Dónde estarás tú?

Emma me miró y controlé las ganas de chillar por las ideas tontas que las niñas del pueblo le habían metido en la cabeza.

—No sé —aceptó.

—¿Y consideras que todos tus planes deben girar en torno a mi hermano?

—Pero yo lo quiero mucho.

Me mordí la lengua.

—Y está bien que sepas lo que quieres y vayas a por ello.

—Aunque sea mujer.

—Tenemos el mismo derecho de luchar por lo que deseamos.

Mi estómago se revolvió con sus palabras.

—Entonces, ¿tú no ves mal que esté enamorada de Aksel?

—Claro que no, pero el plan que has inventado con ayuda de tu amiga no va a funcionar.

—Pero Leila dijo que eso es lo que buscan los chicos —replicó—, una esposa que le dé hijos y lo haga feliz.

—Puede ser —dijo él. No ahondó en el tema y me sorprendió la dulzura con que trataba a mi hermana tras decir tales estupideces—. Que sea lo que algunos buscan no significa que deba ser lo que tú tienes que hacer.

—Me quedaré solterona como la tía de Bea —se lamentó.

—¿Quién es Bea? —interrumpí.

—Quedarse soltero puede ser una elección —dijo Nika, ignorándome—. No tener hijos, también. Ninguna de las dos está mal ni se debe considerar un fracaso en la vida.

—Pero…

—No puedes planear hoy lo que sucederá dentro de cinco años, mucho menos si incluye a alguien más. En este caso, a mi suertudo hermano, del cual te has enamorado.

Dudé del correcto uso de la palabra «enamorado». Nika intentaba hacerla razonar y eso requería un tacto que solo él era capaz de manejar con tal maestría.

Mi hermana se mostró radiante.

—¿Qué tendría que hacer?

Nika simuló que se lo pensaba por un momento.

—A ti te gusta dibujar, ¿no?

—Sí, pero ya no tengo mucho tiempo para eso. —Hizo un bonito puchero—. Leila dice que son cosas de *nerds*.

—Mal asunto… —dijo Nika, sin reaccionar a otra de esas estupideces.

Tuve paciencia y confié en el manipulador que tenía delante.

—A él también le gusta dibujar. Era algo que tenían en común.

—Me sigue gustando.

—Pero ya no lo haces, así que no sirve de nada —descartó, a pesar de la cara de miedo de mi hermana—. Aunque querías estudiar algo relacionado con el arte, ¿no?

—No lo sé.

—Pero ¿te interesa seguir estudiando después del instituto?

Se escuchó el murmullo de nuestros padres conversando.

—No lo sé —repitió, preocupada.

—Es normal que no lo sepas. —La calmó guiñándole el ojo sano—. Necesitas entender qué te gusta antes de esperar que alguien se enamore de ti.

—¿Por qué?

—Si no te amas tú, si no te conoces, ¿qué esperas que otros amen de ti?

Emma se mordió el labio. Lo pensó por un momento, si se le podía llamar pensar a barajar las infantiles ideas que tenía en la cabeza.

—¿Quieres decir que tengo que estudiar algo que tenga que ver con lo que estudie Aksel para que tengamos los mismos gustos?

Nika negó con una paciencia infinita.

—No tienes que buscar puntos en común. Los tienen a pesar de la diferencia de edad —explicó—. En vez de concentrarte en el futuro, piensa más en ti.

Sonrió con tal ternura que el estómago se me hizo un nudo.

—No quieres perderte el camino, es más divertido que el final.

—Como en los libros.

Él asintió y Emma entornó los ojos.

—Ya me caes mejor —soltó con naturalidad—. Creo que puedo dejar de odiarte.

—Me alegra saberlo —dijo, pellizcándole la barbilla con cariño.

—¡Hora del postre! —anunció Aksel. Irrumpió en el comedor con la tarta que había hecho mi madre.

—Faltan los platos —señaló la señora Bakker.

—Yo los traigo —dijo Nika.

Busqué una mirada de complicidad, pero no sucedió. La reciente conversación había sido, al parecer, como atender una emergencia.

Salió del comedor y supe que era mi oportunidad. Dije que ayudaría y me escapé de la mesa, aunque era consciente de que nadie me prestaba atención. Cuando llegué a la cocina, Nika estaba en la penumbra, de espalda a la puerta.

Capítulo 45

Me aclaré la garganta para llamar la atención y se sorprendió. Sus ojos no se apartaron de mí mientras yo me las ingeniaba para poner un pie delante del otro hasta quedar frente a él. Lo que en algún momento había planeado decir desapareció.

—Gracias por lo que has hecho —dije para no extender el silencio—. Emma necesitaba ayuda y yo no iba a manejar bien el asunto.

—No es nada.

Se concentró en bajar el resto de los platos y cerró el único camino por el que se me había ocurrido empezar una conversación. El corazón me palpitaba muy deprisa y tiré de lo primero que se me pasó por la cabeza.

—Pensé que hoy me devolverías el cuaderno que te presté.

—Se lo di a Aksel. Te lo dará antes de que te vayas… No te preocupes.

Tuve ganas de abrazarlo por lo apagadas que sonaron sus palabras.

—Lo podías haber llevado a mi casa.

—No iba a molestar sin necesidad —dijo con la mirada fija en los platos—. He intentado cumplir lo que me pediste. He perdido la cuenta de las veces que he llamado a la puerta de tu casa y tu padre me ha dicho que no querías verme.

Un día le pedía que se alejara y al siguiente lo perseguía a la cocina. No era justo para ninguno de los dos.

—Si me hubieses avisado, yo podría haber venido a buscarlo.

—Me tienes bloqueado, ¿recuerdas?

—No, ya no.

Movió los labios y no salió ningún sonido de ellos. Creo que dudó de lo que acababa de escuchar. Me armé de valor y di un paso. Quise decir que necesitábamos hablar y no pude, era incapaz de hacerlo al tenerlo tan cerca y perderme en sus ojos.

Alcé la mano y controlé el temblor para no lastimar su mejilla. Nika cerró los ojos y exhaló ante el contacto.

—No es real —susurró. Giró la cabeza y deslizó la nariz por mi palma.

—¿Qué?

—Tú, el sueño.

Una media sonrisa le dio vida a su expresión. Tomó mi mano para que no me alejara y dejó salir unas palabras que no entendí.

No respondió a mi llamada cuando pronuncié su nombre. Seguía con expresión relajada, lejos del mundo.

Agarré su cara entre mis manos y logré que me mirara. Estábamos tan cerca que noté la diferencia de tamaño en sus ojos debido al golpe.

—No estás soñando, Nika —aclaré.

—Entonces, ¿por qué me estás tocando?

—Porque quiero hacerlo.

Negó sin alejarse.

—Tú me quieres lejos —murmuró—, y haces bien.

—¿Y si ya no te quiero lejos?

Tenía la mirada perdida.

—Este es el sueño más real de todos. Huelo tu perfume y tu voz suena igual.

—Nika. —Me preocupaba que hablara cada vez más bajo—. No es un sueño, es real —repetí—. Soy yo. Necesitamos hablar, pero no estoy segura de que estés en condiciones de hacerlo.

Noté las ojeras marcadas y el enrojecimiento de sus ojos. Parecía demacrado y los golpes empeoraban su aspecto. Estaba más delgado, no era mi imaginación.

—¿Has dormido los últimos días?

Se le cerraron los ojos y su respiración se volvió más irregular y temblorosa.

—No demasiado —confesó.

Su temperatura había bajado en cuestión de segundos.

—¿Estás bien? —Le toqué el pecho y me asustó sentir los descontrolados latidos—. Nika, ¿te sientes mal?

Tuve miedo. Tenía la respiración agitada. Yo no sabía cómo reconocer signos de un infarto, pero no era normal el golpeteo de su corazón.

—Tengo que llamar a tu madre.

No permitió que me moviera. Atrapó mis manos y las mantuvo sobre su pecho.

—Estoy bien.

—Estás temblando.

—Puedo controlarlo.

Abrió los ojos, capté la determinación en ellos, pero nada apagaba el ruido de su corazón. No apartó la mirada y lo único que pude hacer fue acercarme, brindarle el calor de mi cuerpo.

Poco a poco y sin movernos, se calmó. Su expresión se mantenía impasible, estaba concentrado en volver a ser él. Me serené cuando el latir de su corazón se normalizó y acarició el dorso de mi mano con su pulgar.

—Estoy bien —dijo antes de que pudiera preguntarlo—. Es el agotamiento y…

Tragó con dificultad.

—¿Qué ha sido eso? —Lo examiné a consciencia—. ¿Estás enfermo?

—¿Te preocupa?

—Mucho. —Observé nuestras manos entrelazadas—. Todo lo que tenga que ver contigo me preocupa.

Me rozó el rostro. Seguía comprobando que yo era real. Me pregunté qué tipo de sueños tendría como para dudar de tal manera, qué habría pasado en la soledad de su habitación durante aquel tiempo.

—Tenerte cerca no es algo para lo que estuviera preparado.

Quise hacer muchas preguntas, pero su madre lo llamó desde el comedor. Me alejé y lamenté haber perdido el contacto. Él se quedó mirando sus manos vacías.

—Más tarde —propuse.

La valentía se había esfumado y quise correr fuera de la cocina.

—Más tarde —repitió antes de tomar los platos y encaminarse al comedor.

Las piernas me fallaron cuando lo seguí y me centré en las velas, en la canción de cumpleaños y en las felicitaciones. La celebración continuó con varias porciones de pastel. Nika me miraba y yo lo miraba a él. Disimulábamos, prestábamos atención a otra cosa y volvíamos a empezar.

Quería esperar a que estuviéramos solos y a la vez necesitaba sacar lo que llevaba dentro lo antes posible. Habían sido semanas de extrañarlo y de negar lo que sentía, de evitar cada pensamiento para no sufrir. Era mejor que acabara la cena para que nadie se viera involucrado, pero no pude.

Me puse de pie y dije que iba al baño. No me escucharon y clavé la vista en sus ojos azules con la esperanza de que me siguiera.

Subí al primer piso y apoyé la espalda en la fría pared. Estaba oscuro, la luz que entraba por la puerta de la azotea, unos pisos más arriba, se reflejaba en las paredes de la escalera de caracol.

Pasó un minuto, luego otro y otro. No subiría, no podía culparlo.

Le había dicho mil veces que se alejara. Las últimas semanas había sido dura para protegerme. No tenía derecho a esperar que volviera a mí. Era posible que, al no saber cómo solucionar el conflicto, hubiésemos destrozado lo poco que habíamos construido.

Me hundí en el silencio. No tenía ni idea de cómo hablar y arreglarlo. No había un manual de instrucciones. Tenía tan poca experiencia que me ponía nerviosa cuando lo imaginaba y me quedaba sin palabras al tenerlo delante.

Me di por vencida. Quizás no era el momento y no lo sería nunca. Me incorporé y, antes de que pudiera dar un paso, escuché los suyos ascender por la escalera.

Apareció su figura alta y delgada, cubierta por una de sus camisas anchas. Llevaba el pelo desordenado y las manos en los bolsillos.

—¿De verdad quieres hablar? —murmuró con la vista fija en el suelo.

Su actitud temerosa, tan impropia, borró mi miedo. Acorté la distancia que nos separaba, me puse de puntillas y lo abracé. Me sumergí en su aroma, que tanto había echado de menos.

—Abrázame, idiota —pedí en voz baja cuando no reaccionó.

Pasó una mano por mi cintura mientras la otra se enredaba en mi pelo. Me pegó a su cuerpo y mis pies abandonaron el suelo cuando hundió su rostro en mi cuello y sus labios estuvieron sobre mi piel.

Me sentí en paz, como no me había sentido desde aquella mañana que desperté en su habitación. El calor que desprendía alivió el pesar de mi pecho, que no había desaparecido en ningún momento.

Tenía miedo de que hubiese jugado conmigo y de estar tomando una decisión equivocada al intentar arreglarlo. Tenía miedo de dejarme llevar por lo que sentía y justificar lo sucedido para mantenerme a su lado. Tenía miedo de perderlo, de salir lastimada, de que me mintiera. Tenía miedo de sufrir y de que sufriéramos.

Tenía miedo de tener la vida de mis padres, de no saber qué hacer con la mía, de equivocarme al optar por una carrera universitaria que odiaba solo por irme a vivir a una ciudad que no conocía. Tenía miedo de no saber lo que venía después y de ser incapaz de manejarlo.

Pero por encima de todo tenía miedo de escoger mal y lo único que podía hacer para combatir el miedo era enfrentarlo.

—¿Has estado con alguien mientras nos veíamos? —pregunté contra su cuello. Impedí que se separara de mí porque era incapaz de mirarlo la cara.

—Nadie, solo tú. —Su voz se deshizo y me abrazó con más fuerza.

—¿Y Chloe? —pregunté con amargura.

Nika hizo que lo mirara a los ojos.

—Entre Chloe y yo no sucedió nada, ni siquiera un beso. Ni antes de nosotros y mucho menos después. Créeme que…

—Te creo. —Me mojé los labios antes de continuar—. Estoy preguntando para que me digas la verdad. No me vas a mentir, ¿cierto?

—No he tenido nada con nadie desde que llegué a Soleil.

—¿Nada? —Negó, y mi curiosidad ganó—. ¿Ni siquiera un beso?

Tragó saliva.

—Digamos que a un par le dije que no estaba de humor. —Traté de no sonreír—. Desde mucho antes de Halloween, solo he estado interesado en una persona… De verdad, no hubo nada que…

—Lo entiendo —lo interrumpí—. Igual que entiendo que tengas historias en tu pasado que no estés preparado para contarme.

No podría continuar si no era sincera.

—Para mí fue como una puñalada. Todos los miedos que tuve en un principio se volvieron reales. Creía que me habías traicionado y que habías jugado conmigo. No supe qué pensar y sigo sin saberlo. Me costó entenderlo. —Aguanté la respiración—. No puedo obligarte a que compartas lo que no quieres compartir, lo sé. Siento no haberlo entendido antes. Que yo esté dispuesta a hacerlo no te obliga a comportarte de la misma manera.

—No es que no quiera abrirme a ti. —Apretó los labios con impotencia—. Yo no soy lo que piensas —confesó—. Cada vez que he mostrado cómo soy, me has rechazado y tienes razón para hacerlo. Soy un idiota y alguien como tú sabe notarlo y alejarse. El problema es que yo no quería que te fueras y fui un egoísta. Sigo siéndolo.

Negó varias veces con un leve movimiento de la cabeza.

—Lo juro. Me gustaría que tu vida fuera la de antes y que jamás te hubieses cruzado conmigo. Las decisiones que tomo para protegerte terminan siendo un arma de doble filo.

—Porque las tomas solo.

Volvió a negar.

—Porque soy un desastre.

—No te veo así, pero supongo que cada cual se ve de manera distinta.

Un gesto amargo se extendió por sus labios. No supe si intentaba sonreír al escucharme repetir sus palabras o si le dolía la cara por los golpes que le habían dado.

—Quiero ser mejor. —Tomó un mechón de mi pelo y lo deslizó entre sus dedos—. No hay nada que no quiera compartir contigo porque eres lo único bueno que me ha pasado en muchos años. —Acunó mi rostro—. No tienes ni idea de lo que significas para mí, Amaia, de lo que sería capaz de hacer por ti.

Su rostro fue pura desesperación. Estaba claro que deseaba hablar y una fuerza invisible se lo impedía.

—Mi vida ha sido una mierda desde hace mucho. Es la primera vez que algo funciona y me gusta, a pesar de todo; me siento bien con quien soy gracias a ti. No quiero traer fantasmas del pasado o que mi oscuridad se mezcle contigo. No quiero que…

—No estás preparado y siento mucho haberte presionado —terminé—. No volveré a juzgarte, pero solo quiero pedirte algo.

—Lo que sea.

—No mientas, no obvies información. No creas que tapar lo que pasa me protegerá. Dime que no quieres o que no estás listo para hablar y prometo que lo entenderé.

Sus manos se mantenían a los lados de mi cara. Tenía la misma expresión perdida que me había asustado en la cocina.

—Necesito que lo sepas, si es que no lo sabes ya —agregué, recordando al chico de las gradas. Nika no estaba dentro de mi cabeza—. Nada de tu pasado cambiará lo que pienso de ti ni lo que siento.

—No sabes de lo que hablas.

Retrocedió hasta que su espalda tocó la pared.

—Y no lo sabré si no me lo cuentas, pero tú no estás listo y eso es lo que importa. —Me acerqué y entrelacé nuestras manos—. Mi problema es con el futuro, el tuyo con el pasado. Ninguno se puede manejar y los dos estamos aquí y ahora. Empecemos por eso.

Me acarició la mejilla.

—Perdóname, por favor —susurró—. Jamás quise lastimarte, quería dejarlo atrás.

—¿No crees que ya lo estoy haciendo al estar aquí? —Sonreí—. Por suerte, la única manera de demostrar lo que sientes no es con palabras.

Su sonrisa discreta con los labios cerrados para no contraer el rostro me reconfortó. Me gustaba repetir lo que había aprendido de él.

Antes de que pudiera preverlo, me besó. Despacio, con cuidado. Sentía la herida de su labio y no quería hacerle daño. Fue él quien me dejó probar el sabor de su boca. Me invitó a que los roces fueran delicados, pero intensos.

Una desconocida sensación se apoderó de mí con sus nuevas y dulces caricias. Me sentí en el aire, flotando sin rumbo, y su beso era todo mi sustento. Me aferré a su pelo y me abrazó por la cintura. Apoyó su frente sobre la mía, intentando recuperar el aliento.

—¿Algún día me lo podrás contar?

El roce de sus labios sobre los míos me transmitió un pesar indescriptible.

—No tienes que hacerlo hoy ni mañana, tampoco el mes que viene —añadí—. Solo quiero saber que algún día pasará, cuando estés preparado.

Su dedo se deslizó como seda por mi boca.

—Eres la única persona a la que le confiaría todo sobre mí.

Capítulo 46

Idiota Bakker: ¿Han llegado bien?

Mia: Dax nos ha traído a salvo hasta La Laguna y estamos en la cabaña del padre de Sophie.

Idiota Bakker: No me gusta que tengas otro chófer, quiero ser el único.

Mia: Tenías responsabilidades.

Idiota Bakker: Mañana por la tarde estamos allá.

Veinticuatro horas para verlo me parecían una eternidad.

Mia: Podrías llegar antes.

Idiota Bakker: No termino el turno de trabajo hasta mediodía.
Idiota Bakker: Créeme, preferiría mil veces estar ahí. Me muero por verte en bikini.

Mia: ¿Eso es lo único que te interesa?

Idiota Bakker: No, pero mentiría si te digo que no me interesa verte en bikini.
Idiota Bakker: Y sin él. ;)

Un cosquilleo me bajó por el abdomen. Me sorprendió que mi cuerpo reaccionara de aquella manera por un simple mensaje.

Había pasado una semana desde la reconciliación y solo habíamos hablado por mensajes o llamadas. Sería el primer momento libre que tendríamos juntos.

La imagen de Nika besándome me atormentaba. En mi cerebro, el bikini o la ropa interior ya no existían. Las hormonas tomaban posesión de mis pensamientos y me hacían responder a los mensajes para extender el juego.

Mia: No sé qué querrás hacer sin ropa, aquí hay muchas personas.

Idiota Bakker: Tranquila, pienso quitártela en privado.

Idiota Bakker: Aunque con las ganas que te tengo, dudo que llegue a quitártela.

Otro cosquilleo.

Mia: Me gusta cómo suena, aunque no tengo ni idea de en qué habitación podremos hacerlo.

Idiota Bakker: Hay lugares más divertidos.

Los recuerdos de aquella primera noche pasaron por mi mente. Me removí en la tumbona en que estaba tomando el sol. Mi rostro hervía y no por el calor.

Idiota Bakker: ¿Te has quedado sin palabras? Qué impropio de ti, Pulgarcita. ;)

Idiota Bakker: ¿O es que te estás imaginando lo que podríamos estar haciendo?

Tuve que apretar mis labios para no emitir ningún sonido.

Idiota Bakker: Puedo describírtelo si quieres. ;)

Casi se me escapa un jadeo cuando crucé las piernas para recomponerme.

Mia: Hablaba con las chicas, creído. No me estaba imaginando nada.

Idiota Bakker: Fingiré que te creo. :)

Mia: Te falta modestia y te sobra tiempo.

Idiota Bakker: Para imaginar lo que haríamos desnudos siempre tengo tiempo.

Debía de tener las mejillas del color de mi traje de baño: rojo brillante. Tuve miedo de que alguien lo notara. Sophie, Rosie y Victoria estaban conmigo en el porche de la cabaña. Debía llevar nuestra conversación a terreno seguro.

Mia: Espero que tus planes no incluyan que nos vean.

Idiota Bakker: No me va el exhibicionismo, tranquila.

Idiota Bakker: Pero tengo ganas de besarte y eso lo puedo hacer cuando llegue.

Mia: ¿Estás loco? Nos verían.

Idiota Bakker: ¿Y? ¿Quieres seguir escondiéndote?

Mis dedos no pudieron moverse para dar una respuesta. Sophie era la única que lo sabía.

Mia: No nos estamos escondiendo.

Idiota Bakker: Si seguimos besándonos sin que nadie sepa que estamos juntos, nos estamos escondiendo. Puras matemáticas, pequeña Amaia.

Mia: Sería extraño.

Quizás le molestaba, pero la experiencia de sacar mi vida a la luz pública era un fracaso. No había notado el miedo que le tenía hasta ese momento. Me inquietó que no contestara.

Mia: En Soleil la gente es muy chismosa.

Idiota Bakker: Como más cómoda te sientas. Por ti ando a escondidas hasta que me muera.

Sonreí como una tonta, pero el mensaje siguiente me borró la alegría.

Idiota Bakker: De todos modos, tenemos que hablar, aunque sea en secreto.

Mia: ¿De?

Idiota Bakker: Tú… Yo… Y lo que sea que hagamos a escondidas.

El teléfono comenzó a resbalárseme debido al sudor de las manos.

Mia: ¿A qué te refieres?

Idiota Bakker: En persona, no por mensajes.

«Mierda».

Durante mucho tiempo, había querido aclarar lo que hacíamos y ponerle un nombre. Miré nuestra conversación, la palabra «novios» me daba vueltas en la cabeza. Mi imaginación voló para aterrizar en la universidad. Iría a estudiar a Prakt en un par de meses y eso significaba distancia.

Nika se quedaría con su madre en Soleil. Estaba en entrenamiento para trabajar en la carpintería del padre de Sophie y se encargaría de administrar el lugar una vez que terminara el instituto. Nos separarían demasiados kilómetros. Solo tendríamos la oportunidad de vernos algún que otro fin de semana y en las fiestas.

—¿Se ha muerto alguien? —preguntó Rosie, que me sacó de la miseria.

Se sostenía las gafas en la punta de la nariz, y lucía una melena color chocolate por debajo de los hombros.

—No, ¿por qué?

—Primero parecías a punto de masturbarte con el teléfono y después has puesto cara de «me han cortado el orgasmo».

Tuve que aguantarme la risa para que Sophie, a mi izquierda, no la escuchara.

—No sé a qué te refieres.

—Pues yo imagino con quién hablabas.

Puse los ojos en blanco y guardé el teléfono.

—No te montes películas.

Rosie disfrutaba de soltar indirectas. De hecho, me había lanzado tantas que estaba segura de que sabía algo sobre Nika y yo.

Maldijo en voz baja. Le iba a reclamar por insultarme cuando me di cuenta de que no era conmigo.

—Me montaría más si el Principito Valiente no se acercara. —Se puso de pie y miró a Sophie—. Nunca te perdonaré que le dejaras quedarse aquí.

Me sacó la lengua en un gesto amistoso antes de desaparecer.

Rosie se iba cuando Charles llegaba, era ley de vida. No olvidaba la traición a su amiga, aunque Victoria seguía en su mundo, descansando en la cuarta tumbona que habíamos puesto en el porche.

Charles nos sonrió. Se arregló la media melena y se sentó en la barandilla de madera frente a Sophie.

—¿Puedo pedirte un favor?

—Te estás quedando en casa de su padre gratis —me burlé—, ¿quieres más?

Charles se estrujó la nariz y siseó para que me callara. Tuve que reírme.

—Vienes a pedirlo —dijo mi amiga. No apartó la vista de su teléfono. Masticaba una patata frita tan despacio que estuve segura de que le llegaría digerida al estómago.

—¿Puede quedarse una chica más con nosotros?

Estaba soltero desde lo de Victoria. Comprobé la reacción de la rubia, que no se dio por enterada.

—Si es tu novia, se puede quedar contigo —aseguró Sophie—. No tenemos más espacio.

—Es mi prima y, si no queda opción, puede dormir conmigo.

—¿Qué prima? —quise saber.

—Pauline.

Las patatas de Sophie terminaron en el suelo de madera.

—Claro, puede quedarse. —Recogió el estropicio con torpeza—. ¿Cuándo llega? ¿Mañana?

—Por la noche, no quería perderse la fiesta de la fogata.

—No hay problema —aceptó ella con una sonrisa forzada.

—Gracias, Soph. Yo limpio eso —agregó, señalando el desastre—. Te debo un paquete de patatas.

Sonrió como un niño antes de retirarse en busca de una escoba.

—¿Esa es…?

Asentí.

La prima de Charles que llevaba enamorada de Dax desde que lo había conocido cuando no pasábamos de los doce años. Cada vez que su familia visitaba Soleil, Pauline rondaba el instituto y las fiestas. Nunca perdió oportunidad para estar cerca de nuestro amigo. El año anterior, en el mismo evento, pasaron la noche juntos. No era un secreto que su primera vez había sido con ella.

—¿Todo bien? —pregunté cuando Sophie se quedó con la vista perdida en el suelo.

—Claro —dijo con voz aguda.

Era una vil mentira.

• • •

La Laguna era el centro turístico de Soleil. La atracción principal era una descomunal laguna rodeada de cabañitas con una oferta de actividades aburridas para los visitantes. En el pueblo estábamos cansados del lugar, hasta los trabajadores nos conocían.

La única razón por la que estábamos allí era la legendaria fiesta que tendría lugar la noche siguiente. Se celebraba en la pequeña fortaleza en ruinas que había a orillas del río, no muy lejos de La Laguna.

El viernes no había nada especial para hacer, así que caminamos dos kilómetros desde la casa de veraneo del padre de Sophie hasta el campamento para encontramos con el resto del instituto. Alrededor de una fogata se podía disfrutar de música baja y agradable. Los grupos se reunían sin darse mucha distancia. Unos bailaban, otros conversaban y una minoría aprovechaba las mesas donde estaban las bebidas no alcohólicas que brindaba el complejo para organizar juegos que incluían alcohol de contrabando.

Me encantaba estar al aire libre durante un último fin de semana. Bailé entre mis amigas. El sonido se escurría por mi cuerpo haciéndome disfrutar, riendo con las bromas de Rosie, que era la estrella de la noche.

Cuando los chicos hicieron una batalla de chupitos, fue entretenido burlarse de Charles. Se le había salido la bebida por la nariz en su empeño por ganar. Rosie terminó retorciéndose en el suelo hasta que Victoria le trajo agua y la ayudó a ponerse de pie.

La única que no hablaba era Sophie. Su mirada se desviaba al otro lado de la fiesta cuando creía que nadie la observaba. A unos metros estaban Dax y Pauline.

Cada vez que la veía, tenía un color de pelo distinto. En aquella ocasión lo llevaba gris. Era alocada y tenía gustos extravagantes a la hora de vestir, una versión atractiva y femenina de Charles. La recordaba como una molestia a los doce, cuando perseguía a Dax. Noté que había crecido y madurado cuando la saludé unas horas antes.

Se apoyó en el hombro del moreno para susurrarle algo al oído y hacerle reír a carcajadas. Ella era como yo, como cualquiera. Una chica que seguía interesada en quien tenía delante.

Sophie desvió la mirada y se concentró en el inexistente líquido de su vaso.

—¿Por qué no se lo dices?

—¿Qué?

No había notado que la espiaba.

—A Dax. —Me acerqué para que nadie escuchara—. ¿Por qué no le dices que te gustaba? ¿Por qué no le dices que todavía te gusta?

Le tembló el labio.

—No tienes que aceptarlo, es evidente. —Se movió de un pie al otro—. No es tan difícil y te sentirás mejor.

Frunció los labios.

—No quiero ser tan egoísta. No puedo ponerlo todo del revés cuando él ya ha decidido seguir con su vida.

—No vas a decirle que te estás muriendo, Soph. Vas a ser sincera al contarle lo que sientes.

—Lo está haciendo genial —se lamentó—. No puedo confesar mis sentimientos para sentirme bien conmigo misma ni pensar solo en mí cuando él siempre me pone como prioridad.

—Muy bonito el discurso, pero si no te sinceras, lo perderás.

—¡No señales!

Me apresó la mano que apuntaba a Dax y Pauline.

—Tengo razón y lo sabes.

—¿Qué se supone que tengo que hacer? —preguntó, escéptica—. ¿Qué le digo? «Oye, Dax, mientras tú estabas enamorado de mí, yo también lo estaba de ti. Siempre imaginé que me veías como a tu hermanita e intenté olvidarlo. Me encontré con un chico y me enamoré de él, pero terminó siendo peor que una patata rancia, así que fui a pedirte que te acostaras conmigo porque mis sentimientos hacia ti han vuelto. Sé que suena mal, pero ahora mismo creo que sigo enamorada de ti».

Fingió una arcada tras la interpretación acertada pero demasiado chillona de sí misma.

—Además, ¿le digo que tengo que confesar lo que siento, aunque estar juntos sería un error y en el fondo solo lo hago porque no quiero que se olvide de mí? También puedo pedirle que me espere, está claro que todo gira a mi alrededor. —El veloz discurso la dejó sin aliento—. ¿Eso quieres que le diga? —preguntó con sarcasmo.

—Justo eso.

Sus ojos se abrieron demasiado.

—¿Me estás vacilando?

—La parte de ser egoísta, no. Lo de contar la verdad, sí.

—¡Estás loca! —Me zarandeó por el hombro.

—¿Prefieres volver a perder la oportunidad por no hablar? —pregunté, apartándola para que no descargara su mal humor conmigo.

—Le estaría pidiendo que me espere o que intentemos algo sin tener la seguridad de que va a salir bien —murmuró.

—No sabes si Dax te va a esperar o si quiere tener algo contigo.

Se abrazó a sí misma.

—Lo sé, quizás él ya no se siente igual.

—No me refería a eso.

Se distrajo con el ritmo de la fiesta. Su vista seguía pegada a Dax.

—Parece feliz —continuó—. No tiene sentido que arruine lo que ha conseguido al olvidarse de mí.

—Dax no te ha olvidado. —Me miró con ojos esperanzados—. No sé nada, si es lo que te preguntas. Tampoco lo diría, aunque lo supiera. Lo que sé es lo mucho que ha suspirado por ti estos años y cómo se sentía. Nadie olvida eso en tres meses.

—¿Crees que todavía…?

—Solo él puede decir cómo se siente. —Incluso si decidía alejarse de ella, pensé—. Si no le preguntas, seguirán en el bote de los amigos enamorados. Siendo sincera, me tienen harta.

Se rio por lo bajo. La abracé por la cintura y me pasó el brazo por los hombros. Nos quedamos abrazadas, la música sonando a nuestro alrededor.

—No puedo —concluyó—. No voy a lastimarlo de nuevo.

—Se están haciendo daño por no hablar de todos modos.

—Prefiero no arriesgarme.

Me puse de puntillas para besarle la punta de la nariz y hacerla reír.

—¿Quieres que nos vayamos?

Negó.

—Quiero irme sola.

—No seas tonta.

—Me hará bien. El camino es agradable y la noche ayuda a pensar. —Tomó aire con fuerza y miró al cielo—. Me hace falta.

—Puedo estar callada mientras caminamos.

—Relájate, Mia, es una fase. —Lo decía más para ella que para mí—. Mañana será otro día. Me levantaré fresca y lo veré desde una mejor perspectiva.

—¿Segura?

Asintió y entendí que debía darle su espacio. Por mucho que quisiera, no podía resolver los problemas de todos los que me rodeaban.

Capítulo 47

Cerca de las tres de la madrugada, Victoria y Rosie me sacaron de la fiesta. Protesté porque me lo estaba pasando bien.

El camino de regreso estaba desolado y era seguro gracias a la calma de Soleil. Sophie tenía razón, habría sido perfecto para pensar si Rosie no hubiera ido graznando canciones al azar, como «I Don't Want to Miss a Thing» de Aerosmith. Victoria le reía la gracia y le hacía los coros. Terminé uniéndome a ellas hasta que acabó la canción. La castaña vitoreó cuando alcanzábamos la silenciosa cabaña.

Sophie debía de estar durmiendo. Los chicos del equipo se quedarían en el campamento con sus ligues. Dax y Pauline habían desaparecido, creíamos que a buscar intimidad, por eso fue extraño encontrárnoslo sentando en la escalerilla de la entrada. No llevaba zapatos ni camisa.

—¿Todo bien? —Me senté a su lado cuando Victoria y Rosie entraron a la casa—. Si quieres estar solo, puedo desaparecer.

Frunció el ceño y se miró las manos.

—¿Tú lo sabías?

—¿El qué?

—Lo que sentía Sophie.

Me atraganté. Un mareo me nubló la vista y no era el alcohol, no había bebido nada.

—No sé de qué…

—Lo sabías —me interrumpió, mirando al cielo estrellado.

No iba a darle vueltas ni a fingir; era obvio de lo que hablábamos.

—Sí, pero fue hace un par de meses. Entiende que no podía traicionar su confianza. No lo hice con…

—Tranquila. Solo lo quería saber.

—Me dejó igual de desconcertada cuando me enteré.

Se mantuvo inmóvil y pensativo. Su piel brillaba bajo la luz de la luna y los segundos pasaban. Era el silencio más difícil de nuestra amistad.

—Sigo sin creerlo —musitó.

—¿Cómo te has enterado? —quise saber.

—He regresado con Pauline. Cuando hemos abierto la puerta, Sophie bailaba en el salón con la música a todo volumen y una botella de ron.

—¡¿Qué?!

—Se ha montado una buena fiesta ella sola.

—¡Me dijo que venía a dormir!

Tenía que haber desconfiado. Darles espacio a los amigos con conflictos emocionales era un error, y más en el caso de Sophie. Metía la pata cada vez que le quitaba los ojos de encima.

—Se ha puesto muy nerviosa al vernos. Ha dicho que se iba a su habitación para no molestar. —Me miró de reojo—. Habría sido normal si no se hubiese enredado con el cable de la lámpara que hay junto al sofá y no hubiera terminado de cara al suelo.

La imagen de la caída de mi mejor amiga se repetía en mi mente, como los vídeos a los que les agregaban música y se repetían en bucle hasta que soltabas un pulmón de la risa.

—Pauline se ha ofrecido a ayudar —continuó Dax—, pero le dije que me esperara arriba. Llevé a Sophie a la cocina y le puse hielo en el golpe de la frente. Estaba muy borracha.

—¿Qué te ha dicho? —pregunté, entrecerrando los ojos. Me daba miedo saberlo.

—Ha sido muy confuso. No paraba de hablar y de culparse. Pensaba que se refería a Julien, pero ha terminado diciendo algo de unas flores que le regalé la primera semana en el instituto y cómo no se dio cuenta de que empezó a sentirse atraída por mí. —Negó con la cabeza —. No sabía si era su borrachera o yo que no la escuchaba bien.

Enterré la cara en las manos por la vergüenza ajena.

—Dijo algo de un discurso egoísta y de que ella jamás me arruinaría la vida. Te juro que no entendía nada.

—Tierra trágame —susurré.

Sophie le había soltado lo que me había dicho en la fiesta, pero en modo borracha. El daño estaba hecho y Dax seguía en shock.

—¿Qué le has dicho?

—Nada.

—¿Y ella?

—Ha preguntado si estaba bien cuando pasaron más de diez minutos.

—¿Y?

—Le he preguntado si todavía sentía algo por mí y ha dicho que sí. Le he preguntado qué significaba eso para ella y me ha dicho que no lo sabía, que dependía de lo que significara ella para mí. —Dax lo contaba con la vista perdida, como si lo estuviera reviviendo—. No he sabido cómo reaccionar y ella se ha acercado. Se ha detenido frente a mí y me ha mirado como siempre deseé que lo hiciera… Iba a besarme.

Aguanté la respiración.

—¿Entonces…?

Parpadeó, desorientado.

—Entonces me ha vomitado encima.

Mi carcajada rompió la tranquilidad de la noche. No supe si era una reacción a los nervios, pero no podía parar. La revelación tras años de sentimientos ocultos terminaba con vómito. Entendí que Dax no llevara camisa ni zapatos, seguro que estaban en la basura.

Me agarré las costillas hasta quedarme sin aliento. Podía imaginar la escena romántica que terminaba en una cutre y satírica representación de *El exorcista.*

—Irás al infierno por mala amiga —se burló Dax.

Tomé aire e intenté recomponerme.

—Espero que limpiaras el suelo de la cocina y no me toque a mí.

—También he puesto a Sophie a dormir.

Lo miré de reojo. Me sequé las lágrimas y me aclaré la garganta. La situación no era para reírse.

—¿Y ahora?

Exhaló hasta que se quedó sin aire.

—No sé qué hacer. Pauline me está esperando, pero no puedo subir.

—¿Por? ¿No te gusta?

Sabía la razón, pero él necesitaba decirlo en voz alta.

—Es divertida y genial, ese no es el problema.

—Se supone que decidiste dejar atrás a Sophie y que no la verías más cuando nos fuéramos a la universidad. Esto no cambia nada, ¿o sí?

—Enana, lo cambia todo.

—¿Por?

—Porque, aunque trate de seguir con mi vida y me pueda atraer otra chica, nadie me hace sentir como Sophie.

• • •

—Me duele la cabeza —se quejó mi amiga cuando le tomé la mano para ayudarla a entrar en el río. El agua apenas nos llegaba a las rodillas.

—Te lo mereces. Casi te bebes el agua de los floreros —reprendí.

—No seas exagerada, fue media botella —comentó Rosie. Nos salpicó de la cabeza a los pies cuando se zambulló.

—¡Chis! —exclamó Sophie con un dedo sobre los labios cuando protesté. Se sostuvo la cabeza por el lado donde tenía el chichón de la vergonzosa caída—. No grites, me va a explotar el cerebro.

—Se suponía que hoy te ibas a levantar fresca y descansada para verlo todo desde una perspectiva distinta —ironicé.

—Cállate. —Se sujeto en mis hombros.

Cerca de la cabaña, pasaba un río de agua cristalina y un fondo de piedras color verde. La corriente constante y helada era revitalizante. Estábamos en la zona más baja, no muy lejos de la pequeña cascada de dos metros, donde había mayor profundidad y se alzaban unas rocas enormes en la orilla opuesta.

—El baño te hará bien, te recargará de energía. —Avanzamos hasta que el agua me llegó al pecho—. Cuando regresemos, te prepararé el mejor desayuno de tu vida.

—No hace falta —dijo Victoria al pasar nadando—. Los chicos se están encargando.

—Arthur cocina bien cuando tiene resaca —añadió Rosie—. Doy fe de su arte para revivir borrachos.

—Pensé que no vendrían a dormir después de la fiesta de anoche.

—No lo han hecho —dijo la rubia—. Esos no duermen hasta que no regresan a casa.

—Han llegado diez minutos después de que ustedes salieran —explicó Rosie.

—¿Dax está con ellos? —quise saber. Miré de reojo a Sophie.

No eran ni las diez de la mañana. No estaba en condiciones de debatir las confesiones de anoche.

—No —dijo Victoria—, estaba con la prima de Charles. La vi ayer en su habitación.

Rosie hizo un gesto con la cabeza para señalar a nuestra espalda.

—Ahí viene y no está con Pauline.

Sophie se zambulló. Al parecer, pensó que podría esconderse bajo el agua y no enfrentarse a Dax.

Mi amigo no caminaba solo, sino con los Bakker.

El corazón se me aceleró al ver a Nika a su lado. Iba vestido con un pantalón corto y una camiseta de color negro. El pelo le había crecido y lo llevaba como me encantaba, despeinado. Las gafas de sol eran un aditivo a su atuendo y le quedaban demasiado bien.

Me había acostado recordando los mensajes de la tarde anterior y contando las horas que faltaban para que llegara. Cuando sus ojos se encontraron con los míos, su sonrisa me hipnotizó. Me olvidé de todos.

Salí del agua. Ignoré la brisa de la mañana sobre mi piel mojada y las piedras que me arañaban las plantas de los pies. Corrí y me lancé a sus brazos. Enredé las manos en su cuello y junté nuestros labios sin previo aviso. Nika tardó en reaccionar y apresarme por la cintura. Pegó mi cuerpo al suyo, le daba igual que estuviera empapada.

Los ojos de muchas personas estaban sobre nosotros y el silencio nos rodeaba. No me importó. Me centré en volver a su boca con sabor a menta, la que despertaba mil sensaciones en mi cuerpo.

—¡Lo sabía! —Escuché decir a Rosie con suficiencia.

Tampoco le di importancia. Solo miré a Nika muy de cerca.

—El plan de escondernos y que nadie se enterara…

—He cambiado de idea. ¿Te molesta?

Sonreímos a la vez y rozó su nariz con la mía.

—Me encanta.

Volví a besarlo. Protesté cuando me apartó para deshacerse de la camiseta y dejar su torso expuesto. Había olvidado lo bueno que estaba sin ropa, incluso con un par de kilos menos.

—Ojos arriba, Pulgarcita —se burló.

No permitió que me disculpara por estar mirándole el abdomen en vez de la cara. Me pasó una mano por detrás de las rodillas y otra por la espalda para alzarme.

—¡¿Qué haces?! —chillé cuando se dirigió al agua.

—Bañarme para quitarme el cansancio del viaje.

Para poner la guinda al pastel y que el espectáculo frente a nuestros amigos fuera más llamativo, me llevó en brazos mientras yo pataleaba y el agua subía con cada paso. Nadar no era lo que mejor hacía, menos en un río.

—Aquí no hago pie.

—Mala suerte, no podrás soltarme.

—Deja de hacer el payaso —protesté, señalando a lo lejos—. Camina hacia allí.

Un sonido grave y seductor se escapó desde su garganta.

—Me parece que te soltaré a ver qué tal nadas.

Mi cuerpo activó el modo supervivencia. Me aferré a su cuello y le rodeé las caderas con las piernas.

—Eres un idiota —me quejé.

Soltó una carcajada y siguió alejándose de nuestro grupo.

—Me gusta llevarte así.

Me acarició la espalda desnuda debido al bañador de dos piezas y la sensación fue mejor de lo esperado. El movimiento bajo el agua era tan desconocido como atractivo para mi receptiva piel. Me di por vencida y dejé que caminara río arriba hacia la pequeña cascada.

—¿Por qué has llegado antes? —quise saber.

—Quería darte una sorpresa. —Acercó su rostro al mío—. Desde ayer estoy imaginándote en bikini.

Me mordió el labio inferior, disparando un cosquilleo directo a mi vientre.

—No me has mirado demasiado.

—Tengo tiempo para hacerlo después —dijo, deslizando las manos por mis muslos—. De momento, quiero saber cómo es tocarte.

Sus dedos pasaron por el elástico de mi bikini. Me apretó el trasero y, al presionarme contra él, lo sentí. Ahogó mi jadeo con un beso. Su lengua jugueteó con la mía y me dejé llevar hasta que nos separamos para tomar aire.

—Pensé que estabas cansado.

—Para ti nunca estoy cansado, Amaia —ronroneó.

Mi espalda chocó con una roca y terminé atrapada por su cuerpo.

—Se me ocurren un par de cosas para hacer si no lo estás…

Deslizó la nariz por el arco de mi mandíbula hasta que sus labios quedaron cerca de mi oreja.

—Quiero escucharlas.

Bajó por mi cuello con suaves besos.

—Una vez dijiste algo de hacerme gemir tu nombre.

—¿Quieres que te haga gemir aquí?

El mordisco en mi hombro casi me hace gritar. Comprobé lo lejos que estábamos del resto, no se veían desde aquel lugar. Nika había buscado una posición donde otra roca bloqueaba la vista.

—Nos pueden oír.

—¿Y si te hago gemir bajito? —propuso.

Su aliento cayó sobre mi rostro y volvió a besarme. Me alzó y mis pechos quedaron a la altura de su boca. Apartó el bikini para dejarlos expuestos y chuparlos.

—No podemos —dije, más caliente de lo que recordaba haber estado nunca.

—Tienes razón, no podemos. Detenme dentro de dos minutos.

Tras decirlo, atrapó mis pezones con sus dedos.

«¿Cómo paro algo que quiero hacer?».

El agua hervía a nuestro alrededor. La desesperación de nuestros labios y los suaves gemidos, no eran la mejor medicina para detenernos.

Una de sus manos me apretó el trasero y logró llegar a mi centro, gemí en su boca al sentir la presión de sus dedos. Hacerlo en aquella posición sería muy fácil, con deslizarme el bikini bastaría.

«No tenemos condón».

Me las arreglé para meter la mano entre nuestros cuerpos y toqué su abdomen bajo.

«No podemos follar aquí».

Siguió estimulándome, gruñendo en mi boca con aquel sonido sexi y devastador.

«Nos pueden oír. Nos pueden ver».

Llegué al elástico de su pantalón corto.

«Quizás no nos pillan si lo hacemos rápido».

Estaba tan duro que se me hizo la boca agua al imaginar que lo tenía dentro de mí.

«¡No tenemos condón, estúpida!».

Lo aparté empujándolo por el pecho.

—Ayer Sophie vomitó encima de Dax —solté.

—¡¿Qué?!

—Vómito, asqueroso vómito —dije, intentando dibujar la escena en mi mente—, por todos lados. Su camisa, sus zapatos, el suelo de la cocina…

—¿Por qué me dices eso? —se quejó con expresión lastimera.

—Has dicho que te detuviera en dos minutos —me justifiqué—. Ha sido la única manera que se me ocurrió.

—¿Con vómito?

Me aguanté las ganas de reír.

—Lo sé, pero ¿a que se te ha bajado el calentón?

Nika mantuvo la expresión descompuesta durante un par de segundos antes de estallar en carcajadas que resultaron contagiosas. Apoyé la frente en su hombro. No quería mirarlo a la cara, me daba vergüenza.

Me tomó de la barbilla. Su rostro se recuperaba de los golpes que había recibido dos semanas atrás. Los ojos le brillaban por la risa y tenía las mejillas sonrosadas por el esfuerzo.

—Eres la mejor —dijo con voz dulce.

Me dio un corto beso y me derretí en sus brazos. Con Nika podía ser tan ridícula como deseara y me seguiría viendo de la misma manera.

Capítulo 48

La esperada fiesta era en uno de los lugares más mágicos de Soleil: la fortaleza abandonada. Era una de las dos grandes construcciones que bordeaban el río que dividía el continente.

Lo que en el pasado había sido una clásica estructura de dos pisos y torres de vigilancia se levantaba junto al río, estrecho y de aguas veloces. Eran unas ruinas que el bosque devoraba cada año. Se mantenían en pie tres muros altos y apuntalados, uno de ellos a medio derrumbar. Las grietas habían dado espacio a la humedad y las plantas trepadoras con flores se adueñaban de las paredes.

El lugar cobraba vida para la fiesta anual. Las luces de color azul y rojo se movían al ritmo de la música. Creaban una atmósfera íntima y moderna que se mezclaba con la descuidada estructura.

Bailamos, saltamos, gritamos y fuimos de un lado a otro hasta que nos dolieron los pies. Bebí con control para evitar una resaca al día siguiente. Pasada la medianoche, quería rellenar mi vaso y solo había una persona que tuviera alcohol siempre que te acercabas.

—Me queda vodka —dijo Rosie cuando me enganché a su brazo con una sonrisa.

—Qué bien conoces mis intenciones —me burlé.

—Al parecer es para lo único que sirvo, para proveer alcohol.

Bebió con la vista fija al frente. Seguí la dirección de su mirada para buscar la razón de su mal humor. Estábamos al fondo, donde los fiesteros tenían más distancia entre ellos. No vi a nadie conocido, solo a Dax y a Sophie. Los había dejado conversando.

—Supongo que al final se han entendido —comentó, señalándolos.

Aquella tarde habían hablado con sinceridad por primera vez. No podían lanzarse a una relación cuando ninguno de los dos estaba preparado.

—Quiero creer que algún día se entenderán.

Me hacía feliz verlos juntos, como amigos. Era lo que necesitaban en ese momento.

—Y siempre hay uno que termina jodido.

Enseguida supe a quién se refería: Aksel. No muy lejos, sin beber, conversaba con un par de chicos de nuestro curso. La sonrisa que tenía no era sincera y, de vez en cuando, sus ojos se perdían en dirección a mi amiga.

—No todos pueden terminar bien en una situación así —dije al recordar las palabras de Nika.

—Hay quienes han nacido con una estrella y otros estrellados —refunfuñó.

—¿Te pasa algo?

Escruté su expresión.

—¡Todo divino! ¡Todo perfecto! —exclamó antes de alzar el vaso y beber con solemnidad—. En esta vida tengo que aceptar el papel que me ha tocado interpretar.

Desvió la mirada y fingió una arcada.

—Lo que me faltaba —dijo, y me arrebató el vaso.

Se acabó mi bebida en dos tragos y localicé el motivo de su reacción. Victoria caminaba de la mano con un chico al que besaba y le chupaba el cuello, a pesar de que estuvieran en un lugar público.

—Estoy buscando a un gnomo —murmuró una voz conocida a mi oído, y cortó el interrogatorio que le quería hacer a Rosie—. ¿Alguien ha visto uno?

Su aparición fue tan súbita que no tuve tiempo de reaccionar. Nika invadía mi espacio y mantenía la cabeza a la altura de la mía, sobre mi hombro.

—¿Gnomo?

—Es enana y gruñona. Sí, es un gnomo.

—Muy gracioso, idiota. —Le saqué la lengua—. Sigue buscando. Seguro que en el bosque encuentras uno, pero cuidado, sería una lástima que te perdieras y terminara comiéndote un oso.

Se burló de mi pésima respuesta. Me abrazó por la espalda.

—Me encanta cuando me llamas idiota.

Me plantó un sonoro beso en la mejilla.

—¡Qué asco! —se quejó Rosie—. Busquen un rincón oscuro o algo.

—No seas envidiosa, Ro —dijo Nika—. No es mi culpa que no puedas ir a manosearte por los rincones.

La castaña le dedicó una mirada de odio.

—Eres un idiota.

Nika puso cara de asco.

—No me gusta que me llames idiota.

—Vete a la mierda, cara de rana. —Rosie le mostró el dedo medio para demostrar su disgusto y apartó la mirada de él para centrarse en mí—. Hazlo sufrir, Mia, tú puedes. Juega con él y después déjalo.

—Parece una buena idea —bromeé.

Nika me abrazó con más fuerza.

—Es tu culpa que sientas tanta envidia —dijo él con la vista en la castaña.

—Estúpido.

—Miedosa.

Estaba perdida en la conversación. Era evidente que hablaban de algo que yo desconocía. Rosie frunció el ceño y se dio por vencida.

—Me voy. Rezaré para perderme en el bosque y que me coma un oso, pero con la suerte que tengo seguro me cruzo con el Principito Valiente.

Maldijo y desapareció en dirección al río. La expresión de Nika se transformó, la diversión había desaparecido.

—¿Sabes lo que le pasa? —pregunté

Quedamos frente a frente.

—Problemas del corazón. Cosas suyas.

Me puse de puntillas para besarlo. Estaba preocupado por Rosie.

—Cosas de ustedes, no mías. Este gnomo entiende de eso.

Sonrió sobre mis labios.

—Este gnomo es lo más hermoso de toda la fiesta y no lo sabe.

—Por supuesto que lo sé, idiota.

—De todos modos, quiero decirlo. —Me besó y me abrazó la cintura—. Eres lo más hermoso que he visto en toda mi vida, no solo en esta fiesta.

Disfruté el agradable cosquilleo que me provocaban sus palabras.

—Eso no lo sabía.

—Ahora sí, Pulgarcita.

—Creí que era un gnomo.

—También lo eres, un gnomo que me debe una conversación.

Puse distancia.

—No estamos escondiéndonos, no hace falta.

Negó repetidas veces.

—Este idiota aprende de sus errores. —Me tomó de la mano. Me guiñó un ojo de una forma pícara y me puso nerviosa—. Esta vez, no te escapas.

Bordeamos el edificio para alejarnos de la fiesta. La noche era fresca y la música se expandía por el bosque, mezclándose con el clásico silbido del viento entre los árboles y el sonido de los animales nocturnos.

Nika me llevó por un estrecho camino con la hierba crecida a los lados. Dimos con una casita de piedra escondida entre árboles. En algún momento, la cubrirían por completo. La única puerta y ambas ventanas estaban clausuradas con ladrillos.

—¿Y este lugar? —quise saber cuando se detuvo.

—Lo encontré para nosotros.

—¿Has caminado por el bosque de noche y has encontrado esto? —El ulular de una lechuza me puso los pelos de punta—. ¿De qué película de terror te has escapado?

—De una donde asesinan a una pareja para desencadenar la trama.

—Muy gracioso.

Se acercó y me tomó de las manos para apagar mi sarcasmo. Sabía de lo que iba la conversación y estaba nerviosa, pero no era la única.

—No le voy a dar vueltas porque me cuesta. No quiero posponerlo y hace meses que teníamos que hablar —soltó para romper el hielo, de forma mecánica y apresurada—. No cuando nos arreglamos o cuando ocurrió lo de Siala. —Tragó sin apartar la mirada—. Debimos hacerlo mucho antes, porque desde que nos besamos en la carretera el día de tu cumpleaños, para mí había algo especial entre tú y yo.

Su respiración se iba calmando y me observaba como si yo fuera el centro del universo.

—Desde que nos besamos, supe que si me acercaba a ti todo cambiaría. —Me recorrió el labio inferior con el pulgar—. Desde que empezamos a vernos, aquella noche bajo la lluvia, tú has sido lo único que me ha dado fuerzas. Sigo sin entender por qué no te pedí al día siguiente que saliéramos juntos. —Una línea apareció entre sus cejas—. Supongo que temía que no quisieras lo mismo o te sintieras abrumada y salieras huyendo. No quise apresurar nada, y la verdad es que no tenía ni idea de cómo hacerlo bien. —Sonrió, nervioso—. Ahora tampoco la tengo.

—¿Hacer qué?

Necesitaba escucharlo de sus labios.

—Quiero pedirte que seas mi novia.

Aguanté la respiración. Cerré los ojos y me concentré en sentir los árboles a mi alrededor y procesar lo que estaba pasando.

—¿Qué cambiaría? —pregunté.

—Nada.

—Entonces, ¿para qué me pides que sea tu novia?

—Porque quiero que exista un nosotros. —Recordé la discusión que habíamos tenido en el instituto—. Para mí lo hubo desde el día en que prometí que jamás volvería a lastimarte. —Sonreí, no pude evitarlo—. Sé que el compromiso es de dos, pero yo me comprometí contigo hace mucho.

—¿Quiere decir eso que eras mi novio sin que lo supiera? —me burlé.

—Quiere decir que me tienes a tus pies desde mucho antes de que yo pudiera notar que lo estaba.

Su mano me acarició el rostro y la ahuecó en mi mejilla. Adoraba su calidez.

—Tengo miedo —confesé.

—Mataré a cualquiera que te haga sentir miedo.

—La única vez que tuve un novio, terminó mal y me tocó aguantar las habladurías. No quiero pasar por lo mismo.

Chasqueó la lengua.

—Somos tú y yo, el resto puede irse a la mierda. —Reí por lo bajo—. Además, ¿crees que me parezco al Principito Valiente?

—No. No tienes nada que ver con Charles…, por suerte.

—Me alegra que pienses así —ronroneó, acercándose a mis labios—. Y tú no eres la misma Mia de hace un año.

El beso me hizo perder la noción de lo que sucedía. Estaba atontada cuando volvió a hablar:

—Entonces… Serás mi novia, ¿sí o no? —Movió la cabeza de un lado a otro al mencionar las opciones.

—¿Qué más da? —bromeé—. Para mí el compromiso es el mismo sin esa palabra.

Traté de mantener la máscara de seriedad para alargar el juego.

—Tienes que responder —recalcó.

—¿Por qué?

—Porque quiero decir algo y, si no respondes, no puedo hacerlo.

—¿Qué vas a…?

Me silenció con otro beso.

—Tú responde —suplicó, divertido—. ¿Quieres o no ser mi novia?

El corazón golpeteó en mi pecho.

—Sí, quiero ser tu novia.

Se mordió el labio y su mano se aferró a mi cadera para pegarme a él.

—Ahora puedo, oficialmente, decir que quiero follar con mi novia aquí y ahora.

Sonaba tan bien que tomé la iniciativa y lo besé. No hubo suavidad en nuestras caricias, fue simple desesperación, deseo. Los jadeos intermitentes eran lo único que se escuchaba.

Me recorrió los muslos y me alzó la falda, descubriendo mi trasero. Me costó desabrochar el cierre de su pantalón y apenas pude tocar su ropa interior cuando él ya había introducido dos dedos en mí.

Gemí, extasiada. Estaba tan húmeda y preparada con tan poco… Mi sexo palpitaba y el calor de mi vientre me hacía morderle los labios y revolverle el pelo para que no parara de tocarme. Moví las caderas contra su mano. Lo único que pude pensar y decir en voz alta fue lo indispensable:

—Tienes un condón, ¿cierto?

—¿Tú no tienes uno?

—Déjate de juegos y sácalo —ordené cuando me mordió el cuello.

—Lo que usted diga, señorita.

Se separó para buscar en el bolsillo. Quise protestar, pero no podía pedirle que fuera un pulpo. Lo besé y presioné mis piernas la una contra la otra mientras se ponía el condón. Estuve a punto de decirle que se apresurara, entre risas y besos, cuando me cargó sin previo aviso.

Sus brazos me sostenían por debajo de las rodillas, mis piernas estaban abiertas y mi sexo expuesto, no supe cómo me podía sostener en esa posición. Apoyó mi espalda en la pared y volvió a besarme.

—¿Sabes lo bueno de que no sea tu primera vez? —dijo sobre mi boca. No respondí, solo jadeé al sentirlo en mi entrada. Me temblaron las piernas de anticipación—. Cuando estás así de lista, puedo hacer esto.

De un simple movimiento me penetró y jadeé ante la deliciosa sensación. Nos quedamos quietos, disfrutando de aquellos segundos que se hicieron eternos y exquisitos.

Nos besamos hasta que los labios me dolieron y me sujeté en sus hombros cuando empezó a balancear las caderas. Me importó poco estar en medio del bosque o que alguien pudiera escucharnos. Gemí sin control, sintiéndolo entrar una y otra vez.

Disfruté de sus gruñidos en mi cuello, de las estocadas profundas y del golpeteo contra su pelvis cada vez que nuestros cuerpos chocaban.

—Despacio —jadeé al borde del orgasmo.

Me derrumbaría entre sus brazos cuando me corriera.

—No es momento de torturarse, Amaia —jadeó, moviendo las caderas con brío.

Pronuncié su nombre tantas veces que perdí la cuenta. Me deshice en mil pedazos y él hizo lo mismo. Un mar de sensaciones me embargó, me contrajo el abdomen y me adormeció el perturbado cerebro.

Esa noche tuve dos revelaciones. La primera: el sexo en exteriores era más interesante de lo que había imaginado. La segunda: la abstinencia no era algo que estuviera dispuesta practicar.

Capítulo 49

Nika estaba sentado en un cómodo sillón en el comedor de la mansión Bakker. Tenía un libro en la mano derecha y con la izquierda dejaba suaves caricias en mi tobillo. Mis piernas descansaban sobre su regazo.

Siempre me resultaba gracioso verlo mover los labios cuando se concentraba en la lectura.

La luz del atardecer se filtraba por los ventanales del comedor y dotaba la estancia de tonalidades naranjas. Era un ambiente cálido y tranquilo. Su piel, bronceada por naturaleza, brillaba de manera especial bajo aquel color. El universo tenía favoritos y era evidente que mi novio era uno de ellos.

«Mi novio».

Sonreí ante el pensamiento.

—Te distraes con mucha facilidad —dijo Nika. Al parecer, no estaba tan absorto en el libro.

—Es difícil concentrarme contigo tan cerca.

Sonrió con malicia.

—Diría que me voy para que estés en paz, pero ¿para qué jugar una baza que los dos sabemos es un engaño?

—Te gusta provocarme, Bakker. —Pasé una hoja y fingí que volvía a mi programa de Historia del Arte—. Eres demasiado obvio.

—Lo sería si me quitara la ropa. Estoy siendo sutil y considerado. —Volvió a trazar círculos en mi tobillo con el dedo índice—. No tengo que distraerte durante los próximos tres días.

El estómago se me hizo un nudo y la paz desapareció.

—Te irá bien. —Leía los cambios en mi rostro a la perfección—. Llevas todo el curso preparándote.

Puso el libro a un lado cuando no lo contradije.

—Di lo que quieres decir, en voz alta —añadió tras una corta inspección.

Faltaban tres días para mi examen de ingreso a Historia del Arte y una semana para el de Contabilidad.

—¿Y si me he equivocado? —pregunté—. ¿Y si por hacer dos exámenes suspendo ambos?

—¿Quieres mi opinión?

—Siempre.

—¿La considerada o la real?

Entrecerré los ojos.

—La real.

—Sí, te has equivocado.

Me quedé sin ánimos. Se me cayeron y se arrastraron por el pulido suelo de mármol en busca de una escapatoria. La sinceridad dolía.

—Tenía que haberme concentrado en Contabilidad y Finanzas. Esto ha sido una locura. No sé en qué estaba pensando cuando rellené aquel maldito formulario. He perdido meses y todavía fallo en los ejercicios que me pone Aksel. Suspenderé y será por…

Nika me interrumpió, formando una letra T con las manos para pedir tiempo.

—Relájate, Amaia.

Hiperventilaba y mis últimas palabras habían sido atropelladas y caóticas. Tomé aire por la nariz y exhalé por la boca, una práctica del día a día.

—Quería decir que no deberías haberte pasado tantos meses estudiando algo que no te gusta.

—¿De nuevo? —me quejé—. Ya te advertí que no pienso pagarte por psicoanalizarme.

—Muy graciosa, pero esta es la segunda vez que hablo del tema, así que ve a hacer tu papel de víctima a otro lado.

Lo miré de mala gana.

—Crees que me he equivocado, entendido.

—No te lo tomes como un sacrilegio, Pulgarcita. Lo bueno es que estás a tiempo de arreglarlo.

—Sigo sin decidirme. Si no suspendo, todavía puedo tomar lo que consideras la opción correcta.

—La que deseas.

—No es cierto.

—Tienes tanto miedo que no piensas con claridad.

—Y no me ayudas señalando lo evidente —me quejé.

Alzó las manos en son de paz.

—Nadie te presiona, linda. Estaré aquí para cuando aceptes que tenía razón y pueda decir «te lo dije».

Le mostré los dientes a modo de amenaza por burlarse, aunque esa fuera su manera de decir que estaría a mi lado decidiera lo que decidiera.

—Todavía tengo tiempo —dije. Usé la estrategia de cuando volví a rellenar el formulario—. Podré escoger en unas semanas si apruebo con buena nota.

—Lo que te haga feliz.

—Pero… —insistí para que continuara.

—¿Qué?

—Cada vez que hablas con ese tono y encoges los hombros, viene un «pero».

Sonrió.

—Pero… si decidieras no hacer el segundo examen, estarías libre antes y te ahorrarías un viaje a Prakt.

Pensaba ir y venir entre exámenes en vez de pasar la semana en la ciudad. Me sentiría más segura si tenía un par de días extra para estudiar con Nika y Aksel.

—No importa, así me acostumbro a los viajes que haré cuando esté estudiando.

—Imagínalo. —Me guiñó un ojo—. Te saltas Contabilidad y, cuando regreses, podemos celebrar.

Sonaba tentador.

—Bueno… —empecé a decir. Entonces me acordé de algo y decidí sacarlo a flote—. Quizás yo debería replantearme estudiar «lo que amo» y tú deberías volver a lo que te gusta. —Alzó una ceja—. Tu madre me contó que tocabas el piano.

Recuperó su libro y volvió a leer. Le di una patadita en la pierna para que no me ignorara.

—No voy a tocar el piano —dijo sin mirarme.

—Pero tu madre dice que te encantaba, que ibas a estudiar música como ella.

—Hace muchos años de eso.

—¿Por qué ya no tocas?

—Porque no.

—¿Por qué no quieres estudiar música si de pequeño querías?

—Porque cambié de idea.

—¿Por qué eres tan odioso?

Resopló y volvió a mirarme.

—Mi madre y tú deberían pasar menos tiempo a solas. Te gusta preguntar más de la cuenta y a ella le gusta hablar de lo que no debe.

Sonreí, satisfecha.

—Oblígame, idiota —lo provoqué—. Tengo a mi suegra en el bolsillo y voy a sacarle información hasta que me canse.

Su sonrisa fue genuina, como la de un niño al que le entregan un regalo que lleva tiempo deseando.

—Y después me llamas manipulador a mí.

—Aprendí del mejor y no… No tienes que contármelo si no quieres, pero me gustaría saber por qué dejaste la música.

—Sabes la razón.

Su hermana. Estaba distraído cuando ella cayó por la escalera. Decidí cuidar mis palabras, pues entraba en terreno resbaladizo. Que hablara conmigo significaba tanto que temía arruinarlo.

—El arte es una manera de expresión, ¿por qué no dejarlo salir? Estoy convencida de que ayudaría.

No me importó esperar a que contestara.

—Lo intenté y es imposible.

—¿Tocar?

Cerró los ojos y apretó los labios.

—Sé que está en mi mente, que soy quien lo decide, pero mis manos no responden y es peor.

Capté la ansiedad que le provocaba el tema. Me senté en sus piernas y crucé los brazos sobre sus hombros, su mano descansó en mi espalda. Sus hermosos ojos azules estaban cargados de culpa y dolor.

—¿Por qué crees que no puedes?

Hundió la cara en mi cuello y lo abracé.

—¿Alguna vez has perdido algo que amas? —preguntó sin cambiar la postura.

Medité con los labios sobre su frente. Mi madre era huérfana. Mis abuelos paternos gozaban de buena salud y mi familia se reducía a ellos. Nunca había visto morir a nadie cercano.

—Lo más similar a una pérdida fue cuando nos separamos y creí que habías jugado conmigo.

—Para mí también fue doloroso tenerte lejos. No encontraba razones para levantarme y seguir viviendo hasta que entendí que dolía, pero tú estabas a salvo y era suficiente.

Nos miramos.

—¿A salvo?

—Puede que quiera estar a tu lado más que nada en el mundo, pero lejos estarías mejor. De esa manera, no era una pérdida. Solo tenía que aprender a vivir con la distancia. Entendí que prefiero mil veces que no estés en mi vida a ponerte en peligro, hacerte sufrir, o peor, perderte de verdad.

—¿Te refieres a morir?

Asintió.

—Morir es, al menos para mí, el verdadero final —murmuró—. Mientras puedas ser feliz en algún momento o lugar, no sentiré que te he perdido.

—¿Para ti el verdadero significado de perder a alguien es la muerte?

El brillo amargo de sus ojos me brindó el sí que no pronunciaron sus labios.

—Nunca encuentro la manera correcta para describir lo que sentí con la muerte de mi hermana. Ver su cuerpo en aquel diminuto ataúd, enterrarla y saber que no la vería crecer, que no tendría la oportunidad de volver a decir cuánto la amaba. Fue como si me arrancaran algo del pecho. La herida está fresca y sangrante, da igual que pase el tiempo. Siento que tratan de cauterizarla con hierro candente cada vez que la recuerdo.

Le tembló el labio.

—Sufrir la muerte de alguien que amas instala el indescriptible pesar de que has perdido una parte importante de ti y es inevitable que no estés buscándola cada día. Te pasas la vida persiguiendo lo que no puedes encontrar.

El pesar con que hablaba me daba ganas de protegerlo y curar sus heridas, aunque él lo creyera imposible.

—Cuando perdimos a Emma, se rompieron demasiadas cosas dentro de mí. Tocar me recuerda que, por mucho que la busque, no la voy a encontrar. Por eso no puedo hacerlo.

Lo besé en la frente y cerré los ojos, intentando pasarle todo mi amor y las ganas que tenía de ayudarlo con aquel pequeño gesto.

—Tengo miedo de insistir, de remover el pasado y de que salga lo peor de mí en el momento menos indicado —continuó—. Me aterra cambiar, dejar de ser yo, lastimar a quienes estén cerca por no saber manejar mi dolor, porque está en mi sangre, puedo sentirlo.

Lo abracé con fuerza porque su voz temblaba y no entendía qué le llevaba a decir eso.

—No vas a lastimar a nadie —dije con seguridad—. No hay dos Nikas, no hay llamas abrasadoras ni un fénix y un dragón. No hay una parte buena y otra mala. Eres de las personas más sorprendentes y maravillosas que he conocido. —Hice que me mirara a los ojos—. No permitas que tus miedos te cieguen ante esa realidad. Puedes tener mil defectos, pero también tienes virtudes. Eso no te hace distinto ni justifica tus idioteces, te hace humano.

Observó mi rostro y esperé a que dijera lo que estaba pensando. Al hablar, fue tan Nika como siempre:

—Entonces, ¿soy un idiota adorable?

—¿Eso es lo que sacas de mis palabras? —resoplé—. Se ve que solo escuchas lo que te conviene.

Me robó un corto beso.

—Gracias —dijo sobre mis labios.

—¿Por?

—Por querer ayudarme.

—Siempre que me necesites, idiota —susurré, con lo que me gané su sonrisa.

Estábamos a punto de besarnos cuando algo chocó con el suelo y rompió la magia del momento.

—¿Podrían no estar tocándose siempre que llego a una habitación? —protestó Aksel.

—¿Podrías no interrumpirnos siempre? —refuté.

Nika me miró con orgullo y alzó la mano para que chocara palmas con él. Lo hice con gusto.

—Esa es mi novia —dijo, divertido—. Aksy-Boo merece que lo pongan en su lugar de vez en cuando.

Me estremecí.

—Cada vez que dices ese apodo, me dan ganas de vomitar.

Volví a mi asiento.

—Gracias, Mia. Dile al idiota que deje de decirlo.

—Lo de idiota solo lo puede usar ella —advirtió a su hermano.

Volví a mi programa de estudio.

Los Bakker debatían cómo quitar el ancestral busto de su antepasado que descansaba sobre la mesa del comedor. Lastimarían la caoba al desmontarlo, pero valdría la pena. Era horroroso y tenía mala pinta. Parecía un muerto que te observaba durante las comidas.

Intenté ignorarlos y me concentré en leer. Las palabras de Nika no me dejaban tranquila. Por primera vez estaba dudando y no en si escoger una carrera u otra, sino entre hacer o no el segundo examen, el de Contabilidad.

• • •

La mañana de mi viaje a Prakt fue una locura.

Papá estaba en el sur del continente, Emma tenía la presentación de un proyecto final, mamá debía estar a las nueve en una reunión y mi autobús salía a la misma hora. Hicimos malabares para llegar a tiempo a la estación de autobuses y apenas me pude despedir.

El coche de mamá se alejó y me sentí aliviada. Eran las ocho y media cuando miré el reloj de pulsera que había decidido usar esa mañana para ser consciente de la hora durante el examen. Tenía tiempo para comer y lo necesitaba, ya que el desayuno había sido una triste taza de café. Me rugía el estómago.

La estación estaba desolada. Solo vi a un señor leyendo el periódico y una pareja de edad avanzada que hablaba demasiado alto.

En la cafetería, pedí dos sándwiches, las patatas fritas preferidas de Sophie y una botella de agua. Tomé asiento en una mesa vacía y comí demasiado rápido, tanto que al terminar me sentí hinchada. No pasaron ni dos minutos para que comprendiera el terrible error que había cometido al engullir con los nervios que traía.

Corrí al baño, me metí al primer cubículo y, en segundos, vomité la comida. Maldije al sentir las arcadas y el sudor frío en mi frente provocado por el esfuerzo. Las manos me temblaban e intenté apartarme el pelo del rostro. Tuve ganas de sentarme en el suelo para ceder al peso de mi cuerpo.

Insulté a las patatas, al pepinillo y al atún. Reuní fuerzas y salí. Me veía terrible en el espejo, con la piel de color verdoso y los labios pálidos. Me lavé la cara y los dientes gracias al bolso de aseo que llevaba en la mochila.

En el fondo de un bolsillo, encontré uno de los caramelos de menta de Nika. No tenía claro cuánto tiempo llevaba ahí, pero habría hecho lo que fuera para que desapareciera por completo el recuerdo del vómito.

Recuperé la compostura, aunque seguía débil. Salí y me extrañó ver un autobús saliendo de la estación y uniéndose a la carretera que se divisaba a través de la pared de cristal. Eran las ocho y treinta, ningún trasporte salía a esa hora.

«¡Espera! ¿Ocho y treinta?».

Volví a mirar mi reloj de pulsera. Lo golpeé varias veces, creyendo que era mi imaginación. ¿No era esa hora cuando había bajado del coche de mamá? Solo Júpiter sabía desde cuándo eran las ocho y media en el viejo artefacto.

Mi teléfono marcaba las nueve y cinco. Los nervios, el vómito y todos mis miedos desaparecieron para dar lugar a la peor pesadilla. Me perdería el examen de Historia del Arte.

Capítulo 50

No tendría que escoger entre dos carreras porque nunca llegaría a Prakt antes de las tres de la tarde.

Miré a todos lados en busca de ideas. Papá no estaba y mamá tendría el teléfono apagado. Dax estaba en la ciudad, Sophie y Aksel no sabían conducir y Nika empezaba en su nuevo empleo.

Llorar en el suelo cada vez me parecía más atractivo. Terminé hiperventilando y con las manos temblorosas. De no ser por el estómago vacío, habría vomitado de nuevo.

—¿Todo bien, querida? —me preguntó con amabilidad una señora mayor. Ella y el que debía ser su esposo me miraban preocupados—. ¿Podemos ayudarte?

—No estoy bien —gimoteé.

Me acerqué a ellos para sentir personas a mi alrededor y mantener la compostura, algo imposible. Los señores se quedaron sin palabras cuando les solté la lista de mis pesares, aunque no me hubieran preguntado. Me desahogué y dejé salir el estrés que llevaba meses conteniendo.

—¿No puedes pagarle a alguien para que te lleve? —preguntó el señor canoso, que seguía sentado. Su mujer intentaba calmar mis balbuceos con palmaditas en la espalda.

—Mientras consigo algo se me habrá acabado el tiempo —dije, maldiciendo al pequeño pueblo y…

—Puedes tomar el tren —intervino una voz masculina. Era el señor del periódico que había visto al entrar, estaba a unos cinco asientos.

—¿Tren? ¿Qué tren?

—Al norte, unos cincuenta kilómetros por la carretera secundaria, así he llegado a Soleil.

Llevaba una tupida barba grisácea, pero el pelo castaño claro se mantenía intacto.

—¿Todavía funciona el tren? —pregunté, buscando confirmación en los señores mayores, que no supieron contestar.

—Claro que hay un tren, niña —dijo de mala gana—. Solo los días pares y a las diez de la mañana.

—Hoy es dos.

Una chispa de emoción se prendió en mi interior.

—Pues apresúrate a cruzar la ciudad —concluyó para volver a sumergirse en el periódico.

Los señores me miraron con una sonrisa y mi cerebro se puso a funcionar. Busqué su contacto y no contestó. Estaba trabajando, pero era importante e insistí.

—Perdón, Pulgarcita —contestó al otro lado de la línea—, no puedo hablar.

—Nika, necesito ayuda.

—¿Estás bien? —Su voz se tornó autoritaria.

—He perdido el autobús.

—¿Cómo…?

—Mala suerte —lo interrumpí sin tiempo a explicar—. Juro que si no estuviera desesperada no estaría molestando.

—¿Qué hago?

—Tengo que llegar a la estación de trenes antes de la diez de la mañana.

—Espérame fuera de la terminal.

Colgó sin despedirse y agradecí a los señores, que me dedicaron una sonrisa cálida. El apático del periódico jamás reaccionó.

Miré mi estúpido reloj de pulsera, que seguía detenido. Maldije la hora en que decidí usarlo. Me movía de un pie a otro, contando los segundos. El cuerpo me temblaba por dentro y el labio me dolía de presionarlo con los dedos para estarme quieta.

Nika llegó con la moto diez minutos después y con él mis esperanzas de atravesar la ciudad a tiempo. No intercambiamos ni una palabra y salimos a la carretera.

Estaba acostumbrada a que sobrepasara el límite de velocidad, pero me asusté en esa ocasión. Agradecí el casco y añoré una chaqueta, aunque fuera pleno verano y el sol me picara en los brazos. El viento era insoportable.

Iba mirando el teléfono que tenía en la mano. Veía los minutos pasar con el corazón que quería salírseme del pecho.

Llegamos a las nueve y cincuenta y uno.

La estación de trenes, más antigua y descuidada de lo que podía recordar, tenía suelos de mármol y un reloj gigante en la entrada. Marcaba los escasos minutos que me quedaban, en caso de que el tren existiera y llegara puntual.

Corrimos hacia la única taquilla abierta. La señora, de bucles rubios y mirada aburrida, esperaba mis palabras al otro lado de la ventanilla. No pude hablar.

—El tren a Prakt —dijo Nika, tomando el control—, pasa hoy, ¿no es cierto?

Miró de uno a otro como si la pregunta le molestara. Si yo hubiese tenido fuerza y un cristal no nos hubiera separado, la habría tomado del cuello para que respondiera.

—Llega con cinco minutos de retraso.

Mi cuerpo se relajó y dejé que Nika se encargara. La empleada se movía por obligación, despacio. Me desesperaba mientras miraba por encima de mi hombro, con miedo a que el tren apareciera. Le tomó más de lo necesario cobrar y entregarnos el billete.

Cuando lo tuve en mi mano, caminé a paso apresurado hasta el borde del andén. No había nadie y la brisa me dejó respirar en paz. Apreté el billete sobre mi pecho para calmarme y cerré los ojos, me repetía que todo estaría bien.

Nika se detuvo a mi lado. Tenía las manos en los bolsillos y la comisura de los labios le temblaba.

—No te rías.

—No iba a hacerlo. —Lo miré con mala cara—. De verdad que no —mintió—. Solo tengo una pregunta, ¿dónde estabas para no ver el autobús?

—Lo vi cuando salía del baño —confesé, avergonzada—. Comí demasiado y estaba vomitando.

Una sonora carcajada retumbó por el espacio. Miré al frente con las mejillas en llamas.

—Lo siento —dijo, pasándome un brazo por los hombros. Me pegó a él y me besó la sien con cariño—. ¿Necesitas algo? ¿Te sientes bien?

—Ahora que podré hacer el examen, sí. —Apoyé la cabeza en su hombro—. Creía que me iba a morir cuando vi imposible llegar a Prakt.

—Oh, Pulgarcita… —me consoló con ternura y me abrazó—. Tranquila, llegarás a tiempo.

Escondí la cara en su pecho y su olor me envolvió. Podía captar el mentol de los caramelos junto al aroma de sus cigarrillos, los que fumaba cuando yo no estaba cerca. Se mezclaba con su perfume y tenía que aceptarlo, era parte de él. De alguna manera, me gustaba y me hacía sentir en paz.

—Perdón por molestar.

—No me… —El sonido de un lejano tren lo interrumpió—. No me molestas, Amaia, tú nunca molestarías.

—Tendrás problemas en tu nuevo trabajo.

Chasqueó la lengua.

—Recuperaré las horas. Al final no tardaré tanto.

—¿Tanto?

—Pensé que tendría que llevarte a Prakt.

El pitido del tren comenzaba a dañarme los tímpanos, pero fueron sus palabras las que me aturdieron.

—¿Me habrías llevado en moto hasta la ciudad?

Mostró su perfecta dentadura en una sonrisa ladeada y me tomó de la barbilla.

—Te habría llevado en brazos y corriendo.

Mi corazón volvió a descontrolarse, esa vez acompañado por el agradable cosquilleo que sus acciones despertaban en mí. Agradecí tener la oportunidad de verlo antes de irme.

Los nervios habían desaparecido. Podría montar en el tren y plantarles cara a diez exámenes si fuera necesario. Nika tenía la capacidad de hacerme creer en mí sin decir que lo hiciera.

El frenazo final del tren rompió nuestra conexión. Un par de personas bajaron con sus maletas y tuvimos claro que la parada no se extendería.

—Gracias —dije al besar su mejilla.

—Siempre que me necesites.

Su fugaz beso y los sentimientos que cargaba me revolvieron por dentro.

—¿Sabes algo? Nunca pensé que pudieras ser tan tierno.

No respondió y me pareció extraño. Esperaba alguna frase trivial, de las que usaba para relajar el ambiente. Le costó sonreír.

—Jamás pensé que existiera alguien como tú —murmuró, y se acercó a besarme la frente.

Fue el adiós más dulce que pudiera darme.

—Deséame suerte. —Me quité la mochila para llevarla en la mano.

—No te hace falta.

Le saqué la lengua y subí por la escalerilla más cercana. Él seguía de pie sin mover ni un músculo. El tren sonó de manera estridente, anunciando la partida, y Nika miró a los lados, nervioso.

—¿Todo bien, idiota? —me burlé—. Deberías irte a menos que vayas a perseguir el tren como en las novelas románticas.

No pareció escucharme, estaba en su mundo, valorando algo que no entendí hasta que dio varios pasos y subió al tren.

—¿Estás loco? Bájate. —Me moví a un lado para que cupiéramos en el diminuto espacio—. Si quieres ir a Prakt conmigo es muy bonito, más romántico que perseguir el tren, pero ni siquiera tienes billete y…

—No quiero ir contigo.

—Qué decepción…

Interrumpió mi falsa escena de drama cuando me tomó de la barbilla. No había diversión alguna en sus rasgos.

—Hay algo que quiero decir.

—Has escogido mal momento —grité por encima del sonido ensordecedor del tren.

—Nunca es mal momento.

—Tengo mis dudas, chico listo. Tienes que…

Unió nuestros labios. Buscó mi lengua, estableciendo el más suave y dulce de los ritmos. Fue delicado al abrazarme. Olvidé el tren y que nos empezábamos a mover, me dejé llevar y disfruté hasta que se alejó y encontré sus ojos azules con las pupilas dilatadas.

—Te amo —susurró.

El suelo retumbó bajo mis pies y se me secó la garganta, lo que me impidió emitir sonido alguno. Su sonrisa fue encantadora. No supe si era mi expresión la que la causaba, no estuve segura de nada durante unos segundos.

Dejó un último beso sobre mis labios y bajó. El tren iba tomando velocidad. Me alejaba de Soleil y lo veía desaparecer.

Dos palabras… Dos simples palabras.

Capítulo 51

Hice el viaje a Prakt con la cabeza pegada al cristal de la ventanilla. El paisaje cambió de pueblos pequeños a ciudades, luego a llanura y montañas. En un tramo llovía y en otro el sol me nubló la visión.

Pensaba en Nika y su mirada antes de bajar del tren. Decía que me amaba, pero ¿qué sentía yo? Con verlo mi corazón se agitaba y cada minuto a su lado era pura paz. Hablarle, tenerlo cerca… Estaba enamorada y él me completaba de muchas maneras. Me hacía feliz.

No sabía si lo amaba y me odié por ello. Nunca estaba segura de nada, razonar y entender mis sentimientos resultaba agotador. La mayoría de las veces tomaba una decisión cuando no quedaba más remedio.

«¿Por qué no sé lo que siento?».

Por la misma razón por la que había tardado semanas en procesar que mi relación con él podía seguir a pesar de que no me contara todo lo que yo deseaba. Por lo mismo que estaba camino a Prakt a hacer un examen y tendría que regresar a la semana siguiente a hacer otro.

Estuve tan ensimismada que no vi la hora y, cuando anunciaron la llegada, tenía el tiempo justo para tomar un taxi y llegar a la universidad.

Entré la última al aula, con dos minutos de sobra para tomar asiento y que cerraran las puertas. Pude pensar tan poco que los nervios desaparecieron, las hojas estaban sobre la mesa y me centré en dar lo mejor de mí.

Fue extenso y trabajoso, a pesar de las horas de estudio que había dedicado para estar preparada. Pude revisar dos veces antes de que se acabara el tiempo establecido y los profesores pidieran que dejáramos de escribir. Al igual que el resto de los aspirantes, respiré aliviada al salir.

Una profesora explicó que al día siguiente tendríamos una entrevista programada. Nos dejó frente a un mural donde estaba la lista de estudiantes con la hora para cada uno, junto a las habitaciones que nos habían asignado para pasar la noche.

Fui de las últimas en comprobar la información. Por el horario, podría tomar el autobús del mediodía para volver a casa como había planeado.

Era de noche cuando fui libre de ir a donde quisiera. Los pasillos de la universidad estaban casi vacíos. Algunos estudiantes entraban y salían de la que reconocí como la biblioteca.

Me quedé atónita, paralizada en la puerta doble del gigantesco espacio. Tenía un techo tan alto que acogía dos niveles con estanterías de más de tres metros, todas repletas de libros. Todo estaba limpio y en perfecto estado. Unas cien mesas con la separación adecuada para estudiar en grupos se acomodaban en el medio. El suelo, de impecable mármol blanco, contrastaba con la rojiza caoba de las estanterías.

Desperté cuando varias personas me preguntaron si estaba bien. Me había quedado paralizada a la entrada de la biblioteca. Decidí continuar y seguir las indicaciones por cada esquina y me encontré el camino a las habitaciones.

Los pasillos eran amplios y tan altos que se perdían en el clásico techo de estilo neoclásico, con desniveles de líneas rectas y cuadrados. Las paredes pulcras y blancas se interrumpían de un lado por los salones de clase y del otro por las ventanas. Todo era simétrico y perfecto.

Cuando pasabas de un edificio a otro, la estética cambiaba. Pasé por áreas de estudio y salas de estar entre pasillos de techo más bajo y arcos de medio punto que mostraban un patio interior con una hermosa fuente de piedra.

Igual que se mezclaban estilos arquitectónicos, lo hacía la modernidad del mobiliario y el edificio de los dormitorios. Estaba más alejado, tenía menos años, pero también una estructura más limpia. Era el lugar más bullicioso de la universidad.

Subí la escalera y me crucé con muchos estudiantes. Nadie se fijó en mí, estaban en sus propios asuntos y eso me agradó. Había tantas personas que dudaba que se conocieran entre sí. Sonreí cuando llegué a la zona de invitados y encontré mi diminuta habitación.

Me duché y noté lo agotada que estaba. Bajo las sábanas revisé mi teléfono. Estaba lleno de mensajes de mamá, papá y mis amigos… De todos menos de Aksel y Nika.

«¿Quizás se ha enfadado porque no le he dicho que lo amaba?».

No. Nika no era así y no parecía molesto cuando el tren se alejó. Podía estar dándome el espacio que necesitaba.

Faltaban menos de veinticuatro horas para volvernos a ver. Conversaríamos de lo que fuera necesario cuando me recogiera en la estación de autobuses, como habíamos planeado. Me negaba a inventarme historias que, posiblemente, solo existían en mi cabeza.

• • •

Al día siguiente, me levanté temprano, aunque mi entrevista no fuera hasta las diez de la mañana. Aproveché para tener la mochila lista, dejar la habitación impecable y recorrer el resto de la universidad.

La imponente escalinata precedía la entrada, con sus columnas corintias que sostenían un frontón donde se leía: «Universidad de Historia». Recordé la foto de los Bakker y, a lo lejos, localicé la zona desde la que la habían hecho.

Los edificios de las diferentes facultades estaban cerca. Había mucho movimiento con los exámenes finales y los de ingreso. Eran pocos los que no corrían de un lado para otro en vez de descansar en los terrenos del campus, donde había espacio de sobra para hacer un pícnic o recostarse a leer bajo la sombra de los árboles.

Busqué un defecto, algo que no me gustara. Intentaba que desapareciera la felicidad que me daba estar allí. Era perfecto y habría dado lo que fuera por ser una de las personas que corrían con los nervios a flor de piel para hacer un último examen antes de las vacaciones.

Llevaba una sonrisa de tonta cuando llegué al aula que precedía la oficina donde tendrían lugar las entrevistas. Estaba repleto de aspirantes, reconocí algunos rostros del día anterior en el examen. Una mujer salía cada diez o quince minutos llamando por nombre y apellido al siguiente en la lista.

Me mantuve pendiente y fue una idea terrible. A mi alrededor, todos comentaban algo de la entrevista, lo dura que era y todo lo que se jugaban.

«Algunos se van llorando, por eso tienes que salir de la oficina de la decana por otra puerta».

«La mujer es un ogro. Si no le caes bien, olvídate de entrar».

«El año pasado, mi amiga tuvo la nota máxima, pero Castillo no permitió que le dieran una beca parcial y se quedó fuera».

«Dicen que solo le importa que entren alumnos que no pueden pagar la matrícula».

«¿Sabes qué preguntan?».

«Dicen que te hace recitar diez años de arquitectura renacentista y, si fallas, te echa de la oficina».

«Tengo ganas de vomitar».

Los murmullos no cesaban, cada suposición era más intimidante que la anterior. Para mí aquello era algo informal y para tener un primer contacto con algún profesor, no con la decana Castillo. Pero al parecer entrevistaba a todos los candidatos. Le tomaría el día entero por la cantidad de personas que había allí.

Se me revolvió el estómago y las manos me empezaron a sudar. Me las limpié una y otra vez en el pantalón. Imaginé mil escenarios. Iba preparada para un examen escrito, no oral, tampoco para que una mujer a la que llamaban ogro juzgara mi carácter o mis nervios.

«¿Qué pasa si no me aceptan?».

Me daban ganas de llorar solo de pensarlo. No quería fallar, quería quedarme en Historia del Arte. Lo deseaba más que nada en el mundo.

—Favreau, Amaia.

La llamada de la mujer me cortó la respiración. Crucé el aula entre los estudiantes. La que supuse que era la secretaria de la profesora Castillo, me indicó que la siguiera.

Tuve ganas de ir al baño. Mi vejiga suplicaba alivio, aunque hubiese ido antes de presentarme a la entrevista. Me sentía de camino a la guillotina.

El olor a madera me golpeó la nariz cuando entré en la oficina. El lugar era amplio y tenía estanterías empotradas en las paredes.

—Amaia Favreau —dijo la profesora Castillo para identificarme y señaló un asiento vacío en medio de la habitación.

Me intimidó que estuviera en una silla alta detrás del imponente escritorio. Bajó la vista a los papeles que tenía frente a ella y acaté su indicación silenciosa. Su piel era negra y estaba bien cuidada, brillante. Vestía un traje color rojo vino y llevaba el pelo corto, rebajado a máquina. Los pendientes dorados hacían juego con los detalles que había en los lomos de los libros a su espalda. Era pura elegancia.

La sensación de ir a la guillotina para perder la cabeza fue reemplazada por la muerte en la silla eléctrica. El cuerpo me temblaba. Me dolieron las manos cuando apreté los reposabrazos de madera.

—Dígame, señorita Favreau, ¿por qué quiere estudiar en nuestra universidad?

Tragué con dificultad. Una gota de sudor me bajó por la nuca y me recorrió la espalda. No podía permitir que los nervios me hicieran dar una mala primera impresión. Era mi oportunidad, la única que tendría después de tanto esfuerzo.

Me observó con interés. No se perdió ni una de mis palabras y los nervios fueron pasando mientras me animaba a contar más cosas. Tardó su tiempo para volver a hablar una vez que terminé mi argumento.

—Y si tanto le cautiva esta carrera, ¿por qué va a hacer el examen de Contabilidad y Finanzas? —Me volví a aferrar a los reposabrazos—. No pregunto porque sea un problema, es una duda.

Mostró el que reconocí como un expediente. Ahí debía de haber leído mi vida estudiantil desde que había puesto un pie en la guardería.

—Después de un relato tan conmovedor sobre la mansión vecina, me sorprende que también opte por algo tan distinto.

Agua y aceite eran mis alternativas.

—Quiero tener opciones —me limité a decir.

—Me parece arriesgado, pero demuestra su capacidad como persona si está dispuesta a someterse a dos exámenes de alto rigor. —Acomodó el papeleo—. Sin embargo, debería ser consciente de que al optar por una beca parcial y obtener la nota requerida, tendría una plaza que podría ocupar alguien que no tenga dudas.

Alzó una ceja cuando no obtuvo respuesta por mi parte.

—Los nervios sobran —dijo con amabilidad—. No pienso que merezca menos por no estar segura de qué escoger y la entrevista es solo para conocerla. Por eso me encargo de que comunicarle la realidad, quizás le ayude a decidirse. Tengo muchos estudiantes afuera que no pueden pagarse la matrícula o que están aquí a escondidas porque sus padres quieren que estudien otra carrera y no los apoyan —explicó—. No quiero el discurso lleno de flores que tantas veces ha relatado a lo largo de su vida. Quiero saber algo de usted. —Entrelazó las manos, apoyó los codos en el escritorio y se inclinó hacia mí—. Dígame, señorita Favreau, ¿por qué quiere estudiar en nuestra universidad?

Nunca había sido consciente de lo afortunada que era por tener el apoyo de tantas personas en mi vida, de la posición privilegiada en que me encontraba gracias a la familia en que crecí. La miré durante tanto tiempo que me olvidé de donde estaba.

—La primera vez que entré en esa mansión —murmuré, localizando el distorsionado recuerdo— y conocí la torre más alta, encontré un cuadro cubierto por una sábana. Estaba descolorido y viejo.

Contraje el rostro porque no tenía claros los detalles y esa pintura ya no existía.

—Una familia: el padre, la madre con un bebé en brazos y dos niños. Me gustaron. Inventé mil historias de sus vidas, juntos y por separado, antes y después. Imaginé tanto que la curiosidad me ganó y quise saber la verdad, lo que escondían.

No se me escapó la similitud con los Bakker, que en ese momento ocupaban la casa de mis sueños. Sonreí al ver lo poco que había cambiado yo en ese sentido, siempre había querido saber de más.

—¿Lo logró? —interrogó.

—Es difícil rastrear un linaje familiar a los siete años.

La profesora me dedicó la primera sonrisa. Fue genuina, aunque reservada.

—Me contenté con aprender cosas de la casa e investigar lo que el mundo olvidaba con facilidad. No quería fantasear, necesitaba saber. —Miré al techo y pensé en Nika—. Lo demás me gustó en el camino, pero quiero estudiar Historia del Arte porque soy un poco… cotilla.

No era una palabra adecuada para una entrevista. Ni para una profesora tan recta ni para el hervidero de nervios que había fuera de la oficina, pero era lo que Nika habría dicho, la verdad.

—Soy cotilla —repetí— y no quiero dejar de serlo. Me gustaría dedicarme a algo que me haga feliz, que me permita ser yo.

La profesora Castillo parecía satisfecha y no fue la única que ese día consiguió la respuesta que buscaba.

• • •

El viaje de vuelta lo hice retorciéndome en el asiento. Me paraba y caminaba por el pasillo del autobús para no comprobar la hora a cada segundo. Los pocos pasajeros me miraron con desagrado la tercera vez que pasé por allí. Repetí la acción hasta que el segundo conductor me regañó.

Cuatro horas después, al anunciar que nos acercábamos a Soleil, me puse de pie para bajar la primera. Salté la escalerilla para correr por la conocida terminal en la que el día anterior había vomitado.

Nika me esperaba en el exterior, tras las puertas de cristal. Caminaba de un lado a otro con un cigarrillo en la mano. Vestía una camisa fina de manga, la que llevaba puesta la noche de Halloween.

Dejé caer la mochila para lanzarme a sus brazos. Me sostuvo para que no me cayera y lo besé por toda la cara hasta que perdí la cuenta. Quise llegar a sus labios, pero me desenredó las piernas, que abrazaban su cuerpo, y me dejó en el suelo.

—Si estás cansado, tengo una noticia que te animará.

Sabía lo feliz que sería cuando le dijera que no pensaba hacer el examen de Contabilidad, pero mi sonrisa desapareció al no encontrar emoción alguna en su rostro. Se alejó y bajó la vista para darle una última calada a su cigarrillo. Lo dejó caer al suelo y lo aplastó.

—Tenemos que hablar, Amaia.

Capítulo 52

Toda mi vida había bromeado con lo que significaba la frase «tenemos que hablar». La había escuchado de mil maneras, más en nuestros altos y bajos, donde el consentimiento para tener una conversación nos había hecho que la repitiéramos hasta la saciedad. Sin embargo, aquel tono era distinto del que tanto me burlaba. Tenía la capacidad de hacerte temer por lo que venía a continuación.

Malas noticias. No pude pensar en nada más.

—Tu madre. ¿Ha pasado algo que…?

—Mi madre está bien —zanjó con un toque despectivo, impropio de él—. Es sobre nosotros.

—Puedes hablarme bien. —Lo evalué buscando algo que justificara su comportamiento—. No hay necesidad de que me trates como a una empleada de hace tres siglos.

La mandíbula se le tensó y sus aletas nasales se ensancharon.

—Lo siento. —Su voz estaba lejos de la acostumbrada dulzura con que me trataba o de una disculpa. Era falso—. No es fácil lo que voy a decir.

Me crucé de brazos. La comisura de sus labios tembló al escrutarme.

—Quiero que terminemos nuestra relación.

Analicé su pose estática a la espera de una reacción, una carcajada. A veces tenía un extraño sentido del humor, quizás yo venía atontada por el viaje y por eso no lo captaba.

—Disculpa. —Se me escapó una risa nerviosa—. ¿Qué has dicho?

Se mojó los labios y noté, de nuevo, el temblor en ellos. Buscó algo en el bolsillo de su pantalón.

—Quiero que rompamos.

No encontraba sentido a sus palabras y pedir que lo repitiera sería una tontería.

—¿Se puede saber por qué?

—He estado pensando, ¿sabes? —Encendió un cigarrillo y evitó mi mirada—. No tiene sentido, nada de esto lo tiene.

—Habla claro, Nikolai.

Era la primera vez que usaba su nombre completo, algo que evitaba porque sabía lo que le dolía escucharlo, pero era la única forma de hacerlo reaccionar.

—He estado pensando en esta mierda de relación. —El Nika que conocía no estaba por ningún lugar—. He estado pensando en que irás a Prakt y yo me quedaré aquí.

—Ayer me amabas y ahora, ¿tenemos una relación de mierda?

La incredulidad tornó mi voz en un sonido agudo.

—Supongo que debía tenerte lejos para ver la realidad.

—¿Un día te parece estar lejos? —pregunté, mirando a todos lados. No daba crédito a lo que escuchaba—. ¿De qué realidad hablas?

—Dentro de dos meses estarás en una ciudad llena de distracciones y con tu cabeza en una sintonía distinta.

—Eso es una justificación barata.

—Hay fecha de caducidad —espetó— y no tengo ganas de verla llegar sin hacer nada.

Me alejé un paso. No tenía sentido, nada de lo que decía lo tenía. En cualquier momento despertaría dentro del autobús con la frente pegada al cristal.

—Estás burlándote de mí, ¿no es cierto?

—¿Tengo cara de estar haciéndolo?

Lo miré, atónita. Se me escapó otra risa nerviosa. Seguía esperando a que se riera de mí por haber dudado de que fuera una broma.

—Tienes miedo. —Medí su reacción y algo me dijo que estaba en lo cierto—. ¿Piensas que no te conozco, que no sé cuándo mientes?

—Crees conocerme —especificó—. En el fondo, tienes miles de dudas de lo que soy o de lo que he hecho. Dudas de qué haré al día siguiente o cómo cambiará mi estado de ánimo.

Se me cortó la respiración. Vivía aplastando esas ideas a pesar de lo que habíamos acordado. El temor no había desaparecido.

—Sabes que tengo razón. Hay un final y está cada vez más cerca.

—No es cierto.

—¿Dirás que no lo has considerado? —Me mordí la lengua, era incapaz de mentirle—. Lo has hecho.

—¿Por eso me dijiste que me amas? Me amas, pero quieres cortar conmigo.

—Decirlo me hizo ver lo demás.

—¿De qué hablas, Nika? ¿Te estás volviendo loco?

No respondió y se quedó con la mirada perdida hasta que chasqueé los dedos frente a su rostro para traerlo a la realidad. Su expresión se endureció y miró por encima de su hombro, en dirección a mi coche aparcado.

—Responde —pregunté para que no dejara a medias nuestra conversación—. ¿Me amas?

—Más que a nada en el mundo.

Era una declaración áspera y derrotada en la que no supe si confiar. Sin embargo, escucharlo calmó el remolino de emociones que se me agolpaba en el pecho. Me acerqué y alcé la vista para que me mirara a los ojos.

—¿A qué le tienes miedo? —Puse la mano sobre su pecho y fui consciente del ritmo agitado de su corazón—. Dime qué te ha llevado a pensar que separarnos es la mejor opción.

Leí el dolor en él.

—Te vas a ir.

—Nada tiene que cambiar. —Forcé una sonrisa—. Podemos seguir juntos, no importa la distancia.

—No lo entiendes porque no lo has vivido.

—¿Y tú sí?

—Sé de lo que hablo. —Apretó los labios y negó con la cabeza—. Ahora tus intereses son unos y al mudarte serán otros. Cuando llegues a la universidad, tus prioridades y tus amistades cambiarán. Te replantearás cada aspecto de tu vida y está bien que lo hagas, se supone que es así como tiene que ser. Querrás hacer otras cosas que no me incluirán. Estaré muy lejos y me será imposible formar parte de tu cambio. Has visto las consecuencias.

—No somos Julien y Sophie. Somos Mia y Nika. Si queremos estar juntos, lo estaremos, da igual la distancia. —Le acaricié el rostro para que no se sintiera solo—. Entiendo que confesar que me amas fuera difícil y esperas a que yo lo diga también. No puedo decirlo, pero no significa que no seas lo único que quiero en mi vida. Si te hace sentir inseguro, por favor, dímelo. No hay razón para que lo estés. Tú y yo funcionaremos. Lejos o cerca, funcionará.

—¿Cómo estás tan segura?

—Solo tienes que confiar en nosotros, confiar en mí.

Le sonreí y, por un instante, le brillaron los ojos. Vi al chico que conocía, pero el claxon de un taxi nos sobresaltó y la expresión de Nika se tornó sombría, distante.

—Dime, Amaia. —La manera en que pronunció mi nombre hizo que un escalofrío me pusiera la piel de gallina—. ¿Cómo quieres que confíe en ti si no sabes lo que sientes?

Me apartó la mano. El momento fugaz de entendimiento desapareció. Una fuerza invisible deshizo mi sonrisa y me presionó las costillas.

—¿Cómo esperas que mantenga una relación con alguien que no es capaz de decir que me ama?

Recuerdos que nada tenían que ver con Nika volvieron a mi mente. Charles cuestionando cómo podía saber que lo quería si no me acostaba con él. La experiencia era distinta y, sin embargo, resultaba tan familiar…

—Yo… Yo solo necesito tiempo —dije. Un temor desconocido se apoderaba de mi cuerpo—. Yo quisiera… —Perdí el control de mi respiración y supliqué—: Necesito tiempo. No es que no esté segura de mis sentimientos, es solo que no estoy lista.

—No puedo confiar en nada que venga de ti por mucho que quiera hacerlo. —El desprecio en su mirada fue suficiente para desarmarme—. No quiero perder a más personas ni sufrir una ruptura por extender lo inevitable. No soy tan masoquista.

—No tiene que terminar así —imploré—. No tenemos que separarnos. Podemos…

—No puedo confiar cuando ni siquiera estás segura de lo que quieres para ti —dijo sin contemplaciones—. Tus mayores problemas son los conflictos amorosos de tus amigos, quejarte de lo molestos que son los adolescentes o no leer los clichés románticos de moda para no ser una más. No te das cuenta, pero vives en una burbuja de niña mimada que es incapaz de valorar lo que tiene. Te has dedicado a jugar con tus padres y a mentirles. Te has escondido tras el miedo a decepcionarlos o lastimarlos porque sabes, desde el principio, que tu indecisión es pura inmadurez.

Me observó con desprecio y me encogí.

—No quieres tener la vida de tus padres, esos que te aman y siempre han estado para ti, porque la consideras poca cosa. Eres una egoísta y crees que te mereces más de lo que tienes. Ni siquiera valoras lo que te apasiona y me estás pidiendo que confíe en esa niña, que olvide mis miedos por ella.

Cada palabra me quedaría grabada en el alma. Durante meses lo había negado para mantenerme firme y decidida a mejorar. Habría vivido con ello, habría luchado contra mis múltiples defectos, pero escucharlo… Lo que más odiaba de mí eran las razones por las que él no quería permanecer a mi lado.

—Yo confié en ti cuando todos me gritaban que no debía hacerlo —murmuré, no tenía armas para defenderme.

Contrajo la mandíbula para no cambiar la expresión.

—Es mejor dejarlo aquí y ahora, Amaia.

Rebuscó en su bolsillo y sacó las llaves de mi coche. Lo veía todo borroso, tenía los ojos llenos de lágrimas. Me dejó el llavero en las manos sin tocarme.

—Es mejor no vernos más. —Todo me daba vueltas y un pitido se había instalado en mis oídos, distorsionando los sonidos que me rodeaban—. No te acerques ni a mi casa ni a Aksel ni a mi madre.

—Pero…

—Una vez me pediste distancia. Lo hice, aunque me costó. —Torció los labios—. Haz lo mismo y sufriremos menos.

No procesaba su frialdad. Terminaba nuestra relación con la misma facilidad con la que aplastó su cigarrillo mientras yo temblaba de la cabeza a los pies. En cualquier momento, me desplomaría.

—En menos de dos meses estarás en Praga —añadió como si estuviera hablando del tiempo—. En unas semanas olvidarás lo que ha pasado y seguirás con tu vida. No te preocupes, yo también lo haré.

Lo tomé del brazo cuando me dio la espalda.

—No puedes dejarme aquí —rogué para que la conversación no acabara—. No sé conducir. No podré llegar a casa.

Me observó de arriba abajo.

—No tengo que hacer nada por ti, Amaia. —Sus facciones eran las del Nika que odiaba con todas mis fuerzas y creía desaparecido—. No te lo debo y es hora de que te valgas por ti misma.

Apartó el brazo, se alejó hacia el taxi y subió al asiento del copiloto. Las ruedas del coche chirriaron y desapareció por la calle.

El corazón luchaba con mis costillas para abrirse paso fuera del pecho.

Dijo que no volvería a ignorarme ni a lastimarme y acababa de romper su promesa.

Quise correr, aunque no supe a dónde. Estaba sola con las llaves de un coche que me aterraba conducir. Los ojos llenos de lágrimas me nublaban la vista. Me froté el rostro una y otra vez, incluso me pellizqué las piernas en un intento desesperado por despertar.

Era real, por eso dolía tanto.

No supe cuánto tiempo pasó. Me quedé clavada en el suelo, repitiendo las palabras de Nika. Era un bucle que mi imaginación se encargaba de mantener activo que se detuvo cuando un señor se acercó y me entregó la mochila que había quedado olvidada en el suelo.

Dijo algo. No supe si me ofrecía ayuda o pedía indicaciones. Me alejé de él y subí a mi coche. Me aislé del mundo al cerrar la puerta y los sonidos cesaron, todos menos el pitido insoportable.

Repetí los ejercicios de respiración que tan bien conocía y rebusqué en la mochila para encontrar mi teléfono. No lograba controlarme, necesitaba ayuda, alguien que me rescatara antes de lanzarme a un vacío del cual no podría retornar.

Lo encontré y no pude desbloquearlo porque tenía las manos sudorosas. Sus palabras se repetían y lastimaban. Eran como dagas despedazando mi cuerpo.

«Me estás pidiendo que confíe en esa niña, que olvide mis miedos por ella».

Lancé con rabia el teléfono al asiento del copiloto y grité a todo pulmón, golpeando el volante repetidas veces. La explosión apagó el pitido y me dejó respirar con fuerza, centrarme.

No me iba a quedar allí. No estaba dispuesta a ser la miedosa de siempre.

Me costó meter la llave en el contacto y encender el motor. Bajé las ventanillas y apreté el volante con tanta fuerza que me dolieron las manos. No me hundiría, no podía permitírmelo.

Poner primera y salir fue lo más difícil. El coche tembló y girar el volante era un reto, pues me aferraba a él para controlar el temblor de mis manos. No supe cómo, pero alcancé la carretera que rodeaba Soleil de camino a casa.

Mi visión se nublaba por las lágrimas que contenía. Suprimí los recuerdos, sus palabras hermosas y los planes que una vez hicimos. No me quería y era mi culpa, no la distancia que pondría la universidad. Era yo y la poca seguridad que podría darle a cualquier persona que estuviera a mi lado.

«¿Quién confiaría en mí si nunca sé lo que quiero?».

Las lágrimas terminaron por salir. Antes de que me diera cuenta, las imágenes de Nika pasaban frente a mis ojos. Lloraba y seguía conduciendo. No veía nada, solo una mancha multicolor de asfalto mezclándose con su rostro y sus palabras.

Intentaba recomponerme y no podía.

No supe cuánto avancé, había momentos en que tenía que apoyar la frente en el volante para encogerme y soportar el dolor. No paré de llorar y un par de veces grité su nombre, creyendo que si lo llamaba podría retroceder en el tiempo y cambiar la situación.

Un potente claxon me sacó del trance. Al alzar la vista, me encontré un camión encima de mí a unos metros de distancia. Intentaba desviarse, pero yo me pasaba cada vez más a la senda contraria. Por instinto, di un volantazo a la derecha para evitar la colisión.

El coche crujió y se sacudió. Fui a parar a la cuneta, contra los arbustos que bordeaban la carretera.

Lloré más fuerte, sucumbí al dolor, gimoteé y grité sin que nada importara. Con cada sollozo, me hundía, temblaba y no podía parar. La opresión en el pecho me asfixiaba.

Ya no quería probar que podía sola, que no necesitaba a nadie que recogiera mis pedazos. Tenía que pedir ayuda o la próxima vez no tendría tanta suerte y me mataría en medio de la carretera. El dolor de cabeza empezaba a perforarme la sien.

Busqué a tientas mi teléfono. Había ido a parar debajo del asiento del copiloto y no podía alcanzarlo desde ningún ángulo. Toqué algo frío y creí haber dado con él, pero lo que se deslizó entre mis dedos fue diminuto. Sobre mi palma descansaba la piedrecita de color verde jade que había recogido en el río meses atrás. Brilló con la luz del sol cuando mis lágrimas cayeron encima.

Nuestras conversaciones, la manera en que nos tratábamos, la confianza, la intimidad. Recordaba ese día en concreto, el momento en que dejé atrás uno de mis miedos. Fue cuando entendí que confiaba en Nika, que no era un chico más, que me importaba y que daba igual lo que sucediera, me seguiría importando todo de él.

Podía ser una niña inmadura, pero no hubo una vez en los últimos meses en que no intentara superarme. No era la misma porque reconocía mis errores y estaba dispuesta a enfrentarlos. Era la mejor versión de mí a cada momento, y nadie tenía derecho a decirme lo contrario.

Volví a mirar la piedra en mi mano.

«El único miedoso es él».

Me sequé las lágrimas hasta que me dolieron las mejillas. No permitiría que fuera un cobarde y no lo iba a ser yo. Importaba poco que quisiera terminar conmigo o si al final sucedía. Lo enfrentaría y lo superaría por mucho que doliera, pero Nika Bakker me iba a escuchar.

El coche tembló cuando lo puse en marcha. Pude volver a la carretera y me permití subir la velocidad. Por primera vez en mi vida, no sentí pánico al estar al volante. Quizás eran las ganas de llegar y verle a la cara, de decir lo que sentía sin armar un discurso previo.

Aparqué delante de mi casa, que en ese momento estaba vacía. Atravesé el camino que conducía a la entrada de la mansión. Cuando golpeé el cristal con más fuerza de la necesaria, no hubo respuesta e insistí.

Iba a hacerlo por tercera vez cuando escuché unos pasos y el sonido del cerrojo. Ver su rostro familiar hizo que me olvidara de todo… Una sonrisa maliciosa surcó sus labios.

—La pequeña Amaia.

Era el señor de la terminal de autobús, el que leía el periódico y me había dado la idea de que tomara el tren a Prakt.

—Buscas a uno de mis hijos, ¿no es cierto?

Capítulo 53

Un frío glaciar que nada tenía que ver con una tarde de verano se deslizó por mis hombros y me erizó la piel de los brazos. Fue una desagradable sensación que se mezcló con la angustia que cargaba tras el trayecto en coche.

—¿Su… su hijo?

Otra sonrisa, una que jamás le llegó a los ojos.

—Mi familia es muy malagradecida, pequeña Amaia. —Alzó las cejas como si no quedara más remedio que aceptar la situación—. Al parecer, se han encargado de borrar mi existencia, pero sí, Aksel y Nika son mis hijos. —Suspiró—. Supongo que los puedo perdonar por lo que han hecho, no estoy seguro.

El padre de los Bakker…

No necesitaba que me convenciera. Aksel se parecía más a su madre; Nika, en cambio, era una fiel copia de ese hombre. Solo la dureza de sus rasgos marcaba la diferencia de edad. Era el mismo padre que supuestamente se había suicidado.

—Tienes muchas preguntas —dijo, tras mi largo y escrutador silencio—. Quizás deberíamos contártelo para que lo entiendas. —Giró la cabeza por encima de su hombro. Llamó con voz fuerte y autoritaria—: ¡Nikolai, aquí y ahora!

Mi corazón se desbocó y dudé de mi cordura. Quizás, a raíz de lo que había sucedido en la terminal de autobús, estaba delirando por el dolor y la confusión. Lo descarté al ver la cara de Nika. Su expresión se transformó y sus ojos fueron una ventana al terror absoluto. El hombre, de la misma estatura, le puso la mano en el hombro y los dedos se le clavaron en la piel a través de la camisa.

—Tranquilo, Nikolai. —La respiración de su hijo era errática—. Recuerda que por tu condición no debes alterarte.

Miré de uno a otro sin entender.

—Te he dicho que no me buscaras.

No fue un reclamo, sino una frase desesperada. Lo hubiera abrazado si hubiera sido posible.

—Parece que tu novia no es tan inteligente como creías.

—Tienes que dejar que se vaya —suplicó.

—Mi nuera no se va.

—Prometiste que…

—Dejé claro que te daba una oportunidad para dejarla atrás.

Su mano desapareció en su espalda y regresó con una pistola que cortó la entrada de aire a mis pulmones. Nunca había visto un arma tan cerca.

—Si no cayó en tu teatro de ruptura y sus pies la han traído aquí, se queda con nosotros —añadió—. A fin de cuentas, ella también es parte de la familia, ¿o no?

Valoró sus opciones antes de dirigir la pistola a la sien de su hijo. Mi instinto fue abalanzarme hacia el arma y apartarla, pero la mirada de Nika me advirtió. Sus hermosos ojos azules estaban aterrados.

—Es hora de entrar a casa, ¿no te parece, Amaia?

Temí desmayarme, ceder al dolor de cabeza. Un escozor me devoraba las entrañas. Lo sentía en el estómago, subiendo por el esófago hasta el paladar.

—Hora de una cena familiar —anunció—, una bonita cena familiar.

Hizo espacio para que pasara sin dejar de amenazar a Nika.

Era su hijo y le había puesto una pistola en la cabeza. Portaba aquella expresión calmada y divertida.

—¡Atardece, niña! —ladró.

Pude moverme porque la vida de Nika dependía de ello. No sentía las piernas, tampoco el suelo bajo mis pies. El estruendo de la puerta al cerrarse me engarrotó cada músculo del cuerpo.

El circular y conocido recibidor se mantuvo en silencio. No había ningún indicio de dónde estaba el resto de la familia.

—Camina —ordenó el hombre a mi espalda.

Intenté obedecer, aunque fuera complicado. Me indicó que girara a la derecha al final del pasillo, hacia el comedor. Lo primero que vi fue la pulida mesa de caoba. El ancestral busto de los Bakker descansaba, desmontado, en el centro, como lo habían dejado los chicos unos días atrás. Por los ventanales de la izquierda pasaba la luz del atardecer y en el extremo más alejado, sentados, localicé a Aksel y a su madre.

La señora Bakker me miró con angustia. Las lágrimas que le llenaban los ojos se desbordaron. Supe lo que pensaba: «¿Qué haces aquí?».

Nika parecía asustado; sin embargo, no le prestaba atención al arma que le apuntaba a la cabeza. Sus ojos estaban fijos en mí.

—Siéntate —dijo el hombre, y recorrí con la vista los lugares disponibles con miedo a escoger mal—. ¡Siéntate! —escupió.

Lo hice al lado de Aksel y el padre de los Bakker sonrió. Obligó a su hijo mayor a tomar asiento junto a su madre, frente a mí. La manera en que le despeinó el pelo habría sido normal si no hubiese empleado más fuerza de la necesaria.

Los Bakker tenían la vista abajo, en un plato invisible que reclamaba su atención. Mantenían las manos sobre la mesa con las palmas hacia arriba y no se movían, era una extraña pose de penitencia. Si no hubiera sido por la irregular respiración, habrían pasado por estatuas.

—Necesitas aprender las reglas, pequeña Amaia —dijo el hombre. Avanzó hasta la cabecera y apoyó el brazo en la ornamentada silla de madera—. Si quieres ser una Holten, tienes que hacerlo. —No podía despegar los ojos del arma que portaba—. Durante las reuniones familiares, las manos van sobre la mesa.

Era desagradable que sus ojos se parecieran tanto a los de Nika. Alcé las manos hasta ponerlas a la vista y expuse mis palmas.

—Muy bien. —Le placía la obediencia—. Bajar la vista no será necesario para ti.

Tomó asiento con movimientos seguros. Escuchaba la respiración de Nika y el castañeteo de los dientes de Aksel. La señora Bakker no paraba de llorar.

Sus ojos se deslizaron por la familia hasta terminar en mí. Apoyó los codos en los reposabrazos y juntó las yemas de sus dedos a la altura de la barbilla.

—Nikolai siempre ha tenido un excelente gusto para las mujeres. —Supuse que era un cumplido, aunque sonara como una amenaza—. Otra de nuestras similitudes.

Alcanzó un mechón de pelo de la señora Bakker y lo hizo girar entre sus dedos. Ella lloriqueó y los brazos de Nika se tensaron.

—Mi esposa siempre fue la más hermosa de nuestra clase —continuó, le daban igual las reacciones—. ¿No crees que es bella, niña?

Se refería a mí y no le agradó que fuera incapaz de responder.

—Sigues sin entender nada. —La conversación, en ocasiones, parecía ser consigo mismo y que nosotros no estuviéramos allí—. Es mejor que aclare el engaño que mi familia se ha tomado el trabajo de armar para esconderse de mí.

Que no alzara la voz lo volvía más intimidante. La manera en que la modulaba y pasaba la vista entre nosotros hacía que mis manos temblaran sobre la mesa.

—Nuestra vida era muy buena, pequeña Amaia —habló con la misma entonación que un narrador emplearía para contar una leyenda—. Yo tenía un buen trabajo que me permitía darle a mi familia lo que deseaba.

Se agachó a tomar algo del suelo. Pensé en mil objetos que, como el arma sobre la mesa, pudieran dañarnos. Una botella y un vaso fue lo que apareció.

—Trabajaba mucho. —Se sirvió una generosa cantidad de líquido ámbar—. Sin embargo, valía la pena. Cuando Emma acababa de nacer, pude pedir un préstamo para comprar la casa de nuestros sueños en un barrio decente y tener un futuro asegurado.

Puso la bebida frente a su esposa.

—Bebe, querida, el whisky es tu preferido.

Tuve ganas de apartar el vaso. Podría haberlo hecho, alcanzaba. La única dificultad era mi cuerpo agarrotado. Los lamentos de la señora Bakker me torturaban.

Le empezó a acariciar la cabeza mientras la mandaba callar con un chistido.

—Estás incomodando a nuestra nuera, Anette. Los reencuentros siempre te resultaron emotivos, pero es el momento de serenarse.

La mujer guardó silencio, como si acatara la orden de un amo.

—Nikolai, las manos —advirtió el hombre.

Nika las había cerrado en puños y las uñas se le quedaron marcadas en las palmas cuando las abrió.

—¿Por dónde nos habíamos quedado? —preguntó él con naturalidad—. ¡Ah, sí! Mi perfecta familia, la que me hizo perder mi trabajo por pedirme más de lo que podíamos tener.

Bebió del vaso con la facilidad que yo me tragaría tres dedos de agua.

—Verás, querida nuera. Mi esposa decía que debía esforzarme menos y pasar tiempo con mis hijos, que trabajar no era tan importante, pero a la vez pedían mucho. En una discusión tras otra se esforzó por hacerme entender y yo siempre cedí, hice lo que me pidió.

Su risa baja y grave me revolvió el estómago.

—¿No es cierto, querida? —Se acercó a la señora Bakker hasta hablarle al oído—. Siempre hice todo por ti, por ellos, por darles lo que tú creías correcto, lo que mi familia jamás me dio. Quise ser buen padre y esposo, pero todo se fue a la mierda —concluyó en un susurro y volvió a recostar la espalda a la silla—. A la empresa no le importaron mis deudas, ni mis hijos ni el tiempo que debía pasar con ellos. No le importó nada y a mi familia tampoco, no paraban de exigir.

Barrió a los Bakker con la mirada.

—Anette dijo que nos fuéramos con los ahorros, que dejáramos la casa y empezáramos de cero. —Subía el tono de voz con cada palabra—. Insistía en que no bebiera, no gritara, no llegara borracho y no me desesperara al ver que no teníamos nada. —Golpeó la mesa sin previo aviso y salté en el sitio por la inesperada explosión—: ¡¿Quién le tomó el gusto a beber, Anette?!

Agarré los brazos de la silla y me pegué al respaldo para poner la mayor distancia entre nosotros.

—¡Manos a la mesa, niña! —bramó.

Los otros tres no se habían movido ni un centímetro, como si supieran lo que venía o estuvieran acostumbrados a que alguien les gritara de aquella forma.

Huían de él, por eso no habían dejado rastro de quiénes eran. Los Bakker intentaban enterrar un pasado que los perseguía, uno demasiado oscuro para que cualquiera lo adivinara.

El hombre no solo era violento y tenía una expresión macabra. La manera en que le dio dos tragos a la botella dejó claro que bebía con regularidad. Su historia no era más que una versión distorsionada, un delirio. Su familia había recibido aquel odio durante suficiente tiempo como para terminar doblegados, sin fuerza para luchar, aterrados con su simple presencia.

—Me enteré de que mintieron. —Limpió los restos de whisky de su barba con el dorso de la mano—. Dime, niña, ¿qué historia te contaron?

Mi cerebro funcionaba, pero mis labios no. Tenía la boca seca y la garganta me dolía.

—¿Te ha comido la lengua el gato? —añadió—. Estoy esperando tu historia, si quieres escuchar el resto de la mía.

Miré a Nika sin saber qué decir.

—Vista abajo, Nikolai. —Apuntó con el arma a su hijo para forzarme a hablar—. No lo pienses tanto. Lo que tienes que contarme es lo que han dicho de mí.

—Que estaba muerto —solté. Agitó el arma para que continuara—. Dijeron que se había suicidado.

—Un suicidio, qué poca creatividad… —Frunció los labios—. ¿Cómo sucedió?

—Dijeron… Ellos dijeron…

El pelo de Nika brillaba, despeinado y castaño. Cada palabra volvió a mí, en especial la conversación en la azotea.

«Hay muchas maneras de ser cobarde».

No se había suicidado ni los había abandonado. Se había convertido en lo que tenía delante: un monstruo.

—No dijeron nada —murmuré—. Solo interpreté sus palabras. —Todo cobraba sentido—. Me dejaron creer lo que quise.

Miró a Nika con lo que supuse era orgullo.

—Como tu padre habría hecho. —El chico se contrajo—. Siempre me enorgulleció que se pareciera a mí.

Odié la manera en que lo dijo, el miedo que su familia le tenía. Su padre era el secreto que no era capaz de revelar, a lo que no podía enfrentarse, con lo que temía dañarme.

—Dime, Amaia… —continuó el responsable de la ira que crecía en mi interior—, ¿qué te dijeron de la pequeña Emma?

Aksel reaccionó y movió los brazos. Estuvo a punto de levantar la cabeza y su padre se lo impidió, golpeándolo con el mango de la pistola. Una advertencia que lo hizo tambalear.

—Modales, Aksel —exigió con aspereza—. Que tu hermano tomara las reprimendas por ti hizo que aprendieras a tener la boca cerrada, procura mantenerte así.

Temblé al imaginar el tipo de reprimendas.

—Emma —repitió el hombre—. Cuéntame qué te dijeron de mi…

Sus ojos destellaron y le cambió la expresión.

—Tengo una mejor idea —dijo, mirando a Nika—. Es momento de escuchar la versión del responsable.

—Por favor, Ni…

—¡Cállate! —silenció a la señora Bakker.

Ella obedeció. Las manos de Nika temblaban y no dijo nada.

—Estamos esperando tu historia —insistió, con la vista en su hijo mayor—. ¿Necesitas un incentivo?

Me dedicó un gesto que debía expresar una disculpa y dirigió el arma a mi cara.

El corazón me latía al límite de su capacidad. Me concentré en el pequeño agujero redondo por donde podría salir una bala y terminar con mi vida en cualquier momento. No pude pestañear, aunque deseé cerrar los ojos y fingir que era una pesadilla.

—Mi madre había salido con Aksel —dijo Nika, cediendo—. Tenía fiebre, necesitaba llevarlo a un hospital.

—Así me gusta —dijo su padre sin dejar de apuntarme.

—Me dejó cuidando a Emma y yo puse el seguro de la escalera para volver a mi habitación y dejarla jugando en el pasillo. —Se le cortó la voz—. Yo tenía los auriculares, estaba escuchando música.

—Como siempre —acotó—. ¿Sabías que mi hijo habría sido un músico prodigioso, nuera? En eso ha salido a su madre. Tienen un refinado don para crear y destruir todo lo que tocan.

Un escalofrío me hizo jadear y él sonrió. Se regodeaba en mi miedo.

—Continúa —ordenó a Nika.

—Él no solía venir a casa a menudo. Habían pasado dos días desde su última visita. —Se refería a su padre.

—Verás, pequeña Amaia… —Bajó el arma y me relajé un poco—. Cuando perdí mi trabajo y mi mujer quiso que dejáramos nuestro hogar, supe que no era lo correcto, deliraba. Tomé nuestros ahorros y pagué la deuda. Nadie me iba a quitar la casa después de lo que me había costado conseguir el préstamo.

—Nos quedamos sin nada por tu culpa —se lamentó Nika—. Si hubiésemos dejado Prakt…

—¿Irnos con mi dinero a llorar migajas a un pueblo como este? —espetó el hombre con desagrado.

—Tuvimos peores problemas con casa propia y sin un centavo con el que comer —le reprochó. Se inclinó para acortar la distancia que lo separaba de su padre, aunque le fuera imposible tocarlo desde esa posición.

—Habrías trabajado en vez de protestar.

—¡Tenía diez años y lo hice!

—Caridad era lo que recibían, no dinero —gritó a la vez que pegaba otro manotazo en la mesa.

—Al menos no estábamos como tú, llorando un empleo que no te iban a devolver, emborrachándote y pegándole a nuestra madre cuando no te veíamos.

—¡Lo que pase entre tu madre y yo no es de tu incumbencia! —bramó.

—Lo soportó durante años para protegernos —le acusó Nika—. Ella intentaba luchar cuando lo único que hacías era culparnos.

No respondió. Alzó el arma y volvió a apuntar a mi cabeza.

—Sabemos en qué terminó esta discusión la vez pasada, Nikolai —amenazó con suavidad—. Tenemos visita y no quieres salir volando por la ventana, no de nuevo. —Su hijo perdió el valor—. Dudo que puedas volver a cubrir las marcas con tatuajes.

Con cada segundo, sentía que el final estaba más cerca. Descubrir que la caída había sido obra de su padre y no un accidente, empeoraba el escenario.

—Una interrupción —continuó el hombre—. Lo malcriamos demasiado y, cuando quise imponer orden, no había otra manera de hacerlo que con medidas extremas.

Sonrió como el anfitrión de un animado programa televisivo. La señora Bakker controlaba los sollozos. Imaginar lo que habían sufrido a manos de aquel monstruo me desgarraba el alma.

—Verás, querida nuera —retomó—. Yo solía irme durante algunos días, pero se me acabó el dinero. Creí que no había nadie en casa cuando regresé. —Resopló y bajó el arma—. La mocosa tenía el primer piso lleno de juguetes. Al verme, empezó a llorar.

Se restregó la cara de forma compulsiva, salvaje.

—Odio a los niños llorando —mascculló para sí—. Pasé demasiados años aguantando los gritos de estos dos como para soportar a un tercero, ¿sabes?

Un tic nervioso hizo que su rostro se contrajera.

—Emma chillaba, aunque le gritara para que cerrara la boca. —Levantó la vista con la mandíbula contraída y los ojos en dirección a su hijo mayor—. Entonces el señorito Nikolai apareció.

—Quería cogerla en brazos y llevármela —dijo Nika, con los ojos llorosos.

—¿Y permitir que saliera tan insubordinada como tú?

—Estaría viva si me hubieses dejado —se lamentó.

El hombre negó, chasqueando la lengua repetidas veces.

—Estaría viva si tú le hubieses prestado atención.

—No es cierto. —Nika se hundía en la silla. Mis lágrimas brotaban con las suyas—. Yo no la maté.

—Lo hiciste y lo sabes.

—Tú dejaste abierta la puerta de seguridad de la escalera —intentó defenderse, pero se dejaba aplastar por la mirada divertida de su padre—. La golpeaste y la hiciste caer.

Lo que una vez resultó doloroso o difícil de entender se derrumbó para transformarse en una versión peor.

—No habría tenido que golpearla si ella no hubiera llorado, necesitaba disciplina. La muerte de tu hermana es tu culpa, Nikolai.

La señora Bakker gimoteó y Nika respiraba con dificultad, hipnotizado por la vil mentira con que su padre lo torturaba.

—No es su culpa —dije, arañando el valor que guardaba en algún lugar—. ¡Usted mató a su hija! ¡Usted es el culpable!

Me observó y fue la primera vez que lo hizo de verdad.

—Tienes más agallas de las que aparentas o eres más estúpida de lo que creía—se mofó.

—Puede decir lo que quiera e intimidarlos, pero sé lo que está haciendo —dije, alzando la voz y sonando más segura de lo que estaba—. Su culpa no desaparecerá por lanzársela a ellos. Su culpa es solo suya.

El labio superior se le movía a voluntad propia. Las similitudes con su hijo desaparecieron. Su imagen era el reflejo de la locura. No había manera de hacer tales atrocidades sin estar loco. Un psiquiátrico le vendría mil veces mejor que la cárcel.

—Eres muy estúpida —repitió tras un par de minutos en los que no cedí ante su intimidante escrutinio—. Quizás eso fue lo que le llamó la atención a Nikolai. —Lo observó de reojo—. No me sorprende.

De un movimiento repentino, se puso de pie y la silla chirrió. Los Bakker bajaron la vista y yo me tensé.

—No ha sido una reunión familiar productiva si el suegro no te agrada —agregó con una sonrisa—. Piensas que debían haberse deshecho de mí. Los habrías apoyado en su plan de huir y abandonarme.

—Lo que no entiendo es cómo no lo denunciaron —confesé.

Rio por lo bajo.

—Verás, pequeña Amaia, todos tenemos un punto débil. —Se entretuvo jugueteando con el arma en las manos—. Aksel era un debilucho ignorante y el talón de Aquiles de estos dos. Un paso en falso y sabían lo que pasaría. Cada uno es la debilidad del otro y ahora tú eres una nueva para Nikolai. —Me miró, intentando desentrañar mis pensamientos—. Él es una de las tuyas y por eso son fáciles de manipular.

Mis lágrimas seguían ahí, brotando lentamente, pero me mantenía erguida.

—No me denunciaron —continuó, caminando hasta detenerse detrás de su esposa—, pero reunieron el valor del que jamás los consideré capaz. No sé cómo lo hicieron, el día antes de que huyeran le había roto un par de costillas.

Me enfureció que tocara el hombro de la señora Bakker. Nika pegó los codos al cuerpo, el movimiento se detuvo cuando su padre pasó por detrás de la silla hasta alcanzar el centro de la mesa. Dejó el arma sobre la superficie y levantó el busto de mármol blanco.

—No sé cómo lograron huir si Anette no podía caminar, pero lo hicieron. —Miró al ancestral Bakker como si le hablara, manteniéndolo a la altura de sus ojos—. No tenía ni idea de dónde se habían metido.

Regresó su atención a mí y tuve que alzar la vista del arma. La había estado observando, pensando en cómo sacarla de su alcance.

—¿Sabes lo decepcionante que es despertar y encontrar que tu familia te ha abandonado? —La mirada perdida debía de ser su manera de aparentar que le dolía la situación—. Casi dos años. Tuve que manipular a sus amiguitos para que ayudaran a un preocupado padre. Gracias a ellos descubrí que mi esposa era bisnieta de uno de los hombres más ricos del continente.

La señora Bakker lo observó con el rostro rojo e hinchado. El odio desmesurado cruzaba sus rasgos.

—Deja al resto de mi familia fuera de esto.

—Tu familia es la mía, querida. ¿Recuerdas nuestros votos matrimoniales? —declaró—. Por cierto, el tío Ibsen te manda saludos. —Su sonrisa me heló la sangre—. Se nota que los aprecia, pero vivir solo y recibir una visita inesperada te hace soltar prenda antes de morir.

—¿Lo mataste?

La pregunta de la señora Bakker fue un balde de agua helada. Si ella lo decía era porque Nikolai era capaz de hacerlo.

—¿Sabes cuál es el problema, niña? —Observaba el busto en su mano mientras guardaba el arma en el cinturón—. Desde que estos ingratos decidieron abandonarme, no hubo familia —añadió, deteniéndose entre Nika y la señora Bakker—. Me quedé solo y tuve suficiente tiempo para pensar, para reconocer el momento en que habíamos dejado de serlo y lo encontré: la muerte de Emma… Ella se fue en paz, tranquila. Está donde todos deberíamos para volver a estar juntos por siempre.

»Iba a dejarlos ir, pero lo entendí. Tenía que encontrarlos para darle fin a lo que se habían encargado de destruir poco a poco desde antes de que me despidieran. La muerte. —Un escalofrío me recorrió la columna vertebral—. La muerte es lo único que puede salvarnos.

Sonrió con la mirada perdida, soñadora.

—Es hora de que los Holten digan adiós.

Acomodó el busto de mármol en sus manos como se tomaría un bate de béisbol y me miró a los ojos. Se mojó los labios antes de hablar:

—Bienvenida a la familia, pequeña Amaia.

El movimiento que hizo fue rápido, un golpe fuerte y certero dirigido a la cabeza.

Capítulo 54

La señora Bakker no movió un músculo al caer al suelo tras el impacto. Me había puesto de pie junto a los hermanos al ver que la golpeaba. El hombre intentaba recuperar el equilibrio cuando Nika le pegó en la cara con el codo.

—¡Corran!

No necesité escucharlo dos veces. Mi cuerpo se movió a toda velocidad para salir del comedor y me lancé a la puerta que daba al porche lateral. Estaba cerrada.

Necesitaba mi teléfono, el que había dejado en el coche. Tenía que llamar a la policía si quería que sobreviviéramos. Corrí a la entrada principal, pero también estaba cerrada.

El corazón me latía en los oídos y giré sobre mis pies. Intentaba pensar e ignorar los gritos provenientes del comedor. Las ventanas tenían rejas, y el primer piso era demasiado alto para saltar por un balcón. La salida trasera debía de estar bloqueada y era imposible llegar a ella sin volver atrás.

Un disparo me paralizó, y luego escuché otros dos. Creí que iba a desmayarme. Todo se nubló al imaginarme las consecuencias de una herida de bala. Un grito de dolor y un cuarto estruendo no ayudaron.

Mis pies regresaban a tropezones cuando lo escuché gritar:

—Escóndete, Mia. ¡Corre!

Unos pasos se acercaban. Era su padre e iba a darme caza.

Anduve escalera arriba, saltando los peldaños de dos en dos para no pisar los escalones flojos y ruidosos. Desde el segundo piso escuchaba las pisadas fuertes de mi perseguidor. Mi única oportunidad era ser sigilosa.

Encontré un pasillo con puertas a ambos lados y me refugié en la habitación de la derecha.

—No sirve de nada que te escondas.

Accedí a la habitación contigua y luego a la siguiente. Me detuve junto a la puerta que daba al final del pasillo.

—Terminaré matándolos —añadió, y por su voz supe que estaba en la misma planta que yo—. Debí entenderlo antes, hacerlo cuando me despidieron… Se lo merecían. —Se movió, había entrado a una de las habitaciones—. La pequeña Emma tuvo un final más dulce al partirse el cuello.

Me aventuré a echar una ojeada al pasillo. No estaba a la vista.

—Les daré el mismo final a todos, el que tendrás por mucho que te escondas.

Sus palabras me torturaban, lo hacía a propósito. Alcancé la escalera de caracol para bajar.

—Da igual cuánto corras —gritó entre risas al percatarse de dónde estaba—. No se puede jugar eternamente al escondite.

Atravesé el primer piso creyendo que seguía mis pasos, pero me equivoqué. Él había utilizado la escalera principal y, si continuaba mi camino, nos toparíamos de frente. Me escondí en la habitación más cercana, donde estudiaba con Aksel.

Estaba muy cerca, era cuestión de esperarlo, dejarme vencer.

Iba a morir.

Me tapé la boca con la mano para no hacer ruido. Pegué la espalda a la pared con el deseo de fundirme con ella. Quería desaparecer, esfumarme, no haber entrado en la vida de los Bakker o que ellos no hubiesen aparecido nunca en la mía.

Debí haberme ido a casa cuando tuve la oportunidad, no buscarlo, acatar su advertencia, cada una de las que escuché los últimos meses.

Los ojos me escocieron en aquella espiral de nervios y desolación.

Me sentía incapaz, no sabía qué hacer, solo podía correr y esconderme, aunque estaba claro: salir de allí era imposible por muy bien que conociera la mansión. Las puertas estaban selladas. Podría escabullirme por más tiempo, pero la historia tendría el mismo final.

No me di cuenta de lo que sucedía, de lo que tan bien ocultaban, hasta que ya estaba con el agua hasta el cuello, luchando por oxígeno. Cerré los ojos y las lágrimas me resbalaron por las mejillas.

Había golpeado a la señora Bakker con el busto de mármol. Su cuerpo no se movió al caer al suelo.

Dos lágrimas gruesas tomaron el lugar de las anteriores.

«¿Cómo no lo vi antes si tuve tantas señales?».

A lo lejos, crujió uno de los peldaños de la escalera y el frío me caló el pecho. Paré de temblar y me quedé sin aire, con un nudo en la garganta, paralizada.

Mi cerebro buscó opciones para sobrevivir. Solo había dos puertas: la que daba al pasillo y la del baño clausurado. No escaparía de la habitación sin que me viera.

Era el final.

Dejé que mis piernas fueran todo lo débiles que gritaban por ser. Deslicé la espalda por la pared hasta quedar en el suelo, abrazándome las rodillas.

Lo sentía en el pasillo.

Cerré los ojos con fuerza. Necesitaba creer que aquello no estaba pasando, que era una pesadilla y que despertaría en casa, con la única preocupación de qué carrera universitaria escoger para salir de aquel pueblo tan aburrido.

Mis problemas no eran nada antes de la llegada de los Bakker y, aunque una parte de mí quería volver atrás en el tiempo, otra me impedía desearlo, la que estaba perdidamente enamorada de él.

—Llegó la hora, pequeña Amaia —dijo una voz áspera y conocida, haciendo que un escalofrío me recorriera la columna—. Me aburrí de jugar al escondite.

Deseé abrazar a Nika una última vez, mirarlo a la cara antes de que su padre me volara la cabeza.

Quizás fueron mis deseos o un golpe de suerte, pero la puerta que creía clausurada y que se comunicaba con un baño se entreabrió. Nika se asomó con un dedo sobre los labios y no dudé en obedecer cuando me llamó para que lo siguiera.

Me arrastró hasta dar con la habitación adyacente que accedía al mismo baño.

—No puedes huir por siempre —dijo su padre en la distancia.

Nos detuvimos sin saber a dónde ir. Salir al pasillo sería exponernos.

—No podemos dejar la casa —susurré, desesperada—. Todo está cerrado.

—Nos esconderemos hasta que llegue la policía —murmuró Nika, mirando a los lados.

—¿Cómo?

Me obligó a atravesar el pasillo hasta que nos encerramos en un armario de la limpieza que había junto a la escalera de caracol. El espacio era pequeño y colocó su cuerpo de manera protectora sobre el mío para bloquear la puerta.

—Pude darle un teléfono a Aksel, está herido, pero a salvo con mi madre. No puede faltar mucho para que llegue ayuda.

La idea de salir airosos, vivos, me entibió el cuerpo. Tendría más oportunidades de abrazar a mis padres, a Emma. No volvería a sentir el miedo que me torturaba en aquel momento.

Nika me estrechó contra su pecho y sus labios me rozaron la frente.

—Juro que no te pasará nada. —Me abrazó con más fuerza—. Lo siento. Juro que lo arreglaré.

—Este no es un lugar seguro —dije separándome. No le presté atención a sus disculpas—. No lograremos bajar, pero si subimos a la azotea, podemos cerrar la puerta y la de tu habitación hasta que llegue la policía.

Asintió repetidas veces.

—¿Estás seguro de que tu mamá y tu hermano estarán bien?

—Se han encerrado en la habitación de la planta baja, donde guardaban todo lo valioso que quedaba en la mansión. Él no podrá entrar ahí.

Debíamos movernos rápido y mantener la cordura, actuar con la cabeza fría si queríamos sobrevivir.

Aguzamos el oído y no se escuchó a nadie cerca. Salí al pasillo, liderando el avance. Cuando llegaba a la escalera, un tirón me hizo retroceder. Mi espalda golpeó el pecho de Nika al tiempo que un disparo me ensordecía. El proyectil pasó a unos centímetros de mí.

El segundo se veía venir, pero su padre se quedó sin balas. Mientras maldecía, Nika me tomó del brazo y me concentré en subir los escalones a la mayor velocidad posible. No tuve oportunidad de temer ni de pensar en lo cerca que había estado la bala.

—No pueden escapar de mí —se burló, al tiempo que el sonido de otro disparo me taladraba los tímpanos.

El revestimiento de mosaico del pasamanos estalló en pedazos y me protegí el rostro. Nika me sostuvo para que no me cayera. Apenas lo adelantábamos un piso, la puerta de la azotea estaba tan cerca que me parecía tocar la luz que entraba por ella.

Los gritos se mezclaban con las palabras de ánimo que me daba Nika. No me soltaba la mano para que subiera más rápido y, antes de que lo notara, me lanzó a la azotea y empujó la pesada puerta de metal.

—No tienes tanta suerte, Nikolai —se burló el hombre, impidiendo que la cerrara.

Entre los dos hicimos fuerza, pero quien nos enfrentaba al otro lado cargaba un poder arrasador y nos venció. Perdimos el equilibrio y caí de espaldas. Me arrastré hacia atrás.

El padre de Nika tenía peor aspecto. Estaba sudado y sucio. Había sangre en su ropa y la cara. Sus desorbitados ojos azules me decían que aquel era un frenesí para su perturbada cabeza. Deseaba muertes y no pararía hasta obtenerlas.

Sostenía el arma en la mano derecha, apuntando a la cara de Nika, que seguía en el suelo y lo miraba con odio.

—¡De pie! —ordenó, apuntando de uno a otro.

Me costó obedecer por los temblores. La idea de que la ayuda llegaría a tiempo desapareció.

—¡No te muevas de donde estás! —advirtió cuando su hijo intentó caminar hacia mí.

Me apuntó a la cabeza.

—Un paso en falso y le vuelo los sesos. ¿Quieres como recuerdo un disparo al corazón o a la cabeza? —Su risa me revolvió el estómago—. Tú escoges, Nikolai. Pienso matarla antes para que mueras con la culpa. Después me ocupo de Aksel y la perra de tu madre, yo seré el último.

Quise mirar a Nika para saber qué hacer.

—¡Ojos en mí! —gritó.

Controlé un hipido.

—Hora de decir adiós —dijo, mirándome—. ¿Algunas palabras finales, pequeña Amaia?

Las lágrimas no me dejaban ver. No había cómo decirle adiós a la vida, a Nika. Aunque las hubiera habido, mi garganta estaba sellada y se habría negado a pronunciarlas.

—Nada. Qué decepción… —Su lamento fue tan irreal como el cariño que fingió al observar a su hijo—. Y tú, Nikolai, ¿últimas palabras para tu amada?

—Todo va a salir bien, Mia.

No hubo miedo ni duda. Era el Nika decidido que me había hecho sentir acompañada cada vez que lo había necesitado. Agradecí que lo hiciera, que estuviera más cerca que unos segundos antes.

—Te juro que vas a salir viva de aquí —añadió con un toque dulce—. Confía en mí.

Su padre se rio.

—No creo que puedas cumplir esa promesa.

Pensé en mis amigos, en mamá, en papá, en Emma… Cerré los ojos por miedo. No a morir, sino a ese rostro macabro tan parecido al de Nika. No quería tal imagen en mi mente, quería la del chico que estaba a mi lado, la del idiota que me había incordiado durante meses y…

Me estremecí ante el disparo. Esperé dolor o que mis piernas fallaran, pero nada de eso sucedió.

Abrí los ojos y lo que encontré no era lo que recordaba. El padre de Nika estaba en el suelo con la cabeza sangrando e inconsciente. Aksel, de pie, cargaba el busto de mármol. Lo había noqueado por la espalda. Nika no estaba a unos pasos a mi derecha, sino de espaldas, inmóvil y bloqueándome la visión.

Mis ojos recorrieron su camisa y me quedé sin aliento al ver el líquido oscuro que la empapó.

«No».

La sangre goteó al suelo. Le había disparado en el corazón.

Sus rodillas fallaron y me adelanté para sostenerlo. Pesaba demasiado y caímos los dos. Me las arreglé para que su cabeza no golpeara el suelo y su torso descansara sobre mis piernas.

Vi la herida en el centro del pecho. Pasé la mano como si pudiera hacerla desaparecer y no fuera más que una mancha en su ropa.

—Mírame, Nika —gimoteé. Temblaba más que cuando su padre me había perseguido. Le sujetaba la cabeza entre las manos.

Sus ojos estaban abiertos, pero no respondía. Aksel tenía un improvisado torniquete en la pierna y estaba petrificado con la vista fija en su hermano.

—¡Haz algo! —grité, desesperada—. ¡Llama a una ambulancia!

Los oídos me zumbaban, apenas podía respirar. Le ensucié el rostro con la sangre que llevaba en las manos, su sangre.

—No, no, no —me lamenté cuando se le cerraron los ojos—. Quédate conmigo. Por favor, no me dejes —balbuceé. Lo sacudí en un intento desesperado de que reaccionara—. Mírame, por favor. Nika, responde, no me dejes —supliqué—. Prometiste que no me dejarías. ¡No puedes dejarme!

Me aferré a él, abrazándolo, buscando su olor, refugiándome en él. Repetí su nombre hasta que sus párpados se movieron.

—Eso, abre los ojos. Mírame. No me dejes.

Estaba tan pálido, respiraba con dificultad. La sangre que se escapaba de su herida me empapaba las piernas.

—Vas a estar bien —aseguré—. Verás que todo va a estar bien, lo prometo.

Era mucha sangre. Sin embargo, una media sonrisa se formó en su hermoso rostro.

—Pregúntame… —dijo—. Pregúntame qué hago…

—Yo… Todo… Lo juro…

—Solo pregunta.

Sus labios perdían color.

—¿Qué… qué haces, Nika?

Sonrió y alzó una mano para acariciarme el rostro.

—Admiro la vista, Pulgarcita —dijo en un hilo de voz—. Siempre… contigo… admiro la vista…

La mano cayó, sin fuerzas, y sus ojos se cerraron.

Fue el momento en que entendí las palabras que una vez había dicho. Entendí lo que se siente cuando pierdes a alguien que amas. Era como si el pecho se quedara vacío, era intolerable.

Epílogo

—Mia. —Mi madre sonaba a kilómetros de distancia—. Tienes que levantarte. Hay que ir al hospital, necesitas ver a un médico.

Dijo la misma frase más de diez veces. No estaba segura, quizás la había dicho más veces o quizás lo imaginaba. No quería que un médico me viera. Ya había gritado lo suficiente cuando los paramédicos trataron de examinarme.

—Mia, necesito que hables —suplicó ella sin acercarse demasiado—. Necesito que te levantes y vayamos al hospital.

No respondí. Tampoco entendí lo que decía al conversar con alguien. Sus voces se apagaron. Habían entrado a la casa y me quedé a solas en el patio trasero.

Estaba sentada sobre la hierba. Las piernas me protegían el pecho, me las abrazaba y sostenía una manta para cubrirme. La sangre se había secado en mi ropa y en mi cuerpo. La humedad se me colaba en los huesos.

De vez en cuando, lograba convencerme de que era una pesadilla de la que podía despertar. Me engañaba y la traía a la realidad como en un juego macabro que provocaba que cada segundo transcurrido en la mansión se repitiera en mi mente.

Los paramédicos y los policías llegaron segundos después. Se llevaron a Aksel, al que habían disparado en la pierna, y a la señora Bakker, que estaba inconsciente y con la cabeza vendada.

Me arrebataron el cuerpo ensangrentado de Nika. La policía me impedía que me aferrara a él, a lo que quedaba de él. Tuve que presenciar cómo intentaban controlar la hemorragia. Nada fue suficiente para ayudarlo.

El único de la familia que salió consciente fue su padre. Gritaba, amenazaba y berreaba en una camisa de fuerza, amarrado a la camilla. Lo sedaron y le dieron primeros auxilios antes de llevárselo en una ambulancia.

No pudieron salvar a su hijo, pero la asquerosa vida de aquel asesino seguiría adelante.

Me dolía el pecho, me arañaban desde dentro y el mismo ardor subió por mis fosas nasales hasta forzarme a respirar por la boca para no asfixiarme.

Había llorado tanto que la cabeza no dejaba de palpitarme. Había gritado tanto que mi voz se desgarró y, aunque hubiera querido, no podría pronunciar palabra.

Me dolían y me escocían los ojos, ya no tenía lágrimas para derramar. Mi cuerpo estaba agarrotado e inservible. Dudaba poder cambiar de pose, volver a moverme o abandonar aquel lugar. Mi alma no sobreviviría.

No podía ni quería recomponerme. Lo único que deseaba era seguir allí, donde él me había encontrado empapada y con la cara llena de barro. Donde nos habíamos mirado a los ojos por primera vez.

No era capaz de procesar que las primeras palabras que me había dicho hubiesen sido también las últimas.

Necesitaba alimentarme de la estúpida esperanza de que podía volver el tiempo atrás, a mis madrugadas de desvelo y revivir la experiencia, aprovechando cada segundo. Una y otra vez intentaba convencerme de que, si miraba la mansión durante el tiempo suficiente, regresaría al día en que vi su figura al borde de la barandilla y creí que era producto de mi falta de sueño.

«Jamás le pregunté qué hacía allí o si me había visto».

Quise volver a donde mis problemas eran sencillos, pero teniendo la experiencia suficiente para enfrentarlos. No habría tenido miedo de dejarme sentir, de estar a su lado o de confiar en él. Daba igual lo lastimada que pudiera salir. Tampoco malgastaría el tiempo en estudiar de más cuando siempre supe lo que deseaba y lo oculté por temor a no poder controlar mi futuro.

Mi vida habría sido distinta si desde el principio hubiese entendido que debía luchar por alcanzar mis sueños, incluso si era el camino difícil y tropezaba mil veces. Si hubiese entendido que el miedo no puede convertirse en un obstáculo, que equivocarse y levantarse es lo más humano y valiente que podemos hacer.

Pasé más tiempo temiendo enamorarme de Nika que disfrutando de cuánto lo amaba. Sí, lo amaba con todas mis fuerzas desde hacía mucho. No tuve valor ni tiempo para aceptarlo y decirlo.

Me preocupé por caer ante sus encantos, ser usada y desechada, sufrir o terminar como la chica de turno del chico malo que acababa de llegar al pueblo. Desperdicié mi tiempo escuchando advertencias sobre no enamorarme por las razones equivocadas…

Nika no era el tipo de persona que habría jugado con mis sentimientos. Era el chico que me amaba hasta el punto de recibir una bala por mí… El chico que acababa de morir por mí.

No te enamores de Nika de Meera Kean
se terminó de imprimir en el mes de junio de 2023
en los talleres de
Grafimex Impresores S.A. de C.V.
Av. de las Torres No. 256 Valle de San Lorenzo
Iztapalapa, C.P. 09970, CDMX, Tel:3004-4444